杨志军
藏地小说
系列

杨志军 著

西藏的战争

（上）

青海人民出版社

图书在版编目（CIP）数据

西藏的战争：上、下册 / 杨志军著 . -- 西宁 : 青海人民出版社 , 2025.4
（杨志军藏地小说系列）
ISBN 978-7-225-06009-5

Ⅰ . ①西… Ⅱ . ①杨… Ⅲ . ①长篇小说—中国—当代
Ⅳ . ① I247.5

中国版本图书馆 CIP 数据核字（2021）第 178118 号

杨志军藏地小说系列

# 西藏的战争（上、下册）

杨志军　著

出　版　人　樊原成

出版发行　青海人民出版社有限责任公司

西宁市五四西路 71 号　邮政编码：810023　电话：（0971）6143426（总编室）

发行热线　（0971）6143516 / 6137730

网　　址　http://www.qhrmcbs.com

印　　刷　陕西龙山海天艺术印务有限公司

经　　销　新华书店

开　　本　890mm×1240 mm 1/32

印　　张　24

字　　数　700 千

版　　次　2025 年 4 月第 1 版　2025 年 4 月第 1 次印刷

书　　号　ISBN 978-7-225-06009-5

定　　价　125.00 元（上下册）

谨以此书献给我的梦想：

让我的河床流淌出世界的期待与未来


——西藏，冰川雪域，正是这种流淌的源泉

# 目录 CONTENTS

# 第一章　边　警

## 1

慈悲的施舍出现在雨过天晴。江孜颇阿勒庄园的女主人一走出碉楼院落大门，就见从年楚河边的青稞地里走来一个云游僧。那僧瘦得像猴子，破烂的袈裟一条一条飘散着，拄着木棍，看到颇阿勒夫人走来，恭敬地停下，想弯腰，"咔嚓"一声，木棍断了，一头栽倒在地。颇阿勒夫人正要下马，身后的随从抢过去，扶起了云游僧。

颇阿勒夫人问："你从哪里来？"

云游僧用藏语说："印度。"

一个会说藏语的印度僧人立刻引起了颇阿勒夫人的尊敬，她使人拿来奶茶和糌粑，下马亲自捧上说："那是佛教的故乡，你一路辛苦了，不知道来藏地干什么？”

云游僧说："我来寻求时轮堪舆金刚大法的灌顶。"说着，推开奶茶和糌粑，"请不要用可恶的饮食沾染我的舌头，我已经发誓，求不到灌顶，永远不吃不喝。"

年轻的云游僧虚弱地咳嗽着，前走几步，又一次栽倒在地，便不省人事了。

崇敬和怜悯油然而生，颇阿勒夫人派人把云游僧抬进碉房，好生照看，自己骑马走向宗山脚下的白居寺。来到白居塔四层北向的时轮殿门口，立刻有管家喇嘛迎出来，惊喜地说："啊，施主。"引她进殿，让座于时轮金刚的台基前。另一边，斑斓的祥螺帘突然掀起，铁链哗啦一响，正在专心绘图的班丹活佛走了出来。

颇阿勒夫人起身，弯着腰说："佛爷，我有事求你了。"

班丹活佛说："施主的事就是佛徒分内的事，不必客气。"

四世班丹活佛是远近闻名的时轮堪舆大师。时轮堪舆就是把密法和风水合而为一，给大地山水绘制《吉凶善恶图》，标明畅通和有阻，畅通者神通，有阻者鬼阻。照着此图的红色标志，沿"神通"之路边走边修金刚大法，走遍后藏前藏，便能获得遍知过去未来、前生后世的成就。

几天后，颇阿勒夫人带着印度来的云游僧达思，再次来到白居塔的时轮殿里。达思拜倒在班丹活佛脚下，按照拜师求法的惯例，献上了一块拇指大的黄金。

班丹活佛说："金子再多也是不够的，收起来吧，颇阿勒夫人的面子比金子更重要。"又问，"你怎么知道，只有颇阿勒夫人请求，我才能收你为徒呢？"

达思说："我原本不知道，是颇阿勒夫人仁慈的眼睛看到了我。"

班丹活佛说："哦，你是一个有因缘的人。不过，因缘只有三年。三年后，你从哪里来，就该到哪里去。"

从此，班丹活佛就像照顾自己的孩子一样照顾着这个远来的青年求法者，尽其所能地传授着佛法。能给的都给了，饭食、衣钵、靴帽、秘密灌顶、时轮堪舆金刚大法的秘诀、修行的法要、做人做僧做佛的箴言，还有洗脚。班丹活佛给达思洗脚，达思不肯，滚倒在地说："尊师，洗脚是奴仆的活，应该是我给你洗。"班丹活佛温和地说："在我这里，洗脚是传法的一种。你要是不让我给你洗脚，我们就没有师徒缘分了。"洗了脚又说："我知道你的过去，也知道你的今后，你是我命中的到来。今后，我不仅要给你洗脚，还要给你洗澡。"

三年过去了，相貌堂堂、禀性聪慧的达思如愿得到了一切。

有一天，在时轮殿打坐的班丹活佛突然说："去吧，我最心爱的僧徒，你离开的日子到了，就在今天。"说着，眼睛一闭，两行浊泪长流而下。

班丹活佛是修炼到家的高僧，早已不会伤悲，但这次却哭了。

达思不忍离去，央求道："尊师啊，别让我离开，让我再跟你学三年。"

班丹活佛用手背擦掉眼泪说："不要以为我是为离别而哭。人生在世，既没有离别，也没有聚合。当命中注定的一切就要来临时，谁也不要忘了佛也是人。释迦牟尼圆寂时，弟子们都哭了，因为他们看到佛陀的眼中心里也有不舍的泪光。佛陀寂灭后，这些泪光化作天上的泪雨，滂沱而下，树木惨白无色，月亮掉了下来，山川摇晃着，河流汹涌沸腾，狂风吹斜了大地，鸟兽呜呜地悲鸣。"他喘口气又说，"知道我为什么告诉你这些吗？这里是佛陀的西藏。"

达思还是不肯走，琢磨着班丹活佛的眼泪和话。

"我知道你为什么不走。"班丹活佛说着，从供桌上拿起一张他刚刚绘就的"吉凶善恶图"，递到达思手里："你就要走向神通之路了，记住我最后的话，不可强走，不可凶走，不可暗走，不可不走，大法的修炼，不进则退，你要精进而为。"

达思抱着图，扑通一声跪下说："尊师啊，我不是为了这张图。我从印度来西藏，本来仅仅是为了拜师求法，却找到了如父如母的依靠。三年了，你给我的恩情我无法用语言来表达，我怎么能丢下你回去呢？眼看着你老了，尊师。"

班丹活佛正色道："我对你不是父母，是最伟大的佛。你要记住，上师之上，绝无佛名。没有上师以上的其他礼供对象，如果你认为上师以上还有佛和菩萨，那就永远得不到师传的真正佛法。走吧，是佛意让你离去的，因为在你的过去，曾有过更重要的恩典，你的报答是无尽的。"说罢，起身走向挂着祥螺帘的门。

达思咚地磕了一个头，伤感地说："尊师，我还是不想走，再让我跟你修行三年吧，我一定会得道成佛，行不行呢？"

班丹活佛头也不回地指指天又指指地，意思是说：行不行你问天地鬼神。

达思问了。他来到白居寺顶层的平台上，盘腿打坐，在观想的境界里交通神灵，叩问行止。就在这时，他第一次听到了那个响亮尊贵的声音："我一直在等你，等你，等你，达思你快来。"一连重复了好几遍，等他倏然睁开眼睛时，那声音便消失了。有人在召唤他，谁在召唤？他回到观想的境界里，试图找到声音的源泉，结果发现那不过是一条朦胧的路，路的尽头是什么，越看越不清楚。

　　当然不能就这样离开江孜，达思还得去向颇阿勒庄园告别。三年学法的间隙，他常来庄园，熟悉了颇阿勒家族的所有人，要告别的不仅是颇阿勒夫人，还有她的女儿央真和菩嫫以及儿子鹊跋。

　　正是盛夏，颇阿勒夫人一家在草地上为他设宴践行。夫人送给他一匹耐走善行的高山红马，央真送了一块鹿皮的手巾，菩嫫送了一条红氆氇的腰带。鹊跋不知送什么，颇阿勒夫人说，"你就送一把腰刀吧。"鹊跋答应了，但临到送时又改变主意，送了一块没煮熟的羊肋巴肉，似乎说达思是一条狗，吃了就走。菩嫫骂她哥哥没安好心，觉得达思需要一把腰刀，便从腰里摘下自己的腰刀，和红氆氇的腰带一起送给了他。

　　达思说："尊贵的主人，我一个远来的异国乞僧，拿什么感谢你们呢？"

　　颇阿勒夫人说："你是佛之下、人之上的僧宝，你给颇阿勒庄园带来了福气，这三年风调雨顺，青稞长得特别好，我们应该感谢你。"

　　大女儿央真说："达思喇嘛你看，树上的喜鹊窝只要孵出小喜鹊，就再也没有用了。喜鹊第二次做窝的时候，一定在别处。"

　　小女儿菩嫫说："别丢了我的腰带和腰刀，在你打算忘记我的时候，你要还给我。我要用它们勒住你的脖子，剜开你的肚皮。"

　　儿子鹊跋瞪着达思，鼻翼颤抖着，什么也没说。

　　达思为颇阿勒夫人全家念经祝福，然后用餐。他说："我听说善良的主人有着更加善良的祖先，你们的祖先在饿死的人群里抱回了唯一的幸存者，那是一个四岁的孩子，孩子长大后出家为僧，苦修三十年成为一代精深渊博的大成就者。这便是班丹一世。从此颇阿勒家族就成了班丹世系最主要的施主，直到现在。"

颇阿勒夫人说："班丹活佛把什么都告诉你了。这是家族和三宝的缘分。"

达思暗暗摇头，心说：这些谁不知道呢？来到江孜之前，就已经从哲孟雄（锡金）的西藏人那里听说了。

钱行的宴会结束后，达思骑着高山红马离开了颇阿勒庄园，没走多远，小女儿菩嬢就飞马追了上来。"达思你真的走了吗？再也不回来了吗？达思喇嘛，我喜欢上你啦，你带我去印度吧。"这样的表达已经不止一次了，每次达思只是不在意地笑笑。但这次他没笑，他望着菩嬢姑娘天空一样清亮深透的眼睛，就像望着修炼时轮堪舆金刚大法时观想到的辽阔无垠的坛城，喜悦而激动。

"你会灌顶吗？"突然，达思冒出这样一句。

灵性的菩嬢愣了一下，立刻说："会啊。如果没有秘密的佛法，姑娘怎么会喜欢喇嘛？"

再也不用说什么了，她允许他那样，希望他那样。而他也早就想那样了，青春需要，感情需要，修炼需要，妙合无极的时轮堪舆金刚大法啊。达思用马鞭指着青稞地沿的树林，意思是去那边。菩嬢策马抢先而去。两个人下了马。

达思说："在我们印度，十七岁的姑娘已经是大人了。"

菩嬢说："在我们西藏，十五岁的姑娘生下了鹊跋。"

"你在说你阿妈？"达思丢掉马鞭，扑倒了菩嬢。

江孜原野上的爱情就这样发生了。凄美的黄昏里，绿风摇动着，年楚河静湾里的涟漪飞上了天。云彩是水的样子，姑娘的江孜是水的样子。达思牵马走进了年楚河东岸遮风挡雨的洞穴，告诉菩嬢："我就在这儿等你，明天你再来。"

半个月当中菩嬢天天来。半个月以后达思才真正离开。

　　达思问自己：这里有如父如母的尊师，有慷慨大方的施主以及如诗如画的庄园，有亲爱的无比亲爱的姑娘，为什么还要离开呢？但是他知道他唯一的选择就是离开，就算尊师答应他的请求把他留下，他最终也是要走的，就像不愿意长大的孩子还是要长大一样。有一种使命似乎比尊师、施主和姑娘更重要——他的神通之路必须从哲孟雄开始，命定的一切，顺从就是了，谁能改变得了呢？那个亮丽尊贵的声音再次出现了，似乎有些忧急："我一直在等你等你，等你达思……"

　　何况还有鹊跋的警告：鹊跋来过了，腰里披挂着一圈十把刀子，他用腰刀奋力捅刺洞穴坚硬的花岗岩石壁，直到十把腰刀全部弯折，然后就走了，一句话也没留下。但达思是听明白了的：赶快离开江孜，离开我妹妹。你的肉体不会像岩壁一样坚固吧？我有的是腰刀。

　　分手是不容易的，菩媲执拗地抱住达思，要么他留下，要么跟他走。

　　达思用同样的热情和力量抱着菩媲姑娘，赌咒发誓："我一定回来，不回来我的金刚大法就修炼不成，修炼成了也会水一样进到肚子里再出去。"他从身上摸出那块本打算孝供尊师的黄金，摁到菩媲手心里，"达思要是食言，黄金就会失色。"

　　菩媲捧起黄金，重复着他的话，嘿嘿嘿笑了，又哭了："达思喇嘛你听着，你要是不回来我就把黄金吃掉。"

　　离开的时候是上午。阳光抹匀了青稞地的亮绿，巨大的孤独镶嵌在绵绵不绝的远山里，苍黄浓烈地表达着离别的苦涩，不舍的不是人，是西藏。达思踽踽而行，蓦然回首，看到远处枫红色的岚光线上，前来送行的不仅仅是心爱的菩媲姑娘，还有颇阿勒夫人和央真，还有如父如母的尊师班丹活佛。原来他们都知道他没走，都知道直到今天他才会真正地走。

达思翻身下马，朝着给自己送行的西藏跪下，咚一声，磕破了头。西藏也破了，西藏的土地上，出现了一个深深的坑窝。

## 2

一个月后，达思在那个声音的催促下，急三赶四地穿越喜马拉雅山脉，来到印度和哲孟雄交界处的大吉岭。

大吉岭是个暧昧的所在，属于哲孟雄却被印度租赁，而印度又归属英国，加上临近的布鲁克巴（不丹）、廓尔喀（尼泊尔）和中国，贸易繁荣，人种芜杂，几乎是一个国际港，却又不仅仅是贸易，隐秘的潜流推动着另一个目的，那就是大吉岭郁郁葱葱的茶叶山谷里，基督福音堂和避暑山庄的默然而生。

达思走过一片片茶叶地，来到福音堂前。

福音堂是著名的伦敦圣保罗大教堂的缩制品，两层十字楼之上，是穹隆的圆楼圆顶，再往上是镀金的十字架。门廊凸出来，门墙上绘有圣保罗到大马士革传教的图画。达思下马，把马拴在门廊的柱子上。早有门房进去通报，片刻出来一个穿黑道袍的人，双手在胸前揣着一本紫羊皮封面的《圣经》，昂然挺立在门前。

达思眼睛里闪烁喜悦的光泽，趋步上前，想拥抱对方，又亮明身份似的双手合十，用佛教徒的姿势弯了弯腰，恭敬地说："你好啊，马翁兄弟。"

马翁乜斜着他："请叫我马翁牧师。你是谁？你来干什么？"

达思笑道："为什么不问问我这几年去了哪里，马翁……牧师？"

马翁说："对一个不辞而别的信徒，教会不关心他去了哪里。"

达思说："我是来告诉你，上帝就要走进西藏了。"

马翁哼一声："那是你的上帝，不是神圣东印度教会的上帝。"

达思说："看来东印度教会有自己单独的上帝，这就对了。"

马翁激愤地说："我知道你已经不在乎东印度教会。十八年前，当你和你姐姐在加尔各答沿街乞讨的时候，是基督教东印度教会收留了你们。上帝之光照耀着你，让你成了马翁·阿瑟的兄弟。你不会忘了我的舅舅东印度教会最有威望的柏耳长老把一碗肉粥端到你面前，告诉你这是上帝恩赐的食物时，你说'那我就信仰上帝啦'？不会忘了你和你姐姐小时候都穿着我舅舅亲手做的衣服吧？而我的衣服却都是你们穿旧穿小了的，当我问舅舅为什么要这样时，舅舅说：'拯救失散的灵魂比穿衣本身更重要。'不会忘了我们一起在神学院讨论《圣经》的日子吧？不会忘了我们共同为教会服务的日子吧？你做行脚牧师，我做教堂牧师，我们天天形影不离……"

达思听着，变得和马翁同样激动："我更不会忘记当我们必须分开房间住宿时，我们用拳头敲打墙壁互相安慰的情形；不会忘记黑热病让我死去活来时，你是怎样服侍我、怎样在上帝面前为我祈祷；不会忘记那次我掉进恒河口的危险，我差点死掉，你和柏耳长老也差点死掉，因为不会游泳的你们都跳进水里去救我，是上帝让我们死里逃生；不会忘记一群印度教徒绑架了我，你和柏耳长老天天出去寻找，最后还是教会成员集体捐钱，才把我从惩罚叛徒的燔祭火神面前救了出来；不会忘记我当时在上帝面前的誓言：'生为上帝生，死为上帝死。'"

马翁说："那你为什么还要离开东印度教会？"

达思说："不，我没有离开教会，我始终都是它的一员。我离开你，是因为如果我们在这里一直等下来，就无法实现我们的目标。当初，我们受教会的派遣和柏耳长老的器重，一起从加尔各答来到哲孟雄，为这里的藏族人传播基督的福音，我和你都向上帝发誓：此生此世，一定要让所有的西藏人皈依基督。"

马翁说："可现在不是西藏人皈依了基督，是你皈依了西藏的佛。"

达思急了："兄弟，兄弟，不能这样说。你知道为了上帝我没有一丝懈怠。我早就告诉教会，当年印度人为了把佛教传播到西藏，降服并收纳了所有西藏当地的神祇，请他们为佛教护法，于是佛教便在西藏获得了无所不在的空间。如今上帝要走进西藏，必须把獠牙狰狞的金刚护法神收纳为使徒，甚至耶稣基督应该显现释迦牟尼和诸位菩萨的力量，穿着袈裟，举着法器，成为西藏的保护神。英国人把耶稣带到了印度，就再也不是英国的耶稣，而是印度的耶稣。到了西藏，就应该是西藏的耶稣。无论耶稣走到哪里，都必须穿上当地人的衣裳，留起当地人的胡须……"

马翁牧师一手举着《圣经》捂住自己的耳朵，一手指着远处依稀可见的避暑山庄吼起来："你只配跟他们在一起，你走吧，那些喜欢战争的人正等着你呢。"他转身离开，自语道，"上帝啊，请原谅这个如此亵渎你的人，他的罪就是我的罪。"

达思大声道："马翁兄弟，牧师，我知道西藏哪里是传播福音的路线，哪里是基督安驻的地方，请允许我带路。"

这时门房扑出来，从门廊的柱子上解下拴马的缰绳，一拳打在高山红马的屁股上，痛恨地说："快从这里滚开，可恶的犹大。"

达思拉起马，回头惆怅地望着关闭起来的福音堂的门，心想，我的尊师班丹活佛说对了，在我的过去，曾有过更重要的恩典，我的报答是无尽的。他拿出一张"吉凶善恶图"，放在了福音堂的台阶上，检查了一遍早已在图边写好的一行英文字：献给东印度教会——

进入西藏的神通之路。他苦涩地摇摇头：看来我的预感是对的，兄弟啊，都是为了耶稣基督的事业，为什么必须分道扬镳呢？

他并不愿意跟那些喜欢战争的人在一起。他有自己的去处，如果东印度教会不采纳他的意见，他将一个人前往：神通之路必须从哲孟雄开始。他骑马来到茶叶山谷的贸易场，东望望西看看。很多人也在看他。一个印度司恩巴人突然从一排排望不到边的茶垛子后面跑出来，喊道："是你吗达思牧师，你回来啦？路上是不是很辛苦？听说西藏人是世界上最能喝茶的人？"

达思说："卡奇你好，你怎么问这个？"

卡奇在自己那间用树皮钉起墙壁、草泥篷顶的简陋房子里招待达思吃了一顿油乎乎的印度卷饼，然后浓浓地煮了一壶加香料的茶。

达思奇怪地看着房子里拥挤的摆设说："你怎么住这儿？你妻子呢？原先的房子呢？"他心说那可是哲孟雄的宫殿。在印度，最初的茶商都发了财，他们不仅在哲孟雄租赁开垦了大片的茶叶山谷，还无一例外地在这片风景秀丽的土地上盖起了豪华宅邸。

卡奇说："妻子丢下我回印度了。我们破产啦，这里所有的茶商都要破产啦。贸易场的茶垛子都垛成了印度洋，前年的茶叶没卖出去，去年的就又垛上啦。今年的呢？眼看又到采茶时节，我们请了秋天的风和冬天的风，就让它们把枯黄的茶叶吹到上帝面前去吧。拿不出来了，连雇人采茶制茶的工钱都拿不出来了。达思牧师，我们惨透了，所有的茶商都惨透了。当年我妻子嫁给我时，你在大庭广众之下祝福我们，愿我们一生都是圣父圣子圣灵的奴仆。我和妻子说：'放心吧达思牧师，只有上帝的奴仆才会有好运，我们为什么要放弃好运呢？'达思牧师，你从西藏来，西藏是我们的好运对不对？你还会第二次去西藏对不对？你要让所有的西藏人皈依上帝对不对？”

达思说：“对对对，一切都对。”

卡奇说：“那我们就放心啦，我们没有白听你的话皈依耶稣。”

达思警惕地望着他：“你什么意思啊？”

忽然听到外面乱哄哄的，有人跑，有人喊。卡奇从门口探出头去，还没问什么，就听有人大声说：“快去看看吧，卡奇，茶叶房子着火啦，哈拜德烧死了全家人。茶商们抬着焦烂的尸体，都到避暑山庄去了。”

卡奇拉着达思的马，几乎强迫他走向了避暑山庄。

## 3

茶商哈拜德破产后就再也没有生活的勇气了。他和妻子贫病交加，连一栋树皮草泥房都盖不起来，只能借助前年的茶垛子，垒起几间窝棚，蜷缩在里面，人们叫它“茶叶房子”。茶叶房子很快多起来，说明许多茶商跟哈拜德的处境一样。希望破灭的阴霾在茶叶山谷里弥漫。哈拜德有三个孩子，听说破产并不能免除东印度公司的债务，就对孩子们说：“要是你们不打算长大了还债，就得跟我们走了。”孩子们说：“当然要跟你们走。”谁知道他说的是往死亡线上走呢。当他泼油点着干枯的茶叶房子时，有人听到他在里面吼叫：“这是你们答应的，你们要跟我们走。”哈拜德疯了，他把一家五口全烧死了。

达思路过哈拜德一家的死亡之地时，茶叶房子的废墟上还在冒烟。他以一个佛教僧人的心情，合掌面对烟袅里的亡灵，念了几句通常喇嘛们用于超度亡灵的《忏罪法》，抓起一把土，当作祝福的青稞和柏桑，撒向烧焦的茶垛子。

卡奇惊奇地说："达思牧师，为什么不念《福音书》？"

达思不回答，望着突然升高的烟袅大声说："我不认识你，却认识悲痛；我没有经历过死亡，却经历过忧伤。不再留恋尘世的人，中阴界的亡灵，你慢慢地走啊。你已经看到，所有人都没有流泪，牵挂是唯一的连接，也已经悄然扯断了。"

达思以他的习惯忧戚着也追问着：人为什么要经历死亡呢？哈拜德点火之前是怎么想的？他的妻子和孩子是怎么想的？一家五口必须突破死亡的巨大恐怖，必须提前经历烧死的痛苦，他们的灵魂在无边的黑暗中是如何挣扎到了最后一秒的？不寒而栗。达思知道自己的佛教修行远远不到家，跟着班丹活佛仅有三年，太短太短了。

卡奇禁不住伤感起来。他想起哈拜德虽然很晚才来到大吉岭，却从德里带来了能够让茶叶保存更久的先进炒制法，并且无私地传授给了所有茶商。茶商们都觉得哈拜德救了大家的命，如果三年的陈茶还能喝出新茶的香味，那就可以减少至少三分之一的损失。可是没想到，他自己的命却先于大家而陨落。救命的人死了，被救的大家还能存活多久？卡奇叹息着说："我们在天上的父，快接哈拜德去天堂吧。"他看看天，仿佛可以看到耶稣基督接走哈拜德一家的情形。

英国人统治印度后最大的苦恼就是受不了那里的燠热。大吉岭地处喜马拉雅山南麓高原，不冷不热，气候宜人，每年夏天，印度的政治心脏就会来到这里跳动，避暑山庄便是英印总督府各级官员办公生活的地方。达思一行出现时，被茶商们抬着游遍了避暑山庄的五具焦尸已经送到公墓里去了。悲伤还没消散，山庄东侧的维多利亚大厅里就发生了一场争吵。

有人拿着报纸，哗啦哗啦摇晃着大声说："《欧洲时报》一个月以前报道，法国牧师打算从四川进入西藏，俄国牧师打算从云南进入西藏。我们的牧师在哪里？我们离西藏只有百里之遥，却还在这里犹豫不决。马翁牧师，我们今天请你来就是想让你知道，你对死去的哈拜德一家是负有责任的。责任也许会让你现在宣布，英国东印度教会的西藏之行什么时候开始。"

卡奇告诉达思，说话的人是总督府一等秘书布兰德。

马翁说："身为牧师，我只能遗憾地告诉你，上帝并不期待所有形式的占领，如果你们认为教会可以承担大英帝国的外交使臣，说服西藏人信仰上帝然后欢迎英国人的到来，那就大错特错了。我的西藏之行什么时候开始并不重要，重要的是它跟你们没关系。"

布兰德说："马翁牧师难道不是女王陛下的臣民，不担心我们这些上帝的信徒从此不再去福音堂听你布道、跟你祈祷？"

马翁说："我更担心西藏人在听到上帝的福音时，也听到枪炮的声音。耶稣基督让教会担当的除了信主的使命，不会再有别的。"

布兰德说："看来我们需要一个新的教会了。这个教会必须坚信，上帝站在强者一边，大英帝国应该有征服一切的胆略和气魄。"

卡奇附和道："说得对，从大吉岭到噶伦堡，我们开垦了数万公顷的茶地，单靠印度和廓尔喀市场，连一半都卖不出去，我们必须把茶叶卖到西藏去。达思牧师可以证明，那里的人嗜茶如命。"

布兰德说："可我们的马翁牧师是不喝茶的，还有了不起的军人，他们喝惯了咖啡，以为西藏人是喝咖啡的。麦高丽将军，你不会一直保持沉默吧？"

一身戎装的麦高丽将军喝着葡萄酒，默然无语。

卡奇说："就因为教会和军人的无能，我们去年损失了六百万英镑，今年的损失至少有八百万英镑，大部分英印茶商都已经破产，哈拜德一家的悲剧还会接二连三地发生。可我们赞助的教会和豢养的军人却对此冷眼旁观。"

麦高丽将军一饮而尽，双手支撑起肥大的身躯说："听我说，朋友，我不喝茶，也不喝咖啡，我只喝酒，白兰地，或者葡萄酒。"又拦住匆匆离开的马翁说："请不要离开，牧师。我知道你的希望：当你给西藏人带去上帝的时候，你身后没有跟着弹药上膛的枪炮。我同情你，也支持你，但我不支持你为了让茶商减少损失，放弃咖啡改喝茶。让这些茶商见鬼去吧，为了他们发财而让军人去和野蛮人战斗，并不符合大英帝国的风度。"

布兰德说："这些话你应该给总督大人说，他跟你一样只喜欢喝酒。"

麦高丽说："我会的，我将代表伦敦军方告诉总督大人，为了得到更加富庶的中国沿海和北京，我们应该把贫瘠的西藏让给俄国和法国。我告诉你们，北京皇宫里的一个花瓶，也比西藏的一座寺庙更值得拥有。就像我们的白金汉宫里，陈设了那么多雕琢精美的中国式桌椅、宫廷瓷器、大幅的黄缎绣屏，却不能陈设西藏的佛像，哪怕它的历史比大象的鼻子还要长，就是私人博物馆也不能。因为我们是耶稣基督的国度。"

卡奇喊起来："赶出去，把这个胆小鬼赶出去。"

麦高丽指着卡奇，挑衅道："谁来赶我？你吗？过来。"

卡奇起身扑了过去。麦高丽将军朝旁边一让，一拳揍翻了他。

卡奇爬起来，抹了一把鼻子上的血，喊着："朋友们，缴了他的枪，让我们自己组建军队去西藏。"再次扑了过去。许多茶商和茶商的家属都扑了过去。他们不仅扑向了麦高丽将军，也扑向了马翁牧师。

一片骚乱。

布兰德喊道："住手，住手。"

突然有人跑进来说："总督指令，总督指令。"

布兰德一把从那人手里抢过指令，看了一眼，尖锐地叫起来："听我说，在这里总督的指令高于一切。"他拿着指令念起来："为了上帝赋予我们传教、通商、游历、科学考察的使命，神圣大不列颠及北爱尔兰联合王国所属国印度总督，以上帝的名义决定，组建十字精兵驻防印藏边界，迅速做好进军西藏的准备。任命英勇善战的戈蓝上校为十字精兵统帅，即日率部出发。"

静默。维多利亚大厅回味着突如其来的总督指令。

突然，麦高丽将军大声问："戈蓝上校？谁是戈蓝上校？"

布兰德耸耸肩。没有人知道。

卡奇带头喊起来，所有茶商和那些出于各种理由对西藏感兴趣的英国人都喊起来："戈蓝上校万岁。"

这时有人轻轻拍了拍达思的肩膀，小声道："有人找你。"

达思疑惑地跟那人走出了维多利亚大厅，看到不远处的路边停着一辆汽车，有个穿酱紫色袈裟的喇嘛用藏语叫道："达思喇嘛，戈蓝上校请你到这边来。"达思走过去，刚到跟前就被人一把抓住了。六七只军人的大手捂嘴的捂嘴，撕扯的撕扯，把他推上了汽车。他使劲扭头朝窗外看，看到门廊前的树荫下，穿酱紫色袈裟的喇嘛牵上了他的高山红马。

达思挣扎着喊起来："放了我，放了我，你们想干什么？"

坐在副驾驶座上的军官严肃地说："幸会，牧师，我是戈蓝上校。你说过，你知道西藏哪里是传播福音的路线，哪里是上帝安驻的地方，你希望带路。"

达思一愣："这是我告诉马翁兄弟的，你怎么知道？"

戈蓝上校哼哼一笑："关于你的行踪，没有我们不知道的。"

汽车飞驶而去。

原野着火了。在夜晚来临时，卡奇点着了茶垛子，很多茶商都点着了茶垛子，似乎是商量好了的，所有前年和去年的茶垛子以及茶叶房子都被点着了。虽然按照哈拜德的先进炒制法，这些陈茶还能喝出新茶的香味，但茶商们还是希望在新开拓的市场，投入最新鲜的茶叶，以便获得最初的也是最牢靠的信任。他们坚信戈蓝上校带领十字精兵进军西藏后，茶叶市场唾手可得，当年的印度和斯里兰卡不就是这样的吗？他们要采制新茶啦，哪怕再次借贷，哪怕拖欠茶工的薪水。

更重要的是，很多茶商确信，不到英国人占领整个西藏的那一天，继续经营茶叶只能是浪费时间和金钱。他们疯狂地烧毁茶垛子，就是想暂时抛开茶叶，从军去，打仗去，跟着戈蓝上校占领西藏去。直到有一天西藏人腾空自己的茶壶，就等着英印方面恩赐茶叶时，他们才会回到大吉岭的茶叶山谷，踏踏实实地继续经营他们的老本行。

燃烧的大吉岭的原野和山谷里，辉煌的火焰在风中忽悠动荡，冲上去把星星点着了。希望和火色一起蔓延着，茶商们的丧气与颓唐一烧而光。

因为火色堵挡，汽车只好停下。两个英国军人下去查看路况。达思乘机一脚踢开身边的车门，跳出来就跑。

戈蓝上校的动作比达思还要快，追上去一把拉住了他："达思牧师，听我说，你不能不关顾我们。请为十字精兵祈祷吧，就在这里，在你成为随军牧师的第一时刻。这是进军西藏的需要，是耶稣基督恩赋的使命。"

4

其实十字精兵不是现在组建，戈蓝上校也不是突然出现，这个谁也不认识的英格兰军人和他的十字精兵已经在大吉岭的茶叶山谷里秘密存在了两年。秘密的存在是为了秘密的目的，现在一切都不是秘密了。在进军西藏的"总督指令"宣布后的第二天，戈蓝上校堂而皇之地出现在避暑山庄。他先走进总督办公室，向英印总督寇松报告了进藏时间表和自己的决心：我的生命属于西藏，西藏的未来属于英国。

之后，他去拜访麦高丽将军，向这位自称代表伦敦军方的大人物保证：女王陛下一定不会反对白金汉宫陈设西藏的佛像，因为它是大英帝国征服世界最高山河的象征。而在麦高丽将军的私人博物馆里，一定会有比北京皇宫里的花瓶，也比白金汉宫的中国式桌椅、宫廷瓷器、黄缎绣屏更有价值的雕塑，那应该是代表东方雕塑高峰的完美的犍陀罗艺术，而不是神像所代表的信仰。更重要的是雕塑的质地，"想想看，将军，如果你的私人博物馆里的犍陀罗雕塑都是纯金打造，那将是多么富丽堂皇啊。而西藏，正是纯金雕塑取之不尽的源泉。我以上帝的名义保证，你拥有的将比你想象的多得多。"

麦高丽将军默默地喝着白兰地，最后只说了一句话："看样子戈蓝上校是一个思虑周全的人。"

然后，戈蓝上校和一等秘书布兰德共进午餐。布兰德来自伦敦上流社会，据说有很深的背景，谁也不能忽视他。戈蓝上校自然也有保证：一旦十字精兵占领西藏，他就推举布兰德出任第一任西藏总督。布兰德不信任地望着他："那么你呢？你想得到什么？"戈蓝上校站起来说："荣誉，大英帝国的最高荣誉，女王陛下颁发的十字勋章。如果你觉得这些还不足以引诱一个军人冒死冲锋的话，那就请你相信，我在为耶稣基督而战。一个为耶稣基督而战的人其实是不需要别的理由的，基督的慈光必须普照整个世界，圣父和圣子是唯一的神，这就是理由。"

下午，在山庄圣詹姆斯小广场，戈蓝上校出席了以英印茶商和其他商人为主的各界代表欢送会。结束后，他丢开汽车和警卫，以虔诚的姿态走向了基督福音堂。

金色的夕阳照耀着十字楼，上校在上帝的门廊前停下了。

门房说："大人，你是来忏悔的吗？马翁牧师不在。"

戈蓝上校说："那我就在这里等他，等多久都行。"

门房说："你等不来他，他不会回来了。"

上校说："他去了哪里，快告诉我，我是他的朋友。"

门房说："马翁牧师一个小时前出发去西藏了。"

上校一愣：居然抢在了我前面。难道英国人需要两个上帝，一个教会的上帝，一个十字精兵的上帝？不行，不能让他一个人去。他需要我的帮助，当然，我也需要他的帮助。

戈蓝上校带人很快追上了马翁牧师，先是以老朋友的身份劝说他跟十字精兵一起走，看他死活不肯，就非要派卫队护送。"代表大英帝国前往西藏的牧师，应该有整整一个师的兵力护送。我非常惭愧只能给你派出二十个人。"

马翁牧师当然知道护送的重要性：迄今为止，还没有一个西方传教士成功进入西藏，实现在拉萨以及西藏各地建立教区的梦想。

他们要么遭到驱逐失败而归，要么只在西藏之外的四川、云南徘徊，要么死在路途上——病死，或被视为佛教的敌人而处死。西藏方面不止一次地发布文告：保卫佛教，誓死不与洋人来往，严禁传教士从各个途径混入西藏。但马翁牧师又绝对信奉真正的基督精神——有勇气走向危及生命的刀光剑影，而不是给别人带去血雨腥风。为什么就不能愉悦地接受我们的上帝呢？上帝是仁慈的，仁慈不需要枪炮的护送。他坚定地拒绝着。

但戈蓝上校比他还要坚定，命令卫队长："不管牧师愿意不愿意，你们都得紧紧跟着他。他是基督的使者，保护他就是保护基督。"

马翁知道没有别的选择，卫队已经是他的影子，无奈地说："好吧，上校。"

戈蓝上校说："也许我们不久就会会合。请记住，马翁兄弟，在英国军人的眼里，枪炮就是上帝。"

马翁正色道："上校，你在玷污英国军人的同时也玷污了上帝。"

戈蓝上校说："我，居然会玷污上帝？别忘了我跟莎格迅一样，都是英伦三岛遥远的孩子，长老会的精英。我相信你一定能找到西藏的巴比伦之囚、穿着紫色袈裟等待我们的犹太莎格迅。"

马翁牧师深澈的眸子里泛起一丝暗淡：啊，莎格迅。也许正是为了寻找莎格迅，他才来到了西藏。莎格迅是他爷爷，在他还不懂事的时候，就拿着一枚金色十字架和一本《圣经》，走向遥远的西藏，一去不归。从教会传来的消息说，由于他爷爷莎格迅的努力，喜马拉雅山的某个雪山峰巅已经插上了跟伦敦圣保罗大教堂穹窿顶上的十字架一样辉煌的十字架，许多雪山的子民皈依了耶稣基督，日日聆听着莎格迅牧师洪钟一样响亮的布道。这在英国教界，是个人人羡慕的传奇。但是马翁牧师始终觉得那是教界尤其是长老会对自己的美化，他希望他能更确切地打听到爷爷的消息。

马翁说："那么就让莎格迅统一我们的看法吧，找到莎格迅，别忘了，哪怕找到他的尸体。"

几天后的一个夜晚，进军西藏的英国十字精兵悄然离开秘密集结训练的茶叶山谷，踏上了修起不久的大吉岭通往噶伦堡的山路。路上，达思驱策自己的高山红马，又逃跑了一次，但没有奏效。路两边都是陡峭的山脉，他只能沿路跑。狭窄的路上，十字精兵蔓延了几十公里，跑到哪里都是兵。戈蓝上校好像有意在戏弄他，看他几乎跑没了影子，才命令部下将他抓回来。

戈蓝上校笑道："军队要去打仗，你是其中的一员，现在离开，就是逃兵，每个军官和士兵都可以举枪打死你。你不会希望自己这么年轻就死掉吧？"

达思说："我说了我不会给你们做任何事情。"

上校说："这怎么可能，就因为缺乏向导，我们等到了现在。"

达思喊起来："你们缺乏的不是向导，是上帝。"

上校说："难道上帝不是向导吗？尊敬的牧师，你别忘了你的使命就是把上帝的信徒引向一切异教丛生的地方，然后征服，征服。"他缓和了一下口气又说："你不是曾经发誓，此生此世，一定要让所有西藏人皈依基督吗？我们的目标是一样的。"

达思哼一声说："不一样。我的目标是让西藏所有的寺院供奉《圣经》和传出赞美诗的声音，再让英国和印度的所有教堂供奉释迦牟尼和传出佛经的声音。"

戈蓝上校惊叫起来："啊，异教，真正的异教，你是佛教的异教徒，也是基督教的异教徒。别忘了教会永远保留着实施火刑的权力，而我就是那个操持刑具的刽子手。不过……你面前的这个刽子手是可以通融的，只要你带我们沿着最有效的基督之路进入西藏，到达拉萨，并且找到莎格迅，我也许会让你免遭火刑。"

达思平淡地说："你想吓唬我？我不怕，倒是想知道这个莎格迅是干什么的？"

戈蓝上校问："你会唱诗篇吗？我指的是加尔文长老会的诗篇。"

达思惊讶道："加尔文长老会也有诗篇？"

戈蓝上校得意而神秘地笑了笑："那首诗天天都会在耳畔响起，一个遥远的故事，一个大英帝国还没有发现的秘密。"说罢，他唱起来：

> 逃出巴比伦的犹太，
> 穿着紫服称颂基督。
> 来啊，来啊，
> 我在藏人之地接应你。
> 请顾念我的心，
> 莎格迅之心耶和华。
> 你若今天找到我，
> 我就把西藏交给你，
> 英伦三岛遥远的孩子，
> 长老会的精英。

戈蓝上校说："一定要找到莎格迅，西藏的犹太。"

达思说："上校，西藏没有犹太。"

戈蓝上校坚信不疑地说："一定有，莎格迅就是犹太，是西藏的'巴比伦之囚'，他穿着紫色袈裟等我们去找他。"

达思惊讶地问："这么说他是一个跟我一样的人？"

戈蓝上校说："完全不一样。他的基督之心从来就是完整的，而你只有一半，说不定还是一小半。"

突然有人呵呵一笑。达思回头一看，是那个穿酱紫色袈裟的喇嘛，不屑地说："笑什么，我知道你是萨玛寺的尕萨喇嘛。"

尕萨纠正道："是萨玛寺的住持尕萨喇嘛。"

达思挖苦道："不简单呢，萨玛寺拥有佛陀的头盖骨，全西藏唯一，居然你就是那里的住持。你的佛祖呢，尕萨住持？这里是基督的甲胄、上帝的队伍。"

尕萨说："我们不一样吗？听说你刚从西藏回来，在班丹活佛跟前做了三年弟子，得到了时轮堪舆金刚大法的真传？佛祖啊，这个喇嘛不是喇嘛。"

## 5

噶伦堡也是英国人的租赁地，那儿连接着布鲁克巴边界，从布鲁克巴边界往前驱兵不到五十公里，就是西藏和哲孟雄交界处的日纳山。戈蓝上校的首要目的，就是占领藏军把守的日纳山，再占领隆吐山。日纳山和隆吐山口都是藏地要塞，盘踞在此才能连接后方粮秣，深入大葫芦般的西藏腹地。

十字精兵到达噶伦堡时，天色已经微明。戈蓝上校率部迅速走进勘察好的茶叶山谷，悄悄地安营扎寨，隐蔽了起来。十字精兵的战斗部队由两部分组成，一是英军，二是由当地信仰基督教的土著组成的雇佣军。光有战斗部队还不够，还必须有运送给养的背夫。戈蓝上校已经派人在布鲁克巴和哲孟雄两地秘密招募背夫，他要在这里完成背夫的集结，给战斗部队下的第一道命令便是：待命期间所有士兵不准走出山谷，不准升起炊烟，不准发出喊声。之所以如此诡秘，主要是不想让哲孟雄人察觉。上校知道，哲孟雄虽然跟印度以及英国人走得很近，但国王图朵朗杰和大部分国民都信奉喇嘛教，通行藏语。同一种信仰和语言自然会有同一种情感，在所有佛教徒看来，英国人进军西藏，就是进攻佛教。万一走漏了消息，西藏方面肯定会加强日纳山和隆吐山的守卫，他就很难出奇制胜了。

无法防备的只有喜马拉雅山南麓的随人鹰。随人鹰喜食乌鸦，便也有了乌鸦的习性，哪儿人多往哪儿飞。此时，乌鸦和随人鹰都已驾临，天空嘹唳着，云彩被扑打得粉碎。这是深谷唯一招人眼目的异样，却不能开枪驱散。戈蓝上校有些烦躁，但是又想：谁又会想到这里来了军队，而不是牧羊人的聚餐呢？

可是上校不明白，这里的鸟兽虫草不可能不把山坳里的秘密告诉跟它紧密相亲的土著。早在英国十字精兵在大吉岭秘密集训之初，随人鹰就把消息泄露了出去，如今又及时通报了英军迁移的动向——有人望鹰而来，偷窥到十字精兵的营帐后，迅速禀报了国王。

图朵国王脸色惨白，喃喃地说："英国人终于下手了。"

他知道这一天总会到来，一旦到来还是感到意外。更意外的是他的愤怒，他把英国人送给他的伦敦造金属拐杖顺手丢在石阶上，一脚踩得铁骨丫杈，然后迷茫地望着损坏的拐杖，又弯腰捡了起来。似乎不应该这样愤怒，英国人对他本人和他的王国还是不错的，至少有三分之一的哲孟雄人因为英国人的到来而有了养家糊口的工作。英国人还帮他建造了新的王宫，王宫里陈设着从英国本土船运来的家具。有些王室成员三天两头去参加英国人的宴会，都已经"哈喽哈喽"地能说英语了。可是，一个佛教徒怎么能看着英国人进军西藏而无动于衷呢？愤怒是无意识的，它来自心底，心底是佛的存在。

这天晚上，图朵国王把英国人从大吉岭移师噶伦堡的消息透露给了王妃，叹息道："我们无力阻止英国人，也无力挽救西藏人，只能咽下这口气，什么也不说。"

王妃仁青达娃是西藏噶厦政府的噶伦（大臣）顿珠的女儿，不可能坐视不管。她毫不犹豫地说："为什么不说？只要我们告诉西藏人，西藏人就能把英国人赶出西藏。最可怕的是拉萨不知道，没有人在佛前祈祷。"

图朵国王说："要是我们背叛了英国人，我这个国王可就当不成了。可是……"

仁青王妃说："我们为佛做事，佛会保佑我们的。"

图朵国王把缠在手腕上的佛珠取下来，一颗一颗默默捻动着。

许久，图朵国王和仁青王妃悄悄分开了。国王走向了王宫右侧的会客厅，王妃走向了后花园。他和她互相隐瞒着，都做了一件同样的事。

图朵国王伏案斟酌，亲笔给西藏摄政王迪牧活佛写了一封信：

　　　　种种迹象表明，黑水白兽的异教英人已派出一支数量可观、装备精良的军队，将以我们慢性子的佛教徒所不能想象的闪电速度和摧山拔树的力量，侵犯佛教圣地西藏。故敦请阁下速速派遣得力官兵卫戍边境，以戒防异教入侵圣地，毁灭佛教。

然后把宫廷信使召来，让他连夜进藏，急速送达。

信使前往马厩备马，正要出发，又听王妃传令叫他，赶紧来到后花园。

仁青王妃不知道信使就要出发，也交给他一封亲笔信，神秘地叮嘱道："现在就走，不走就晚了。"信是写给父亲顿珠的：

> 阿爸，英国人的军马已经开向噶伦堡，西藏就要不好了。阿爸，你是西藏的大官，赶紧告诉佛，让佛拦住英国人。我想阿妈，想佛，想拉萨，想阿爸。

从哲孟雄到西藏的拉萨，按照马上信使每小时七至十公里的正常速度，六至七昼夜才能到达。但国王给信使的命令是：四天内必须送到，否则不要回来复命。信使带足了银子，沿途购买良马换乘，不分昼夜，一路飞驰。

# 第二章　西甲喇嘛

## 1

拉萨一如往日的静夜里，响起了一阵清亮而急促的敲门声。之后，丹吉林就笼罩起紧张惶恐的气氛。所有的神像都郁黑了面孔，连慈眉善目的除盖障菩萨也把眼角耸起来，惊诧地望着殿堂里动荡不安的空气。

活佛的管家白热一连三次命令仆从：“点灯。”

仆从说：“大人，所有的酥油灯都点上了。”

白热管家心急如焚地走向护法殿，跪在旦巴泽林铜刀护法神像前，小声机密地祈求道：“请大护法快快指路，愚笨的管家应该怎么办？”

哲孟雄国王派使者送来亲笔信：黑水白兽就要电掣而来，佛教有难了，西藏有难了。十万火急，必须立刻做出反应。

然而，作为西藏摄政王的丹吉林寺主九世迪牧活佛正在密境地宫里闭关静修悲智行愿四菩萨大法。这是转世三十二年来的最后一次闭关。这一次将决定迪牧活佛的密法修炼能否全力攀越最高境界，能否完成从世间肉身佛到神界法身佛的转变。因为是方便道的途径，可以速成，却相当危险。如果惊动，那就废了，所有殚精竭虑的修炼都将毁于一旦，这一世休想再有成佛升天的可能。

闭关期限为一个月，如今只过了半个月。谁也不能叫醒他。

白热管家举起袈裟袖子，朝着酥油灯使劲甩了一下。没有一盏被袖风熄灭。不灭的火焰，长明的神灯，这就是护法神的引领，和自己的愿望恰好一致。他如释重负，欣然起身，做出一个大胆的决定：以摄政王的名义，回复哲孟雄的图朵国王。但回复的不是信，是摄政王迪牧活佛亲笔抄写的经文《无畏妙音》和达赖喇嘛送给摄政王的金质法铃。哲孟雄国王是虔诚的佛教徒，他会明白这两件宝物的意义：佛的西藏至上无敌，有佛就有西藏。又赏藏银五十两，打发信使连夜归去。

总算妥当了，白热管家长舒一口气，把哲孟雄国王的亲笔信交给负责为神灵和佛像敬献供品的香灯师西甲喇嘛，嘱咐他好生供奉在旦巴泽林铜刀护法神脚下，谁也不准动，他将每天派二十个喇嘛对亲笔信唪经念咒，直到摄政王闭关结束。

西甲喇嘛虽然不识字，但看到信筒上有象征兵凶的斧剑之戳，就知道边境告急了。他惊疑地望望白热管家，想说什么又没说。

白热知道他想什么，解释道："我是摄政王的管家，不是西藏的管家。"

西甲仿佛很吃惊："啊，我以为摄政王的管家，就是西藏的管家。"

白热瞅他一眼，心中掠过一丝不安，却没有多想。

但就是这种遇事不三思的习惯，酿成了白热管家一辈子的后悔。他后来不止一次地说："想起我对西甲喇嘛的信任，真想让铜刀护法砍了我的头。紧要关头，我怎么总是粗心大意啊？迪牧摄政王，我对不起你。"

白热管家哪里会想到，肩负双重使命的哲孟雄信使离开丹吉林后，又去了拉萨以东的顿珠庄园。按照仁青王妃的嘱托，此信是要当面交给父亲顿珠噶伦的。这就是说，当白热管家为了摄政王迪牧活佛的闭关静修而封锁藏边危机的消息时，另有一个至关重要的人物已经知道了一切。

顿珠噶伦看了信，又问了信使一些信中不甚明了的情况，立马去了大昭寺北边的策墨林寺院。策墨林首席大活佛、皇封高僧沱美是顿珠的密友。在这个密友的恳求下，顿珠捐资修建了策墨林大经堂。修建时，沱美说："从此以后，对你，我们是有求必应的。"顿珠记住了这句话，所以他来了，他希望沱美活佛兑现诺言。

沱美活佛一见顿珠噶伦来得匆忙而诡秘，便把他拽进自己的寝殿说："要是你的声音超过蚂蚁的悄悄话，那你就不要再说了。"

顿珠关了门，让沱美看了女儿的信，凑到对方耳边嘀咕道："必须把摄政王从闭关的境界里叫出来，哪怕废了他的全部修炼，让他从此断了学法成佛的念头。你能做到吗？"

沱美知道顿珠和摄政王素有芥蒂，诧异道："兄弟，这是你的意思吗？我劝你还是收回。"

顿珠说："不是我的意思，是西藏和佛教的意思。想想看，洋魔来了，洋魔摧破了摄政王的佛法。摄政王当头一件事，就是报复异教，摧破洋魔。不依靠摄政王，西藏和佛教就完了。"

沱美说："可是摄政佛并不会这么想，他会觉得是我有意毁掉了他对悲智行愿四菩萨大法的修炼。"

顿珠心里冷笑一声：机会来了，我就是要毁掉他。脸上却是从未有过的真诚："大活佛，看来你是只顾自己不顾西藏了。"

沱美踌躇着，半晌点了点头，悲伤地说："摄政佛，毁掉你的不是我。"


沱美活佛当即派人前往丹吉林，向西甲喇嘛秘密传话："麦草是水上漂的，宝石是沉入海的。我在海里打坐，就是为了等你。"

西甲喇嘛一听就明白，沱美活佛要见他。

丹吉林和策墨林相距不远。西甲喇嘛连夜赶来，正要敲响红宫大殿的门，就听"吱呀"一声，沱美活佛开门出来了。西甲双手合十举到头顶，弯腰致敬。

沱美说："我看到一头雄壮的野牦牛正向后藏走去，莫非就是你？"

西甲大惑不解："啊，我是野牦牛，为什么？"

沱美笑了笑说："看看拉萨河吧，不问你也知道，水底下不光是石头，还有水晶的龙宫、珍珠的神殿。你这个陀陀坯子，就算你修成了菩萨，命运里还是要做陀陀喇嘛该做的事。"

西甲不情愿地说："不会吧，尊师？"

沱美如此这般一说，又道："现在是言听计从的时候了。"

西甲呆愣着，心说不能答应，我决不能答应。

沱美说："你不会忘了我们的誓约吧？"

西甲急切地回答："不会，你是我的至高上师。我在你面前持过咒发过誓。"

"那就去吧，你是躲不过去的。命运已经开始，它有自己的安排。"

"尊师啊，我不能……"

沱美说："火把朝下低垂的时候，火舌就会向上燃烧。你要是不管它，它就会烧掉自己。摄政佛迪牧现在就是那个朝下低垂的火把。"

西甲喇嘛呆愣的面孔一阵抽搐，心说沱美活佛是对的，就应该把摄政王从密境地宫里叫出来。黑水白兽就要吃掉西藏，万千活佛喇嘛都不能修炼了，一个人的修炼算什么？即便修成了菩萨，那也救不了几个众生。让所有人成佛才是佛，谁不知道呢？正是显示摄政王法力的时候，全西藏都看着，我不叫醒我有罪啊。

他向沱美活佛深深地鞠躬，转身离去，双手不停地挤压着胸脯，挤出了一句话："那就对不起了，迪牧活佛。"

## 2

是心的变迁，从喧嚣滑入平静。第一次发现，平静即是欢愉，松弛而柔和。看得见淡淡的金色、祥美的光环与花带，绿云红莲，跣足祖肩——佛祖出现了。

闭关静修变成了灵魂与佛祖的直接对话，没有饥渴，没有疲倦，全神贯注，忘了时间，直到被一阵忧急的喊声打断。啜饮最高法乳的惊天之喜溘然远逝，那些传进耳朵便成顿悟的佛祖密语不绝如缕，很快听不见了。

摄政王迪牧活佛祈请着："佛祖，请让我随你而去。"急伸手想抓住佛祖的法衣之角，抓到的却是一封信。

"佛爷出来吧，黑水淹了佛教，白兽吃了西藏，洋人犯境了，就靠摄政王的法力了。"是西甲喇嘛的声音。他悄悄来到丹吉林的密境地宫前，在石砌的封门墙上撬开了一道缝隙，把信塞进去，轻轻一吹，信就飘然而去。

迪牧活佛借着酥油灯看了信，奋然而起，推倒封门墙，带着一股神祇才有的清俊之气，和黎明一起出现在大经堂前的石阶上。

人们惊呆了。半个月不吃不喝的迪牧活佛面色红润，身体健朗，指着白热说："我的管家怎么连马和鞍子哪个重要都分不清楚？"

忠心耿耿的白热管家不在乎主人的责备，"扑通"一声跪下，惊叫一声："佛爷，你怎么出来了？"

僧人们纷纷聚拢过来，惊恐、哀怨、失望，一个个就像被人扇了一巴掌，面孔的肌肉都在紧张变形。有人禁不住哭起来。丹吉林的僧众，哪个不希望自己的主人得道成神呢？如今再也没有希望了。

丹吉林的悲惶气氛里，迪牧活佛的清俊之气渐渐散尽，很快就是疲容倦色了。

白热抬头一看，爬起来就走，边走边喊："酥油茶，酥油茶。"

迪牧阴沉沉地说："我的酥油茶在大昭寺，备轿吧。"


出了丹吉林，穿过一片树林，走过一片街市，就是噶厦政府的办公地大昭寺。迪牧活佛掀开轿子窗帘，看着还没有吐芽的柳枝和慌张闪开的人影，似乎才从闭关的情景里走出来。他双手使劲抹了一把脸，大声咳嗽了几声，一个俗界摄政王的情绪、一种生来旺盛的怒火，便迅速高涨起来：

难道就这样废了？日夜积累的修炼付之东流，他叩响了神界的门却没有进去，从此就再也进不去了。好一个不知轻重的西甲喇嘛，僭越职分叫醒了闭关的主人，加巴索！"加巴索"就是"吃屎去吧"，是干净的藏语里最厉害的一句骂人话，可见他的愤怒有多大。他知道自己的愤怒是矛盾的，甚至都不该有什么愤怒，因为作为摄政王，西藏的安危是重中之重，西甲喇嘛并没有错。可迪牧活佛就是要恨，恨一切，恨得无法自持。他寻思完蛋了，又回到从前了。他生来就是一个喜欢记仇泄恨的人，对他来说，闭关就是闭火，静修就是静怒。年年不断的闭关之后，似乎所有的瞋忿、怨怒、痴恨已经不再，他早就是一个平和淡然、宽坦虚无的高僧大德了。但是现在，怒重来，火重来，恨重来，且盛大无比，就像几百年的饿禽困兽突然挣脱了藩篱，从内心深处咬杀而来。

心从来就是挣扎的，挣扎！

正在挣扎着，忽然有人粗声大气地说："请摄政佛留步。"

迪牧活佛一听就知道是沱美活佛。按照规矩，沱美活佛应该小心翼翼过来，请求摄政王停下。但沱美是一个秉性放达的人，又是皇帝封授了"灌顶国师诺门罕"称号的高僧，都敢在达赖喇嘛跟前有说有笑，对待比自己年轻二十岁的迪牧活佛，就更没有拘束了。

迪牧活佛让轿停下，客气地使人掀起了轿帘。

沱美踩着仆从的脊背下马，把缰绳丢开，趋步上前道："摄政佛，我今天一直在等你召唤，难道现在还不到时候？"

迪牧说："等我召唤？全西藏都知道摄政王在闭关。"

沱美说："冬天吹来喜马拉雅山南边的热风，坚固的冰雪就会融化。最后一次闭关提前结束了，你不再是慈悲的佛爷，而是杀人不眨眼的魔怪。西藏的佛爷太多，跟拉萨河的石头一样多，能制服洋魔的却只有你一个，摄政佛。"

迪牧吃惊道："你什么都知道了，消息从哪里来？"

沱美说："难道我们的修炼不是为了遍知一切？西甲喇嘛想让他的主人为了西藏牺牲自己，拿不定主意就去祈请你家护法殿的旦巴泽林铜刀护法神。他说，要是他的祈请能让神像的铜刀发出声音，那就是叫醒主人的神意。我来这里，就是想告诉摄政佛，铜刀发出了响亮的声音，神的意志把你从修行的醉境里唤醒，请不要责怪西甲喇嘛。"

不，不是神的意志，是你的撺掇。你和西甲喇嘛早就串通一气了，不要以为我不知道。摄政王迪牧把要说的话一口吞下去，怒视着对方。他想起那个在教界高层隐秘散播的传说，发现它已经变成清晰的现实，便恨得咬牙切齿。

那个传说让迪牧活佛一直耿耿于怀。说是悲智行愿四菩萨大法原本是印度圣僧阿底峡亲传藏地，得道者是噶举派祖师之一的塔波拉杰，后来又被沱美一世继承。沱美一世和迪牧一世曾是金刚兄弟，沱美在秘密接受灌顶和修炼时被迪牧偷窥，暗记了曼陀罗的布局、所有仪轨和声咒口诀。于是迪牧一世便偷偷自修这一殊胜大法，结果迪牧有了成就，沱美反而未果。沱美一世恼怒不已，因为悲智行愿四菩萨大法只能一线单传，同时代中不能有第二个人获得成就，迪牧有果，沱美就只能不果。所以沱美一世留下法旨：所有的沱美转世首先要破坏迪牧世系对悲智行愿四菩萨大法的修炼，才能获得自己修炼的资格。这法旨的存在让一世以后的所有迪牧转世都没有成就此大法，直到今天。今天，九世迪牧活佛眼看要成了，却又被八世沱美活佛破坏得一干二净。迪牧想，谁成谁不成是天神福佑、法缘使然，并不在于迪牧一世偷窃了佛法。没有法缘的倒霉鬼，你只会阴损暗害。

迪牧活佛恼怒地催轿快走。

沱美扑过来，拖住轿子："你还没有答应我，你会宽恕西甲喇嘛。"

迪牧喝令随从："把他挡住，给我操倒，操倒。"

被操倒的沱美活佛让仆从扶起来，激愤地喊道："你敢这样对待我。迪牧摄政王，你是一头多长了黑毛、少长了记性的牦牛，忘了我的身份。我，策墨林首席大活佛八世沱美，代表民众大会。"

迪牧不理他，心里想着西甲喇嘛。他知道接下来白热管家一定会依照丹吉林的规矩和迪牧信众的愿望，惩罚西甲，轻则伤残身体，重则了断今生。他快意地冷笑一声，仿佛看到西甲喇嘛已经死了，死得比他期待的还要惨，那是应得的下场。突然，迪牧又紧张地撕扯了一下袈裟胸襟，仿佛从那儿走出一个人来，泪眼汪汪地乞求着他："佛爷，佛爷，饶了西甲。"走出来的若是别人，他当然不会理睬。可这是个姑娘，是小时候口口声声叫他"佛爷哥哥"的美丽的桑竹姑娘。迪牧沉吟片刻，大声说："让西甲喇嘛去森巴军传我的指令，今年不打藏鬼了，留下炮弹去前线打洋魔。森巴军要睁大西藏人的眼睛，再不能瞄山打水啦。去啊，快去。"

迪牧听到有人应令而去，心说佛祖啊，我为什么要这样？

一阵马蹄的骤响，由远及近，停了下来。

轿前护卫喝道："干什么的？摄政王在此，赶快闪开。"

响箭飞鸣，"咚"的一声插在轿楣上。迪牧吓了一跳，只听两边的护卫喇嘛朝前扑去。马蹄再次响起，由近及远，消失了。

迪牧起身掀开轿帘，探出半个身子，看了一眼插在轿楣中心忿神头像上的箭羽，一把扯下拴在上面的一片白绫。白绫上一摊墨迹、一摊血迹、一摊精液之迹。墨迹代表权势之恨，血迹代表杀伐之恨，精液代表未来之恨。迪牧咬牙吸气，凉风直灌肺腑，双手紧紧团起白绫，一屁股坐下，震得花氆氇大轿船一般晃荡。

他曾经痛苦地责备自己：一个修行的人为什么要有仇恨？现在明白了，因为他处处被别人仇恨。西藏怎么生长着这么多仇恨，而且仇恨仿佛都是冲着他的？

又是为什么，一个有恨被恨的人，居然还能亲临王舍城的竹林精舍，缠绵在梵天妙善之地，聆听佛祖的密语？

晨风挂满了梢头，所有的树枝都有了响箭的飞鸣。"快走。"迪牧大喊一声。四个身体强壮的轿夫跑起来。护教喇嘛们环绕着轿子，喝散了前后左右五十米内的人影狗影马影。很快到了。

迪牧活佛下轿，疾步进入大昭寺大门。

噶伦顿珠迎面走来，故作惊讶地问："大人不是在闭关吗？"

迪牧把刚才路上的慌张掩饰过去，凌厉地说："加巴索！黑水白兽来了，居然在这个时候。洋魔的枪炮惊醒了我。我听释迦牟尼说：赶出去。"

顿珠的脸色按照他的心愿由红变黑又变白了，仿佛黑水白兽的颜色瞬间浸染了皮肤："什么什么，摄政大人，洋魔的枪炮？"

大昭寺所有的佛像都瞪大眼睛张开了嘴，嗡嗡嗡的经咒充满了庭院。

战争，西藏面临战争。

## 3

幽深的巷道在通往密境地宫的时候，扭出了一连串的波浪，每一个波浪的弯道里都有一扇门，分别是通往断腿断舌之门、通往断臂断耳之门、通往断头或吃毒之门、通往地狱之门、通往畜生与饿鬼之门。

白热管家让仆从绑了西甲喇嘛，押着他路过一扇扇黑骷髅装饰的恐怖之门，大声说："对你的惩罚差不多就是慈祥的恩典，你自己选择吧，要走向哪一扇门？"

西甲喇嘛眼睛里迸出两道明亮的光，像选择货柜上的各色毪氆那样，平静地扫过所有的门，最后走到了地狱之门前。

所有人都吃了一惊：二十五岁的青年喇嘛西甲选择了最严酷的惩罚，他不仅要即刻断命，还要在来世经受地狱的折磨，继续赎罪。

白热管家恨恨地说："再想想吧，一旦进去，就没有后悔的余地了。"

西甲惨淡地说："我毁了大活佛几十年的修行，我知道罪过有多大，还后悔什么呢？开门吧，我们来世见。"

白热瞪了仆从一眼，两个仆从上前，"哗啦"一声打开通往地狱的门，又给西甲松了绑。

西甲一脚迈进门槛，半个身子在幽冥里一晃，停下了。他听到巷口一阵奔跑声，有人喊："西甲，西甲，摄政王让你去森巴军传令。"

这么多喇嘛，为什么偏偏让我去传令？西甲喇嘛犹豫着，正要把迈进去的一条腿抽回来，白热管家猛然一推，让他一个趔趄扑向了里面。门从身后"哐当"一声关死了。

一片黑暗。西甲打了个寒战，毛发噌噌地竖了起来。地狱，他已经来到地狱，今生来世都将在这里度过的地狱。他想看清地狱是什么样子的，突然发现脑袋大了，大得就像宇宙，瞬间包围了自己。原来如此：地狱，就是把你储存在脑子里的全部恐怖的想象，变成惩罚自己的力量。先是火焰燎烤，再是锯子断身、刀剐骨肉、冰寒透心、人畜相食，等等。一瞬间所有的痛苦都进入了他的感觉。他储存的恐怖想象太多了，学法的人，修佛的人，都这样，初级阶段，就是要把人间变成恐怖的地狱，然后才好厌离。

可是，当地狱的体验真的一一来临时，西甲喇嘛却突然不想厌离了。因为他拿不准当他告别生命之后，是否还有爱意浓浓的灵魂飘向原野，吸引桑竹姑娘的注意。而桑竹姑娘是不死也会灵魂离身的，她的灵魂始终飘晃在他心里，内心的地狱一出来，她也出来了：美丽的身影，斑斓的衣袍，迷人的表情。让他恍然明白：摄政王并没有下达处死他的指令，让他去森巴军传令，就是想把生与死的选择交给桑竹姑娘，也交给他自己。因为灵魂并没有远离，他的灵魂和桑竹姑娘的灵魂永远都在互相张望，不由自主地靠近着，又谨小慎微地保持着距离。人人都明白，佛和女性的距离，就是有成就和没成就之间的尺度。

西甲本能地回身，扑向门口，双手使劲拍打着门："我要出去，我要出去。摄政王让我去传令。"突然一拉，门开了，原来并没有从外面锁住。他跳向门外，推开白热管家往前走。

白热跟在西甲身后，不情愿地说："你的今世延长了，但也不会延长多久。你的选择不能变，地狱之门等着你，我们不会关起来。"

西甲心里说：那要看桑竹姑娘的态度。她要我死，我就回来受死；她要我不死，我就……干什么呢？他一巴掌拍疼了自己的头，看到前面有一匹马，跑过去骑上就飞驰而去。

白热管家恨西甲喇嘛恨得要死，却没有亲自去追撵。

摄政王迪牧活佛去了大昭寺，这个时候丹吉林不能没有主事的人，而且怦怦狂跳的心告诉白热管家，必须多派些人去保护摄政王。表面上平静的拉萨，神圣而祥和的拉萨，到处暗藏着骚动和凶险，"沙沙沙"的脚步声，传到了耳朵里，却看不见走动的人影。鬼、鬼、鬼？

凭他的预感，随着洋魔的到来，更可怕的藏鬼正在不知不觉中冒出来——响箭送来的"三迹白绫"、西甲作为内鬼的暴露、沱美活佛的出现都是预兆。洋魔威胁着西藏，藏鬼威胁着摄政王。藏鬼在哪里，会使出什么样的损招？从现在开始，就得睁大一千只眼睛凛光四射了。观世音菩萨，尽管西藏几乎所有寺院都供奉着你，但你的千手千眼法威只可以属于丹吉林，保佑，保佑。

白热管家走向丹吉林大自在佛殿，在殿前跪下，一头磕在石阶上，然后起身，对身边的仆从说："我们的陀陀喇嘛呢？都叫来。"

丹吉林的陀陀喇嘛都来了。白热管家要求他们带上棍棒，二十人前往驻藏大臣官邸接应摄政王，二十人前往森巴军捉拿西甲喇嘛，还叮嘱道："一等西甲完成了摄政王的使命，立刻就给我绑了。最好一绳子绑死他。对了，蒙上你们的嘴脸，森巴军里有女人，不要让她们认出你们是丹吉林陀陀。"

森巴军是古代藏王的卫队，沿袭到现在，变成了给达赖喇嘛壮行、接受检阅和打炮驱鬼的礼仪部队，一个团的建制，叫代本，团长的职务也叫代本。森巴军一定是世界上最散淡的军队，士兵平时都在家种田放牧，每年一月集中，参加拉萨的传召法会，二月解散，只留下一个甲本(连)的兵力蹲守营地。这一个甲本没什么军事任务，日程是上午先念经再跳舞，下午基本自由，自由得无所事事，就聚起来接着跳舞，晚饭后还是唱歌跳舞。最散淡加上最娱乐，营地前的广场几乎变成了露天歌舞场，吸引了拉萨的许多姑娘。姑娘有看的，有进去一起跳的。森巴军的战士们在使劲歌舞的同时，一个个瞪凸了欲望的眼睛。爱情发生着，拉萨河谷开阔的原野上，到处都是忙于幽会的森巴军人。一时间，拉萨的时尚里，"森巴"成了由歌舞产生爱情的代名词。

西甲喇嘛到来时，代本奴马正带领战士们舞得疯狂。那是奔放的锅庄，粗犷朴素的集体圆圈舞，热腾、飞扬、震颤，白云连上了尘土，树叶都在哗啦啦响。西甲下马，丢开缰绳，大步走进舞阵，急叫几声"奴马代本"，看人家不理睬，便一把揪住了飘飞的衣袖。陶醉在歌舞中的奴马代本挥袖甩开了他，"呵呵"的笑声让痴迷的神情有了几分呆傻。西甲比舞蹈更加猛烈地跺了一脚，再次揪起对方的衣袖往外走。

奴马代本只好跟上："西甲，西甲，你这是干什么？"

直到西甲喇嘛把摄政王的指令一字不落地说了三遍，奴马代本才从歌舞的陶醉中收回了魂："阿妈呀，洋魔在哪里？什么时候打？"

西甲自作主张地说："就打，就打。西藏有前线啦，你不打，远远的前线，就近近地来啦。"

很快，奴马代本把留守营地的全体人马集合在了广场上。

他表情肃穆地扫视着大家说："士兵们，我已经派人命令回家种田放牧的森巴军战士全部回来。我们不能在拉萨打炮跳舞了，我们要去有洋魔的前线打炮跳舞了。"然后对随军护法说，"开始吧。"

森巴军的随军护法负责一切决断面前的打卦问神。这时已经在队列前焚香念经，做好了打卦准备。他从腰里摘下一只牛角和两只羊角，把羊角装进牛角，奋力摇了摇，插在地上，盖上一面经幡，大声祈祷。一炷香的工夫，随军护法拿出里面的两只羊角，左看右看，一脸疑惑。大家有一眼没一眼地盯着他，有些嘈杂。随军护法示意大家安静，然后十分肯定地说：

"神谕显示，我们应该昨天开拔。"

"昨天开拔？怎么今天还没走？"奴马代本吃惊地望着大家，

很意外自己的队伍居然还在这里。

有个小瘦子汝本（营长）说："摄政王的指令来晚啦。"

奴马说："对，来晚啦。可是神不会怪罪摄政王，会怪罪我们的。我们赶紧走，连夜。"

又打了一卦：洋魔在哪里？护法说："在半月以后。"

奴马想了想说："太对了，我们半月以后到达哪里，哪里就是有洋魔的地方。"

小瘦子汝本不解地问："可是往哪里走啊？寺院的喇嘛说，世界有三十三个方向（指须弥界三十三天）。"

奴马嘲笑道："你太无知啦，护法会带路的。"他清点着人数，果断地说，"不等了，还没有归队的，就让他们去路上追我们。"

森巴军的战士们把炮从营房里抬出来，拆开，绑在马背上，又带了许多吃的喝的，更没忘了带上唱歌跳舞的铜铃、手鼓、钹、唢呐、铜号、骨号。

小瘦子说："枪带不带？我的枪阿爸借去打猎了。"

奴马走过去踢他一脚："快去要回来。"

有个黑脸汉子拍了拍胸前的佛珠说："我们有佛法，洋魔是近不了身的。打姑娘的枪带上就可以啦。"

大家笑了：打姑娘的枪，那里老虎的机关枪。

开拔了。去抗击黑水白兽的森巴军举着标志性的金色旗帜，唱着山歌离开拉萨，跟着随军护法向北走去。姑娘们，有瓜葛没瓜葛的姑娘们都来送行。她们用山歌呼应着士兵，让士兵的山歌更加雄壮。还有的姑娘跳起了舞。士兵们有的骑马有的步行，步行的便用舞蹈来回答。队列变成了舞列，欢天喜地地离别着，好像不是去打仗，而是去参加节日的庆典。

　　黑脸汉子怪叫一声，冲出队列，拉起一个唱歌跳舞的姑娘往旷野里跑："快啊，快啊，再来一次，谁知道什么时候才能回来。"

　　姑娘说："为什么不带上我呢？"

　　黑脸汉子说："你让我再来一次，我就带上你。"

　　带上姑娘去打仗的士兵还不少呢。

　　西甲喇嘛忧郁地看着姑娘们，心里涌出一股异样的悲伤，修行人的敏锐让他不敢沉浸在逃离地狱的庆幸中。他看到了欢乐背后的凄苦，看到金红烂漫的黄昏前面，除了神秘的黯夜，还有更黑的黑暗、更大的未知。

　　突然有人喊："他在那里，抓住他。"

　　西甲喇嘛猛回头，看到一队熟悉的骑影，顿时有些紧张：丹吉林的陀陀喇嘛追上来了，不能让他们抓住，还没见到桑竹姑娘呢。他拔腿就跑，听到身后有陀陀喇嘛大声说："狗屎长了翅膀，飞得再快也是狗屎。摄政王希望你死，你跑到哪里都得死。"

　　西甲喇嘛遗憾地说："摄政王，迪牧佛，我知道你不会放过我。"

4

　　九世迪牧原名叫阿旺岩措。阿旺三岁的时候，拉萨河的洪灾冲走了河边收田的阿爸阿妈。他趴在岸边树上鸟窝的旁边没命地哭喊，哭着喊着就掉下来了，是拉珍接住了他，然后又养活了他。拉珍后来嫁给了甘丹寺的银匠旺堆，有了孩子，这便是桑竹姑娘。不久，阿旺被选定为八世迪牧活佛的转世灵童，成了桑竹眼里的"佛爷哥哥"。迪牧有恩必报，给收养他的拉珍一家划拨了庄园，庄园就在拉萨河边，不大，但足以保证他们富足并成为贵族了。那时候，小姑娘桑竹常常来丹吉林看望她的佛爷哥哥。迪牧喜欢这个小妹妹，丢下经书，带着她到处玩。有一次打翻酥油灯，点着了大经堂的经幡，全体喇嘛跑出来救火。

桑竹姑娘十岁的时候西藏发生了哲蚌寺和甘丹寺的战争，战争的结果是：迪牧活佛失去了所有的亲情，桑竹姑娘再也不跟他这个"佛爷哥哥"来往了。

那时担任西藏政府总堪布的甘丹寺麦巴扎仓的活佛夏鲁不服制约，以为甘丹寺是格鲁派祖师宗喀巴倡建的第一座本派寺院，是拉萨三大寺的首寺，自己理应执掌政教大权，便密谋暗害了得到哲蚌寺支持的首席噶伦等贵族六人。哲蚌寺哪里会容忍，督促噶厦政府查访捉拿凶犯。夏鲁活佛逃往离拉萨四十多公里的甘丹寺，发动僧众公开叛乱。噶厦政府秘密组织以哲蚌寺僧人为主的一万兵力，间道前往，准备一举拿下甘丹寺麦巴扎仓。没想到叛徒告密，甘丹寺早有准备，让哲蚌寺损失惨重。

告密的叛徒便是桑竹的阿爸、迪牧的养父、已经由下等银匠变成上等庄园主的旺堆。旺堆原属甘丹寺麦巴扎仓，最崇信的便是夏鲁活佛。为夏鲁活佛通风报信对他而言是天经地义的事，压根就没去想，迪牧活佛是丹吉林的寺主，他是迪牧的养父，自然就是丹吉林的人。而丹吉林历来都是哲蚌寺的附庸。

丹吉林是哲蚌寺洛色扎仓的施主，年年为其熬茶布施，周到而充足。三大寺之间的每一次冲突，只要哲蚌寺出头，丹吉林的僧人都会紧跟其后。甚至有些僧人是交叉归属的，先在丹吉林，后去了哲蚌寺；或者先在哲蚌寺，后到了丹吉林。

血雨腥风飘洒了半个月才止息。你死我活的战斗中，双方都用了最先进的火绳枪。誓死保卫夏鲁活佛的人全部战死，夏鲁本人服毒自杀。

之后，噶厦政府逮捕了银匠旺堆和他的妻子。

小姑娘桑竹向佛爷哥哥求情。佛爷哥哥答应了："当然，他们是我的养父养母，我不救谁救。"但最终迪牧还是做出了大义灭亲的决定。因为哲蚌寺是力主处死的，他应该服从；更因为由迪牧活佛出任西藏摄政王一事已在议论之中，他如果不放弃对权力的渴望，就必须承受绝情断亲的痛苦。思来想去，便以闭关静修为借口躲进了密境地宫。哭泣是真诚的，闭关的一个月，他用眼泪和饥饿惩罚了自己。他在佛前发下誓愿：要以修炼的全部愿力，关照桑竹妹妹的今世，保证她往生西方极乐净土。可是没等他闭关结束，桑竹妹妹就决定终生不理他了。

桑竹姑娘在丹吉林等了六天七夜，不吃不喝，天天喊着："佛爷哥哥，佛爷哥哥。"十岁的小姑娘知道她的佛爷哥哥有意躲着她，却还是等着，喊着，不放弃最后一丝希望。她从一个殿堂喊到另一个殿堂，又一遍遍喊过丹吉林的大小巷陌，嗓子哑了，泪流干了。累倒在地的时候，是一个来拜佛的少年香客抱起了她。

小姑娘桑竹终于没有喊出她的佛爷哥哥，得到的却是阿爸阿妈被割掉舌头、饥渴疼痛而死的消息。那一刻，她撕心裂肺的哭声震撼了丹吉林，连大自在佛殿里的观世音菩萨也流泪了。

有罪的人，是没有资格天葬的，阿爸阿妈的尸体被抛给了荒野里的饿狼野狗。但是桑竹不甘心，她守在阿爸阿妈身边，驱赶着狼和狗，想让神鹰前来吃掉他们的肉体、带走他们的灵魂。在她亮闪闪的大眼睛瞪着天空，以为月亮就要长出翅膀，化作神鹰翩然而来时，少年香客出现了。他告诉她，这里是不会来神鹰的，她再守下去，连她也会被饿狼野狗吃掉。然后，他背起了她的阿爸，背了一段又放下，回来背起了她的阿妈。他就这样轮换着背，一段一段往前走。他背了一夜又一天，才到达天葬台——能让小姑娘放心地把阿爸阿妈交出去的神鹰的天堂。

内心贮满了亲人被杀的惊恐和仇恨的小姑娘桑竹，在天葬阿爸阿妈的时候，向无所不在的神佛发下誓愿：我也要惩罚叛徒，迪牧活佛就是我家的叛徒。她当然不知道怎样实现自己的惩罚，孤独和凄凉占领了她，她本能的举动便是靠近喜欢帮助自己的少年香客。

这个少年香客就是西甲。看着神鹰在天葬师的帮助下吃尽了她阿爸阿妈后，西甲才离开。桑竹跟在他后面，一遍遍叫着："西甲哥哥，西甲哥哥。"

西甲的阿爸是拉萨河上用牛皮船摆渡客人的渡手。跟西藏许多人一样，营生越低贱，信佛就越虔诚。他驱赶老婆和儿子天天去寺院："拜佛去，拜佛去，你们到拉萨城里拜佛去，牛皮船上没你们的事。"西甲跟着阿妈天天拜佛，渐渐滋生了一个强烈的愿望：做一个受人尊敬的喇嘛。为此他询问同样拜佛的长者。长者知道他穷，出不起钱，就说："只有一个办法，行善做好事。好事积累多了，喇嘛的袈裟就会从天上飘下来披在你身上。"于是，西甲把好事做到了小姑娘桑竹跟前。

大概是看了迪牧活佛的面子，噶厦政府没有没收桑竹家的庄园，也保留了帮她经营庄园的人。桑竹依然是一个衣食无忧的贵族姑娘。不久，她便把西甲一家收纳为自己庄园的属民。

西甲除了拜佛，又有其他事情要做了，那就是随从，陪她进出，陪她玩耍。不可遏止的时间迅速改变着他们，他们长大了。长大不仅意味着年龄和身体的增长，更有对异性感觉的增长。几乎在同时，他们发现，自己喜欢上了对方。本来就很熟，仅剩的距离在阳光下的庄园青稞地里消失得一干二净。虽然初夜的红色把他们吓得不轻，但从未体验过的快乐还是把他们带上了天空——开始了，飞翔的爱情。

西甲用惶然甜蜜的口气对阿妈说："噢呀，我爱上了也爱着我的桑竹姑娘。"阿妈说："看别人要用眼睛，看自己要用镜子。你不会忘了你的镜子吧？你的镜子就是你阿爸。你就该娶一个像我一样贫贱的女人。"阿爸支持他，以为这是他拜佛做好事的报答："男人就该做男人的事，让她生下你的孩子，你就是庄园的主人了。"

如胶似漆。西甲和桑竹不考虑未来，就享受现在。没有人不知道他们的爱情，都说一个下贱渡手的儿子撞了大运，就要成为桑竹庄园的主人了。

是的，这日子很快就到了。桑竹说："收了青稞吧，新青稞会给婚礼带来喜庆。"但是她等不及了，又说："那就提前到沐浴节吧，七星仙女们都会浴水来贺。"过了几天，又说："不行，沐浴节还是那么远，就在下个月吧，你去寺里找喇嘛算一个吉祥的日子，快去啊。"

西甲去了，不知去了哪个寺院，也不知为什么一去就是三天。等他回到桑竹庄园时，一切就都变了。他告诉桑竹，他不想结婚了，他要去寺院做一个喇嘛，实现小时候的梦想。桑竹惊诧，怒斥，劝说，哭求，一切无济于事，西甲毅然离开了桑竹。他没有告诉她，迫使他离开她的竟是迪牧活佛。

拉萨大街上，白热管家把他拽进丹吉林，带到了迪牧活佛跟前。迪牧问："你想不想来丹吉林做一个喇嘛？"事情来得突然，他不知如何回答。迪牧又说："按照祖先的法规，没有噶厦的封赏文书，贱民是不能私自提高身份的。你要是娶了桑竹，就等于侵吞贵族财产，噶厦会没收桑竹庄园，这样她就不是贵族了，所有的方面我都无法保护她了。要是离开呢，她好你也好。丹吉林的喇嘛，千里挑一，捐了钱的人都还进不来呢。你来了，就是我亲招的弟子。"西甲这才明白迪牧活佛的意思：一旦他做了喇嘛，自然就跟桑竹断了。一切都由不得他，为了桑竹，也为了自己成为一个喇嘛，他只能屈辱地顺从。

桑竹姑娘不吃不喝，仅靠吞咽眼泪滋养身子。半个月以后她发现，悲伤没有了，滋养身子的只能是仇恨了。她这时才知道，西甲成了丹吉林的喇嘛，便恶狠狠地想：拉萨寺院那么多，为什么偏偏去了丹吉林？他是故意要和我作对了。叛徒，西甲跟迪牧活佛一样，都是我桑竹家的叛徒。惩罚他们，我拿什么惩罚他们？

进入丹吉林后，西甲做了一个没有靴子穿的陀陀喇嘛。

迪牧活佛说："即使是我亲招的弟子，也得从最下层往上走。"

陀陀喇嘛多数是寺院的体力劳动者，没有文化，不识经文，贡献给佛的只能是力气和勇敢，除了承担着最繁重的劳役：背水、盖房、搬运重物、煮粥、熬茶等，还有供人娱乐的体育比赛：摔跤、抱石、赛马、打枪、射箭等。但给人印象最深的还是在拉萨街头的表现：他们用酥油和锅底黑灰调制成的膏泥描画五官，涂抹脸面，披散着卷发，装扮成狞鬼厉神的模样，挎刀仗剑，傲慢凶悍，有时是维持秩序，有时是寻衅闹事，拉萨的许多流血事件都与他们有关。

虽然陀陀喇嘛不经不文，有杀有伐，却有着比懂经喇嘛更执着的追求，那就是脱离轮回，和那些学富五车的高僧大德一样进入佛界，成为护法神或保护一方的山神、水神、季节神。约定俗成的规则里，只有死得狰狞凶悍，才有机会进入护法神和护方神的序列，所以很多陀陀喇嘛都追求死亡的惨烈和奇异的悲壮：跳进汹涌的河浪，滚下嶙峋的山渊，扑向滴血的刀锋，杀入猛兽的大口，非命而死。最要紧的是，死前一定要装扮得极尽狰恶凶煞，为此便有撕大嘴巴、咬断舌头、劐开鼻孔、剜掉眼睛奔扑而去的。陀陀喇嘛，是西藏护法神的后备力量。

仅仅过了半年，身体壮硕的西甲便成了丹吉林最强悍的赤脚陀陀。

但西甲毕竟得到过桑竹姑娘的爱情，又在被迫放弃的爱情里饱受了比拉萨河水还要多的屈辱，便觉得仅仅做一个陀陀喇嘛就连自己也会轻贱自己。不管跟桑竹姑娘还有没有恋情，他都要为她争口气。他不想在现实的耀武扬威中得到快乐，更不想来世仅仅做一个使枪弄棒的护法神或护方神。他奢望成佛，一尊文质彬彬、慈眉善目、托着经卷、摆出手印的佛，说白了就是想在神与人的世界里做一个知识分子。最困扰他的问题便是：不识经文就不能成佛？他问过迪牧活佛，迪牧说："难道你见过没有基墙的金顶？"又说："有佛缘的人，拿起经文就能读。"西甲想自己这一世惨了，既没有基墙，又没有佛缘。但还是不甘心，大前年在拉萨传召法会上维持秩序时，碰到策墨林的沱美活佛，便跪下来求问："我不识经文，我想成佛，大师，请指教。"沱美说："成佛之道有读经也有口传，你为什么不拜一个不立文字、见性成佛的上师呢？"西甲说："哪里有这样的上师？"沱美说："眼前就有一个。"西甲是聪明人，仰头一看就明白了，说："可我没有金子和珠宝供奉上师。""言听计从就是最好的供奉。"言听计从？这有何难。上师如父，本来就应该这样。西甲高兴了。沱美说："那就请你吃咒发誓，你要做上师让你做的一切。"西甲喇嘛答应了，并不觉得从这时开始，自己已经成了沱美安插在迪牧身边的内鬼。因为是他求了沱美，不是沱美找了他。在他拜师之前，沱美并不知道他是丹吉林的喇嘛。

其实他拜沱美活佛为上师后，也没有学到什么经文，但谈吐和气质却大不一样了。不久，他被迪牧活佛提升为香灯师，依然是赤脚的，也就是只比陀陀喇嘛略高一点。

<h1 style="text-align:center">5</h1>

用红氆氇蒙住嘴脸的二十个丹吉林陀陀前堵后追，好不容易抓住了西甲喇嘛。他们绑了他，把绳子一头缠在马的肩胛上，正要离开，就见奴马代本纵马过来。

"哎哎哎，就算一天三顿豹子胆，也不能把你们吃成这样。怎么能在我的队伍里绑人？"奴马代本生气地挥动着鞭子。

尽管陀陀喇嘛在教界内部地位低下，面对俗人却比大活佛还要趾高气扬，何况他们是丹吉林的陀陀，代表着西藏的最高权威迪牧摄政王，并不把一个代本放在眼里。陀陀头目仁增傲慢地说："'瞄山打水'的奴马代本，你怎么敢对我们这样说话？"

这"瞄山打水"是个典故，说的是每年藏历一月拉萨传召法会期间，森巴军都要把大炮从营房里抬出来，架在拉萨河北岸，对准南岸山上一排牛毛裹起来的大石头轰击。这是例行的驱鬼打魔，也是大炮唯一的用场。好几次炮弹都打到河里去了，引来观众一片嘲笑。

奴马代本一听脸都紫了，是羞的也是气的，强辩道："你们知道什么，山上的魔鬼一见我们就害怕，跳到河里藏起来啦，我们不打，等着你们来打？"然后报复似的喊道，"我们的人呢，快来啊，把这些陀陀喇嘛给我打回去。"

森巴军的战士们簇拥而来。他们身后是一片姑娘。

姑娘们挤开战士，冲到了陀陀喇嘛跟前。

这群蒙了嘴脸的丹吉林陀陀一阵惊叫。克星，克星，姑娘是他们的克星。

克星是沱美活佛的创造。也不知从哪一天开始，沱美活佛在给僧俗人众讲经说法时，总要表达这样的意思：既然陀陀喇嘛的理想是死后转世成凶狞悍烈的护法神或护方神，就不可避免地会遇到助缘和逆缘。助缘便是逢阳而增，戮雄而壮——经常对抗并杀死魔鬼，凶狞悍烈就会驴打滚一样成倍增加。逆缘又叫遇阴而衰，触女而死，见不得女性的意思。姑娘是慈爱和美善的象征，是女神的人间符号，作为陀陀喇嘛，既不能爱她们，也不能恨她们，更不能打她们，经常和姑娘联络，其凶狞悍烈就会递减，杀死一个姑娘或者被姑娘触及肉体，他的暴烈法威就全没了。既然是沱美活佛念出来的经，就没有人提出异议。姑娘们也开始疯狂起来，见了陀陀尤其是丹吉林陀陀就追就撵，像是取笑开心，又像是真要让他们衰减惨败。陀陀们唯一的办法就是逃跑，如同被狗咬惯了的人，人一见狗就跑，狗一见人就追。陀陀们愤怒而无奈：姑娘，姑娘，姑娘是怎么一种东西啊，世上没有她们才好，尤其是桑竹。桑竹是精灵鬼怪，是一根锐利的长矛戳向了他们的心。他们发现，挑衅陀陀尤其是丹吉林陀陀的姑娘已经在拉萨形成了一股势力，首领便是拥有贵族身份的桑竹。

传说桑竹姑娘拒绝了包括奴马代本在内的所有贵族痴情者，宣称自己不是女人是男人。还说她是女人身子男人心，出生时拉萨河涨了恶水、药王山挂了黑云，是罗刹国派来西藏考验僧人的修行意志和道行深浅的魔女。已经有三个地位崇高的转世活佛经不住考验，抛弃传承，即刻还俗了。但当他们拿出所有的财宝向她求婚时，却被她指向了一个危险的路径：去杀人，爱我就应该先杀人，我嫁的人，要杀死至少十个哲蚌寺陀陀、十个丹吉林陀陀。传说里有真有假，但西藏人的思维历来是宁可信其有不可信其无，只要是希望真的，就都是真的。总之桑竹不是人，是天女下凡。你看她的面孔和身段就知道，是人长不出那个样子：泛滥的诱惑、嚣张的美丽、喇嘛们不敢看的天上的魅影。

奴马代本曾以知情人的口气多次说，这些姑娘都是桑竹召集的。桑竹姑娘记恨西甲喇嘛，以为他的变心是由于陀陀喇嘛的存在，就把仇恨宣泄给了所有的陀陀尤其是西甲所属的丹吉林陀陀。但这话没有人相信：姑娘和陀陀逆缘相克，是沱美活佛念的经，经都是佛祖的言说，怎么会跟桑竹姑娘的私怨有关呢？桑竹不过是佛的将卒、沱美的枪杆子。

沱美活佛有一次告诉西甲喇嘛："做我的弟子摄政王会惩罚你，但我已经找到了保护你的办法。你只需记住，桑竹姑娘永远是你的女人。"西甲喇嘛说："尊师啊，你的千言万语我都会记住，就这一句话我已经忘记啦，我一想到我是丹吉林的喇嘛，我还有一个上师迪牧活佛，就再也想不起桑竹姑娘啦。"沱美活佛"呵呵"一笑："你哪里是忘记了，你是记得更牢了。"

这会儿，眼看着姑娘们扑来，丹吉林陀陀张皇失措地扑向坐骑，跳上去，掉头就跑。缠在马肩胛上的绳子忽地拉紧了，西甲喇嘛被拉得一头栽倒，拖在地上惨叫而去。

姑娘们胡喊乱叫地追撵着。桑竹扑向奴马代本，掀他下马，自己骑了上去。她打马追向陀陀喇嘛，突然俯身，两腿夹紧，牢牢贴在马肚子上，一手潇洒地挥动腰刀，割断了拖拉西甲喇嘛的绳子。

森巴军的士兵和姑娘们大声喝彩，赞赏桑竹姑娘的手段。西甲在地上打了个滚，爬起来，用牙齿撕扯绑住双手的牛毛绳，撕得满嘴牛毛。

桑竹姑娘下马，丢开缰绳，英气逼人地来到西甲跟前，用刀挑开绳子，鄙视地说："你自己也是陀陀，怎么叫陀陀给拿住了？无能的男人，你这辈子还能干什么？"

西甲揉着勒疼的手腕说："我早就不是陀陀啦，我是香灯师，我不怕你们。摄政王把我的死活交给了你，看来你是希望我活着。"

桑竹说："你活着当然好，丹吉林的敌人就是我的朋友。叛徒西甲，内鬼西甲，沱美活佛知道你危险，让我来救你。你要想活命，就牢牢跟着我，丹吉林的陀陀没人敢靠近。"

西甲神经质地否认着："不，我不是叛徒，不是内鬼。"

桑竹说："你要不是丹吉林的叛徒，我救你干什么？死去吧，再也不救了。"说着，她秀目一瞋，走了。

奴马代本过来，牵了自己的马，吓唬道："快跟上，西甲，丹吉林陀陀又来了。"

几乎是本能的选择，西甲喇嘛跑过去，钻进了姑娘堆里。

桑竹命令姑娘们："把这个不承认自己是丹吉林叛徒的人给我打出去。"

几个姑娘过来，笑嘻嘻伸出巴掌，想打又不敢打。桑竹只好亲自动手，在西甲头上重重地拍了一巴掌。西甲是个高大魁梧的喇嘛，按理她是拍不上的，可是居然拍上了，而且拍得西甲连连后退，被石头一绊，仰倒在地上。

桑竹姑娘过去撕住他，小声在他耳畔说："西甲，你听着，我一定要达到我的目的。我的目的是什么你知道吗？就是怀上你的孩子。"

西甲是不当真的：怀上我的孩子？不可能啊。不过是戏弄而已。他知道桑竹的戏弄便是对他薄情寡义的报复，那就报复吧，如果这样的报复真的能让桑竹解恨，他倒是期待经常遭遇的。遭遇至少能说明，他和她还是那种他希望不变的关系：张望着，靠近着，又距离着。他爬起来，夸张地龇牙咧嘴，摸摸屁股，转身便走。

奴马代本和桑竹姑娘开心地哈哈大笑。

似乎就是这笑声的功劳，或者是桑竹姑娘一巴掌的作用，反正就从这个时候起，西甲喇嘛发现自己突然聪明了，脑子里清晰透彻得就像一望到底的山泉，一下子丢弃了在地狱之门前赎罪的平静和牺牲的果敢，自信已经领会了——摄政王的意图正是自己的愿望：打死洋魔，报效迪牧，要死就死在战场上，决不能死在白热管家稀里糊涂的惩罚里。他指着奴马代本和桑竹说："错了，错了，你们错了。你们要去干什么？打洋魔？洋魔在哪里？南边。北边的路，通向朝廷，你要去朝廷打洋魔？"

奴马代本说："护法带的路，能有错？把护法叫来。"

随军护法来了，绝对不承认他的神谕出了问题。西甲喇嘛急得猛拍自己的身体赌咒发誓："是石头它就烂，是铁它也烂，这里不是酥油，我的酥油变成念经拜佛的力气啦。"意思是说，他是虔诚拜佛的人，是佛让他醒悟了。他要是不对，铁石的身体全烂掉。

桑竹姑娘过来说："为什么不再问问神呢？"

随军护法又开始打卦，完了瞪着西甲不说话。大家问："什么意思？"护法不服气地说："神说啦，听西甲喇嘛的。"

西甲兴奋起来，得意地招手："走啊，我知道洋魔在哪里，一个叫春丕的地方。"

桑竹姑娘和西甲喇嘛一样兴奋："走喽走喽，要去打洋魔喽。"虽然她伙同姑娘们混在森巴军里，但她跟森巴军的任何人都没有感情和肉体上的瓜葛，并没有想过跟着他们去打洋魔。不过现在是一定要去了，因为西甲喇嘛要去，而且还是带路的。

森巴军调转方向，跟着西甲喇嘛，朝南走去。

奴马代本感叹道："到底是丹吉林的陀陀、迪牧活佛亲招的弟子。"

## 6

摄政王迪牧活佛来到大昭寺，本想敦促四大噶伦召开紧急会议，研究戍边对策，可他使人在二层三层的政府办公场所找了好几圈，也没见到另外三个噶伦。这也不奇怪，慢节奏的西藏，不拓地、不黩武、一心念佛的西藏，让官员和民众都有一种习惯性散慢。四大噶伦不一定天天都来大昭寺，只要不开会，他们就会待在各自的府邸，通知开会至少要提前两天。可现在事情紧急了，连决定摄政王是神是佛的闭关都能结束，那些为西藏担当责任的政府要员，还不能立马赶来？迪牧站在廊道里喊道："快快快，快去把他们给我叫来。"

噶伦顿珠说："大人，今天是萨卡洁巴。"

迪牧"啊"了一声说："那就更应该叫回来。"

"萨卡洁巴"是破土犁地的意思，也就是预祝丰收的开耕节。开耕节没有固定的日期，每年都由布达拉宫的喇嘛占卜决定。节日期间，除了诵经作法、祭神拜天，还要拉着牛角挂哈达、额头抹酥油、脖子套铜铃的披红挂彩的耕牛，从东向西，象征性地开犁播种，完了就是娱乐：赛马、射箭、野餐、跳舞。三个噶伦都回自己庄园过节去了。他们随心所欲，连节日都过得没有法度，有过一天的，有过三五天的，还有过七天或十天直到整个村寨或庄园所有耕地全部开耕的，如果不派人去叫，谁知道噶伦们什么时候才能回到拉萨。

顿珠表示自己马上就要离开，作为政府噶伦，他必须按惯例出席达赖喇嘛亲自在布达拉宫主持的开耕礼，敬献哈达和贡品，并接受神王的祝福。达赖喇嘛正是从少年步入青年的时候，是他坐床以来第一次亲临开耕礼，所以非常重要，田野的丰收将被看成是这位神王带给众生的首次恩福。

顿珠说："大人既然不闭关了，我们一起去布达拉宫。"

也是惯例，摄政王必须出席。但是迪牧说："我不去。"

烦躁，气恼，恨怒，也不知冲着谁。迪牧活佛拿出哲孟雄国王的亲笔信，哗啦抖开，塞给顿珠："三大寺代表一定会参加开耕礼，你让他们看看。"

顿珠望一眼信的抬头，烫着了似的赶紧折起来："拉萨河挂到雪山顶上去了，这是写给摄政王的亲笔信，别人怎么能看呢。"弯腰后退，转身走了。

迪牧不明白顿珠为什么推脱，大声说："牦牛的尾巴不扇苍蝇了，甩来甩去是做样子的吗？"

他在摄政王理事的文殊大殿里呆坐着。这是一个王者相当孤独的时刻，大昭寺里仆从如云，却没有一个人能够帮助他。按照无法更改的规矩，政教大事应该先由四大噶伦拟议，然后呈报摄政王，摄政王代替达赖喇嘛做出定夺，再以西藏噶厦政府的名义报送驻藏大臣，由驻藏大臣上奏朝廷。等朝廷回复后，由驻藏大臣转告摄政王，摄政王下发四大噶伦，噶伦们再交给政府职能部门办理。现在，噶伦们都不在，最关键的一环不起作用了，他一个摄政王能干什么？

焦虑之中，摄政王迪牧活佛派人叫来了白热管家。

白热一面给摄政王贡献着智慧，一面诚惶诚恐地说："佛爷，我是丹吉林的管家。"

摄政王说："你也是西藏的管家。看看你出的主意吧，差不多就能顶替四大噶伦了。"

白热说："蚂蚁能上树，上天却是不能的，佛爷，水只能往低处流。"

一上午，这个年过半百的谦逊的管家，以他的才干，帮助自己的主人拟定了著名的《抗英七条》。

一、敦请拉萨三大寺和扎什伦布寺僧众念诵抗魔经咒；给四大林、上下密院发放布施，向三宝祈祷胜利；敬请乃穷护法、金巴护法、毗玛护法、奈冬护法祈领佛示，降神助战。

二、立即选派能员，率兵前往边境各个关隘严密防守；在英人必经之地隆吐山口构筑哨卡，垒造工事，修建庙宇，塑造马头、牛头、猪首、鸦首退敌金刚，派锋锐藏军驻防守备。

三、征调前后藏驻军参战；以大中型寺院为主组织僧兵参战；以后藏各宗（县）谿（庄园）为主组织民兵参战；视战局发展，准备在全藏实行十八世纪准噶尔入侵时的征兵制度，即十八岁到六十岁的男性藏民全体参战；立即筹集土炮、土枪、弹药、火绳、刀剑、矛枪、弓箭、飞蝗石鞭等武器。

四、噶厦成立后勤机构，在全藏征集粮食、草料和帐篷；各宗谿组织民夫，运输军需物资。

　　五、施行战时税收，保证抗击洋魔、保卫佛教所需经费。

　　六、派使臣在边境和英人交涉，责其停止侵犯西藏；前往哲孟雄、布鲁克巴、廓尔喀三国，商讨共同对敌策略。

　　七、敦请驻藏大臣就藏事佛事危机上奏大皇帝，请朝廷出面奉劝攘斥英国，也请朝廷派兵进藏，协助藏军守疆抗敌。


　　这个条文不能说不详备周密，抵御外侮、抗击侵略需要的宗教、政治、经济、军事、外交都包括在内了，对于从来没有面对过战争的三十二岁的摄政王迪牧活佛来说，它就是一个克敌制胜的法宝。迪牧让书记官把条文以最漂亮的藏文誊抄了一遍，捧在手里，满意地欣赏着，才觉得又渴又饥，喊道：

　　"酥油茶，酥油茶。"

　　有人端来了酥油茶。迪牧活佛正要喝，陀陀头目仁增从门缝里挤进来，弯下腰，紧张地结巴着："森巴军、奴马代本、桑竹姑娘，把西甲喇嘛抢走了。"

　　白热管家生气地说："云头上落着乌鸦，不是雨就是水，难道摄政王会说，他们抢得好？快去抢回来，谁再敢保护西甲喇嘛，也一起绑了，包括奴马代本。"

　　仁增说："森巴军走啦，上前线，打洋魔去啦。"

　　"谁让他们走的？"白热管家说着，看看摄政王。

　　仁增说："森巴军的随军护法降了神谕，说是昨天就应该开拔。"

　　摄政王迪牧说："既然是神谕的意思，那就由他们去吧。西藏的战争，不是人和人的战争，是神和神的战争。"然后闭上眼睛，什么话也不说了。内心又开始激烈挣扎：让西甲死，还是让西甲活？他下意识地撕扯了一下袈裟胸襟，仿佛这次并没有从那儿走出桑竹姑娘，泪眼汪汪地乞求他饶了西甲。他朝白热管家和仁增挥挥手，意思是说，西甲的事就交给你们了，看你们的手段，看西甲的命运。

　　几天后，摄政王和四大噶伦聚齐开会，通过了《抗英七条》，并交书记官把哲孟雄国王的亲笔信和《抗英七条》翻译成了汉文。之后再让跟噶厦平行的政府僧官机构——以基巧堪布为首的译仓过目、讨论、盖章，又分头向三大寺、四大林和上下密院征求了意见。摄政王迪牧这才盖了噶厦政府的大印，准备亲自送交大清国驻藏大臣文硕，并催文硕从速禀奏朝廷。

　　《圣史》上说，也就是在这天，就在摄政王坐轿前往驻藏大臣文硕官邸的路上，西藏最南端的日纳山哨卡前，英国十字精兵的军事进攻突然开始了。

# 第三章　日纳山的血

## 1

日纳山的紫颜色染濡了世界上最纯净的蓝天。早晨，喜马拉雅山的随人鹰第一个看到了突然出现的紫颜色，惊叫一声，便朝云端飞去。在这个高度，它闻到了血腥的气息，是即将出现的血腥，以深刻的不祥，洇满了原本黑色的山岩。

战争的布局已经形成，一边是戈蓝上校率领的英国十字精兵，一边是西藏边防军欧珠甲本的人。"甲本"就是藏语的连长，虽然号称连长，却只有五十多个部下。五十多个装备简陋的藏兵，要抵抗羊群一样数不清的十字精兵，连随人鹰都感到沮丧，它们富有远见地悲鸣着：嘎——嘎——

欧珠甲本站在日纳山口的紫色危岩上，低头看了看危岩下面的界碑，心里踏实了些。界碑就是凭据，上面是刻了字的。所有的字都来自神圣的经文，谁敢小视它。界碑以南属于哲孟雄，以东是布鲁克巴，以北就是西藏了。他给自己打气似的跺了跺脚下西藏的岩石，看到随人鹰朝隐藏着十字精兵的南部山谷翔去，忧郁地祈祷着：慈悲的佛祖啊，就让随人鹰啄瞎戈蓝上校的眼睛吧。

他已经接到戈蓝上校的最后通牒：

> 明天太阳升起前，藏军必须全部撤离日纳山，护佑大英帝国的上帝并不希望看到西藏人的血流淌在身体以外的地方。

他对送信的人说："我们会有援兵的，很快就到，更有法力吓死人的喇嘛，等着瞧啊，告诉你们的戈蓝上校，我们的佛也不希望英国人的血流到身体以外的地方。"

五天前，当欧珠从跑来告密的哲孟雄藏人口中得知英国十字精兵的动向和意图后，立刻派人向驻扎在岗巴宗的上司霞玛汝本（营长）求援，同时给离日纳山最近的春丕寺捎去了请求喇嘛到场和异教上帝决一胜负的口信。欧珠最近才知道上帝是英国人的神，他对英国人的神居然不是释迦牟尼感到十分震惊：难道世界上还有比佛祖更厉害更值得信仰的神？绝不可能。既然如此，为什么不请会佛法的喇嘛来抵抗上帝的侵略呢？

可是援兵和喇嘛到现在还不露面，太阳就要升起了。

日纳山有三个隘口，两个通往哲孟雄，一个通往布鲁克巴，隘口之间相距大约一公里，是个易攻难守的地方。他本来打算把部下分成三队，一队守卫一个隘口，可是两个定本（排长）说，左右两翼的小隘口没有箭垛，就像没有雪冠冰顶的山体，谁还会把它当作依靠呢？别说来了洋魔异教，就是一群山羊进攻也守不住。

箭垛也叫俄博，意为山顶上插有箭和旗的石堆，它是善方之神的寓所，有保佑地方富裕、兴旺、繁衍、平安等功效。但如果它出现在边界隘口、面对外族入侵时，就一定是战神的宫殿了，箭丛是神的武器、经旗是神胜利的标志、石堆是神的碉垒，桑烟、酥油和糌粑是人和战神对镇伏外道邪魔的共同祈愿。

欧珠甲本同意了，没有战神就没有人的胆量，守也是白守。他说："好吧，我们起誓，日纳山全体边防军居中守卫大隘口，即使男尽女绝，决不后退半步。"

是的，"男尽女绝"——这里还有女人和孩子。

常年驻防日纳山的五十多个藏兵，大多拖带着家属，因此大隘口以北的山坡上，除了石砌木搭的哨卡，还有散散落落的帐房和牛羊群。欧珠甲本的家也在这里。

这会儿欧珠的老婆果姆跟以往一样，哼着这一天的第一首山歌，走出帐房，前往谷底的河边背水。她顺着小路下去，把木桶沉到河中灌满了水，垫了防湿身的牛皮刚把桶绳套上肩膀，就看到河流下游的南部谷口，一片斑斑驳驳的人影在河雾里移动而来。她背起木桶就走，喊着："来了，来了。"水在她背上激荡，浇了她一脖子，她滑倒在地，水全洒了。她爬起来，朝上跑去。

欧珠甲本听到喊声，恼怒地拍了自己一巴掌：来犯的洋魔异教居然不是自己第一个看到的，白在这里守望了一早晨。他从紫色危岩上跳下来，一把撕住老婆："什么样子的？"

老婆果姆说："老虎样子的，毛烘烘的一片望不到头。"

欧珠回身扑向不远处的箭垛，一头磕到石头上，祈请道："战神你叫什么我不知道，但你的神威我上一世就听说过，抗击洋魔异教就靠你了，不要忘了每天献给你的酥油和糌粑，快快显灵吧，让他们屁滚尿流离开西藏远远的。"

果姆早已"来了来了"地喊遍山坡。哨卡和帐房里，士兵们纷纷跑了出来。

西藏边防军的五十多个藏兵，一溜儿趴在日纳山大隘口的岩石土堆后面。女人和孩子大大咧咧站在藏兵身后，看看这个望望那个。尽管他们是随军家属，但他们既没见过藏兵打仗，也没见过任何军事训练，对藏兵们能如此整齐地趴下感到好奇和吃惊。有几个孩子笑起来，立刻被母亲制止了。紧张肃穆的气氛从藏兵们的神情开始，弥漫了半个天空。从来没打算向人瞄准的藏兵的枪，一杆杆都在颤抖。

## 2

一束金光手指一样指向日纳山口，太阳露脸了。

前方，英国十字精兵的前锋部队悄然出现。他们从哲孟雄北部最后一块草地的低洼处翻上来，迅速散开，端着枪小心翼翼靠近着。欧珠甲本回头瞪了一眼自己的老婆：哪里是老虎样子的？明明披着灰皮嘛。毛烘烘的就是头发，这跟西藏人没什么区别。但是很快他就发现了异样，来犯的洋魔异教都是爬行的，他们人脸人身却四条腿走路，让西藏人笑死。他又佩服地回望了一眼老婆：果然跟老虎一样，是戴帽子的灰老虎。老婆会意地点点头，用眼神问他：怎么办？

欧珠甲本早已想好怎么办。他胸有成竹地打开火绳枪的枪膛，装弹，填药，插上火绳，用腰里的火镰摩擦着火石引燃火绳，朝着辽阔的天空仔细瞄准，"砰"地放了一枪，然后大叫一声："拉索啰，战斗打响了。"又指着天空命令部下，"你们一人打一枪。"

两个定本赤乃和次登都问："为什么朝天打枪？"

欧珠说："我们的天上有我们的神，他们的天上有他们的神，把他们的神打掉，他们就没有力气走过来啦。"这时恰好有个英国士兵听到枪声后迅速朝土包后面躲去，躲得太急，被石头绊倒在地。欧珠高兴地喊起来："看啊，他们的神不保佑他们了。"

藏兵们纷纷瞄准天空，此起彼伏地一人放了一枪。

十字精兵的前锋部队停止了前进。在他们看来朝天放枪就是警告，既然敢于警告，那就有必要认真对待。一个穿酱紫色袈裟的喇嘛走出来，摆着手用藏语喊道："不要开枪，有话要说。"

欧珠甲本警惕地回应道："不要过来，要说话就在你们的地方上说。"他觉得允许入侵者进入西藏说话，就是让对方占了便宜，如同让自己仇恨的人在自家毡子上睡觉一样。而他要做的就是自己不仅不吃亏，还要占对方的便宜。他起身走过去，站到隘口外面离界碑十步远的地方，得意地想：我现在站到了哲孟雄，一定要多说些话，多占些便宜。

穿酱紫色袈裟的喇嘛又说："我们是谈判，不要带枪。"

欧珠摇晃着火绳枪，诚实地说："看啊，里面没有火药。"

穿酱紫色袈裟的喇嘛带着一个英国军官走过来。那军官边走边把手枪插到腰间的枪套里。欧珠愣眼看着，这才意识到，来犯的洋魔异教不是四条腿走路的，刚才的爬行显然是为了隐藏他们高大的身材。他不禁后退了半步，回头朝自己人喊道："他们来了两个人，为什么我们这边就我一个？再过来一个。"

藏兵们不动,都看着两个定本。定本赤乃和次登你看我,我看你,还没商量妥当谁过去,喇嘛和英国军官就已经靠近了欧珠。果姆生怕丈夫吃亏,唱山歌似的吆喝一声跑了过去。

谈判开始了。这是这场战争的第一次谈判,发生在一个藏军连长和一个英军中尉之间,说话的却只是英军一方。

中尉说:"你们为什么不愿意考虑戈蓝上校的建议?现在还来得及,赶紧撤离日纳山,太阳可不会刚刚升起就落下。"

穿酱紫色袈裟的喇嘛用藏语流利地翻译着。欧珠甲本好像没听懂,盯着英军中尉一眼不眨。他老婆果姆也一样,就像有一天她和欧珠在深草丛里亲热,爬起来一看,几步之外就是一只壮虎,退不能,进不能,只能在惶遽中呆对着,大气不敢出。

中尉说:"你们开枪了,我们没有还击,这是上帝的容忍。如果你们愿意把容忍当成怯懦,将直接听到上帝在你血管里的怒吼。"

盯着中尉的眼睛越来越大,欧珠和果姆双双木头了。

中尉又说:"请记住上帝的信徒容鹤给你们的忠告,记住这个识时务的西藏喇嘛,他叫尕萨,是我们的西藏友人、戈蓝上校的助手,也是上帝的助手。"

尕萨字斟句酌地翻译着。欧珠和果姆对视了一下,突然扭身,互相拽着跑回自己的阵地,这才把屏住的呼吸吐出来。

"魔鬼!"欧珠下了结论。不是形容坏人时说的那种魔鬼,而是货真价实的魔鬼。只有魔鬼的眼睛才是蓝的,惊人的豺狼的阴险的幽蓝,忽闪忽闪亮着,骨碌骨碌转着,似乎马上就要摄走你的灵魂。欧珠走向箭垛,用额头碰了碰经旗说:"战神我告诉你,魔鬼的眼睛是天蓝的,脸皮脖子是灰白的,头发是金黄的。他们的上帝……佛祖啊，他们还有上帝，我们全体放枪，都没有打死他们的上帝。战神现在就看你了，请把法力拿出来。"风吹着，箭丛和经旗唰啦啦回答着他。

欧珠甲本回到阵地上，看到洋魔异教又开始四条腿走路，面前所有平坦的地方都是朝这边滚动的洋魔头颅，便疑惧地望望天空，又望望身边的赤乃和次登，问道："你们有什么办法？"

两个定本比赛似的摇头。他老婆果姆却在他身后说："让洋魔等一等，我们的喇嘛还没到呢。"然后唱起了山歌：

> 喇嘛在喇嘛中显俊才，
> 善喇嘛来了恶喇嘛败。

老婆是对的。欧珠甲本点点头：也许上帝、洋魔、容鹤、戈蓝上校都不重要，重要的是他们竟然有佛教喇嘛做助手。那西藏喇嘛叫什么？尕萨？哪个寺里的？怎么能允许他帮助洋魔进攻自己的家乡呢？叛徒！现在看来，他们之所以没打死异教上帝，就是因为叛徒喇嘛尕萨起了保护作用，要打退入侵的洋魔，先得制服尕萨喇嘛，而制服尕萨喇嘛，就得依靠我们自己的喇嘛。可我们自己的喇嘛迟迟不来，就像念给死人的《长寿经》，总是晚了又晚。西藏的喇嘛万万千，用得着时却一个也不能及时赶来，就算我给春丕寺的口信没有捎到，喇嘛们问神也能问出我们这里的危机来呀！急死了，急死了。

欧珠回头望着西藏的山山岭岭：喇嘛，喇嘛，我们自己的喇嘛。

还有一点老婆果姆也说对了："让洋魔们等一等。"就像比赛摔跤、射箭、跑马，对手不来你跟谁比？没比你怎么能宣布自己胜利？

欧珠甲本对战争的理解还没有掺杂阴谋、诡计、智取、诈夺的概念，以为堂堂正正、公平合理是起码的标准，所以他觉得应该通知武装进攻的洋魔异教：等一等。

欧珠甲本把小时候在寺院读过几年经的赤乃定本叫到跟前说："你是会认字也会写字的，用得上了，我要给洋魔说几句话。"赤乃无奈地摊着两手说："没有纸和笔怎么办？"藏族人崇拜纸笔，越文盲越崇拜，因为纸和笔都是用来写经文的。日纳山的西藏边防军怎么会有如此金贵的东西。

果姆说："我家里有纸。"她跑回自家帐房，拿来了纸，原来就是昨天戈蓝上校派人送来的"最后通牒"。她看到上面有字，就当经文供奉在了帐房神圣的佛龛前。现在只好拿来了，洋魔送来的纸再还给洋魔，也是合乎情理的。这场著名战争最初的见证——一件珍贵的文物，就要离开西藏了。

笔墨好办，赤乃在寺院里见过修炼密法的喇嘛写血经，现在如法炮制就是了。他把揣在身上的木碗拿出来，划破手指滴了一些血，又让果姆从头发上拔了根纤细的银簪子给他，然后趴到地上仰头问道："写什么？"

欧珠说："洋魔给我们的是最后通牒，我们给他们也应该是最后通牒。"然后张口就来：

　　在我们饿得肚皮咕噜噜响的时候，那可爱的糌粑却还长在绿油油的青稞地里。河水干涸的日子，鸟儿兽儿就等着夏天的冰山哗啦啦消融。晒过太阳的人都知道，早晨的阳光是最舒服的，因此他们诅咒埋葬了太阳的乌云。噢呀，洋魔异教你们来了，请等一等吧，我们法力无边的喇嘛还在寺院里喝茶。他已经知道你们的到来，一只脚迈出了门槛，一只脚还在寺里。上帝要是不情愿死掉转世，就应该服从神佛的驯化。我再次庄严告知：征服洋魔的喇嘛他的脚没有让这个寒冷的冬天冻掉，因为他有一双五层羊皮三层牛皮的靴子。再等一等吧，靴子正在路上走。比试法力的时刻就要到了，拉索啰。

最后通牒的全篇主要是在指责和挖苦那个苦等不来的喇嘛，足见欧珠甲本对喇嘛不来的愤怒超过了对洋魔的愤怒。

写到中间时赤乃说："慢慢说，说得太多了，没血啦。"又命令自己的两个士兵，"把你们的贱血再给我挤半碗。"

欧珠说："挤我的，甲本的血比你们的贵重，有法力。"

男男女女都围在这里，伸头探脑地观看如何写"最后通牒"，几乎把十字精兵的进攻忘掉了。

果姆问："欧珠，你说靴子正在路上走，走到哪里了？"

欧珠随口说："隆吐山这边。"

果姆说："那就快到啦，写上。"

欧珠佩服地望了一眼老婆说："对，写上。"

赤乃说："写不下啦，留一点地方还要署名呢。"说着翻过纸来让大家看英国人的最后通牒，"洋魔也有署名的。"

欧珠说："好，那就把空地方留下，署上我的名字'欧珠甲本'，不，应该是'西藏欧珠甲本'。"

# 3

到达春丕后，西甲喇嘛就离开森巴军，去了春丕寺。

他为死亡而来——西藏要打仗了，摄政王面对着挑战，他为了摄政王前来打洋魔，哪怕送死，也是为报效而死；他阻止了摄政王的成佛之道，本来他是该死的，现在没死，没死就是为了寻找一种更有价值的死，这是为赎罪而死。两因相加，他一门心思就想战死。可是森巴军，男男女女、笑笑闹闹的森巴军，在他眼里根本就不是一支敢于面对死亡的军队。当然让他决计离开的还有桑竹姑娘的一句话："不管你承认不承认，只要你跟我在一起，你就是丹吉林的叛徒。迪牧迟早会杀了你。"西甲害怕了，在心里连连摇头：不能为了桑竹姑娘再增加摄政王对他的怨恨。他知道尽管桑竹姑娘仇视着迪牧活佛，迪牧还是把她当亲妹妹看待的。就像当初他按照迪牧活佛的希望抛弃桑竹姑娘一样，他现在也只能远远地躲开了。贵族和平民，永远都有天和地的差别。尤其是现在，他已经成为一个逃脱惩罚来送死的低级喇嘛，就更应该看清自己这张下贱的面孔。还是远远地张望吧，眼睛与眼睛，灵魂与灵魂。千万不能靠近了，距离就是一切，是桑竹姑娘的一切。

离开时，奴马代本拉住他不放："你走了我们不知道洋魔在哪里。"

西甲随手一指："前去就是洋魔。"他并不知道自己手指的是隆吐山的米沟，只知道那是边界的方向，打洋魔必去的地方。他戏谑道："快去吧，洋魔也是喜欢跳舞的。"

奴马高兴地说："我要用我们的跳舞战胜洋魔的跳舞。"

西甲想不到，森巴军去后果然碰到了洋魔。奴马代本佩服地说："这个西甲喇嘛，到底是摄政王身边的，大神通有哩，隔着千山就能看见洋魔。"而西甲本人却还在春丕寺内外打听洋魔在哪里。

春丕寺的住持多吉活佛听说西甲喇嘛来自丹吉林，便以为是摄政王派来戍边抗魔的，十分恭敬，说话时西甲坐着，自己弯腰站着，说："春丕寺有三十个赤脚陀陀，到时候全归你。"

西甲说："不用了，要死我一个人死。"

多吉活佛小心翼翼地问："就你一个人？"又懊悔得拍拍嘴，"你看我问的啥话，大法力的丹吉林陀陀，一个人就是千军万马。"

西甲说："要是千军万马都怕死，不如一个人抱了必死的决心。你就告诉我洋魔在哪里？"

多吉活佛说："你大喇嘛不知道的事，我小活佛能知道？春丕往南是亚东、朗热、则利拉、勒布、念那、纳塘、隆吐山、日纳山，不知道哪个地方有。"

西甲惊异道："这么多地方，我到底去哪里打洋魔？"

多吉活佛使人端来了甜茶和糌粑。

西甲咽着口水摆摆手说："我是来吃洋魔的，不是来吃糌粑的。"他走出寺院，在环绕寺院的春丕寨子里游荡，见人就打听看到洋魔没有。打听没有着落，正要走，突然有人从后面拍他一下说："我知道洋魔在哪里。"

这人就是那个捎来欧珠甲本口信的人。他是去日纳山边防军看望兄弟的，这时急着回家，见一个喇嘛打听洋魔，就主动凑上去，把欧珠甲本请求喇嘛到场和异教上帝决一胜负的口信告诉了他。又叮嘱道："麻烦你捎给春丕寺的住持多吉活佛。"

西甲一挥手说："不用这样捎来捎去，我去一趟就是了。哈哈，我要代表西藏去跟洋魔异教的上帝比试法力啦。"说罢，饿着肚子欣然动身，大步流星地前往边界线上捍卫国家主权去了。

　　欧珠甲本代表西藏向英国人发出的最后通牒，是用一支猎箭射过去的。本来可以迅速占领日纳山口的十字精兵前锋部队正在停下来观望，因为容鹤中尉有些疑惑：大敌当前，西藏边防军围成一堆干什么？是不是正在偷偷地架炮、埋雷？他命令部队疏散隐蔽，自己爬上制高点悄悄观察，观察到的却不是飞来的炮弹，而是一纸利箭送来的最后通牒。

　　既然是西藏方面的最后通牒，容鹤中尉就不能擅自处理了。他派人飞马送给了后面的十字精兵总指挥戈蓝上校。

　　戈蓝上校让身边的达思牧师念给他听，立刻就被那风趣幽默的表述吸引住了。他一句一句琢磨，并没有琢磨出让英军的进攻等一等，将有喇嘛来到前线跟异教上帝决一胜负的意思。反而理解成了西藏人等待英国人等了很久，有喇嘛心情迫切地穿着上等靴子前来迎接，这封信的目的便是让他们等待迎接。

　　他问达思牧师："什么叫'拉索啰'？"

　　达思说："胜利属于神。西藏人要跟我们比试法力。"

　　上校想，这就对了，西藏人等待的肯定不是英国人的枪炮，而是上帝，是耶稣基督。他突然意识到让自己和牧师代表基督首先进入西藏是最妙的，那是信仰征服和军事征服的双重体现。作为一个虔诚而狂热的基督徒，他尤其重视上帝走进西藏的荣耀，而他就是高举上帝旗帜的那个使徒。他一面传令前锋部队暂时停止进攻，一面招呼达思牧师陪同自己迅速前去。

　　从这里走到日纳山口，骑马需要一个小时。这是非常重要的一个小时，它给了日纳山最后的平静，也让西藏边防军的藏兵及家属有时间饱吃了一顿早餐。早餐还没吃完，欧珠甲本就发现，他让洋魔等一等的目的达到了：隆吐山方向终于出现了一个喇嘛，他身材高大，面色阳光，带着跟洋魔异教比试法力的自信，大步走来。欧珠来不及放下喝茶的木碗，激动地迎了过去。

年轻壮实的西甲喇嘛一副天地不怕的样子，听完欧珠甲本的自我介绍，就问："口信收到了，上帝在哪里？"

欧珠指着洋魔头顶的天空说："那儿，看见了没有？"

西甲眯缝起眼望了片刻说："看见了。闪开，我要念经啦。"

他跨前几步，劈腿而立，两手叉腰，朝着十字精兵的方向粗声大气地念起来。所有人都洗耳恭听，却发现他翻来覆去念的就是"唵嘛呢叭咪吽"。这个谁不会？在西藏，阿妈教给孩子的第一句话就是它，还需要请专门念经的喇嘛来念？

欧珠甲本小心翼翼地说："这怕不顶事吧，有没有更厉害的经？"

西甲说："你们知道啥，这是最好的经，文喇嘛念出来是文经，武喇嘛念出来就是武经。我是武喇嘛，一句就是一支响箭，十句就是十支响箭，一万句就是一万支响箭，洋魔算什么，来了就是死。"突然，他盯上了欧珠甲本手中有奶茶残渣的木碗，舔着干燥的嘴唇说，"决战心切，走得急，饿了，没有力气念经了。"

欧珠回头，大声对老婆喊："快把吃食拿来。"

果姆提着茶壶和糌粑口袋从帐房里冲出来，跑着，浑身丁零当啷响。常年驻守边防的人见个喇嘛不容易，为了表示恭敬，果姆换上好衣裳，把所有银子和石头的佩饰都披挂上了。别的女人也跟她一样，早已穿戴得花花绿绿，有模有样。

西甲喇嘛坐到地上，让几个女人伺候了吃喝，打着饱嗝站起来，信步走出大隘口，叉腰立定，朝着十字精兵阵地，更加雄壮地吼起了"嘛呢"（六字真言）。

十字精兵的阵地上突然也响起了一阵吼"嘛呢"的声音。一袭酱紫袈裟飘了出来。西甲喇嘛惊讶地回头看了一眼欧珠甲本：怎么洋魔也有喇嘛？

欧珠大声说："你先跟尕萨喇嘛比法力，这个叛徒是上帝的助手。"

好个不自量力的上帝，竟然带了一个西藏喇嘛做助手。西甲喇嘛闭了嘴，寻思道："嘛呢"跟"嘛呢"怎么比？比死也是旗鼓相当的。

欧珠看两个喇嘛对峙在了一起，亢奋地起哄道："比法力，比法力。"

西甲喇嘛往前走去。尕萨喇嘛也闭了嘴朝这边走来。两个敌对的喇嘛在中间地带会合了，互相尽量寒冷犀利地瞪视着对方。

西甲喇嘛问："你有什么法力？"

尕萨喇嘛反问："你——有什么法力？"

西甲说："我的法力就是这个。"抡起拳头就打。

小个子的尕萨喇嘛没料到这便是比试法力，来不及躲开，就被对方打倒在地。西甲一遍遍揪起，一遍遍打倒。不远处的欧珠甲本都有些不忍了，"哎哟哎哟"地替尕萨喇嘛呻吟着。没有人过来劝架，因为这是战争的一部分，是互相开战的神派出的使者在较量本领。十字精兵和藏军都觉得还没到尕萨喇嘛施展法力的时候，一旦施展，就算不能出奇制胜，也会让西甲喇嘛大吃一惊。

但是很快尕萨喇嘛就趴在地上起不来了。

西甲喇嘛停止暴打，骂道："忘恩负义的家伙，摄政王和达赖喇嘛没给你吃还是没给你穿，你居然背叛了西藏。不要忘了释迦牟尼定下的规矩：喇嘛见喇嘛，不服就死打。没打死你就是我丹吉林赤脚陀陀的慈悲，快起来，去叫你们的上帝，劳驾他跟我决一胜负。"

十字精兵派了几个人跑过来，抬起尕萨喇嘛往回走。尕萨喇嘛突然扭动着，示意他们放下，然后站起来，望着西甲喇嘛，把憋了一嘴的浓血喷了出来。一股红色的弧线凌空射来，准确地糊在了十多米外的西甲喇嘛脸上。西甲又擦又吐，气得嗷嗷叫唤。法力，人们这才见识了尕萨喇嘛的法力，好厉害。

这时戈蓝上校到了。他在几个卫兵的保护下走过来，亲眼看了看西甲喇嘛的脚，看到的不是五层羊皮三层牛皮的上等靴子，而是一双皮黑筋爆的赤脚，不解地摇摇头：怎么搞的？他还没有意识到自己面对的是一个想象比实际更重要的民族，只是觉得欧珠甲本的最后通牒把他欺骗得不轻，没有人穿着上等靴子来迎接他。他赶快回到自己的阵地，懊恼地说："我们把时间耽搁了。"

容鹤中尉说："应该立刻派人占领日纳山左右两边的小隘口，从后面形成包抄，然后在这里发起猛攻，让西藏人逃无可逃。"

达思牧师说："我们不仅仅是来打仗的，上帝的旨意里，最无能的就是子弹。还是按照西藏的规矩征服西藏吧。"

戈蓝上校信任地望着他问："你好像有更好的办法，牧师？"

4

还是比试法力，但说好不准动手，西甲喇嘛的拳头已经领教过了。达思牧师带着让人难以捉摸的微笑，定下了这场比试的目标：显示奇迹，看谁能捉住对方的神。又说："捉神就得换地方，你来我们这边捉，我到你们那边捉。"站在边界线之外的西甲喇嘛回头看看不置可否的欧珠甲本，代表西藏同意了。

西甲喇嘛问："谁先捉？"

达思牧师说："你捉你的，我捉我的，谁先捉住谁就胜了。你胜了英国人离开，从此不来。我胜了西藏人离开，从此不来。"

西甲正要同意，就听身后欧珠甲本喊起来："啥叫从此不来，这是我们的地方，我们能从此不来吗？"

达思瞪着欧珠大声说："神到哪里，人就到哪里，难道你们西藏不是这样？我将捉住你们的神，还将安驻我们的神，你们还有什么理由来这里呢？"

欧珠愣了，不知如何回答。

他老婆果姆说："你捉不住我们的神。"

西甲突然哈哈大笑，问欧珠和果姆："你们知道他为什么捉不住我们的神？因为他们的神就要被我捉住啦。"

西甲大步走向英军。达思也大步走来。两人擦肩而过。

西甲喇嘛像刚才那样粗吼大喊地念诵着"嘛呢"，胡乱挥动手臂，路过戈蓝上校和容鹤中尉，站到了尕萨喇嘛跟前。尕萨喇嘛已经擦净脸上的血，畏怯地望着西甲。

西甲突然丢开"嘛呢"，厉声问："你是西藏哪里的喇嘛？"

尕萨不喜欢对方咄咄逼人的气势，后退半步，仰头望着天，朗声回答："萨玛寺的，怎么了？"

西甲想起来了：怪不得尕萨成了异教上帝的助手。几年前，萨玛寺因债务纠纷，遭到门隅大寺丹旺寺的法台密日活佛的武力追讨。萨玛寺顽拒反抗，占领山头阻击密日活佛的人，终因寡不敌众而失败，僧众一部分流散到江孜和拉萨，一部分随尕萨住持逃往印度。萨玛寺以及镇寺之宝的佛陀的头盖骨便作为抵债之物归属了丹旺寺。这事全西藏都知道。

西甲鄙夷地说："你去印度就是为了投靠洋魔异教？"

尕萨说："谁能让我重返萨玛寺，我就投靠谁。"

西甲说："好嘛，我允许你投靠。不要忘了释迦牟尼定下的规矩：喇嘛见喇嘛，大家说实话。你告诉我，洋魔的上帝在哪里？"

尕萨拿不准释迦牟尼定没定下这样的规矩，看对方义正词严的样子，惶惑地想，就算定下了吧。他诚实地说："人家的上帝你看不见，在心里。"

西甲一把揪住尕萨的酱紫色袈裟："你说在你的心里？"

尕萨完全明白西甲的思路，赶紧说："谁跟你比试法力就在谁心里。"

西甲"噢呀"了一声，以为自己转眼瓦解了叛徒尕萨，尕萨向他泄露了上帝居所的秘密，便甩开尕萨疾步回走。

西藏边防军的阵地上，达思牧师正在显示奇迹。他拿出一个透明的盘子，抓屁似的从后面抓了一下，把一个别人看不见的东西放到盘子里，又像舔糌粑糊糊那样哧溜哧溜舔了一阵，然后闭嘴鼓腮，似乎嚼满了难以下咽的东西。突然他张开嘴，吐出一口金气。那金气伴着阳光从盘子里穿过，投射到神灵的居所箭垛上。箭垛上的经旗顿时冒起了烟，接着，升起了火苗。

欧珠甲本望望身边的赤乃和次登，又看看老婆果姆，大家都是一脸惊愕，上帝的法力果然非凡。有几个藏兵害怕得跑离现场，躲到帐房里面去了。

箭丛是树枝的，经旗是氆氇的，加上桑烟和酥油，都是易燃的东西。转眼火大了，呼啦啦一阵响，箭垛没了，只剩下光秃秃的石堆。完了完了，战神的宫殿没了，御敌的武器、胜利的标志、祈祷的愿望全没了。

欧珠甲本和他的人一个个面如土色。

但燃烧还不是奇迹的全部，最让西藏人震撼的是，就在火熄灭的瞬间，达思牧师扑向神殿的废墟，扒开中间的灰烬，一把从里面拿出了一尊锈迹斑斑的铜佛。

达思喊起来："捉住了，捉住了，我把西藏人的神捉住了。"

谁也不知道这箭垛存在了多久，里面的神像埋藏了多久。应该是自从这里成为边界就有了它们，几百年了吧？它们靠了自己无敌的法力，坚定地守卫在这里，让西藏一直平安无事。可现在神被捉去变成了俘虏，不仅不能保护西藏，连保护自己都不能了。几个女人哭起来。欧珠甲本颤抖着说："魔鬼，魔鬼。"

这时西甲喇嘛疾步回来，一把撕住达思牧师的衣袍："我知道你们的上帝在哪里，就在你心里。我也捉住了，捉住了。"然后一手伸向欧珠甲本，"给我一把刀，我要剜开他的心。"

达思似乎早已料到，推着西甲说："你忘了我们的约定，不准动手。"

西甲喇嘛气得连连跺着赤脚，用舌头舔舔嘴唇，松了手，心说那我动嘴行不行？也不行，对方不会一动不动让他咬出心里的上帝。

达思牧师狂欢而去。戈蓝上校和达思一样，满脸喜悦得让他不像是一个军队指挥官。他当然不会认为捉来一尊神像，就等于取得了胜利。但胜利一定是有的，而且是心理的。信仰的胜利，就是从心理上赢得主宰，这比军事占领和政治统治重要一万倍。而让西藏人从心理上感到畏惧和惊慌，这是归顺上帝的前提。

容鹤中尉似乎对神像的文物价值更感兴趣，从达思手里拿过去，抱在怀里说："精致的雕塑，看上去又古老又美丽，好像是一尊女神，让我来保管它，我要慢慢欣赏。"

　　戈蓝上校大声说："请牧师告诉西藏人，赶快离开，从此不要来这里。违背约定是要受到惩罚的。"

　　这边，欧珠甲本痛苦地责问西甲喇嘛："我的喇嘛爷，你的法力哪里去了？"

　　西甲委屈地说："'唵嘛呢叭咪吽'不起作用了，我有啥办法？"他不知道他眼里的洋魔异教是不主张偶像崇拜的一神教，上帝的形貌连牧师都没见过，怎么能让他捉到手呢？而佛教有数不清的神，偶像遍地，一捉一个准，真是吃亏吃大了。

　　西甲喇嘛为自己没有捉住上帝而恨恨不已，有力气没处使地抱起危岩下的界碑"咚"地夯了下去，一连夯了几次都不能释怀，最后干脆把界碑扔向了箭垛的废墟。界碑很沉，一般人抱不起来，而西甲却能扔出去几米。箭垛的废墟上，石堆依旧，界碑不偏不倚，落进了石堆的中间。中间的神像已经被达思牧师捉走，界碑恰好填补了神像的位置，"咚"地下去，激起了一阵灰烟，灰烟落下后，就看不出那是一块界碑了，不过是石堆里的一块石头。这似乎就是西甲喇嘛来日纳山建立的功绩，他无意中埋藏了界碑，使它没有被风化、被损坏，更没有被人移向别处。许多年以后，战争已经结束，当事人早已不在人世，当有关国家为边界到底在哪里争论不休时，勘探人员在万山丛中的石堆里发现了这块粗粝的界碑。界碑上的文字清晰地表明：界碑西南属于哲孟雄，以东是布鲁克巴，以北就是中国西藏了。

　　埋藏了界碑的西甲喇嘛坐在地上，不知如何是好。

　　果姆同情地说："你是个没靴子的小喇嘛，大喇嘛来就好了。"

　　一句话提醒了西甲，他揩着鼻涕站起来："我去把春丕寺的多吉活佛请来，他是真正的大喇嘛。"

西甲喇嘛要逃离此地了，不想在这里厚脸厚皮地尴尬着。人家本来也不是请他来，只是央求他给春丕寺的住持多吉活佛捎个口信，他却自己来了。看来捉住洋魔异教的上帝不是一件小事，他太低贱了，法力远远不够。他丧气地踏上了归路。

果姆追上去，塞给他一耥耥口袋糌粑和少许酥油，叮嘱道："吃完了把耥耥口袋还回来。"

"噢呀。"西甲喇嘛感激地答应着。

英军阵地上，传来达思牧师的喊声："该是兑现信约的时候了，请你们赶快离开。"

欧珠甲本紧张地问部下："怎么办？神没有了，我们怎么办？"

他的部下一个个六神无主，谁都不能回答。

关键时刻还是他老婆果姆显示了天生的灵性，说："连没法力的赤脚喇嘛都来了，岗巴宗的霞玛汝本怎么还不来？"

欧珠甲本一怔：对呀，这半天光惦记着喇嘛比试法力了，怎么把上司给忘了。岗巴宗离日纳山撑死也只有半天的马程，援兵早该到了呀。立刻派了两个藏兵飞马前往，再次请求紧急增援。他冲着两个藏兵的背影大声道："就说天上的星星都出来了，最亮的那一颗怎么还不见？我们的腰都弯了一天，脑门子已经够着牛鼻靴的尖尖了，就等着霞玛汝本亲自到场呢。"然后又冲着十字精兵喊，"洋魔们听着，我们的援兵岗巴宗的霞玛汝本很快就来，来了再说。好汉斗好汉，英雄打英雄，狮子不欺负蚂蚁，额头挨不到屁股。"没打过仗的西藏人真是老实透顶，该说的说了，不该说的也说了。

戈蓝上校一听会有援兵到达，立刻命令部下："进攻开始。"

# 5

《圣史》指出，英国人在说明战争理由时，总强调是西藏军队首先开枪，却隐瞒了最重要的事实：西藏军队是守卫，他们是进攻；西藏军队是朝天打，他们是朝人打。

枪一响，西藏边防军就有人倒下了。欧珠甲本以为是吓的，没怎么理会，一边慢条斯理地给火绳枪装填火药，一边还在考虑：要不要还击？这时老婆果姆在身后尖叫一声："我们的人死啦。"他这才扭过头去，看到血把一个叫岩措三旦的士兵染紫了，跟突然出现在日纳山的紫颜色一模一样。

这是这场战争的第一个死人。原本对战争毫无知晓的藏军，这才意识到战争就是死亡。一直不知所措的欧珠甲本，这会儿终于知道该怎么对待敌人了，喊道："弹药装好了没有？瞄准洋魔的心，打狗熊一样给我打。"这是往死里打的意思。传说狗熊是夺命鬼的派遣，你不打死它，它就要吃掉你。当然谁也没真的打死过狗熊，佛教的西藏不杀生，何况神鬼界的狗熊？

果姆把看热闹的孩子撵到帐房里，又带着几个女人拿着酥油抹在所有藏兵的脊背上。这是避凶祈福的意思，保佑他们的箭垛没有了，连战神都被捉去了，就得依靠人自己了。

糟糕的是，很多藏兵笨手笨脚地装不好弹药，等装好了，火石又发不出火来，好不容易发了火，才发现忘了插上火绳。太紧张了，都是第一次打仗的士兵，何况已经看到了死人，昔日说说笑笑的岩措三旦哼都没哼一声就死了。

欧珠甲本大声责骂士兵："骟掉的公马啊，再也不会发狂斗殴了，要你们有啥用。"可是他自己的火绳也点不着火了，火石就像水里煮了一样，打死不冒火星。欧珠着急得又是擦汗又是祈祷："神来了，神来了，你就让我们好好打一枪啦。"

没等西藏边防军回击一枪，就听有人说："坚持到现在了，你们不容易啊。"

欧珠甲本扭头一看，原来霞玛汝本带着援兵到了。

藏军没有军礼，部下见到顶头上司，都是弯腰、脱帽、吐舌头，见到更高的上司就得远远回避。欧珠甲本慌忙不迭地往起爬。

霞玛汝本蹲下，一把摁住他说："小心，子弹在头皮上跳锅庄哩。"


霞玛汝本三天前就得到了欧珠甲本的告急和求援，迟迟不来增援的原因是，他率兵驻防的岗巴宗也出现了英国人。

来到岗巴宗的英国人是一个牧师和一队护送牧师的军人。牧师是个彬彬有礼的青年，隔老远就让英国军队原地等待，自己丢开坐骑，一个人来到藏军阵地前，和善地用藏语说："我是马翁牧师，很荣幸来到这里，想跟你们的长官谈一谈。"

霞玛想：野牛的脸上看不出凶恶，该顶人的时候照样顶。冬天的天气虽好，可就是越晴越冷。他"哼"一声，告诉一身黑衣、高挑瘦长的马翁牧师："西藏的山一座比一座高，我们的长官一个比一个大。我是个虮子大的长官，要说谈一谈呢，没有资格。我的任务就是不让你们走过边境线。"

马翁牧师笑着问："边境线在哪里，我怎么没看见？"

霞玛说："你等着，我马上就画。"立刻命令士兵用短刀在牧师身后划出了一道线。

马翁牧师扭头看着，吃惊道："啊，为什么在这里？"

后来马翁牧师说，根据他掌握的知识，他和护送他的军人其实已经深入西藏边界十几公里，没想到西藏边防军居然就这样随随便便把十几公里划给了外国。其实这也不能怪罪霞玛汝本。紧邻西藏的哲孟雄和布鲁克巴当时都是西藏的藩属，每年都要派遣使者向达赖喇嘛、摄政王、噶厦政府和驻藏大臣贡献方物，恭贺新年。作为回报，西藏方面有责任在哲孟雄和布鲁克巴内部发生纠纷时，派高僧和俗官前往调停。上层的关系如此密切，来往频繁，谁的脚踏上了谁的地就无关紧要了。加上两边都是藏族，有着同一种信仰和生活方式，通婚通商，来来往往，这边是叔叔，那边是舅舅，边境线早就是马马虎虎的了。霞玛汝本的错误在于，他没有意识到，世界第一号殖民主义强国的英国在经营印度的同时，已经基本控制了哲孟雄和布鲁克巴，边境线在哪里，就不能像以往那样漫不经心地这里画一道那里画一道了。

霞玛汝本画了边境线，摆手道："回去吧，你已经踏入西藏的土地了。"

马翁牧师后退两步，站到线外说："忠于职守的军人，如果你觉得不方便谈话，就让我过去，见见你们的地方宗本。"

霞玛说："你不能过来，要谈要见也是在这里。"

岗巴宗既是西藏的一个宗（县），又是后藏扎什伦布寺的庄园。霞玛汝本当即派出了两个人，一个去了宗本住所，请宗本到场；一个去了管理庄园的岗巴寺，请他们派人向扎什伦布寺报告。本来他更应该派人报告自己的顶头上司阿达尼玛代本（团长），可他压根不知道阿达尼玛代本在哪里驻防，从来就不知道。

两个时辰后，宗本才派宗本府的管家来到这里。

管家说："宗本没接到噶厦的文书，不能和外国人谈，要谈也得有扎什伦布寺的喇嘛在场。让英国人回去吧，以后再说。"然后点着了一堆带来的湿牛粪。这是牧人的习惯：帐房前放一堆烟气腾腾的湿牛粪，说明主人家有病人，不欢迎来客拜访。

霞玛说："你以为英国人是你家的邻居兄弟，不让来就不来了？"

管家吃惊道："不让来他还来，世上有这样的人？"

霞玛汝本和马翁牧师继续僵持着，僵持了两天，牧师才离开。

走时，牧师说："我们不会放弃西藏，三天以后会再来。"

霞玛说："这是个约定吗？那就三天，三天之内你们不准来。希望你能遵守。"

马翁牧师高声说："是的，是约定，三天以后。"

管它三天以后怎样，增援了日纳山再说。霞玛汝本为自己的缓兵之计而得意，瞪着马翁牧师和他的卫队走没了影，留下一个班的兵力和所有驻防官兵的女人孩子，带着其余四十人，马不停蹄赶来了。


十字精兵的进攻继续着，一阵密集的枪声后，人影开始往前移动。欧珠甲本说："看啊，洋魔又要四条腿走路啦。"

霞玛汝本到底官大一级，立刻纠正道："这叫匍匐前进，进攻时就得这样，学着点。"

欧珠不解地问："学着点？学洋魔？"

果姆给丈夫扔过一把佩刀来："洋魔没有这个。"

欧珠一把攥起刀说："打枪比不过，那就拼刀。"

没用了，日纳山其实已经失守，就在十字精兵从正面发起进攻前，戈蓝上校早就派人前往左右两边的小隘口。现在英军已经穿越小隘口，正朝这边包抄而来。几个女人发现了他们的踪影，惊慌地喊起来。

欧珠一看，愤怒了："好啊，居然已经过来了，招呼也没打一声。

那我们就过去，也占住他们的地方，互相才不吃亏。"

霞玛汝本赞同道："从这里过去是哲孟雄，再过去是印度，印度那边就是英国了。他们占领西藏，我们占领英国。"

欧珠认真地说："我到了英国，就住在他们指挥官的家里不走了。"

霞玛说："你住在他家里干什么？"

欧珠说："他没有老婆啊？他老婆一害怕，就把他叫回去了。"

霞玛说："你这个办法好得很，可我只是个汝本，没有权力派你去英国，我得报告代本，代本得报告扎什伦布寺，扎什伦布寺得报告拉萨，拉萨报告谁我就不知道了。"

欧珠说："噢呀呀，一直在报告，报告到最后我都老得走不动路了，还能去英国？"

果姆是西藏少有的说话不加比喻、不绕弯子的人，早就听得不耐烦了，大声问："前后左右都是洋魔，快说怎么办？"

霞玛四下看看说："撤吧，撤到隆吐山再说。"

欧珠下意识地答应着，突然又说："不行啊汝本大人，我们已经起过誓了：即使男尽女绝，决不后退半步。"

霞玛扫了一眼烧毁的箭垛说："这里神都没有了，你们向谁起的誓？迅速撤退，到了有神的隆吐山，重新起誓。"

欧珠还想争执，一阵枪响，子弹从头顶嗖嗖嗖地过去了。他老婆果姆突然从丈夫手中夺过枪，用自己烧火煮茶用的火镰打着火绳，朝着离她最近的英国士兵开了一枪，悲怆地说："我们又没惹你们，你们来干啥呀？"然后把枪还给丈夫，大步走向山坡。

# 6

撤退是迅速不了的，因为还要拔起帐房，赶上牛羊，带上老婆孩子。戈蓝上校似乎很同情这支军不军民不民的西藏边防军，在果姆开枪打伤那个英国士兵后，他制止了容鹤中尉的报复，只让部下在五十米开外端枪监视西藏人离开。他本人和霞玛汝本以及欧珠甲本，进行了一次简短的谈话。

"请问二位，知道莎格迅吗，西藏的犹太？"

达思牧师刚翻译完，霞玛汝本和欧珠甲本就同时摇头。

"如果你们能帮助我们找到莎格迅，占领西藏后，我们将馈赠足以让二位成为西藏贵族的财富。"

霞玛好奇地问："莎格迅是干啥的，这么值钱？"

戈蓝上校说："他称颂耶稣基督，心驻在天之国，有着无与伦比的高贵。他能通过我，把西藏交给上帝的长老会。"

欧珠拍拍肚子说："昨天晚上莎格迅老爷还在我这里，天一亮就告别我来到了草原上。现在他在那儿，看见了吧！"

戈蓝上校瞅着欧珠甲本指给他看的一堆屎，狞笑道："我会记住你如何放肆地侮辱了莎格迅，我不会饶恕你的，快走吧。"

霞玛汝本和欧珠甲本带着他们的人走了。牛羊的叫声乱成一片。没走出去多远，人和牲畜就都停下来，回望着日纳山上石砌木搭的哨卡，恋恋不舍。先是牛羊折了回去，它们似乎比人更在乎领土的失去，更不愿意离开这个从来没有离开过的地方。一头名叫岗仲的公牦牛好像知道为什么要背井离乡，闯进十字精兵的队伍里左一头右一头地乱顶，好几个英国士兵都被它顶翻在地。

枪声。戈蓝上校亲自开枪打死了灵性的公牦牛岗仲。

　　所有的公牛急了，冲向十字精兵，见人就顶。密集的枪声响起来，许多公牛仆倒在地。

　　远远看着的西藏人惊叫起来。果姆首先冲了过去，欧珠甲本跟在后面。枪声，这是英国人的警告：过来就打死你们。霞玛汝本明白了，扑上去拦腰抱住了果姆。果姆不跑了，欧珠甲本也就停下了。西藏人悲愤地伫立着，看着被人夺走的哨卡——他们一直都在放牧、吃喝、做爱、守备的日纳山口，看着横七竖八死去的牦牛，唰啦啦流下了眼泪。到处都是惨痛的哭声。西藏人的心里，突然注满了这样的疑问：佛祖啊，为什么，这些外国人不是靠着道理走路，而是扛着枪炮横行？

　　在洋枪洋炮的威胁下，西藏人这次真的走了。

　　他们用马驮着那个被英军打死的藏兵。死者是要天葬的，须到一个有喇嘛念经超度的地方。可是死去的牦牛却无法驮走了，它们将成为英国人的早餐、午餐和晚餐。西藏人一想到这些，就心疼得碎裂了一般。那些牦牛是生活的伴侣，是用来从后方驮盐巴和青稞的，他们从来没想过应该杀了煮肉吃。

　　果姆唱起了走路和干活都会唱的山歌，这个说话不绕弯子的人，唱起山歌来却绕得比谁都远。许是唱山歌绕够了，说话就不绕了。


　　　　上帝你用右手吃饭，

　　　　还是用左手吃饭？

　　　　上帝说我用右手吃饭，

　　　　可是西藏人都知道，

　　　　连蚂蚁都是用嘴吃饭。

上帝你用胳膊走路，

还是用双腿走路？

上帝说我用双腿走路。

可是西藏人都知道，

腾云驾雾的神不用走路。


上帝你说蛇和狼哪个更慈悲？

上帝说狼更慈悲。

上帝啊，你咋说恶狼更慈悲？

世间没有慈悲的恶狼，

好比外国没有好心的上帝。

要问世间哪个更慈悲，

观世音菩萨更慈悲。


果姆用挖苦代替悲伤和愤怒，一路走一路唱。喜马拉雅山的随人鹰循声而来，嘎嘎地用悲鸣应和着果姆的告别之情。洇满岩石的血腥开始流淌了，日纳山的紫颜色越来越恣肆地染濡着西藏纯净的蓝天。

有人从隆吐山方向骑马跑来，喊道：“打起来了，隆吐山打起来了。”

霞玛汝本想起了马翁牧师和他的卫队，心说英国人违背约定了，这么快就闯到了隆吐山。他惊喊起来：“快，丢下老婆孩子、牛群羊群，男人们往前冲！”

这是春天里一个悲伤开始的日子。从这天起，英国人开始了对西藏的进军。但正史并没有记载这一天，因为从占领日纳山到攻打隆吐山，时间很短，久远了看不出间隔；还因为日纳山距离正史记载的战争之山隆吐山只有三十二公里，地图上根本看不出分别。正史学家一马虎，就把日纳山也归到隆吐山里去了。再说日纳山没有流大血，藏军死了一个，十字精兵伤了一个，又都不是长官，对一场战争来说，基本可以忽略不计。至于死去的牦牛，根本就不能算到死伤数字里头去。然而这本起源于山野《圣史》的小说却要记住他们，受伤的英国士兵叫什么无考；死去的西藏士兵叫：岩措三旦。他要不是第一个献身，谁也不知道拥有这个名字的人曾经活蹦乱跳过。

两天后，岩措三旦被送到了春丕。那儿有天葬台，有专门司葬的喇嘛。

春丕的神鹰都来了。它们知道，从现在开始，必须毫不懈怠地吃肉，然后凌空疾翔，快速消化，不然就吃不及了。它们忠于职守，明白那些桑烟、人吼、经声、鼓鸣的含义，更明白人的期待：如果尸体不是被吃得干干净净，说明没有好的转世。它们不想让人失望，所以就不仅仅是为了果腹，即使饱着也要来，神圣而庄严地抢吃抢喝，然后尽量高远地送灵而去。它们从人的热切仰望中知道，它们飞得越高，死者的灵魂就越有希望。

据说，岩措三旦——第一个为保卫西藏死去的人的灵魂，被送到了兜率天宫，那是未来佛弥勒尊者的净土。

# 第四章　黑　霾

## 1

和日纳山一样，守备隆吐山的阿奈甲本也是霞玛汝本的属下，当然要火速增援。但当霞玛汝本和欧珠甲本带人赶到隆吐山口时，却没有看到英国人。哨卡的藏兵说："不是这里打起来的，是米沟打起来的，阿奈甲本带着人过去了，这里就剩下我们两个。"隆吐山有五条沟，分别为米沟、拉沟、普沟、巴沟、边沟，是守备藏军起的名，相当于编号。英国人能出现在米沟，说明他们知道五条沟中哪一条可以通往山那边。

霞玛汝本说："我带人去米沟，你留在这儿，这儿是最重要的进藏通道，阿奈甲本怎么就留了两个人。"

欧珠甲本看了看四周说："这么大的隆吐山，我留下也是沙子堵水，尘土挡风。"

霞玛低头拜了拜山顶硕大的箭垛说："祈祷吧，神会帮助我们，摄政王和达赖喇嘛会赐福给我们。"

两支从日纳山撤下来的藏军在此分开了。霞玛汝本和欧珠甲本知道命运的关照就在头顶，都看了看天。

霞玛汝本赶到米沟沟口时，天已经麻麻黑了。他看到的不是马翁牧师和他的卫队，也不是前来堵截的阿奈甲本，而是一群唱歌跳舞的西藏人。因为没有篝火，霞玛汝本到了跟前才看清面孔，心说这些西藏人跟我们不一样，怎么细皮嫩肉的？尤其是姑娘们，不仅长得好，穿戴也鲜艳。便问道："哪里来的？"回答道："拉萨。"霞玛更吃惊了：拉萨来的不是官员，也不是军队，而是一群歌舞男女，怎么回事？这里可是边境，是战场。

恭敬有加的几番询问之后，才知道是拉萨的森巴军来了。

森巴军，大名鼎鼎的森巴军，达赖喇嘛每年都会因为其出色的仪仗表现和军事表演而发奖挂哈达的森巴军，这么快就来了。一来就把英国人——一个穿黑道袍的英国牧师和他的护卫打跑了。怎么打跑的？奴马代本绘声绘色地炫耀起来。

森巴军一见英国人就准备架炮轰击。桑竹姑娘说："狮子不张嘴就能把兔子吓跑，看我们的啦。"她上前抓住了独步走来的牧师，和姑娘们商议道："是砍腿、挖眼、割耳朵，还是要了他的命？"姑娘们七嘴八舌。桑竹姑娘说："砍了腿他就回不去了，挖了眼他就看不见了，割了耳朵他就听不见我们说话了，还是要了他的命吧，让他变成一个鬼，飘回英国把派他来的人全害死。"说着"唰"地抽出了腰刀。年轻的牧师拼命挣脱，跑向远远等待他的卫队。他的卫队始终没有过来救他，因为他们以为姑娘们抓住牧师是跟他玩呢，还因为牧师已经无数次请求过了：我主耶稣的手从来没有拿过武器，如果你们要开枪杀人，就请你们回去。

马翁牧师和他的卫队溜之大吉。姑娘们"哈哈哈"地嘲笑着，她们的确是玩呢。然后就是庆贺胜利的唱歌跳舞。很多回家干活的战士在路上追上了队伍，比从拉萨出发时，森巴军的男人和姑娘又扩充了不少，舞阵庞大拥挤，黑压压一片。

霞玛汝本钦佩地看着他们，准备告辞，顺便问了一句："大人，洋魔向南走了吗？"

奴马代本说："不，朝着东边去了。"

霞玛汝本吃了一惊：东边不是洋魔的来路，而是边沟。边沟也是可以通往隆吐山那边的。他立刻明白，原来并不是森巴军打败了马翁牧师和他的卫队，而是人家主动改变了前进的路线。到现在还不见踪影的阿奈甲本一定带着他的人追到边沟去了。

霞玛带人很快来到边沟的沟口，天已经黑了，什么也看不清。他"阿奈阿奈"地喊了一通，没有回应，只好原地露营。

第二天一早，霞玛汝本在沟口的枯草地上看到很多脚印，便断定马翁牧师和阿奈甲本都进沟去了。他带人沿着脚印往前走，越走越深，树渐渐密了，陡峭的山壁时而靠拢时而敞开，路的崎岖就像对人的拒绝。霞玛看看天上飞来飞去的乌鸦，发现它们离自己不远，心想：看来是跟随我们的，前面不会再有人了，那些脚印也许是早些时候留下的。他正要命令部队返回，忽听空中随人鹰"啪啪啪"地扇动着翅膀，"咚"的一声响，半截人的手臂从天上掉下来，落到前面五步远的岩石上。

霞玛吓了一跳，随人鹰一般不会叼着食物飞翔，现在却把人的手臂衔上天空丢给了他，显然是为了让他知道：一场生死拼搏已经发生。手臂是谁的，是英国人的，还是阿奈甲本部下的？霞玛不敢去看，快步上前绕过摔烂的手臂，喊道："人死了，人死了，往前冲啊。"

两边是树，前面是雪线，脚下是一个盆状的罅隙。盆隙里有五个西藏人，已经死了，一看就知道是阿奈甲本的部下。很完整的尸体，甚至都没有血迹，连衣服都好好的，包括少了手臂的那个人。不是枪杀，也不是刀砍，他们是怎么死的？

阿奈甲本呢？他至少带领着三十个人，其他人这会儿在哪里？

杀了人的马翁牧师和他的卫队这会儿在哪里？

空中，报了信的随人鹰嘎嘎叫着。

2

两个原因使戈蓝上校在占领日纳山后没有立刻进攻隆吐山。一是他以为占领日纳山不过是给西藏人一个警告：英国人占领拉萨、征服西藏的目的一定要达到。他希望西藏人能在这个警告之后明智起来，有所商议，最好不要再有武装冲突。不动刀兵，从容不迫地占领，才是上帝护佑的大英帝国的风度，不能让西藏人一接触上帝，就认为那是一个开战的将军或杀人的屠夫。二是英国政府跟中国朝廷的谈判还在进行，按照他的判断，在占领日纳山的武力施压之后，谈判的结果很可能是同意英国人的所有条件。有这样的好事，何不等一等。

戈蓝上校的等待让守备隆吐山的欧珠甲本产生了误解，以为英国人的目的就是占领日纳山。欧珠心里愤愤的，每天膜拜山顶箭垛时，祈祷的已不是战神保佑他守住隆吐山，而是收复日纳山。他甚至有了一个收复日纳山的计划：那就是把隆吐山箭垛里的佛像拿出来，搬到日纳山重新建立箭垛。据说隆吐山箭垛里的神佛来自布达拉宫，是达赖喇嘛的藏餐大厨师五品僧官列曾巴念经加持和抹过酥油的，不光强悍，且有亿万身变，就算洋魔有法力，想捉就能捉，但怎么能捉得完呢？

几乎要付诸行动了，又想：洋魔把箭垛烧了，还能允许我们回去重建？

老婆果姆的扫一眼就知道丈夫想什么，说："杀死一个洋魔，他们就允许了。"

欧珠明白老婆的意思，心想：怎么杀？

果姆又说："谈判。"

欧珠心里顿时一亮：谈判是一个对一个、两个对两个，好动手，而且可以在中间地带，杀了就跑，来得及逃命。不过，不过，即使杀人得逞，人家也不会允许啊，洋魔死了应该由他们的牧师来超度。这个问题立刻又被果姆解决了，她用山歌告诉丈夫：

　　　　喇嘛死了喇嘛送，
　　　　　别人的经文听不懂。

果姆的意思是：跟洋魔谈判时肯定会有洋魔的走狗尕萨喇嘛做翻译，把他杀掉，西藏人就可以名正言顺地建起箭垛做超度法事了。欧珠立刻在脑子里加进去了自己的意思：两个人一人扑一个，把前来谈判的洋魔也杀掉。

欧珠甲本望着老婆兴奋得不知如何是好，说："果姆，你是啥转世？有灯亮的慧光、山高的佛智，喇嘛们对想出好办法的人都这么说。"说罢就扑了过去。

这是在战场，是在隆吐山顶雪线下的草丛里。青春旺盛的果姆不知道自己有慧光佛智，觉得脑子里跳出来的想法让丈夫有了冲动，便幸福得呻唤起来。野浪的西藏，山坡上的爱情，鸟儿们嘻嘻哈哈看着。一只藏匿在草树背后的斑羚大胆伸出了脑袋，经验告诉它，这个时候猎人的枪是不打它们的。

之后，他们两个来到山顶硕大的箭垛下，钻进箭丛，爬向中间的石堆坑沿。果然不同凡响，被达赖喇嘛的藏餐大厨师抹过酥油的佛像不是一尊，而是一群，大小模样都一样，显然是变幻出来的。他们小心抱了一尊，揣到怀里，朝山下跑去。

欧珠甲本把部下召集到一起，讲了自己的想法。然后说，前去谈判的当之无愧是他，还应该有一个人，这个人最好是喇嘛，因为这样就更有把握把尕萨喇嘛引到跟前来：谈判是借口，比试法力也是借口。"至于前往超度的人，你们说谁去？"

欧珠征询地望着两个定本赤乃和次登。赤乃和次登互相看看不说话。

欧珠指着次登说："那就你去。"

次登说："石头不是骨头，香香的味道是没有的。我去超度亡灵，我有啥法力？"

大家笑起来。男人们集合，女人和孩子们都会围过来参与。

次登的老婆说："你的法力我见过，就是睡觉打呼噜。"

赤乃说："也有不打呼噜的时候吧，你说他啥时候不打呼噜？"

次登的老婆老老实实说："前半夜。"

赤乃问："为啥前半夜不打呼噜？"

次登的老婆说："他不睡觉。"

大家又笑起来，包括孩子们，理解和不理解的都笑起来。

欧珠说："说远了，说远了。把石头放到肉锅里，香香的味道就有了。"

果姆觉得还是远了，补充道："次登，你老婆说你有力气，插箭丛时要挖坑，别人一个没挖好，你已经挖好了三个，这就是法力。再说……"她看看丈夫欧珠不说了。

就像一个人，欧珠接上说："再说还有高僧。西甲喇嘛到春丕寺请多吉活佛去了。多吉活佛穿着五层羊皮三层牛皮的靴子，走起路来前面的石头都会自动滚开。多吉活佛念经时，你就带人插箭丛，记住，千万不要让洋魔看见你埋藏了神佛。"

最后决定：次登和赤乃两个定本各带三个人，都去。

现在就等西甲喇嘛和多吉活佛了。

可是一天一夜过去了，从春丕那边过来的除了风，还是风，高僧的影子叫兽形的山脉吃掉了。

欧珠对大家说："没有晴天白云彩不飘，没有草原黑骏马不跑，是不是应该有一个身份高贵的军人去请多吉活佛呢？"

果姆立刻说："你去。"

西甲喇嘛是挺着腰杆离去，塌着腰杆回来的。春丕寺的住持多吉活佛在寺巷里一见他，就知道事情不好，小心翼翼地问："大喇嘛这么快就回来了，洋魔退啦？"

西甲不禁哈起了腰，不好意思地说："快别叫我大喇嘛了，洋魔的法力，我抗不过。佛爷，日纳山的欧珠甲本捎来口信，请你去念经镇伏。"

　　多吉活佛用眼角挂了一下远方的山脉，一脸谦卑地说："你看看你高大魁梧的身子，是我的两个了。再看看你的大脚，我没见过这么大的脚。"突然一愣，惊叫道，"你怎么没穿靴子？打洋魔不穿靴子，再大的法力也是发挥不出来的。"

　　西甲低头呆望着自己硕大的赤脚："啊，靴子？"

　　多吉活佛拉起他的手："走走走，我们春丕寺正有一双大护法秀丹的靴子，你大喇嘛穿上正合适。"一路走着，便把靴子的来历说了一遍。

　　当年二世多吉活佛主持修建春丕寺时，遇到魔鬼捣乱，月月漫来泥石流，不是淹没地基，就是推倒墙体。多吉派人去拉萨请大护法秀丹前来驱魔。秀丹说，这么小的魔鬼不必我亲自出马，搬去我的一双靴子就够了，神咒就藏在靴底。靴子搬来了，果然厉害，在经杆上一挂，不仅魔鬼再也不敢捣乱，原来的泥石流也自动消失。自此，春丕寺开始崇拜神靴，周边的信民也就以靴为神了。

　　说着，多吉活佛领着西甲喇嘛来到了大种神殿。活佛打开木王神座前的一个雕刻精美的箱柜，拿出那双珍藏于此的大护法秀丹的靴子，塞到西甲怀里说："你掂掂，你掂掂，它有多重啊。"


　　薄雾蒙蒙，蓝和绿的光影交叉着，把一条花草护佑的小路扭结在滚动的苍山里。去请高僧的欧珠甲本没走多远，就碰到了迎面走来的西甲喇嘛。

　　欧珠问："怎么就你一个，你请的多吉活佛呢？"

　　西甲说："我是拉萨丹吉林的喇嘛，春丕寺的哪个活佛有我大。"说着跺了跺靴子。

　　欧珠愣了一下说："是拉萨丹吉林的喇嘛？佛啊，佛啊，洋魔滚回去的日子到了。"他俯身看着西甲的靴子，略微有些遗憾：怎么不是五层羊皮三层牛皮的靴子呢？他忘了那种靴子不过是他想出来的，想出来后就成了衡量的标准。不过眼前这双靴子也很厉害：花毽氆的腰身、翘上天的牛鼻子、红璎珞的装饰，而且大得出奇，好比牛皮船。欧珠认为不是脚大靴子才大，而是靴子大脚才大。大喇嘛的大靴子一定会有大法力。

西甲炫耀地说："大护法秀丹的靴子，多多的神咒有哩，什么魔鬼拿不住？"

欧珠崇拜地摸了摸西甲喇嘛的靴子，语无伦次、满嘴比喻地说出了收复日纳山的计划。西甲不断扭着头，用这个耳朵听听，再用那个耳朵听。他在听不懂对方的话时，总觉得是自己耳朵不灵。

突然，西甲打断欧珠说："我明白啦，你的计划分两步，第一步是谈判杀人，第二步是借超度建起箭垛埋藏神佛。"

欧珠佩服地说："到底是穿了靴子的大喇嘛，一听就明白。"他对能够简单而直接表达意思的人总是很佩服。

西甲称赞道："好办法，摄政王不用担忧了。"然后自告奋勇地说，"我去杀洋魔。我在丹吉林是杀过鬼的，杀一个洋魔的走狗算什么。看看我的刀，是摄政王加持过的，禳灾驱邪它最好。"他从腰里拔出银闪闪的刺鬼刀，龇牙嘿嘿一笑，威武地摆出刺鬼的姿势，吓得欧珠哓哓而退。

西甲又说："我杀了洋魔，连跑都不用。"

欧珠知道西甲想的是死，就说："为啥不跑？大喇嘛你算算，你杀了洋魔跑回来，下一次再杀，杀着杀着就把洋魔杀完了，最后你再死。"

西甲说："不，我要尽快死。这是释迦牟尼定下的规矩。我死了，摄政王会高兴的。"

欧珠觉得自己的计划直接影响到摄政王的情绪，高兴得手舞足蹈："噢呀，摄政王。"又问，"摄政王是谁？"

西甲自豪地说："丹吉林的迪牧活佛，记住了吧？"

欧珠说："噢呀，迪牧活佛。"然后战战兢兢地弯腰吐舌，好像亲见了摄政王。

## 3

收复日纳山的计划就这样开始了。

薄雾散尽，岚光的起伏让苍翠有些耀眼，风从四面吹来太阳的金色斑点，汇聚在一起洋溢着高兴。欧珠甲本带着他那五十多人组成的西藏边防军走向了日纳山，没走多远就停下了。欧珠拍着脑袋，好像有东西落下了，一时又想不起，拍了半天才大叫一声："果姆。"原来他忘了把老婆带上。嗨，他怎么离得开这个有慧光佛智的老婆呢。欧珠回头去叫："果姆快跟我走。你一想出好办法，我就想要你啦。"

果姆走过来，认真地说："那我就多多地想啦。可办法不是想出来的，是它自己跑出来的。"

西甲喇嘛望着他们，不满地摇摇头：跟森巴军一样，又是一支离不开女人的军队。这么想着，便牵挂起桑竹姑娘来。她在干什么？她知道我在这里吗？他心里很矛盾，但愿她知道，又希望她不知道。

队伍伴随着果姆的山歌走去，在望见十字精兵占领的哨卡时停了下来。按照事先商量好的，西甲和欧珠两个有身份的人在木碗里放了血，赤乃定本再次拿起果姆头上纤细的银簪子，就着一块白色经旗，写下了仍然由欧珠甲本口述的文字：


天上矫健的随人鹰作证，火和水到了一起才吱吱响，鸟和鸟见了面才咕咕叫。过河须得脱靴子，赶马须得拿鞭子。未来的事情难以预测，出现问题要谈判解决。现在，谈判的时刻来到了，你们一个喇嘛，我们一个喇嘛，你们一个长官，我们一个长官。都是神保佑的人，请不要带枪。再强调一句，谈不谈判，是愚人和聪明人的分界线。


西甲喇嘛评价道："很好，简单明了。"

署名的时候发生了分歧，欧珠甲本仍然要署"西藏欧珠甲本"。

西甲说："要署就署最大的。"

欧珠说："我们这里你最大，就署你吧。"

西甲说："不是这里，是西藏，西藏谁最大，知道吗？"

欧珠说："这个谁不知道，达赖喇嘛最大。"

西甲说："不对，达赖喇嘛没有亲政的时候，摄政王最大。"

欧珠纳闷地说："还是达赖喇嘛最大吧，都说达赖喇嘛是太阳，没人说摄政王是太阳。"

西甲说："谁说没人说，我不是人吗？我今天代表丹吉林说，摄政王是太阳。"

欧珠还是不愿意把达赖喇嘛排下去，疑惑地看看老婆果姆。

果姆插进来说："摄政王是今天的太阳，达赖喇嘛是明天的太阳。"

西甲和欧珠吃惊地望着果姆，突然点点头，都同意了。

欧珠立刻让赤乃署了名："西藏今天的太阳摄政王迪牧活佛，

西藏明天的太阳达赖喇嘛土登嘉措。"

这封要求谈判的信还是用猎箭射向了十字精兵。

然后，欧珠甲本和西甲喇嘛走到中间地带，耐心等着。

十字精兵总指挥戈蓝上校对西藏人的来信做出了这样的判断：很可能英国政府跟中国朝廷的谈判有了结果，对英国人开放西藏的历史就要开始。西藏人想在放英国人进藏之前，维护更多的利益，所以要求谈判。于是他决定：推进这次边境谈判。

可是容鹤中尉不同意："上校，来谈判的人官阶太小，不过是一个连长和一个下等喇嘛。如果是英国对中国的交涉有了进展，来边境跟我们接触的就应该是拉萨的官员。"

戈蓝上校说："请注意来信的署名——'西藏今天的太阳摄政王迪牧活佛，西藏明天的太阳达赖喇嘛土登嘉措'。信徒怎么可以妄称圣者的尊名？就像我们不许妄称耶和华一样。他们也许不是谈判代表，却可以跟我们商量谈判的时间和地点。"

容鹤中尉大摇其头："不，我对这封信的每个字都表示怀疑。"

戈蓝上校说："上帝让我们相信一切诚实的可能，干戈能破敌，却不能传播福音。中尉，听我的命令，带上尕萨喇嘛，前去谈判吧。"

容鹤中尉有意显示着傲慢，估计西藏人等得不耐烦了，才和尕萨喇嘛走了过去。他带着枪，显然不相信神会保佑他。

欧珠甲本攥紧了藏在袖筒里的腰刀。西甲喇嘛也摸了摸怀里的刺鬼刀。

欧珠说："你，你不要紧张。"

西甲问："紧张是啥？"

欧珠说："就是抖。"

西甲说："啊，你在抖。"

容鹤中尉带着尕萨喇嘛停在了五步远的地方，轻蔑地盯着他们。

尕萨喇嘛问道："你们要求谈判，谈什么？"

欧珠甲本说："走近一点说嘛，你们的上帝不争气，让你们的声音小得就像嗡嗡叫的苍蝇。嘿嘿，上帝的绿头苍蝇。"

尕萨告诉容鹤中尉："他们在戏弄上帝和大英帝国的军人。"

谈判是庄严的，怎么能容忍戏弄。容鹤中尉伸手就要掏枪。

西甲喇嘛摸出刺鬼刀冲了过去，寺院里，法会上，刺鬼的时候就是这样冲的，迅捷而威猛。他一下刺倒了容鹤中尉，又一下刺倒了尕萨喇嘛，喊道："杀鬼了，杀鬼了。"

欧珠甲本呆愣着，心说西甲喇嘛把两个都杀死了，那我干什么？他还在抖，他看到洋魔居然爬起来去捡脱手的枪，才从袖筒里露出腰刀，朝前扑去。他扑倒了洋魔，却不能把腰刀扎在对方身上，手和胳膊都是软的，像酥油捏的一样。这时欧珠看到尕萨喇嘛也挣扎着爬了起来，而西甲却两步来到他跟前，一把攥住他，惊恐地说："快走，鬼活了，鬼活了。"

他们没有杀死洋魔，也没有杀死洋魔的走狗，就这么惊慌失措地跑回到自己人跟前。大家瞪眼看着他们，半天不知说什么。

果姆说："佛祖啊，你还没教会我们杀人呢。"

对啊，不怪欧珠和西甲，怪佛祖。欧珠懊恼得用腰刀拍着腿说："我原想洋魔是酥油，洋魔一施法力，我倒成了酥油。"

西甲喇嘛更是沮丧万分，在丹吉林他就是这样刺鬼的，每次都是厉鬼流血死亡，从不失手。今天怎么啦，难道洋魔比藏鬼厉害、上帝比佛祖厉害？刺不死的鬼，越刺越跳还会反扑过来的鬼，那是最可怕的。是不是刀出了问题？不会啊，就是这把刀，我刺死了多少鬼，每次刺死，喇嘛们都会接起一碗鬼血献到旦巴泽林铜刀护法面前。

西甲用刺鬼刀在地上划来划去，就见果姆伸出手来："把刀给我，给我呀。"

西甲犹豫着递了过去。

果姆用指头使劲蹭着刀刃，惊叫起来："木头的呀？就抹了一层银粉。"

西甲点着头说："是啊，是木头的，摄政王念过咒，丹吉林的鬼都是它杀死的，鬼都死了，洋魔怎么不死？"

果姆把刺鬼刀丢给西甲，心直口快地说："你这个修炼修成木头的笨喇嘛，鬼是鬼，人是人，不知道吗？"然后唱起来：

> 托蠢人办事情，
> 让狐狸做国王；
> 等母羊下鸟蛋，
> 看骡子生娃娃。

西甲喇嘛无地自容，起身要走，又回来，把那木头刺鬼刀搭在石头上，一脚踏断说："不要小看我，我曾是陀陀喇嘛，我来前线，就是还想做一个陀陀喇嘛，我一定杀一个洋魔给你们看。"说着，抽出自己吃肉的腰刀，在空气中使劲晃了晃。

欧珠甲本哀叹一声说："第一步失败了，第二步就没有了。喇嘛们都说，有因才有果，不刮起风，就别想听到树叶响。"

西甲义愤填膺地说："谁说没有了，不是已经死了一个人吗，你那个叫岩措三旦的部下，为什么不能在死地上超度他？你们不去，我一个人去。"说罢就走。

欧珠要追上去阻拦，果姆一把拉住他说："人家是拉萨来的大喇嘛。"

欧珠只好命令次登和赤乃："快快快，要去做超度法事啦，带上你们的人，跟上。"他没有跟去，因为他疲倦了，还因为他对西甲喇嘛已经没有信心了。

4

看到一群西藏人远远走来，十字精兵这次做足了准备。戈蓝上校命令容鹤中尉率领自己的部下，匍匐在各个隆起物后面，举枪瞄准他们。但戈蓝上校和容鹤中尉都没有下令立刻开枪，他们想知道这些西藏人来这里干什么，如果是故技重演，再杀不迟。

西藏人一共九个，带头的还是那个身形高大的喇嘛。他念着经站到离枪口不远的地方，跺了跺靴子说："就在这个地方。"于是那些西藏人把周围的石头搬过来，垒起了一个圆形的石柱，又用手和腰刀掘出一些坑来，把带来的树枝密密地栽了进去。戈蓝上校和容鹤中尉看不懂，派人把达思牧师和尕萨喇嘛叫来。

达思说："我们在这里打死了一个西藏人，他的灵魂很可能就在原地打转。这些人是来做超度法事的。"

尕萨喇嘛紧张地说："箭垛一旦建起来，就又有了战神的宫殿，死人的鬼魂会住进去抵抗上帝，这就等于收复了日纳山。拆掉箭垛，快赶他们走。"

达思说："为什么不能在宫殿里供奉基督的十字架呢？"

戈蓝上校说："好主意，中尉，你说呢？"

容鹤中尉一眼不眨地盯着箭垛旁的西藏人说："当然。"

　　西藏人又在箭垛上挂起了五彩经旗。身形高大的喇嘛绕着箭垛一圈一圈地走，大声随意地编创着《杀洋魔经》："唵吧扎，上帝滚回家；呢哩钦，洋魔死干净；爹雅达，西甲奉战神之命杀了他。"

　　尕萨喇嘛听出来了，喊道："他在诅咒我们。"

　　戈蓝上校说："诅咒？他来我们的占领地诅咒我们？那就真是收复失地了。"他命令容鹤中尉，"让他们滚开。"

　　达思牧师说："再听听，再听听，恐怕不仅仅是诅咒。"

　　刹那间，达思的预言发生了，就见西甲喇嘛奔扑而来，手里攥着一把尖锐的腰刀。达思迎扑而上，突然趴倒，用自己的身子绊倒了对方，厉声道："你送死啊？还不快离开。"他话音未落，容鹤中尉就下达了开枪的命令。

　　密集的子弹嘎啦啦飞来。

　　西甲喇嘛回头一看，崭新的箭垛旁边，已经有人倒在地上。他大叫一声，爬起来又要往前扑，却被达思牧师从后面死死抱住了："你这骨肉的身体，长这么健壮不容易，快跑啊喇嘛。"

　　西甲想挣脱对方，喊着："我是陀陀，我是丹吉林的陀陀。"

　　达思完全明白陀陀喇嘛意味着什么，讥讽地说："一个陀陀算什么？千万个陀陀那才叫恐怖。"

　　西甲一愣，回头盯着达思，突然转身，跑了。他为死亡而来，却又带头逃跑了。跟着他跑的还有次登、赤乃和另外两个西藏人。他是陀陀喇嘛，希求非命而死，悍烈而死，发狂而死，可现在一见自己人倒在地上，就惜命而去了。他一口气跑回西藏边防军的阵地，大声说："我现在不能死，死了划不来。"似乎这就是理由。说完他就走了，好像也没有无脸见人的愧疚，却一刻也不停留地走了。

　　欧珠甲本望着西甲喇嘛牛皮船似的大靴子，失神地说："拉萨来的大喇嘛跑回拉萨去了，丢下我们这些无能的人，靠谁打洋魔？"

果姆说："佛祖啊，我要告状啦，你的喇嘛一次比一次不顶用。"

几个女人哭起来：一下子又死了四个人，连尸体都丢给了十字精兵。

欧珠甲本吼道："不要哭了，亡人的灵魂都叫你们哭湿了。"他想不通，战神的箭垛、布达拉宫藏餐大厨师列曾巴抹过酥油的神佛、西藏今天的太阳摄政王迪牧活佛、明天的太阳达赖喇嘛、镇伏外道邪魔的祈愿、穿着高级大靴子的丹吉林大喇嘛，他们要什么有什么，一样也不缺，怎么还会死人呢？难道上帝真的胜于佛祖，洋魔的法力超过了大喇嘛的法力？

几个女人还是哭着，死去的是她们的丈夫，她们忍不住。

欧珠用右手扇打着左手，在每个哭泣的女人面前扇出一声爆响，就当是扇在她们嘴上："哭，哭，就知道哭，灵魂一听到哭声就不上天啦。看见了吧，灵魂跟尸体一样趴下啦。"说着，一声抽泣，自己也号啕起来。

果姆气冲冲过来，一把推倒一个女人，吼道："有哭的本事，都跟我走，把死人抬回来。"她朝十字精兵的阵地跑去，好几个女人跟上了她。

容鹤中尉又一次下达了开枪的命令。

达思牧师阻拦道："上帝是不欺负弱者的，女人是弱者。耶稣拯救了许多女人，女人们都说，基督降临了。在西藏，打死女人就是得罪女神。你们不要命啦？"

容鹤中尉说："牧师，我们不怕得罪任何基督的敌人。"

达思说："邪恶才是基督的敌人，但愿你不是邪恶的化身。"

容鹤中尉吃惊道："你到底在帮助谁，牧师？西藏人吗？那就请你站到对面去。"

达思说："会的，如果你敢杀掉这些女人。"

容鹤中尉看了看前面奔跑而来的女人，又望了望不远处沉思不语的戈蓝上校，泄气地说："好吧，看在女人的份上，我听你的，牧师。"

十字精兵终于没有开枪，惊惧地看着一帮女人扑向了四具西藏人的尸体。

尸体被抬走了。她们抬尸体的时候没有哭。果姆不时地提醒她们："亡人的灵魂就在我们头顶，要是我们高兴的笑，它们才肯快快上天。"说罢就"哈哈哈"地笑起来。所有女人都跟着笑起来。笑着笑着，声音就变了，谁也无法阻挡悲伤的力量。

有个女人突然丢开尸体，朝山下跑去。山下有河。她跪在河边，一头埋到水里，憋着，直到水面咕噜噜冒起水泡。她被呛得连连咳嗽，爬上山来，用袖子擦着满头满脸的水，尖叫着说："不是我的眼泪，我没哭，是河里的水在哭。"然后手提着湿漉漉的皮袍跑向十字精兵，惨叫着："把我的丈夫还给我。"她抱住一个英国士兵，居然想夺枪。本能让她知道，英国人靠的并不是什么上帝而是枪。那士兵一手抱枪，一手卡住了她的喉咙。她低头一口咬在对方手腕上。英国士兵痛叫着撒手了。女人趁机夺过了枪，举起来，瞄准着，喊道："你们也打死我呀，我要跟我丈夫一起走。"原来她抢枪并不是为了复仇，而是为了逼迫对方打死自己。英国士兵惊恐得连连后退，转身就跑。容鹤中尉提着手枪大步过来，拦住士兵，示意他跟在自己身后，然后走向疯喊不已的西藏女人。

现在，西藏女人用来复枪瞄准了容鹤中尉，容鹤中尉也用手枪瞄准了西藏女人。沉默。会有一个人立刻倒下，谁呢？

枪响了。达思闭上了眼睛："佛祖，佛祖，上帝，上帝。"

那边，果姆带着几个女人再次跑过来，抱起了被容鹤中尉一枪放倒的女人。她们叫着，骂着，哭着，连坚决制止别人哭泣的果姆也变了声腔，变得激愤而酸楚。

她们抬着又一具尸体，走向了自己的阵营。

欧珠甲本和所有西藏人都有些呆怔：我们的男人死了，我们的女人也死了。为什么？我们好好活着，为什么你们要打死？欧珠仰天发问："佛祖，我们的'唵嘛呢叭咪吽'白念了吗？到了这种时候还不保佑。"这一问似乎把问题问清楚了，大家都认为不是白念了，而是念得还不够，还不诚。于是，几乎与此同时，所有人念起了"嘛呢"，念得悲怆、孤独、如泣如诉。


借谈判杀人未遂，借超度法事杀人又未遂，丢下了五具尸体的西藏边防军让戈蓝上校第一次感觉到了杀人的必要。因为是战争，屠杀者个人和指挥者都不必顾及道德谴责，哪怕他是把爱和上帝对等起来的信徒。沉重和郁闷是没有的，上帝啊，你安排好了战争，原来就是想告诉人类：人生来就是要杀人的。不必再等下去了，占领日纳山的警告之后，西藏人并没有明智起来，反而更加愚蠢地开始反抗。英国政府跟中国朝廷的谈判结果虽然可想而知，却没有变成西藏边防军的行动，好像西藏人从来就不知道中国朝廷对大英帝国低三下四的态度。戈蓝上校决定：进一步施压，占领隆吐山。

戈蓝上校正要下命令，却看到容鹤中尉带着几个人走向了那座新生的箭垛。此刻中尉最关心的是，箭垛里面有没有埋藏佛像。他钻进箭丛，看到石柱里没什么东西，便问达思牧师："佛像不一定埋在中心吧？"

达思把一个木头的十字架插在石柱上面说："只会埋在人心里，

西藏人，你是不了解的。"

尕萨喇嘛知道容鹤中尉在找什么，巴结地说："不埋战神的箭垛是没有法力的，仔细找。"他前后左右看了看，指着石柱根底的一块石头说，"就在下面。"

容鹤中尉果然从那里挖出了一尊佛像，惊喜地欣赏着："这样美妙复杂的造像，太神奇了。"

尕萨告诉他，这是退敌护法大将军，来自布达拉宫，达赖喇嘛的藏餐大厨师列曾巴抹过酥油，法力大着呢。

中尉高兴地说："大将军？可是他就像一个姑娘，有乳房，有纤细的腰肢和女神的仪态。这样的大将军，被我捉住了，看西藏人靠谁来指挥这场战争。"

达思说："小心啊，我听说凡战神都有福灾两光，福光照你，你就强大，灾光照你，你就懦弱。"

中尉说："牧师，闭上你的嘴。福光肯定照耀着我们，我们如此强大。"

这时，所有人都听到了戈蓝上校的喊声："看啊，云彩后面就是隆吐山。"

进攻隆吐山的行动三天以后才开始。

因为从布鲁克巴和哲孟雄招募来运送给养的背夫，一部分突然逃跑了。他们信仰佛教，不想成为英国人进攻佛教圣地的帮凶。戈蓝上校派人再次紧急招募，直到确信补给线完整无损。

早晨，容鹤中尉率领的前锋部队紧急靠近隆吐山，速度快得让随人鹰吃惊：都来不及给西藏人送个信了。忧伤的尘土，发出破碎的声音，噗噗噗地喊叫着：英国人来了，十字精兵来了。西藏的尘土向着西藏，给所有的山脉送去了警示。

据说这个早晨，前藏和后藏都变天了，包括拉萨，白云开裂着，汹涌出一股股悲惶的黑霾，转眼包围了摄政王迪牧活佛。

## 5

那天，摄政王来到驻藏大臣文硕官邸时，文硕正在生病。

其实到任不久的文硕一直在生病。随来的汉医开过成药，吃了无效，便请布达拉宫的藏医诊断。藏医喇嘛又是脉诊，又是尿诊，还放了血，查看了五官手指，断定是土弱水枯，火盛气郁，需排空黏液，理清上轮下脉。藏医开了达赖喇嘛离开拉萨去别处讲经行走时必然享用的三昧甘露，又说："大人初到藏地，身心不空净，容易招来西藏的地魔山鬼，吃拌了香灰的糌粑，念抹了酥油的佛经，慢慢就适应了，魔鬼是欺生怕熟的。"意思就是高山反应加上水土不服，适应过来就好了。

藏医喇嘛刚离开，摄政王迪牧就来了。

在汉藏风格杂糅的衙堂前，文硕抱病恭迎摄政王的光临。在西藏，自清朝设置驻藏大臣后，噶厦政府以及达赖喇嘛，就不再直接向朝廷请问事宜了，凡事都由驻藏大臣转禀，朝廷的意志也由该大臣下达。加上山高皇帝远，藏事不可能有另外的监察，驻藏大臣说什么就是什么，表奏功绩，皇帝就封赏嘉奖；参奏罪错，朝廷就饬令查办。驻藏大臣代表朝廷行使权力，虽然不能逾越摄政王，但也有不可估量的作用。

没有多少寒暄，摄政王亲自前来，说明事急事大。文硕让人放了表示尊敬的黄缎卡垫，又端了茶，然后就把瘦弱畏寒的身子缩起来，隔桌坐在中堂一侧，静等着摄政王说话。

摄政王迪牧不说话，只是嘘嘘有声地喝着茶，他这是吸冷气败心火，不想给朝廷代表留下一个暴躁易怒的印象。片刻，迪牧一言不发地把哲孟雄国王的亲笔信递了过去，待文硕看了信，又把自己拟定的《抗英七条》递了过去。

文硕的脸色顿时苍白得就像纸，他翻来覆去把信和条文看了几遍，站起来，浑身抖颤着喊一声："来人哪。"摄政王迪牧以为驻藏大臣气坏了，喊人就要布兵打仗，正要劝慰，却听文硕对旋即出现的侍从说："药煎好了吗？再把皮袍给我拿来。"大夏天的，他要穿皮袍，是真冷，还是借故显示自己有病？

摄政王瞪着他："大人，你害怕了？"

"我害怕了？不，朝廷，朝廷……摄政佛有所不知。"

文硕已是语无伦次了。他想说的是，不是他害怕，是朝廷遇到洋人就打战，连皇帝都说："天难地难，洋人来了最难。"而他是朝廷命官，只能跟着打战。但朝廷的尊严他一丝也不想伤害，更不想把自己的担忧说出来。在他的印象里，英国人就等于鸦片，不是什么好东西，那东西来了，大清朝就割地赔款，香港、广州、厦门、福州、宁波、上海都成了洋人出没的通商口岸。之后，美国人、法国人、俄国人、普鲁士人、葡萄牙人、荷兰人、丹麦人，都来了，传教、通商、倾销鸦片、掠卖华工，战船枪炮来来去去，结果都是割地赔款。大清朝早已是千疮百孔，不堪再辱。可这帮穷凶极恶的英国人还是放不过，居然又绕到喜马拉雅山下来了，莫非他们又想把鸦片贩卖到西藏？要是这样，朝廷怎么办？

文硕不敢表态，若是说抗英必行，肯定有违朝廷旨意；若是说抗英有罪，那又会在西藏人面前丢尽朝廷的脸。他一个忠君爱国的人，宁肯自己被人诟病，也不愿皇帝和朝廷堂堂净净的脸上有丝毫污迹。那就闭嘴吧，什么也不说了。

急性子的摄政王不想耽搁，指着哲孟雄国王的亲笔信和《抗英七条》说："请大人报奏朝廷，西藏就要开战了。"

"不可，万万不可。"文硕说着，一屁股坐到太师椅上，急促地喘了几下，身子一塌，头耷拉着闭上了眼睛。

摄政王纳闷：什么意思？是万万不可开战，还是万万不可报奏朝廷？他说："大人放心，洋人有魔，藏地有佛，魔从来就怕佛。"看文硕毫无反应，才发现他已经昏过去了。摄政王两手一拍，惊叫道："哎呀，黑水白兽把驻藏大人吓死了。"

## 6

摄政王迪牧的抗英计划就这样在文硕这里碰了钉子。他快然不悦地走出驻藏大臣官邸，抬头一看，不远处的两座佛塔之间，一群喇嘛横挡在那里，为首的是策墨林的沱美活佛。又是他，想干什么？迪牧冷哼一声，袖子一甩钻进了轿子。轿子立刻飞起来，飞了一阵，迪牧突然意识到去的方向不是丹吉林。他喝问轿僧："眼睛瞎了吗，你们往哪里走？"轿僧不答，只管飞跑。他掀开轿帘一看，才发现抬轿子的根本不是丹吉林的喇嘛。

迪牧气得鼻孔都大了："乌鸦也能冒充鹫鹰，今天的拉萨怎么啦？你们是哪里的，要干什么？加巴索！"

就听轿子一侧，骑在马上的沱美活佛高声说："为防备异教英人侵犯西藏、危害佛教，是不是应该立即召开民众大会了？恳请摄政佛到策墨林商量。"

迪牧吼起来："民众大会能决定什么？我不去。"

沱美说："异教入侵，大敌当前，是摄政佛服从民众大会，还是民众大会服从摄政佛？"

摄政王迪牧知道，这是逼他就范。尽管在抗击异教英人的事情上，摄政王和民众大会的目标不会不一致，但似乎共同目标下才会有更加激烈的明争暗斗。他讨厌任何形式的明争暗斗，更讨厌为明争暗斗提供了条件的民众大会。民众大会的席位由三大寺、四大林、上下密院及其亲信寺院均分。由于甘丹寺和色拉寺暗地里时有串通，向来对摄政王不利，摄政王曾多次主张撤销这个他认为从来都是闹哄哄添乱的民众大会，却遭到许多高僧的抵制。他们认为这是西藏定规，世间首席护法乃穷降神认可了的，决不能改变。其实他们不想改变的仅仅是寺院左右噶厦政府的企图，获得席位的寺院都希望，噶厦的所言所行能代表他们，至少不要伤害了他们的利益。更重要的是，利益之争的背后，严重反映着历史冲突遗留的矛盾：甘丹寺要翻身，它在重创之后磨砺着锋锐，一直都在卧薪尝胆中努力着。受到甘丹寺拉拢的色拉寺也想伺机而动。哲蚌寺以及依附着哲蚌寺的丹吉林虽然势大力强，但说不清道不明的危机时时潜伏着，就像四面大风里的酥油灯，不定哪一股就会扑灭它。

现在，潜伏的危机正在显现，修行高僧的预感和政治家的敏锐告诉摄政王：有人要有大动作，置他于死地的大动作，冷飕飕的暗箭早已瞄准，只等"唰"一声射来，但这次不会像射"三迹白绫"那样射在轿楣中心的忿神头像上，而是要射在他头上。

传来一阵吆喝声。被人赶跑的丹吉林轿僧，伙同前来接应迪牧活佛的二十个陀陀喇嘛，追了上来。沱美活佛这边也有二三十个人，一拥而上，堵住了来人。刀剑棍棒在阳光下啸叫，一场争夺摄政王的械斗在所难免了。

　　飘居着无数吉祥空行母的拉萨上空，突然出现了许多还没有被佛教驯化的玛姆姐姐，她们是毒恶的灾殃之主，她们一来，天上人间就都是打斗的场面了。云层由粉白变成了铅青，怒放着一朵朵狰狞的花，铺下一天的粉末，把太阳城永恒的金色遮去了。作为西藏保护神和慈悲主的观世音菩萨站在布达拉宫顶上，无奈地叹息着，一声长一声短——风鸣上下，萧萧来去。

　　械斗持续着，双方都有人倒在地上，是死是活没人管。四个轿僧却已经扛着摄政王迪牧飞奔到了策墨林。接着，沱美活佛也骑马赶到了，吩咐僧众：关上所有殿堂的门，把摄政王请进大僧房，堵住门窗，好好看着，不要让他走出去。

　　年轻气盛的摄政王哪里会受这般摆布，走进以华丽著称的策墨林大僧房，一脚踢翻摆放茶饮果品的矮几，又一脚踢开一个恭敬得几乎把头低到膝盖上的策墨林喇嘛，吼道："沱美呢？把他给我叫来。沱美，沱美，你躲到哪里去了？"

　　沱美活佛这时在大僧房的三层平台上。从这里可以看到策墨林的街巷，街巷里已经簇拥了不少喇嘛。许多喇嘛都在打门，打响了策墨林所有殿堂的门。沱美活佛焦急得又是眺望，又是跺脚。他本来的打算是把摄政王迪牧劫持到这里，让色拉寺和甘丹寺的堪布胁迫他下令，立即召开民众大会。按照惯例，没有摄政王的命令，民众大会不能召开。如果非要破例，哲蚌寺和丹吉林一定不会出席，三大寺和四大林缺了一寺一林，这样的民众大会，肯定会被人指责为非法。可是现在，色拉寺和甘丹寺的堪布还没到，丹吉林的白热管家就带人打上门来了。

　　空行母和玛姆姐姐又移师策墨林上空，摩拳擦掌地对峙着。地上，策墨林的喇嘛都涌出门户，准备用棍棒打退丹吉林喇嘛。双方的陀陀都开始用煤炱膏泥画脸涂面，画好了的人开始龇牙咧嘴地叫器："我是陀陀，是天赐神授的剑子手，杀——死你们。"白热管家看到对方人数比自己多，立刻派人飞马向哲蚌寺求援。沱美在三层平台上看到了，也派人驰向色拉寺和甘丹寺告急。事情闹大了，教内大战就要开始。这时有人疾步来到沱美活佛跟前，小声而急促地说："杀了摄政王。"

"杀了摄政王？谁这么说？你？"

"佛爷，我是说，有人已经杀了摄政王。"

沱美活佛差一点惊倒：这可是跟朝廷、跟大半个西藏结仇的事，他怎么担待得起？"快快，快快快，捉拿凶手。"他来到大僧房，看了一眼仰躺在坐榻上、满身血污的摄政王迪牧，亲自带人搜遍了大僧房的角角落落。凶手早已不见了。

他丧气地站到摄政王迪牧跟前，才发现对方还没死，眼睛扑腾扑腾的，立刻命令手下："打开门，让丹吉林的人进来。"

白热管家已经知道摄政王被刺，号哭连天地扑进门来，"扑通"跪下，抱住了鲜血淋淋的主人，就听摄政王上气不接下气地说："抬我离开，快。"白热立刻吩咐手下小心把迪牧抬走，然后暴跳如雷地命令丹吉林陀陀："打，给我打。"

丹吉林陀陀抢起棍棒，见人就打。沱美活佛让手下躲开，自己弯下腰去，惶恐不安地辩解道："不是我们，我们没想杀死摄政佛。"可这话谁信呢？丹吉林陀陀打不着人，就到处砸，砸毁了大僧房里所有的陈设，包括佛像、唐卡和法器，好像策墨林的佛不是丹吉林崇拜的佛，释迦牟尼一摆到这里，就成了他们的敌人。

白热管家吼道："把凶手交出来。"

这时准备胁迫摄政王下令召开民众大会的色拉寺堪布和甘丹寺

堪布来了，一听说摄政王被刺，转身就走。毕竟刺杀摄政王是天大的罪过，不能平白无故顶在自己头上。白热管家上前拦住，厉声说："凶手呢？不会是你们两个吧？"立刻有色拉寺的陀陀跳过来护住了他们的堪布。

　　色拉寺的陀陀来了，红茫茫一堆。哲蚌寺的陀陀也来了，更是紫茫茫一片。加上策墨林的陀陀、丹吉林的陀陀、正在路途上赶来的甘丹寺的陀陀，整个拉萨，天上地下，已是战浪滚滚。陀陀喇嘛们都是来打斗的，不打就不回去。打死别人，也让别人打死自己，在狰狞狠恶中转世而去，就看今天了。更大的流血事件即将发生。

　　白热管家生怕摄政王路上再出事，撂下话来："不交出凶手，策墨林的所有喇嘛抵命。"拔腿要走，就见一个丹吉林喇嘛气喘不迭地跑来。白热以为摄政王不行了，一把揪住他："怎么了？快说。"

　　那喇嘛稳稳神，声音洪亮地说出一个惊人的消息："摄政王迪牧活佛发布命令，明天在大昭寺召开民众大会。"

<h1 style="text-align:center">7</h1>

　　摄政王的决定让拉萨平静下来，平静得云彩不走，太阳不动，人走路时影子都能在地面上蹭出声音来。但神佛们都知道，拉萨从来没有真正平静过，动荡暂时隐藏起来，秘密跟踪着人的行踪，哪儿僧多、哪儿神圣，就在哪儿伺机爆发。今天的大昭寺最是僧多、最是神圣，那里香灯灼灼，烟雾把金顶弥漫成了一座覆雪的冈底斯山。民众大会就在香灯烟雾中如期召开。

　　参加大会的人盘腿坐在经堂卡垫上，就像念经那样一排又一排。前面是彩绫铺设的法座，坐着威严的摄政王迪牧活佛。他受伤的身体有些歪斜，精神却一如既往地坚挺着，告诉人们：伤不重。为了这"伤不重"，丹吉林的白热管家准备在丹吉林会供三宝、布施僧众作为庆祝。摄政王低调地制止了他，告诉他多多点灯、多多祈祷就可以了，不必张扬。

全西藏都在关心谁是凶手。大家都觉得摄政王之所以下令召开他一向反感的民众大会，就是要在会上发动大家把凶手及其后台揭出来。谁也不说话，静静地喝着开会前的酥油茶。动荡前的静默让人窒息，这才觉得大昭寺的殿堂太低太暗，四周高大的佛像带给人的是神圣的压抑。

摄政王迪牧活佛扫视着与会者，似乎每个人的怀抱里都有一张弓，横搭着冷飕飕的暗箭引而不发，预期中置他于死地的大动作就在这里。那就来吧，知道你们想夺权，谁当摄政王，你们就想夺谁的权。他等了一会儿，感觉沉默得有些蹊跷，便问道："怎么没有人说话，连念经的声音都没有，都死啦？"

有人谀笑道："摄政大人，我们等着你先说呢。"

出乎大家意料，摄政王并没有提到追查凶手。

他拿出哲孟雄国王的亲笔信朗读了一遍，就在全会场议论纷纷时，大声说："我们这些佛子佛孙，对黑水白兽的洋魔异教，决不能像汉地的大肚弥勒佛那样，苍蝇吃了供果笑嘻嘻，蛾子扑灭了香灯笑嘻嘻，歹人毁了佛殿还是笑嘻嘻。"没有人意识到他这是在影射驻藏大臣和朝廷，都瞪着他，听他一遍遍逼问大家："从老娘肚子里就怒成血脸金刚的佛爷们、足智多谋的权贵们，出世在多灾多难的西藏，就应该拿出主意来。快说怎么办？色拉寺和甘丹寺的人说，哲蚌寺的人说。说啊，为什么不说？那就上下密院的人说，还是不说。是不是你们把话都留给策墨林的人了？还有功德林和锡德林的人，你们怎么装起哑巴了？"

沱美活佛首先说："摄政佛已经拜见过驻藏大臣了，朝廷支持不支持西藏跟洋魔开战，怎么支持，请你给大家说清楚。"

摄政王梗着脖子想：这也算是暗箭？放屁都不如。

顿珠噶伦说："大人结束闭关以后，没有出席达赖喇嘛的开耕礼，达赖喇嘛是不高兴的。早晨的太阳和晚上的太阳都是太阳，年轻的达赖也是达赖，摄政王地位再高，也不能不尊重嘛。对付洋魔异教的办法，为什么不问问达赖喇嘛呢？"

摄政王咬咬牙，忍住没有回斥。这样的攻击，伤不着他。

亲近摄政王的噶伦俄尔立刻反驳道："今天的大会是要研究这件事吗？要说摄政大人不尊重达赖喇嘛，我看是不存在的。从达赖喇嘛三岁坐床起，摄政大人每年都要请高级靴匠，做一双太阳色团龙缎子翘尖彩靴，敬献给达赖喇嘛。达赖喇嘛回赠哈达、佛像和法器表示感谢，这是大家都知道的。达赖喇嘛还没有亲政，要是事事叩问，还要摄政王干什么？我们这些为政教大业担责的人，不能借着达赖喇嘛打击摄政王，也不能借着异教入侵干扰了达赖喇嘛的学经修行。大人们说，是不是？"

俄尔的话分量很重。摄政王生怕引起争执，大声说："我知道民众大会就是为了对付我，但我今天不对付你们。神佛在上，凭良心我是为了西藏。"说着，他拿出《抗英七条》，亢声朗读了一遍，然后说："各位佛爷，你们还有什么可说的？"

鸦雀无声。所有人都没想到，摄政王迪牧活佛已是胸有成竹。

摄政王接着说："有人想杀我，就是不想让我把浑身的怒火发出来。但怒火不发是不行的，所以我下令召开民众大会，要求全西藏、所有僧人信徒都发起大大的怒火来，告诉那些胆敢侵犯佛教的人，西藏有的是凶神、厉神、傲神，毒辣舌头，血盆大口，那就是我们的嘴脸，人来吃人，鬼来吃鬼。现在我提议，民众大会立即制订《抗英卫教守土神圣誓言书》，大家签字，共同对敌。"

沉默。大家都在动脑筋：签了《誓言书》对谁有利？

沱美活佛首先叫好。作为皇封高僧，他的僧籍原属色拉寺后属策墨林。他一叫好，色拉一派的高僧就不会反对了。弱势的甘丹寺想和色拉寺保持一致，也没有反对。哲蚌一派原本就是支持摄政王的，自然点头称是。剩下的虽然还有摄政王的对立派或自成一派的，却大可不必在意。

摄政王说："那就通过了。"

指神赌咒的《誓言书》对整天摆弄经文辞藻的高僧们来说不费吹灰之力，你一言我一句，书记官挥笔记录，瞬间写就：

> ……西藏山土，人佛共怒，誓保国土，维护佛教，僧俗共同，全藏一心，抗击洋魔，宁死不屈，如有反悔，神佛不容，懈怠者砍头，通敌者灭族……

然后一个个传阅和签名。摄政王捧起《誓言书》，看着那些签名，稍感欣慰。噶厦政府的《抗英七条》，加上民众大会的《誓言书》，会让驻藏大臣文硕明白，当全部藏人一体同心抵抗洋魔时，朝廷是拦不住的。最要紧的是，签字就等于宣誓，在如此神圣的誓言面前，在座的哪一个敢不听他的？同仇敌忾的局面似乎已经出现，接下来就是把《抗英七条》变成行动了。

一个用袈裟袖子遮脸的喇嘛突然出现在会场。他提着大铜壶，穿梭在一排排高僧权贵之间，把酥油茶续进所有的茶碗，不停地弯腰，在每个人耳旁悄悄说一句话。高僧权贵们一个个点头。最后他来到摄政王跟前，也是先续酥油茶，再凑前说了句话，摄政王懵懵懂懂点了点头。遮脸喇嘛迅速扫了一眼大家，飞步出了会场。大铜壶在门槛上咚地一撞，摄政王像是梦中惊醒，立刻喊起来："抓住他！"

遮脸喇嘛倏然不见了影子，没有人的动作比他快。

沱美活佛问道："为什么要抓他？"

俄尔噶伦说："难道他没给你说那句话？大人们，他给每人说了一句话，你们不能把这句话当酥油茶一样喝进肚子再尿掉。"

沱美说："那就请你先说，俄尔噶伦。"看俄尔欲言又止，便抬头望着法座上沉思的迪牧活佛说："请摄政佛先说。"

摄政王迪牧怒声道："他说我是莎格迅，请喝上帝送来的酥油茶。你们都听到了，却没有一个人伸手揪住他。"

顿珠噶伦说："我想洋魔的上帝都成了我们的仆人在为我们熬煮酥油茶，这肯定是好的征兆。听摄政大人喊一声抓住他，才觉得有什么不对劲，正要伸手，他人已经不见了。莎格迅？莎格迅是干什么的？"

摄政王拿起茶碗摔到地上说："是个给酥油茶下毒的。你们都喝了没有？都喝啦？真把上帝当成仆人啦？"他挨个瞪着与会的人，奇怪他们并没有中毒倒下。

顿珠捂着肚子站起来说："哎哟，肚子疼。"赶紧往外走，走出去又进来，庆幸地说，"又好啦，一个屁放掉又不疼啦。"

摄政王说："那你就多放几个屁嘛，回来干什么？"

顿珠说："摄政大人，我心里放不下《抗英七条》。"又扬起脸道，"大家都说说呀，这个七条，为什么是七条？是不是我们一人要扛起一条？"

　　闹哄哄添乱的局面终于出现了。顿珠噶伦的话仿佛挑起了大家对《抗英七条》的关注，很多人扬起头，吵架似的嚷嚷起来。

　　甘丹寺的人说："抗英七条，抗英七条，一条又一条，哪一条是由我们说了算的？"然后提出，让果果代本前往边境各个关隘防守，让夏琼娃代本带领锋锐藏军前往隆吐山修卡驻防。哲蚌寺的人针锋相对："那么朗瑟代本和奴马代本呢？到底派谁去，让摄政大人统筹安排。"色拉寺的人说："征调前后藏驻军参战，如果没有色拉寺活佛的参与，谁会相信它是神圣而公正的呢？"功德林的人说："我们那些身上刺了经咒的陀陀喇嘛每个人都是护法神附体的，请噶厦把指挥僧兵的权力和筹集到的土枪、弹药、火绳、刀剑、矛枪、弓箭、飞蝗石鞭交给我们。"上密院的人说："白龙王张嘴能喝下拉萨河的全部水，胃口也太大了。谁指挥打仗得由乃穷护法降神决定。"下密院的人说："我们可以组织后藏各宗谿的民兵参战，同时筹集枪支弹药、刀剑弓箭。"沱美活佛说："施行战时税收，保证抗击洋魔、保卫佛教所需经费一事，关系重大，应该由策墨林监督实施。"锡德林的人说："成立后勤机构，在全藏征集粮食、草料和帐篷，组织民夫，运输军需物资一事，那就该我们管了。"白热管家说："听摄政王的，听摄政王的。"

　　在场的高僧没有哪个在介入权力时中庸内敛。他们参加民众大会就是为了给自己代表的寺院和僧团争取更多利益，争权夺利在他们看来既光明正大，又顺理成章。高居于法座之上的摄政王迪牧审视着会场，愤怒，悲哀，紧张。虽然包括他自己在内的活佛喇嘛永远改不掉感情外露、直言不讳的藏人本色，民众大会历来都是强烈的情绪对抗。但是今天不比以往，顿珠噶伦刻意挑起了这场争执。让摄政王纠结的还不是顿珠噶伦的煽动，而是对方敢于如此的原因。

顿珠想干什么？他有没有后台？有没有同伙？如果有，是谁？摄政王疑心重重地盯盯这个又盯盯那个，只觉得满堂魆黑，无数魅影正从高僧权贵们幽深的眼睛里飘出，张牙舞爪地靠近着他。死了，死了，他马上就要死了。西藏啊，总想自己杀死自己的西藏啊。恍然觉得梁柱之间闪闪烁烁的刀锋利箭逼临而来，迫使他必须张嘴，说出来，把自己对他们的态度说出来。

"好啊，一个个都来主动请缨了。我这个摄政王，若是分不清放屁和说话，早就被大鬼小鬼请到地狱里去了。难道我天天修炼就没有沾一点无量佛的光辉？观世音菩萨聪明得很，安排我当摄政王就是为了让西藏清醒起来。我不糊涂，我听懂了你们的心。你们的心是什么样子的？一个个都是寒森森的刀剑。我今天来参加民众大会，就没打算向任何人妥协。你们听着，死亡才是给你们的允诺，只要我活着，就绝不允诺什么。有人想杀了我，这个人就在你们中间，谁啊？自己站出来。"

摄政王迪牧活佛向他眼中的邪恶发出了挑战。他离开法座，走向一排排高僧权贵。白热管家起身过去阻拦，被他一把推开了。他两眼如炬地瞪着他们，路过一个，说一声："不会是你吧？不是！"咆哮着："来啊，想杀我的人来啊，那个一手捏佛珠、一手攥匕首的人，请出示你的凶残。"直到走过最后一个高僧，也没有人动手。摄政王大步过去，坐回到法座上。支持他的哲蚌寺和丹吉林的人这才松了一口气。

就在这时，摄政王迪牧突然惨叫一声，从法座上"噌"地跳起来，趴倒在地上。

白热管家第一个扑过去："佛爷……"

血如泉涌，摄政王的裤子上滴沥一片。

凶手，凶手。似乎有人在法座上放了一把尖锋朝上的刀，摄政王一屁股坐上去了。俄尔噶伦来到法座前，翻遍所有彩绫的织锦的卡垫也没有发现刀。那就是邪魔的法术了，有个更隐蔽更恶毒的人，趁摄政王离开之际，让法座变成了布满毒刺的荆棘之席。

人们纷纷站起来，惊望着前面。有人喊："医生，医生。"又有人喊："散了，散了。"会场骚动着。

突然，摄政王迪牧推开搀扶着他的白热管家，回身来到法座前，盘腿坐了上去。法座顿时殷红一片，就像血泊的承托，迪牧苍白的脸更加苍白了。

虚弱的喘息在肃静中嘹亮着。流着血的摄政王，痛苦而又镇定地望着大家，宣布了他对战时人事的决定。白热管家和俄尔噶伦都哭了：为什么总要在流血之后，才可以袒露关涉西藏命运的重大决策呢？万能的佛祖，请保佑摄政王。忠于摄政王的人都跪下了，祈祷并聆听摄政王迪牧活佛法音一样缓缓流淌的语言。

没有人提出异议。代表拉萨三大寺、四大林、上下密院及其亲信寺院的高僧权贵们一致拥护摄政王的决定：

　　　　噶伦俄尔担任前线总管，负责调动现有的全部藏军。噶伦顿珠担任民兵总管，负责组织后藏各宗谿民兵参战和筹集武器弹药。沱美活佛担任僧兵总管，负责组织前后藏大中型寺院僧兵参战。噶厦政府负责战时的税收和外交，并成立专门的后勤机构，统管粮草、帐篷等军需物资的征集和组织民夫运输。三大寺、四大林、上下密院负责布施、祈祷、降神事宜。民众大会向驻藏大臣递呈《抗英卫教守土神圣誓言书》和公禀，敦促其从速上奏藏事佛事的危机，

务请朝廷出面解决。所有政令、军令均由摄政王和噶厦政
府形成公文用鸡毛箭书发出。

　　看着各方代表在民众大会上出现了少有的一致，摄政王迪牧长
舒一口气。这时就听顿珠噶伦大声问道："大人，驻藏大臣是什么
意思？朝廷会同意我们的决定吗？"摄政王正要回答，突然脖子一
斜，歪倒在法座上。他昏过去了，就像驻藏大臣在他面前昏过去一样。
摄政王和驻藏大臣，两个当时西藏最重要的人物，都在最重要的时
刻昏过去了。会场大乱，但已经无碍大局。面对战争时的基本应对
正在出现，很快西藏就会动起来，对权力的热爱让所有大小有权者
都不可能做出放弃的选择。更有一心护佛、仇视异教之人的推波助
澜，摄政王费力启动的战时西藏的所有机器，已经开始运转了。

　　唯一的担忧是，应对战争的最大动力——朝廷和驻藏大臣文硕
的坚定支持还没有出现。什么时候出现只有摄政王知道，但摄政王
当众昏过去了。

　　一回到丹吉林的佛舍，在独处的寂境里，摄政王就幡然清醒。

　　白热管家问道："佛爷，是不是要派些喇嘛出去捉拿凶手？"

　　摄政王愣了一下，好像忘了他屡次被刺，血流满地："凶手，
谁是凶手？"

　　白热说："这个还不知道，就等着摄政佛卜卦查验呢。"

　　摄政王回过神来："你当然不知道。因为没有凶手，凶手就是
我自己。"他没有解释他是在有意放血，他的法力就是放血的时候
把愤怒放出去。因为愤怒是魔鬼钻进了身子，想出去又找不到门户，
就横冲直撞地到处走，走到哪儿，哪儿疼，肝、胃、心、肺、肚子、
阳具、脑袋，没有不疼的地方，所以一旦愤怒出现，伤害身体的时候，

他就会在自己身上捅开门户，放魔鬼离开。他捅开门户不用刀，用他自己的气，想在哪儿放血就在哪儿放血。血是从皮肤里渗出来的，放过之后不留伤疤。

白热疑虑重重：佛爷，你可不能姑息凶手，自担责任。他把这句话咽下去，又说："俄尔噶伦来了，在护法神殿等候，佛爷要不要见？"

这天，在丹吉林大自在佛殿二层的佛舍里，摄政王给前线总管俄尔噶伦私下里交代道："一定把藏军开到能看清英国人是楞鼻子还是塌鼻子的地方，堵住他们，但不要开枪，等待朝廷的旨命。记住，一定要等来朝廷的旨命，再决定枪上的火绳点还是不点。这关系到西藏的未来，关系到你和我的身家性命和许多人的死活。"

俄尔说："是，摄政大人，等不来朝廷旨命决不开枪。"

摄政王又说："不开枪还要堵住黑水白兽。"

俄尔语气爽快地说："是，摄政大人。"

摄政王迪牧活佛给俄尔噶伦摸顶，又送给他一个金质的嘎乌护身符："这是我第一次向达赖佛宝敬献团龙缎子彩靴时，佛宝赏赐给我的，我一直戴在胸前，现在就让它保护你吧。在此危难之际，你就是我，我就是你。你去吧，最迟后天离开拉萨。记住八个字：紧急守边，耐心等待。我会催请驻藏大臣尽快下达朝廷旨命的。"

俄尔说："摄政大人，我是没有家小拖累的人，今天就离开拉萨前往江孜。"

8

驻藏大臣文硕听到摄政王昏过去的消息后，并没有即刻前去探望，说明他完全理解昏过去的含义：那是探询朝廷意向的禅机，以昏对昏而不昏。驻藏大臣和摄政王都知道对方不是昏庸无能之辈，拿昏遮挡，必有隐情。在驻藏大臣文硕这边，他的表现就是朝廷的表现。他昏了，朝廷就昏了，昏聩的政府就不要指望了。这就是他给摄政王的回答。但文硕不能说出来，说出来就是犯上。而摄政王的对应是：我昏是因为西藏昏，西藏昏是因为朝廷昏，朝廷，朝廷，昏昏然没有消息的朝廷，西藏和摄政王一直在等待。

迪牧活佛不能忘记他这个摄政王是光绪皇帝册封的，圣旨就供奉在丹吉林的大自在佛殿里，每天他都会把圣旨内容融汇在经文里念诵好几遍："仍饬迪牧呼图克图再行掌办商上事务五年，钦此。"公元 1757 年七世达赖喇嘛圆寂，乾隆皇帝唯恐几个噶伦你争我抢，妄擅权柄，命六世迪牧活佛担任摄政王，代理达赖行事。也是从六世迪牧开始，清朝在西藏确立了摄政活佛的制度。六世迪牧圆寂后，七世迪牧继任摄政。现在是九世迪牧活佛，所以圣旨中有"仍饬"和"再行"字样。可以说没有朝廷的信任就没有丹吉林迪牧活佛世系的三任摄政王。

迪牧记得他上任时，拉萨举行了隆重的庆祝仪式，最重要的程序便是，在布达拉宫日光殿里拜见达赖喇嘛，然后由驻藏大臣把摄政王的银质大印交给他。无二尊胜的一切智·虚空王浪喀加布从远方赶来，送给他一本《国王修身论》，告诫道："小心谨慎从事啊，佛给的福，佛也会收去，恩赐没有永远的，做错了事情，沉重的大印就会奶水一样流走，不要等黄袍变成丐衣的时候，才去想那件怒气冲天的事情，太鲁莽了。"虚空王似乎很了解他，知道他本性里有愤怒的火种和鲁莽的因子，一再叮嘱道，"切不可忿急，凡事等一等再办。"

那就再等一等吧。迪牧已经猜到，其实驻藏大臣文硕也在等待。

但文硕等待的并不是朝廷旨命，旨命已经来了，他都不好意思说出去：

> 英人入藏游历、通商、传教各事，蓄意已久。朝廷与英人谈判时，多方抵制，舌敝唇焦，未有结果。今藏人筑卡踞守藏边，势必造成持强寻衅之势，不独不能阻止英人入藏，且恐加深朝廷西顾之忧，启边境无穷之祸，事机甚迫，亟应晓谕藏众僧俗，申明利害，将边界踞守藏兵，迅即一律撤回，切勿任其滞留，自开边衅。游历、通商、传教各事，也应相机允诺，此乃以文明之事换取兵凶战危也。

虽然是总理各国事务衙门代表朝廷的来函，文硕也只能扣押不办。要办也没个办法，藏人一旦知道，哄闹之下，朝廷的脸面、驻藏大臣的脸面，也就丢尽了。何况他已经收到西藏民众大会全体人员签名通过的《抗英卫教守土神圣誓言书》和公禀。

似乎是为了反驳朝廷旨命，公禀字字具有针对性：

> 英吉利是天极处外道魔鬼的首领，他们霸占了佛祖的印度，又贪谋着佛惠的藏境，恒河大水灌不饱他们的肚子，又想喝干雅鲁藏布江。该洋魔与小的藏人性情不同，教道不合，凶恶的大火想化掉善良的冰山。大皇帝不会不知道，凡是洋魔传教、游历、通商所在，将来就是他们广布异教的地方，若是容忍他们进出佛域，就是自毁藩篱，开门迎盗。我们这些小蚂蚁遇到了侵犯的巨兽，不想成为野狗肚子里

的骨头，唯有全力禁阻，复仇抵御，驱之门外，绝不宽厚。

公禀是西藏民众给朝廷及皇上的禀告，本该转奏朝廷，可是朝廷会理睬吗？在朝廷眼里，"民众"不过是被挑唆的一群，谁上奏谁就是勒逼朝廷、要挟皇上。怪罪下来，第一个倒霉的是他驻藏大臣，第二个倒霉的便是摄政王。

驻藏大臣文硕既要遮掩旨命，又要藏匿公禀，只好在等待中度日。他等待一个人的到来，此人将决定他的态度：支持开战，还是阻止开战。也将决定他无法测知其惊悚程度的命运。他日夜盼望：怎么还不来，还不来？

终于来了。按照文硕的紧急召唤，此人从四川匆匆来到西藏拉萨。文硕这才起轿前往丹吉林，探望摄政王迪牧活佛。

摄政王等不及了，也是在这天早晨，再次前往文硕官邸。

两个人半路上碰了头，一下轿，看了一眼对方，就不禁仰脸对着天空。只见东南方向，开裂的白云里，激荡出半天的黑霾，转眼笼罩了他们。他们互相看不见，就像浮在水面上一样漂到了一起。

文硕道："拉萨的雾怎么这么黑？"

迪牧说："我也从来没见过这么黑的雾。"立刻想到，黑水白兽的洋魔也是从未见过的。

不久他们就知道，就是在这天这时，英国人的前锋部队靠近了隆吐山，边界线上的尘土化作黑霾，覆盖了整个西藏。

迪牧问："大人，公禀看了吧？朝廷的旨命到底如何？"

文硕道："旨命已到，就看摄政佛服从不服从了。"

# 第五章　隆吐山战役（一）

## 1

霞玛汝本带人一口气走到雪线之上。已经没有树了。从没树的高处看下去，才发现米沟的林木是那么茂密，四时不衰的葱茏让夏天不再成为期待，也让追踪变得十分渺茫。霞玛让部队停下来。前面是更大的山，雪峰高耸，没有路的延伸，无论马翁牧师和卫队，还是阿奈甲本和部下，都不可能走过去。

他们退下雪线往回走，走了很久才发现这根本不是回去的路，树和草似乎随时都在移动，来时的痕迹一个也找不到了，包括那个盆状的罅隙和五个死去的西藏人。大家有些紧张：佛祖啊，这是西藏的米沟吗，我们怎么走不出去了？霞玛汝本只知道米沟通往山那边，不知道隆吐山的五条沟，沟沟相连，没到过的人很容易串到别的沟里去。而且米沟能通往山那边也只是传说，谁也没有真正走出去过。他们原地徘徊着，最后决定坐下来吃糌粑。霞玛汝本认为，人迷路是因为肚子饿了。吃了糌粑，果然有些明白：来路都是上坡，往下走不就出去了？

但是往下走了大半天，差不多都要走到地狱里去了，还是不见沟口。大家看着仍然深不见底的下面，越走越战战兢兢。霞玛突然一阵惊怕，哗啦啦抖起来，他抖，树林也抖。猛抬头，看到树梢掩映的山崖之上，魔鬼正在露出头面。他大叫一声，也不知叫了什么，部下的反应却是拔腿就跑。草树的纠缠让他们跑不利索，回头再看时，魔鬼已经没有了。

霞玛大声说："就知道跑，都忘了我们是来干什么的，追。"他恍然意识到，刚才看见的就是马翁牧师和他的卫队。

他们追得气喘吁吁才追上。全体卧倒，盯着马翁牧师。

上帝让马翁牧师成了一个不守信用的人。他本打算按照约定三天以后再去岗巴宗说服霞玛汝本，但上帝之光却把他引导到了隆吐山的米沟。那是一脉月光的行走，在午夜的帐篷里踩响了记忆：耶和华的月光照亮了耶稣。彼得说："你是基督，永生上帝的儿子。"而此刻，月光照亮的却是地图。空中传来上帝的声音：救世主的恩典，你不能放弃的神通之路。马翁突然惊醒，看到帆布的帐篷挡不住月光有力的穿透，一束白亮果然就在脚边的地图上徘徊，那是达思放在福音堂台阶上的"吉凶善恶图"。他打开地图看起来，就像是针对他的，一条绕过岗巴宗、穿越隆吐山的路线格外清晰地来到了眼前。兴奋让他无法入眠，他和他的卫队连夜启程。

感谢上帝，他成功地进入了隆吐山米沟。

地图几乎没有离开过他的手，他走一段就要看一眼。上帝之光继续引导着他。他已经把送给他地图的达思牧师忘了，似乎这张十分管用的"吉凶善恶图"是上帝亲手交给他的。

这会儿，面对追踪来的西藏边防军，马翁牧师依然一副彬彬有礼的样子。他骑在马上，奇怪地望着霞玛汝本：原来是你，真厉害，居然知道我们到了这里。他下马，走过来大声说："上帝安排了我们的第二次见面，我们必须好好谈谈了。"

霞玛命令部下："打死他，为阿奈甲本的部下报仇。"

西藏开火了。士兵中有的是猎人，他们能用无依托射击打死百米外的岩羊，却瞄不准近在咫尺的英国人。

马翁牧师似乎很吃惊对方会这样对待自己，愣了片刻，才转身逃开。他的卫队听到枪声后跑了过来，二十个训练有素的军人卧倒的同时，把子弹推上了膛。他们不认为西藏边防军打不准马翁牧师是因为心地善良，一边庆幸着对方的蠢笨，一边逞能地显示着自己的高强。来复枪的声音让隆吐山隐秘的沟谷有了从未有过的震颤。

两个藏兵倒下去了。子弹碰撞人体的痛快，让霞玛汝本对面前的洋魔有了新的恐怖。原来恐怖才是力量。现在他一点也不蠢笨了。他迅速装弹、点火、瞄准，一枪打过去，让对方阵地上也有了子弹碰撞人体的痛快。

马翁牧师最不希望发生的事情终于发生了：上帝啊。他一手掩面，一手砸着自己的胸脯：我为什么要带卫队上路呢？他朝前走去，来到那个倒下去的卫队士兵身边，俯身看了看：活着。又大步走向西藏边防军。

西藏人没有谁开枪，都望着霞玛汝本。霞玛脸上的肌肉跳起来，这是下令开枪的信号。所有的枪都对准马翁牧师点着了火绳。

马翁牧师眼睛里的蓝光一闪一闪的，带着狼的阴恶愣了一下，但脚步没有停。往前走是死，停下来也是死，他只能选择不怕死。

突然，霞玛汝本捂住了脸，冲部下大叫一声。

部下的枪乒乒乓乓响起来。

## 2

十字精兵的威力唤醒了欧珠甲本作为军人的本能，他无师自通地在隆吐山口挖好了两道战壕。现在这就是西藏的前沿阵地了。藏兵们趴在战壕里，紧张地瞄准从山下走上来的十字精兵前锋部队，只等欧珠一声令下，他们就要点火射击。

欧珠甲本忘了下达命令，所以当他一枪吓退冲在最前面的那个英国士兵后，他的部下并不知道该怎么办。他大喊一声："果姆。"果姆知道他在征询她的意见：他这样做对不对？果姆跳出战壕，用笑声回应着，"嗖嗖嗖"地甩出了第一个飞蝗石。

这时部下们才意识到应该点火了。从点火到射击，中间至少需要一分钟。十字精兵早就趴下不动了，子弹从他们头顶飞了过去。

欧珠甲本喊道："现在不打神了，打人。"

藏兵们赶紧装填弹药，再次射击。有人惊慌地喊起来："我打着人啦。"

十字精兵迅速退到山下射程之外去了。他们付出了一死一伤的代价，终于明白西藏人的报复开始了。容鹤中尉望着死去的英国士兵，心里涌出一股温热的兴奋。作为一个为上帝而战的职业军人，他期待的就是这一刻：激化矛盾，以最充分的理由进攻对方，不是恃强凌弱，而是以强对强。不光对方死，自己也得死，只有鲜血的交换才能体现战争的本质。

容鹤中尉来到那个被飞蝗石击中胸部的士兵跟前，了解对方武器的威力。

士兵痛苦地咬着牙说："石头，西藏人的枪里能打出石头。"

中尉想：那是什么枪？这漫山遍野可都是石头。他抛开对石头的顾虑，立刻组织了第二次进攻。中尉已经发现，每次射击之后，至少要停顿五分钟，西藏人才能进行第二次射击。所以他把前锋部队分成了两股，一股引诱对方射击，之后另一股再冲上去抢占隆吐山口。

欧珠甲本这次没忘记下达命令，他喊了一声"点火"，然后自己才去点火。西藏边防军几乎同时开枪，一下撂倒了四五个英国人。但接下来就危险了，在漫长的装弹、填药、插火绳、用火镰火石引燃的五分钟里，十字精兵毫无忌讳地冲了上来。

眼看就要冲到跟前了，欧珠甲本喊起来："果姆，果姆。"他一没有办法就喊老婆。而果姆似乎永远都是有办法的。此刻她的回答就是"嗖嗖嗖"地甩动飞蝗石鞭，不光她甩，别的女人也甩。果姆已经自作主张把女人分成了两拨，少数人的一拨看护孩子和牲畜，多数人的一拨参与打仗。

飞蝗石鞭也叫"乌朵"或"抛子"，是放牧的工具，牛毛线编织而成，绳索的样子，首端有扣入大拇指的圆孔，末端有猪尾巴一样的梢子，中间有用来放石头的毡兜或皮兜，牛羊跑单跑散或走错方向，就用它抛出飞蝗一样的石头维持秩序；有时也用来打狼打豹。熟练的人可以在百米以内想哪儿打哪儿。现在，果姆为首的女人们想着打烂进攻者的头，那些鸡蛋大的石头便纷纷飞向十字精兵的脑袋。

十字精兵吓坏了，又一次退了回去。

果姆和女人们笑起来，到现在西藏边防军的隆吐山阵地上还没有死人呢。男人们虽然很紧张，但看到女人们如此放松，也就不想下面的严峻了。欧珠甲本甚至开起了玩笑，说他看到果姆的飞蝗石打烂了洋魔的头，从烂头里跳出一个上帝来，上帝原来是公山羊的形状。说罢欧珠就忘了这仅仅是个玩笑，是编造。他弯腰拜了拜山顶的箭垛，抹去玩笑的神情，认真严肃地告诉战神："上帝是只公山羊，我看见了。"

"公山羊的肉，不，上帝的肉，能吃吗？"果姆问。

"当然能吃，你去烧水吧，我们煮肉。"欧珠甲本说着，豪迈地拍了拍腰刀，好像这只公山羊已经被他猎到脚下了。

突然果姆喊起来："看啊，又来了，洋魔。"

十字精兵的第三次进攻开始了。容鹤中尉已经知道飞蝗石的奥秘，也发现了它的弱点，那就是甩起飞蝗石鞭的人必须离开战壕，暴露自己，如果迫使她们回到战壕里，她们就看不见进攻者，石头也就飞不过来了。他让几个士兵匍匐到最近的遮蔽物前隐藏起来，然后像上次那样，一股引诱，一股冲锋。果姆带着女人们又出现了，但还没等她们把飞蝗石鞭甩起来，一排子弹就打了过去。两个女人栽倒了，其他人赶紧跳进战壕。就在这个间隙，十字精兵冲了上去。几乎是本能的举动，欧珠甲本把来不及点火的枪一丢，大喊一声，抱起了战壕沿上的石头。

很多藏兵都把石头滚了下去。十字精兵躲闪着，冲锋慢了下来。果姆扑向丈夫丢开的枪，点着火绳，端起来就打。就像撤离日纳山时一样，她把子弹射进了英国人的躯体。连她自己也吃惊，过去很少打枪的她，怎么一打就这么准？这时几个藏兵放弃滚石也开始射击，十字精兵后退着，纷纷躲藏到土堆岩石后面。

容鹤中尉立刻采取了新对策。山坡上出现了三股十字精兵。西藏人也许来得及装填弹药阻止第一股和第二股，但决不可能阻止第三股。欧珠甲本有点慌了，回头寻找果姆。两个女人死了，有人正在专心哭泣。果姆一边阻止哭泣，一边用手指掰开死人的眼睛。她不相信这两个刚才还跟她说笑的同伴，会如此仓促地离开人世。

欧珠说："怎么办啊，这下顶不住了。"

果姆看了一眼山下说："一股顶一股，有啥顶不住的？"

欧珠一愣，明白了，马上把藏兵分成了三组。

效果很好。一组藏兵对付一股英国人，轮番开枪，轮番装药。再加上飞蝗石的威力——女人们藏进了战壕，果姆趴到制高点上指挥着她们："我的左边射一箭，大力气的一箭，我的右边射两箭，小力气的两箭。"她说的是箭程，"大力气的一箭"，便是好射手射得最远的距离；"小力气的两箭"，是一般射手两箭加起来的距离。这样甩出去的飞蝗石虽然打不着人，却也让十字精兵提心吊胆，不敢盲目往前冲。

冲锋又失败了。容鹤中尉这才意识到，他的前锋部队根本不可能一举拿下隆吐山口。被他轻视的西藏边防军虽然常犯错误，却不会犯同一种错误。西藏人在惊慌中学习，学得很快。他命令部队隐蔽在土岗后面吃东西，自己把周围的地形再次观察了一番，然后派人前往后继部队，请求机枪支援。

戈蓝上校和两挺机枪一起赶到了这里。他对前锋部队久攻不下大为不满："不要以为靠了精良武器和作战经验，就能事事如意。西藏人靠什么抵抗，懂吗？"

容鹤中尉觉得这样的问题根本不是一个军人的所思所想，他只希望上校的到来不要影响他支配两挺机枪的权力："上校，请离开这里。"

"我来了就不会离开。当然这里的一切还是由你指挥。我只想亲眼看到结果：占领隆吐山，或者……"戈蓝上校说这话时骑在马上，半个身子露出了土岗。只听空中嚯然鸣叫，他本能地缩了一下脖子，一块石头飞翔而来，打掉了他的帽子。他惊慌地跳下马背："这是什么？"

两挺机枪架在了斜对隆吐山口的两座山峰上。当密集的子弹把西藏边防军的男人和女人全部压在战壕里直不起腰时，容鹤中尉带着前锋部队的全部人马冲了上去。没有任何阻挡，西藏人的火绳枪哑巴了，飞蝗石消失了，攻破隆吐山口就在眼前。

欧珠甲本惊讶地望着山峰之上自己从未见过的机枪，意识到上帝在高处，所以洋魔的枪越高越厉害。枪在低处时，子弹是一颗一颗往上蹦，枪到了高处，子弹就会瀑布似的往下泻。哎呀佛祖，这么多的子弹你争我抢一起来了。再看山下，发现十字精兵来得跟子弹一样多一样快。他照例喊了一声"果姆"，看到老婆果姆已经拔出腰刀，准备近身搏杀，便命令部下："公牛跟母牛交配时就不善良了，犄角能把别的公牛顶死；人吃羊肉时就不心软了，再钝的刀子也能把羊大腿剺开。杀死一个洋魔记一份功德，神佛在天上看着我们呢，杀呀。"

所有藏兵和藏兵的女人都抽出了腰刀。腰刀本来是吃肉剔骨的，现在要用它来跟敌人肉搏了。藏兵看着腰刀，腰刀也看着藏兵。人和朝夕相处的刀一瞬间互相不认识了。刀有些抖，刀一抖，人心就抖成了流水。头顶的机枪不叫了。英国人眼睛里的蓝光就在战壕前闪烁，他们在很近的地方射击，把六七个藏兵打倒在战壕里。欧珠甲本带头跳了出去，果姆紧跟在丈夫后面。次登定本对赤乃定本说：
"我们不能不如女人，杀呀。"说着带领所有活着的藏兵跃出了战壕。

激烈的肉搏开始了。欧珠甲本吃惊地发现，首先扑向十字精兵
的，不是他和他的部下，而是一群红袈裟的僧人。僧人从哪里来，
天上吗？西藏显灵了，喇嘛格斗洋魔，佛祖格斗上帝。

果姆显示出一个西藏女人比男人更优越的理性，瞪着那双飞奔
而来的牛皮船似的大靴子说："佛祖啊，拉萨来的大喇嘛又回来啦。"

3

西甲喇嘛没有惜命跑回拉萨，而是去了春丕寺。洋魔的达思牧
师提醒了他：一个陀陀只能是白白送死，一大群陀陀才能让十字精
兵比西藏人更多地尝到死亡的滋味。为此他想起了多吉活佛。

他来到春丕寺，见到多吉活佛的第一句就是："你说话可算数？"

多吉知道他来干什么，以活佛的从容微微一笑："佛祖在上，
我没有说过不算数的话。"立刻派人去召集春丕寺的三十个陀陀
喇嘛。

有些陀陀喇嘛去山寨做法事或回家去了，等了两天才全部等来。

西甲喇嘛望着他们说："现在你们归我了，喇嘛们。你们应该
知道，拼命的日子已经来到，杀得越凶，死得越惨，就越容易成为
佛的护法神。"

陀陀喇嘛们亢奋得摩拳擦掌，有笑的，有怒的，似乎他们等了
半辈子就等着这一刻。

西甲又问："春丕寺有没有枪？"

多吉活佛恭敬地说："小活佛回禀大喇嘛，枪没有，长矛、利斧、

大刀有哩，都是几百年以前的武器。靠了这些武器，吐蕃人的后代建立了萨迦政权，也是靠了这些武器，噶举派推翻了萨迦派，统治了全西藏；还是靠了这些武器，格鲁派代替噶举派成了西藏最风光的教派。如今，又要靠它抗击洋魔了，神圣而荣耀的武器啊，它可是我们春丕寺的镇寺之宝。"

当陀陀喇嘛们从库房里翻出几百年甚至上千年以前的武器后，结实的石砌库房就塌了。

多吉活佛紧张地说："难道不应该把武器拿出来？"

西甲却连声叫好："看看这些石头吧，神佛的关照无时不在。"

人们发现塌下来的石块都是上好的磨铁石。就用这些神赐的磨铁石，他们把锈蚀的武器磨砺得金光闪亮。西甲喇嘛举着长矛刺向坚固的玄武岩，玄武岩碎了。

陀陀喇嘛们从大厨房刮来锅底黑灰，拌着酥油，把自己涂抹成凶神恶煞，然后散发裸衣，横刀立马，奔赴隆吐山而来。

神祇都不曾料到这一场白刃格斗竟是如此惨烈。陀陀喇嘛用极其夸张的狞厉可怖证明，即使欧洲人发明了一次连发十余弹的来复枪和子弹瀑泻的麦格沁机枪，古老的冷兵器也还有石破天惊的力量。包括西甲在内的陀陀喇嘛都是第一次杀人，但他们一个个就像久经考验的杀手，把长矛、利斧、大刀使唤得得心应手。他们没有人认为自己正在残暴地杀生，只觉得这是一个脱离苦海、走向神界的修为过程。信仰照耀下的杀戮，从来就是慈悲之人演绎心狠手辣的必要程序。

二十个英国人倒在了地上，其中多半是陀陀喇嘛杀死的。西藏边防军也有手刃来寇的，完了就跪下，捣蒜似的以头叩地，朝着山顶的箭垛大声告白："战神借了我的手，杀鬼又杀魔。"他们要给上天说清楚：把腰刀攘入敌身的，是战神而不是他。何况是杀鬼，不是杀生。跪下的四五个人里有次登定本，但没有欧珠甲本。欧珠甲本虽然第一个跳出战壕冲了上去，却仍然保持了心慈手软的记录。果姆奇怪地望着丈夫：你是甲本，怎么能不杀敌呢？不杀敌你冲过去干什么？

　　果姆是西藏边防军里唯一一个既杀了敌又没有下跪告白的人。她冷静地揩去腰刀上的血迹，为死者哼起了悲戚的山歌：

> 河水不断往下流，
> 世上痛苦没有头。
> 灵魂不走三条路，
> 请你一一问清楚。

　　二十个西藏人倒在了地上，其中一半是陀陀喇嘛。十字精兵没有佩带刀剑，但近距离射击的威力仍然是刀斧不能比拟的。

　　容鹤中尉带着前锋部队的残余退了回去。

　　隆吐山口前的坡地上，一片死人，一片寂静。映衬这黑暗残酷的战争事实的，是西藏一碧如洗的天，是透亮温暖的风。

　　西藏人望着混同在一起的敌人和自己人的尸体，不知道如何是好。哭是不对的，笑更是不对的，那就冷冷的面无表情吧。在西藏，战争的残酷首先表现在它瓦解了人的正常情绪，让人在丢弃哭笑之后，无奈地麻木着，呆若木鸡。因为大家都不知道神在这种时候会怎么办，需要喇嘛引导的时候，喇嘛却在沉默。

　　突然一声号叫打破了岑寂。是一个孩子再也忍不住的声音。他的阿爸死了，他不哭就不是孩子了。他一哭，所有的孩子都跟着哭。

没有人制止他们，就算亡灵因活人的眼泪上不了天，也不能要求孩子像大人一样理智。果姆似乎是想把孩子们拖离死人现场的，手一伸出去就大声说："哭吧哭吧，死去的阿爸们知道你们是哭洋魔的，洋魔的灵魂上不了天啦。"

孩子们于是便更加号啕。哭声传染着，那边，十字精兵的阵地上也开始哭了。他们是哭死去的战友呢，边哭边问：为什么要从遥远的英吉利来到天边地角的西藏呢？来了就死了，上帝就不保佑了，野蛮异教的山河竟是如此险恶。

达思牧师开始祈祷："愿灵魂借此灾难得以超生，爱的天国在等待你们，那里除了甘甜和幸福没有别的。"悲凉而低沉的声音回荡在空气里，战争显出了压抑的本色。云把蓝天弄脏了，似乎眼泪瞬间变成了雨云，正在酝酿着瓢泼而下。


看着容鹤中尉败退回来，戈蓝上校很生气："让基督拿起武器，这是我们的错，可以用忏悔来弥补。但如果让基督拿起武器后还不能战胜敌人，那就是无法弥补的错了。听着，中尉，我们不能给天上的父丢脸，大英帝国的军人是基督所向披靡的先锋。"

容鹤中尉申辩道："上校，这只是暂时的，我们有超过藏军百倍的武器，如果再让我组织一次冲锋……"

戈蓝上校打断他说："你还是不知道西藏人靠什么来抵抗，告诉你吧，他们时刻都有神佛的关照。而你，基督的信徒，乞求过上帝和耶稣的帮助吗？"他吩咐手下叫来达思牧师和尕萨喇嘛，吩咐道，"说说你们的主意吧。"

尕萨喇嘛抢先道："陀陀喇嘛都是近身肉搏的亡命徒，应该架起大炮远远地轰击。"

戈蓝上校吃惊道："看来你比我更厉害，我用大炮轰击我的敌人，你却用它轰击你的同胞。"

达思牧师不屑地瞪着尕萨说："我知道你对跟你一样的喇嘛恨之入骨。但现在最大的威胁不是人，是山顶硕大的箭垛。应该向箭垛开炮，打掉它就等于打掉西藏人的灵魂。没有灵魂的人，你吹一口气，他就会倒下死掉。"

戈蓝上校点点头说："我喜欢牧师的主意，任何时候神对神的征服都比人对人的镇压重要一万倍。"

五门十磅大炮和五门山地野炮架起来了。这是当时世界上最先进的炮兵装备，尤其是十磅大炮，五百米之内，精确度极高。

戈蓝上校指着高高的箭垛说："基督之患就在前方，请以闪电之力，射出上帝的炮弹。"


四周静悄悄的，连风都在等待最初的那一声轰响。但最初的轰响虽然巨大却有些模糊，好像五发炮弹齐射，声音和声音叠加起来了。隆隆的雷鸣鱼贯而出，加上四山的回音，变成了一长串天空的咆哮。三发炮弹命中目标。箭垛转眼稀烂。

西藏人傻了，半晌没有反应。突然一声喊叫："我们的战神啊。"欧珠甲本扑通一声跪下。他的部下和陀陀喇嘛们也都纷纷跪下。惊恐一片。战神的宫殿被摧毁了，战神死在宫殿里了。这可怎么办？谁护佑我们打洋魔？只有两个人没有跪下：西甲和果姆。

果姆之所以没有下跪是担心接下来炮弹就会落到人群里，神死了，人也会死的。她大步过去，拽起丈夫说："快啊，把箭垛垒起来。"

欧珠甲本很想按照惯例佩服老婆的这个提议，突然悲从中来，喃喃地说："我们的战神就像石头一样碎了，连山也被炸平了。"他的意思是神都没了，还垒起神的宫殿干什么。

果姆说："多多地垒起箭垛，所有的山上都垒起箭垛。"她觉得一旦到处都是箭垛，洋魔的炮弹就会奔向箭垛，人就安全了。至于战神是否依然存在，她似乎并不在意。

欧珠浑身抖颤着，固执地说："要是所有的山上都垒起箭垛，洋魔就会一直炸下去，西藏就没有山了。"这明澈的忧患淋湿了他的声音。

但是欧珠甲本没想到自己这么深沉的感情会受到西甲喇嘛的嘲笑。西甲捡起一根炸飞的箭枝，一折两半说："就算箭垛里的战神被洋魔炸上了天，那也没什么要紧的。西藏的战神跟喜马拉雅山的石头一样多，炸死一个，就会长出一个，永远都不会少。再说释迦牟尼定下的规矩是：神像等于神，灵力好比人。谁毁坏了神像，灵力就会缠着谁不放，就好比我们的人藏在了他身边，他打个盹就会给他一拳，睡着了还能魇了他。等着瞧啊，有他倒霉的日子呢。"

到底是拉萨来的大喇嘛，见多识广，一席话说得大家豁然开朗。

欧珠甲本转忧为喜："这么说来，他们毁掉的神越多越好。那就不要费力气炸毁啦，我们多多赠送。送他们一尊佛，就是安插一个人。我们的人多多地包围着上帝，趁他不注意，你一脚我一脚，踢着就踢死了。"他哼哼地冷笑着，陶醉在自己的想象中。

西甲喇嘛说："还是你老婆说得对，快把箭垛垒起来，越多越好。春丕寺的陀陀们，快去给箭垛念经放咒。我要走啦。"

果姆望着拖起大靴子匆匆离去的西甲，失望地想：你好像并不怕死，怎么又要逃跑啊？她说："佛祖啊，我又要告状啦，拉萨来的大喇嘛一到关键时候就走啦。"

# 4

大山深处，浩浩荡荡的植被的光影里，那些白的、绿的、黑的闪烁就像水的波动。一片静水突然激动起来。

对准马翁牧师的枪乒乒乓乓射向了天空。因为在死亡即将发生时，霞玛汝本的部下把霞玛的一声大叫一致理解成了慈悲为怀。这时大家才发现了霞玛早已发现的：马翁牧师眼睛里的蓝光并没有狼的阴恶，倒是幽然悲惨着，让人丝丝心动。

马翁牧师来到倒在斜坡上的两个藏兵跟前，蹲下来看了看，不容置疑地说："把他们抬过来。"

霞玛汝本瞪着马翁牧师，不知道他要干什么，看他呵斥自己的卫队放下枪后，才松了一口气，让部下把两个受伤的藏兵抬到了马翁牧师指定的平坦地方。

两个藏兵，一个英国士兵，都受了重伤。子弹好像商量好了，都在同一个部位洞穿了三个人的肉体，那就是要命的左胸。"但愿跳舞的心脏跳过子弹的追击，但愿上帝施救的恩福光临你们，三个不幸的上帝的孩子。"马翁牧师念叨着，从马屁股上的十字布兜里拿出几贴血红的膏药，用剪刀剪成三个心脏的模样，脱光上衣，贴在了自己光洁的胸肤上。十分钟后他连同自己的皮肉一起揭了下来，敷在了三个伤者往外冒血的弹洞上。

人们惊讶地看到牧师身上三处心形的创伤流出了比伤者还要汹涌的血。

牧师说："这是上帝的血，不是我的血。让万能的上帝之血来挽救你们的性命吧。"

他的卫队长过来干涉了："这样你也会死的，牧师。"

马翁牧师说：“你知道耶稣传道时给多少人看过病？连耶稣自己也记不清了。这些人最后都成了他的信徒。耶稣最擅长修复坏了的心脏。每一颗坏心脏在变成好心脏之后，都会把上帝的福音传播给一万个老弱病残，从而使他们年轻健壮。我要让西藏人知道，接受上帝之血的人有福了，因为天国属于他们。”

两个藏兵昏过去了，失血过多的将死者的惨白洗刷了他们的脸，喘息微弱到几乎没有，看不到醒过来的迹象。霞玛汝本趴下起来地看了好几遍，断然摇头：“你不会是想用上帝的血害死他们吧？在你贴上那东西前，他们可是活着的。”

“现在他们也没有死，他们不会死。”说着，马翁牧师面朝苍天，张开双臂，喊起来，“上帝啊，你是看见我的，你能听到我的声音，请创造奇迹，请给我走进西藏的机会。三天之内让他们站起来，上帝，就像你信任我一样，我也信任你。”

霞玛汝本一把撕住马翁牧师：“你不能走，我们就在这里等三天，三天后要是他们死了，我要你的命，要上帝的命。”

马翁牧师祥和地说：“我当然不走。相信我，上帝的到来就是奇迹的到来，三天后他们一定能站起来。”

## 5

前线总管俄尔噶伦来到后藏江孜宗，准备在此会合驻扎日喀则的果果代本、驻扎尼木的夏琼娃代本、驻扎拉萨的朗瑟代本。可是命令传下去好几天了，只有朗瑟代本率领人马紧随其后赶来。另外两个代本杳无音信。俄尔噶伦命令朗瑟代本先行开拔，立即前往隆吐山布防。朗瑟代本连夜出发，没走多远，又被俄尔噶伦亲自追上了。

俄尔像摄政王叮嘱他一样叮嘱朗瑟代本："你要用脑袋保证，等不来朝廷旨命决不要开枪。"

然后，俄尔噶伦以摄政王和噶厦政府的名义，再次向两个未到的代本发出了鸡毛箭书。箭书就是绑在箭杆上的信，以示办事如有不公，将有利箭穿身的报应。箭杆拴上鸡毛，表明速送速办，不得有误。又是几天的等待，还是没有音信。俄尔决定发出红辣椒箭书。这是最后一次箭书，意味着比人死紧急，比天塌重要，不执行者按律处死。本来发出红辣椒箭书必须请示摄政王，因为俄尔噶伦并没有权力处死一个代本。但现在顾不上这些规矩了，既然摄政王说了"你就是我，我就是你"，还给他送了象征最高荣耀的嘎乌护身符，他就完全可以矫命而为。

俄尔确信红辣椒箭书一定会把果果代本和夏琼娃代本召来，不管他们两个石沉大海的定力多么出色，都不可能拿性命当儿戏。焦灼等待的日子里，他天天瞩望日喀则和尼木的方向，却发现另一种不可直说的等待悄然来临。

俄尔噶伦到来的消息已经传遍江孜，白居寺的重要僧人和各个庄园的主人纷纷来到俄尔暂住的宗本大院探望，但是颇阿勒庄园的女主人却迟迟不来。颇阿勒夫人是江孜最重要的庄园主，她的怠慢让俄尔很没面子。于是俄尔传令给颇阿勒夫人："因战时军需，颇阿勒庄园迅速交来青稞二百克（一克为二十八斤）。"这是一次轻微的敲打，如果你不想凭空破财，赶紧来赔个不是就能化险为夷。但是出乎意料，颇阿勒夫人派了一队骡马，驮来了二百克上等青稞，自己还是不露面。俄尔清点了青稞后告诉驮队首领："日喀则的果果代本和尼木的夏琼娃代本就要带领军队来了，二百克青稞磨出来的糌粑只够他们吃三天。既然你家主人如此爽快，那就请她每隔三天送一次青稞来。"

三天后来到宗本大院的却是一封颇阿勒夫人的亲笔信："拜上俄尔噶伦阁下，颇阿勒庄园已经准备好藏兵所需全部青稞，但听说果果代本和夏琼娃代本来不了江孜，就又把驮送青稞的骡马放到山上去了。如果阁下一个人能够三天进食二百克青稞，我们当然还可以把骡马从山上赶回来。"

俄尔噶伦十分惊讶：凭什么她说两个代本来不了江孜，还敢断定我将是光杆司令呢？

江孜宗本岩措趁机进言道："颇阿勒庄园的忤逆早已是家常便饭，在江孜，最早拜访你的日囊庄园才是最拥戴大人的。"

俄尔噶伦心里一沉，疑虑地盯着宗本：他和日囊庄园并没有深交，拜访不过是礼节性的，"最拥戴"之说显然不可信，可信的倒是江孜宗本跟日囊庄园的亲密关系。会不会这就是颇阿勒夫人不来拜访的原因呢？他再次派人向颇阿勒庄园传令："放到山上的骡马就不必费时费力赶回来了。如果我俄尔噶伦来到江孜后永远都是一个人，饿死也不吃贵庄园的一粒青稞。愿佛保佑颇阿勒庄园人丁兴旺，祖业茂盛，青稞满仓，牛羊遍地。"

在美好的祝愿而不是蛮横的斥责下，颇阿勒夫人终于来了。

俄尔让手下传话给等候在宗本大院门外的颇阿勒夫人："前线总管正在谋划抗击洋魔的大事，没工夫见人，回去吧。"

颇阿勒夫人说："我真是后悔啊，为什么要来这里呢？宗本是噶厦委派的，住在宗本大院的噶厦要员俄尔噶伦自然跟宗本一个鼻孔出气。"

俄尔说："在这个世界上，我只跟神圣的摄政王迪牧活佛一个鼻孔出气。"

颇阿勒夫人说："那就是责怪我没带礼物了，如果俄尔噶伦只喜欢礼物不喜欢正派的人，我当然可以立刻回去。"

俄尔说："凭什么证明你是正派的人呢？"

颇阿勒夫人说："就凭我来了，我有秘密告诉你。"

这些话都是手下传来传去的，传到这里就见俄尔噶伦走出宗本大院，板着面孔说："请进吧，夫人。"

果然被俄尔噶伦猜中：原来颇阿勒庄园和日囊庄园草山农田相连，由来已久的地界纠纷让两个庄园年年都有武装械斗。人死人伤都要由江孜宗本岩措断理赔偿，每次都是日囊庄园胜诉。不仅如此，日囊庄园因其残酷苛刻，不近人情，为其放牧种田的属民都跑到颇阿勒庄园来了，但宗本岩措却判罚了颇阿勒庄园三百两藏银，理由是容留反叛者，鼓动懒惰倔强的人找新官、找舒服。颇阿勒夫人以为宗本偏向日囊庄园，拒交罚银。事情还在僵持，俄尔就到了。

俄尔平和地说："夫人要告诉我的秘密恐怕不是这些吧？"

颇阿勒夫人矜持地笑笑："秘密只能告诉公道断理的人。"

也许不是"秘密"的因素，而是俄尔噶伦看到颇阿勒夫人的第一眼，就断然决定了他的取舍：在两个庄园水火不容的矛盾中，他应该站在颇阿勒庄园一边。无雕无饰、朴素自然的颇阿勒夫人比起拉萨那些彩衣华服、宝器叮当的贵夫人，显得暗淡怆然，但醒目的都在脸上，那是一种自然天成的清秀明亮，把骨子里的雍容华贵浓浓地涂抹在鼻翼眼眉之间。俄尔怦然心动：我怎么才来江孜啊，才来看望这个寡居多年的女人？

俄尔噶伦把颇阿勒夫人让进寝室加议事厅的大房间里，从桌上拎起一大块拴着金链子的红宝石，递给夫人说："秃鹫是多么喜欢糌粑，但见了肉它就把糌粑丢掉了。这是日囊庄园送给我的礼物，你看它能不能换来十匹马、十头牛、十只羊？"

颇阿勒夫人说："我的手不想沾染日囊庄园的腌臜气，这样的宝石送给我，我都不要。"

俄尔噶伦离开叫来仆人，丢给他红宝石说："你去白居寺门口，把它送给你见到的第一个乞丐。"

仆人拿了就走。他当然不会把这么贵重的一块宝石送给乞丐，因为他觉得他见到的第一个乞丐就是自己。

得到宗本岩措支持的日囊庄园，就这样被俄尔噶伦抛弃了。内心的感喟催动着颇阿勒夫人，她接着就把秘密说了出来：

两年前甘丹寺麦巴扎仓的当周活佛秘密潜入江孜，以在甘丹寺经堂无偿祈祷庄园平安为诱饵，要求颇阿勒庄园参与由甘丹寺麦巴扎仓领衔的马岗武装，随时援助甘丹寺参与的所有僧界俗世的争锋。颇阿勒夫人婉言拒绝了。当周活佛又去日囊庄园说项并获得了成功。日囊庄园的主人日囊旺钦本来就跟当周活佛关系密切，现在又成了甘丹寺麦巴扎仓的第一施主即供奉武装保护的秘密施主。"但是大人，这只是秘密的一部分。"果果代本是日囊旺钦的妹夫，他这个代本团差不多就是日囊庄园的私人武装和马岗武装的一部分。夏琼娃代本原来只有不到三百多人，噶厦也只供应三百多人的口粮，但他私自扩充为七百多人，这多一半藏兵的口粮是日囊庄园供应的。"大人，藏军你是知道的，吃谁的粮是谁的人。"夏琼娃代本团和果果代本团一样，都是马岗武装深藏若虚的主力。

俄尔噶伦恍然大悟：怪不得在拉萨民众大会上，甘丹寺的代表力主果果代本和夏琼娃代本前往边境建卡驻防。现在两个代本不来江孜赴命，看来不仅仅是违抗作为前线总管的俄尔噶伦，更是甘丹寺抗衡哲蚌寺以及摄政王迪牧活佛的严重事件。

俄尔冷哼一声。按照规矩，发出红辣椒箭书后，应该以最慢的马程计算时间，比如从江孜到日喀则往返六天，六天后仍然没有回音，就可以视为抗拒而绳之以法。如今时间已超，他有充足的理由派兵前往，处死两个忤逆者。需要斟酌的是，他身边只有从拉萨带来的一百人的总管卫队，万一遇到抵抗，兵力远远不够，不如派出刺客秘密处死。那么，谁能担当刺客呢？

他在脑子里寻觅，一抬头盯上了颇阿勒夫人，准确地说，他用男人欲望的眼睛对上了一双因多年寡居而格外明亮的女人的眼睛，心里不禁一颤：啊，原来，原来刺客就是我。

据说这一天，俄尔噶伦和颇阿勒夫人在宗本大院寝室加议事厅的大房间里待了很久，其间他们时有激烈的语言，时有喘息都嫌多余的沉默。突然一声响，是耳光热辣辣的响。俄尔噶伦充满男人自信的脸上，顿时洇出一片血色的晕斑。

# 6

果果代本从拉萨回到日喀则后，就发现已经不认识自己的属下了。他站在队伍前拿着花名册点名，记忆告诉他，他点到的尼玛应该是个壮年胖子，可走出队列的却是瘦长脸的老者。他怒吼道："我点的是汝本尼玛，你出来干什么？"瘦长脸的老者说："大人，我就是汝本尼玛。"果果一怔：尼玛变了？接着他发现，所有的汝本、甲本、定本，他都不认识了。用不着追查原因，当官的都来自有钱有势的人家，花钱雇人替自己充军，是常有的事。但从来没有像现在这样，除了自己，军官全部被冒名顶替。

战争，谁都不愿意面对战争。那么他呢？他也不愿意。

果果代本回家了。家就在营区内最显赫的那座院落里。环绕着代本院落，高高矮矮堆积着一片官兵们的土房。几乎所有官兵都是携带家小的，营区也就成了随意布局的村落。鸡鸣当号，狗吠为角，牛羊人等混杂。每周一次集合，不过就是点点名而已。其余的时间里，赌钱，酗酒，外出游荡，回家干活，去老百姓家勒索吃喝。果果给谁都说："我的这些兵，也就只能在老百姓跟前要要威风，打仗是不能的，更不要说抗击洋魔，那是羊脖子硬往刀刃上凑。"

但果果率领的毕竟是一支在贫弱的西藏举足轻重的军队，谁也不能忽视它的存在，也无法预期它的未来。马岗武装的总指挥甘丹寺麦巴扎仓的当周活佛专门把果果叫去拉萨，当面告诉他：坚守日喀则，决不开拔，不能用我们的力量成全了俄尔噶伦。俄尔噶伦是摄政王迪牧和哲蚌寺的人。更要紧的是，我们怎么能跟英国人打仗呢？英国人来了对我们只有好处没有坏处。佛祖开眼，我们跟英国人早就有关系了。他叫莎格迅，是个牧师，我们对他是有恩的。

果果代本说："可是红辣椒箭书已经到了。"

当周活佛说："一靴子踩到泥坑里去吧。就算摄政王赋予俄尔噶伦处死你的权力，洋魔当前，他们哪有兵力去军营里抓你？"

果果代本听信了当周活佛的话，所以当他走在回家的路上，看到几个陌生牧民骑马走来，笑着向他打听果果代本时，他竟毫无防备地说："我就是。"

来人张开一个装青稞的牛皮口袋说："我们是来送佛上西天的。你看看里面，是不是阎罗母的金莲花日轮座？"

果果探头一看，牛皮口袋却飞起来套在了他的头上，接着袋口一扎，任他怎样狂吼乱喊，两边土房里的藏兵也听不到了。他双手乱舞着，以命不该绝的机灵喊道："阎罗母让我有话要说，前线总管大人，俄尔噶伦大人，阎罗母有话……"

刺客本来是要将他就地刺死的，一想：阎罗母不是我骗他的吗，怎么好像成真的了？那就先听听阎罗母怎么说吧。他们飞快地把果果抬上马背，驱马而去。

三天后，果果代本被绑架到了江孜颇阿勒庄园。

用一个耳光扇红了俄尔噶伦脸的颇阿勒夫人，接着就把扇耳光的愤怒变成了热情。仿佛他们是上一辈子的冤家，按照"不是冤家不聚头"的规律，很快凑到一起了。热情善待的第一步便是请俄尔噶伦离开宗本大院，搬到颇阿勒庄园去住。俄尔噶伦忌惮着江孜宗本岩措跟日囊庄园的亲密关切，又期待着颇阿勒夫人的眷顾，毫不犹豫地听从了颇阿勒夫人的安排。

本该死亡的果果代本把生命延续到颇阿勒庄园后，尽其所知向俄尔噶伦交代了马岗武装的一切。俄尔表示，告密并不能改变不执行红辣椒箭书就会按律处死的惯例。果果说不就是为了打洋魔吗？他表示十天之内一定把自己的人马拉到边境。另外他还可以说服驻扎尼木的夏琼娃代本脱离马岗武装，一起开往前线。俄尔还是摇头，因为去刺杀夏琼娃的刺客回来说，夏琼娃代本已经带人开赴前线，就要经过江孜了，且表示一定要在前线总管面前请求宽免死罪，将功补过。

果果说："可是阎罗母有话，洋魔见果果，田鼠遇到鹰。"

俄尔问："哪个阎罗母，什么时候，哪个地方，说了这话？"

果果说："就是黑业阎罗王的老婆，在夜里，梦中，说……"

前线总管俄尔噶伦知道这是果果的狡辩，阎罗母不过是个幌子，但还是敬畏地弯了弯腰，然后声色俱厉地说："杀死你的办法多了，可不要乌鸦一样离开了猫头鹰就以为再没有吃它的鸟了。"说罢，拿过白居寺的高僧送给他的一串镶金旃檀佛珠套在了果果黑黢黢的脖子上。

果果双手捧起佛珠，瞪大眼睛看着，知道是他从未拥有过的珍宝、佛的吉祥圣物，不禁叫起来："噢呀呀呀……"他受宠若惊了，不知道说什么好，突然喊一声，"俄尔大人，阎罗王和阎罗母都看着，我要为你去死啦。"

俄尔点着头，微微一笑。他很得意自己转眼瓦解了马岗武装的果果代本，现在就剩下夏琼娃代本了："看他来了江孜怎么样为自己狡辩。"

夏琼娃代本来江孜的日子是果果代本开拔前线后的第二天。他一见俄尔噶伦就显出他是一个既聪明又乖巧的人。他说："总管大人，我说了我要请求宽免死罪，将功补过。拿什么功、补什么过呢？大人可能已经知道我这个代本团原来只有三百多人，现在的七百多人是我私自扩充的，一直不敢给噶厦说。现在打仗啦，人越多越好，我也就不隐瞒啦。大人只要你用噶厦的口粮代替日囊庄园的口粮，让我的士兵名正言顺地吃饱肚子，我就可以跟日囊旺钦断绝关系。我们不是日囊庄园的私人武装，也不是马岗武装的一部分，我们就是我们，堂堂正正的藏军夏琼娃代本团。"

俄尔总管沉吟不语，等他开口说话时，突然换了一种口气，既严厉又亲切："欢迎你跟日囊庄园和马岗武装断绝关系，绝对不能再吃他们的口粮了。名正言顺地吃噶厦的口粮这个好办，我是代表摄政王来这里的，回拉萨后给他递一句话就行了。但是现在，噶厦的口粮还一时运不过来，我考虑先让颇阿勒庄园供应你们，当然一定会比日囊庄园的糌粑好、肉食多。这样做还有一个好处，你这个代本团不必急着上前线，暂时驻扎江孜，任务就是保护好颇阿勒庄园，不能让它受到半点损失，不管谁欺负，是日囊旺钦还是江孜宗本，你都要向着颇阿勒庄园。"

夏琼娃吃惊道："大人，我没有听错吧，不让我们上前线啦？"

俄尔说："你们是想上前线，还是不想上前线？"

夏琼娃说："想，也不想。我听大人的，夏琼娃代本团从此就是大人的队伍啦。"

俄尔说："吃谁的粮是谁的人，你们还要听颇阿勒夫人的。"

夏琼娃稍微犹豫了一下说："那是自然。"

# 7

隆吐山口，两道战壕后面的所有山包上，都垒起了新的箭垛。战神的宫殿虽然简陋得只有树枝的箭丛和石堆以及少许酥油和糌粑，但守卫山口的藏兵心里，仍然飘扬着神圣的经旗、安驻着亲人般牢靠的神灵。

欧珠甲本集合属下所有活着的男女说："神佛的西藏，身后的故乡，一千只眼睛的观世音菩萨看着，我们隆吐山全体边防军再次起誓，即使男尽女绝，决不后退半步。"

大家重复了好几遍。最后春丕寺的陀陀喇嘛也参加了进来。僧俗共誓，气吞山河的样子让南风变成了北风。

箭垛在山上七七八八一出现，十字精兵就注意到了。

戈蓝上校说："毁了一个箭垛，又出来这么多箭垛，是不是西藏人的灵魂也会越毁越多？上帝啊，这是什么信仰？"

尕萨喇嘛说："要是我们的炮弹轰炸这么多箭垛，西藏人就会安闲得去吃饭、睡觉、生娃娃了。人不死，隆吐山就过不去。"

达思牧师说："你怎么喜欢杀人呢，喇嘛？箭垛都在山上，山是神佛的居所，炸平所有山头，西藏人就没有依靠了。"

"你是想让我们消耗掉所有炮弹吧？我们的炮火炸不平西藏的所有山头。"戈蓝上校说。这一次他听信了尕萨喇嘛的，吩咐容鹤中尉："人在哪里就瞄准哪里，耶稣告诉门徒说，打仗和死人都是必须有的。"

半个小时后，十字精兵的炮火轰向了守卫隆吐山口的人群。这次是十门大炮齐响。炮弹不断落在战壕里，西藏人纷纷爬出战壕往后跑。炮弹就追着人炸，到处都是轰鸣，硝烟飞石，人叫马嘶。

欧珠甲本边跑边嚷："战神，战神。"他跑向最高的箭垛，招呼部下朝自己聚拢。无论什么时候，人与神的共在都是他唯一的选择。

但藏兵们不听他的，都散了，跑向自己的老婆、孩子；老婆、孩子也跑向自己的丈夫、阿爸。呼喊声响成一片。

欧珠甲本这才意识到半天没见老婆果姆了，又嚷道："果姆，果姆。"

炮弹呼啸着，轰的一声，果姆飞了起来。《圣史》上说，果姆飞起来后胳膊变成了翅膀，她在弥漫的硝烟里待了一会儿，便又稳稳地落到地上。死而复生的她，看到把自己装扮成凶神恶煞的陀陀喇嘛们，不惧炮弹，英勇地举起长矛、利斧、大刀坚守在阵地上，一个个狰狞起面孔迎接着死亡，便禁不住唱起了山歌。她高兴了唱，难过了唱，恐惧紧张了唱，鼓舞士气更要唱：

　　　　跳一个锅庄，跳一个吉祥的锅庄，
　　　　跳一个人喜欢佛喜欢山喜欢的锅庄。

她一边唱着，一边跺脚跳起了锅庄。她被硝烟托丢在高高的岩石上，边跳边唱，眼前横七竖八的尸体让她悲不自禁，泪蛋蛋打湿了心也打湿了脸颊。她看到牛羊也死了不少，它们在战火中本能地向人靠拢，以为和人相依便能受到保护，结果却是替人送死。她悲愤地喊一声："石头，石头，抱起大石头。"

炮击结束了。山下的十字精兵密密麻麻爬上来。

欧珠甲本跑向果姆："天上的星星，一暗百暗，我们的人死了，多多的死了。"

果姆说："洋魔没上来就不算数，隆吐山还是我们的。"

欧珠和果姆首先来到弹坑累累的阵地前沿。活着的人陆续跟过来。一些人甩起飞蝗石，一些人搬运石块滚向山坡上的十字精兵。果姆甩着飞蝗石唱山歌：

> 敬一个石头，敬一个佛菩萨的石头，
> 敬一个洋魔害怕上帝害怕的西藏石头。

山下传来惨叫。飞蝗石和滚石屡屡击中进攻者，但冲锋却越来越猛烈。密集的枪声响起来，来复枪的子弹雨点一样压向山口，又有几个人倒下了。炮击加上枪打，藏兵死伤已经过半。

欧珠甲本悲切地说："我们打不过了，隆吐山守不住了。"

果姆说："打不过了吗？"好像她第一次意识到这个问题，又说，"打不过就不要打了。"

欧珠说："那我们干啥？"

果姆说："会干啥就干啥。"说罢就又唱起来。

果姆的山歌、欧珠的山歌、男人和女人的山歌突然响起来。一个只会挨打不会打人的民族、一个连诅咒都是抒情的民族的歌声，在危难时刻悠扬而来：

> 烧一炷檀香，烧一炷今生来世的檀香，
> 烧一炷离苦得乐、生命不死的鹫山檀香。

　　欧珠和果姆带头，西藏人从所有遮蔽物后面站了出来，挺立在隆吐山的山口高地上。第一排是男人，身后是女人，再后面是孩子，孩子身后是一些没有被炮弹炸死的牛羊，似乎是人畜共守了。他们端着枪，枪里没有弹药，只用飞翔的山歌抵抗着快枪大炮的十字精兵。他们的一侧，是春丕寺的陀陀喇嘛。

　　三十个陀陀喇嘛已经死了十二个，剩下的没有不负伤的，手腿缺少，骨肉开裂，鲜血淋淋。但是他们没有一个倒下，全都挺立着，跟着西藏边防军吼唱山歌。和藏兵不同的是，陀陀们没有把唱歌看成此刻唯一该有的举动，他们用弹坑里炸烂的黑泥补妆了自己的面孔，举着长矛、利斧、大刀这些神圣而荣耀的已有千百年历史的武器，瞪着冲上来的英国人，随时准备扑过去。

　　山下，飞蝗石的射程之外，戈蓝上校用望远镜看着，高兴地说："佛哪里是上帝的对手，大概西藏人正准备投降，隆吐山就要拿下了。"他身先士卒，跑过去，举着手枪唱起来。他认为不能让西藏人觉得只有佛的子民才会唱歌，上帝的信徒比他们还会唱，所以他喊叫着要求往上冲的士兵跟自己一起唱：

> 基督精兵前进，齐向战场行，
> 耶稣是我元帅，引导向前进。

歌声的鼓舞让胜利在望的十字精兵士气更加高涨，很快就要接近隆吐山口了。来复枪的枪口就像密匝匝的眼睛，能让西藏人看到子弹的瞳仁正在闪亮、就要旋转。

十字精兵中有人用藏语喊道：“西藏人，请放下武器，放下武器。”然后就是枪声。指挥冲锋的容鹤中尉命令士兵：“英国军队的枪，永远不能哑巴。”

又有一个陀陀喇嘛倒下了。其余的陀陀，十七个陀陀，全都狂吼疯叫着扑了过去。长矛、利斧、大刀作为春丕寺的镇寺之宝，带着神气灵光，寒风一样呼啸着。电光石火般的近距离交锋中，十字精兵一倒一大片，十七个陀陀喇嘛一倒一大片。戈蓝上校惊呆了，赶紧往下撤，撤的时候忘了打住嘴上的歌：

　　基督为我君王，带领攻仇敌，
　　看它旗帜前进，紧跟莫稍离。

都死了，西甲喇嘛从春丕寺带来的三十个陀陀喇嘛，无一幸存，无一不是怒发冲冠、惨然悍烈。谁都相信，奋勇献身的瞬间里，他们完成了脱离轮回的漫长过程，成了自由往来的佛界护法神或护方神。《圣史》上说，这时候三十个阵亡的陀陀喇嘛都飞了起来，飞到十字精兵的头顶，干了一件虽然不怎么光彩却仍然可以引以为荣的事，那就是拉屎撒尿。我们没有炮弹我们有屎尿。炮弹打死了我们，我们就去转世了，屎尿击中了你们，你们就是活受罪。《圣史》上说，一胛臭屎拉进了戈蓝上校的嘴里，上校来不及吐掉，直接咽了下去。护法神的屎尿比炮弹还要厉害，许多在这天咽了屎尿的十字精兵，不久就死了。上校没有死，毕竟洋魔的上帝是恩福的象征，而上校对上帝的虔诚，早已被上帝看见并记在了账本上。

欧珠甲本没有看到陀陀喇嘛的飞翔，惊愕地望着远远近近的尸体，直到遍山寂静，才嘶哑地喊一声："喇嘛，喇嘛……都死了。"

果姆说："都死了，都死了好。"然后跑下山口，从陀陀喇嘛手里拿过了武器。

活着的西藏人包括孩子都跑下去，把长矛、利斧、大刀从那些死不撒开的手里拿了过来。

果姆说："拿了这些武器，就跟陀陀喇嘛一样了。"

欧珠说："跟陀陀喇嘛一样，不跟西甲喇嘛一样，西甲喇嘛逃跑啦。"

次登定本再次跪下，朝着山顶的箭垛告白，还是一副惴惴不安的样子："战神啊，你借了我的手，借了我的大石头。"就是说他又用滚石砸死了一个洋魔。

他身边的赤乃定本也跪了下来。他是使用飞蝗石的圣手，差不多弹无虚发，只是不知道打伤还是打死了。赤乃声气朗朗地说："战神我祈求过你，让洋魔脑袋开花，我做到了没有呢？"战神在空中发出风语：呜儿——呜儿——呜儿——。赤乃仰头说："知道啦，我让洋魔开了三朵花。"

欧珠甲本望着两个定本，惭愧地晃晃头，一刀砍向一具尸体，才发现那是一个死去的藏兵。他惊叫了一声，却更加带劲地砍起来："我是天葬师，我把扎西的尸体砍碎了呀，你们看。是鹰就得吃肉，是人就得报仇。神佛恩赐了人的善良，也恩赐了人的狠毒。随人鹰家族的兄弟姐妹已经来啦，我是天葬师，天葬师……"他不停地砍着，这是在尸体上练练手，给自己壮胆呢。战争进行到现在，他率领的藏兵和家属死了一多半，作为最高长官的欧珠甲本，却还没有杀敌记录。他杀不了人，一想到杀，心就软了，就会慈心求罪："佛啊，佛啊，这还得了。"似乎他把他的胆气和见识都给了老婆果姆。

果姆一直用的是飞蝗石，不知道石头是否打死了洋魔。但她是不胆怯的，无所谓，打死就打死了，谁让他们先杀我们呢。这时她喊起来："洋魔又要开炮，往后退啦。"

炮声如雷，轰隆接着轰隆，硝烟飞石再起，一天的弹雨。

欧珠甲本带人躲向炮弹打不着的地方。在他心里，隆吐山已经失守，剩下的就是履行誓言："男尽女绝。"对他来说，主动就死比动手杀人容易多了。他说："果姆，我们不躲啦，我们去死吧。"

果姆说："好啦，现在就去死。"说着，端起长矛就要冲下山去，突然又站住，喊道，"看啊，那是谁？"

欧珠甲本和活着的西藏人都愣住了：看啊，那是谁？

## 8

西甲喇嘛见识了英国十字精兵的大炮之后，突然想到：为什么不把西藏的大炮搬请到这里来呢？他匆匆离开隆吐山口，来到春丕，按照森巴军离开的踪迹追寻而去。但他走岔了，他走过了边沟、巴沟、普沟、拉沟的沟口，最后才来到米沟。

掌握西藏大炮的森巴军这时还在米沟，他们在赶走黑道袍的英国牧师和卫队后，认为坚守这里就是坚守西藏最重要的边境阵地。他们在危险重重的边境一如既往地吃、喝、歌、舞，并不知道坚守阵地需要一种紧张严肃的战时姿态，仿佛他们是来比赛舞蹈的，人人充满了用西藏之舞打败洋魔之舞的信心。此外就是爱情。从拉萨出发时一大帮姑娘跟上了她们的情人，一出拉萨，就有一半回去了。剩下的一半在桑竹姑娘的带领下跋山涉水来到了这里。她们都是情和欲的守望者，旺盛的生命诉求因为放浪的山野而变得更加无拘无束。吃饱，喝足，舞够之后，不去野兔似的把自己深埋在草丛里干什么。

西甲喇嘛一脚踩进草丛，就听一声尖叫，两瓣白花花的屁股飞了起来。

黑脸汉子翻身站起，用身体遮挡着他的姑娘说："喇嘛从哪里来？好意思偷看？"

西甲转身就走，慌乱得就像被人发现幽会的是自己。

黑脸汉子喊道："来啦，桑竹姑娘，不承认自己是丹吉林叛徒的西甲喇嘛来啦。"

桑竹姑娘从帐篷里蹿了出来。她是唯一一个在森巴军里没有情人的姑娘。她是所有男人的情人，自己却从没打算找一个西甲喇嘛之外的情人。姑娘们幽会时，她就在奴马代本的帐篷里睡觉。为了让桑竹姑娘高兴，奴马是不会待在帐篷里的，他也去草丛里幽会了。桑竹姑娘一见西甲喇嘛，嚣张的美丽立刻变成了嚣张的捉弄。

"来啦，丹吉林的喇嘛？你是想姑娘了吧？或者想知道姑娘们都在干什么？走啊，我带你去看看。瞧你害怕兮兮的样子，喇嘛也是人，人干的事情喇嘛们没有不干的。尤其是丹吉林的喇嘛，啥事情能绕过他们，坏人里最坏，毒僧里最毒。"桑竹姑娘走过去拉扯西甲喇嘛的袈裟，西甲左右看看，惊叫着往后跳。

她冷笑着："我又不是女鬼，摄不去你的灵魂。你喇嘛修行的定力哪里去了，我今天倒要看看你会不会被我吓死。"说着扑了过去，西甲喇嘛一转身，正好扑到他脊背上。她胳膊搂住他的脖子，喊道，"背起来，背起来，丹吉林喇嘛把我背起来。"

西甲吓坏了，尽管自己背起的这个女人是他曾经的爱人，尽管他跟她分手后还日日夜夜惦记着她，但他毕竟是教戒严格的格鲁派喇嘛，怎么能在众人面前跟女人如此接触？"桑竹，桑竹，快下来。"西甲乞求着，看对方越求越疯狂，便厉声说："桑竹你如果想报复我，就把我杀了，但不要这样。"

桑竹说："这就是杀你，我先杀了你的喇嘛心，再杀你的肉身。"

西甲说："佛祖，快给桑竹一把刀，把我的喇嘛心和肉身都杀掉。"他如同尥蹶子的马，蹦跳着想把她甩掉。而桑竹姑娘就像有经验的骑手，用双腿紧紧夹住他的腰，双手牢牢拘住他的脖子。他们原地兜着圈子。很多人都来看：哈哈哈哈。

西甲惊恐地喊起来："奴马代本，奴马代本。"

奴马代本不过来，似乎让桑竹姑娘为所欲为，才是他的心愿。他大声说："你来得正好，西甲喇嘛，我们都想你啦。"

桑竹姑娘更加无忌了，小声在他耳朵边上说："走啊，背我走啊，到见不得人的草丛里去，我们过去干啥，现在还干啥。对了，你可能忘了过去，那就学学森巴军的男女吧，情人们干啥，我跟你就干啥。从来没有人跟我幽会过，我是精灵鬼怪，我拒绝了所有的痴情者，就等着你呢，西甲，西甲。不想做我的丈夫就做我的情人吧，西甲，西甲。我说了我一定要达到目的，一定要怀上你的孩子。"

西甲哀求道："发发善心吧桑竹姑娘，佛祖就在山头上看着呢，还以为我是故意把你背起来的。我不是，佛祖啊，我不是。"

桑竹大声说："你就是故意的，故意的。天上的佛祖，西甲是故意的。"

西甲说："你听你听，佛祖说话啦：姑娘快下去，下去，不准难为西甲喇嘛。"

桑竹说："这个也容易，请你转告佛祖，西甲说他是丹吉林的叛徒我就下来。"

西甲条件反射似的抗辩道："我不是，不是叛徒。"

"不是丹吉林的叛徒，就不会把一个姑娘驮在背上。我的西甲喇嘛，丹吉林的陀陀就要追来啦，你离开了我你就得死，不信你看着。"桑竹姑娘放肆地戏弄着，"我是罗刹国的魔女，被派来考验丹吉林喇嘛的修行，你经不起考验，你驮着我要去干什么？"

身高力大的西甲喇嘛忍无可忍了，饱饱地吸了一口气，反手拽住桑竹的衣袍奋力一拉，把她从背后拉到了怀里，双手一送，朝奴马代本扔了过来。

奴马代本张臂接住，自己差点被撞倒。大概受了惊吓，桑竹姑娘抽抽搭搭哭了起来。奴马立刻怜香惜玉地问她："怎么了？怎么了？"又叱咤西甲，"你这个坏喇嘛，想把她摔死啊？"

西甲吼起来："摄政王迪牧活佛传来急令，黑水白兽的大炮已经轰响啦，西藏的大炮为什么还停在这里不动？森巴军到了边境不能代表达赖喇嘛和摄政王架起大炮，赶走洋魔，就是对佛教不忠，佛祖的怪罪就要下来啦。快去隆吐山。"

奴马代本和许多西藏人一样，脑子里只有玄妙而没有现实逻辑的地位。他不想想西甲喇嘛已来边境，怎么可能传达摄政王的急令？潜意识里就觉得只要是穿着袈裟的，都有超人的法力，啥事情做不到呢？不可思议正是活佛喇嘛的本性，只有神奇得让凡人想不通，才算是拥有佛法。何况让森巴军奔赴前线的指令就是西甲喇嘛传达的，有第一次，就有第二次，说不定以后还有无数次。

所有人，包括一心难为和挑逗西甲喇嘛的桑竹姑娘，都毫不怀疑地听从了急令：起营开拔，奔赴隆吐山。

# 9

西甲喇嘛和举着金色旗帜的森巴军一出现，十字精兵的大炮就哑巴了。步兵的冲锋再次开始。但是不用怕，连隆吐山都这么想。被炮弹炸矮的隆吐山突然升高了，比原来还要高。准备赴死的欧珠甲本和果姆吃惊地发现，已经不用死啦，从此不用死啦。森巴军从马背上卸下炮筒、炮架、炮座，很快组合成了一门门威风凛凛的大炮，翘空雄视，如同一只只准备吼叫的狮子。

欧珠甲本和他的人心里一下踏实了：拉萨来的大喇嘛请来了森巴军和大炮。这些架起大炮的人可都是天天在达赖喇嘛和摄政王眼皮底下走来走去的高人。佛祖啊，还有什么能比这更有胜利的把握呢。洋魔，就要完蛋啦；上帝，就要完蛋啦。

果姆万分钦佩地望着西甲喇嘛：佛祖啊，大喇嘛有大本事，我不再告状啦。

还有下凡的空行母。谁能想到，森巴军出征时，会有这么多美丽的空行母下降到凡尘，混杂其中说说笑笑呢。而通常空行母是在天上的，只以云形光影显现，让人强烈感觉到她们的存在，却不在人的肉眼里活泼进出。尤其是那个唤作桑竹的最美丽的姑娘，明显是空行母的头、众仙女的首领。果姆看着，一个劲地小声惊叫："噢呀，噢呀，仙女们说来就来啦。"相比于桑竹以及所有空行母姑娘，她觉得自己就是晶莹的宝石后面一堆苍黄的土。她是多么的自惭形秽，又是多么的骄傲得意——这就是西藏，作为神女的空行母和作为有情肉身的姑娘们混淆不清了，用仙女抗敌、用宝石打击侵略者的日子开始了。

一个激灵让果姆回到现实，她总会比别人更快地回到现实：洋魔的枪炮真的打不烂西藏的宝石？空行母是救命度人的，不是夺命杀人的。而上帝，分明是放血逼命的上帝，不知是忿男还是暴女的上帝，要是施展法力捉走了空行母怎么办？

欧珠甲本远远地看着森巴军，恭敬地哈着腰，不敢过去。

奴马代本对欧珠甲本的队伍不屑一顾，似乎多看一眼都是多余的，更别说询问战况、了解敌情了。贵族的尊严和森巴军的优越让奴马代本习惯于不跟森巴军以外的下等人接近。

只有西甲喇嘛在隆吐山边防军和森巴军之间走来走去，一副杞人忧天的样子，不断说："洋魔的尸体怎么办？西藏的鹰是不吃洋魔肉的，就算吃，这满山遍野的死洋魔，神鹰们也吃不过来啊。"好像他已经看到森巴军开炮后的胜利——西藏的大炮打死全体十字精兵的情形。

十字精兵已经冲到了山腰，枪声和子弹，砰砰、嗖嗖的。

西藏人——领教过死亡的欧珠甲本的人和没有领教过死亡的森巴军的人，谁也没有躲开，他们都信任地看着大炮。

奴马代本更是兴奋，就像在拉萨传召法会上，指挥森巴军从拉萨河北岸轰击南岸山上牛毛裹身的大石头一样，以驱鬼打魔的气派吆喝着："达赖喇嘛的恩福，护法大神的威武，所向无敌的炮弹，赶走魔变的野狐。装弹了，瞄准了，开炮了。"

"装弹了，瞄准了，开炮了。"命令被部下一级一级传下去了。

这时候应该是炮响，可是炮却没有响。

"哎呀代本大人，哎呀代本大人。"这声音又一级一级传了上来。

"怎么了？"奴马代本奇怪道。

半晌没有人回答。喜欢多嘴的小瘦子汝本突然说："大人，我们忘记了，忘记带炮弹了。"

奴马代本一愣：“哎呀我的森巴军，那怎么办？”突然笑了，“吃饭忘了带嘴，走路忘了带腿，阎罗王出行忘了带鬼，文殊菩萨丢了智慧。”

他们没忘记带上大炮，也没忘记带上唱歌跳舞的铜铃、手鼓、钹、唢呐、铜号、骨号，更没忘记带上姑娘，唯独把炮弹忘在仓库里了。

但是奴马代本和他的部下对炮兵部队上前线打仗忘了带炮弹这件事，并不觉得有多么严重，丢三落四的时候多了。有一次他们穿着古代武士服装，佩带弓箭和腰刀，骑着装饰一新的彩马，准备接受达赖喇嘛的检阅，却忘了问清楚去哪里集合，达赖喇嘛在哪里？再去噶厦政府请示已经来不及了。有人主张去大昭寺，有人主张去罗布林卡，还有人主张去布达拉宫。最后还是靠了随军护法的打卦问神，才没有耽误检阅大事。

奴马代本说：“忘了炮弹就回去取嘛，你们几个快去。”又说，“算了算了，取回来也晚啦，还是留着将来瞄山打水吧。”

小瘦子说：“可是现在怎么办？洋魔就要冲上来了。”

奴马代本想了想说：“除了打炮，我们还会什么？”

小瘦子说：“还会跳舞。”大家都说：“还会跳舞。”

没有人提到打枪。尽管他们人人有杆火绳枪，却从来没有在军事意义上使用过。对森巴军，枪的意义是背着威风和偶尔打猎，有时也是增加威仪的道具和男人取悦于姑娘的装饰。

“那就跳舞？”奴马代本也有点拿不准了，给自己打气道：“本来我们也是这样打算的，用西藏的舞战胜洋魔的舞。”

小瘦子汝本说：“可是，可是如果洋魔不跳舞呢？”

奴马代本生气地说：“你的‘可是’真多。我们的护法还没说话呢。”

随军护法正拿着羊角仔细察看，祈祷就像山歌一样抑扬顿挫："佛啊佛啊，跳不跳舞啊……"然后说："森巴军跳舞，洋魔也跳舞。"

奴马代本朝山下看了一眼，发现洋魔就要冲到山口了，蓝眼睛的闪烁就像一河的波光。他是见多识广的贵族，早就听说英国人的眼睛是碧蓝碧蓝的，自然不会惊怪。他惊怪的倒是山坡上那些趴着躺着蜷缩着的人。都什么时候了，他们居然在睡觉。他心说，我们森巴军决不睡觉，大敌当前，还是跳舞吧，不能打炮的森巴军只会跳舞。

奴马代本首先舞起来，所有男人和所有姑娘都舞起来。他们罗圈着腿，旋转着身子，甩胳膊跺脚，很快进入了疯狂，疯狂即是佳境，加上歌唱，一个代本团的集体舞让隆吐山摇晃了，撼天动地。舞尘代替了硝烟，弥漫着，半个天空都是雾茫茫的。

西甲喇嘛惊讶地看着，突然理解了：森巴军的舞蹈是表演给达赖喇嘛的，达赖喇嘛让宫廷乐队奏乐，指令他们尽情舞蹈，然后放茶、赐食、犒劳，最后还要发奖旗、挂哈达。来自神王的所有恩典都是佛法的加持，森巴军的舞蹈也就成了佛法的展示。洋魔要败了，不败就不能证明佛法比上帝的魔法高明了。

冲上来的十字精兵在离森巴军的舞阵十步远的地方停了下来，惊呆了。冲锋陷阵的侵略军战士顿时成了悠闲的西藏集体舞的观赏者。他们吃惊枪林弹雨之下、死亡来临之际敌手还有心情恣意跳舞，而且跳得如此欢畅喜悦；吃惊居然会有这么多西藏人覆盖着山脉一起跳舞，在坎坷不平的地势上舞得如此整齐；吃惊这里有这么多美妙华丽的西藏姑娘，她们彩衣飘飘，长袖飞飞，舞在半空，脚不沾地。他们吃惊得忘了冲锋，忘了手中的来复枪里还有必须射出去的子弹。

就在他们惊讶莫名时，传来戈蓝上校的命令：

"撤退，撤退，十字精兵全体撤退。"

洋魔败了。森巴军旗开得胜，用跳舞打败了洋魔。洋魔都来不及用跳舞回击，就像撒在佛塔顶上的豌豆一样滚下去了。

森巴军不舞了，簇拥到山头一阵欢呼。有的乱喊，有的打响了呼哨，还有的躲开姑娘们，撩起衣袍，朝下撅起光屁股，嘲笑着十字精兵。

奴马代本以隆吐山最高长官的姿态，一手按在腰刀上，一手指着山坡上那些趴着躺着蜷缩着的人，命令手下："把他们给我叫醒，懒惰的家伙，连睡觉也不挑时候。难道森巴军的歌舞声不够大？洋魔进攻撤退的脚步声不够大？去啊，用鞭子抽起来。"

几个森巴军藏兵跑下去又跑上来，惊慌失措地喊："死人，死人。"

奴马代本张大了嘴，半晌才明白："啊，死人了？这些起不来的人都是死人？"

西甲喇嘛说："打仗还有不死人的，不死人就不会去请你们，你们不来这里的人还要死。我的森巴军佛，跳舞就能跳走洋魔。"

奴马代本愤怒地说："这些洋魔太不像话了，打倒就行了嘛，为什么要往死里打？一死就这么多。"他把战争想象成拳打脚踢的群架了。

果姆忍不住说："请大人去给达赖喇嘛说，欧珠甲本的人都快死光啦，再死就是森巴军啦。洋魔的大炮，炮弹多多，西藏的大炮，炮弹没有。小心啦，上帝恶魔要捉走空行母啦。"

奴马代本鄙夷地瞪着她："什么西藏人，连跳舞都不会。你们要是会跳舞，洋魔早就滚蛋啦。把她给我赶远，这里没她说话的份。"然后瞪着山坡上的死人，面孔一阵阵地惨白着。

欧珠甲本看到老婆被训斥，赶紧过来，朝着奴马代本又是哈腰又是吐舌地赔罪。果姆拉起丈夫，转身离开了，离开时唱着山歌：

不要以为你是天上的飞鸟，

飞鸟也有折断翅膀的一天；

不要以为我是地下的虫子，

虫子也有长出羽毛的时候。

## 10

不仅仅是因为西藏人跳舞，戈蓝上校才命令十字精兵全体撤回。一份急电由英国驻华公使华尔森从北京发往英国伦敦，伦敦政府又立刻发给了英印总督寇松，寇松当即转至戈蓝上校。戈蓝上校正在用望远镜观看西藏人的战场舞蹈，心里疑惑着也恻隐着：上帝啊，我们怎么能杀害一群跳舞的人，跳舞或许是投降，西藏人投降了。看到急电，他便毫不犹豫地传令撤退。

急电称，中国清朝政府总理各国事务衙门已经同意华尔森公使的要求：开放西藏边境口岸，撤销隆吐山哨卡，允许英国人自由传教、通商、游历、朝拜、科学考察，以及进驻少量军队。总之是八个字："清朝开门，西藏迎客。"中国光绪皇帝已谕令醇亲王责命驻藏大臣文硕："开导藏番，权衡利弊。通商传教，势在必行。息事宁人，勿令固执。速开门户，万急勿急。况该番众仅持刀棒，以御洋枪洋炮，昏顽至此，实所悯痛。祸福相悬，后悔无及。"驻藏大臣文硕也已回禀朝廷："虽则藏人自固疆域，理难勒令撤卡。然皇上圣命乃天意不违，朝廷决断，关乎我大清安危。微臣已严责迪牧摄政不得违旨。迪牧摄政已向噶厦官员、三大寺僧人传旨并布令：礼遇英人，开门揖商，我念我佛，他传他教，游历所至，哈达香茶。属下军民若有反英抗旨者，定严办不恤。"

这就是说，一切都已经通过外交手段解决了，还用得着开枪打炮吗？上帝怀抱里的英吉利，耶稣基督的十字精兵，如果不是靠了信仰的力量便能所向无敌，那就是我等信徒的无能。可我们是无能的吗？英国人占领了数不清的陆地和海洋，上帝的福音已经冲出欧洲走向世界各地，必定也要覆盖异教横生的西藏。佛教之邦就要拱手而立，迎接英国十字精兵的到来了。不流血的战争，才是圣父、圣子、圣灵需要的战争。

戈蓝上校高兴地说："怪不得西藏人跳起了舞，欢迎的举动太突然了。我们为什么不能跳舞，庆贺十字精兵的胜利？"

组成十字精兵的，除了英国军队，还有雇佣军。雇佣军里有土著司恩巴人、廓尔喀人、印度人和少量喜马拉雅山南麓藏人。戈蓝上校把容鹤中尉和另外几个英军中尉、五个雇佣军大佐和运送补给的背夫首领集合起来，打开两瓶白兰地，倒在每个人的军用铁杯里，兴奋地说："这是我们进入西藏后的第一次喝酒。下一次，我们将醉倒在上帝占领的喇嘛庙里。喝了酒你们就去准备，我们也要跳舞啦。我们有苏格兰舞和英格兰舞，还有司恩巴舞、廓尔喀舞、印度舞，当然也会有西藏人的舞。当我们跳着舞进入西藏到达拉萨时，怜悯我们的上帝会发出愉快的笑声。"

容鹤中尉说："上校，我们不能在山下喝酒跳舞，应该到山上去。让西藏人都来观看我们跳舞，那才是真正的胜利时刻。"

戈蓝上校微笑着点头："说得好，我的酒还没喝，那就端到山上去喝。军官们，集合你们的队伍，这就出发上山去。"

十字精兵开上山去了，浩浩荡荡，歌歌唱唱：

举着得胜的旗号，撒旦军望风遁逃，

凡属耶稣的精兵，大踏步走向前方。


隆吐山口，奴马代本紧张地望着山下的十字精兵，意识到自己作为最高长官的作用就是组织战斗，打退侵略者，便有些张皇失措：怎么办？护法，护法，快说怎么办？随军护法从奴马的眼神里读懂了询问，从腰里摘下牛角和羊角，迅速祈祷打卦，突然抬头，一脸茫然地说："阿妈呀，神说，神说……"

"说什么？"

"神说，快跑。"

"神不会这么说。"奴马代本这才想起有必要询问原先守卫隆吐山的藏军了。他吼道："人呢，人呢，这里的人呢？"

果姆回应道："上帝来了，神佛的火绳枪在哪里？"

西甲喇嘛大声说："火绳枪在森巴军手里。奴马代本，洋魔来吃你们了。"他本想激励森巴军的战斗士气，却引来一片混乱。

森巴军的人举着金色旗帜慌慌张张往山后跑去。

和森巴军相反，欧珠甲本率领他的部下和部下的家属，都勇敢地冲到了弹坑累累的阵地前沿。他们不分男女长幼，举着长矛、利斧、大刀，猛兽一样声嘶力竭地怒吼着，威胁着。

接着就是飞蝗石，果姆的飞蝗石，赤乃定本的飞蝗石："嗖——嗖——。"火绳枪端起来了，"砰砰砰"地此起彼伏。也有滚石的，手持冷兵器暂时不能近博的，就把石头滚了下去。

欧珠甲本高举火绳枪突然喊起来："死了，死了，佛祖啊，我死了。'砰'的一声，封河的冰裂开了，天上有了一个洞。拉索啰，拉索啰。泉眼自己不干枯，泥土盖也盖不住。只要自己没作恶，怕什么护法天王来降罪。"

只有果姆听懂了他的话，大声说："欧珠打死了，欧珠打死了一个洋魔。"

终于杀了一个人，欧珠甲本沉浸在第一次夺人之命的惊怕、慌张、亢奋和快意之中，半晌才意识到，应该接着战斗，洋魔还有万万千，都在继续往上冲。

十字精兵开枪了，枪声密集得没有了间隔。

他们本来没打算开枪，觉得西藏人真是不应该再抵抗了，抵抗就是送死。作为上帝之爱的施与者，戈蓝上校并不希望看到无辜的对手就这么一排排倒下。所以他对西藏人的阻击既惊诧又遗憾：不是连你们的皇帝都不想抵抗了吗，你们还折腾什么？难道朝廷的旨命、驻藏大臣的严责、摄政王的布令，还没有传达到隆吐山？或者，最有可能，朝廷变脸了？驻藏大臣不守信用了？摄政王收回成命了？无人知晓到底谁欺骗了谁——中国清朝政府的总理各国事务衙门欺骗了大英帝国的华尔森公使，华尔森欺骗了伦敦政府，伦敦政府欺骗了英印总督，总督大人欺骗了他戈蓝上校。他戈蓝上校现在欺骗谁去？欺骗自己？那不能。他只能一枪一炮地开路，一山一水地占领。他传下命令："欺骗英国人就是欺骗上帝，欺骗耶稣基督，把这些敢于欺骗上帝的西藏人，统统打死，一个不留。"

望着慌乱奔逃的森巴军，西甲喇嘛愤怒了："一群叽叽喳喳的麻雀，一见鹞鹰就钻到地洞里去啦；一窝满地乱窜的老鼠，遇到猫头鹰就飞到天上去啦。森巴军、奴马代本，麻雀、老鼠、胆小鬼。"他跑过去，捉住那个拽着情人往山后跑的黑脸汉子，一把拉倒，抢了人家的火绳枪和弹药说："你可以带走命，但不能带走枪。"他返回阵地，立在山包上，装弹，点火，瞄准，砰一声，然后大声宣布："我打死了一个上帝，上帝死了一个，拉索啰！"他把洋魔说成了上帝。

十字精兵的机枪朝西甲喇嘛射过来，子弹就往脚下的土石里啾啾啾地钻。

果姆站在弹坑里喊道："大喇嘛你下来，你要死啦。"看他依然挺着身子，便扑过去，抱住他的腿拉了他一个狗坐蹾。

西甲站起来吼道："你你你，你是女人你不知道吗？你拉拉拉，拉坏了喇嘛的修行怎么办？"

果姆听不懂一个拉萨来的文明喇嘛的这些话，指着奔逃而去的森巴军说："他们可以跑？佛同意啦？我们死光了也不能跑，佛同意啦？"喇嘛是佛与凡人之间的中介，果姆是在通过中介问佛意呢。

西甲喇嘛明白了果姆的意思："谁说佛同意啦，佛要惩罚他们。"他跑向森巴军喊道，"停下，停下，佛要说话。"

奴马代本被西甲喇嘛拦住了，惊白的脸上立刻有了惭红。

西甲说："达赖喇嘛是不是佛？摄政王迪牧活佛是不是佛？你们敢说不是。佛说，森巴军逃离隆吐山口时，他们的前面就是地狱。他们忘了，摄政王的森巴军，个个都是弹打不穿的铁身子。达赖喇嘛挂过哈达的军队，永远都是刀枪不入的。"

奴马代本一愣："对啊，对啊。"西甲喇嘛的话让奴马千信万服，再看山口，顿时就羞愧难当：隆吐山边防军就那么二三十个人，都敢于顶着。自己的队伍黑压压一片，却在流水一样往山后跑。他立刻喝令部下返回。但在部下眼里，他的任何命令都跟舞场上的吆喝差不多，听和不听都无关紧要。森巴军依然在逃跑。

西甲喇嘛急了，望着桑竹姑娘说："把你们攻击丹吉林陀陀的劲头拿出来呀，四条腿的窝里害，见了洋魔就像羊羔子见了狼。"

桑竹瞪起眼睛说："西甲，你在骂我吗？你是希望我死掉吗？"

　　西甲这才意识到他说了一句多么不负责任的话，森巴军是刀枪不入的，跟着森巴军的姑娘们难道也是刀枪不入的？"不不，我的意思是说，既然是窝里害就回到窝里去，既然是羊羔子就远远地躲开狼。"

　　桑竹扑向了西甲："好个丹吉林喇嘛，你敢骂我是窝里害。"

　　西甲没有躲闪，迎着她怒放的美丽也迎着她无理的厮打。

　　桑竹奇怪西甲居然没有躲闪，厮打了几下说："你又不是洋魔，我打你干什么。姑娘们，我们打洋魔去，西甲喇嘛要我们打洋魔去，他是巴不得我们死在洋魔的枪炮底下。可我们偏不死，不死。走啊，姑娘们。"她带头走向了山口。

　　西甲喇嘛跳过去拦住了桑竹姑娘，却被她一把推开了。

　　因了桑竹姑娘的美丽而对她言听计从的姑娘们跟上了。姑娘们的情人，那些风流成性的男人跟上了。森巴军转眼又回到隆吐山口。

　　西甲喇嘛指挥着："女人往后，男人往前。别趴下，别躲藏，端起枪，站得越高越好，就像我。"他站到高崖上，望着脚下土石里啾啾啾的子弹，高兴地喊，"看啊，洋魔打不上我。我和摄政王在一起，摄政王说，洋魔的子弹一见你就拐弯啦。"

　　人们看到，西甲喇嘛说得不错，子弹果然是拐弯的，不是飞上了天，就是钻入了地。奴马代本想起皮袍胸兜里还有达赖喇嘛赐予的哈达，便撕出来挂在脖子上，扭动着锅庄的舞步，踏上了制高点。森巴军的所有男女立刻效仿，甩着袖子弯着腰，在山口的高地上站成了一道旗帜飘扬的长城。此刻，他们都相信自己的身子是弹打不穿的，相信传说中的刀枪不入就是自己。因为他们大部分人都在拉萨传召法会结束后挂过达赖喇嘛加持过的哈达。

　　西甲喇嘛再次指挥："端起火绳枪，快端啊。好了。装弹药，快一点，你你你，还有你，怎么忘了插火绳。好了。点火，把火石火镰拿出来，看你们笨得就像手不是自己的。学我的样子，这样。好了。瞄准啊，瞄我干什么？瞄准洋魔，就像瞄准拉萨河南岸的鬼，瞄准吃了你家三千只羊的狼，瞄准……"

奴马代本打响了第一枪。所有森巴军战士都打响了平生意图杀人的第一枪。大部分子弹落空了，也有冒打上的，毕竟面前的十字精兵很近很集中。姑娘们拍起巴掌，稀里哗啦笑着：战争真好玩，就像打兔子，只见对方躲的躲、趴的趴，自己却昂昂然站立着，丝毫不用担心人枪如林的敌人会让他们受伤。

在森巴军尽量暴露地站到山口高地上之后，戈蓝上校便急令十字精兵：往天上打，往地上打，就是不要往人身上打，让上帝的惠临变成心临为主的慈爱。接着又命令：不必再往前冲，放一阵空枪下来吧。指挥冲锋的容鹤中尉气得半死：上校不是命令我们把那些欺骗上帝的西藏人统统打死吗，怎么说变就变了？耶稣基督，你选错人了，戈蓝上校应该穿上黑道袍去传教。

容鹤中尉错怪了戈蓝上校。因为是达思牧师说服戈蓝上校停止进攻的。当时戈蓝上校惊怪地叫来达思牧师和尕萨喇嘛，想搞清楚这些西藏人为什么不怕死。

达思牧师说："从旗帜上看，他们是森巴军，是达赖喇嘛恩宠有加的仪仗部队。他们一定相信自己是刀枪不入的。"

戈蓝上校恶狠狠地收敛起眼睛里明锐的蓝光说："那就让他们见识见识上帝的刀枪，基督的子弹是无所不穿的。"

达思牧师说："不，上校，你应该成全他们。"

"为什么？"戈蓝上校接了达思牧师的话，眼睛却盯着尕萨喇嘛。

尕萨喇嘛说："英国人，还有你们的上帝，大概是喜欢漂亮姑娘的吧？跟着森巴军来了不少西藏的姑娘。"

戈蓝上校又问达思牧师："是这个意思吗？"

达思牧师瞪了尕萨一眼，斥责道："这是一个喇嘛说的话吗？"又面向戈蓝上校，突然想起了他的菩嬅姑娘，咂咂嘴说，"啊，西藏的姑娘，的确是很美很美的，但我的意思跟姑娘没有关系。我是说，如果森巴军的人死的死伤的伤，他们就会把仇恨和抵抗的意志传播给达赖喇嘛、噶厦政府和整个西藏，那样对我们进军拉萨、在西藏建立基督世界是不利的。还有，森巴军虽然名声很大，却并不是一支用于打仗的正规军。在西藏正规军出现之前，我们应该让西藏人相信，他们真的可以刀枪不入。我是说上校，只要能一举消灭西藏正规军，我们就能大步走向拉萨。如果我们不能消灭正规军，就算占领了隆吐山，也得很快撤下来。"

戈蓝上校望着达思牧师半晌不吭声，突然说："达思牧师，如果上帝的使者都像你这样兼备军事战略家的眼光，整个地球早就覆盖基督的旗帜了。"

容鹤中尉把部队撤下来，没好气地说："上校，上帝控制了我们的脑袋，士兵们都不想撤退，眼看就要攻下隆吐山了。"

戈蓝上校说："自从上帝来到亚洲后，最大的愿望就是征服佛教的西藏。如果现在冲上去拿下隆吐山口是正确的，上帝会直接告诉十字精兵的最高指挥官，而不是去控制我的士兵。"

容鹤中尉说："那么现在干什么？"

戈蓝上校说："进餐，睡觉，不要再去招惹这些兵不兵、民不民的西藏人，让他们有时间告诉西藏正规军，达赖喇嘛的存在会保证他们刀枪不入。"

"西藏正规军？什么时候到？"

"拉萨的森巴军都来了，正规军还会远吗？"

# 第六章　隆吐山战役（二）

## 1

那天，驻藏大臣文硕和摄政王迪牧半路上相遇后，并没有立刻把朝廷旨命说出来，而是一起到了噶厦政府的办公地大昭寺。在这个地方公开旨命，显得正式而庄严。摄政王理事的文殊大殿里，两个西藏峰极人物面对面坐在卡垫上，半天不说话。摄政王在等待，心里直打鼓：旨命到底是什么，对方如此不肯爽快吐露，看来凶多吉少。驻藏大臣也在等待，等待最后一刻的犹豫赶快离开自己。

终于，文硕猛舒一口气，放下茶碗的同时说了出来。

他说出的并不是"将边界踞守藏兵，迅即一律撤回，游历、通商、传教各事，也应相机允诺"的旨命，也不是英国人急电里所说的文硕给朝廷回禀的"礼遇英人，开门揖商，我念我佛，他传他教，游历所至，哈达香茶"云云。而是文硕深思熟虑过的抗英机宜："摄政佛听我说，以大清海上陆地与英人对抗的经验，我们拟应如此抗拒英人，不取坚硬接仗之法，不取聚集一隅、迎面对敌之法，不取阵地固垒之法，以防英人大炮轰击快枪扫杀。而应利用昏夜、地形、刀剑，分散伏出，游击无常，中途拦打，迂回敌后，截其粮道军需后援，并将我方粮草、牲畜、弹药，严密收藏。应以近战、夜战、伏击战为主，宜退不宜进，明退暗不退，以柔克刚，困死、饿死远来深入之敌。"

摄政王迪牧边听边点头，真是喜出望外，朝廷不仅同意了，还有具体的战术指导。在他看来，只要朝廷支持并参与抗英，打败英国人不是明天就是后天。

文硕说："应劝诫僧俗官兵，知晓民力民利。西藏生民艰难，本自拮据，务必抚恤小民，不可一味借战事苛敛百姓，扰害地方，败坏名声。以往藏军屡屡害民生事的弊端，当全力消除。要从速筹饷、筹兵、筹将，防止借口筹措自固势力，锋起内讧，涣散人心。"

迪牧听着红了脸，驻藏大臣戳到西藏政教的要害了，愤愤然攥起拳头说："藏军扰民历来有高僧高官在背后撑腰，这次不能客气了，谁扰民就把谁当成黑水白兽的帮凶一起收拾掉。"

文硕又说："务派遣噶厦要员去前线统一指挥，不能轻敌，更不能各自为政。"

迪牧说："已经委派俄尔噶伦出任前线总管。"

文硕说："我向摄政佛举荐一个人，此人懂西语，会藏话，文韬武略兼备，又是年轻体健、血气方刚的人，虽没有朝廷官职，却是当下西藏急需的人才。我把他从四川召来，想让他代表我去前线抗英，以示本大臣决不妥协的态度。"

摄政王点着头说："大人应该不会轻易举荐人，一旦举荐，必然是大材高人，就让他去江孜给俄尔噶伦做个帮手吧。"

文硕说："我也是这个意思。"又喊一声，"魏冰豪进来。"

一个面孔白皙、仪表堂堂的青年趋步进门，弯腰恭见摄政王迪牧。

迪牧打量着他，突然问："先生从四川来，可会念经？"

魏冰豪一愣，稍有惶恐地说："啊，不会，大人。"

迪牧说："不会就好，我们西藏最不缺少的就是念经的人，不念经倒是稀奇的。念经的人，有念成好人的，也有念成坏人的。他们靠在佛身上行事，都说释迦牟尼怎么说了怎么说了，其实释迦牟尼什么也没说。明争暗斗，你死我活，在佛脚上搓垢痂，把这些精力用到抗击外敌上，十个英国八个上帝也不敢侵犯西藏。"说着又愤怒起来，咬着牙，嘿嘿地吐了几口闷气。

文硕让魏冰豪退下，忧虑地说："摄政佛当忍则忍，目下应该集全藏之怒，派神速之兵，遵朝廷之命，行退敌之策。"

摄政王说："这个自然。俄尔噶伦已经去了江孜，我曾严令他等不来朝廷旨命决不开枪。现在旨命已到，我这就传旨给他：英国人就是带瘟疫的老鼠，历来不杀生的藏民，这次要见了就杀，杀他个一干二净。还有什么上帝，让他流血、掉头、永远不得转世。我要让西藏军民记住八个字：遇魔就杀，多杀必赏。"

当即让人拟定鸡毛箭书，一式两份，派快马使者送交正在江孜的前线总管俄尔噶伦。迪牧叮嘱道："此箭书无比重要，一份装在胸兜，一份装在袖筒。送到有赏，送不到，你会搭上全家人的性命。"使者弓着背，"噢呀噢呀"地答应着，退了出去。

摄政王迪牧活佛长舒一口气，连喊："饿了，饿了。"

这天，在大昭寺文殊大殿，摄政王招待驻藏大臣文硕以达赖喇嘛的标准吃了一顿丰盛的午餐，有特浓酥油茶、上等糌粑、脆干牛肉、四种高级油炸点心，最后按照蒙古贵族的习惯，喝了能够消暑降温、舒畅心情的生马奶。剩下许多吃食，摄政王要赐给魏冰豪。回禀说魏冰豪已经离开大昭寺了。

文硕解释道："既然摄政佛要他去江孜给俄尔噶伦做帮手，他怎么敢不立马赴命呢？"

## 2

摄政王和驻藏大臣碰面后的第二天，噶厦政府向全藏尤其是边境各宗（县）豁（庄园）发布了第一道战时公告：

> 这里是宗教政治最高权力所在地拉萨，大小官员及百姓们听着：恶狼进了羊圈怎么办？老虎来到家里怎么办？异教匪徒擅入藏境怎么办？上帝想吃掉佛怎么办？遇到外国人传教、经商、游历、朝拜、考察怎么办？看到洋魔开枪开炮怎么办？目下佛教之敌英吉利凭靠抢占来的印度，屯兵西藏藩属之国哲孟雄，挑起战乱，欲图带领上帝之兵占领西藏，割地剐民。边境各宗豁守土有责，应全力布防，除了虔诚向护法神祈祷洋魔必死之外，应不分长幼，奔赴边关，坚决予以抗击。为佛牺牲的时候到了，为圣教献力献物的时候到了，达赖喇嘛、摄政王迪牧活佛、拉萨三大寺全体僧人为你们念经祝福、加持佛法。只要你们忠于职

守，踊跃抗敌，伤了就会有福禄报，死了就会有好来世。

胜利属于佛教，属于神佛的西藏。

公告很快贴满了西藏全境。江孜的颇阿勒夫人去白居寺点灯献供时看到了，回来告诉了俄尔噶伦。俄尔有些疑惑，骑马带人亲自去看了，心想摄政王给我的命令是"等不来朝廷旨命决不开枪"，如今旨命未到，怎么会有号召抗击、为佛牺牲的公告？

又一想，公告是晓谕"大小官员及百姓们"的，我是前线总管，带领的是西藏正规军，自然跟他们不一样。还是摄政王嘱咐的八个字："紧急守边，耐心等待。"不过，既然大小官员、老幼百姓都要奔赴边关，他就不能再在离前线两百多公里的江孜逗留了。想着，打马喝道，立刻返回颇阿勒庄园。

庄园碉楼院落的大门口，颇阿勒夫人的大女儿央真正用鞭子抽打一头拴在木桩上的公牛："知道我为什么抽你吗？不长记性的笨蛋，给你说了你老婆是巴桑，你怎么就忘了？你要是不喜欢巴桑也罢了，牛群里那么多母牛随你挑，为什么偏要去找岩措？岩措已经下过好几头牛崽啦，它是巴桑的阿妈你不知道吗？"巴桑和岩措都是母牛，两头被提到的母牛都在不远处好奇地望着央真。公牛被打急了，围着木桩跑起来。央真就追着打，一遍遍说着刚才的话，见了俄尔噶伦只当没看见。

俄尔下马，把缰绳丢给随从，绕过央真往大门里头走，突然鞭梢子扫在他肩膀上，疼得他吸溜一声，回头认真地说："有打牛的力气，央真姑娘该去打洋魔啦。"

央真停下来说："打洋魔是男人的事。俄尔叔叔，你是男人吗？"

俄尔笑道："我是不是男人，你该去问问你阿妈。"

央真横眉瞪眼地举起鞭子说："我要你自己对我说。"

怕挨鞭子的俄尔拔腿就走，差点撞倒窜出大门的央真的妹妹菩媞姑娘。

菩媞一把拽住俄尔说："俄尔叔叔，我正要找你呢，你去看公告了吧，公告上说遇到外国人传教、经商、游历、朝拜、考察就坚决予以抗击。这外国人是不是也包括了印度人？"她看俄尔点头，便跺着靴子说，"那就坏了，我念想的人，他是印度人。"

俄尔说："西藏的好男人多了，为什么要念想一个印度人？佛祖的印度现在是洋魔的天下，人都已经变坏了。菩媞姑娘听我的话，换一个念想的人吧。"

菩媞天真地拍打着自己的肚子说："不能换了呀，里头的小人对我说不能换了呀。"

俄尔愣了片刻说："你念想的这个人他叫什么？"

菩媞说："他叫达思，是个喇嘛。"

俄尔说："是喇嘛就好，印度的喇嘛还是好喇嘛。俄尔叔叔会帮你的，要是你念想的这个达思来西藏，我让人放过他就是了。"

俄尔噶伦说罢往里走，经过碉楼库房时，看到颇阿勒夫人的儿子鹊跋正在门上加一把锁，笑道："旧锁子没坏新锁子就挂上了，好大的铜锁。"

鹊跋说："俄尔舅舅，你来看看我家的新锁牢不牢，你开不了了吧？"

他不叫俄尔叔叔，叫他舅舅，称呼里有着明显的排拒，就像俗话说的："虽然舅舅是最亲的，但和阿妈是要分开的。"对鹊跋来说这是天性，天性里排拒着任何形式的入侵。当他听说洋魔入侵时，气得鼻子都歪了，几个晚上都在说梦话："还有这样不要脸的外国人啊，抢地、抢人、抢佛？"看到俄尔来家，就怀疑这个经常走进阿妈的卧房，一待就是几个时辰的拉萨男人，不仅贪婪着阿妈的美色，还贪婪着他们家的财富。美色可以给，因为带不走，给了还是自己的。财富就不同了，给一点就少一点。

俄尔明白鹊趼的心思，板起面孔说："再牢的锁子也挡不住强盗，强盗来了怎么办？你该去打洋魔啦。"

俄尔噶伦来到颇阿勒夫人的卧房，坐下来说："现在有夏琼娃代本团保护颇阿勒庄园，我放心多了。我打算很快去春丕，那儿离前线近些。你还需要我做什么？"

颇阿勒夫人说："你在江孜难道就是为了给我做什么？"

俄尔不回答，过去解开颇阿勒夫人的腰带说："我来江孜，无意中陷进了两个庄园的争斗。夫人，如果没有我，你将怎样对付日囊庄园？"

颇阿勒夫人推开他说："我本来是有办法的。但自从你来我家，我就不知道怎样对付了。"

俄尔说："看来命里注定你是要依靠我的。"心里想的是，马岗武装的总指挥是甘丹寺麦巴扎仓的当周活佛，他想干什么？不管他想干什么，很容易引起摄政王迪牧和哲蚌寺以及所属派系的警惕和仇恨，说不定也会让没有亲政的达赖喇嘛深感不安。当周活佛以及他的施主日囊庄园的灭亡是指日可待了。自己要做的，就是继续瓦解或收拾掉日囊庄园的左右手果果代本和夏琼娃代本，这样马岗武装就没有多少人了。到时候，日囊庄园的属民和田地自然就会属于颇阿勒庄园。偏向日囊庄园的江孜宗本岩措要么跟马岗武装一起倒霉，要么变成颇阿勒庄园的一条狗。

颇阿勒夫人说："我是相信你的，但你会得到什么呢？"

俄尔说："难道得到你还不够？"

颇阿勒夫人有些激动，边脱衣袍边说："来吧，我的男人，知道你迟早是要走的。赶走了洋魔你来跟我结婚。"说着就把自己平摊在了床上。

俄尔望着她，深深吸口气。颇阿勒夫人是得到了，但潜藏更深的欲望就像已经出手的利剑，异常尖锐地冒了出来：如果能得到江孜大地最富庶的颇阿勒庄园，再得到日囊庄园，他就能成为一个名副其实的大贵族，从而成为拉萨任何一个寺院的大施主。这样的施主才可以在噶厦政府以及整个拉萨上层占据一个显要地位而永世不衰，也才可以跟那些地位高宠的僧俗高官在财富上平起平坐，游刃有余地请客送礼，高攀向上。不像现在，自己得凭着能力辛辛苦苦做事情，战战兢兢地忠于摄政王，稍有不慎，就会有脱靴掉帽、罢官免职的危险。

他扑到她身上，亢奋地说："我们已经结婚了。"

也许是俄尔噶伦和颇阿勒夫人寻欢作乐的风流情冲犯了江孜土神，土神在关键时候把本该属于颇阿勒庄园的运气转给了日囊庄园。日囊庄园在江孜最北部，从拉萨来江孜的人都必须经过。以往谁来谁去没有人在乎，但是这天，摄政王派出的快马使者一进入日囊庄园的地盘，马腿就陷进了旱獭洞，使者一头栽下来，立刻引来几个想帮助他的人。他们恰好是日囊庄园私人武装的士兵，把摔伤的使者送进庄园碉楼的同时，也没收了使者胸兜里的鸡毛箭书并交给了主人日囊旺钦。

日囊旺钦犹豫了一下就把鸡毛箭书扯开了。箭书是摄政王发给前线总管俄尔噶伦的，要求他见了洋魔就杀、遇到上帝就打。日囊旺钦翻来覆去看了几遍，一撕两半，投到火塘里去了。

第二天，马岗武装的士兵又在同一个地方，遇到一个同样把马腿陷进旱獭洞的人。他们根据日囊旺钦"严密监视噶厦来人"的命令，将此人抓了起来。日囊旺钦问他是干什么的，他说他叫魏冰豪，是驻藏大臣文硕派去帮助前线总管俄尔噶伦打英国人的。

日囊旺钦说："你也打洋魔？你不是藏民吧？你是汉人。"

魏冰豪说："不，我是满人。"

日囊又问："满人信什么神？"

魏冰豪说："我来到西藏，藏民信什么我就信什么。"

日囊笑着说："你想讨我的好。那好吧，你就多念些经，我就多准备些糌粑奶茶招待你。"说罢就命人把他关进了地牢。

日囊旺钦亲自驰马去了一趟拉萨甘丹寺，向马岗武装的总指挥当周活佛报告。

当周活佛紧张地问："你把两个人都关起来了，没有外人知道吧？"

日囊旺钦阴沉沉地说："没有，他们活着死了都没有人知道。"

当周活佛松了口气："那就好，一定不能泄漏消息，怎么处理，等我的消息。记住，以后只要是对付英国人的，我们都不要急着往前冲。英国人这一次来西藏，对我们一定是个好机会。但到底好到什么程度，等一等才能看清楚。"

### 3

前线总管俄尔噶伦一来到春丕，就听说达赖喇嘛的森巴军靠着神奇的刀枪不入已经打败了英国十字精兵。他立刻派身边的人前往隆吐山慰问，才知道十字精兵虽然被打败，却还在隆吐山下麇集，随时还会冲上来。他寻思：要是没有摄政王耐心等待朝廷旨命的严令，他现在就可以督促刀枪不入的森巴军扑下山去，把洋魔彻底赶出西藏。他召来森巴军的奴马代本、已经进驻隆吐山的朗瑟代本、前往岗巴宗驻扎的果果代本，商量下一步怎么办。

这是前线总管召开的第一次军事会议，地点在俄尔居住的春丕寺。俄尔很兴奋，他意识到自己现在能够支配的已经有四个代本团，除了留给颇阿勒庄园的夏琼娃代本团，来到前线的是两个代本团的正规军，加上刀枪不入的森巴军，怎么也能把洋魔赶走或者消灭掉。他说："摄政王命令我们把藏军开到能看清英国人是楞鼻子还是塌鼻子的地方。所以我们要尽量向前推进，摆开兵力包围洋魔，只要朝廷旨命一到，立刻出击。"

奴马代本吐吐舌头说："原来打洋魔还得等待朝廷旨命，我们已经提前啦，朝廷和噶厦不会怪罪我们吧？"

俄尔说："我不会把你们提前行动的事报告上去的。但今后必须听我的，我说打，你们再打，不要像老鹰啄尸，你挤我抢的，好像他吃了就没有你吃的。"

于是决定：森巴军从山上朝山下正面逼临，朗瑟代本团为左翼，果果代本团尽快从岗巴宗开过来为右翼。三方面同时靠近洋魔。"但不要开枪，一定不要开枪。这关系到西藏的未来，关系到在座诸位的身家性命和许多人的死活。违抗者，就是摄政王的敌人、佛的敌人，我会让他立刻下地狱。"俄尔总管用冷飕飕的语气强调着。

参加军事会议的还有春丕寺的住持多吉活佛。他有点受宠若惊，坐立不安地东张西望着，突然问："拉萨来的大喇嘛呢？我听隆吐山来的人说……"在他看来，这样重要的会议没有西甲喇嘛参加是不可思议的，因为正是西甲喇嘛成全了春丕寺三十个陀陀喇嘛狰狞而死、转世护法的心愿，也正是西甲请来了刀枪不入的森巴军，而且他本人也是刀枪不入的。

俄尔噶伦知道他指的是西甲，轻蔑地说："他算什么大喇嘛，不过是丹吉林一个负责为神灵和佛像敬献供品的下等僧。"

多吉活佛更加敬佩了："哎呀，摄政王随便派了一个下等僧就这么厉害，要是来个中等僧、上等僧就更不得了啦。"

俄尔说："谁说他是摄政王派来的？哼哼，他是背叛丹吉林后逃跑的，摄政王指使丹吉林的陀陀喇嘛，不杀他是不罢休的。我已经派人去请示摄政王：到底是就地惩处还是押送拉萨？在摄政王的命令没到之前，我们要先把西甲喇嘛控制起来。"

奴马代本说："我已经把他控制起来了。"

朗瑟代本关心的不是西甲喇嘛的死活，而是森巴军为什么会刀枪不入？他是驻扎拉萨的，自然跟奴马代本相熟，问道："你说给达赖喇嘛表演舞蹈重要，还是站在五步远的地方保卫达赖喇嘛重要？抬着达赖喇嘛的轿子翻山、背着达赖喇嘛过河是不是更重要？你们打炮给达赖喇嘛看，我们打枪给达赖喇嘛看，你们是'瞄山打水'，我们是瞄啥打啥，到底谁更出色？你说达赖喇嘛一年发一次奖旗多，还是一年发两次奖旗多？至于达赖喇嘛挂过的哈达嘛，我的部下人人都有，有人还不止一条。"他这是说，比起森巴军，朗瑟代本团更靠近达赖喇嘛，也得到过达赖喇嘛更多的恩典。

奴马听明白了，红着脸站起来，指着朗瑟说："刀枪不入，连我们都是刀枪不入，你们更是刀枪不入。"

朗瑟说："我想的就是这个事。"

果果沮丧地说："你们都是刀枪不入，要命的就是我们了。"

奴马说:"到时候我们快快冲,你们慢慢走,等我们打死了洋魔,你们再过来。"

朗瑟高兴了:"我也是这个意思。总管大人,朝廷的旨命什么时候到? 我们的人已经在隆吐山不耐烦啦。"

奴马说:"什么时候行动,那是要打卦问神的。"

每个代本团都有随军护法。但在俄尔噶伦看来,他们都是小护法,作为指挥整个前线部队的总管,他想依靠一个大护法。他对多吉活佛说:"你现在知道为什么让你来参加会议了吧? 就是想请你做我的护法。"

"啊,我? 啊,我? "多吉活佛一脸惊讶,作为一座边远寺院的住持,他从未得到过如此重要的邀请。他想谦虚地说自己可能没有资格胜任,就见俄尔总管挥挥手说:"开始吧,我现在就要决断。"

多吉活佛不是专门的降神护法,但因为修炼高深,预知未来的能力在整个后藏也算小有名气。他问神有些特别,不用卦具,也没有法器,只在护法神殿伟岸的降魔金刚手泥像面前拍着巴掌踱步念经就可以了。这会儿,他念一段拍一下巴掌,突然巴掌拍得激烈起来,激烈到最后,就见神像脚下的四臂人尸右眼流出了几滴红泪,同时多吉活佛右手食指的指甲蹭蹭蹭变长了。他停止念经,用簸箕样的指甲接了几滴红泪,弹向降魔金刚手的人骨璎珞,顿时璎珞发出一阵声音,像婴儿的哭叫,叫了三下就不叫了。多吉活佛展颜一笑说:"神明的金刚手要我们在三天以后的早晨和吉祥的阳光一起推进到隆吐山,包围洋魔,就能把洋魔赶到日纳山那边去。"

俄尔问:"日纳山? 为什么是日纳山? "

多吉活佛说:"日纳山是西藏的,欧珠甲本带人守着,守不住就退到隆吐山了。隆吐山不是最前线,箭垛就是证明。"

俄尔说："原来隆吐山前面还有日纳山，噶厦没有几个人知道。为什么守不住？难道这个欧珠甲本不明白自己守土有责吗？难道他不是佛教徒，没有向边关的战神虔诚祈祷吗？"他越说越气，吼道，"快去快去，把这个欧珠甲本给我叫来。"

军事会议就此结束，大家都等着三天以后推进隆吐山的早晨。

三天中，前线总管俄尔亲自审问了欧珠甲本和他的老婆。

俄尔说："摄政王给我的命令是堵住洋魔，但不要开枪。我给前线部队的命令也是这个。你既没有做到堵住洋魔，又没有做到不要开枪，还丢失了日纳山，你是不是西藏人？"

欧珠甲本吓得低头弯腰，"噢呀噢呀"地应承着，好像俄尔总管的指责全都在理。

他老婆果姆赶紧替他说："大人，你的命令来迟啦。"

俄尔说："还有来迟的命令？我可是第一次听说。"

果姆说："大人，待人要像父母爱护子女，他也会像子女一样爱护你；对敌要像铲除毒根一样不留情，这是上天法王的规定。"她巧妙地指责着俄尔的无理，习惯性地几乎唱起来。

俄尔恼怒地说："你们谁是甲本？我问甲本话呢。"

欧珠甲本鼓起勇气说："大人，用刀子砍水是砍不断的，白天连接着夜晚，星星后面还有星星。我的上司是岗巴宗的霞玛汝本，霞玛汝本支援我们到了日纳山，日纳山的箭垛叫洋魔烧掉啦。战神不保佑我们，我们就撤到了隆吐山。大人，被阿妈丢弃的孩子是最可怜的，羊羔寻找母羊的时候是这样叫的：咩、咩、咩——，声音抖得就像风中的经旗，连狼听了也会哭。守卫隆吐山的是阿奈甲本，阿奈甲本去了米沟，米沟打起来啦。霞玛汝本去米沟找阿奈甲本，一去就没有回来。大人，进入黑夜的乌鸦是看不见的，就好比最后通牒。我们用血写了最后通牒，署上我的名字啦：西藏欧珠甲本。洋魔看了同意谈判，可是不顶事情，洋魔的枪啪嗒嗒嗒响起来。大人，你要是听过马放屁，就知道声音是连在一起的。我们的人死啦，佛祖说有仇不报不是西藏人，就把火绳点着啦。可是我们的枪，连马放屁都不是，一枪和两枪之间隔着长长的哑巴。"

俄尔吃惊道："居然你们写了最后通牒，还代表西藏署了你欧珠甲本的大名？你胡乱代表什么？代表西藏的只能是达赖喇嘛和摄政王迪牧活佛。快说，你们是哪个代本团的？胆子也太大了。"

欧珠甲本一阵哆嗦："我们是阿达尼玛代本的部队，阿达尼玛代本在哪里我们不知道，也从来没见过。大人，用刀子砍水一砍就断，白天和黑夜接不上啦，大山要是不搂住小山，小山就会被风吹掉。洋魔好比一股风，用刀子砍风是砍不断的。"

俄尔打断他说："你不要一会儿砍水一会儿砍风，到底砍断了没有？你说还有个叫阿达尼玛代本的，我怎么不知道？"

他身边的奴马代本、朗瑟代本、果果代本都摇摇头："西藏还有这样一个代本团，是天上的吧？从来没有听说过。"

果姆忍不住插话道："没有阿达尼玛代本，总有霞玛汝本，没有霞玛汝本，总有欧珠甲本，欧珠甲本的人都快死光啦。"

俄尔说："这么说还有没死的？把没死的都给我抓起来。"他这样做也是迫不得已：万一开枪带来摄政王担忧的灾难，这个欧珠甲本和他的人就是罪魁祸首。作为一个西藏噶伦，他知道自己面对的是一场国家对国家的战争，任何不合时宜的开枪和不开枪，都会演变成天大的事而让他担待不起。

奴马代本说："没死的人都交给我吧，我已经把他们控制起来啦。"

俄尔总管让手下把欧珠甲本关进了春丕寺惩罚违法喇嘛的禁闭室里。

果姆跟过去，惊看着禁闭室的粗栅栏门，大声道："佛啊佛啊，你在哪里？大人们要冤枉我们啦，你不主持公道，我就白念经啦。"她要进殿堂向佛祖告状，却被俄尔总管派人赶开了。

果姆大声向丈夫告别："欧珠你等着，我去找你的人马啦，你的人马要来救你啦。"

## 4

贵族出身的奴马代本虽然从骨子里鄙视着下等人，心地却是善良的。尤其是见识了欧珠甲本和他的人打洋魔的勇敢后，心里的佩服油然而生。看前线总管要惩罚他们，不免恻隐起来。他匆匆赶回隆吐山，做的第一件事情就是把打剩下的欧珠甲本的人召集起来，告诉他们："欧珠已经被抓起来关到春丕寺里啦，下来就是抓你们。你们带着老婆孩子赶紧跑，跑得远远的，连天上的随人鹰都不要告诉。明天我就报告俄尔总管，说你们逃跑啦，逃到洋魔后边去啦。洋魔后边是哲孟雄是不是？我们不会去哲孟雄抓你们的。快跑啊，再不跑我就反悔啦。"说着，他仰头看了看颠连起伏的群山，又看了看自由翱翔的随人鹰。

大家不吭声，都瞪着赤乃定本和次登定本。两个定本互相看看，不知道为什么自己突然成了逃犯。但在习惯上，他们并不觉得有必要搞清楚这个问题。俄尔总管是噶厦政府的噶伦，噶伦是多高的官？高得他们都无法想象。他要抓他们，那就一定是他们有罪了。几乎与此同时，两个人扭转了身子，撒腿跑向了自己的老婆孩子。其他人一个比一个紧张地跟了过去。

很快，所有幸存的欧珠甲本的人，带着亲属和残存的牲畜，离开了他们用生命守卫过的西藏边关隆吐山口。

奴马代本看着他们远去后，又派人叫来了西甲喇嘛，说："这里俄尔总管的官最大，他一定会就地惩处你。你现在要么逃跑，要么承认自己是丹吉林的叛徒，让桑竹姑娘保护你。"

西甲喇嘛说："我是丹吉林最好的喇嘛，摄政王是我的上师，我不会为了活命就承认自己是叛徒。再说桑竹姑娘只能把丹吉林陀陀吓跑，却吓不跑俄尔总管。"

奴马代本说："桑竹姑娘是吓不跑俄尔总管，但是能吸引，吸引过来就好办了。这个世上还没有不听桑竹姑娘话的男人，除了你，你这个笨喇嘛。"

西甲本能地摇头：他怎么能让桑竹姑娘为了他去吸引别的男人呢？

奴马说："那就跑吧，快跑，跑得远远的，再也不要照面。"

西甲说："我来这里就是想为摄政王死，为什么要跑？"

奴马生气地说："水就要枯了，草就要黄了，你的死期就要到了。"说罢就走，看到朗瑟代本在不远处，心里不禁一沉：这个朗瑟代本，他来我的队伍里干什么？是不是也把眼光投向了姑娘们？奴马就像一只保护鸡雏的母鸡，扇着翅膀大步过去说："哎哎哎，牛嘴伸到了马槽里，回到你的队伍里去。"

朗瑟迎过来说："西甲喇嘛，哪个是西甲喇嘛？"

奴马警惕地用身子拦住朗瑟："你找他干什么？"

朗瑟说："不是我找他，是这几个陀陀喇嘛找他。"

奴马这才看到朗瑟身后跟着几个五大三粗的僧人。西甲喇嘛远远听到了，扬起脖子大声说：“我就是丹吉林的西甲。”

几个陀陀喇嘛来自康马宗的雪浪寺。他们看到噶厦政府发布的战时公告，意识到一个可以用生命换取来世护法神或护方神的机会出现了，匆匆来到春丕，又听多吉活佛说：“春丕寺的三十个陀陀喇嘛已经悍烈而死，都到天上去了，佛界护法神里该有我们春丕寺的人了。多亏拉萨来的大喇嘛西甲，他是丹吉林摄政王身边的人，陀陀喇嘛的头。没有他，我们这三十个陀陀还不知道什么时候成佛成神哩。”

雪浪寺的几个陀陀喇嘛便马不停蹄来找西甲。他们说：“还有呢，康马宗所有寺院的陀陀都会来的，我们是第一拨。”

西甲喇嘛脑子里一闪，连身子也晃了一下。他这是激动：康马宗的陀陀喇嘛会来，整个西藏所有寺院的陀陀是不是都会来？

## 5

朗瑟代本的人一出现在隆吐山，十字精兵就注意到了。戈蓝上校有些兴奋，目不转睛地扫描着青苍苍的山上山下：终于来了，西藏正规军。

达思牧师说：“是的上校，你看到的是一支上等的正规军，他们有统一的服装，紫色氆氇长袍、青布马褂、黑绒罩裙、蒙古帽、皮长靴。而下等的正规军是有什么穿什么的，就跟放羊放牛的牧民一样。”

青苍苍的山脉是西藏人看惯了的环境，是吉祥的空行母笼罩起生命之色的地方。在这个让人放心而舒适的西藏前线，正规军的战士们显得大胆而自信，不仅没有躲进战壕，而且不时有三三两两的人下到半山腰向敌阵眺望。突然有人做了一个不太文雅的动作，一群人笑了。然后有人朝姑娘们挥手道："快走开，快走开。"姑娘们似乎知道他们要干什么，抿嘴笑着离开了。他们解掉腰带，敞开衣袍前襟，开始对着十字精兵撒尿，挑衅和污辱的快感让他们发出阵阵古怪的喊声。

平时他们都是蹲着撒尿，但是在战场上，他们要站着撒尿了。

戈蓝上校问："他们喊什么呢？"

达思牧师说："他们在问你渴不渴。"

"又在喊什么？"

"让我们滚回去，不滚回去，就要发动进攻。"

"他们真的会进攻我们？"

"会的，因为我们在西藏的土地上。"达思肯定地说。

戈蓝上校舔了舔嘴唇说："看来他们已经相信自己是刀枪不入了。"

容鹤中尉早已布置好部队，枪和炮都对准了半山腰撒尿的西藏人，就等着戈蓝上校的命令。他似乎对挑衅和污辱尤其敏感，站在山炮后面，一再地瞪着不远处的上校：为什么还不打？看上校不理他，便端起一杆步枪，仔细瞄准。他发现自己瞄准西藏人撒尿的器具后，那器具便格外张狂起来，尿得更多，射得更远，甚至都能看清液体的浊黄，闻到温腻的味道，听到哗啦啦的声音了。他禁不住喊一声："上校……"

戈蓝上校朝他挥挥手，表示不得开枪。

容鹤中尉便朝着西藏人一声猛吼："见鬼去吧野蛮人，上帝最大的错误就是让你们也长了鸡巴。"

西藏人立刻发现他们的撒尿激怒了十字精兵，高兴得哈哈大笑。更多的人来到半山腰，有尿没尿都开始撒，很快你拥我挤地站成了几排。第一排撒完了，换第二排上来，完了再换第三排、第四排。风也过来凑热闹，裹挟着尿"呼呼"地往山下吹去。当十字精兵沐浴到山风时，也沐浴到了飘翔的尿。

戈蓝上校抹着自己的脸，带头朝后退去，直退到尿风吹不到的地方。容鹤中尉决定不后退半步，大英帝国的军人，就该是淋尿不惧的。但是仁慈的戈蓝上校不是个自己躲尿却让部下淋尿的人，他命令十字精兵：全体后退五十步。容鹤中尉愤怒地咬牙切齿，却没有发出任何声音，因为他不知道自己愤怒的是以尿为枪的西藏人，还是一直不下令开枪进攻的戈蓝上校。

多么辉煌而意想不到的胜利，一阵撒尿就让洋魔后退了五十步。如果一直撒下去，岂不就可以把洋魔赶出西藏了？尿的产生必须喝水，现在所有人都尿了，都需要喝水。西藏有的是水，想喝多少有多少。趁着喝水以及水消化成尿的这段时间，乐观的西藏人开始庆贺。庆贺是森巴军挑起的，他们中的人尤其是奴马代本天生就有庆贺的本能。又是旋风般的舞蹈，节奏欢快的歌谣。桑竹姑娘领着别的姑娘飞扬起长袖，成了舞阵的中心。都是一起跳过无数次的，就像编排好的节目，整齐而没有漏洞。

朗瑟代本看傻了，一时不知道怎么办，看看比自己更傻的部下，突然招手喊了一声："为什么不跳，你们不是西藏人吗？"朗瑟代本的人也都跳起来。舞阵扩大了几倍，气势磅礴得要把隆吐山跳塌。

但庆贺的高峰并不是跳舞，而是桑竹姑娘的恶作剧。她吆喝姑娘们撕住了西甲喇嘛，在西甲惊恐的叫声中，又吆喝她们脱掉了西甲的袈裟、内褂。西甲喇嘛变成裸神了，健美、高大、光洁、肌肉匀称、肤色灿烂，是人类生命最完美的肉体呈现。而桑竹姑娘的目的似乎就是想展示西甲的肉体：看啊，我爱过的这个男人，我现在还爱着的这个喇嘛，他就是这样的，配不配我呀？人们欣赏着，尤其是男人们，不时地啧啧称奇。他们见过自己的和别的男人的肉体，一比就发现差远了。姑娘们也有看呆的，也有无所谓的。看呆的就是忘记了西甲是喇嘛，只当他是一个纯粹的男人；无所谓的就是牢牢记着他是喇嘛，在她们的想象里，一个活佛和一个出色喇嘛的身体就应该是这样的。

西甲喇嘛想抢回内褂和袈裟，内褂和袈裟早已你扔我撂地飞远了；想冲出包围逃跑，姑娘们哪里肯放掉，手挽手，坚若磐石地环绕着。他只好冲着几个雪浪寺的陀陀喇嘛喊起来："救我呀，你们救我呀。"

几个陀陀喇嘛冲过去，却怎么也冲不开姑娘们的包围圈。

桑竹姑娘平静地望着他们，只要不是丹吉林的陀陀，就没有必要跟他们过不去。她既不下令姑娘们赶走陀陀，也不下令放掉西甲喇嘛。但姑娘们却突然松开了手，不再包围着西甲羞辱取笑了，飞远的内褂、袈裟又你扔我撂地飞了回来，因为她们听到了西甲喇嘛悲愤无奈的哭声，雄壮得就像寺庙顶上的法号。

西甲喇嘛穿上袈裟走了，朝着春丕的方向，仿佛他羞于待在隆吐山，再也不想让桑竹姑娘看到自己了。那几个雪浪寺的陀陀跟了几步就停下来：我们为死而来，怎么能离开战场往回走呢？

西甲回头说："走啊，去春丕寺。我们几个算什么，我要多多的多多的多多的陀陀喇嘛。"

## 6

就在西藏人疯狂庆贺的时候，戈蓝上校以上帝的细致，部署好了十字精兵。他让士兵们排成了首尾不见的长龙，形成半圆包围了隆吐山向三面铺开的山脚。士兵们垒起依托，用最舒服的姿势卧倒着。每隔十步就有一挺麦格沁机枪，稍后是隐蔽的机动部队，再后是山炮。炮兵们已经把炮弹装进炮膛，跪在地上就等着开炮。容鹤中尉和另外几个中尉分段指挥，哪里的敌人进入射程就往哪里开枪。

戈蓝上校命令部下："要沉着，冷静，把敌人打死在三十米以内。"他相信无知的西藏人一定会不断靠近，只要不开枪，他们甚至会在你面前进餐睡觉，然后挑逗，或者像达思牧师预言的那样发动进攻。又说，"瞄准西藏人的心脏，不要把子弹浪费在空气里，耶稣来到地上并不是叫地上太平的，因为异教的存在，他叫地上动起了刀兵。用西藏人的鲜血拯救西藏的时候到了，英勇无敌的士兵们，上帝与我们同在。"

夜晚过去了，然后是早晨。

不管对谁，这都是一个不该到来的早晨。按照春丕寺的住持多吉活佛请求神谕的结果，这个早晨便是西藏军队和吉祥的阳光一起推进到隆吐山下，包围洋魔、赶走洋魔的时刻。但是上天似乎有意要阻拦西藏人的进攻，也让多吉活佛丢脸，这个早晨是阴郁的，阳光洒满了整个西藏，唯独没有洒向隆吐山。

前线总管俄尔噶伦远在春丕寺，看到绿森森的春丕山阳光灿烂，以为隆吐山也会如此，信心十足地对多吉活佛说："今天一过，边境就安定了。"

多吉活佛说："摄政王的法力、总管的指挥，就是西藏的福气。"

俄尔谦虚地说："那也得靠你打卦问神吧。"

隆吐山口的阵地上，森巴军的奴马代本居然没有在乎消失的太阳，甚至都没有往天上看一眼，也没有让喜欢凑热闹的姑娘们留下。

他催逼部下快快吃了早饭，然后就带人率先朝山下前进。他左翼的朗瑟代本本来是在乎太阳的，朝天看了又看，突然发现森巴军已经开始进攻，赶紧吆喝部下往山下走。

奴马代本和朗瑟代本都没有忘记叮嘱部下："朝廷的旨命还没到，千万不要开枪，但可以拳打脚踢、奋力驱赶。我们战胜洋魔靠的是达赖喇嘛赐予的法力，我们是刀枪不入的。"

没有人提醒他们洋魔有多阴险可怕。那些老战士——已经有了鲜血洗礼的欧珠甲本和他的人死的死、抓的抓、走的走了。

只有处在隆吐山口右翼的果果代本服从了太阳的指挥。他把脑袋从帐房里探出来，一看满天阴霾，不禁一阵庆幸，打着哈欠对身边的人说："接着睡吧，今天和昨天一样。"他知道自己和部下都不是刀枪不入的，便没有赴汤蹈火、奋勇当先的冲动。再说了，军事会议上已经说好，奴马和朗瑟快快冲，他可以慢慢走，至于慢到什么程度，没说，没说就是可以慢到下午，也可以慢到明天，慢到将来，慢到洋魔死光走尽。这就是说，就算太阳出现，他们很可能也会睡到不想再睡的时候。但在后来的申辩中，果果代本一口咬定，自己是完全按照神谕行事的，既然我们必须跟吉祥的阳光一起下山驱魔，阳光没出来，我们就应该继续睡觉。

奴马代本团和朗瑟代本团大踏步靠近着十字精兵，不时传出说笑声，坦然镇定得让十字精兵心惊。十字精兵中有人哆哆嗦嗦往后退去，被容鹤中尉一脚踢趴在阵地上。

很快就能看清彼此的眉眼了，五十米，四十米，三十米。奴马代本嘲笑着喊道："你们怎么光瞄准不开枪？开枪啊，哈哈，害怕了我们的刀枪不入是吧？"

容鹤中尉命令部下："不要开枪，不要开枪。"他篡改戈蓝上校的命令，直到西藏人靠近到二十米以内，才由自己打响了第一枪。

接着就是疾风暴雨般的枪声、天塌地陷的炮声。

《圣史》记载了这个场景，说它惊裂了天地，吓得太阳都黑了。西藏军队有史以来少有的惨剧，就在这个太阳变色的瞬间定格为生命狂死的一页、尸体在血泊中漂浮的一页。当死人摞死人的时候，有的灵魂找不到离去的出路，有的灵魂被血液浸泡而无法飞升，僵尸之上，氤氲起浓厚的皓白之气。

西藏是紫红色的。原来血染了大地，让它赭石遍地；原来血染了所有的袈裟，让它飘红至今。

天空依旧炫耀着一望无际的苍蓝。黑森林的铺排在苍蓝之下就像一头奔跑的巨牛。安静了。远处的雪山永远是安静的。蓝的，红的，白的，绿的，加上阳光的金黄，经幡的颜色不就是这样的吗？念佛的心情不就是这样的吗？

神佛保佑，森巴军的奴马代本和正规军的朗瑟代本没有中弹死亡，当他们丢弃受伤的人，带着残余人马跑回隆吐山口时，发现那儿已是弹坑的世界，山炮把欧珠甲本挖好的两道战壕全部炸平了。

奴马代本和朗瑟代本似乎是商量好的，同时跪下，朝着拉萨的方向，放声大哭："佛宝，达赖，至尊的神，我们怎么不是刀枪不入呢？"

一切都交给未来去解释，现在不是追问和悲痛的时候。他们看到英国十字精兵踩着西藏人的鲜血从山下蜂拥而上。子弹嗖嗖地在头顶飞翔。

"别跑了，谁跑我就打死谁。"朗瑟代本想到作为一支正规军，他们必须坚守隆吐山。他的人纷纷趴下，躲避着子弹。

"架炮，架炮。"奴马代本喊了几声，才想起他们忘了带炮弹，而早先架起的炮也已经被炸得七零八落，成了几堆废铁。他跪着扭转身子，举枪瞄准。所有森巴军的战士都像他一样，跪着瞄准。他们是在给山下死去的兄弟下跪，他们哭着喊着，用泪水打湿的眼睛，仇恨地瞄准着。

才从梦中惊醒的果果代本吓得脸色苍白，带人跌跌撞撞冲过来，紧张地指挥部下立刻投入战斗："把枪端好，准备弹药，快啊。"

奴马代本哭着责问果果代本："你怎么才来？"

果果指着天上，结结巴巴说："阳光，阳光，神谕的阳光呢？我一直盯着。"

奴马说："你盯着阳光，没有盯着敌人，顶屁用啊。"

果果内疚地说："我现在开始盯着敌人啦，我要开枪啦。"

但是枪没有打响。三个代本突然想起来，不约而同地悲叹一声：不能开枪，朝廷的旨命还没到。"这关系到西藏的未来，关系到在座诸位的身家性命和许多人的死活。"俄尔总管的话还在耳畔缭绕。真的不能开枪吗？不能，不能。"违抗者，就是摄政王的敌人，佛的敌人，我会让他立刻下地狱。"

怎么办？眼看洋魔就要冲到隆吐山口了。

"旨命，旨命，朝廷的旨命？"所有西藏人都喊着，问着。

7

一进入地牢，魏冰豪就知道他必死无疑了。敢于把他抓起来的人，决不敢把他放掉。一旦放掉，便是给自己放出了灾难，不等驻藏大臣查办，摄政王就会派人端掉整个日囊庄园。任何一个庄园，即使有三大寺或者噶厦高官做后台，也不敢公开和驻藏大臣对抗。这不仅是因为驻藏大臣代表朝廷，更因为受朝廷册封的摄政王和历届驻藏大臣向来是互为后盾的，凡摄政王的活动，驻藏大臣必然会默认或支持；凡驻藏大臣的事宜，摄政王必然会允诺或撑腰。魏冰豪有着现在还不能暴露的特殊身份，虽然刚刚由四川来藏，却是深通藏事的。他由此想到，一个江孜地方的庄园，居然无所顾忌到敢于跟驻藏大臣以及摄政王对抗，肯定也是豁出去了。豁出去的目的何在？日囊庄园总不会是英国人的内线，要刻意破坏抵抗洋魔、卫教卫藏的国家大事？但不管是不是内线，叛臣贼子的罪行却已经犯下了。

**魏冰豪**冷静地环顾地牢四壁：既然他在这里只能悄然死亡，反抗死亡的唯一办法就是逃跑。可怎么逃得出去呢？四面是方形大石的砌墙，别说人，就是具力大神也无法掏洞穿越。唯一的出口便是天窗一样斜盖在头顶的牢门。牢门是木头的，他进来时已经注意到了，一个粗重的打酥油的高筒木桶压在上面，挪掉木桶才能打开牢门。且不说这木桶盛满了牛奶，至少两个强壮的男人才能挪开，就算他能从下面掀翻木桶，木桶倒地、牛奶泼洒的声音也会惊动离牢门不远的卫兵。

难道命该如此，他躲不过短命的结局？

他并不理解驻藏大臣文硕为什么要让他奔赴前线，只觉得此行责任重大，正要一心报效，却又不明不白成了必死的囚徒。不甘心啊，他再次扫了一眼牢门。牢门严实得连光线都漏不进来，能让他眼睛有用的是壁龛上的一盏酥油灯。酥油灯不是为他照明的，是敬献给佛像的。他不明白壁龛里供奉的是什么佛，只觉得昏暗的光线里，那尊龇牙咧嘴的神像对他并不友好。他走了过去，想看看壁龛有多深，除了神像还有什么，脚下突然被什么一绊，差点摔倒。他瞅瞅地上，一瞅就毛骨悚然，几个骷髅，一堆朽骨，不知死了有多久。顿时想到：关进来的人都是会死的，饿死，渴死，然后腐烂成骨、成灰。他呆愣着，看到骷髅旁边还有人，裹在衣袍里，直挺挺的，好像死了没多久，赶紧走开，忽听地上有说话的声音，凑近了一看，才发现那个直挺挺的人并没有死。

但是快死了，声音微弱得就要断气：“我是旦巴泽林。”

“你是旦巴泽林？”

“现在，我不是了，你是，你是旦巴泽林。”

魏冰豪不解地问：“我是旦巴泽林？”

那人说：“是，你是。”气若游丝，“你喊，大声喊。”

魏冰豪更加不解了：“为什么要喊，我是旦巴泽林？”

“你过来，我告诉你。”突然传来一个尖脆的声音。

魏冰豪吓了一跳，回头寻找，就听酥油灯照不到的黑暗处，有人瑟瑟蠕动。他摸过去：“这里还有谁，我说是活着的？”

那声音说：“活着的都死了，除了你和我。”

魏冰豪说：“还有那个说我是旦巴泽林的人。”

那声音叹息道：“他已经死了，他不到死的时候不说你是旦巴泽林。你不是西藏人吧，不知道旦巴泽林是谁？靠近点，我告诉你。你已经是旦巴泽林了，你应该知道一切。”那声音絮絮叨叨说起来，在把一个故事告诉他的同时，也把一种身份强加给了他。

旦巴泽林是复仇和反叛的大神。他在前世做人时，抗缴赋税，拒绝乌拉（无偿的差役），官家悲愁时跳舞，主人高兴时痛哭。他向贵族姑娘表达爱情，公开诅咒用鞭子抽打奴仆的主人，还拿起大砍刀赶走了前来收租的官家，理由是："官家仓库里的青稞多得放不下了，佃农家却不能吃饱一顿饭，释迦牟尼没有说这是对的。"官家派了很多藏兵前来捉拿，他拉起人马反抗，打得藏兵像兔子一样往山上跑。后来，官家指使一个贵族姑娘假意表达爱情，在幽会的仓房里设伏捉住了他。他说他死而无憾，但他要求桑耶寺的护法大神赞摩阿热公断他和官家的是非。

桑耶寺护法大神赞摩阿热掌管着雪域所有黑头百姓的生死福祸。旦巴泽林是无比虔诚的护法神信徒，在他的信仰里，第一是释迦牟尼，第二便是赞摩阿热。他相信，凭着自己没有一天间断的磕头点灯和把所有财富都献给赞摩阿热的殷勤，公断一定会倾向自己和所有反叛者这边。然而事与愿违，就在他和官家的代表于赞摩阿热塑像前同时把手伸进滚沸的油锅后，烫坏了手的却是他而不是对方。旦巴泽林先是发愣，后是绝望，然后像一头豹子一跃而起。

旦巴泽林逃跑了，但逃跑并不是逃生。他从绝望中衍生出愤怒，发誓一定要让赞摩阿热用他不同凡响的地位赔偿他对他的信赖，那就是结束自己的生命，取代赞摩阿热，让他旦巴泽林成为一个公正无私的护法大神。人们看到他用烧红的铁块遍烙自己的躯体，烙焦了每一寸皮肉，烙得肉烟形成了一个通天的圆柱，直到死去，而且死后也没有倒下，就那么挺拔结实地焦立着。他的灵魂却化作飙风，直奔桑耶寺护法神殿，扑杀赞摩阿热。势大位尊的赞摩阿热欣然接受了挑战，迎上来就打，结果失败了，因为佛菩萨在关键时刻帮助了旦巴泽林。桑耶寺的高僧和西藏贵族感到震惊，派人搬来旦巴泽林焦烂的尸体，用三十六根铁链捆绑在丹吉林护法神殿前的降魔柱上，延请法师念经诅咒。但诅咒还没开始，丹吉林粗硕的降魔柱就嘎啦啦折断，殿顶的鎏金法轮也滚落在地。时任西藏摄政王的七世迪牧活佛赶紧打卦问神，然后决定：赐咒加持，封赏这个厉魔，让他成为佛教的铜刀护法，隶属丹吉林，和桑耶寺的护法大神赞摩阿热享受同等祭祀待遇。

这才安定了，旦巴泽林从此成了西藏的大护法神。

但是旦巴泽林的复仇和反叛并没有彻底收敛，因为他代表的是黑头百姓，只要有想反叛而不敢反叛的百姓，他就会替他们反叛。他的护法行为只对封赏了他的摄政王迪牧活佛和丹吉林以及供奉他为大护法神的寺院有效，对别人他是一如既往的猛厉严峻，经常制造一些麻烦，让你防不胜防。不久前日囊庄园的一个佃农疯了，狂称自己是旦巴泽林，拿刀一连砍死了日囊旺钦家族的三个人，然后逃跑。日囊旺钦从马岗武装中抽了两个定本带人围堵，才勉强抓住。被抓住的就是面前这个人，已经死了，死前告诉魏冰豪："你就是旦巴泽林。"

那声音说："他让你喊'我是旦巴泽林'，就是想救你了。"

"让我喊，喊了就能救我？那为什么你不喊呢？"

"旦巴泽林看不上我，我不能乱喊，喊了会遭报应。"

魏冰豪奇怪道："那么你是谁？你为什么告诉我这些？"

那声音说："我是摄政王派去给前线总管送鸡毛箭书的快马使者。"说着举了举胳膊，表示还有一份箭书在袖筒里。

魏冰豪满腹疑虑地喊起来："我是旦巴泽林。"生怕外面听不见，从楼梯爬到天窗似的牢门下面，一迭声喊着。

快马使者不断鼓励他："就这样喊，不要停下。"

但是毫无用处，听不到外面有任何动静。魏冰豪沮丧得叹口气，闭嘴了。

快马使者悲声祈求道："旦巴泽林，快给我们想想办法吧。"

也许正是祈求的作用，魏冰豪突然盯上了壁龛里的酥油灯，又看了看头顶木头的牢门。他清晰地记得牢门外的情形：除了盛牛奶的木桶，还有破旧的木柜、矮桌和牛皮的粮仓，仓里盛满了发霉的青稞。似乎是一间非正式的库房。库房之上是三层的阔大碉楼，主要门窗上都有宝帐护法的绘影，显见是家族的人居之所。日囊庄园肯定不在乎烧死两个打入地牢的人，却不能不在乎火势的蔓延。

魏冰豪从楼梯上下去，端了酥油灯再上来，手指挖了酥油连灯捻一起粘在牢门上。牢门着火了。

快马使者惊叫起来："你要干什么？会烧死我们的。"

魏冰豪来到快马使者身边说："火上窜，水下流，烧死的不是我们。"

快马使者说："哎哟佛祖，我们要烧人了，烧人的人是跑不出去的。"

魏冰豪说："那就杀身成仁吧，你我使命在身，只能如此。"

很快就听到地牢外面有人喊，有人跑，有人推翻了盛满发酵牛奶的木桶。牢门上剌剌啦啦响起来。

魏冰豪拉起快马使者说："跟着我，往外冲。"然后爬上楼梯，冒着被烧死的危险，双手掀开了焦火黑烟的牢门。

他们冲了出去，看到那些破旧的木柜、矮桌和牛皮的粮仓已经烧起，库房里挤满了扑打的人。日囊旺钦在门口厉声喊道："水啊，水啊，快去年楚河背水啊。"魏冰豪和快马使者冲向门口。日囊旺钦立刻堵过来，声音也变了："该死的人要跑啦，抓住，抓住。"前来救火的马岗武装飞快地围过来。

魏冰豪突然狂叫一声："我是旦巴泽林。"然后就一直叫着，一声比一声狂野猛锐，连他自己也吃惊：这怎么是自己的声音？雷鸣电闪，狂轰滥炸，声音把抓捕他们的马岗武装推开了。好几个士兵都被吓得栽了跟头。魏冰豪带着快马使者边喊边跑，如入无人之境，跑向南边，发现是一座更大的碉楼，又跑向北边，撞见了一片密集的平房，赶紧往东跑。东边是马圈，有旦巴泽林为他们准备好的良马。他们飞身上去，沿着年楚河，驱马跑向了远方的山川。

他们一路打听，前线总管俄尔噶伦在哪里？颇阿勒庄园的人告诉他们：早就去前线啦，你们到春丕就知道了。

8

如同西甲喇嘛期待的那样，当他来到春丕寺时，这里已经聚集了一堆陀陀喇嘛。他高兴地对跟着他的几个雪浪寺的陀陀说："我说了我们几个算什么，全西藏的陀陀喇嘛加起来才能把洋魔赶回老家。洋魔的上帝，你们见过吗？我可是见过的，没有一万个陀陀一人咬一口，上帝的肉里放不出血来。"

来到春丕寺的不光是康马宗所有寺院的陀陀，还有浪卡子宗、白朗宗、尼木宗、仁布宗的。他们都是看到噶厦政府发布的战时公告后，主动跑来献身的。可以证明西藏全境许多寺院的陀陀喇嘛都已经行动起来，正从四面八方朝春丕集结，只求一死，不望生还。春丕寺的住持多吉活佛吩咐手下供施了酥油茶和糌粑，心里嘀咕：来少了打不赢洋魔，来多了吃什么？总不能一直让春丕寺供给吃喝吧，想供也供不起啊。

西甲喇嘛兴奋得忘了吃喝，告诉多吉活佛："这才是一部分，全西藏所有寺院的陀陀都会来的，有什么武器全拿出来，还有抹脸的颜料、酥油、锅底的黑灰，有多少拿来多少。"

西甲喇嘛自然而然成了陀陀首领。大家没什么异议，反正都是为死而来，当了首领难道会比别人死得更惨烈更狞厉？西甲自己有点不踏实，不断给新到的陀陀们说："选一个首领啊，大家选一个首领。"很多陀陀都告诉他："听说摄政王迪牧活佛派了丹吉林的西甲喇嘛做首领，西甲喇嘛在哪里？"每一次他都会惊叫起来："哎呀，我怎么能当这么多人的首领。摄政王，你派了我吗？"说是说，心里是高兴的，渐渐也就当仁不让了。"我杀死过洋魔，好杀得很，下面就要杀上帝啦，等着瞧啊。"他无意中说出了自己做陀陀首领的资历和期许。

西甲喇嘛没想到，他在春丕的出现早已惊动了驻扎在这里的前线总管俄尔噶伦。俄尔想：奴马代本不是说已经把西甲控制起来了吗，怎么竟在这里做起了陀陀首领？下意识的举动就是派士兵把西甲抓起来。但下了命令他又收回了。他身边的总管卫队只有一百人，而且个个是惜命的，万一打起来，未必是争先亡命的陀陀喇嘛们的对手。他把多吉活佛叫来，让他想办法关押西甲喇嘛。

多吉活佛更不敢了，他因为三十个春丕寺的陀陀已经升天成为护法神而对西甲喇嘛由衷地佩服着，而俄尔噶伦的谨慎态度更让他觉得西甲了不起，连你这个前线总管、噶厦大员都不敢动他，我算老几啊？加上西甲和他都是教内的僧人，情感是一派的，他怎么能听俗人俄尔的话，关押自己的道友呢？他说："不敢，不敢，西甲喇嘛是我们春丕寺的恩人，我已经问神啦，抓了恩人是会倒霉的。"

问神一说肯定是撒谎，俄尔总管大约也知道，但仍然吃惊地说："真的问神啦？你为什么不早说。"

西甲喇嘛就依然逍遥自在着。以后他会说，这是佛的意思。

就要离开春丕、前往隆吐山时，西甲喇嘛看到了欧珠甲本。欧珠甲本用煤炱和酥油的膏泥把自己涂抹得面目全非，但西甲还是从熟悉的身影中认出了他。

西甲把他拽到一边说："你怎么在这里？"

欧珠说："关兔子的笼子是关不住老虎的，春丕寺的喇嘛把我放出来了。"

西甲说："我不管你是怎么出来的，我是说你一天喇嘛也没做过，把自己抹成这样是白抹，我们陀陀喇嘛的队伍不要滥竽充数的。"

欧珠可怜兮兮地说："这里有俄尔总管的人，我要是不抹，供施的酥油茶和糌粑就没有我的份了。"说着用舌头搅了搅嘴里残留的糌粑。

西甲说："原来你是为了混口饭吃。"

欧珠说："对啊，老虎十天没吃肉，狮子半年没喝血。我饿得走不动路了，不吃饱就不知道应该做什么。"

西甲骄傲地说："我们是知道的，十天不吃饭也知道。"

欧珠自惭形秽地指着肚子说："我就知道饿，它饿。"

西甲大方地说："那就快去吃吧，把我的那份也吃掉。"

欧珠高兴地说："好啊好啊，吃了你那份，我就跟你返回隆吐山打洋魔。"

西甲严厉地说："你不能跟我走，我说了你不是陀陀，不是陀陀的人跟着陀陀，陀陀会倒霉的。再说我们是要去死的，你不能死，你还有果姆呢。"

欧珠说："大喇嘛你忘了？你说过释迦牟尼定下的规矩是欧珠遇到西甲，好比兄弟一家。走到哪里跟到哪里。"

西甲说："我说了这个规矩？对啊，正因为我们兄弟一家，我才不能让你跟我去死嘛。"看他死乞白赖地还要跟，就对几个陀陀喊道，"挡住欧珠甲本，他不是陀陀，不能让他跟着我们。"

喊声吸引了俄尔总管的人，他们立刻过来围住了欧珠甲本。总管卫队的麻子队长说："我们寻思你跑了呢，原来在这里。"接着一声断喝，"把冒领的酥油茶和糌粑给我吐出来。"

欧珠说："大人，雪山的水一流到河里就回不去啦，酥油茶和糌粑是吐不出来的，只能屙出来，等一会儿吧大人，我一定屙出来。"

麻子队长听了更加恼怒，对几个卫队藏兵说："把他再给我关回去，加三道铁链子，饿他十天半月。"

欧珠哆嗦着说："大人，大人，别、别关我，我吐出来，就吐出来。树叶黄了落了，回到树上就青了绿了。"他最怕关押挨饿，比面对死亡还要怕。

麻子队长看出来了，就偏要既关又饿着他。卫队藏兵七手八脚把他带到了禁闭室前。

欧珠甲本又哭又嚎，声音都不是人的了："求你了大人，大人，佛爷，佛爷，非要关吗？那就关到佛殿里去。"好像他是有权力选择的。

西甲喇嘛远远看着，走过去对麻子队长说："想想释迦牟尼定下的规矩吧，你这辈子关他，他下辈子关你。大人，报应是不会绕开任何人的。"

麻子队长对西甲喇嘛的了不起已有耳闻，觉得他已经让那么多陀陀变成了护法神，那些护法神还不都得听他的？护法神惩罚起人来是要其五内俱裂、七窍冒血的。他立即改变了主意："大喇嘛说的是，打一顿撵走算了。"

西甲说："慢打，慢打。"说罢就带领陀陀们火速增援隆吐山去了。

"慢打"就是轻打，意思意思就算了，是僧人慈善的表达。麻子队长却有着俗人和军人的理解，嘱咐手下："丹吉林的大喇嘛发话啦，不要着急，仔细打，好好打，慢慢地折磨他。"

这一顿毒打持续了三个时辰，直打得欧珠甲本叫破了嗓子，昏死过去。

隆吐山口，突然一片寂静，连呼吸也没有了。十字精兵已经冲上来，距离西藏军队最近的不到十步。他们并不知道自己面对着一支有枪不能使的军队，一支必须等来朝廷旨命才可以防身或杀敌的军队。他们看到西藏人一个个举着枪，就觉得立刻就会射出子弹来，便放慢了前进的脚步。寂静，仅仅是片刻，十字精兵的来复枪又一次声震天地，呼啦啦啦，决堤的火力，一片倾泻。

肉躯的西藏人再一次面对着钢铁的子弹。

森巴军的奴马代本首先做出了反应，他朝后跳起，喊一声："跑啊。"所有他的人，男男女女，都跟着他往山后跑去。

接着是已经付出轻敌代价的朗瑟代本团，最后是果果代本团，都跑了，所有军人都在瞬间做出了放弃坚守的决定。他们并不仅仅是害怕，更是赌气：既然等不来开枪抗敌的朝廷旨命，何必要做活靶子让洋魔枪杀呢？已经证明自己不是刀枪不入了，不开枪便能堵住黑水白兽的事情做不到了。

冲在最前面的容鹤中尉有些吃惊：怎么跑了？一枪不发就跑了？立刻发现这是西藏人诱敌深入的诡计。他看到就在隆吐山口右翼的土冈后面，一片红色正在雾气里隐隐鼓荡，很快就赫然在目。红艳艳一山的袈裟，袈裟之上是一颗颗桀骜不驯的黑头。

黑头袈裟突然集体发喊："洋魔杀我，我杀洋魔，只求一死，快来肉搏，不要跑，不要跑，神佛斗帝魔。"

陀陀喇嘛们冲过来了，手拿的武器什么都有：棍棒、刀枪、铁链、皮鞭。脸是七彩的，红黄紫蓝绿黑白；神情有震怒的，有狂笑的，有寒冷的，有火烫的。人浪加喊声，形同天上的泄洪，没有怕死的，只有拼命的，生命朝着死亡飞扬而来。

容鹤中尉扑过去，推开部下，抱住机枪扫起来。立刻有喇嘛号叫着倒下。但倒下的又被抬了起来。喇嘛们抬着尸体往前冲，冲到近处，便把尸体扔过去。扔过去的尸体仿佛又活了，一脚踢歪了容鹤中尉的嘴。惊得容鹤中尉爬起来就跑，都忘了带走被喇嘛尸体压住的那挺机枪。十字精兵奔退而去。

戈蓝上校在山下看着，惊问道："这些红衣喇嘛，凭什么不怕枪炮？就凭佛？可是我们也有上帝。"

达思牧师说："大人，上帝只有一个，他这会儿也许正在欧洲的某个街区讲道，顾不上我们。佛有无数，能在同一时刻关照所有的生命。"

戈蓝上校生气地说："达思牧师，你不会认为佛比上帝优胜吧？上帝无处不在。"

达思牧师说："可这是在西藏，如果上帝不穿上袈裟，就没有立足的地方。"

戈蓝上校冷笑道："我倒是希望无数的佛穿上上帝的长袍，出现在十字精兵的头顶。"

尕萨喇嘛说："这么多陀陀，这么多西藏最可怕的喇嘛。"

又是西甲喇嘛。战争开始后，总是西甲喇嘛突然降临，让就要失守的隆吐山再次回到西藏人手里。第一次他带来了春丕寺的三十个陀陀喇嘛，第二次他带来了有大炮（尽管忘了炮弹）、会跳舞的森巴军。现在又带来了这么一片暂时还来不及数清有多少的陀陀喇嘛。《圣史》上说，此喇嘛是胜军大王的转世，《佛说胜军王所问经》就是此喇嘛先世的问佛之经。佛说："胜军大王，如果四周坚固高大的山都往内坍塌，其中的草木和动物，很难从灾难中逃脱，或用武力征服灾难，或用财宝收买灾难，或用药物制止灾难。众生就是四山坍塌之下的情器，很难从生、老、病、死四怖畏中逃离，或用武力征服怖畏，或用财宝收买怖畏，或用药物制止怖畏。"

西甲喇嘛虽然读不懂经书，也不知道先世，却跟他的先世胜军大王一样知道生命必然流逝，而且很快，既不能制止灾难，更不能收买怖畏。应该遵从的倒是：慢死不如快死，你死或我死不如你我都死。胜军大王能够掌握最恰当的机会，让他带领的人，在武力征服灾难和怖畏时，得到领悟的光芒，然后随着妙善之果的来临，澄定而瞬逝。

西甲喇嘛在隆吐山名声大振。

## 9

隆吐山的绿雾像丝绸一样飘起来。随人鹰在雾里轻翔，掀起一阵阵雾的涟漪。忽而一声鸣叫，就像裂浪的湖面溅起了晶莹的水珠。哗的一下，水珠落下去了。

赤乃定本回望着隆吐山的绿雾，若有所思地停了下来。他对身边的藏兵和他们的家属说："我们已经不是西藏边防军了，就在这里散了吧，谁想去哪里就去哪里。回家，还是去哲孟雄，个人随个人的便。"

次登定本问道："你要去哪里？"

赤乃说："去春丕寺，看看欧珠甲本。"

次登说："我也去，应该大家都去，你们说呢？"

没有人反对。这支被西藏抛弃的随时可能被抓被打的边防守备部队，并没有按照奴马代本的好意，逃往洋魔后边的哲孟雄。尽管他们也知道，去了哲孟雄就安全了。哲孟雄有许多西藏人，混杂到里面，谁知道他们是逃兵呢。

他们匆匆走向春丕，半路上碰到了果姆。

果姆是唱着歌的。她一路走来一路歌：

> 对于坏人无论多好，
> 欲得报答实在缥缈；
> 木柴经常把火养育，
> 大火依旧把柴烧掉。

> 俄尔总管权势很高，
> 做事却像偷鸡野猫；
> 良心不如臣民百姓，
> 为啥还要大呼小叫？

天上那只孤独的随人鹰听着她的歌，同情得嘎嘎直叫，翅膀一收，箭镞般飞下来挡住了她的路。她一看，随人鹰挡住的是正路，便拐向岔道。随人鹰点点头，似乎说："这就对了。"便不紧不慢、飘飘摇摇地跟上了她，跟了一会儿，看到她和赤乃定本一行不期而遇，高兴得穿云直上，欢叫着："来啊，来啊，跟我来啊。"

一行人来到春丕寺前。那只随人鹰嘎嘎叫着落在了不远处。果姆听出这是召唤的声音，便快步走了过去。

她在那里看到了昏死过去的丈夫欧珠，一下子扑倒在地："欧珠，欧珠，谁把你打成这个样子了？人怎么能比洋魔还坏呢？"基本不哭的她这时痛声号哭。

她把欧珠甲本哭醒了。欧珠眨巴着眼睛想了半天，嗫嚅道："果姆？"

虽然浑身疼得火烧火燎，欧珠甲本还是挣扎着站起来，望了望就要黑下去的天空，对搀扶着他的果姆说："春丕寨子下面有河，到河边去吧，我渴死了。"

他们来到了河边。莹澈的河水漩出浅浅的笑容迎接着他们。

欧珠坐下喝了水，说："让我饱饱地吃一顿吧，后半夜我就能放屁了，一放屁浑身的伤就会好起来。"

果姆立刻从牛毛线编织的口袋里捏出糌粑给他吃。

赤乃定本说："森巴军的奴马代本让我们带着老婆孩子逃得远远的，逃到哲孟雄去。他说不会有人去哲孟雄抓我们。"

欧珠甲本着急地摇摇头说："用拳头回击有刺的荆棘，是令人发笑的，用逃跑对付撵人的狗，是要自讨苦吃的。官家不追不一定是好事，说不定是达赖喇嘛不要我们了。哲孟雄去不得。"

果姆说："去得去不得，命说了算。他们关了你打了你，就是要你去死的。你不逃，是要大家跟你一起死吗？我不死。"

欧珠甲本不吭声了。老婆的话不能不听，听了又觉得难以做到。他，一个堂堂正正的西藏人，怎么能为了活命就跑到哲孟雄去呢？尽管哲孟雄也是藏人藏教，但毕竟在他的前面而不在后面，后面才是他忠心耿耿要守卫的藏土。他不知道俄尔总管关他是想让他当替罪羊——万一朝廷不来旨命，摄政王追查开枪的责任呢？他只知道自己没有堵住洋魔，丢失了日纳山，又写了最后通牒，还代表西藏署了他欧珠甲本的大名。一系列的错误就这样按照自己的逻辑出现了，一经出现就无法挽回。俄尔总管说，摄政王的命令是堵住洋魔，但不要开枪。这是什么命令？开了枪都堵不住，不开枪还能堵住？为什么不能开枪？百思不得其解。他心说倒霉的欧珠甲本啊，谁让你是一个愚蠢的下等人呢，连人家的话都听不懂？

果姆看透了丈夫的心，又说："哲孟雄在洋魔后面，我们去洋魔后面收复日纳山。你别说收复已经失败，就不会再来一次？这次带上春丕寺的经幡，春丕寺的经幡是世上没有的。这次不能放进箭垛，洋魔会抢走的。我们就揣在怀里，让经幡听见我们的心跳。经幡听了心跳，就会用法力让我们把上帝包围起来，你一脚我一脚，踢死他。"

果姆说话时，大家都愣着。她看大家表情木木的，着急地跺了一下脚，唱起来：

> 据说不听黄鹂之言，
> 乌龟从天掉落地面。
> 后来听了黄鹂之言，
> 乌龟展翅飞上了天。

显然她唱的比说的更有说服力，一首山歌没唱完，赤乃定本就飞跑而去，很快又回来，手里攥着一把从春丕寺寺前经杆上扯下来的经幡。

欧珠甲本没有再反对，却提出了一个谁也无法拒绝的要求：问问喇嘛，如果去哲孟雄不是一条绝路，喇嘛一定会支持的。接下来就是商量问哪个喇嘛，春丕寺的活佛喇嘛他们信不过，信得过的只有拉萨来的大喇嘛西甲了。

赤乃定本说："我去问吧。"次登定本说："我也去。"

两个定本骑马跑向了隆吐山。等他们见过西甲喇嘛，跑回来时，又过了一天。

赤乃和次登几乎争抢着传达了西甲喇嘛的话。

西甲说："好啊好啊，去哲孟雄。他们占领了我们，我们也占领他们。最重要的是不要叫他们认出你们是西藏人。你们说，我们是哲孟雄的藏人，说不定会请你们走进洋魔的军营呢。进了军营你们就是……啊，就是内鬼了。好比我，莫名其妙成了沱美活佛安插在迪牧摄政王身边的内鬼。我今天真的想做一个内鬼了，潜伏到洋魔的队伍里，好好地祸害他们。但是我不能离开，我在隆吐山是很重要的，三个代本团和这么多陀陀喇嘛离开了我的指挥，就连去哪里放屁拉屎都不知道。西藏和佛教现在离不开我了，怎么办？只能让你们去做内鬼了。"

听西甲喇嘛这么一说，好像欧珠甲本一行是派到敌人后方执行任务的。

欧珠甲本绷着脸问："原原本本是西甲喇嘛的话？"

赤乃说："就一根头发丝。我们是照话的镜子。"

次登说："不是一根头发丝，是半根头发丝，一样的舌头一样的嘴。"

两个定本的意思是误差不超过一根头发，他们的嘴就是西甲喇嘛的嘴。

欧珠高兴地挥起手说："那还待在这里干什么？走了走了。"

一行人拉马的拉马，赶牛羊的赶牛羊，男女老少没有犹豫、彷徨的。欧珠甲本面带笑容，一瘸一拐地走在最前面，不时朝后面招招手，好像去哲孟雄原本就是他的主意。

他们离开河边，钻进一片稀疏的山林走了一程，然后踏上一条小路，伴随着林莽草莽，往南经过了朗热、则利拉、勒布、念那、纳塘，然后绕开隆吐山和日纳山，在随人鹰的带领下，踏水过河，在一个风清月朗的夜晚，潜入了哲孟雄的绒布山谷。

早晨，绒布山谷的太阳被嘈杂惊醒，阳光洒满了谷地植被，不断发出沙沙沙的声响。由于炎热，绿色在这里变得有点干枯。几个英国军人和一队由布鲁克巴人、哲孟雄人组成的背夫迤逦而行，一看就知道，他们是给十字精兵运送给养的。欧珠甲本和他的人藏在葳蕤的树丛里，悄悄窥伺着。

果姆小声说："我看是吃的，没有了吃的，洋魔就饿死了。饿死他们才好。"她并不知道，自己已经说出了一个打劫粮道、断其供给的作战计划。

欧珠甲本赞同道："太阳没有后面，从哪里看都是正面；树木的影子一会儿东一会儿西，移到哪里都能乘凉。只要是敢于拍胸脯的勇士，到哪里不能打仗呢？我看这里跟隆吐山一样。"

果姆又说："人要吃，枪炮也要吃，人不吃就没力气了，枪炮不吃就哑巴了，哑巴是打不死西藏人的。"她无意中又补充了自己的作战计划，那就是不光打劫食物，更应该打劫弹药。

欧珠甲本还想赞同，就听身边次登定本怪叫一声："哎呀，我闻到手扒肉的味道啦。"吓得欧珠甲本回身捂住了次登的嘴。

但是已经晚了，一个英国士兵听到次登的声音，端着枪走了过来。欧珠甲本立刻冒出了汗。他知道现在不是暴露的时候，地形于自己不利，打起来无处可逃。再说也没做好准备，你这里火绳枪还没点着，他那里一梭子先把你撂倒了。怎么办？紧急中他盯上了果姆。果姆一把推向次登："谁惹的事谁出去。"

次登定本哪里敢出去。果姆只好拨开密不透风的树枝，自己跳出去，唱着山歌，左顾右盼地走向那个英国士兵。英国士兵立刻举枪瞄准了她。

"喂，你为什么瞄准我？"果姆吃惊地问，然后说，他们也是背夫，来给英国人背东西，不让背他们就回去了，怎么还能用枪瞄准他们？她说着激动得喊起来："洋魔异教英国人，讲讲良心吧。"

背夫中的哲孟雄人里有许多是喜马拉雅山南麓藏人，穿戴打扮跟他们没什么区别，有男有女有武器，武器也是火绳枪。英国士兵审视着从树林里钻出来的欧珠甲本一行，大声喊来了上司。上司盯着这些自称背夫的人，用半生不熟的藏语说："我说少了一些人嘛。你们是想逃跑，还是刚刚来到？"

欧珠说："想逃跑。"

果姆说："刚刚来到就想逃跑，因为你的兵瞄准我们啦。"

## 10

沟沟相连的隆吐山的深沟里，在绿茫茫的林色遮蔽下，漫长的三天终于过去了。如同马翁牧师保证的那样，受伤且昏迷的两个藏兵醒了，也奇迹般地站了起来。这除了证明马翁牧师并不想用上帝的血害死他们之外，还能证明上帝对不信仰他的人也是慈爱有加。倒是那个同样受伤的英国士兵——戴着十字架臂章的上帝的信徒，一直处在昏迷当中。马翁牧师本人也还好，他用膏药揭下皮肉后留下的三处创伤已不再流血，疼痛也越来越轻了。

马翁牧师说："看见了吧，万能的上帝之血挽救了两个西藏人，而我作为一个光荣的施血者，已经烙上了上帝恩救的印记。看顾是不会间断的，我要一心称谢的上帝，会出现在赞美者需要的时时刻刻。"

霞玛汝本犹豫着，从骨子里并不想承认上帝的存在，又觉得魔鬼也有魔法。魔法和佛法的区别在于，魔法是小悲有限之河，佛法是大悲无量之山。上帝的法一定是非常有限的魔法，不然怎么会让他们自己的人迄今仍昏迷不醒呢。他说："上帝一定是个睁一只眼闭一只眼的神，有的看见有的看不见，尤其看不见信他的人。"突然想到，这里是西藏，菩萨的净土，每一滴雨水都是佛天的甘霖，每一个生命包括草枝树叶都沐浴着清风朗日送来的经声佛语，也许不是上帝的法，而是佛的无量之法借这个英国牧师的手，挽救了两个西藏人。又说，"我们的佛有一千只眼睛，谁敬信谁不敬信全看在眼里，敬信的活了，不敬信的，看样子活不了了。"

马翁牧师摇摇头："你抢了我祈祷的功劳。没关系的，就算上帝把慈爱加在了佛身上，佛才有了一千只眼睛。"

霞玛立刻板起了面孔："你不可以这样说，应该是佛把慈爱加在了上帝身上。"然后指着地上受伤的英国士兵说，"现在，我祈求佛让他脱离苦海、结束生命，你祈求上帝救他的命，让他站起来。要是他死了，就是佛法灵验，要是他活下去，就是上帝的法灵验。"他朝自己的人做了个鬼脸，嘀咕道，"我就不信。"

马翁牧师说："上帝啊，这样祈求是有罪的。"但他身上充满了冒险家的素质，宁肯有罪，也不愿放过任何一个证明上帝存在、上帝圣明的机会。他仰天祈求道，"上帝啊，你已经听到了这个西藏人的挑战，为了你的事业，请降临你的圣爱，让我们和你一起，看到我们的士兵赶快苏醒。"

霞玛的祈求要复杂一些，他跪趴在地上，朝着拉萨的方向，念出了所有他知道的神佛的名称，然后念了几句他平时熟悉的经咒，最后斩钉截铁地说："让侵略者去死吧，佛。"

英国士兵死了。也许此前就已经咽气，但发现咽气是在霞玛汝本祈求完之后的几秒钟，祈求灵验了，神佛胜利了。毕竟是西藏，佛法都是举手之劳的法。而上帝，也许是厉害的，但他太遥远，来不及赶到这里。马翁牧师恼恨地瞪着霞玛汝本说："恶魔，你请来了恶魔。"

葬礼在黄昏举行。晚霞把沟谷里的林带染濡成了金碧色，像是辉煌的殿堂交射着富丽的光芒。还有声音，是晚风走过森林的脚步声。西藏的林风吹奏着黑夜前的曲调，寂寞地动荡着，山山相连。

作为一个年轻的牧师，马翁是第一次在教区和教民之外主持牧灵的弥撒，内心的隆重和肃穆让他忽略了没有教堂、教民和唱诗班以及管风琴的简陋。他把自己的卫队集合起来，目测着四面奔涌的山脉说："多么壮阔的教堂啊，还有你们，上帝的孩子，代表我们的祖国英格兰来到了这里，漫无边际。"

马翁牧师意识到这个送别亡者的仪式其实也是感化生者的机会，就把祷词用英语说一遍，再用藏语说一边，试图让那些围观的异教西藏人至少明白上帝对生命的眷顾和对死亡的接纳。他在风中伫立，脸上充满悲欣之色，声音朗朗的：

"我们今天把这个人的死和我们大家连接在了一起，我们除了悲痛，还有喜悦和思念。为了人类的基督的身体和血，就是我们的身体和血，从我们受洗的那一天起，死亡和复活就时时召唤着我们。

我们为亡者祈祷，同时也恳求上帝，让我们在西藏的荒蛮之地，看到永生的希望和弥赛亚临世的曙光。向圣父、圣子、圣灵感恩吧，我们曾经在圣洗的水中得到了最初的追悔和幸福，皈依耶稣基督的荣耀在一瞬间成了灵魂再生的荆冠，我们每一个活着的人，在追随基督的日子里，都抱了到达永福天乡的梦想。现在，这个人已经走了，走进了我们所有人的追求和梦想，我们在此祝福他，并深情地为他送行。阿门。"

他让卫队唱起了《慈光歌》：

> 恳求慈光，让我脱离漫漫黑夜，
> 我已远离家乡，迷茫又无助，
> 经过洪涛和寂静的荒山空谷，
> 晨曦的光亮里，天使和蔼微笑。

歌声里，马翁牧师亲手点燃了权充蜡烛的树枝。灵魂走向天国的时候，最初的一段路程总是幽黑恐怖的，需要光与火的引导。他用挂满绿叶的树枝向柳条编成的灵柩倾洒了来自谷溪的圣水，然后神情悲怆地把《福音书》覆在了灵柩上。风、树、草、山都是庄严的。庄严的气氛也感染了围观的霞玛汝本的人，他们鸦雀无声，一个个面无表情。马翁牧师骄傲地望着他们，好像能让西藏人立定注目，就是上帝的胜利。他大声布道：

"这是基督在世时的生命终点，也是走向天路、进入新生命的起点。我们相信耶稣，也相信他已经战胜死亡，获得了永生的天福。这信德将帮助我们，即便我们怀着失去道友和战士的悲痛，但仍然可以用信赖和爱去寻求上帝的慈悲。我们在信德中交托，在爱德中

送行，在望德中重逢。该走的路你已经走完了，你本来就是地上的
匆匆过客，如此让人羡慕地回归你所属的在天的父，并在天父的怀
抱里享受安息的幸福。阿门。"

　　　　睡在主的怀抱，
　　　　从未有人醒来哀哭，
　　　　再无忧愁、艰难和祸患，
　　　　任何敌人休想束缚。

　　马翁牧师觉得西藏人没有听懂卫队唱起的圣歌，自己又用藏语
唱了一遍。之后，安葬开始了，笼罩山谷的肃穆气氛就此消散。西
藏人中突然有人笑了，接着所有西藏人都笑起来。

　　霞玛说："愚人洋魔，连地里不能埋人都不知道。"

　　在霞玛汝本和他的部下看来，如果不把尸体放在山顶，让鹫鹰
吃掉，灵魂就不能往生他方或进入天界。英国人无知到居然会挖坑
埋尸，那就是要让灵魂下地狱了，可笑又可恶。西藏的地面上，到
处都是通往地狱的地洞和阶梯。再说英国人就算不知道西藏的土地
下面是地狱，也应该明白尸体埋到土里会被鼠类和虫蚁吃掉。鼠类
是野鬼变的，虫蚁是孤魂野鬼的毛发变的，不像鹫鹰，那是神，是
强巴佛的转世随从、往生使者。

　　霞玛汝本和他的部下讥笑着马翁牧师，突然意识到，不能再在
这里待下去了。洋魔从哪里来，就该回到哪里去。即使西藏的地狱，
也不能接纳英国人的鬼。他喊起来："出去，出去，人已经死了还
不出去。"好像对方走进了他家，只要一迈腿，就能走出家门去。

　　马翁牧师假装没听见，直到埋好尸体，又象征性地立了一块碑，

才带着卫队，拉着马匹，离开了这里。

霞玛立刻带人挡在了前面："你们不能往前走，这里是西藏。"

马翁牧师说："西藏？西藏的什么地方？"

霞玛说："不管是什么地方，都不是你们来的，不听我的劝告，你们的人会死光的，我向佛保证。"他知道，这里是不是隆吐山的米沟，或者是别的什么沟，阿奈甲本和部下到底在哪里，都已经不重要，重要的是一定要让马翁牧师和他的卫队从眼前消失。

霞玛举起了火绳枪，所有他的部下都举起了火绳枪。

马翁牧师吃惊道："你们的枪里没插火绳也能射击吗？"

霞玛肚子一挺说："能，不信你再往前走一步。"

牧师的卫队立刻举起了来复枪。又是一触即发的局面。

马翁牧师不想再看到死人，赶紧拉马往东走。

霞玛说："不行，东边也是西藏。"

马翁牧师说："那西边呢？"

"东西南北都是西藏。"霞玛四下里看看，在这渊深如海的山脉和林带里，他很难想象西藏是可以走出去的。

马翁牧师看了看地图，哭丧着脸说："那我们总不能上天吧？请你告诉我往哪里走才能走出西藏？"

霞玛犯难了，他怎么知道通往西藏之外的路在哪里？到处张望着，越望越糊涂。

马翁牧师微笑着，走过去给他看地图："我告诉你吧，这边，往这边走，就能走出去了。"

霞玛瞪着地图上那些曲曲扭扭、粗粗细细的复杂线条和英藏两种文字，看懂了似的点点头："那就走吧，快点走。"

马翁牧师一行走在前面，霞玛汝本一行跟在后面，像是押送。

走走停停过了一天一夜，发现还是山沟，草树蔽日，鸟兽出没，没有路，都是第一次由他们走出来的路，艰难得几乎不能走。但马翁牧师没有停下来，似乎他就是从这里走来的，即使前面有陷阱，他也能带着卫队和骡马安然无恙地绕过去。

陷阱是命运的安排，一个直上直下的大坑出现了。不知它何时形成，偌大的坑口被茂密的草树覆盖着，根本看不出这是地狱的进口。走在前面的马翁牧师听到后面一声惨叫，回头看时，已经不见了霞玛汝本。他丢开马缰绳，回身过去，想知道发生了什么，自己差点也掉下去。他浑身一抖：“上帝啊。”他这是后怕，如果不是上帝保佑，掉下去的一定是他。

霞玛汝本在大坑里惊叫着：“佛啊，佛啊，哎哟佛啊……”声音传到深不见底的下面去了。下面的地狱立刻有了反应，嗡嗡嗡的，仿佛鬼魅集体吐了一口气，一股强烈而阴冷的气流冲上来蒙住了他的脸。他双手乱舞：“佛啊，佛啊，快救我。”

他被倒挂在坑内十多米深处横逸着的树枝间，一根藤萝缠住了他的腿。

霞玛汝本认为他之所以没有直接进入地狱，完全是佛的保佑。马翁牧师却以为这是上帝的安排，他制止道：“不要喊佛了，再喊佛你就真的没命了。想想看，为什么掉下去的是你而不是我？因为上帝要惩罚对他不敬不信的罪孽，又仁慈地不想看到死亡。”

霞玛汝本立刻闭嘴了，想到上帝就是要送人入地狱的，已经送走了一个英国人，现在又想送走他了。他内心一片黑暗，恶毒地诅咒一句：“狗屎上帝。”话音未落，藤萝突然拔根而起，“哗啦”一声，霞玛尖叫着直坠而下，不见了。

所有霞玛汝本的部下都在惊叫，都在求佛拜佛。佛就在头顶，风来风去，云高云低，树摇树摆，佛来了，就来了。

马翁牧师吓得一脸惨白："上帝，上帝，宽恕他吧，就像宽恕所有的罪人。"他让卫队长拿来一根绳索，拴在了自己腰里。

卫队长说："牧师，你不能这样，戈蓝上校不允许我让你这样。"

马翁牧师说："既然你叫我牧师，就应该知道我的责任。或许他已经死了，我必须代表上帝的仁慈送送这个来不及忏悔的人。"说着把绳索在一棵大树上缠了一圈，交到卫队长手里。卫队长还是不同意，想拉住他。他毅然朝前走去，"哧溜"一声顺着坑壁下去了。

"感谢上帝，在荒凉的西藏，你让这些野蛮人看到了基督恩救的曙光。"马翁牧师居然找到了霞玛汝本，他并没有摔到坑底，在大坑依然深不可见的地方，他被荆丛草莽挡住了。"上帝的意志随处可见，所有死里逃生的人，都是上帝的救助。"他一刻不停地唠叨着上帝，用绳索把霞玛汝本和自己绑在了一起。

接着就是起吊。卫队长和他的士兵们奋力拉着绳索，绳索几乎要断了，终于又没断。马翁牧师说："我在下面，上帝不会让一个传播福音的仆人就这样死去。"

被吊出大坑的霞玛汝本瘫坐在地上，一言不发。他吓得半死，脑袋里一片空白，不知道说什么。他的部下围拢着他，问他在下面看到了什么，是不是已经到了地狱？他反感地瞪他们一眼，扭转身子，表情复杂地望着马翁牧师和他的卫队。

突然，霞玛汝本大喊一声："不，不是上帝，是佛，佛啊，是佛救了我。"仿佛蓄积了许多年，他用喊声送出了胸腹内大团大团的气雾，然后扑通跪下，磕起了头。大概磕了一百个、两百个、三百个，直磕得喘息不迭，一头累趴在地上。趴了一会儿，他起来，指着马翁牧师说："寒冷的高山上是不长白米的，快走吧，走到西藏外面去吧，走啊。"看马翁牧师无动于衷，他扑过去，朝对方当胸就是一拳。

不管是西藏人，还是英国人，不管是佛，还是上帝，都愣了：不可思议啊，毕竟马翁牧师冒着生命危险把他从大坑深处救了出来，怎么能翻脸不认人呢？

霞玛继续挥着拳头，仿佛在强调：我就是要翻脸不认人。

马翁牧师连连后退。卫队长带着几个卫兵冲过来挡在霞玛前面。霞玛汝本的人也冲了过去，撕住卫兵就要打。

霞玛大吼一声："谁让你们动手了？"他伸展自己攥起的拳头，后悔得摇摇头，"赶他们走，这里是西藏，是佛的地方。"好像动了手就不算赶，不动手才算赶。

马翁牧师小声说："上帝啊，你已经看见了，他们是多么需要救赎的一群。"他看了看"吉凶善恶图"，继续上路。

还是先前的格局，马翁牧师和卫队在前，霞玛汝本一行在后。树密草稠和对地坑的警惕使他们都没有骑马，走到下午就走不动了。

休息了一个晚上。翌日醒来，就要上路时，才意识到佛和上帝的较量越来越激烈，激烈到似乎已经两败俱伤，谁都无力保佑自己的信民。马翁牧师和霞玛汝本几乎同时倒下了。所有西藏人和英国人都倒下了。死神的爪子迅速勾住了他们的灵魂。他们两眼空茫地看着天空。天空无比的晴朗明净，没有云，更没有踏云而来的佛祖或上帝。也没有风，没有殊胜的怙主和救世的耶稣御风而来的迹象。感情外露的西藏人包括霞玛汝本都哭了。马翁牧师没有哭，但浑身的每一个细胞都是泪水饱满的沮丧。

难道就这样结束了，生命和使命？他们有了共同的悲哀。

# 第七章 隆吐山战役（三）

## 1

远在春丕的前线总管俄尔噶伦已经得到报告，隆吐山差点失守，多亏西甲喇嘛带领陀陀及时赶到。他庆幸自己没有把西甲喇嘛抓起来，觉得还是这样睁一只眼闭一只眼的好，万一摄政王以后有所怪罪，他推说不知道就是了。所以在准备送往拉萨交给摄政王的战场报告中只字未提西甲及陀陀喇嘛，就说是奴马代本、朗瑟代本、果果代本合力而为。

俄尔总管看着报告上不真实的文句，苦笑一声：什么叫合力而为，是合力而逃吧？不过也不能过多责备三个代本：不能开枪，还要顶住，就好比没有奶茶的干锅放在了火上，那是自己烧自己；没有香灯和拜祭的寺庙，许愿再多也只能惹佛生气；没有钱财的施舍，别说积德修福，连好名声也赚不到。他虽然从来没有指挥部队打过仗，但常识告诉他，旨命不来，崩溃是迟早的。旨命旨命，该死的朝廷旨命，怎么还不来？他在战场报告里用词最恳切的，还是催请旨命。

再就是询问后藏各宗豁民兵参战、筹集武器弹药的事和组织前后藏寺院僧兵参战的事，前者是噶伦顿珠负责，后者是沱美活佛负责。他意思是说，我已经到达前线多日了，他们怎么迟迟不见动静？无非是显示自己，至于他们来不来，什么时候来，他其实并不关心。也许不来才好，抗击英人洋魔的胜利就属于他一个人了，摄政王迪牧和全西藏都会以他为骄傲的。下来又问三大寺、四大林、上下密院祈祷和降神的结果，好不好呢？好的话就会有神助战，打败洋魔就更不在话下了。

最后提到粮草，这个问题是多吉活佛提醒他的：这么多人马聚集隆吐山，靠什么填饱肚子？春丕寺和春丕寨子是供给不起的，仅仅维持他和总管卫队的吃喝，就已经非常勉强了。俄尔总管记得民众大会决定，噶厦政府成立专门的后勤机构，统管粮草、帐篷等军需物资的征集和组织民夫运输。噶厦以及所属机构的效率他是了解的，慢得就像老牛搬家，一会儿东，一会儿西，吃多少鞭子才能摇晃到正道上，走不多时又偏到山洼沟脑里去了。

俄尔总管派了快马使者用鸡毛箭书的形式送走了战场报告，然后便集中精力部署下一步的作战计划。

他改变了第一次军事会议奴马代本正面、朗瑟代本左翼、果果代本右翼的决定，让奴马代本把正面的位置让给西甲率领的陀陀喇嘛，奴马代本的森巴军作为机动跟在后面，哪儿危险往哪儿扑。他觉得部署军队就跟神佛坐座位一样，中间的一定是最重要的：三世佛里释迦牟尼最重要，所以在中间；三圣尊里无量光佛最重要，所以在中间；师徒三尊里宗喀巴最重要，所以在中间。目前的隆吐山上，西甲率领的陀陀喇嘛最重要，所以在中间。之所以最重要，除了能拼能打，更在于陀陀们善于近身肉搏，不喜欢开枪，而摄政王强调的就是"一定不要开枪"。当然俄尔还有不可告人的私心：按照拉萨民众大会的决定，他作为前线总管，只负责调动现有的全部藏军。而西甲喇嘛的陀陀部队算不上藏军，最多只能算僧兵。万一迎敌开战是错误的，他顺手就能把责任推给僧兵总管沱美活佛。

俄尔总管把作战计划派人送往隆吐山，却稀里糊涂没有告诉使者送给谁，由谁来调度执行。使者也是到了隆吐山才想起总管大人没说交给谁，就喊："隆吐山哪个大人说了算？"几个陀陀喇嘛凑过去，一致说，隆吐山是西甲喇嘛说了算。

于是作战计划便到了西甲喇嘛手里。

西甲发现许多陀陀喇嘛都望着他，赶紧把作战计划颠倒着看了看，神情肃然了一会儿，便炫耀地给这个抖抖，给那个亮亮："前线总管俄尔噶伦来文书啦，给我的，文书，看看这印戳，方方正正一个北俱芦洲。你们看看。"真有陀陀喇嘛要接过去看看，西甲神秘地折起来装进了胸兜："脏手不要玷污了它，你们是啥眼睛，也能看懂这个？"那陀陀看看自己的手，发现真是脏的，就在自己袈裟上蹭了又蹭，似乎隔老远朝着文书伸伸手也是玷污。

陀陀喇嘛越来越多，虽然没有西甲喇嘛说的能让上帝放出血来的一万个，但也有四五百了，差不多就是一个代本团，而且还在不断增加，隔几个时辰就会有人喊："谁是西甲喇嘛？"每当这种时候，陀陀首领西甲喇嘛总是微笑着，用丹吉林白热管家接待进贡者时的官家语气问道："来啦？请报上尊姓大名、贵乡贵寺、为僧几年，现任何职？"凡陀陀都是大字不识一斗的，是寺院里做粗活的粗人，一听这么问，就佩服得不得了：到底是丹吉林的陀陀，摄政王身边的走卒，说起话来跟读经识文的高僧一般无二。但接下来西甲喇嘛就是大白话了：

"你们是来干什么的？脸上干净得就像河里的白石头，我还当是慈眉善目的笑菩萨来了呢。手里怎么是空的？枪呢？箭呢？刀呢？飞蝗石鞭呢？什么？是求死来的，不需要防身？切，切，切，不防身是对的，但要是不杀洋魔就不对了。先前就有陀陀赤手空拳往前冲的，没伤洋魔一根毫毛，自己就先死啦。你不杀洋魔你来隆吐山干什么？光要是送死，在哪里不能死？我已经规定啦，不杀洋魔的陀陀不能死，死了不算数，西藏的护法神和护方神里不接受不杀洋魔的陀陀。因为杀洋魔的时候你才能凶巴巴、恶狠狠的，头发竖到天上，眼睛瞪出黑血，鼻子张成山洞，牙齿咬碎舌头，杀得越多你就越是野兽的表情。佛祖一看：这个好，这个要是做了护法神，邪门外道远远一看就吓跑啦。我现在又规定啦，来到隆吐山的陀陀喇嘛，至少杀死三个洋魔，自己才能死，死了也才能变成护法神。杀洋魔越多，死后的神位就越高。就这么定啦，我立刻请示摄政王。"

他面朝拉萨的方向，双手合十，闭上眼睛，念叨了几句什么，就算瞬间完成了请示，睁开眼睛说："摄政王说啦，西甲喇嘛定得好。"

这番话之后，新来的陀陀喇嘛们就赶紧去准备了，武装的武装，抹脸的抹脸。隆吐山上到处都是树，截一根树干，就是大棒。抹脸也容易，只要烧水熬茶，就有锅底黑灰，又不是规定好的脸谱，抓起来胡抹一通就黑了、丑了、凶狠恶厉了。

也有不好解决的，那就是食物。按理，来献身的陀陀喇嘛都应该自带口粮或购粮的银子，但很多陀陀来处遥远，光路途就有七八天、十几天，一路走一路吃，带的食物早吃没了。何况他们是喇嘛，从来就只是个消费者，不是个生产者，走到哪里乞讨到哪里，要想多带也没有。所以当有陀陀喇嘛跑来问西甲"饿了怎么办，哪里有糌粑"时，西甲喇嘛张嘴说不出话来，拍了拍额头，叹了一口气：是啊，哪里有糌粑？自己的饥饿都没办法解决呢。

又一想，他是陀陀首领，他不管谁管？不能让陀陀喇嘛们还没等到勇敢杀魔、光荣献身，就饿乏、饿软、饿死吧？

## 2

西甲喇嘛为吃的去找人商量，能找的人也就是他的老相识森巴军的奴马代本。他大步前去，看到离奴马代本不远就是桑竹姑娘，吓得又拐了回来。

比起以往，他现在更害怕桑竹姑娘的戏弄了。一个陀陀首领，一个让洋魔狼狈败退的丹吉林喇嘛，一个皈依清净法界、发愿断除罪欲恶业的无伪僧宝，怎么能让一个姑娘随便戏弄，部众们见了如何想？洋魔知道了如何想？在他的意识里他已经有了部众，而且开始在乎敌人对他的看法。

他思谋了半晌，挑选了十个粗黑武壮、楞眉楞眼的藏东康巴陀陀跟着自己，再次走向森巴军。

桑竹姑娘嬉皮笑脸地看着，没有靠近他。以她放诞的性格，她并不在乎西甲喇嘛现在的身份：隆吐山的陀陀首领和打退洋魔的英雄。这样的身份反而激起她更加狂妄的恶作剧欲望，她在琢磨一次彻底的戏弄，还没有琢磨好就不想轻举妄动。

奴马代本迎上去说："现在你人多了，就不怕俄尔总管抓你了。但你最好还是承认自己是丹吉林的叛徒，让桑竹姑娘保护你。别忘了白热管家和丹吉林陀陀，他们做梦都想杀了你。我知道你不怕死，但你不会不怕桑竹姑娘的羞辱吧，更大的羞辱就要来了。我很担忧，我比你还要担忧。"他隐藏了另一个让他更加担忧的事实：受命于白热管家的丹吉林陀陀就混杂在森巴军里。

西甲说："她保护不了我，我也保护不了她。你让她回去吧，这里很危险。"

奴马说："这个你给她说，她肯定希望你给她说。"

"桑竹啊桑竹，你是对我好呢还是对我坏，是要我活呢还是要我死？"西甲自语着朝前走去，又突然回来，摇摇头对奴马代本说："还是麻烦你告诉桑竹吧。你这样对她说，隆吐山是战场，谁欺负抗击洋魔的陀陀谁就是洋魔的帮凶。杀洋魔的帮凶跟杀洋魔是一样的，杀得越多越显得威猛强大。让桑竹离我们远一点，不然她会死的，不是被洋魔打死，就是被陀陀打死。我已经请示过摄政王啦，摄政王说，西甲喇嘛说得对。"

奴马说："摄政王真的这么说啦？我怎么没听见？"

西甲说："是我入定观想、心念碰心念时摄政王告诉我的，你不是修行的喇嘛你怎么能听见？摄政王还说了，全西藏的陀陀到了前线吃什么？没有吃的你找奴马代本要。"

奴马赶紧说："我们是最先到达前线的，还能剩多少吃的？撑不了一两天就要断顿了。摄政王肯定还说了，要是森巴军的奴马代本接济不了你们，你就去找朗瑟代本和果果代本。"

西甲一愣，点点头说："是的，摄政王是这样说的。我这就去找朗瑟和果果。这么多陀陀聚集在一起，谁敢让他们饿肚子？要是在拉萨，还能等到我开口？早就有人抢着进贡啦。"

然而果果代本谢绝了，理由是大家一样的缺吃少喝，给了你，我们吃什么？还说了不少气狠狠的话："你们就知道要、要、要，没见我们拖家带口吗？男人要吃，女人要吃，娃娃要吃，牛羊牲口也要吃。我正在想，这里不像江孜，没有了吃的就去老百姓家里拿。这里的农人牧民都到哪里去了，怎么连个人渣渣都看不到？不管吃不管喝，让我们来这里打什么仗？别人的皮袄不遮寒，我知道俄尔总管不拿我们当自己人。"说着，摸了摸脖子上俄尔送给他的那串镶金旃檀佛珠，从鼻子里"哼"了一声。

西甲喇嘛又来到朗瑟代本跟前，同样遭到了拒绝。离开时他突然想到，自己还揣着一封文书呢，拿出来在朗瑟面前晃晃说："我们交换吧，我给你俄尔总管的文书，你给我所有陀陀一人吃一碗糊糊的糌粑。"朗瑟接过文书看了看，又瞪着西甲半晌不说话。他当然知道文书的意义，西甲是用隆吐山战场的指挥权跟他交换糌粑。可指挥权代表前线总管的信任，如今被信任的是西甲喇嘛，他怎么可以据为己有呢？他想起西甲和陀陀们抗击洋魔时的英勇，眼里不禁有了歆羡之色，把文书还给西甲说："俄尔总管把新的作战计划交给了你，说明在他眼里你的部队最重要，这样的荣耀不是交换来的。最重要的陀陀喇嘛，我们每人分一半糌粑给你吧。"朗瑟代本转身走向自己的部下。

朗瑟代本团从拉萨来，路途太远没有携带家小。正因为如此，带来的食物更加有限，每人分出自己的一半，也不过一握糌粑团。西甲喇嘛想，他们一个人就只剩下一握，能顶多久，到明天也得饿肚子了。他看着地上用羊皮托着的糌粑团，弯腰拜了拜表示感谢，说："不能我们饱了你们饿，还是我们饿着吧，我们是越饿越暴力的陀陀喇嘛。"然后冲山下咬牙切齿地说，"等着瞧啊，洋魔，我们正饿着。"

西甲喇嘛揣好文书，回到陀陀群里，把大家召集起来说："陀陀喇嘛们，你们知道野兽为什么凶残？饿了。我们是凶残的野兽，我们饿了。饿了的野兽要吃肉喝血，吃羊的肉、牛的肉，喝马的血、人的血。饿了的陀陀也要吃肉喝血，吃洋魔的肉，喝上帝的血。陀陀喇嘛们，你们把自己涂抹得比鬼还狰狞，要是肚子不饿，狰狞就是地皮上的霜，太阳一晒就没了。所以我们不能吃，摄政王给了我们山包一样多的糌粑，俄尔总管给了我们阳光一样多的酥油，但是我没要。我说我们要把自己饿成老虎、豹子、狼，一旦杀了洋魔转世，那就是虎头护法、豹头护法、狼头护法，都是大护法，比一般的护法神和护方神厉害多了。所有的陀陀喇嘛都给我听着，不想转世成大护法的就不要到隆吐山来。摄政王说了，隆吐山这个地方，是产生伟大护法神的圣地，西藏的陀陀们，万万不要错过机会。"

谁不想来世做个大护法神呢？陀陀喇嘛们听了都很高兴，觉得饥饿是件大好的事情，必须使劲饿。唯一的担忧就是饿得还不够。

然后，西甲喇嘛以传达作战计划的名义，把奴马代本、朗瑟代本和果果代本叫到了自己跟前，算是开会。四个人中，只要西甲喇嘛不识字，所以也不用传达，传看就是了。森巴军的奴马代本有点奇怪：俄尔总管一面想把西甲喇嘛控制起来，一面又把这么重要的作战计划给了他，到底是信任还是敌视？果果代本闷闷不乐，心说新的作战计划为什么不送给我？我一个藏军代本，直属俄尔总管，现在却要听从一个名不见经传的丹吉林喇嘛的调遣，是不是有点欺侮人啊？

朗瑟代本说："西甲喇嘛，你就快说吧，我们都听你的。"

西甲喇嘛拿着作战计划，认真看了看，当然还是看不懂。唯一的进步是他现在不会拿颠倒了，他发现三个代本看文书时，有印戳的那一头总是朝下的。他说："你们还是老样子吗，没有朝廷的旨命不能开枪？那就把枪放下。不能开枪不等于不杀洋魔，刀斧、弓箭、飞蝗石、棍棒，就像我们陀陀一样。"

果果代本大不以为然地说："我们只训练过打枪，没训练过刀箭石棒。我们是真正的西藏军人，就应该有军人的打法。"

朗瑟代本说："旨命未到，我们的枪不如攥起的拳头。"

奴马代本说："再想想吧，不能忘了俄尔总管的叮嘱。"

西甲说："那就应该这样想，开枪是有声音的，砰一声，人和神都能听见，拉萨、朝廷、天上飞的大鹏、地上跑的老虎，凡是长耳朵的都能听见：哎呀，杀生如杀佛的佛徒们开始杀人了，释迦牟尼的罪人，让他们永远投生在地狱铁城之中吧。可是刀斧棍棒就不一样了，皮肉开裂就像嘴巴张开，你们张张嘴试试，有声音没有，没有吧？拉萨和朝廷做梦都不知道。神佛当然是知道的，但神佛向着我们。我已经祈请过神佛啦：护卫佛教杀洋魔，佛不保佑我们谁保佑我们？神佛给摄政王说，谁说不保佑啦？摄政王告诉我，西甲喇嘛，放心吧，神佛说了要保佑你们的。摄政王也让大家放心。"

三个代本互相看看，都不敢说他们不相信西甲喇嘛的话，连最不愿意苟同的果果代本也只是"哼"了一声。

西甲更来劲了，恭敬地朝手中的文书吐吐舌头说："你们知道，我手里拿的是作战计划，这是佛的计划，佛说洋魔灭亡佛教的心不死，下面又要开战了。奴马代本在左边，果果代本在中间，朗瑟代本在右边，我带领陀陀喇嘛在右边的右边。"

三个代本知道俄尔总管的作战计划上并没有这样说，却想不到这样说的原因是西甲喇嘛不识字，觉得既然作战计划是送给西甲喇嘛的，西甲喇嘛就不仅有指挥权，更有解释权。再说他们反正不能开枪杀洋魔，不便和能杀洋魔的陀陀首领争执关于作战计划的事。

对西甲喇嘛来说，他这样安排是因为三个代本团既不能开枪，手里又没有别的器械，就只能依靠石头，而隆吐山能够搬动的石头左边多右边少，到了西甲喇嘛踞守的右边的右边，在此前的战斗中差不多已经滚光用尽了。

另一个原因是西甲想让奴马代本的森巴军离自己远一点，最好不要彼此照面，他不怕洋魔上帝怕桑竹姑娘。虽然他内心深处希望桑竹时刻在他身边，但如果不承认背叛丹吉林就会迎来羞辱的话，他就只能远远躲开了。不啊，我不是丹吉林的叛徒，我也不能让你在众人面前羞辱我。桑竹你保重，一定要小心，枪弹不知道你是我爱的人，我顾不上你啦。他这么想着，心里不免悲悲切切的。

而朗瑟代本对他是恭敬的，他便让他紧挨着自己。

西甲说："洋魔就要放炮了，炮一响，大家往后跑。"

果果代本故意问道："要我们逃跑？作战计划上说啦？"

西甲说："说啦，还说炮一停，就回来。这时候洋魔才会往上冲。"他把自己的战斗经验揉进了作战计划，说得斩钉截铁，又挥挥手说，"快去准备吧。你们看下面的洋魔，已经不走来走去啦，安静得像死了一样，说明进攻正在准备之中，最迟超不过明天傍晚。现在，我们，有吃的就吃，没吃的就睡。"说罢，"咕嘟"一声咽了一下口水，肚子便打雷敲鼓似的响起来。

## 3

戈蓝上校本想用军事行动施压后，尽快进入西藏腹地，占领圣城拉萨。没想到仅仅是边境的第二道门户隆吐山，就让他如此费劲，死伤的惨重似乎连上帝都震惊了。在他的祈祷声中上帝不断显灵，那冥冥中的灵语竟是："你们的信主在哪里？他是我心爱的儿子，快去找我心爱的儿子。"耶稣不见了，连上帝都找不见他了。但戈蓝上校仿佛知道耶稣去了哪里，一再询问达思牧师："是不是我们让主耶稣为难了呢？或者他并不喜欢给他丢脸的信徒？"

达思牧师说："耶稣一直在帮助英国人，无论多难也不会丢弃。"

戈蓝上校进一步追问："难在哪儿呢？"

用不着达思牧师回答，戈蓝上校知道自己接下来应该做什么。他给英印总督寇松发了一份电报，直率地表达了自己的吃惊。他吃惊的不仅仅是西藏人在隆吐山的奋力抵抗，更是大英帝国的外交努力实际上迄今未见任何成效，却自欺欺人地把"清朝开门、西藏迎客"的电报从北京传到伦敦，传到英印，再传到他戈蓝上校手上。是帝国施加的压力不够，还是中国朝廷太愚妄胆大了？难道他们不知道英国人的占领就是上帝的占领，基督的旗帜无往而不胜是所有占领的特点？爱尔兰、澳大利亚、新西兰、马尔代夫群岛、所罗门群岛、吉尔伯特群岛、百慕大群岛、巴哈马群岛、莱恩群岛、菲尼克斯群岛、爱丽丝群岛、塞舌尔群岛、查戈斯群岛、特里斯坦群岛、马尔维纳斯群岛、大洋岛、皮特科恩岛、迪西岛、阿森松岛、圣赫勒拿岛、文莱、阿富汗、埃及、印度、布鲁克巴、哲孟雄，还有中国的香港，这些被占领的地方加起来，超过了英国本土面积的一百五十倍，区区一个西藏算什么？

当然戈蓝上校给英印总督发电报的目的并不是希望抓紧外交，尽快通过中国朝廷让西藏人放弃抵抗，而是告诉派自己来打仗的总督和女王陛下，他不会再等待有关外交谈判的任何结果了，从现在开始，他只信仰一个军人应该信仰的耶稣：没有刀枪，基督就会迷失方向。如同耶稣自己说的："你们听到打仗和打仗的风声不要惊慌，这些事是必须有的。"不错，西藏的基督世界是必须有的。找到莎格迅亦即西藏的犹太，是耶稣给我们的决心。因为在上帝看来，任何异教丛生的地方本应该是基督的故乡，这里的"巴比伦之囚"不用远徙，不用脱去紫色袈裟，就能荣归故里。电报最后说：

"哪里有上帝安驻的心，哪里就有通往天国的阶梯。我们已经站到了阶梯的前面，就要踏步而上了。上帝会像保佑女王陛下和总督大人一样，保佑我们十字精兵高唱赞美诗，直抵异教的心脏拉萨。"

发走电报后，戈蓝上校把军官们以及达思牧师和孕萨喇嘛召集到一起，研究进攻计划。他问："根据习惯，这些叫陀陀的西藏最可怕的喇嘛，最有可能在哪里布防？"

孕萨喇嘛指着隆吐山口说："中间，一定在中间。"

戈蓝上校看到达思牧师也点了点头，便说："炮击之后，我们的雇佣军派出一队人马冲击中间地带，只吸引他们，不要靠近他们。根据地形，隆吐山守备薄弱的地方应该在石头少的这边，这边坡度不大，本来高垒的石头都已经被西藏人滚到山下去了。我们的精锐部队首先要从这里占领隆吐山。"他说的精锐指的是英国人。

容鹤中尉说："只要能吸引住陀陀喇嘛不朝这边增援，这边的西藏人就不堪一击。"

戈蓝上校不满地说："你总是瞧不起你的对手，又总是败退回来。"

容鹤中尉说："这次不会了，上校，快说进攻的时间吧。"

戈蓝上校看了看天色和山景说："就地睡觉，静候我的命令，能够取胜的进攻总是突然发生的。"又问达思牧师和孕萨喇嘛，"你们以为什么时候进攻最好？"

达思牧师和尕萨喇嘛都说："早晨。"

戈蓝上校没想到，就在他为西藏人的抵抗和英国人的自欺欺人吃惊愤怒时，大吉岭避暑山庄的维多利亚大厅里，英印总督寇松正在宣布他的一个新计划。

寇松是个矮胖的人，大部分英国人在他面前都是大高个，一挡就把他陷到人堆里看不见了。只听他的声音在人丛里拔地而起，弥漫在大厅里，连梁柱上的白蚁都能感觉到气浪的冲击。那是一个关于西藏未来的政教蓝图：

十年之内建造一百座基督教堂，全部从英国本土派任牧师、教师、长老、执事，成立牧师团和长老会，组建一个加尔文式的神权共和国，向上帝宣誓依附于英联邦的庇护。

他说："你们要做好准备，我将提请伦敦政府任命一位上帝的仆人作为最高行政长官——英藏总督，在座的任何人都有可能是这个职位的人选。我们需要牧师、行政官、军人和商人，不管他从事什么，只要足够出色，都可以在野蛮人的西藏、在推动开化的事业中，获得权利和地位。"

听他讲话的有包括一等秘书布兰德在内的总督府行政官员，有代表伦教军方的麦高丽将军，有众多英印商人。他们都有些兴奋，似乎这就是选拔西藏总督前的动员。尤其是麦高丽将军，这位曾经主张得到更加富庶的中国沿海而把贫瘠的西藏让给俄国和法国的帝国军人，显出了极大的兴趣，抢先道："总督大人，西藏的治理最需要军人，没有军人，野蛮人是不会顺服的。"

布兰德慢条斯理地讥笑道："将军不是已经向马翁牧师保证，

上帝进入西藏的时候，不会有弹药上膛的枪炮陪同吗？"

一个商人说："将军只喝白兰地或葡萄酒，可是在西藏，只有茶。茶叶的主人就是西藏的主人。我保证所有的英国商人都能获利，一千万、两千万、五千万、一万万，英镑，英镑，大英帝国最需要的是英镑。"

麦高丽将军瞪着布兰德和商人，傲慢地说："上帝赐予军人的智慧，远比枪炮重要得多。威而不怒，引而不发，胜而不战，这些东方智慧正是上帝的需要。军人的存在是为了让耶稣的敌人放下武器，而不是自己举起武器。英国虽强，好战必亡。你们懂吗？"

总督寇松说："将军什么时候变成东方人了？"

麦高丽说："为了有一天能让东方人尤其是西藏人，也承认我是他们的麦高丽将军，我一直在研究东方思想。"

就在这个时候，有人送来了戈蓝上校的电报。电报让寇松惊诧不已：英勇善战的戈蓝上校和秘密备战了两年的十字精兵居然直到现在还没有拿下隆吐山，西藏人在顽强抵抗。他匆匆结束了对政教蓝图的讨论，带着布兰德回到了总督办公室。

很快，这份电报又以英印总督寇松的名义发给了伦敦政府，同样惊诧不已的伦敦政府立刻原文转发给了英国驻华公使华尔森。接着便是华尔森的惊诧，随即亲自前往大清朝总理各国事务衙门，向当值大臣递交了抗议信。

当值大臣傻了，前往请教负责此事的醇亲王。醇亲王知道事情难办了，托病不出。当值大臣又请出总理衙门的谈判代表否太。

否太申辩道：本衙门以及醇亲王已传谕旨给驻藏大臣文硕，迅即撤回边界踞守藏兵，允诺英人入藏游历、通商、传教。该大臣也有遵旨照办的回禀，怎么会"山头为堡，巨石为台，死战于斯，踏践谕令"呢？否太向华尔森表示，立刻责问，即令纠改。

也是很快，北京地安门西侧，属于东印度公司的商务会所里，英国驻华公使华尔森的助理行政官牛嘉利和英印政府的谈判大员马科蕾，请来否太吃饭。牛嘉利雇请了几个女人，用洋酒伺候。马科蕾则以东印度公司中国商务会所的名义，赠送了二十箱鸦片。

否太笑纳了，然后又吃又喝又说。

牛嘉利和马科蕾不相信作为大清朝臣的否太会说出这样的话，让人拿来纸笔说："请大人把刚才说的写下来，我们也好有个依据。"

否太笑道："这有何难。"拿起笔来就写：

> 今我所言，亦朝廷之意。英人入藏，志在通商，藏众却生灭绝佛教之患，真是杞人忧天，用心甚左，徒使兵民惨罹锋镝。应急速除却昏愚顽梗之障，礼让英洋，迎迓耶教，才可免于自蹈尸山血河之灾。佛祖保佑，耶先生亦保佑，藏地多一福祉，两神齐天，双日照临，番众有幸，朝廷有庆，若非盛世之兆，岂有如此乾亨之运也。

牛嘉利和马科蕾看着，哈哈大笑。

否太说："以上所写，将作为谕旨，密电发给驻藏大臣文硕，请二位大人尽管放心。"然后举着酒杯说，"拜兰帝，拜兰帝。"他始终以为"白兰地"就是礼拜英格兰和上帝的意思。

牛嘉利和马科蕾跟否太干杯。

否太喝了一大口，觉得很不对他喝惯了中国坛子酒的口味，皱了皱眉头，嘴上却说："好喝，好喝，大清朝没有这么好的酒。"

# 4

无法抗拒的压力终于降临到驻藏大臣文硕头上。

他假传圣旨坚定了摄政王抗英的决心，又欺骗朝廷为西藏抗英赢得了准备战争的时间，但是现在怎么办？是继续蒙蔽，还是和盘托出？说真的，并不是他一个人决定了抗英方略，如果没有魏冰豪的到来，没有此人承载大义而不惧命途乖蹇的慷慨，他最终也不会行此"欺上瞒下"的事情。如今魏冰豪已赴边关多日，战况如何未有任何来报，看来是凶多吉少。似乎魏冰豪跟他一样，明知前面是黑暗的渊薮，咬着牙一步步接近着，随时准备在无路可进时，腾起一跃，让黑暗霎时吞没一切。

文硕徘徊良久，拿不定主意，便带着新来的朝廷谕旨，离开驻藏大臣官邸，起轿前往丹吉林拜会摄政王。一路上，透过大轿窗户，他看到四处张贴着噶厦政府的战时公告；看到沿路都是念经放咒的喇嘛，他们从寺院出来，把写着毒咒的纸片撒向空中风里，然后大声催动着，让咒纸急速远去。咒敌护佛就是积修福德，对喇嘛们来说，这正是一个获得福德资粮的好机会。

走着，文硕又看到远处的布达拉宫正在揭去层层雾霭，依稀可见从金顶垂下一排黑白相间的经幡，经幡用绳索串起来，直垂到宫墙根里。文硕问身边骑马的随从："经幡盖住了墙，是节日还是法会？"随从四下里看看，神秘地说："大人忘了吗，今天是布达拉宫念《武经》、放厉咒的日子。"

文硕"哦"了一声：秘密，这是秘密，因为据说只有在不惊动人间有情、悄寂偷袭的状态下，厉咒才有可能穿云破雾，聚饱忿毒之液，达到夺敌血魄的目的。摄政王秘密乞请年轻的达赖喇嘛及其经师组织布达拉宫密法高僧声诵《武经》，诅咒英军惨败。又秘密通报给驻藏大臣："此举一出，英人必败，还有什么可顾虑的？"但愿，但愿，文硕想，若真是"英人必败"，畏惧西藏同样畏惧大清，朝廷就不会张皇过问了。过问的原因是：未见的必败，却已经受挫，不然英国人何以要绕到北京给总理衙门施加压力呢？

文硕收回眼光，心说喇嘛们要抵抗，百姓要抵抗，达赖要抵抗，佛要抵抗。朝廷管得了这么多？它管不了，我管不了，噶厦政府和摄政王迪牧都管不了。民意佛意就是借口，我何患无辞？关键是摄政王，我如实相告，看他怎么说？他继续抵抗，我鼎力相助；他有始无终，我也只好嫁祸于佛了。佛啊佛啊，是你不喜欢异教洋魔，不是朝廷不喜欢异教洋魔。我是朝廷命官，怎么会反其道而行之？在天之佛听我说，代人受过的时候到了，大度一点，不仅不要惩罚，还要保佑我这个左右为难的驻藏大臣哩。

文硕掀起门帘，看到大昭寺已过，丹吉林就在视线之内，便喝令停轿，下来，悠悠然迈动步子，坦坦地微笑着走了过去。

摄政王迪牧活佛刚刚回到丹吉林。

连日来，他先在大昭寺、小昭寺和扎基拉姆寺参加金巴护法、毗玛护法和奈冬护法的降神仪式，结果都差不多，神说：洋魔来得猛，去得快，佛教必胜。然后他又去乃穷角参加乃穷大护法的降神仪式。

乃穷护法是西藏最大的世间护法神、白哈尔神王的代言神巫。白哈尔曾是天上众神之主的护法，威震天庭，遇到任何妖魔鬼怪都有巨石压卵的威势。他又是古代巴达霍尔国的财宝国神，藏王墀松德赞的儿子牟尼赞普听说后，率领十万吐蕃大军，以佛陀和莲花生法王的名义，从巴达霍尔神庙劫持到西藏，成为藏地第一座寺庙桑耶寺的护法神，后因为迭现神迹，成为藏地最高峻的护法坛主和最隆重的厉神供养，在预测未来、决断政教大事上，有着毋庸置疑的最高权威。西藏历史上几乎所有重大事件，比如达赖喇嘛的转世、摄政王的确立、噶厦政府的内政外交、天灾地祸的预防和降临，都由他来最后拍板。

关于这次抵抗英国十字精兵，乃穷大护法似乎有些埋怨：为什么一开始不来问我？但埋怨并不影响他认真作法，在经歌佛镲响起、法号神鼓喧阗的氛围里，乃穷护法玩命似的虎跳龙奔，直到排泄失禁，气血耗干，累瘫在法座上。

降神仪式长达一个时辰，完了之后摄政王亲自问他："关于抗英，神怎么说？"

乃穷护法说："事先不该抵抗，既然已经抵抗，就需一干到底。"

摄政王长舒一口气，顿时面露欣喜之色，白哈尔大神都说"一干到底"，那就放心了。他觉得有如此英雄豪迈的护法神护佑，何愁英国人不败。打呀，狠狠地打呀，捷报就在白哈尔大神降下法旨后的日子里。

之后他又去哲蚌寺噶丹颇章大经堂，参加僧众的抗魔法会。同时派人分头到其他寺院查访法会情况，纷纷回报：甘丹寺、色拉寺、上密院、下密院、策墨林、功德林、锡德林，都已经连续三天法会了。三天下来，僧众个个都有了殊胜的心念，感觉无数洋魔已经在纵横交错的法器中，化作了肉泥蔓延的沼泽，沼泽之上全是毛森森的首级。这是好的兆头，法会的过程如果能让与会者越来越心满意足，说明祈祷的目的一定能够达到。

何况还有达赖喇嘛和布达拉宫密法高僧念《武经》、放厉咒的作为。

摄政王不断点着头，心说异教洋魔，这时候感觉如何？是不是已经浑身战栗、万箭穿心了？那就赶紧回去吧，待在自己的国家多舒服啊。

聚集在噶丹颇章大经堂的还有噶厦政府各级官员。摄政王过问了在英人必经之地隆吐山口构筑哨卡，垒造工事，修建庙宇，塑造马头、牛头、猪首、鸦首退敌金刚的事。负责此事的官员汇报说，构筑哨卡和垒造工事已经捎口信给前线部队。修建庙宇和塑造退敌金刚的事情正在进展，已经用最快速度招来了金匠大头领、银匠大头领、铜匠大头领、石匠大头领、木匠大头领、铁匠大头领、泥匠大头领、画匠大头领、木雕大头领、金属雕花大头领、铸造大头领、泥塑大头领、缝纫大头领、颜料制作大头领，就等佛前祈祷、三宝加被结束，卜得吉日之后，便可启程赶赴前线。所需乌拉和银两由前后藏各宗、谿卡、贵族、寺庙均摊，正在草拟均摊文书，保证半个月以内送达。摄政王迪牧纠正道："不能前后藏均摊，后藏离前线近，就让他们多摊一点吧。"

他又向民兵总管顿珠噶伦询问组织后藏各宗谿民兵参战和筹集武器弹药的事。

一直待在拉萨的顿珠噶伦回道："已经派人去办了，就是不知道什么时候能办成。这些念佛念出慢性子的人，就像水走上坡路，看着上去了，忽地又下来了。放心吧，摄政大人，到了办好的时候就一定能办好。"

摄政王在心里骂一句：加巴索，黑水白兽今天晚上就会坐到你家佛堂里喝茶。嘴上却说："昨夜里梦见背光财神，他说他的眼睛在月亮上悬着，看见顿珠噶伦思想快，出力大，动作麻利得就像天上的雨滴，没见它飘摇就落到地上了。"

顿珠听出这是揶揄，脸色立刻黑了。

摄政王接着又询问负责新近成立的噶厦后勤机构的噶伦绛巨，在全藏征集粮食、草料和帐篷等军需物资以及组织民夫运输的事情办得怎么样了？

绛巨噶伦是个急性子，嘴巴极快地说："我的人第二天就走啦，到各宗谿去啦，现在全西藏各宗谿都有我的人。陆陆续续来了报告，征集到多少还不知道，我让他们先往江孜宗集中，然后支派乌拉往前线运输。有的已经上路啦，那曲、当雄、南木林、墨竹工卡、工布江达、加查、曲松、朗热，都把驮牛骡马赶到路上啦。我明天就去江孜，在那里举起鞭子等着，到一批就往前线赶一批。向佛祖保证，洋魔不走，我这身皮袍不脱啦。累死的话就把我收走，做人做鬼还是做仙做神，佛祖看着办，反正是为了西藏的政教大业。"

显然绛巨噶伦是办事最利索的一个，摄政王迪牧也知道这已是超级速度，没有万分努力做不到。但他很忌讳"现在全西藏各宗谿都有我的人"这句话。都有了你的人？你想干什么？倒不是他心胸狭窄、生性多疑，而是绛巨噶伦不甚明朗的人脉基础和政教背景让他不得不防。他没有一句表彰的话，默视着对方，半晌才说："你明天去江孜，为什么不早说？"

绛巨噶伦说："噢呀，忙得忘啦。"

摄政王说："忘了我这个摄政王也好，只是别忘了你的任务是谁派的。不过你明天不能走，后天走。"

绛巨噶伦说："为什么？"

摄政王没好气地说："不为什么，叫你后天走你就后天走。"

摄政王沉默着，好像没什么再问的了。突然听到有人喊："摄政佛，你还没问我呢，我等得腿都软了。"是僧兵总管沱美活佛的声音。摄政王抬眼寻找，没看到沱美，心说这个皇帝封赏错了的"诺门罕"，怎么藏起来跟我说话？他冷笑一声说："我就觉得把什么落在茅屎坑里了，怎么想也想不起来，原来是你。僧兵总管，了不起啊，你的人马呢？"

沱美说："我的人马正在羊卓雍措湖畔，去前线的路上。"

"那么你呢？你的人马走了，你在拉萨干什么？"

"我也在羊卓雍措湖畔，心脑里的景象告诉我你要找我。"

摄政王迪牧不信，羊卓雍措湖离拉萨马走六七天，沱美是人不是神，怎么会传过话来？除非……他一愣，把噶丹颇章大经堂前后左右扫视一遍，还是没看到沱美，便有些惊疑：莫非沱美已经获得了悲智行愿四菩萨大法的果位？不会吧，虽然沱美利用西甲喇嘛破坏了他的修炼，但也仅仅获得了自己修炼的资格，不可能短短几个月落日出，就有了这么殊胜的法境。他说："你出来吧，别卖弄你的修炼成就了，我不相信。"

沱美说："摄政大人有所不知，如果悲智行愿四菩萨大法在世间变成一个人独立不二的修炼，就会获得更加殊美的捷径，如意顿超的法门里，瞬刻就是累月甚至无限之劫。我已经得道多日了，摄政佛为什么不恭喜我呢？我当着圣湖仙女的面向摄政佛禀告，已有一千三百僧兵开赴前线，基本都是色拉寺、甘丹寺的人，哲蚌寺的人不听我的指挥，还想监视我，来了几个，我都打发回去了。至于前后藏其他寺院的僧兵，我都没有召集。僧兵们都是一路化缘的，黑头藏民的施舍跟不上，贵族们不肯多出，贫民们想多出也没有。昨天几个僧兵化缘无着，就去抢。他们一抢，我就得管管了。我管他们的僧德人品，还管他们的吃喝拉撒。沱美庄园的青稞开始往外流啦，两个仓廪已经瘪啦，很快所有的仓廪都会瘪下去。我给佛说：

'我的就是佛的，佛的就是众生的，吃吧，吃吧，吃完了我的吃迪牧活佛的。迪牧活佛的庄园，大得像天，富得像海，青稞是用来铺路的。'另有禀告：昨天晚上我观想到洋魔啦，就跟丹吉林无我母神像脚下的妖人一般无二，才知道洋魔是从丹吉林跑出来的。迪牧活佛，摄政大人，召集僧众念咒吧。把大黑阎魔敌的咒力移植到无我母身上，洋魔就会束手就擒，再也不会跑出来为害西藏啦。"

沱美的声音越来越小，渐渐消失了。一阵羊卓雍措湖的浪响凌空而来，像要淹没这里似的。在场的人一片惊呼声。接着便是悄寂，似乎都想在沉默中再听听沱美活佛的声音，听到的却是一阵嘎嘣嘎嘣的响声——从摄政王的牙齿上传来。

摄政王恨恨的：沱美想把让全西藏受惊受难的洋魔之灾，嫁祸于我和丹吉林，阴险啊。更恨沱美居然真的修炼成了悲智行愿四菩萨大法，至少有了心通无碍和传声无阻的微妙大法，说明身、口、意三门的修炼已进入化境，他的心意和四菩萨的密意和合为一了。

又想到拜认沱美为上师、毁了自己修法前程的西甲喇嘛，摄政王恨得几乎要把牙咬断，对身后的白热管家说："回吧。"

## 5

摄政王迪牧活佛一见驻藏大臣文硕，就把沱美带给他的愤恨暂时放到了一边。这是在丹吉林大自在佛殿二层的佛舍，摄政王修行歇息的私密之地。说明这个场合并不正式，两个人少了礼仪，也少了距离，差不多可以用亲密友好来形容了。

让座倒茶，寒暄了几句后，摄政王迪牧问道："大人光临丹吉林自然不是来求佛问经的。你看我这里的佛，都把眼睛闭上了。"

文硕说："摄政佛如何这样说，难道我就不能求佛问经了？"

迪牧说："对不信仰的人，佛就是一团泥巴、几根木头、二两金银、三斤铜铁。眼里没佛，佛就回避了。"

文硕点点头："说不定有一天佛不仅不回避我，还会主动来找我。"

迪牧说："大人说的不会是我吧？"

文硕笑道："就是你。不过今天是我来找佛的。请问大活佛，前线的情况怎么样了？"

迪牧说："派出去的快马使者迟迟不见回复，我也很着急啊。大人派去的魏冰豪可有消息？"

文硕摇了摇头："请问摄政佛，目前西藏有多少战争经费？"

迪牧想了想说："我们西藏的土地属于噶厦政府的不多，政府把它划为谿卡赏赐了几百年，差不多也就赏赐完了。得到赏赐的贵族、活佛和寺院根据谿卡的收成每年向政府缴纳赋税，赋税是很少的，因为噶厦不需要。噶厦的僧俗官员都是从他们自己的谿卡得到收入，政府只是奖励性地发一点薪水。我们西藏也没有一支庞大的军队需要政府供给，几个代本团不超过五千人，还都是常年分散在自己家里的。交通运输和各种劳役更是免费支差，政府半克银子也不花。政府的开销有限，也就没有必要储备太多经费，有一些储备也是为了达赖喇嘛的用度，为了向寺院发放布施、资助全藏性的大型法会。所以我们在《抗英七条》中规定，解决战争经费必须施行战时税收，就是政府需要多少，以赋税的名义向贵族、活佛和寺院所属的各个谿卡摊派多少。这件事已经下了文书，派人分头送下去了。"

文硕听着，心里凉凉的：这是一场举全藏之力都未必能打赢的战争，足够的银两物资是起码的条件。可是现在，噶厦拿不出，朝廷又不给，仅靠增收赋税的方法，恐怕远水解不了近渴。他说："战争经费是取胜洋魔的重要保障，摄政佛务必抓紧。"

迪牧说："山无水不绿，水无山不流。有一件事还请大人掌舵，我们准备派代表前往边境，一来和洋魔直接交涉，文拒武打双管齐下，看他还能逞凶多久；二来联络哲孟雄、布鲁克巴、廓尔喀三国，就算他们不能派兵共同打洋魔，也不要提供人力物力帮助洋魔打我们。这也是《抗英七条》里规定了的。"

文硕诧异道："我知道，怎么还没有派人去？"

迪牧说："按理应该由三大寺组成代表团前往，可如果没有一个统领，这些个喇嘛难免各说各的话，叫人家看着我们西藏人鹦一嘴、鸦一嘴、昂尕昂巴（大雁）又一嘴，败坏了事情不说，徒然让人笑话。所以这个统领，不能是色拉、甘丹两寺的人，也不能是哲蚌、丹吉林的人。他谁的人也不是，他是……"

文硕一拍巴掌说："这个人有了。"

迪牧紧问："谁？"

文硕道："以后摄政佛会知道的。摄政佛让三大寺代表速速前往驻藏大臣官邸，此统领是个驿马脾气的人，他是说走就走的。"

迪牧高兴得一口饮干了茶碗。他原本就是想让驻藏大臣派一个自己身边的人，此时感觉他和文硕素有灵犀，竟是一点就通了。他说："还有，《抗英七条》中有'敦请驻藏大臣就藏事佛事危机上奏大皇帝，请朝廷出面奉劝攘斥英国，也请朝廷派兵进藏，协助藏军守疆抗敌'一条，这方面不知朝廷有何举措？"

文硕打了个愣怔，黏黏糊糊说："这件事情嘛，也好办，也不好办，到底办了没办呢？"他停顿一下，做了个由他去的手势说，"算了，我们说正事。"

迪牧"噢呀"一声："说了这么多，怎么还没说到正事上？"

文硕从袖子里拿出新来的朝廷谕旨，放到桌子上，篷起五指压着说："摄政佛还是先念经，等念得恬淡虚无、消散成气了再看谕旨。谕旨是给禅坐如木的人和修行成石的佛看的，看了只当没看，没看只当看了。心安便是安，性定便是定。告辞了，摄政佛。"他抽身离开，看到迪牧迫不及待地把手伸向谕旨，又道，"我走了再看，走了再看。"说着快步飞走，心说让我这张代表朝廷的脸往哪里搁呀？

摄政王一鼻子荧惑，送文硕出了佛舍，又命门外的白热管家引路再送，自己返身回去，一没有念经，二没有恬淡，一把抓起谕旨，迅速溜了一遍，安静得几乎没有呼吸，真像驻藏大臣希望的那样禅坐如木、修行成石了。

摄政王迪牧活佛的禅坐持续了一天一夜，此间他不闻不问，不吃不喝，闭关辟谷了似的。就像最汹涌的火山有着最安静的呈现，只把沸腾的熔岩包藏在内里。他意识到，自己陷入了自决定抵抗英人异教以来最大的危机，说它是信仰危机一点也不为过。他是活佛，既信仰观世音菩萨，也信仰文殊菩萨。观世音菩萨是西藏的保护神，他的化身便是达赖喇嘛；文殊菩萨是大清朝的保护神，他的化身便是当朝光绪皇帝。更何况朝廷于迪牧活佛世系恩德如天，如同没有佛就没有西藏，没有朝廷就没有丹吉林，也没有三代迪牧摄政。朝廷把西藏达赖喇嘛亲政前的最高政教权力和地位给了他的先世和他，这样的荣耀大得都无法形容，高得都有点顶不起。所以无二尊胜的一切智·虚空王浪喀加布告诫他："佛给的福，佛也会收去，沉重的大印会像奶水一样流走，切不可忿急。"他在这个时候打坐，就是想在和神的对话中澄然入静，滤清思想：到底怎么办？

但忿急还是没有消尽，他激流似的思绪里，仍然是不驯顺的波浪：朝廷，皇上，怎么可能下达这样的谕旨呢？

洋魔的灭绝佛教，成了我们的昏愚顽梗；英人的入侵西藏，成了我们的自蹈血河之灾。真正岂有此理。既然"英人入藏，志在通商"，怎么又要让我们"礼让英洋，迎迓耶教"？什么"两神齐天，双日照临"，分明是水火交锋，水大则火灭，火大则水干。连小孩都明白的道理朝廷怎么不明白？当然不是朝廷说变就变，出尔反尔，而是驻藏大臣文硕骗了他：什么"不取坚硬接仗、迎面对敌、阵地固垒之法"，什么"分散伏出，游击无常，中途拦打，迂回敌后，截其粮道"，什么"宜退不宜进，明退暗不退，以柔克刚，饿死远来之敌"，都是文硕自己的主张，朝廷从来没有过抵抗的意图。这个文硕，好大的胆子，如此矫命伪诈，难道就不怕丢了乌纱掉了脑袋？加巴索！

又寻思：文硕为什么要这样？为了大清朝的国土，为了西藏，为了我？可不是吗？坚决抵抗，不正是他摄政王和僧俗集团的希望？这么一想，迪牧的情绪渐渐平和了，意识到现在不是推诿、责怪、怨恨的时候，关键是要确定当下的目标：怎么办？是继续抵抗，还是就此放弃？是听朝廷的，还是听驻藏大臣的？或者谁的也不听，就听自己的？

啊，自己的，自己有什么主意？他苦苦思考着，在忠于朝廷和忠于自己之间无数次地穿梭，似乎听到"哗啦"一声，头发白了，眉宇间耸起的川字再也平坦不下去了，额头的皱纹变成了西藏的山川。他长吐一口气，发现又是一天一夜。

摄政王迪牧把白热管家叫来，吩咐他通知三大寺：即刻选派人组成代表团前往边境照会英军，据理退兵，并联络哲孟雄、布鲁克巴、廓尔喀三国，商谈共同打击英军事宜。代表团的统领由驻藏大臣委派，代表选出后，应尽快前往驻藏大臣官邸集中。迪牧想用这个办法试探驻藏大臣文硕，是一如既往地坚持抵抗呢，还是奉承朝廷的意图，退堂鼓一打，云端里看厮杀去了？若是前者，那就是责任是非各担一半，朝廷的怪罪就不能只冲摄政王我来。若是后者，那我就只好担山担水一肩挑，硬着头皮往前走了。

但不管前者还是后者，他都必须把西甲喇嘛立即抓起来处死。

他已经知道西甲喇嘛在前线的所作所为，追踪西甲的丹吉林陀陀隔三岔五就会有报告，这些报告经过白热管家的手来到了他面前，让他越来越说不清为什么迄今为止西甲喇嘛还活着。但是现在，处死是必须的了，当作为摄政王的他已经知道朝廷惧怕英人、不准抵抗的态度之后，边境依然进行的战事就只能由别人承担责任，这个人非西甲喇嘛莫属。至少可以用来敷衍朝廷，暂时抚慰皇上、皇太后，争取时间，以待机变：赶快把异教洋魔赶出西藏。

迪牧希望这样一个结果：既能把英人异教赶走，又不得罪朝廷。唯一的办法是，让英人意识到西藏是一块啃不了的骨头，知难而退。这样他们就不会再给朝廷施加压力，朝廷也就不会怪罪到西藏头上、摄政王头上了。所以，传令丹吉林陀陀立即抓捕处死西甲喇嘛之后，他又派快马使者向前线总管俄尔噶伦送去了亲笔写就的催战箭书，大意是能胜则速发义兵，就像狂风扫雪，把洋魔从大高原扫到英吉利海上去。不能胜怎么办？他没说。没说就是不能不胜。

快马使者刚走，就有驻藏大臣官邸的人前来报知：三大寺代表团已经出发了。

摄政王问道："文硕大人派了谁做统领？"

回答说："没派谁，文硕大人自己去了。"

摄政王一愣，原来文硕是说他自己呢："此统领驿马脾气，说走就走。"文硕为什么要自己充当统领？明明他已经在风口浪尖上，却还要引火烧身？难道他真有办法拒退英人异教，上慰朝廷下抚藏民？但不管驻藏大臣此去有何结果，对他摄政王都是有利的，就等于文硕至少把一半责任揽到自己身上了。他心里突起一丝感激，这个文硕，和以往的驻藏大臣不一样，倒是个一心为了西藏的干才。

摄政王觉得文硕的好心应该得到回报，便把白热管家叫来，吩咐他，从丹吉林派一个七品俗官汉餐大厨师，派一个五品僧官藏餐大厨师，再去雪村拣选一位漂亮能干的姑娘。驻藏大臣文硕是俗世之人，从北京孤身远来西藏，自然需要女人照顾。又写了亲笔文书：沿途各宗谿官民，一律按达赖喇嘛和摄政王出行规格，给文硕大臣供奉食宿和支派乌拉。

之后，摄政王迪牧倒头便睡，真是累了，不仅身累，心更累。

这时白热管家匆匆进来，在他耳畔小声说："佛爷，佛爷，浪喀加布来了。"

摄政王没有睁眼，哼了一声，头一歪，表示自己要睡觉。白热管家只好重复一遍。迪牧还是没睁眼。白热管家为难地退出来，立在门口，不安地摇摇头：这怎么办，这怎么办？能干的他似乎还没有遇到过这样难办的事情：既不能让客人等，又不能让主人醒。正不知如何是好，就见摄政王大步从里面出来，问道："你刚才说什么？谁来了？浪喀加布？为什么不把我叫起来？快快快，他在哪里？"

迪牧活佛和白热管家一溜烟跑下大自在佛殿二层，直奔护法殿。

# 6

"浪喀加布"是"虚空王"的意思。加上他的尊号"一切智",《圣史》翻译成汉文后便直接写成了一切智·虚空王浪喀加布。有这样一个伟大名号的人自然不同凡响：首先，人们不知道他的实际年龄，都说他大概有一百多岁了；其次，作为一个终身不渝的洞穴派苦修僧，他已经好几年没有任何消息，当大家以为他早已涅槃而把他当作仙逝的高僧回忆称道的时候，他却突然出现了。据说他的断离程度已经超过了西藏最著名的苦修祖爷、密法大师米拉日巴，证悟的成就也和米拉日巴差不多，精通脐轮火、光明、幻身、中有、往生、夺舍等那若六法，还能显示穿墙透壁、骑鼓飞翔、融冰化雪、呼风唤雨的神迹，是大密咒金刚乘门之中综合了宁玛、噶举、觉朗三派特点的集大成者。

对这样一个高中之高的大德，摄政王岂能怠慢，跌跌撞撞跑过去，老远就恭敬地做出了合十礼印。

一切智·虚空王浪喀加布在护法殿旦巴泽林铜刀护法神像前等待着摄政王迪牧活佛，听到脚步声，扭头一看，趋步跨出门槛，摊开两手，弯下腰去，呵呵呵呵地笑。他穿着不僧不俗的破烂氆氇袍，却干净得就像刚从拉萨河里搓洗出来，是那种清透的紫色。阵阵原野的草香从他身上散发着，仿佛一棵能行走的植物，带着饱满的汁液，来到摄政王面前炫耀自然的清新。光头、长脸、凸眼、塌鼻、阔嘴、没有胡子的尖下巴，身量不高，却是精华的压缩。修炼让他去粗取精，去伪存真，毫无尘垢，一身佛骨。

虚空王淡然地说："摄政佛爷其实是不用醒来的，贱僧等着就是了。"

"大师的脚步惊醒了整个丹吉林，我就是睡着了也在给大师磕头。已经好几年没见大师了，大师怎么一点也没变？好像我们都是往老里长，你是长着长着又回去了。"

"呵呵呵呵。贱僧今天来就是要告诉佛爷一个长回去的秘法：倒念一切经文，倒走东西两条道，倒立禅坐，逆时针转经，用林木清水之象换掉佛僧法句之象，然后用快乐抵抗一切：贫穷、多病、孤独、逆境、失意、忧伤、无意义、抑郁、混乱、怯懦乃至死亡，还有动荡、冷漠、残酷、恐怖、荒凉、战争、无礼逼迫、强梁霸道。越抵抗越快乐，抵抗完了，你就彻底回去，变成一个无乐无忧的人了。"

摄政王长叹一声："上帝当前，洋魔捣乱，我作为圣教一佛，怎么能快乐？"

"上帝来了，请佛禅让；洋魔来了，敬献香灯；枪炮来了，笑口大开。呵呵呵呵。要不要我去迎请啊？请就是拒，拒就是请。佛法和上帝的法在动静之中就有高下了，千万不要打起来，抵抗是要破戒违禁的，二十五禁行①是修法人的根本，将会坏灭在报仇雪恨的刹那。破戒就是毁掉佛性，佛性和西藏哪个重要？"

"洋魔来了，他们要毁掉佛教，要占领西藏。"

虚空王微笑着摇摇头："那就让他毁，让他占。西藏不过是一片色尘，由地、水、火、风四大元素组成，和世界上的哪个地方不一样呢？为了守住佛性，一万个西藏也值得送人。你不送他，他就

---

① 二十五禁行：五种根本恶行即杀、盗、淫、妄、酒；五种次性恶行即赌博、不正当谋生、传阅邪书、祭祖宗和敬鬼神、信邪教；五种特重恶行即杀男人、杀女人、杀婴儿、杀牛、毁塔庙经像；五种伤害行为即伤害亲友、伤害长官、伤害佛和上师、伤害僧众、伤害信赖自己的人；五种贪欲行为即眼贪色、耳贪声、鼻贪香、口贪味、身贪安乐。

抢，你送了他，他又害怕别人抢，抢来抢去，最后就又回到你手里了。摄政佛爷要是不信就试试看，世界离了佛性就没有因果，没有因果的世界是无法持久的。佛说，你赶快长腿跑吧，西藏就朝着佛性跑。佛性是西藏永远的归属，请守住佛性吧。"

摄政王没想到虚空王会这样说，大师的威望一下子在他心里打了折扣。他不想再说什么，指着门外说："请到经堂里坐坐，还没给你上茶呢。"

"摄政佛爷既然不听我的，那我就只好自己去了。我去找洋魔谈谈，看看他们到底是聪明的还是愚鲁的。上帝的勇敢如果是把一切拿来，佛的勇敢就是把一切给他。我们在最低贱的时候，往往最高大，最忍让的时候，往往最坚强。别忘了给我上茶，上你们喝剩下的没有味道的酥油茶，就在这里。"虚空王指了指旦巴泽林铜刀护法神像前的供桌，纵身一跳，只见清风徐起，一排酥油灯的灯苗哗哗摇摆着，仿佛神祇在招手，把虚空王召见到铜刀护法的背后去了。

摄政王赶紧喊："大师留步，那里没有路，也没有门。"

"我进不必有门，行不必有路。"虚空王说，"隆吐山又要打起来，炮响了，听啊，炮响了，呵呵呵呵。"笑声随即远逝，就像从云端里丢下来的悠远的鸟叫。

"大师，大师。"摄政王呼唤着。

泥塑的旦巴泽林铜刀护法突然说话了："不要喊我，喊得我都走不动了，我就要到达隆吐山。"

一切智·虚空王浪喀加布就这样突然出现，又突然消失了。摄政王迪牧愣望着铜刀护法神像，赶紧喊来白热管家说："上茶。"

白热管家诧异道："给谁上茶？"

摄政王拍了拍铜刀护法前的供桌说："就上在这里，一碗最好的酥油茶。"

## 7

炮击出现在中午，十字精兵用上了所有火炮，猛烈迅疾得超过了此前任何一次轰炸。炮弹覆盖了一切，战争似乎这才显示出野蛮的本性。

西甲喇嘛大呼小叫地指挥大家往后山跑，许多人还是没来得及跑到射程之外，炸死炸伤的随处可见。炮击一停，西甲就带头跑回自己的阵地，陀陀喇嘛们紧跟在后面。三个代本团进入阵地的速度慢一些，尤其是森巴军，总是腰来腿不来，好像他们永远改不了走路和跳舞分不开的习惯。

西甲喇嘛又气又急，从右边跑向左边，催促着："快啊，快啊，再不快阵地就是洋魔的了。"看到森巴军好像没听见他的话，挥拳跺脚地喊道，"奴马代本，你的兵是不是兵？"

奴马代本自己也着急起来，跑过去狠踢那些慢腾腾的部下："你们没长耳朵是不是？西甲喇嘛发火啦。"他的话表明西甲喇嘛一发火，连代本大人都得紧张，无意中便成了对西甲权威的认可和拥戴。似乎炮弹一响，大家自然而然把西甲喇嘛当作了战场最高指挥官——一个将军，真的有权力对参与隆吐山战役的任何一个代本团发号施令。

西藏人紧赶慢赶出现在弹坑密布的阵地上。但是洋魔并没有冲上来。隆吐山下一片安静。好像英国人把打炮和冲锋分开了。

下午，又有了一次炮击，依然猛烈得就像从云雾里瀑泻着火药。

炮一响，西藏人就往后山跑，炮一停，又赶紧跑回来严阵以待。洋魔还是没有往上冲。西甲喇嘛寻思：难道洋魔相信仅靠炮击就能吓跑西藏人？

没有步兵冲锋的炮击又在傍晚出现了一次。炮击一完，十字精兵就吃饭睡觉了。能看到山下的炊烟，看到他们躺在地上的身影。显然他们是躺给西藏人看的，但西藏人不觉得有诈。躺在露天地上睡觉，在西藏，连贵族都会这样。

果果代本有点奇怪，来到西甲喇嘛跟前说："原来打炮就纯粹打炮，跟冲上来占领隆吐山没关系啊？"

西甲说："先前几次可是有关系的，我们不能吃了一次糖糌粑，就说糌粑是不加盐巴的。"

果果说："恐怕是他们害怕了吧？如今的隆吐山上，有了真正的西藏军人。"说着自傲地一笑。

西甲说："就算洋魔害怕了，我们也不能把眼睛全闭上。今天晚上各个代本团把人分开了轮着睡，不能没有醒着的人。"

西甲喇嘛的意思是，每个代本团都必须派出哨兵，密切监视山下的敌人。但似乎三个代本团派出去的哨兵没监视多久就都睡着了，前半夜的人根本没叫醒后半夜的。陀陀喇嘛的阵地上虽然有西甲亲自带人放哨，但浓浓的夜色遮蔽了视野，他们看不清五十步以外的情形，偌大的隆吐山到处都是黑暗的死角。这些死角就在西藏人鼾声如雷的时候，分外阴险地活跃起来。

清晨，夜色的黢黑还没有稀薄，炮火惊炸了大地的光芒，有声有色的火团带着死神的叫嚣，疯狂地舞蹈。来势汹汹的炮弹飞进阵地前沿西藏人的梦乡后，就再也没有消失。没醒来就死去的人太多了。也有炮击前就醒来的，但醒来是为了早课，不管僧侣和俗众，不管出家和在家，早早醒来就是为了定时持诵，诵经唱赞心中的佛。他们身心俱清，全神贯注，早已忘了这里是战场，随时都会死亡。

炮弹打断了佛徒们悠扬的经声。就像昨天一样，所有活着的人都朝后山跑去。不一样的是炮声没有突然停止，而是渐渐稀落着，你觉得停了，又会轰地出现一声炸响。躲向后山的西藏人耐心躲着，根据昨天三次炮轰的经验，洋魔是只轰炸不冲锋的，急慌慌返回阵地干什么？

一颗炮弹飞过来，落在了西甲喇嘛前面。西甲是要去阵地上看看的，所有西藏人中，只有他满腹狐疑。他滚倒在弹坑里，头脸上好几处都被炸飞的石头划烂了。他爬出弹坑，猫腰往前跑了几步，立刻明白炮击彻底结束了。他看到了十字精兵的影子。

行动最快的是由英国人组成的十字精兵精锐部队，已经占领陀陀喇嘛的阵地。可以想见，他们是昨晚就爬到半山腰，藏在土石树木后面的。又用稀稀落落不肯结束的炮弹延缓了西藏人返回阵地的时间，然后毫无阻拦地快速登上了他们仰望已久的山顶。西甲喇嘛剜了心似的惨吼一声，转身就跑："来啦，洋魔来啦。"

英国人没有朝他开枪，觉得这个喇嘛一定是吓破胆了，对一个吓破胆的喇嘛，嘲笑比打死更来劲。他们哈哈大笑，把子弹射向他脚后的地面，噗噗噗地吓唬着他，哪里知道你就是吓破神胆，也吓不破西藏陀陀喇嘛的胆。这喇嘛不是逃跑，是喊人去了。

因饥饿而更加亢猛的陀陀喇嘛一听到喊声就冲了过来。他们用煤炱膏泥涂抹的鬼脸上，现在又有了烽火硝烟的熏染。在他们发誓要吃洋魔的肉、喝上帝的血时，就已经不把自己当人而当獠牙之神了。他们有的是长矛、利斧、大刀，有的是弓箭、石头、棍棒，号叫而来，每个人都发誓要至少杀死三个洋魔然后自己去死。"啊嗨，啊嗨，杀！杀！杀！"嘴是压力奇大的喷口，喷出来的不是语言是火焰，都能看到红艳艳的仇恨的颜色。冲杀的速度是超人的，风一般呼啦一吹就到了英国人眼前。

英国人没想到会在这里遇到可怕的陀陀喇嘛，这里不是对西藏人来说最重要的中间位置，这里是隆吐山的右翼末梢，怎么可能安排充当主力的陀陀喇嘛守卫？但西藏本身就意味着把不可能变成可能，剩下的只有惊诧：他们怎么知道我们的精锐部队会从这里进攻？西藏人太狡猾了。

容鹤中尉喊着："开枪，开枪。"举着手枪一口气射完了弹夹里的子弹。他发现装弹已经来不及，懊恼地说，"上帝啊，快告诉我，他们是人还是鬼？"

所有冲上来的英国人都射出了来复枪里的所有子弹。

子弹能打死人，却打不死奔扑而来的陀陀喇嘛。陀陀喇嘛不是人，是鬼或者是神。没有一个陀陀倒下。明明子弹钻进了肉体，却像针灸一般没事。没有滴血的长矛必须滴血，没有火烫的利斧必须火烫，没有卷刃的大刀必须卷刃。还有弓箭，都来不及射了，拿着箭镞往敌人身上戳。石头是砸的，棍棒是打的，它们都长了眼睛，尽往要害处去。英国人纷纷倒下，没有倒下的败退而去。山坡上，追撵的陀陀喇嘛和逃跑的英国人都在连滚带爬。被攻破的隆吐山右翼末梢的阵地，转眼又回到了西藏人脚下。

西甲喇嘛喊道："回来，回来。"

追下山的陀陀们赶紧回来，然后便是静静伫立。突然沉寂了，隆吐山右翼的山顶上，陀陀喇嘛的伫立让天地敛声。

西甲喇嘛唱起了经，仿佛空山梵呗，在无边的宇宙、广阔的寂寞里幽幽而来："唵，这一生闪电一样结束，好比柳树枝子划过了空气。一个没有生死的明天，无疑很快就要到来。唵，你们还有七七四十九天，之后你们就是西藏的大护法神了。唵，你们这些狂杀洋魔的陀陀，听从了释迦牟尼定下的规矩：想死的时候就死了。"他知道接下来会发生什么，就这样唱起来。这也不是什么经，是他的即兴创作，但他自己和所有陀陀喇嘛都当成了《解脱经》。

就在他的唱经声里，陀陀喇嘛一个接一个倒下了。他们早就身中枪弹，因为要实现杀死至少三个洋魔然后自己去死的誓言，所以直到现在才一一死去。一死就是一大片。一大片扭曲畏怖的表情，在仰面朝天的脸上灿烂着。没有血，这些陀陀喇嘛死的时候没有流血。血随同灵魂飞到天上去了。天上的红亮，超过了晚霞和朝暾。

西甲喇嘛依然唱诵着，奇怪地想：我怎么不倒下去死掉呢？他没有中弹，跑在最前面却没有中弹。佛祖啊，你怎么这样不关照我？

## 8

败退而去的十字精兵不依不饶地卷土重来。

戈蓝上校迅速调整了兵力：派一支雇佣军冲击隆吐山右翼末梢，拖住陀陀喇嘛让他们无法向别处增援。再派数量不多的两支英军冲击奴马代本守卫的左翼和朗瑟代本守卫的右翼，以牵制为主，冲上去更好。然后亲自指挥一支由英国人组成的精锐部队，扑向了果果代本守卫的中间地带隆吐山口。

仰攻开始了，富有经验的英国人散得很开，弯腰端枪，随时准备卧倒射击。八个士兵，掌握着四挺机枪，窜来窜去地在前进中寻找着依托物。突然趴下，嘎嘎嘎嘎一阵扫射，山顶上探头探脑的西藏人顿时缩回了脑袋。

西藏人还是不能开枪，等待朝廷的旨命就跟等待十字精兵自动退却一样让人绝望。

果果代本着急得抓耳挠腮，突然说："西甲喇嘛说得对，不能开枪不等于不杀洋魔。"他指挥部下搬来石头朝山下滚去。一时间乱石翻动，地震了似的。

英国人撤退了，一会儿又上来，又被一阵滚石压到了山脚。

但西藏人的阵地上能够搬动的石头毕竟有限，很快就没有滚石了。靠了军人的本能，所有藏兵都端起装了药的火绳枪，瞄准着爬上来的洋魔。

英国人已经意识到西藏人的枪是做样子的，拿了枪的军人比不拿枪的喇嘛还要懦弱。他们进攻的速度加快了，眨眼到了跟前。果果代本命令第一道防线的士兵后撤，让第二道防线的士兵继续瞄准。英国人更加不回避了，大模大样地靠近着。果果又命令第二道防线后撤，让第三道防线瞄准。眼看又到第三道防线不得不后撤的时候了，果果代本急得乱窜，不知如何是好。他觉得作为一个西藏军人，他差不多已经算是缴械投降了。你拿着枪，却让敌人从你眼皮底下走进西藏，不是投降是什么？他悲叫一声："佛祖啊，为什么我们不能开枪？"

突然西甲喇嘛的声音破空而来："因为你不是西藏的军人，西藏的军人到了这种时候是不会不开枪的。佛祖说，摄政王说，我说，开枪啦！"

西甲喇嘛已经看出英国人想避开不怕死的陀陀喇嘛，从至死不开枪的西藏军人阵地上突破。他一路跑来，传达自己的命令："开枪，开枪，我已经请示过摄政王啦，可以开枪。"可是这件事太重大了，不能光是口头传达，朝廷的旨命是要有文书的。刚才在隆吐山右翼阵地上朗瑟代本就问："那么前线总管俄尔噶伦是怎么说的？他要我们用脑袋保证，等不来朝廷旨命决不要开枪。"到了中间地带的隆吐山口，眼看英国人已经抢占而来，果果代本也在问："朝廷的旨命呢？"

西甲喇嘛悲愤地喊起来："旨命，旨命，你们就知道旨命。难道我的话就不是旨命？"他跳起来，朝山后跑去，心说你们先死吧，我现在就去拉萨把旨命拿来。没跑几步，便一头撞翻了一个人。

那人跳起来问："你是谁？撞我干什么？"

"我是西甲喇嘛。"他说着，绕开那人又要跑。

那人一把撕住他："我找的就是西甲喇嘛，给你，朝廷旨命。"

西甲喇嘛说："快，念给我听。"

仿佛"西甲喇嘛"这个名字具有神奇的魔力，一晃眼，旨命居然飞来眼底。

西甲冲到果果代本跟前，哗啦啦抖着由摄政王盖章按印的朝廷旨命，喊着："开枪，我命令果果代本团，全体一致，向洋魔开枪。"

这次真的开枪了。所有果果代本的部下，西藏的正规军，都打出了战争以来的第一枪。


西甲喇嘛撞翻的这个人就是魏冰豪。魏冰豪终于到了。他和递送旨命的快马使者先到春丕，见过前线总管俄尔噶伦。俄尔看了旨命，欣喜若狂："朝廷和我们一致啦，这就好，这就好。洋魔是什么野兽变的，敢于对抗大清朝？"一边使人款待魏冰豪和快马使者，一边派人向隆吐山守备部队展示朝廷旨命。

魏冰豪咕噜了一碗酥油茶，请求道："大人，让我去展示吧。我要亲眼看看洋魔是黑还是白。"他换了一匹马，让俄尔总管的人带着，直奔隆吐山。

旨命就这样来到了战场，完全是摄政王迪牧活佛的口气：

> 驻藏大臣已经明示朝廷旨命，我们不杀生，但带瘟疫的老鼠除外，洋魔就是老鼠。全体军民，一体同心，遇魔就杀，多杀必赏，掉头流血，在所不惜。还有上帝，快速捉拿。加巴索！

除了魏冰豪，在场的人都不知道，这份神圣的朝廷旨命、驻藏大臣文硕明示的抗英宣言，其实是个虚拟。

隆吐山最高指挥官西甲喇嘛狂奔而去，他要让左翼的奴马代本、右翼的朗瑟代本都知道：自己举在手里哗啦啦抖着的，就是大家等待已久的朝廷旨命。朝廷旨命由他传达，这是命运对他的抬举。他高兴着，也光荣和骄傲着，让所有人都觉得，朝廷的旨命，是直接送给西甲喇嘛的。

奴马代本立刻羡慕地说："对我们来说，现在的西藏，摄政王下来是俄尔总管，俄尔总管下来就是西甲喇嘛。"

隆吐山绵延的山脉上，到处响起了火绳枪的射击声。西藏人以为只要放胆开枪就能胜利，瞄准的时候，就已经有了泄恨的舒畅。那么多战友——认识不认识的西藏人都死了，恨怒是无边无际的。而在西藏，能复仇的神都会得到供奉，能复仇的人都会受到尊敬。火绳枪尽管不能打连发，但毕竟人多，一拨射了，再换一拨。再说很多官兵是拖带着女人的，累赘这时变成了优势，她们可以帮助战士装弹药，插火绳，敲打火镰和火石。五分钟打一枪的速度，变成了三分钟打一枪。

　　进攻隆吐山左翼和右翼的十字精兵快速撤退着。这时候才意识到一直不开枪的西藏人并不是永远不开枪。至于为什么突然开枪，他们并不知道。只见一个喇嘛跑来又跑去，然后就有了火绳枪的疯狂抵抗。

　　而在中间地带的隆吐山口，戈蓝上校亲自指挥的十字精兵精锐部队却没有撤退。他们用四挺机枪压住对方火力，猛冲西藏人的防线。戈蓝上校是身先士卒的，一手举着来复枪，一手举着手枪，第一个撕开了防线的豁口。豁口两边，躺着两溜西藏人的尸体。戈蓝上校踩踏而过，靴子上沾满了滴答的血迹。他踢着鞋，把沉重的血水甩掉，跪在地上，命令士兵朝两边射击，想把豁口撕大一点，最好一百米以内看不到西藏人的影子。

　　但是很不幸，西藏人反而越来越多了。西甲喇嘛带着一部分亡命陀陀从右侧喊杀过来增援果果代本。果果代本的人不再奔逃，停下来反击。

　　戈蓝上校愣住了，望着蜂拥而至的陀陀喇嘛，本能的恐怖一瞬间扼制了他。他不禁哆嗦起来，下意识地做出了撤退的选择。也是身先士卒，他朝山下跑去。英国人跟着他，先是踩踏着西藏人的尸体，后是踩踏着自己人的尸体，山倾水泻似的流淌而去。

# 第八章  隆吐山战役（四）

## 1

马翁牧师感觉自己浑身瘫软，如同融化的酥油，就要变成一摊水了。他看看周围，所有的人跟他一样，不禁在心里问道：这是为什么？是吃了不洁的食物，还是喝了有毒的水，或者是烟瘴作祟，污染了空气？都不会，西藏人的食物跟他们的食物不同，不可能都有毒。吃的水和呼吸的空气虽然一样，但他们分明看见过涧底水流里的鱼，看见了树上啁啾的鸟儿。鱼和鸟儿都好好的，人怎么会中毒？还有面前这些飞虫，难道它们比人还要强悍？

密集的飞虫嘤嘤而鸣，不时地落在皮肤上，手和脸都是痒痒的，间或有刺痛的感觉。马翁牧师想抬手驱赶，可怎么也抬不起来，沮丧得叹口气，感觉嘴唇是麻木的，呼吸变得困难了。他害怕起来，要是嘴和鼻子都像手脚一样失去知觉，那就没命了。他使劲呼吸，试图用气流驱散嘴上的麻木，却不断有飞虫被他吸进嘴里，想吐出来都不可能。但是他没有停止使劲呼吸的举动，他觉得这是他维系生命的唯一办法。

吸进嘴里的飞虫更多了，就像吃了一口别人嚼碎的东西，恶心得直想吐。但是他吐不出来。不仅如此，飞虫的刺激还让喉咙突然有了吞咽的蠕动，一大团飞虫朝下滑去，咕隆一声，嘴里似乎清爽了许多。之后他便不由自主地连续吞咽了几口，是生命的本能，也是上帝的旨意，不知咽进去多少飞虫，蓦然发现手指正在嘴边爬动。啊，抬起来了，手臂可以抬起来了。

他又试着动了动腿，动了动腰，有感觉，越动越有感觉。一个清晰的念头就在这时抓住了他的意识：是飞虫的叮咬让他们躺倒在地的。现在，飞虫又来救他们了。几年前，刚到印度时他就听说，印度红蜘蛛咬一口就能毒死人，解毒的唯一办法是生吞两只红蜘蛛。看来这里的飞虫跟红蜘蛛是一样的：它让你中毒，你吃了它就能解毒。就好比你面对一种陌生的信仰，开始它对你一定是侵扰和伤害，但要是你把它吃进去，就发现原来它对你是有好处的。

马翁牧师张大嘴，猛然吸气，把几只飞虫直接吸进了嗓子。

他挣扎着坐了起来，望着身边的卫队士兵，开始是小声说，渐渐声音大了："你们听我的，张嘴，吸气，像我这样，张嘴，吸气。"他示范着张嘴吸气的样子，问道，"有什么感觉？是不是飞虫进到了嘴里？吸进飞虫的往下咽，没有吸进飞虫的继续吸。听着，我们中毒了，飞虫是上帝送来的解毒良药。你们看看我，上帝的飞虫已经显示了奇迹，我好起来了，差不多跟从前一样了。"

随着飞虫不断被吸进嘴里、咽到肚里，卫队士兵们渐渐能够动动胳膊动动腿了。

马翁牧师站起来，走到霞玛汝本一行跟前，大声说："上帝会来救你们，请相信我，上帝就在这里。"然后，他又教躺了一地的西藏人张嘴吸气。

西藏人吸了几口就不吸了。他们不想把飞虫吸进嘴里，更不会按照马翁牧师的指点把飞虫咽下去，那是杀生，跟吃掉人是一样的，是魔鬼的行为。

马翁牧师着急地喊叫着，越喊叫越不灵，最后绝望地喘着气说："你们不想活了吗？可是上帝的眷顾已经来临，你们并没有死的权利。"

霞玛汝本表情木然，用将死者的眼光乞求地望着他，似乎说：牧师，除了吃飞虫，还有没有别的办法？

马翁牧师一下就读懂了，挠挠头说："没有，没有。"心里却想：上帝一定还有别的办法，因为这里是西藏。但不管有没有，他必须做到不让飞虫继续叮咬西藏人，突然打了个愣怔，意识到也许这就是上帝的启示：只要杜绝飞虫的侵害，西藏人自己就会好起来。他大声祈祷着："上帝啊，我知道你就在我们头顶，知道你会保佑这些西藏人。啊，我明白了，明白了，你就是这个意思了。"

霞玛汝本听着，觉得上帝跟自己无缘，绝望得闭上了眼睛。他死了，许多西藏人都死了，没有了心跳，没有了气息。

马翁牧师不甘心，看到已经有好几个卫队士兵站了起来，便说："你们就是西藏人的福了，快跟我来。"他带着卫队士兵刈来了许多蒿草和树枝，围着西藏人东西南北堆了四堆，然后点着了。草和树枝都是青绿的，光冒烟，不着火，这正是马翁牧师的需要。烟雾弥漫着，飞虫纷纷逃散。

显然吃掉飞虫和用浓烟熏走飞虫是两种效果，前者是靠了外力以毒攻毒，后者是在杜绝新毒侵入的前提下依靠人自身的潜能渐渐恢复。西藏人躺到第二天早晨才陆续能够动弹。期间马翁牧师和卫队士兵不断添加柴草，浓烟一直没有间断，他的祈祷也没有间断。为了让西藏人知道他在祈祷什么，他一直说的是藏语："上帝，上帝，亲爱的上帝，你是圣父、圣子、圣灵的合体，所以你是无所不在、无所不能的。你是神，是救世的主，是驱散魔鬼的勇士，是治病的医生，是保护羔羊的牧人……"

霞玛汝本满含热泪，一遍遍地说："我不死了，真的不死了。"他后来说，他死后灵魂很快离开了躯体，正在徘徊不前时，有个神情忧郁的男人出现了，告诉他："我是被你们称作上帝的天父，我来救你，回到你的身体里去吧，你不会死了，你将跟着马翁牧师走到底。"于是他就又活过来了。

《圣史》上说，在飞虫事件中死去的所有西藏人，都在死后见到了上帝。是上帝让他们继续活着的，因为上帝是个讲因果报应的人。上帝说："因为恭敬我并倾听我的话，你们前世今生的罪孽，全没有啦。你们将一直活下去，直到愿意进入天国的那一天。记住，我会保证你们此生就能到达天国。因为我的天国和时间一样无限、跟宇宙一样辽阔，即便地球上的所有人住进来，也好像只住着我一个人——一个神和耶稣基督以及圣灵的共同载体，我仍然很寂寞，我需要更多的伙伴，都来吧你们。而佛教的天国太拥挤啦，光那些名目繁多的佛都住不下，还得下凡到人间来做活佛，哪里会欢迎你们这些人呢？所以就让你们一世又一世地轮回，没完没了地轮回。不想轮回的人，跟我来吧，如果你们此生此世信仰我，我就保证你们永生永世脱离苦难。"

他们又开始上路了。靠着马翁牧师的"吉凶善恶图",一会儿东,一会儿北。突然停下了,目瞪口呆地看着一个趴卧在草丛里的半死不活的人。

马翁牧师说:"上帝,这是哪里来的人?"

霞玛汝本则大喊一声:"阿奈甲本,你怎么在这里?"

阿奈甲本和他的部下迷路了。也许是以为可以由此走出山林,也许仅仅是好奇,他们走进了山洞。但是走进去就出不来了,只爬出来阿奈甲本一个人。阿奈甲本指了指身后不远处的山洞,身子一歪,昏过去了。

霞玛跑向山洞,跑进洞口只几步就出来了。他摇摇头,一脸惨白。马翁牧师问他看见什么了。他喃喃地说:"什么也没看见,就看见了黑森森的地狱。"

马翁牧师抬头望着山洞,表情越来越坚毅,眼睛里的蓝光就像浮动的火焰。他朝前走去。人们都觉得他是去洞口看看的,没想到他一直走了进去,他的卫队想拦已经拦不住了。

半个时辰后,马翁牧师背着一个西藏人走了出来。他放到地上,又走了进去,又背出了一个人。第三次进洞的时候,他提起黑道袍的前襟蒙住了自己的鼻嘴。他的卫队也都脱下衣服,缠到鼻嘴上跟了进去。他们从山洞里背出来了阿奈甲本的所有部下。差不多一半活着,一半已经死了。

马翁牧师照例祈祷上帝保佑,又让人拿来水,从马屁股上的十字布兜里取出一些白色药片来,一一喂进了那些还在喘息的人嘴里。虽然牧师知道,对这些中了瘴气的人,新鲜空气比什么都重要,但他还是要证明他的存在的重要。霞玛汝本和他的人迷信地看着马翁牧师，都觉得这是上帝的救治，而上帝的救治总是有效的。

一天以后，阿奈甲本和还活着的十几个部下陆续醒过来了。

阿奈甲本说："佛祖啊，我还活着。"

霞玛汝本看看马翁牧师，诚实地说："是上帝救了你。"

## 2

从隆吐山战场归来的魏冰豪向前线总管俄尔报告了战事后，俄尔很高兴："洋魔再次败退了，好啊，好啊，又是西甲，又是陀陀喇嘛。"又听说西甲喇嘛指挥取胜的原因是改变了他下达的作战计划，心里掠过一丝不快，但很快就消失了。他大度地想：到底是丹吉林的喇嘛，迪牧活佛教导过的，比我还是能掐会算，居然能料到十字精兵重点进攻的不是中间，而是右边的右边。那以后所有的作战计划，都先交给西甲喇嘛。想着，立刻动笔，写了一封信：

> 蚂蚁都知道西藏的陀陀不怕死，来抗英就是来献命。
> 但是胜利的保障西甲喇嘛不能死，不打败英国他不能死，
> 打败了英国也不能死。什么时候死？云丹贡布的岁数上死。

俄尔是在心情愉快地祝福西甲喇嘛健康长寿呢。云丹贡布是诞生于公元 8 世纪的西藏医圣，《四部医典》的创制者，活到 125 岁。他叮嘱送信使者："把信念给所有的代本、所有的陀陀，不要以为西甲喇嘛不想死，是我不让他死。"

俄尔也是情不自禁，等快马使者走了，才问自己：西甲喇嘛是摄政王要抓要杀的人，我这样抬举好不好？不好也来不及追回了，

到时候再说，我这也是控制西甲的一个办法，万一他和英国人拼死了，摄政王抓谁杀谁？

　　隆吐山阵地上，人们很快知道了前线总管的亲笔信，那就是西甲喇嘛不能死，125 岁以后才能死。仿佛是赦免令，森巴军的奴马代本跑来祝贺："俄尔总管这样高看你，最大的威胁就没有啦。你现在防备的还是丹吉林陀陀的抓杀。西甲喇嘛听我劝，赶紧承认你是丹吉林的叛徒，这样我就把桑竹姑娘派到你身边来，她会老老实实守护你，决不再戏弄你了。"

　　西甲喇嘛下意识地说了一百个"不"。他正为不能速死而发愁，排除危险的事根本不想考虑。他郁闷地想：为什么不让我死？部下们会怎么想，不死的西甲领着他们去送死？陀陀喇嘛是好办的，他们会遗憾地说：我们的陀陀首领多可怜啊，他居然不能死。但藏兵是不一样的，个个不想死，首领不想死，他们就更不想死。125 岁，那是多长的命，长得都看不到尽头，活那么久真是太可怕了，消磨多少时光才能走完一个轮回？不死的唯一好处，就是知道世上还有桑竹姑娘。可是知道了又能怎么样？你不敢靠近她，更不敢表示什么，公开和隐秘的都不行。只能默默地想、苦苦地想，那还不如死掉算了，死掉就连想也没有了。

　　能不能这样：我死她也死，然后去另一个世界，两个人在一起？

　　不行不行，谁知道死后彼此的灵魂还认不认识对方呢？再说我是要下地狱的，桑竹呢？总不能也把她拖进地狱吧？她是天上的仙女，应该回到天上去，然后再下凡人间，让世人继续迷恋她的美丽、漂亮。

　　西甲喇嘛的郁闷背后是深切的悲伤：虽然陀陀喇嘛们的杀身成

神带给他的应该是高兴，但他怎么也高兴不起来，毕竟是人，就算不是死亡而是分别，也会令人伤心断肠的。何况还有藏兵的死，那么多藏兵转眼不见了。他们的灵魂依然羁留在战场，徘徊着，不忍离去。所以天阴了，恢宏绵延的隆吐山之上，阴天就像手拉手的英灵笼罩出了一片浓重的情绪，凄凉而压抑。

哭声若断似连，这儿那儿都有。有的是女人哭丈夫，有的是男人哭老婆，有的是孩子哭阿爸或阿妈。除了哭声就没有别的声音了，风驻足，鹰噤声，水停流，仿佛就为了凸显那些不该出现却忍将不住的哭声。

西甲喇嘛知道，消除哭声和凄凉的唯一办法，就是举行超度法事，让亡灵悄然离去，也让活人心神安宁。但这显然办不到，死人的数量决定了法事的隆盛，须得一个德高望重的大活佛来主持。大活佛也会因为超度这么多亡灵走向中阴界、再走向转世而更加德高望重。

西甲走向那些哭泣的人，苦口婆心地劝他们节哀："看啊，灵魂，灵魂，你把灵魂拽住了。灵魂一听到哭声，就不走啦。一滴眼泪就是一个大石头，你给他绑了多少大石头啊？不要哭啦，西藏所有的大活佛都知道隆吐山死了人，正往这里赶来，一听你们哭，就又回去啦。快把眼泪擦掉，为什么还不擦掉？"

突然从死人堆里跳起一个不僧不俗的老人，大声说："你为什么不能主持超度法事呢？"

西甲一愣，吃惊道："哪个代本团还有这么老的兵？你大概有50多岁了吧？"那时候西藏人的平均寿命只有30岁，50多岁是很大的岁数了。

老人说："你说我是老不死的？老不死的人请求西甲主持超度

法事，你都是指挥战争的大喇嘛了，区区超度法事算什么。"

西甲说："虽说是大喇嘛，也没有举行超度法事的资格。再说我不识字，念不了经的。"

老人说："大喇嘛，你的嘴里出来什么，什么就是经。这些人是哭给你听的，上不了天的亡灵要怪罪你了。你听，你听……"

哭声暴起，风突然来了，似乎扎了堆的亡灵开始发脾气，横冲直撞地把西甲喇嘛推来搡去。人高马大的西甲一个跟头栽倒在地。等他恓恓惶惶爬起来时，老人已经离去，他心里就像被掏空了一样，什么依止也没有了，只想随风而去，任意飘摇，如同飞絮轻尘，永远想落又永远不落。

西甲漫无目的地朝前走去，从陀陀喇嘛守卫的右翼末梢，走向朗瑟代本的右翼，走向果果代本的中间，走向奴马代本的左翼，不断有人问："西甲喇嘛，法事什么时候举行？"他听到有人代他回答："马上，马上。"回头寻找，却看不到任何人。重复了几次，他才意识到，是自己嘴里发出来的声音。自己还说："天葬是来不及了，这么多尸体，全西藏的神鹰都集中到这里也是一顿吃不完的。火葬吧，灵魂走得快些。再说这里是战场，要抓紧时间，洋魔的进攻说来就来。"

他又原路返回，叮嘱奴马代本、果果代本和朗瑟代本："快啊快啊，把尸体都集中起来，再派人去林子里砍木头，越多越好。"他奇怪自己会这么说，也奇怪心里一直在打鼓：洋魔的进攻就要开始了，就要开始了。好像他得到了确切的情报。

情报在哪里？洋魔这会儿在干什么？他举目远看，突然一个激灵，明白了：

要是灵魂都集中在阵地上不散，就会把幽怨囤积起来：这么多喇嘛为什么不超度我们？因幽怨而作祟是必然的，西藏人尤其是陀陀喇嘛很可能要倒霉了，倒霉的结果就是在洋魔的进攻面前一败涂地。法事，法事，一定要举行法事。可法事一旦举行，洋魔就会进攻，趁着腾起的火焰和涌动的悲伤，趁着陀陀喇嘛们都去念经祈祷——在灵魂走向美好转世或天堂佛国的关键时刻，喇嘛们必须专心致志，丝毫不能分神。守卫阵地只能靠奴马、果果、朗瑟三个代本了。离开了陀陀喇嘛，他们能守得住吗？守不住也得守，这是摄政王的命令。

　　西甲喇嘛想着，刚才那种心神没有依止、尘絮般无定的感觉消失了，代之而来的是从未有过的坚定：来吧，来吧，洋魔什么时候来都不怕。他快步走进陀陀群，大声说："去几个人，把奴马代本、果果代本和朗瑟代本叫来，开会啦。"

　　这是一次隆吐山前线的作战会议，由西甲喇嘛主持。他说："法事在陀陀喇嘛的阵地前举行，洋魔里有西藏喇嘛和懂西藏的牧师，他们的主意我知道，一定是让洋魔从陀陀们的眼前身后进攻隆吐山。陀陀们已经撤出战斗啦，他们的念经超度不能停，因为升天的亡灵听不到经文就会从半空里跌下来，"砰"地摔个稀烂就再也不能转世啦。没有了陀陀，你们就是陀陀，枪打的要哩，刀砍棒杀的也要哩。但是要埋伏好，洋魔以为没有了陀陀，这里就门户敞开啦。等他们两条腿走路而不是四条腿走路的时候，你们才能出来。怎么埋伏知道哩？就是装成死人躺在地上，等洋魔从你们身上踏过去后，你们再从后面要他们的命。"

　　西甲本打算是要商量一下的，但他一说完，三个代本就都"噢呀噢呀"地答应着要去部署了。他叫住他们，看他们没有任何疑问，忍不住问道："我说得对吗？"

　　奴马代本说："对的，对的。"

朗瑟代本赞美道："喇嘛你军事上有一套，不愧是摄政王身边的人。"

果果代本也说："你要是不对，隆吐山就没有对的人了。"

西甲喇嘛还是有点不相信："我说的真的没错？"心里突然一亮：不是我没错，是摄政王没错。他朝着拉萨的方向双手合十说，"摄政王，你让我军事上有一套啦。"

远山，更远的山，都抬起了头，用熠亮的冰光扫视着这里。雪山在这一刻显出了亲切而温暖的光芒，就像悲伤的结晶，透出了水色的嫣红。

## 3

看到隆吐山的西藏人阵地上，许多人正在搬运木头和尸体，尕萨喇嘛立刻告诉戈蓝上校，西藏人要举行超度法事了。戈蓝上校沉默着，他意识到这是一个进攻的绝佳机会，却又担心对方有诈。

戈蓝上校问："给你一支人马，你敢带着他们踏过超度的人群吗？"

尕萨喇嘛说："敢，这个时候什么都敢。喇嘛们不会停止念经的，停下来就完了。抽去柴草是开不了锅的，折断翅膀是上不了天的。喇嘛们也许不担心这个，但他们一定知道，中断念经就是阻碍灵魂升天，是会受到惩罚的，从此他们将不再是真正的喇嘛，他们的灵魂将陪伴那些上不了天的灵魂堕入地狱。"

戈蓝上校点点头："我的朋友，看来我只能听你的。"他觉得既然念经超度的喇嘛不会有任何抵抗，去一队雇佣军就可以了。再说作为一个指挥官，他决不放弃自己的怀疑，万一有诈，受损的将不是英国人组成的精锐部队。

那么精锐部队又该摆放在哪里呢？新一轮进攻马上就要开始，戈蓝上校比以往任何时候更显得踌躇不定。他由不得自己地左顾右盼，容鹤中尉以为找他呢，赶紧跑过来。

戈蓝上校摆摆手说："中尉，做好准备，你从西藏人的左翼和中间往上冲。"容鹤中尉转身要走。戈蓝上校又说，"我们的机会可能不多了。如果这几天还拿不下隆吐山，也许我们的妈妈会高兴的，她们会很快看到被英国军队开除回家的儿子。"

容鹤中尉匆匆离去，除了拼命攻打，他还有什么好办法呢？

戈蓝上校还在左顾右盼。尕萨喇嘛知道他在找什么，小声说："上校，达思牧师也许逃跑了。"上校点点头：有可能。上次进攻败下阵后，就不见了达思牧师的影子。他会逃向哪里呢？印度，还是西藏？不管他逃向哪里，都应该把他抓回来。

他派人叫来了雇佣军里熟悉地理的司恩巴人，让卡奇带队，分成两组，追寻达思牧师去了。


超度法事就要举行，搬运尸体的小瘦子汝本和黑脸汉子吵起来。小瘦子说洋魔的尸体也应该搬过去一起超度。黑脸汉子说不能搬，凭什么我们要给侵略者超度。两个人吵到了奴马代本跟前。

奴马训斥小瘦子道："你不知道吗，洋魔是没有灵魂的，人死了一切就完了。这些不会转世的可怜虫，跑到西藏来送死，就是为了让我们的喇嘛给他们造出灵魂来。不行，不能超度。"

他身后的桑竹姑娘说："又不是你们超度，你们竟敢做主，这事得问问西甲喇嘛。"这是她第一次尊重西甲，到底是真心还是假心，连她自己也糊涂。她使劲晃晃头，似乎一晃就晃没了糊涂，冷冷一笑，心说他不做丹吉林的叛徒，我就让他做整个西藏的叛徒，走着瞧啊。

奴马代本来到西甲喇嘛跟前，把自己训斥小瘦子的话重复了一遍。

西甲想了想，严肃地说："洋魔要是没有灵魂要上帝干什么？上帝是管灵魂的。光让我们的灵魂升天，不让他们的灵魂升天，倒霉的很可能还是我们。洋魔是敌人，洋魔的灵魂说不定就会变成朋友。众生是平等的，洋魔也有升天的权利，就算我们不把尸体搬过来，灵魂也会飘过来爬上超度的梯子。"

奴马说："那就让这些坏蛋灵魂爬吧，看着他们爬上梯子，你就停止超度。梯子一断，坏蛋灵魂就会栽下来摔死。"

西甲说："一个喇嘛对超度的人是不区分好坏的。这是释迦牟尼定下的规矩。我的上师摄政王迪牧活佛和沱美活佛都说，一切有情众生，都是我们的父母，我们为他们的痛苦而痛苦，为他们的幸福而幸福。我们要是半中腰停止超度，栽下来摔死的就不光是洋魔的灵魂，还有西藏人的灵魂。"

奴马不耐烦地说："看来我说不过你，你说什么就是什么吧。"

那个不僧不俗的老人又出现了，在不远处笑嘻嘻点着头。

西甲问奴马："这老人是哪个代本团的？"

奴马扫了一眼说："这么老的兵，哪个代本团也不会有，说不定是来混吃混喝的。对了，西甲，我们已经好几天没吃到糌粑啦。"

西甲喇嘛皱起眉头，望望天空和远山，随口安慰道："已经运来了，半路上呢，看见了吧，云后面，山后面，头发丝一样细的路上，走着呢。"

老人突然说："我看见了。半路上走着的糌粑，会从天上掉下来的。"

西甲瞪着老人，突然又实话实说："我都没看见，你能看见什么。"

　　达思牧师躲起来了。当然不是为了躲开十字精兵，而是为了躲开所有的嘈杂。茂密的山林深处、原始的寂静接纳了他。他在那里重温了时轮堪舆金刚大法的秘诀和法要，观修静思，一遍遍默念自己的尊师班丹活佛。当尊师迟迟不现身时，他就说："上师之上，绝无佛名，班丹活佛，我唯一的佛，请加持我。"加持终于来了，就像利刀镌刻，深深地触及着他的心：大法修炼，不进则退。他心说往哪里进呢？又有了一行字的镌刻：你对神通之路已经了然于心。然后就消失了，千呼万唤，班丹上师再也没有出现。恍然觉得那个曾经召唤过他的亮丽尊贵的声音划过耳际，仿佛就是自己的心音："达思，你的图呢？图一直在等你，等你，等你。"他睁开眼睛，又闭上眼睛，无论睁开眼睛还是闭上眼睛，他看到的都是一条路，那路已不再朦胧，近处是格外清晰的：杆粗叶茂的老树、细如羊肠的河流、黑岩石的山顶。达思不禁奋然而起，就像吹号一样长叹一声，信步而去，走进了卡奇带领的司恩巴人猎捕野猪的圈套。

　　戈蓝上校说："尊敬的牧师，你是不是忘了我的警告，逃离战场就是背叛十字精兵，每个军官和士兵都可以举枪打死你。"

　　被五花大绑的达思牧师用下巴指着尕萨喇嘛说："是他告诉你我要逃跑的吧？我明明对他说，我要去探路，去向神灵请求神通之路的显现。"

　　戈蓝上校一愣，瞪了一眼尕萨喇嘛。

　　尕萨尴尬地笑笑说："这么长时间不回来，我以为……"

　　戈蓝上校说："我愿意相信你牧师，如果你能证明你没有撒谎的话。"说罢，示意牵狗一样牵着达思牧师的卡奇给他松绑。

　　达思牧师终于拿出"吉凶善恶图"，递给了戈蓝上校。

　　他一直不想拿出来，不想让自己的存在变成隆吐山争夺战的关键。但是现在，连上师班丹活佛也在催促他了，他只能这样，了然于心的不仅是神通之路，更是一种信心：代表上帝的十字精兵之所以屡攻不下，就是因为上帝想拉他一把，把他拉到绝对坚定的基督立场上，让他显能，也让他陷入被西藏人仇恨的旋涡，更让他背负罪孽以便通过上帝面前的忏悔得到解脱。他用佛家思想解释了自己的行为：这是我和上帝的缘分，上帝让我们随遇而战，随战而胜。

　　戈蓝上校看半天看不明白"吉凶善恶图"，正要还给达思牧师，就见达思牧师修长的手指点在了两座山峰之间。

　　"听我的，从这里，隆吐山的普沟，进去。"

　　达思牧师说这话时心里抖了一下，因为那儿画着一个连接江孜宗的坐标。他恍然看到颇阿勒庄园的原野上，菩媞姑娘的笑脸花朵一样芬芳："达思喇嘛你一定要回来呀，你要是不回来我就把黄金吃掉。"如今他正在往回走，但身份已经大不一样：一个随军的基督教牧师，再怎么念叨"爱人如己""彼此相亲"，也不能回避自己对武装到牙齿的十字精兵的责任。他内心无比激烈地纠结着：一个牧师的责任难道不是让刀枪销蚀在无争无战的祥和之中？不，不是，是前进，举着刀枪、向着江孜乃至拉萨前进。

　　"普沟？我凭什么相信你？"戈蓝上校眯着一只眼睛说。

　　"你应该像相信上帝一样相信我。我保证"吉凶善恶图"具有鬼斧神工的准确。我带你们过去，要是过不去，就让上帝来惩罚我。"达思说罢，转身就走。他似乎不屑于商量，你爱来不来，我这就走了。

　　隆吐山战场陀陀喇嘛的阵地前，西藏人把砍来的木头横一层竖一层地摞起来，每根木头的间隔是一米，整整齐齐，偌大一片。六层以后才把尸体抬上去。西藏人和外国人不分，都被捆扎成了蜷腿弯腰合臂拜佛的跏趺模样，也是婴儿在胎腹里的形状——人以婴儿之姿赤裸而来，也应该以婴儿之姿赤裸而去。本来木头和尸体上都是要抹酥油的，一来祝福，二来易燃。现在吃的酥油都没有，哪里还有抹的？好在树林里到处都是燃灯草，折断茎秆就会流出油津津的汁液。缺少牛粪和酥油的地方，都是用它做燃料和点香灯的。西甲喇嘛派人拔来许多燃灯草，塞进木头的间隙和裹缠起尸体，这就好比泼了汽油，把尸体烧得干干净净是不用担心了。

"开始吧，西甲喇嘛。"不僧不俗的老人又来了，说话的声音突然变得洪亮而硬朗。"请念诵'观世音心咒'。"

西甲茫然摇头：不会啊。

老人蔑视地冷笑一声说："那算什么丹吉林的大喇嘛。请念诵《金刚萨埵法》。"看西甲还是摇头，便更加夸张地冷笑一声说，"请念诵《普贤行愿品》。"

西甲突然不摇头了，瞪着老人说："你是哪个地洞里钻出来的瞎老鼠，以为本喇嘛什么法力也没有？听着，我要念了，我念的经是世上最好的经。"说罢，他就念起来。也怪了，经老人一激，他就变成了另外一个人。好像不是他的嘴，也不是他的心，他心里没有的这时有了，嘴上不会的这时会了。是真正的经咒，是他在丹吉林听到过的最好的经咒。西甲一边念，一边在心里吃惊地叫唤："噢呀，噢呀，我会念经啦。"

又有了那种心神没有依止、只想飘摇而去的感觉，但很快就过去了。当西甲喇嘛看到那么多陀陀都崇敬而肃穆地望着他时，就从手中的木碗里抓起一撮宝石扬洒到天上。宝石落下来了，在尸体和木头上发出一阵噼里啪啦的脆响。西甲惊问道：手中的木碗是哪来的？没有人递给我呀。宝石都是小颗粒的，有绿松石、红松石、玛瑙石和玉石，战场上的西藏人把它们贡献出来，权充了祈福的五彩青稞，送给空行的男神和女神，送给坐地的男神和女神，在人力不及的中阴界里，求他们帮助亡灵度过蒙昧的四十九天，然后超然而去。

亡灵们感激地轻抚着西甲喇嘛，风徐徐来去：这么漂亮的经咒、这么真诚的祈福。尤其是英国十字精兵的亡灵，受宠若惊地舞来舞去，抱吻着西甲，把暖洋洋的感激留在了他光洁的额头和脸颊上。

所有的陀陀喇嘛都排成了队。围绕着被木头高高架起的尸体顺时针旋转。他们用枯裂的嘴唇齐声念诵"唵嘛呢叭咪吽"，组成一道有声有色的背景，烘托着西甲喇嘛无与伦比的经忏大法。

那不僧不俗的老人朗声喊道："点火了，点火了。"

仿佛是提前演练好的，西甲喇嘛走过去，把手中的火把伸向木头，点燃了葬礼之火。他又一次惊问自己：手中装宝石的木碗什么时候变成火把了？谁送来的火把？

比太阳更红的火焰和比黑夜更黑的浓烟纠结着升空而起，转眼连上了云。燃灯草"吱吱"地叫，木头"啪啪"地响。大火转眼成了世界的唯一。隆吐山的葬礼给战争贡献了些许温暖和情意。西藏人瞩目而立，多数人都把双手合起来，用万能的六字真言，祈送亡灵平安离去。

有个女人还在哭。不僧不俗的老人似乎想安慰，女人哭得更厉害了。

西甲喇嘛走过去，学着迪牧活佛的样子，庄严地在她头上抚摸了一下，然后说："所有人生来都要死，只不过有的人早，有的人晚。但不管早晚，死都是一次远行。他们远远地走了，再也不回来了。

往西的，西方净土的无量光佛迎接着他们；往东的，东方净土的琉璃光如来迎接着他们；一直往前的，兜率天宫的弥勒佛迎接着他们。你这样哭哭啼啼，亲人不忍离去回来怎么办？回来就又会跟洋魔打仗。活人跟活人打，亡灵跟亡灵打，难免又要死伤流血。亡灵是不能流血的，一流就没有力气升天了，只能下到地狱去见阎罗王了。"

女人听着，顿时不哭了。

老人嘿嘿一声说："西甲喇嘛，你跟你的上师已经没有区别了。"

西甲瞅他一眼，觉得他话里有话，问道："你是谁？哪里来的？"

老人说："我是一切智·虚空王浪喀加布，我来隆吐山化解罪恶，英国人的罪恶和西藏人的罪恶。"

西甲愣了一下，想了片刻，突然大叫一声："死了死了，我今天要死了，我见到了真神，我得罪了真神，我以为他是混吃混喝的，我要死了。"

虚空王说："不要中断超度，念经吧。"

西甲赶紧念起了经，是他从来没有念过的灭除一切罪障的《大日经》，居然张口就会。他知道这是虚空王暗中加持助力的原因，心里不禁升起无限敬仰的暖流。恰好《大日经》里有"摩诃毗卢遮那"的句子，他便心领神会地念给虚空王听，意思是大日来临，光明遍照。虚空王微笑着点头。西甲喇嘛念得更来劲了，念着念着，就听一声炮响，英国十字精兵的进攻又开始了。

4

春丕寺内外一片忙乱。

先是从拉萨传来了好消息：金巴护法、毗玛护法和奈冬护法降神仪式的结果都很好，神说："洋魔来得猛去得快，佛教必胜。"乃穷大护法降神后表示："既然已经抵抗，就需一干到底。"拉萨三大寺、上下密院、四大林的抗魔法会大获成功，殊胜的心念和必胜的征兆传遍了整个拉萨。达赖喇嘛亲自带领密法高僧念了《武经》、放了厉咒，异教洋魔没几天好折腾的了。前线总管俄尔噶伦看了快马使者送来的降神文书，高兴得跳起来，大步走出寝室，见了喇嘛就喊："念经了，念经了，快把多吉活佛给我叫来。"

接着，又有快马使者到来，送达了摄政王亲笔写就的催战箭书，要他速发义兵，狂风扫雪云云。俄尔总管看了说："好好好，这就把洋魔从大高原扫到英吉利海上去。"他立刻派出快马使者，要求以最快的速度把降神文书和催战箭书送往隆吐山。

这使者是第一次办差，问道："隆吐山哪位大人接书？"

俄尔总管不假思索地说："西甲喇嘛。"

多吉活佛一直陪着魏冰豪在春丕、亚东、朗热、则利拉一带察看地形，听到召唤后风尘仆仆地赶来，立刻组织春丕寺全体僧众在大经堂和护法神殿念经祈祷。经声是喜庆的，拉萨大护法的神谕和达赖喇嘛的放咒鼓舞着他们，谁都觉得笃定，是胜利在望了，念完这一茬经，就会传来洋魔滚蛋的消息。

只有魏冰豪心存疑虑，缠着多吉活佛问道："我们在则利拉山顶看到的那个地方，你说是直通隆吐山的普沟，真的能从普沟走到隆吐山去？佛爷你走过没有？"

多吉活佛说："普沟也是迷沟，进去就出不来了，没有人走过。"

魏冰豪说："我观察山脊走向，在隆吐山和则利拉山之间，普沟笔直而去，是距离最短的一条沟。沟内树林平整而不见参差之态，溪流缓慢而不闻瀑跌之声，想必它是平坦可行的。沟口连接着则利拉山，它是春丕以南的制高点，是可以控制朗热、亚东、春丕三地的天然要塞。我要是英国人，一定会想办法占领山顶。"

多吉活佛想专意诵经，不耐烦地说："大人，洋魔走不通普沟，到不了则利拉山顶。"

魏冰豪说："隆吐山的地形虽然易守不易攻，但两翼沟壑纵横，英国人一旦利用沟壑进攻西藏，我们将防不胜防。"

多吉活佛说："这么重要的事情你为什么不去对俄尔总管说？"

魏冰豪说："他跟你一样，相信只要依靠祈祷、降神、放咒，就能打败英国人。"

多吉活佛说："那就去找西甲，他是不会念经的喇嘛。"

魏冰豪不吭声了。其实他现在考虑的还不光是隆吐山和普沟，而是整个战争的形势。显然英国人不会轻易撤退，再打下去，隆吐山就很难支撑。一是西藏方面兵力严重不足，虽然号称奴马、果果、朗瑟三个代本团，但三个代本团目前的兵力加起来只有一千多人，还都是拖带家小的，打起仗来瞻前顾后，行动迟缓。当然守卫隆吐山到目前为止主要还是靠陀陀喇嘛，但陀陀喇嘛的人数毕竟有限，增加到一定程度就不会再增加了。一次战役损失一大片，几次战役下来就会打光。二是后勤补给严重跟不上，到现在不见运送粮草弹药的一马一牛，再这样下去，西藏军队就会不攻自溃。三是没有一个强有力的指挥系统，俄尔总管和他统领的几个代本都不是军事家，没有指挥打仗的经验。最能干的是西甲喇嘛，却还面对着摄政王的追杀。而他们的对手英国人，是从英吉利海峡一直打到东方，打过了半个地球的老牌帝国的军人，从装备、兵力、指挥到补给，都远远超过了西藏人。

魏冰豪心事重重地来到前线总管俄尔噶伦跟前，说出了自己的担忧和部署："控制了则利拉山顶就等于控制了整个亚东谷地，必须派一个代本团在此守卫。再派一个代本团占领朗热丘陵，堵住英国人进攻亚东和春丕的路。另派一个代本团驻扎乃堆拉，这里也是英国人走向春丕山野的必经之地。一旦打起来，朗热、乃堆拉甚至亚东，都可能是战斗最激烈的地方。还应该有一个代本团藏在则利拉到隆吐山的纳塘、念那、勒布的山林里，打劫洋魔的补给，切断他们的退路。"

俄尔总管盯着魏冰豪看了半晌说："为什么要在隆吐山以北部署兵力？先生的意思是把隆吐山让给洋魔？"

"不不，大人，我是说隆吐山万一失守。"

"隆吐山会失守吗？再说你这是纸上谈兵，我哪里来的四个代本团这儿摆一个、那儿摆一个？"

"大人，参战的民兵和僧兵呢？运送给养的驮队呢？赶紧催催吧。"

"要是民兵和僧兵都来，隆吐山是摆不下的。"

"大人，英国人是不可能主动撤退的，只有消灭他们才能让西藏免遭祸害。什么地方能消灭他们？不是隆吐山而是则利拉。则利拉山下是个大洼地，只要用兵得当，英国人将会有来无回。"

俄尔总管摇摇头说："决不能让洋魔进入则利拉。洋魔来了，我们这些人到哪里去？隆吐山是西藏的门槛，必须守住，我已经告诉西甲喇嘛了。"

魏冰豪长叹一声，转身就走，又突然回来说："大人，最后一个请求，给我五十个藏兵。我要让他们在则利拉山顶造起箭垛。"

俄尔总管不高兴地说："总管卫队的人不便给你。你去隆吐山找西甲喇嘛，让他给你派。"

# 5

炮没响几声，十字精兵的步兵就迫不及待地开始了进攻。西甲和所有陀陀喇嘛都没有停止念经。他们环绕火葬现场，缓慢移动着。经声的浪潮已经很高了，似乎是为了盖过枪炮的骚扰。俗人们匆匆离开这里，进入自己的战斗岗位。火势蹿到了最高点，云被烧成了晚霞。惊鸟飞过，失禁地拉下几脬稀屎，打落了几个气球一样浮泛在半空里的亡灵。

尕萨喇嘛和一个廓尔喀大佐带着一队雇佣军，直奔过来，践踏着一地还没有来得及抛进火阵的死人，旁若无人地出现在火葬现场。专心念经的陀陀喇嘛们看都没看他们一眼。他们跟陀陀喇嘛擦肩而过，飞快走向西藏人的阵地。尕萨喇嘛走在最前面，他的酱紫色袈裟猎猎地就像一面旗帜。在踏上西藏人阵地的一瞬间，他透心透骨地发出一声灵魂战栗的感叹：“西藏，我回来了。”

没有西藏人过来正面堵截。戈蓝上校派出几队英国人，进攻隆吐山阵地的中间以及左翼和右翼，牵制着西藏人无法增援火葬现场。

“看啊，看啊，我说的怎么样？”尕萨喇嘛转身喊起来，似乎山下的戈蓝上校能听见他得意的声音。戈蓝上校以及容鹤中尉屡攻不下的隆吐山，居然被他尕萨喇嘛优先占领了。他“哈哈”一笑，又“呵呵”一笑，转身再次面对西藏：“佛祖、佛祖的萨玛寺、尕萨喇嘛的萨玛寺，我就要见到你了。”

正当尕萨喇嘛三番五次“哈哈”“呵呵”的时候，那些被他们践踏过的还没有抛进火阵的死人突然一个个复活了。他们是根据西甲喇嘛的意图埋伏在那里的藏兵，而且是胆大行勇、百里挑一的藏兵，火绳枪早已装好弹药插好火绳，现在点着了，子弹就像轰起的群雀射向了敌人的背影。

十字精兵的雇佣军稀里哗啦扑倒在地。尕萨喇嘛回头惊叫一声。本能地往西藏跑去，跑了几步，觉得这是去送死，赶紧折回。尕萨的幸运在于火绳枪的装弹速度很慢，趁这个机会，他和廓尔喀大佐带着残余人员奔逃而去。路过火葬现场时，他们撞倒了许多陀陀喇嘛，也把西甲喇嘛撞得一个趔趄。

环绕火葬现场走动的西甲喇嘛只好停下，愤怒地看着尕萨狼狈逃窜的样子。西甲一停，所有的陀陀都停下了。尕萨喇嘛以为停下来是要阻击他们的，惊慌失措地喊起来："开枪，开枪，喇嘛们要命来了。"雇佣军开枪了，在很近的地方，端着英国造的来复枪，朝着手无寸铁、专心法事的陀陀喇嘛一阵猛射。

断了，断了，陀陀喇嘛的命断了，超度的经声也断了。都是不该断的，一断就接不上了。正在被经声佛语的力量推动着翼然而起的亡灵纷纷坠落。就像尕萨喇嘛说的，亡灵们跌得稀烂的瞬间，陀陀喇嘛们意识到对自己的惩罚已经来临，他们不光成不了护法神，连一个普通喇嘛也不是了。六道轮回里，地狱将是他们唯一的去处。有些陀陀沮丧地退却了，既然成不了护法神或护方神，命还是珍贵的，能不送就不送吧。有些陀陀愤怒地叫喊着，扑向了雇佣军。来复枪响得更加激烈，又有好些陀陀喇嘛赴死而去。

戈蓝上校远远看着：果然有诈。不过他也看明白了，这里虽然有埋伏的藏兵和开始抗击的陀陀喇嘛，却也提供了一个攻陷隆吐山的机会：那个一直被他关注的指挥西藏人打仗的西甲喇嘛就在这里。打掉这个喇嘛，西藏人就是群龙无首了。戈蓝上校亲自带领一支英国人组成的精锐部队，迅速冲上来，直奔西甲喇嘛。有一群藏兵跑过去堵截，刚把火绳枪架起来，就被对方的机枪扫倒了。

西甲还在履行一个喇嘛的超度责任。众陀陀的经声断了，他的经声没断。他坚信灭除一切罪障的《大日经》无比殊胜，多数亡灵还在空中，依然被托举着上升，上升。

有个声音喊道："西甲喇嘛，西甲喇嘛。"

西甲仰头观天，问道："谁啊？"

那声音说："我们是你正在超度的亡灵。我们郑重告诉你，我们不走了，西藏人的亡灵，洋魔的亡灵，都不走了，天国不去，转世不去，我们就待在隆吐山。请你转告所有的陀陀喇嘛，我们是自愿不想升天的，惩罚不会降临他们，他们还是凶悍暴烈的陀陀，他们的战死依然是通往护法神或护方神的必经之路。"听到西甲喇嘛还在念经，那声音又道，"你就是念上比石头还多、比树叶还密的经，我们也不会升天了。升天事小，卫教事大，祈求你西甲喇嘛。"

西甲喇嘛的本事在于他不仅能设下埋伏打退十字精兵，还能从心里滋生亡灵的话，并坚信它来自天上，坚信只有他一个人能够把亡灵的意思传达给所有的陀陀喇嘛。他侧头看看就要冲到跟前的英国人，跑向那些退却的陀陀喇嘛，大声说："惩罚就是让你们死，你们为什么还不死？八大菩萨在我们头顶召唤呢——护法神，护法神。你们用肉身抗击了洋魔，你们已经是护法神了，只有你们惩罚别人的，没有别人惩罚你们的。不要丢了释迦牟尼定下的规矩：战场上的陀陀，永远是陀陀。念断了超度经的陀陀，只要亡灵原谅，也还是陀陀。我已经请示过摄政王啦，摄政王说，洋魔又来了，为什么还不战斗，是不是隆吐山没有陀陀喇嘛了？我说，隆吐山的陀陀就来了，冲啊。"

秉性单纯的陀陀喇嘛们听了这番话，没有一个不回心转意的。他们跟着西甲喇嘛冲向了洋魔，发现手里什么也没有，便从死人怀里拿起了枪。有的会使，有的不会，不会的就把枪抡成了棍棒。喊声，枪声，肉体的迸裂声，鲜血的飞溅声。玩命的拼杀，不怕死的抵抗。一个陀陀被打开了脑袋还在往前冲。一个陀陀虎豹一样扑过去咬断了对方的喉咙。一个陀陀飞起来，他的灵魂拽着他的肉体飞起来，用屁股一连夯倒了五个英国人。一个陀陀也是飞起来，一脚踢裂了对方的胸脯。

英国人吓坏了，不等戈蓝上校发出撤退的命令，转身就跑。戈蓝上校跟在逃兵后面，慌里慌张地一个马趴，栽掉了军官帽，栽烂了额头。

还是和先前一样，英国人不撤时，陀陀喇嘛一个都不死，等他们撤了，被子弹打烂的肉躯这才从容倒下了。

火葬的烈焰还在呼啦啦奔跃升腾。血色泛滥，死人遍地。战场一片狼藉。血与火的交响让这里有了痛彻心扉的秾丽，刺激堆积着，已经是人间地狱了。西甲喇嘛来回走动，悲伤和心痛让他无法平静。他突然停下了，望着那些战死的西藏人和英国人，从眼睛里发出一声清澈的叹息，又从鼻子里流出一河汹涌的眼泪。他对自己说：我没有哭，我怎么会哭？在他眼里，只要人一死，就不分朋友和敌人了。他命令活着的陀陀喇嘛和藏兵，把所有的死人都抛向火阵，自己则大声念起了经，是他从来没念过的《忏罪法经》。

这时，西甲看到那个曾经送达朝廷旨命的魏冰豪牵马而来，不禁瞪起了眼睛：朝廷又有旨命要送给我了？

魏冰豪和马一起喘着气说："西甲喇嘛，我需要五十个藏兵，能给我五十个藏兵吗？前线总管俄尔说，你可以派给我。"

西甲失望地摇头，原来不是朝廷旨命。他漠视着对方，继续念经。

魏冰豪大声说："一旦隆吐山失守，我将在则利拉山顶堵截英国人。则利拉，则利拉，英国人的葬场在则利拉。"

西甲停止念经，坚定地摇头："我保证隆吐山不会失守。"

魏冰豪断然说："隆吐山一定会失守。"

西甲说："我在隆吐山就在，隆吐山没了，我就死。"

虚空王突然出现了，好像他是从葬礼的火阵里出来，一腿就迈到了西甲喇嘛跟前。虚空王说："你本来就是来送死的，你不死谁死？快死吧，死了你就是神。"

西甲敬畏地望着虚空王说："我是想死，但我死了，隆吐山怎么办？谁来担责任？"

虚空王说："还有这些石头，这些林木，还有蚂蚁和乌鸦，还有我一切智·虚空王浪喀加布，我来担责任。"

魏冰豪不想闲扯，着急地说："快快快，给我五十个藏兵。"

西甲说："五十个藏兵可以给你，加上他们的女人，大约七十多个。你去找森巴军的奴马代本，就说是我的命令。"到了这种时候，他还畏惧着桑竹姑娘的戏弄，还想把森巴军的人支得远远的。但似乎更多的还是保护她的意思：但愿桑竹姑娘跟他们去，隆吐山太危险了。我可以死，桑竹不能死。我死了不过少一个喇嘛，西藏的喇嘛千千万，少一个就像山上少一块石头。但要是少了桑竹，就是少了白度母，少了珠穆朗玛。

魏冰豪伸手说："文书呢？调兵需要文书，嘴上说了不算。"

西甲吃惊道："难道喇嘛的经是念了不算的？释迦牟尼定下的规矩是，喇嘛的话语印度的经，恶人不信善人信。去吧，善人。"然后又念起了《忏罪法经》。

魏冰豪还在犹豫。虚空王挥手驱赶道："去吧，善人，这里没你的事。"

　　魏冰豪来到森巴军的阵地时，森巴军刚刚结束一场战斗。这里地形陡峭，火绳枪加上滚石，十字精兵暂时被打退了。奴马代本瞪着魏冰豪，一脸茫然地表示，他只能给对方三十个人。这三十个人都是光棍，拖带女人的一个也不给。魏冰豪一再声明西甲喇嘛给了他七十多个男女，但奴马代本固执地不从，说："不是我不听西甲喇嘛的命令，是西甲喇嘛不明白我这里也需要人，更需要女人。"

　　魏冰豪只好说："没有文书的调兵就是这样，随心所欲。三十个就三十个，快拨给我，我要走了，迟了就来不及了。"

　　奴马说："你着什么急？西甲喇嘛都不着急。"

　　魏冰豪说："西甲喇嘛当然不着急，他是想死在这里了。"

　　奴马说："所以嘛，现在着急的不是抵抗洋魔，而是保住西甲喇嘛。"

　　魏冰豪觉得他的话不对劲，追问道："为什么这样说？"

　　奴马说："去吧去吧，你要的人我这就拨给你。"然后叫来小瘦子汝本说，"你，带着你的人，跟他去。"

　　小瘦子哭起来，他说这一走，就把黑脸汉子的尸体丢下了。几个时辰前他还在为搬运尸体的事跟黑脸汉子吵嘴，转眼之间，这个黑黑的汉子、跟他关系最好的汉子、一天都离不开女人的汉子，居然再也不需要女人、不跟他吵嘴了。"洋魔，洋魔，你打死了黑脸汉子，我打死你。"

　　魏冰豪拍拍他的肩膀说："跟着我，有你打洋魔的时候。"

# 6

魏冰豪尽管很佩服西甲喇嘛，但还是低估了西甲指挥打仗的能力。他没想到，就在西甲喇嘛给他保证隆吐山不会失守时，就已经有了新的盘算。

西甲的盘算差不多跟戈蓝上校的思路一样。戈蓝上校盯上了西甲喇嘛，很想打掉他，让西藏人群龙无首，成一盘散沙。西甲喇嘛也盯上了戈蓝上校，也想打掉他，让十字精兵丧失头脑，自动溃退。戈蓝上校的想法西甲喇嘛猜到了，所以他决定：洋魔越是想让他死，他越是要活着。西甲喇嘛的想法戈蓝上校却没有预见，他潜意识里觉得西藏人处于被动挨打的地位，防不胜防的他们怎么会有别的想法？可西甲喇嘛偏偏有了，他要进攻，要偷袭，要除掉戈蓝上校。

已经考察清楚了，戈蓝上校经常活动的地方就在十字精兵阵营的中间后面。午夜，西甲喇嘛将带领一百个挑选出来的会打枪的精壮陀陀，偷偷靠近敌营，突然掩杀过去，包围戈蓝上校睡觉的帐篷，一阵猛射。洋魔一定会开枪，可是黑天半夜，来复枪的子弹不一定打在陀陀身上。要是洋魔顾虑打死打伤自己人，来复枪的威力就会减少一半。更重要的取胜条件是，除了西甲，所有前往偷袭的陀陀喇嘛都没打算活着回来，死了是升天，是完成由人变神的修炼。所以对他们来说，活着是胜利，死了是更大的胜利。反正只要偷袭就是胜利，戈蓝上校完蛋了。

西甲喇嘛信心十足，派人向奴马代本要了一头牦牛，亲自用皮绳绑嘴闷死，然后卸开，烧汤，煮肉，分给所有参与夜袭的陀陀："吃吧，吃吧，虽然饿着心更狠、脸更怒，但吃了会长力气的，今夜需要力气，"嗖"地扑过去，一阵乱打，先用子弹打，再用枪杆抽，帐篷稀烂，骨肉稀烂，灵魂稀烂，戈蓝上校的今生来世统统稀烂。"

吃尽了肉，喝尽了汤，陀陀喇嘛们出发了。悄悄地，脚不沾地地往前走。天地间只有一种声音，那就是奴马代本沉重的脚步声。奴马代本来到了陀陀喇嘛的阵地上，带着一帮人，有他自己的部下，也有几个从来没露过面的人。

西甲喇嘛迎过去问："都后半夜了，为什么还不睡？"

奴马代本不吭声，直到他身后的七八个人窜过去撕住西甲喇嘛，才严肃地说："摄政王迪牧活佛命令丹吉林陀陀抓捕并处死丹吉林的叛徒西甲喇嘛。西甲喇嘛不得反抗。"看西甲惊讶地瞪着自己，便解释道，"我也是没有办法，从拉萨出发时白热管家就指使我，把化装成藏兵的丹吉林陀陀藏在森巴军里。我提醒你承认自己是丹吉林的叛徒，好让桑竹姑娘保护你，你硬是不听话，嘻，不听话。"

西甲对奴马代本的解释毫无兴趣，只想着偷袭戈蓝上校的事，正要挣脱逃跑，立刻被人抱住腰腿，撂倒在地上。西甲认识抓捕他的这几个丹吉林陀陀，乞求道："你们不就是要我死吗？放开我，我这就去让洋魔打死我。我今夜要是不死我就不是佛教徒。"

丹吉林陀陀头目仁增说："你还是乖乖受死吧。摄政王和白热管家命令我们处死你，没说让你自己去死。你自己冲锋陷阵死的话，就能变成护法神，就会报复摄政王和白热管家还有我们了。"

躲在黑暗中的虚空王突然发出一阵飘风走浪般虚软的声音："我说了隆吐山由我担责任。我负责人世上所有的战争，我的战略战术是让它们消失，永远消失。"

西甲好奇地问："什么是战略战术？是你的战神吗？"

虚空王说："不是我的战神，是我退敌的办法。这个办法你也会有的。"

西甲说："我也会有，战略战术，抗击洋魔的办法？"

虚空王说："可惜你现在受制于人，只能靠我了。"

西甲信任地望着看不见的虚空王，心说那就拜托了前辈。

西甲很快被五花大绑。仁增抡起棒子立刻就要打死。奴马代本阻止道："你可不敢在这里杀，这里到处都是西甲的人。快把他带走，带到森巴军的阵地上去。"

要去偷袭敌营的陀陀喇嘛们惊呆了，待要出手救援西甲，就听西甲说："上师如父，给法就是给命，摄政王要我死我就只能死。不能带你们冲杀洋魔了，你们自己去吧，牛肉不能白吃，力气不能白长，杀了戈蓝上校再升天成神，快去，快去。"

一百个精壮陀陀奔扑而去。但西甲喇嘛的离开就是主宰的离开，他们不仅没有了踏实牢靠的感觉，连偷袭时应该脚不沾地也忘了。动静太大，脚步声、喘息声、咳嗽声，还没到跟前，就被十字精兵发觉了。接着就是枪响人死，一百个精壮陀陀全死了。而他们偷袭的对象戈蓝上校却安然无恙地站在帐篷门口，一再地惊讶着：西藏人疯了，他们不研究自己阵地上漏洞百出的防守，却来冒死进攻我们？

就这样，西甲喇嘛偷袭敌营、斩除戈蓝上校的盘算变成了一个梦想。胜利在望的时候，似乎上帝对英国十字精兵的帮助，超过了佛祖对西藏人的帮助。

额头上缠着绷带的戈蓝上校还不知道自己是夜袭的目标，差一点被除掉。在打败西藏人的第一次偷袭之后，他突然有了一个大胆的想法：就在今夜，趁着暗无天日，立刻进攻隆吐山，全面进攻，十字精兵所有的炮火都启动，所有的人都压上去，从所有的地方往上冲。西藏人会措手不及的，在他们应接不暇的时候，就会把薄弱环节暴露给对方。虽然对进攻者来说，这是最笨的办法，但恐怕也是最有效的办法。

事实证明，戈蓝上校的当机立断是他进攻西藏以来最有成效的一次决定。火炮之后，进攻之下，西藏人留下了一片尸体，也留下了千疮百孔的隆吐山。没有了西甲喇嘛的隆吐山，就像没有了魂，进攻哪儿，哪儿就有缺口。西藏人溃不成军。等到天亮时，整个隆吐山就已经在英国十字精兵的脚下了。

《圣史》上说，多数人认为是英国人连夜的全面的进攻导致了隆吐山的失守，只有极少数洞悉这场战争秘密的智者坚持自己的主见：抓捕并杀掉西甲喇嘛的错误命令才是隆吐山崩溃的真实原因，责任必须追溯到摄政王迪牧活佛头上。

清晨，隆吐山的弥天硝烟让整个西藏南部变成了沉厚的铅青色。焦火的燃烧在荒草浅丛里游走。山岩恐惧而颤抖，啪啦啦跌落着，毫无来由地出现了滑坡。到处都是需要超度的死人，但是喇嘛们不见了，似乎这里转眼成了一片失去信仰的土地，没有佛和灵性，只有旷时的荒茫和无边的凄凉发酵在不散的空气中。

死亡的寂静里，戈蓝上校踏上了隆吐山口。一瞬间的骄傲之后，他突然捕捉到了一丝顽劣的幻灭感。他问自己：是不是有一天我也会像脚下的死人一样死去呢？如果说西藏人的死亡是罪孽的结果，那么谁是罪孽的制造者？我，还是上帝？如果说我和十字精兵战士的死亡也是罪孽的结果，那么西藏人和他们的佛该承担什么责任？如果说任何人的死亡都是罪孽的结果，那么真正应该忏悔的到底是谁？

# 7

戈蓝上校不想在罪孽遍地的隆吐山久留，带领十字精兵迅速前进，企图一鼓作气拿下前面的纳塘、念那、勒布、则利拉。他望着绵亘不绝的峰巅葱岭，心说如果不是为了迎接上帝，就不会有如此伟岸的山脉、如此俊秀的森林。全世界的美丽都是为耶稣基督而存在，西藏，我们来啦。

但是刚刚翻过隆吐山口，他们就被一群西藏人拦住了，为首的是一个不僧不俗的老人。

老人说："我是一切智·虚空王浪喀加布，找你们的上帝说话。"

戈蓝上校看对方手里无枪无棒，便没有下令开枪，叫来尕萨喇嘛打听这个一切智·虚空王是干什么的。

尕萨喇嘛一听就晕了，再朝前一看，不禁有些发抖，好像他是理亏的、形秽的、小鬼不能见阎王的。他喊起来："佛，佛，虚空王就是真佛。在西藏，没有人不信仰他。他身边那些僧俗不分的人，大概都是他的弟子。"

尕萨喇嘛说对了，出现在十字精兵前面的不光是虚空王，还有他的追随者。

虚空王说："我代表佛祖释迦牟尼，欢迎上帝耶稣基督的到来。"他好像把耶稣基督当成上帝的名字了。

戈蓝上校自然不会相信对方的诚意，总觉得有什么阴谋正在酝酿中。他狐疑地打量着对方，手一直没有离开攥住的枪柄。

虚空王说："你没发现我们一个个都很快乐吗？我们用快乐抵抗所有的灾难，包括你们的侵略、我们的死亡。"

戈蓝上校说："如果真是这样，上帝当然会露出仁慈的一面。"

虚空王说："那就让上帝仁慈起来吧，不要再杀人了。佛祖让我告诉你们，当上帝光顾西藏时，他将把教主的地位让出来。现在，上帝已经是西藏的教主啦，你们看到的所有灯火都是西藏献给上帝的供养，所有声音都是我们献给上帝的祝福。我们是二十五禁行的修炼者，佛性大如天，西藏算什么，都给你们了。"

戈蓝上校简直不敢相信这是一个西藏高僧的表达。他是临危不惧的呀，怎么能说出这种奴颜婢膝的话？他不解地望望身边的尕萨喇嘛，看尕萨喇嘛也是大惑不解，便小心提防地后退了一步。

虚空王说："在时间的无聊和无穷中，我们等待一切神包括上帝的来临。现在终于来临了。同样来临的还有不朽的尊者米拉日巴的临终证悟：'轮回的世界里，积攒的要耗尽，造作的要坏灭，聚合的要分散，生了的要死去。无法避免的苦恼啊，什么时候消失呢？就在抛弃苦业，不攒、不造、不聚、不占的时候，就在求证无生之妙谛的时候。除了活命和证悟之需，什么也不要就是最殊胜的方便和禳解之法。'既然什么也不要，西藏也可以不要。不要就是要。"

戈蓝上校说："你说对了，一个没有上帝的世界是荒诞的。上帝给了我们安宁和稳定。我们除了感激圣恩，还能做什么呢？"

虚空王说："既然这样，就请上帝走进我心里。"

戈蓝上校说："那得看你信不信上帝，敬信才能打开心灵的门。"

虚空王说："当然我是敬信的，比你还要敬信。"

戈蓝上校说："这样就好办了，现在需要的仅仅是牧师，我保证我们的牧师一定会让上帝走进你心里。可我们的牧师……"

虚空王淡然一笑说："我已经知道你们有个马翁牧师，还有个达思牧师，可惜啊可惜，他们都太年轻。"他拍了拍胸口，又说，"其实上帝已经在我心里了。我还有一个要求，如果你们非要占领西藏，必须踩着我们的身子走过去。"

戈蓝上校更加疑虑了："不，我们不会那样做，上帝要求我们把祝福和安乐带给西藏和每一个人。当然，只要不遇到武力阻拦。"

虚空王说："这事恐怕由不得你们，除非你们退回去。"

说着，虚空王就躺下了。他身后的追随者也都一个个躺的躺、趴的趴。一片自甘受辱的西藏信徒堵在了十字精兵前去的路上。

戈蓝上校惶恐地喊起来："不不，上帝的信徒不会踩踏任何高贵的人。"

虚空王对着天空说："我们不是什么高贵的人，我们是世上最低贱的人。请踩吧，随便踩，用力踩，踩出上帝的气势，踩出十字精兵的强大。"

戈蓝上校突然意识到，跟虚空王的对话一直没有翻译，对方竟然会说一口流利的伦敦英语。他扭头询问尕萨喇嘛："这是阴谋，一定是阴谋。"

尕萨喇嘛仔细看了看一地躺卧的人，以内行的口气说："这只不过是修行，修出沙漠里的雨露，修出屈辱中的高贵，忍人所不能忍，行人所不能行。真佛都是这样修出来的。就从他们身上踩过去吧，上校，你是在成人之美。"

戈蓝上校还在犹豫，但也意识到，就算是阴谋，也值得冒险，因为没有别的办法，他们就躺在你的必经之路上。上帝，莫非这是你的主意？他扭头命令十字精兵："前进，前进。"然后粗声唱起了《进行曲响彻耶路撒冷》：

穿上军装随主行，聆听圣言，
基督的战士，宗主的少年，

　　走向敌阵，不负上帝的恩典。


　　十字精兵迈开整齐的步伐，踏过去了。无论精锐部队，还是雇佣军，都穿着结实的英国造牛皮靴子。所有英国造牛皮靴子都踏过去了，所有驮运枪炮辎重的骡马的铁蹄都踏过去了。虚空王和他的人躺着、趴着一动不动，好像他们不是骨肉的结构，是石头，是钢铁。

　　踩踏持续了三个小时。等十字精兵的所有战斗部队都过去后，戈蓝上校禁不住来到虚空王跟前，看他是不是已经被踩成肉饼。

　　虚空王依然仰面朝天，扑闪着眼睛问道："过完了吗，还有没有？"

　　戈蓝上校一惊：这些都是什么人，竟然越踩越结实？他没有回答，撒腿就走，走出去不远，回头再看时，发现包括虚空王在内的所有西藏人都在燃烧中站了起来，直立耀动的火苗就像一盏盏巨大的灯烛。戈蓝上校诧异得张嘴说不出话来，就听尕萨喇嘛解释道：

　　"这叫拙火定，非常了不起的密宗功法，从身体内部生起暖乐和暖识，冬天能烤化身边的冰雪，夏天能点燃周围的林木。"

　　更让戈蓝上校惊讶的是，燃烧的人一个个升天而起。他担心他们会飞过来报复，紧张得命令十字精兵停下，却看到飞起来的火人越升越高，带着曼妙而吉祥的歌咏，缓缓消失了，和天边的云彩浑然一体了。

　　戈蓝上校锁起眉峰一再摇头："佛，这就是佛？"

　　尕萨喇嘛说："上校，这样的奇迹对虚空王是不算什么的，更大的奇迹在于，他居然容纳了你们基督徒的上帝。他说他敬信上帝，他的敬信也许就是十字精兵成功进入西藏的保证。"

　　戈蓝上校说："照你说，这是上帝的奇迹？也许吧，是上帝让他们燃烧升天的。可上帝为什么不让我和我的军队天火一样飞翔在西藏的天空，一直飞到拉萨呢？"

　　尕萨喇嘛诡谲地说："你不是牧师，牧师应该是可以的。达思牧师一定能飞起来，只要你用火点着他，把他扔向天空。"

　　戈蓝上校哼哼一笑："达思牧师，他要么飞起来，要么就栽到山谷里去。如果他真的能从什么普沟走过去，就应该在前面迎接我们。"

　　尕萨喇嘛说："上帝是宽容的，一定会原谅一个吹牛撒谎的人。"

　　戈蓝上校说："不，对撒谎的人，上帝只会惩罚他。"

# 第九章　则利拉山

## 1

虽然艰难，毕竟还是穿过去了。按照"吉凶善恶图"的指引，当普沟的沟口随着一道草梁的下沉突然出现在眼前时，达思牧师和容鹤中尉都长喘一口气。他们一屁股坐在高磊的石头上，望着从沟底蛇行而来的队伍，没有一丝喜悦的感觉。

所有的马匹和大部分辎重都在半路上丢掉了。那些藏在密林崖壁上的天然栈道，仿佛是上帝专门为考验信徒的虔诚而设计的，有时只能侧着身子，搁半只脚，贴壁而过。还有些地方没路，只有横竖丛生的乔灌林，他们像猴子一样攀树而过。至少有五个人掉进了深渊，惊叫随着跌落持续着，然后就是深深的悄寂。沟渊是无底的，似乎永远不会有摔响的声音。

容鹤中尉愤怒地说："你拿的是什么鬼地图，带我们走向了地狱。"

达思牧师的回答是："好吧，让我来走，我走在最前面。"达思坚定而笃信，不怀疑只要能过就是路。"吉凶善恶图"是尊师班丹活佛亲自为他绘制的，"神通之路"也是尊师为他指点的。对他来说，哪怕不遵行释迦牟尼，也要遵行班丹活佛，哪怕不信仰三世大佛，也要信仰时轮堪舆。何况那个亮丽尊贵的声音时不时从耳际擦过："往前，往前，往前，前面就是等你的。"

斗折蛇行的队伍渐渐收缩着，堆积在了普沟沟口的平地上。这平地也是上帝的设计，刚好容纳由英国人和雇佣军组成的两百人的容鹤支队。达思牧师从高耸的石头上站起，往下看了一眼来路，畏途的艰难和士兵的死亡带给他的晦暗心情顿时跑没了。他兴奋地叫起来："我们走对了，佛祖，上帝，谁也没有欺骗我。"他发现观想中出现过的景物就在下面：杆粗叶茂的老树、细如羊肠的河流、黑岩石的山顶。刚刚被容鹤支队踩踏出来的路就像哈达一样缠绕在上面。

达思走过平地，出了沟口，站在舒展而去的草原洼地上，眺望着，更加兴奋了：他看到自己左侧连接着沟口的则利拉山，跟地图上标识的一般无二，"吉凶善恶图"果然有鬼斧神工的准确。他虽然不想代替容鹤中尉判断它在军事上的重要性，但地图已经告诉他了：则利拉山是这个大洼地里最高的地貌，一臂伸向隆吐山，一臂伸向亚东要塞，是修炼时轮堪舆金刚大法的天然坛城，尤为紧要殊胜。

达思指了指则利拉山顶，又拿出地图给容鹤中尉看。

中尉一看就明白，此行的目的并不是从普沟走进大洼地，然后孤军深入亚东，而是占领则利拉山顶。他立刻命令部队："上。"

魏冰豪两个小时前就带人登上了则利拉山顶，可是有什么用呢？神住的箭垛没有造起，防御工事也没有修好，就连三十个森巴军的藏兵也不见了踪影。三十个藏兵不听他的。在他们眼里他算什么，连藏话都说不利索，甚至连"唵嘛呢叭咪吽"也说不连贯，居然还要求听他的。他们只听小瘦子汝本的。

小瘦子一到山顶就不安分，到处观望着，突然喊道："看啊，那里有个寨子。"

于是藏兵们交头接耳，变得一个比一个懒惰。

一个藏兵说："这里需要工事？佛祖啊，这是谁说的？"

另一个藏兵附和道："造起箭垛的树枝呢，佛像呢，经幡呢，酥油呢？"

他们是想引出小瘦子的话。小瘦子心领神会，大声说："我看见了，寨子里啥都有。"

寨子在则利拉山朝西分岔而去的腿夹里，有人影，有牛羊，有狗吠。空气安详着，烟袅的升腾悠闲自在。篱笆上开放着嘚啾，和平变成了白天都在打盹的斑鸠。人和动物都不知道西藏正在打仗，更不知道即将前来骚扰他们的，并不是远来侵略的英国十字精兵，而是跟他们一般无二的西藏人。

小瘦子汝本带着他的藏兵直奔山下的寨子。

他们已经好几天没饱吃一顿了。在拉萨，作为达赖喇嘛亲自接见过的森巴军成员，他们不是细糌粑不吃，不是好酸奶不喝，现在只要是吃的，不管什么都是最香最甜的。寨子，寨子，他们扑向了寨子。他们是没有女人的森巴军战士，平日里看着身边的战友和他们的女人树林里去了、草丛里进了，只能憋着、忍着，现在突然来到了一个有女人却无力保护女人的地方，一下子就憋忍不住了。

山下的寨子在今天这个阳光灿烂的日子，惨遭了不幸。三十个来自拉萨的蛮横藏兵洗劫了所有二十户人家，他们抢吃抢喝，见姑娘就追，见东西就拿，连女人头脸上的首饰、衣服上的佩饰都没有放过。鸡飞狗跳，乌烟瘴气。寨子傻了，不知道这是为什么。老人们叹息道：藏兵都这样，从古到今都这样。

就在森巴军战士对自己的百姓制造罪孽的时候，十字精兵的容鹤支队登上了则利拉山顶。

魏冰豪叉腰而立，喊道："这是西藏的地方，你们滚下去。"然后朝后招招手，"弟兄们，准备好了吗？我说打你们就打。"

容鹤中尉立刻命令部队趴下，等了半天，不见对方开枪，便带着几个人慢慢靠近着，近得不能再近了，还是等不来开枪。中尉举起自己的枪，试探性地朝着魏冰豪的头顶放了一枪。魏冰豪"哎呀"一声，转身就跑，一溜烟跑到山下去了。英国人这才发现，山顶上只有魏冰豪一个人。

容鹤中尉登上山顶，极目远望，望得心旷神怡，同时也心惊肉跳：大洼地绿风浩荡，秀色峥嵘，如同一片镶天接地的湖，泛着一轮轮柔和绵软的波。怎么还有如此色调一致的绿地呢？但那美妙的绿色是葫芦形的，一看就知道大洼地是个进退两难的地方，前后及中腰的出口窄如瓶颈，如果西藏人占领则利拉山顶，然后在中腰和前面组成两道防线拦截，即便英国十字精兵有装备精良的千军万马，也会尽数死在大洼地里。中尉敬佩而感激地来到达思牧师跟前，忍不住赞美道："不愧是上帝的牧师，十字精兵会记住你的功劳，女王应该嘉奖你。"

达思牧师顾不得享受别人的赞美，匆匆离开中尉，去寻找一块隐蔽安静的地方。对他来说，似乎修炼的意义比军事占领更重要，他要抓紧时间，在这个天造地设的自然坛城里，趁着还没有出现枪炮声，完成一次时轮堪舆金刚大法的修炼。"吉凶善恶图"在此处有明显的红色标志，无疑是"神通"之地、吉祥之顶，万万不能错过，错过就无法获得最高成就了。

达思牧师急速默念、祈求着班丹尊师，消失在人们的视野里。

2

西甲喇嘛直到现在还没有被处死。丹吉林陀陀把他绑到隆吐山森巴军阵地后，立刻用牛皮口袋套住了头。仁增再次抡起棒子，"嗡"地在空中一响，却不由自主地打在了地上，扭头一看，是奴马代本抱住了他扬起的臂膀。

奴马说："等等，我让姑娘们回避，她们见不得西藏人打死西藏人，尤其见不得俗人打死喇嘛。不不，你们不是俗人，你们是丹吉林陀陀。"话里有话的奴马把"丹吉林陀陀"咬得格外瓷实，似乎有意想让别人知道，这几个便衣便袍假装森巴军藏兵的人的真实身份。

果然耳朵尖的桑竹姑娘走了过来，大大咧咧问道："奴马，你说什么？"

"我没说什么。"奴马像是挥手又像是招手地晃晃胳膊。

桑竹姑娘疑虑地看看仁增和他的部下，正要离开，炮响了。

英国十字精兵的全面进攻就此开始，所有的炮火轰向了所有的阵地。于是事情变得模糊起来，有人说是奴马代本推迟了西甲喇嘛的死期，有人说是英国人推迟的。但不管是谁推迟的，《圣史》都给予了高度评价：他们代表了机缘的一部分，如果没有他们，就不会有西藏后来的战争以及与此相关的一切。

　　森巴军在奋力抵抗了一个时辰后，趁着夜色弃阵而走。丹吉林陀陀押解着西甲喇嘛慌慌张张退到纳塘后，才松了一口气。现在可以处死他了。当奴马代本喝令森巴军停下查点人数时，丹吉林陀陀头目仁增一脚踢翻了西甲，吆喝手下过来："快快快，乱棒打死，这样带来带去太麻烦了。"丹吉林陀陀一个个口唾手心，就要使棒。

　　奴马代本喊起来："姑娘们，快走开，丹吉林陀陀要处死人啦，快走开，不要围过来看。"

　　仁增怒瞪着奴马，像是说：喊什么？你这是出卖我们。人家本来就没有围过来看。

　　奴马惊醒了似的猛吸一口气，用手捂住嘴："噢呀，说错了，说错了。"

　　但说出去的话就是施舍给人的钱，是不能收回来的。姑娘们奇怪了：森巴军里怎么还有丹吉林陀陀？偏就围过去要看看了。

　　桑竹姑娘指着几个搦棒行凶的人问："你们是丹吉林陀陀？"

　　仁增大声对奴马说："告诉她们，我们一直都是森巴军的人。"

　　奴马代本为难地说："佛祖在上，我怎么可以撒谎呢？"

　　桑竹姑娘又指着那个被五花大绑和牛皮口袋套住头的人："他是谁？为什么要处死？"没等对方回答，她就认出来了。再黑的夜晚，也不能阻止她认出西甲喇嘛。她大叫一声，扯掉了西甲喇嘛头上的牛皮口袋："原来我们身边就藏着丹吉林陀陀。姑娘们……"

　　不用再说了，姑娘们知道干什么，扑过去，打他们，抱他们，胡揣乱摸他们，让他们瞬间丢失陀陀的强悍和喇嘛的身份。

丹吉林陀陀吓得够惨，用来保护西甲喇嘛的沱美法音风暴般疾响：遇阴而衰，触女而死，姑娘越美，逆缘越重，别说被她们拥抱，就是让她们的指尖挨一下，陀陀的法威和资格也会荡然无存，护法神或护方神就做不成了。他们丢下棍棒，撒腿就颠。仁增跑得最快，一边跑一边说："摄政王佛爷，不是我们杀不了西甲喇嘛，是你把魔女放出来了。妈妈呀佛祖，快来管管这些魔女。"

桑竹姑娘一听更加疯狂了："说得对，就是摄政王把我变成魔女的，我惩罚了你们，再去惩罚我家的叛徒坏迪牧活佛。"又督促姑娘们，"快啊，抓住这些乌鸦蛋里跑出来的陀陀。"那咬牙切齿的样子，仿佛一瞬间要把她的全部忌恨发泄出来。

好几个陀陀喇嘛都奔跑不及被姑娘们抓住了。他们尖叫着，声音比用刀攮进心脏还要惨烈。姑娘们按照桑竹教给她们的，此起彼伏地喊："死了，死了，丹吉林陀陀死尽了，西甲喇嘛叛变了。"

奴马代本追随在后面观望着。他似乎也才意识到，自己当初不给魏冰豪那么多人是为了留下有女人的男人，留下有女人的男人是为了留下女人，留下女人又是为了关键时刻营救西甲喇嘛。现在目的达到了，他自然有些得意。他说："做得好，奴马，你是知道藏在森巴军的丹吉林陀陀迟早要对西甲喇嘛下手的。这个能干的喇嘛怎么能在这个时候死掉呢？没有他不行，隆吐山的失守就是证明。"

桑竹带着姑娘们追了一阵，蓦地停下，回头望了望西甲喇嘛。她一直在琢磨一次彻底的戏弄，一直没有琢磨好，现在突然来了灵感：就这样，就在这个时候，不能再耽搁了。她攥起拳头给自己鼓鼓劲，迅速拐回来，一个人扑向了西甲喇嘛。她把卧坐着的西甲拉得跪起来，"咚"地朝他胸口打了一拳，冲奴马喊道："谁给他松了绑？"

奴马代本打了个愣怔："没有松绑啊。"

桑竹姑娘也愣了一下，一把揪住紧缠着西甲的绳子说："我是说不准给他松绑，把他给我抬到林子里去。快啊，是不是我说了不算？"

奴马大声说："西甲喇嘛的命是你救的，当然你说了算。"他这是在给西甲解释自己为什么会听从桑竹姑娘的，看西甲没反应，便亲自带人，押着西甲走向了前面的密林。

西甲喇嘛以为要把他藏起来，避免丹吉林陀陀的再次迫害。但等奴马代本带人离开，就剩下自己和桑竹姑娘时，才明白藏起来并不是为了让他躲命。他朝奴马喊道："为什么把我撂在这里，快带我走。"奴马听到他喊，反而加快脚步消失了。西甲挣扎着往前走，走出去两步，就发现绑他的不仅有丹吉林陀陀的绳子，还有一根结实的牛毛绳把他和桑竹姑娘连在了一起。桑竹姑娘将自己卡在齐胸的树杈里，微笑着说："你走不了啦，我的人，我今天就要达到目的，我的目的是什么，你没忘吧？"

西甲喇嘛比面对棒杀还要恐慌地说："不啊桑竹，求求你了桑竹。"

桑竹姑娘冷冷一笑，攥起绳子，一点一点把他拽过来。

发生了什么谁也不知道。两个时辰后他们才走出深林。松了绑的西甲喇嘛走在前面，神色慌张，不时地回头看看，生怕桑竹姑娘靠自己太近了。桑竹姑娘腰带是解掉的，衣袍是敞怀的，快步跟在后面，却又不想追上西甲。

突然，西甲喇嘛停下了。他看到奴马代本和许多森巴军士兵都在看他，神经质地说："别这样看我，我们没有，没有的。"

奴马瞪着他问："没有什么？西甲喇嘛你说清楚没有什么？"

西甲红了脸，吭吭哧哧半天说不清楚。

桑竹姑娘大声说："怎么会没有呢？他说没有就没有啦？娃娃，娃娃。"她小心摸摸肚子，好像眨眼就有了胎动，"你后悔啦，丹吉林的叛徒？"

西甲喇嘛仰天长叹："佛祖啊，这可怎么办？"几滴清泪落下来。

但是无论西甲内心多么纠结，都不可能长久沉浸在自己的情绪里。快马使者飞驰而来，喊着："西甲喇嘛，西甲喇嘛。"

第一次办差的快马使者一到隆吐山就傻了，这么大一片黑森森的山脉到哪里去找西甲喇嘛，一边打听一边沿着前沿阵地寻找，还没找到，隆吐山就失守了。他混在撤退的人群里继续寻找，现在终于找到了。他滚鞍下马，急切地递上了降神文书和催战箭书。

西甲喇嘛虽然看不懂，却也知道是催他快快赶走洋魔的意思。他举着降神文书和催战箭书冲奴马代本抖一抖，苦恼地说："好像把西藏交到我手里了。我现在这个样子，哪有脸面带着大家打洋魔？"

奴马说："可是你安全啦，有桑竹姑娘的保护，丹吉林陀陀不敢再来啦。"

西甲喇嘛烦闷地摇摇头，挥了一下手："不要再给我说保护啦。"

他朝前走去，想让丹吉林陀陀重新绑了自己，以求速死。但他走到哪里，桑竹姑娘就跟到哪里。丹吉林陀陀远远望见，逃命都来不及，哪里还能顾及摄政王的命令前来捉拿。西甲喇嘛转身，要赶走桑竹姑娘，突然听到有人喊：

"西甲喇嘛，快快快，俄尔总管要见你。"

西甲想：完了完了，俄尔总管也知道我跟桑竹姑娘的事了。正在懊恼，就见奴马代本大步过来，一把拉起他："走吧。"

# 3

前线总管俄尔噶伦怎么也想不通，既然金巴护法、眦玛护法、奈冬护法和乃穷大护法的降神结果都有利于西藏，拉萨各大寺也举行了抗魔法会，尤其是达赖喇嘛亲自念了《武经》、放了厉咒，怎么还抵挡不住洋魔的枪炮？隆吐山居然被攻破了，难道世界上真有比佛法厉害的上帝之法？

俄尔总管问春丕寺的多吉活佛："现在怎么办？"

多吉活佛又去护法神殿的降魔金刚手泥像前念经问神，然后说："神谕里出现了曲眉仙郭，须得大人退守那里，布兵防御，才可吉祥。"

俄尔不信任地说："上次你说我们的人只要推进到隆吐山，就能把洋魔赶到日纳山那边去。结果隆吐山还是丢掉了。看来佛爷的话要反着听，你让我们进，我们就得退，你让我们退，我们就得进。"

多吉活佛满脸羞惭地说："你让我再问问，再问问，或许降魔金刚手刚才睡着了，说的是梦话。"

俄尔不耐烦地说："那就问吧，快点。"

再次问神的结果是：俄尔总管须得亲自前往纳塘，否则性命不保。

俄尔总管虽然很忌讳这样的问神结果，却还是高兴的。因为他其实是想去前方看看的，就担心没有神谕，去了不吉。

他带着总管卫队风尘仆仆赶来，一来就明白，并不是上帝之法比佛法厉害，而是快马使者没有及时把降神文书和催战箭书送给西甲喇嘛。他首先派人把那个第一次办差的快马使者抓来，鞭打五十下，罚他像牲口一样驮运行李，同时让人叫来西甲喇嘛和三个代本开会，号称纳塘作战会议。

西甲喇嘛和奴马代本赶到俄尔总管的帐篷时，比奴马代本撤退稍晚的果果代本和朗瑟代本已经到了。大家坐定，等着，都不说话。等什么呢？酥油茶。

在西藏，几乎没有不喝茶的聚谈，而且往往是先喝再谈的。但俄尔总管一行刚到不久，支锅垒灶有个过程，支好了又发现纳塘没有人居，干牛粪干羊粪干草干木柴统统没有，去山林寻找油津津的燃灯草，居然这里是不长的，只好现砍现劈树木了。树木是潮湿的，只冒烟不起火，总管卫队的麻子队长叫来十几个藏兵，排着队，趴在地上轮番用嘴吹，这样拿嘴当风箱，才使一锅酥油茶沸腾起来。

酥油茶终于上来了。俄尔总管抢先喝了一口，迫不及待地质问道："谁把隆吐山让给洋魔了，西藏的神佛难道没有照顾到你们？可见你们平时是不好好念经的。三个代本团怎么连隆吐山都守不住？你是喇嘛你先说。"他伸出胳膊笔直地指向西甲喇嘛。

西甲喇嘛"噢呀"一声，不顾酥油茶的冷烫，仰起脖子一口喝干，起身就走。纳塘作战会议就这样结束了。《圣史》上就是这么记载的：俄尔总管问了一个问题，西甲喇嘛"噢呀"一声，接着就散会了。开会的时间还不及等待喝茶的百分之一。

西甲走出帐篷，直奔前面草树葳蕤的高岗。所有人都没听到，连鸟兽连风日也没有听到，只有西甲喇嘛听到了。战火洗礼过的西甲，出生入死的喇嘛，听到一种声音隐隐传来，是喘息或是唱歌或是咳嗽放屁，总之是他熟悉也是他憎恨的声音，被一缕风捎带着，尖锐地钻进了他的耳朵。他登上高岗，抬眼一望，果然看到了洋魔的队影。在西藏无止境的绿岚里，明媚的阳光下，灰色调的英国十字精兵就像一条逆流而上的河。

"洋魔来了。"西甲大吼一声，也不管这里的最高指挥应该是俄尔总管而不是他，跳下高岗，按照隆吐山养成的习惯大呼小叫，"奴马，奴马。"看奴马代本朝自己跑来，又说："上，你的人守住高岗。"再喊："果果，果果，右边的树林。"跑来面对着他的果果代本急问："我的右边，还是你的右边？"西甲说："我的，我的。"又喊："朗瑟，朗瑟，左边的山梁。"朗瑟代本早就在他面前待命了，听到指派，转身就跑。最后西甲喇嘛声嘶力竭地喊道："陀陀，我的陀陀，都来，都来。"陀陀喇嘛有新到的，也有从隆吐山撤下来的，这时都蜂拥而至，按照西甲喇嘛的命令，把守在了英国人必然经过的纳塘路口。

就这样，西甲喇嘛瞬间完成了兵力部署。他也不去按照军事常规向俄尔总管请示汇报，好像没这个人似的。其实西甲也是按照西藏的惯例办事：总管、噶伦、贵族，就应该躲在枪林弹雨后面，看着别人打仗。俄尔总管这时的确也在看着他，不免有些钦佩和庆幸：幸亏有西甲喇嘛，不然谁知道该怎么办？

就在西甲喇嘛奔走呼唤的时候，一个身影始终保镖一样伴随着他，那就是桑竹姑娘。丹吉林陀陀们一直不敢过来。有个丹吉林陀陀看到打仗在即，妥协道："放了西甲吧，我们斗不过的，不如和洋魔拼个你死我活，也不枉做了一世陀陀喇嘛。"头目仁增严厉地说："不听摄政王和白热管家的命令，就是丹吉林的叛徒，等不到你去打洋魔，就该处死你了。"那陀陀畏惧地望着桑竹姑娘说："杀了西甲，我们也会死。"仁增说："我们远远地杀，杀了就跑。等着，我去找一杆枪来。"

枪很快找来了。在树林的遮蔽下，丹吉林陀陀头目仁增装填好弹药，把枪架在树杈上，瞄准了西甲喇嘛。

## 4

戈蓝上校的速度是惊人的。在十字精兵踏过虚空王及其追随者的身体后，《进行曲响彻耶路撒冷》的歌声就一直没有停息，这首产生于12世纪十字军东征时代的基督教歌曲，在今天被戈蓝上校赋予了新的含义：进军西藏是耶稣的号召，收复圣地，解救圣陵，拉萨在前方。他挺胸昂首走在队伍最前面，不怕枪弹，不怕堵截，就怕脚步不快。他身后的士兵大受鼓舞，卖力地行进着，一个个都气喘吁吁。

突然停下了，在离纳塘路口二百米的地方。戈蓝上校拿着望远镜观察了一会，命令炮兵架炮轰击，步兵做好冲锋的准备。

战斗转眼打响。戈蓝上校亲自指挥了炮击的目标：先是前面的高岗，一阵轰炸之后，葳蕤的草树就基本没有了。接着又依次轰炸树林和山梁，最后把炮火集中在了纳塘路口。路口并不宽阔，十几发炮弹就炸得土石稀烂。步兵就在这个时候开始了进攻。他们散得很开，形成网状，猫腰而来，飞快地接近着。

藏军没有反击，好像都被炸死了，烟雾弥漫的阵地上，悄寂就是一切。

连前线总管俄尔噶伦都不理解，怎么会是静悄悄的呢？藏兵呢，都被炸死啦？他站在帐房门口，在总管卫队的保护下，眺望着战场。他是第一次见识英国十字精兵的炮轰，吓得一连捂了好几次耳朵，闭了好几次眼睛，似乎一下子就明白了：隆吐山为什么没有守住。睁眼闭眼的瞬间，他看到炮火中很多藏兵都在阵地上跑动，没有跑到他这边来，就证明跑动不是撤退。可你不撤退不就死了吗？人呢？

我们的人呢？静悄悄，哎呀，都死了。为什么不撤退呢？粗大的树、笨重的石头，都炸得满天飞，你人的骨肉能顶得住？蓦地他想起那个被自己惩罚的快马使者，立刻喊道："罢了，罢了，不惩罚他了，不是他没有及时把降神文书和催战箭书送给西甲喇嘛，是洋魔太厉害了。"

突然，悄寂被打破，英国人的身影出现在俄尔总管的眼界里，同时有了来复枪的射击：嘎的一声，接着就噼里啪啦下冰雹。麻子队长请求俄尔总管赶紧逃跑，俄尔还在犹豫："佛祖，你把西藏人都收走了吗？"麻子队长跪下喊道："大人，再不走就来不及了。"然后起身示意部下拉马过来。俄尔转身骑上了马，正要打马逃离，忽听传来一声响彻云霄的西藏人的呐喊，紧回头，就见西甲喇嘛出现了，一片紫压压的陀陀喇嘛出现了。从那些坑窝、丘凹、草丛、树莽里，藏兵一个个蹦出来了。俄尔总管狂喜地叫了一声："唵嘛呢，我们的人。"

子弹啾啾地射过来。麻子队长牵马要走，俄尔总管却从马背上跳了下来。他要继续观战，他坚信不保佑西藏人的佛祖是没有的，西藏人还活着、还在战斗就是证明。他听到了火绳枪的声音，看到藏兵都卧着，他们的女人都站着，卧着的在打枪，站着的在抛甩飞蝗石——嗡的一声，啪，中了。突然，卧着的不动了，站着的倒下了。俄尔知道那是死了，便像一个喇嘛一样高声祈祷起来。没祈祷几声，就见西甲喇嘛如同舞神一样在纳塘路口跳来跳去，接着就扑了过去，所有的陀陀都跟着西甲扑了过去。喊声震天，刀剑、矛枪和木棒忠实地服从着陀陀喇嘛的意志，挑开飞来的子弹，直奔十字精兵的肉体。还有的甩起了鞭子，有自造的皮绳鞭、马鞭、飞蝗石鞭，抽打在对方身上，就像霹雳降临。许多陀陀抱住了敌人，只要被抱住就休想活命,打不死就掐死,掐不死就咬死。陀陀们有同归于尽的,也有治死对方后继续奔扑的。

西甲喇嘛重申了他的规定:想死的陀陀至少杀死三个洋魔自己才能死,杀洋魔越多,死后神位越高。所以不管原来的陀陀,还是新来的陀陀,都修正了自己:原来是以非命而死为目的,现在是以杀死洋魔为目的。

"啊嗨,啊嗨,杀!杀!杀!"陀陀喇嘛们的锐叫让观战的俄尔总管远远地听了都觉得耳朵难以承受,何况是近在咫尺的英国十字精兵呢。十字精兵跑了。俄尔总管看到,几乎所有十字精兵都扭转了身子,背对纳塘颠动而去。

俄尔总管激动得喊起来:"西甲喇嘛,西甲喇嘛,陀陀,陀陀……"他的赞美无以言表,就只能这样了。他第一次亲见了战争中死亡的风暴和血肉的残酷,亲见了英国十字精兵的厉害和西藏人的勇敢,他都傻了,心里头一个劲地喷发着惊叹和恐惧:唵嘛呢,我们的西藏,西藏,西藏唵嘛呢。

看着十字精兵败退,指挥战场的西甲喇嘛振臂高呼:"追啊,陀陀们追啊。奴马,果果,朗瑟,快追啊。"所有活着的西藏人,男的女的,老的少的,都追了过去。火绳枪来不及装弹药,他们就抢起来打,就抱起来摔跤。逃跑的十字精兵和追杀的西藏人纠缠撕扯在一起,混乱一片。西甲喇嘛不愧是脱颖而出的军事天才,天然就知道这样的局面对西藏人有利,它能发挥西藏人善于近身肉搏的优势,也能让英国人的现代化枪炮失去作用。

戈蓝上校远远地看着,意识到如果他不能立刻挽救十字精兵的败局,西藏人就会穷追猛打,好不容易攻下来的隆吐山和日纳山将会转眼失去,整个进军西藏的计划也将因为这一仗而受挫夭折。他断然发布了一个连魔鬼都不会想到的命令，那就是立即开炮。十字精兵还在和西藏人你中有我、我中有你地厮打成一片，现在开炮意味着炸死西藏人的同时，也会损失许多自己人。"上帝啊，你都看见了，为了传播你的福音，我只能这样。请上帝拣选即将死去的士兵进入天堂。"上校说罢，催促还在犹豫的炮兵："开炮，开炮。"

这一阵炮击让西藏的天地纳闷：怎么还有不顾自己人死活的军队？西甲喇嘛一听炮响，就明白不能再恋战了。他吼叫着让人撤退，但撤退的速度怎么也比不过炮弹的飞翔，后面是炮弹，前面也是炮弹，跑到哪里，哪里就是炮弹。炸死的人转眼又被炸碎，天空横飞着血淋淋的臂膀、手脚和人头。

炮轰还在继续，十字精兵的精锐部队就开始了进攻。戈蓝上校冲在前面，告诉他的士兵：我也有可能被自己人的炮弹炸死，上帝保佑，冲啊，不要怕。

已经带领陀陀喇嘛撤到纳塘路口的西甲喇嘛满脸鲜血，弹片好几次擦破了他的头脸，好在他是前线指挥官，西藏所有的神灵都庇护着他，他还活着，七窍四肢好好的。他站在弹坑上望着冲过来的英国人和追着打他们的炮弹，突发奇想：现在只有一个地方炮弹是打不上的，那就是洋魔的阵地。我们为什么不能冲到洋魔的阵地上去？要是那样，不仅敌人的炮火无效，冲过来的洋魔也会退回去。他当即喊来一群还有战斗力的陀陀喇嘛，说了自己的想法，又跑向不远处的朗瑟代本，命令他带人跟在陀陀喇嘛后面一起冲。

然后，西甲像往常一样扬起了臂膀，也像往常一样喊了一声："陀陀们，跟我冲啊。"却没有像往常一样真的冲过去。他倒在了地上，一声枪响从身后传来，打倒了他伟岸的躯体。他挣扎着起来，没站稳，又噗然倒地了。

很多人涌过来："西甲喇嘛，西甲喇嘛。"都以为他被洋魔的子弹击中了。

只有一直跟随着西甲的桑竹姑娘知道，这一枪来自自己人。她扑向丹吉林陀陀藏身的树林，女鬼一样尖叫着。丹吉林陀陀轰地散了。头目仁增端着枪动作迟缓了一点，被桑竹一把撕住了甩来甩去的袖子。他恐怖地惨叫着，用枪管顶住桑竹的胸部，不让她靠近。桑竹松了袖子要夺枪。仁增丢开枪撒腿就跑，跑出去老远才停下，庆幸没有被这个疯野的姑娘抱住，自己还是个厉魂在身的陀陀。

桑竹姑娘担心着西甲喇嘛，放弃追撵仁增，拖着枪回来，分开人众，扑到了西甲身上。西甲还在喘息，眼睛却闭着。血在身下流，伤在哪儿还不知道。她冷静地吩咐几个身边的男人："把西甲抬到林子里去，快，洋魔就要来啦。"

洋魔已经来了。趁着丹吉林陀陀暗杀西甲喇嘛的机会，他们飞速踏上了纳塘路口。机枪迅速架起来，朝着来不及隐蔽的西藏人猛扫。西藏人死的死，跑的跑。路口两边的树林、高岗、山梁转眼就被十字精兵占领了。

这一切都在俄尔总管的眼界里。贵族官员本能的自私和惜命让他脸色煞白，浑身抖颤，几乎要撤离。但他立刻意识到这样是丢脸的，死人活人都看着他呢。他只要抢先往后撤一步，就注定会成为被人嘲笑的对象。他鼓起勇气驱散自己的胆怯，用仇恨催动着潜藏在骨血深处的西藏男人的本色。最终他咬牙推开了试图抱他离去的麻子队长。他拔出腰刀，一刀刺向自己的坐骑，断绝了弃阵逃跑的可能，然后血刀入鞘，从卫队士兵手里夺过一杆火绳枪，朝着西藏人纷纷倒下的地方，飞身而去。

麻子队长诧异了片刻，大叫一声："杀死洋魔，保卫总管。"

　　一百人的总管卫队呼呼啦啦跟了过去。

　　戈蓝上校没想到横空又来了一彪人马，慌乱地连喊几声"打打打"，趴在了地上。他仔细一看，有些吃惊：对方一个个衣袍整洁、皮帽端正、靴子鲜艳，似乎来了增援部队。到底增援了多少？他有些紧张，命令机枪猛烈射击，部队从两厢包抄，小心深入。

　　西藏人这边，俄尔总管亲自射击，别人自然不敢怠慢。卫队成员都是从军营里挑选出来的尖子，枪打得又快又准。装备优良的十字精兵开始并没有占多少便宜。

　　但接下来就有了分晓。先进的望远镜让戈蓝上校很快就明白，新来的这支藏军也就面前这一百号人，中间被团团簇拥的，显然是个大官，说明对方不仅没有什么增援部队，而且真正的指挥官也拼上了。他内心一阵狂喜："活捉，一定要活捉。"他增加了正面进攻的人数，命令包抄的部队加快速度。

　　麻子队长一直在左顾右盼，他比俄尔总管本人更清楚大危险已经来临，疾声呼喊："大人，洋魔已经包围了我们，快突围吧。"看俄尔不听他的，又说，"我们西藏人不怕死，怕的是被洋魔活捉，大人，撤吧。"俄尔总管这才意识到撤退是必须的，一旦他这个前线总管被洋魔活捉，西藏的失败就将不可挽回。洋魔会拿他的命要挟摄政王：必须让开，放我们进去，不然就杀了你们的前线总管。到那时，他的耻辱，西藏的耻辱，就大得没有边际了。

　　一看西藏人要撤退，英国人的子弹便雨点般打来。总管卫队的伤亡比刚才抗击的时候还要多。好在后退的路是畅通的，加上茂林遮挡，总管卫队保卫着俄尔总管总算跑到了枪炮打不着的地方。俄尔回望着战场，脸上没有一丝表情，半晌才说："佛祖，观世音的西藏，如果我们保卫不了你，还有谁能保卫你呢？"

撤退了，所有的西藏人都撤退了。尽管前线总管俄尔噶伦亲临战场督战并参战，纳塘还是在西藏人的憾恨中失守了。当时就有人说：连俄尔总管都没有顶住，可见英国人强大得谁也顶不住。立刻有人反驳：只要西甲喇嘛不倒下，就一定能顶住。论打仗，俄尔总管怎么能跟西甲喇嘛比？要不是西甲喇嘛……所以《圣史》依然把失守的原因怪罪给了丹吉林陀陀，指责摄政王迪牧，居然在这个战火连天的日子里，不分轻重地发布了抓捕并处死西甲喇嘛的命令。

奴马代本、果果代本、朗瑟代本带着他们的残余部队，紧跟在总管卫队后面。陀陀喇嘛自然是殿后的，他们保护着自己的领袖西甲喇嘛，不断回头看着，随时准备扑过去堵截追上来的十字精兵。

马背上的西甲喇嘛靠在桑竹姑娘怀里。在他昏迷以后，桑竹姑娘一直用柔弱的身体支撑着他硕大的躯体。马是最好的蒙古马，本来是森巴军用来驮运大炮的。一个陀陀喇嘛牵着马，尽量找平坦的地方走，免得颠簸。所有人都跟桑竹姑娘一样发愁：到底怎么办呢，西甲喇嘛的伤？一直从后背流着血，都把桑竹姑娘染红了。

桑竹姑娘不断地轻声呼唤他的名字："西甲，西甲……"

## 5

一切智·虚空王浪喀加布出现了。人们看到，尽管他在战火里摸爬滚打，但那不僧不俗的破烂的紫色氆氇袍依然干净得像刚刚漂洗过。草香熏身，五步之外就能闻到。光头上直直顶着一杆经旗，就像插进了他的脑壳，任风吹人晃，它就是不歪不倒。塌陷的鼻子上挑着一个金属十字架，像是从英国人手里缴获来的。这一顶一挑就是法力的显现，让他立刻有了说话就是说法的权威。他说："喜欢武力的西甲喇嘛本来是该死的，现在我来了，他就可以不死了。"

桑竹姑娘是第一次见他，谨慎地问："佛爷，你是哪里来的佛爷？"

虚空王哈哈一笑："我哪里是佛爷，我就是人世间、地狱里一个连要饭都不会的乞丐。姑娘，天下无能第一是谁？就是我呀，我叫虚空王。"

桑竹姑娘黯淡的眼睛突然射出两脉喜光，长喘一口气：有救了，这个人一来，西甲喇嘛笃定有救了。他说天下无能，其实是说既然天下无能，自然他就是第一。他的大话无论说到什么程度，你都得相信。因为他是不死的虚空王。

虚空王一个人走得很急。人们以为他会停下来，立刻给西甲喇嘛念经治疗。但是没有。仿佛人们越期待他留步，他步子迈得越快，噌噌噌地响，眨眼走到前面去了。桑竹姑娘和关心西甲喇嘛的人都知道，这时唯一要做的，就是毫不懈怠地跟上虚空王。

他们从后面赶上去，超过了西藏的部队，超过了俄尔总管和他的卫队，一直往前走，念那过去了，勒布过去了，则利拉山遥遥在望。但是虚空王还在走，越走越快，好像要一直走到亚东或者春丕去。几个陀陀喇嘛不禁在心里诧异道：我们是陀陀，是来打洋魔的，可现在离洋魔越来越远了。这心里话立刻被虚空王听到了，回头淡然一笑说："不，我们离洋魔越来越近了，洋魔就在前面。"

半个时辰后，虚空王戛然止步。他前后左右看看，又仰头望望不远处的则利拉山，脸上飘过一丝梦幻般的笑意，然后指着脚下的土地说："就在这个地方，你们等着。"说罢就走。

桑竹姑娘迟疑了片刻，让牵马的陀陀跟了过去。

虚空王回头扫了一眼桑竹，神态安然、声气健朗地问："姑娘，你是不想让西甲喇嘛活了吧？"

桑竹姑娘大胆地说："佛爷，你是所有佛爷里头法力最高的佛爷，你还没念安命经、驻魂经呢；你是所有医生里头医术最高的医生，你还没有给他施法、喂药呢。"

虚空王说："给他安命驻魂的不是我而是你，你千万不要离开他。我已经给他召来吉祥，吉祥就在这里。你如果带他离开，他死你也死。"说罢，他大步前去，速度是惊人的，一晃眼就远得跟蚂蚁一样大小了。

桑竹姑娘和陀陀喇嘛这才发现，他们来到了一条沟的沟口。有个陀陀说，他到过这里，这里是普沟。

普沟沟口的平地上，绿草就像专门为他们铺就的绒毯，以无与伦比的匀净和柔软诱惑着他们。陀陀喇嘛们走累了，都躺下来休息。桑竹姑娘和几个陀陀把西甲喇嘛抱下马，让他趴着。脊背上的伤口还在流血，他有多少血啊，是不是快流尽了？茫然无措的桑竹姑娘哭起来：西甲，西甲，你快醒醒啊西甲，我不知道怎么办。她本来对虚空王抱了很大的希望，没想到这个人人敬畏的佛爷不过是领他们来到了一个仅可以休息喘息的地方。

而且马上又发现，连休息喘息也不可能了。有个仰躺在地的陀陀喇嘛突然喊起来："洋魔，洋魔。"他看到则利拉山顶居然有英国人的影子。

陀陀喇嘛们都爬了起来，本能地要往上冲。桑竹姑娘十分埋怨：虚空王带他们来的地方，竟是洋魔的魔口。

山顶上的容鹤支队鸟瞰着这帮疲倦不堪的陀陀喇嘛，早已做好了开枪的准备，只是觉得对方无枪无炮，打起来太容易，便有些漫不经心。陀陀喇嘛们吃力地往上爬，知道自己是去送死的，也不躲避，直起身子挑衅着。有个陀陀拍着胸脯喊："枪法好的话就往这里打。"失去了西甲喇嘛的陀陀们，转眼忘了他们的首要目的是杀敌，其次才是赴死。

孤零零守候着西甲喇嘛的桑竹姑娘突然喊起来："下来，下来。"看陀陀们听不见她的声音，便跑到山脚下再喊，"下来，这里不是你们死的地方。"陀陀们早就想远远离开她了，哪里会听她的。她追上山去，撕住一个陀陀说："西甲让你们下来。"陀陀紧张地甩开她，呼喊自己的同伴："西甲喇嘛活了，西甲喇嘛活了。"

陀陀们这才下来，下得一个比一个快。西甲喇嘛又开始指挥他们了，他们高兴着。山顶上的容鹤支队随便放了几枪，算是警告或者送别。陀陀们头也不回，扬起胳膊在空中抓着，似乎能像抓蚊子一样抓住飞来的子弹。但是一下山陀陀们就愣住了，只见沟口平地上蓦然出现了一群人，有英国人也有西藏人，他们混杂在一起，有的在围观地上的西甲喇嘛，有的在惊诧莫名地望着陀陀和桑竹姑娘。

陀陀喇嘛们有些迟疑，想搞清到底发生了什么，就见桑竹姑娘尖叫一声飞了过去。桑竹看到有个黑道袍的人蹲在地上摩挲着西甲喇嘛，就觉得他肯定已经把刀子攮进了西甲的身体。她扑向黑道袍，一把将他搡倒在地，张臂护住西甲，看西甲身上并没有新的伤痕，便扭头仇恨而恐惧地瞪着黑道袍的蓝灰色眼睛："你、你要干什么？快滚开，滚开。"

黑道袍显然是艰难跋涉到这里的，疲倦不堪地喘息着，大声说："他受了枪伤，他需要治疗。"

他的话立刻被陀陀喇嘛的喊声覆盖了："黑水白兽，黑水白兽。"陀陀们扑过去，扑向了黑道袍，也扑向了所有英国人。

# 6

现在看来，不是虚空王无力救治西甲喇嘛，而是他要送给走出普沟的马翁牧师一个顺利往前走的机会。

马翁牧师和他的卫队都被陀陀喇嘛控制住了。卫队的来复枪没有派上用场，那是因为马翁牧师严厉命令他们宁死不得开枪。他把命令用英语说了几遍，又用藏语说了几遍，意在告诉凶猛的陀陀喇嘛他们是友善的。接着又说，他是医生，或许他能够救活这个中了枪弹的人。

陀陀喇嘛们便收敛起狠怒，告诉马翁牧师："如果救不活，你和所有的洋魔，都将成为西甲喇嘛的祭品。"

马翁牧师扒掉西甲喇嘛的袈裟，仔细查看了他的伤势，轻声说："上帝啊，请显示奇迹吧，这个人必须活着。"他让人打来清水，把创面冲洗干净，又用镊子仔细捡掉散布在血肉里面的弹片和火药。伤口正好在心脏的位置，不知道弹片是不是射进了心脏。但不管心脏受没受损，这个伤口都是要命的。他在伤口上撒了一层厚厚的消炎粉，没有干净的纱布，就用西甲喇嘛自己的衬衣作了包扎。一个医生能做的只有这些，但一个牧师却不能仅此为止。他在包扎的地方用西甲喇嘛的血画了一个十字架，然后大声说："来吧，被上帝眷顾的人，都来摸摸这十字架。上帝将通过你们的手，把康复的力量传递给这个喇嘛。"他这是跟西藏人学的，西藏人信仰活佛的摸顶，以为那样就可以像注射强心剂似的注射福气和力量。

他的卫队士兵过来了，排着队摸了摸西甲喇嘛伤口上的十字架。

马翁牧师又把期待的眼光投向了霞玛汝本和他的部下："来啊，

你们也可以摸一摸，你们是被上帝救活的人。"

霞玛汝本看了看身后的部下，犹豫着走过去，又停下了。

马翁牧师鼓励道："上帝属于你，天国就属于你，作为受苦受难的人，今生是你最后的一生。不要犹豫了，天国的门正在为你打开。"

霞玛汝本悄悄在心里说：佛祖啊，我能这样吗？如果我能这样，就请让风吹乱我的头发。本来没有风，他这么想的时候，突然就有了，天地之间有了一股风，哪儿也不去，就吹过来凌乱了他那毡子一样粘在一起的头发。他吃了一惊，看了看天空，似乎看到了云彩里的微笑，也不知是佛祖的，还是上帝的。但不管是谁的，微笑就是吉祥，就是佛的允许，或者上帝的鼓励。他毅然把手伸向了十字架，轻轻地充满激动地摸了摸。

似乎他的部下跟他想的一样，也都过来，摸了摸十字架。

马翁牧师满意地点点头说："也许你们已经到了受洗的日子。我主耶稣正在向你们引路，永生在等着你们。我在此为西甲喇嘛祈祷，也为你们的皈依祈祷。"说着他跪下了，仰望天空，大声地祷告："亲爱的主耶稣，感谢你为除去我们的罪，被钉死在十字架上。我为着过往的一切错事而难过，求你永驻在我心里。我相信你现在就已经洁净了我们的心，我们都以你作为每个人的救主。阿门。"

霞玛汝本和所有在场的人都看到，祈祷产生了作用：西甲喇嘛的一只手抬了起来，就像给马翁牧师打招呼那样，接着头也动了一下，只是眼睛还闭着。

有几个陀陀喇嘛喊起来："西甲喇嘛，西甲喇嘛。"

马翁牧师立刻制止道："安静，请安静，还没到他醒来的时候。"

## 7

撤退的队伍路过勒布时，俄尔总管想起了魏冰豪。他不喜欢这个一来这里就又是担忧又是部署又是请求的人。加上对方是驻藏大臣文硕派来的，似乎是一双监视的眼睛，心里就更不舒服了：你一个俗人，一个年轻得脸上一条皱纹也没有的娃娃，怎么可能知道得比我多呢？不自量力的家伙。但是现在，当他带着总管卫队和三个代本团的残部，一路撤退时，他不得不考虑魏冰豪的部署或许是有道理的。

俄尔把部队停在山谷狭窄的念那、勒布一线，集中兵力继续防御，又派卫兵前往则利拉山寻找魏冰豪，叮嘱道："一定让他来见我，越快越好。"

但到来的不是魏冰豪，而是一个坏透了的消息。卫兵说，则利拉山上山下，都是洋魔。而且洋魔用法力拿住了陀陀喇嘛，西甲喇嘛是死是活还不知道。

俄尔总管半晌说不出话来，突然大喊一声："你在欺骗我，我杀了你。"

卫兵扑通跪下："大人，千真万确，我向达赖喇嘛发誓。"

俄尔总管精神全泄，浑身软了。他再不懂军事也能意识到现在的处境万分危险：前面有进攻的洋魔，后面有堵截的洋魔，而西藏人却处在一个山狭路窄、两岸陡峭的谷底，又是伤痕累累、给养无着的。怎么办？他仰天长叹：佛祖，关键时刻你怎么让西甲喇嘛倒下了？

无计可施的时候，他愈加对魏冰豪不满起来：你要去则利拉山顶垒造箭垛，我答应了你；你要一伙藏兵跟着你，我允许你去找西甲喇嘛，让他派兵给你。现在箭垛呢？藏兵呢？连你本人都不见影子了。他恍然觉得占领则利拉山顶本是他的主意，而魏冰豪居然没有执行命令。这就是目前危险处境形成的原因。

他催人叫来了奴马、果果、朗瑟三个代本紧急商量。三个人的意见出奇得一致：不能等待进攻的洋魔追上来，赶紧离开这里，从则利拉山下突围出去。

俄尔总管说："突围没那么容易，洋魔就是想在则利拉山下消灭我们。则利拉山下是个葫芦形的大洼地，我们很可能有来无回。"

奴马代本长叹一声："那怎么办？要是西甲喇嘛在就好了。"

朗瑟代本说："大洼地是唯一的出路，只能冲过去，冲过去就能占领朗热。朗热地势高，对我们有利。"

果果代本说："地势再高也不顶用，就凭我们几个守朗热，洋魔半个月就能打到江孜去。"

俄尔总管说："这都是后话，先看看能不能从则利拉山下突围。"

一时间，西藏的则利拉山成了西藏人的魔咒，好像就是它的存在让西藏人如此倒霉。则利拉，则利拉，还不垮掉的则利拉。忧心忡忡的俄尔总管想：这是一座什么鬼山，要是没有它，洋魔能爬上去守住不让我们走？

朗瑟代本在前，俄尔总管和奴马代本居中，果果代本殿后，西藏军队以能够达到的最快速度，朝着则利拉山突围而去。

魏冰豪从则利拉山顶跑下来时，三十个森巴军的藏兵已经结束了抢劫又强奸的恶行。荒茫的山群里，孤零零的寨子在他们身后抽搐着，哭泣的声音若断似连。

魏冰豪愤怒地说："你们说怎么办？则利拉山被洋魔抢占了。"

小瘦子说："大人，你说怎么办就怎么办。"

魏冰豪说："这话是你说的。好，听我的。"吼起来，"自杀，你们都给我自杀。如果你们不自杀，我就让俄尔总管杀了你们。"

小瘦子轻松地说："不会的，打洋魔的时候，西藏人不杀西藏人。"

魏冰豪说："前线总管不杀，我来杀。"他不愧是驻藏大臣文硕举荐的有为之士，知道则利拉山的丢失还不在于这三十个藏兵军纪涣散，而是自己还没有树起足以让他们服从的权威。现在机会来了，他要么镇住他们，要么被他们杀死。他冷笑着伸出手去："把枪给我，别以为我不敢杀。"

小瘦子轻蔑地打量着他，朝身边一个大个子藏兵努努嘴："给他。"

大个子藏兵撇嘴一笑，居然把火绳枪尖锐的前叉举到了魏冰豪跟前。魏冰豪握住前叉，一把夺了过来。小瘦子和其他藏兵都觉得这个白净脸的书生就要下不了台了，漫不经心地看着对方如何使枪。

大个子藏兵忍不住纠正道："枪要双手端，不然打不准的。"

魏冰豪偏要单手举起沉重的枪，然后再次伸手："火镰。"

大个子藏兵摘下自己的火镰递了过去。

魏冰豪熟练地在枪栓上刺啦一擦，没让对方看清怎么回事，就引燃了翘出枪膛的火绳。藏兵们愣了，他们都是石头碰火镰，五打六打才能点着。这才意识到对方不是等闲之辈，闭嘴瞪眼地互相看看，一个个腰不禁弯了一下。但已经晚了，来不及献上恭敬和佩服了。枪响人摇，大个子藏兵趔趄着，轰然倒了下去。

魏冰豪一手提枪，一手指着小瘦子，几乎把指头捣到对方鼻子尖上："这就是不服从的下场。来啊，你们要是觉得不该死，就把你们的枪举起来，朝我头上打。我就是脑袋开瓢也要去对驻藏大臣和俄尔总管说，不听命令的藏兵，侵扰地方、虐害小民的藏兵，比洋魔还坏，是务必清除的内魔。"

没有人敢把枪举起来。小瘦子后退了一步，低头看看死去的大个子藏兵，突然抬起右脚踢到自己左腿上，大声说："你的腿不会弯曲吗，为什么不给大人跪下？"他这样说着也就等于跪下了，又说，"大人，你不会把我们全杀光吧？我们长了两只什么耳朵呀，居然不听大人的命令。割掉，割掉。"他用手使劲砍了砍耳朵，"大人，不听命令的耳朵割掉啦。从现在起，我们就变成听命令的人啦。大人，你在我们的头顶，就像佛在我们的头顶。"

魏冰豪把枪放倒在草丛里，走过去坐到一块高石上，仰头瞩望着则利拉山顶，气急败坏地自语道："我不是旦巴泽林吗？我这个肉乎乎、软绵绵的旦巴泽林，死了去吧。"他知道仅靠他和面前这二十九个藏兵，是夺不回路险坡陡的则利拉山的。而则利拉山的失去，意味着隆吐山以北、则利拉以南的纳塘、念那、勒布很快就会被英国十字精兵占领。就像他最初担忧的那样：十字精兵其实已经控制了整个辽阔的亚东谷地，除非西藏方面兵力大增，死死守住朗热、乃堆拉、亚东，并在平原和沟谷部署小股部队，像他给驻藏大臣文硕建议的那样：分散伏出，中途拦打，用游击无常的办法，拖住不熟悉地形的远来之敌。可惜啊，用兵的不是我。想着，他不免憾恨得叹气摇头。不过还好，还是看到了一丝希望：自己和面前这些藏兵不就是一股游击部队吗？趁着十字精兵的大部队还没有到来，藏在沟谷里，待机而动，不失为败阵之后的上上之策，虽然不能挽回丢失则利拉山的损失，但如果能让十字精兵受挫，挽回一点面子还是可以的。

魏冰豪站起来，严厉地对小瘦子汝本说："快带人跟我走，把所有抢来的东西还给人家，快。"然后大步走向不远处的寨子。

魏冰豪费尽口舌，在寨子里招收了十一个熟悉本土地形的猎手。加上原先的二十九个藏兵，他的人马扩充到了四十个。

然后就出发了。则利拉山顶的容鹤中尉一直眺望着，望得眼睛都酸了，泪汪汪的，最终也没看清这股藏人武装到底消失在了哪里。

## 8

戈蓝上校已经得到容鹤中尉占领则利拉山顶的消息。一个被英国人雇用的哲孟雄藏人装扮成西藏人，趁着俄尔总管率兵败退的混乱，直接从则利拉山经勒布、念那到达了纳塘。戈蓝上校本来准备在纳塘让十字精兵稍事休整，得到消息后，立刻命令部队快速进发。路上，戈蓝上校在心里一再地点头：不简单啊达思牧师，你终于证明上帝和佛都属于你。但在你心里，上帝和佛肯定不是一半对一半，上帝永远是称霸的、高位的、明光四射的。容鹤中尉也终于证明他是个富有勇气和牺牲精神的军人，大英帝国需要他。现在就看这一仗了，全歼西藏军队，直奔腹地拉萨。

就在西藏人的先头部队距离则利拉山五百米的时候，戈蓝上校追了上来。炮击是必须的，殿后的果果代本团奔逃而去，推动了居中的总管卫队和森巴军，又推动了前面的朗瑟代本团。黑压压一片败军倾泻而去，闯进了一无遮拦的大洼地。则利拉山顶的容鹤支队早已做好准备，机枪和来复枪一起扫射，立刻洒下一天子弹来。西藏部队无法前行，赶紧转回，再次沐浴在戈蓝上校的炮弹之下。

俄尔总管面无表情，呆望着前后，摇摇头："完了完了，西藏完了，佛教完了。迪牧摄政王，我愧对你的信任了。"他这时想到了死，已经不可怕了。因为不死是不可能的，除非洋魔不是魔，除非面前有天路。他放弃了指挥，一屁股坐在地上，对身边的人说："都念经吧，死前念念经，灵魂去得利索些。"

他身边的人念起了经，接着整个总管卫队念起了经，念的不一样，反正都是经。经声辐射着，所有三个代本团的残余部队都念起了经。经声悲怆而凄凉，很多人边念边哭：有默然流泪的，有低泣哽咽的，有号啕大哭的。没有人制止哭声，都在想：要死就快些死，赶紧来吧子弹和炮弹，亲亲爱爱的子弹和炮弹。

西甲喇嘛醒来了。似乎是被炮轰和枪声惊醒的，眼睛发痴地望着天，然后便一左一右地骨碌来骨碌去，好像他的心脏就是他的眼睛，跳一下就是骨碌一次。后来西甲说他这是在判断：到底怎么了，那边是炮，这边是枪？他就是死了也能听出这枪炮是洋魔的。等他判断清楚了，眼珠子就不骨碌了。他撕着面前马翁牧师的衣领坐起来，然后那手就死死地攥着，再也没有松开。马翁牧师不得不弯腰贴着他。

西甲喇嘛吃力而沙哑地说："让他们停止打枪，你，救了我的人，让山上的洋魔停止打枪。"

马翁牧师长喘一口气："上帝啊，你活过来了。"他庆幸自己没有成为西甲喇嘛的祭品，还将在西藏的土地上艰难行走。

但是死亡对他的挑战并没有消失。西甲喇嘛不仅越来越紧地撕着他，而且让陀陀喇嘛把牧师卫队的人全部缴枪捆绑。

西甲喇嘛撕着马翁牧师站了起来。似乎他体质好得只要能活动，元气就会沛然而起。他威胁道："我可以立刻打死你，但想到你对我们有用，手就软啦。"

马翁牧师吃惊道："喇嘛，你不应该是一个忘恩负义的人，上帝在天上正看着你。当然你不必感激我，但一定要感激上帝，是上帝让我救了你。"

西甲喇嘛说："我认识你们的上帝，上帝吃羊肉的时候牙是一左一右错动的，就跟马一样，他一边嚼着羊肉一边说，'哎呀，西藏的羊肉真香。'他来西藏就是要吃西藏的羊肉，这个饿死鬼转世的上帝。我给你们的上帝说，'山上的人必须放下武器，让我们的人过去，我们的人是俄尔总管和奴马、朗瑟、果果三个代本团。不答应我，我就杀了这个黑袍子的人，还有这里的所有洋魔，统统都杀。'你猜你们的上帝怎么说？"

马翁牧师迷惑地瞪着西甲：上帝怎么说？

西甲说："你们的上帝说啦，听这个喇嘛的，黑袍子和所有我们的人都不能死。"

马翁牧师点点头，似乎说：上帝当然不希望我们死。

西甲说："那还犹豫什么？快派一个人上山去说，让洋魔的枪闭嘴，不要再哒哒哒了。"

马翁牧师眼光扫向了一个卫兵。卫兵被迅速解除捆绑后，朝则利拉山顶爬去。


容鹤中尉不会不知道人质的性命危在旦夕，但他还在权衡利弊。在他看来，消灭西藏人的有生力量，比仁慈地保护马翁牧师及其卫队的性命更重要。或许这一仗是最关键的，消灭了这些西藏人，我们就能大踏步进军拉萨。他正在犹豫，就见达思牧师朝自己走来。

达思牧师说："我知道中尉是个真正的军人，军人在今天是不应该在乎上帝之爱的。如果有人杀了耶稣，而你却在对他讲仁慈，那是最大的不仁慈。中尉，为什么枪声稀落了？机枪呢？叭嗒嗒嗒，响起来啊。中尉，有人没有开枪，我发现自从有人送来马翁和他的卫兵成了人质的消息后，你的部下就偷懒不开枪了。"

容鹤中尉一愣，没想到达思会这样说，顿时有些疑惑："达思牧师难道也不在乎上帝之爱？"

达思牧师表情冷酷地说："等马翁牧师死了我才可以在乎。"

容鹤中尉更奇怪了："为什么？"看对方欲言又止，便问得更急。

达思牧师激愤地说："马翁牧师以为他是戈蓝上校的老朋友，就能代替上帝的使者在十字精兵的地位。我本来以为他会像上帝的爱一样长命百岁，可是上帝并不保佑他，他就要死了。死在了谁手里？西藏人手里，还是英国人手里？"他笑起来，一副幸灾乐祸的样子。"中尉，你不是一个对上帝虔诚的人，我知道你和我的想法一样。"

容鹤中尉半晌不吭声：戈蓝上校的老朋友、十字精兵的上帝使者，难道要死在自己手里？追查起来不好说啊。何况自己的部下有人已经拒绝开枪了。更重要的是，他绝对不想成为达思牧师的杀人工具。达思既信上帝也信佛，居然敢说他容鹤中尉不虔诚。他冷冰冰地说："谢谢你的提醒，达思牧师，我差点犯了一个大错误。你还是去修炼你的什么金刚大法吧，开枪不开枪的事就不用你管了。"

突然没有了枪声。则利拉山顶一片安静。


当俄尔总管和所有西藏人被戈蓝上校的炮击枪打再次逼得跑向则利拉山时，意外地发现，阻击已经消失了。俄尔总管觉得这是个阴谋，却已经来不及仔细揣摩。总管卫队裹挟着他往前突去。三个代本团前锋的不像前锋，殿后的不像殿后，山石倾泻般地涌向了则利拉山下葫芦似的大洼地。即便这时山顶枪声大作，西藏人也不可能后退了。但让他们奇怪的是，枪声始终没有响起。当俄尔总管在必死无疑的大洼地安然无恙地走到射程之外时，才意识到，洋魔放了他们一马。他当然不知道这是西甲喇嘛的作用，还在心里纳闷：按理说洋魔是不会突发慈悲的。佛祖啊，神灵啊，唵嘛呢，原来我们从来就没有失去保佑。西藏就是西藏，佛不保佑他的信民保佑谁啊？

西甲喇嘛远远地看着，直到俄尔总管和三个代本团全部过去，才庆幸地长喘一口气，松开了撕住马翁牧师道袍领子的手。他朝天一望，似乎望见了佛，双手合十弯了弯腰，然后朝着马翁牧师扑通跪下，一头磕响了地球："你说我是一个忘恩负义的人，已经是了，我不后悔。现在我不是了，恩人，是你救了我这个西藏喇嘛。以后我见到摄政王就说，我念了十万唵嘛呢叭咪吽，这是我给恩人的功德。摄政王会说，那就让他长命百岁，一百颗子弹打不死。"西甲起身要走，突然又回来，再次扑通跪下，再次磕响了地球，说："俄尔总管和三个代本团也是你救的，没有你，他们过不了则利拉山。我给他们说，让他们也把念'嘛呢'的功德送给你。你更加长命百岁，两百颗子弹打不死。"

西甲喇嘛觉得已经了却他的报恩心愿，起身走了，失血过多的身子有点摇晃，显然是虚弱的。一群陀陀喇嘛跟上了他。霞玛汝本犹豫了片刻，也带着自己的人追了过去。他不断回望着马翁牧师，复杂的表情表明他心里很乱很迷惘：到底怎么办，是继续跟着马翁牧师，还是回归西藏人的阵营？

马翁牧师朝霞玛挥挥手："去吧去吧，不要犹豫，我们还会相见的。"

霞玛汝本不再回望了，表情变得单一，心里只剩下悲伤，大手一把一把抹着脸，一抹一层泪。突然他哭出了声，悲切地问道："都是好人，为什么要打仗？好人跟好人打仗，就是佛跟佛打仗，快算了吧，你们，还有你们。"

西甲喇嘛回头看看霞玛汝本，奇怪地问："你说佛跟佛打仗？洋魔不杀人就是佛？"但他的心压根不在自己的问题上，对方如何回答他并不关心，他在寻找桑竹姑娘：这个一直贴身保护着他，给他安全也给他温暖的女人，怎么突然不见了？

桑竹姑娘消失了，没人看见她什么时候离开的。西甲喇嘛找了几眼没找着，也是算了，心说谁知道这野姑娘去了哪里，反正是西藏的地方，她爱去哪就去哪吧。按照她的性格，她在和她不在都是正常的。这么想着，便放下了。走了几步，突然觉得心里空落落的，一空就空到了底。这个带给他烦恼，让他害怕甚至恐惧的姑娘，一旦不辞而别，居然就像喇嘛心里没有了佛，完全是无所适从的样子。桑竹，桑竹，我不爱你，我已经是喇嘛，我早就不爱你。但是桑竹，桑竹，我又爱你，在我不是喇嘛的时候，我爱过你，我成了喇嘛后，没有忘记你。不是我不想忘，是忘不了。桑竹，桑竹，你到底是一个什么人，害得我喇嘛不像喇嘛，俗汉不像俗汉。不不不，哪里是你害了我，是我害了你，我要是当初不离开你呢？

西甲喇嘛惦记着桑竹姑娘，回头，回头，不断回头，无可奈何地回头，终于还是放下了。以后西甲喇嘛会意识到，如果这时他没有放下，继续寻找，也许就能找到桑竹姑娘，那不该发生的一切就都会避免。可是在他最不应该放下的时候他放下了，从此便铸成大错，一个跟抛弃西藏抛弃佛祖同样重大的错。

# 9

当西甲喇嘛撕住马翁牧师，胁迫他传话给山上的英国人停止打枪，好让俄尔总管和三个代本团顺利通过时，丹吉林陀陀鬼影一样出现了。这就是桑竹姑娘离开西甲喇嘛的原因。

桑竹姑娘暴怒地走过则利拉山和普沟沟口之间的草地，走向一片长叶松林。藏匿在松林边缘的丹吉林陀陀立刻消失了。桑竹姑娘树前树后地寻找，不知不觉走到松林深处去了。她喊着："就是变成贼鸟躲到树尖尖上我也能找到你们，出来，出来，我今天要让你们知道我的厉害。西甲喇嘛是我的丈夫，我是女魔，我要保护我的丈夫。谁杀他，我就杀谁。躲起来没用，我找不到你们，就去找摄政王迪牧。你们不死，摄政王就得死。"她一边是威胁，一边是表达决心。越表达决心就越着急愤怒，越着急愤怒就越想找到。

她没有意识到松林越来越密、地势越来越斜，一道林坡把她引向了深谷。她看到了一潭水，水在哗哗响，伸头一望，吓了一跳，脚下已是万丈深渊，一帘瀑布跌到沉厚的林雾中去了。桑竹赶紧收脚往回走。她忘记了来时的路，惶急地寻找着，突然停下，看到一头小黑熊就在两步远的草丛里。

小黑熊见了她并不跑开，坐在地上天真好奇地望着。在它的记忆里人从来没有伤害过它，所以就跟看到一棵行动的树一样。桑竹姑娘一愣，第一个瞬间涌出了一股惊喜：啊，这么可爱的小东西。第二个瞬间便涌出一股恐惧，她知道自己靠近了熊窝，母熊就在不远处。她转身就跑，在大树之间窜来窜去，结果却撞到了母熊的嘴边。母熊已经闻到有人的味道，正在往这里跑，一看她居然冲自己跑来，吼了一声，扑了一下，拍了一掌，然后就平静了。人也平静了，熊也平静了。

　　桑竹姑娘一直躺在地上。母熊本来是想一掌拍碎她的脑袋，不知怎么搞的却只拍在了她的肩膀上，所以她还活着。她昏迷了一会，主要是吓的，很快就醒了。她睁开眼睛望着前面，前面是一堵黑黝黝的墙，墙上还有密匝匝的毛。她寻思这是什么地方啊，怎么有一股野兽的味道？西甲喇嘛呢？可恶的丹吉林陀陀呢？她挣扎着想坐起，那墙便摇晃了一下。她顿时又瘫卧在地，想起了熊，意识到那堵毛烘烘的黑墙就是母熊伟硕的身体。她不敢动，闭上眼睛想装死，因为听说熊是只吃活物不吃死物的。可这要装到什么时候啊？母熊一直没有离开。

　　有一个瞬间母熊似乎离开了，但很快又回到了她身边。这时她感觉有个东西在她身上爬来爬去，小黑熊，一定是小黑熊。小黑熊爬到她脖子上，闻了闻，又舔了舔，一股冰凉的感觉顿时透进她胸腔里，她浑身一紧，发起抖来，完全是不由自主的。一个死去的人怎么会发抖呢？母熊的大嘴或者巴掌马上就要过来了。但是没有，母熊好像已经不关注她了，尽管它还在她身边。

　　桑竹姑娘大胆地睁开了眼，立刻吓得半死。她的眼光对上了母熊的眼光。母熊正在低头看她呢，似乎是一种欣赏的神态，欣赏着人间美色。桑竹闭上眼，抖得更厉害了，等待着，脖子上的经脉跳起来，好像在告诉母熊：咬这儿，就咬这儿。

　　母熊一直没有咬。小黑熊一直在她身上玩，一会舔舔她的脸，一会咬咬她的衣服。桑竹一直在发抖。

　　突然母熊吼了一声，疯了似的朝前跑去，沉重的四肢敲打着地面，枯枝败叶哗啦啦响。桑竹姑娘不禁眯起了眼睛，看到母熊扑向了前面，前面有人，竟然是把她诱惑进长叶松林的丹吉林陀陀。陀陀们立刻跑散了。母熊威慑地吼叫着，也不追，看他们跑远了，不见了，就又回到桑竹姑娘身边，静静地瞧她。

丹吉林陀陀是来打探究竟的，远远看到桑竹姑娘躺在地上不动，小黑熊又咬又舔，就以为她已经死了。他们盘算着如何除掉西甲喇嘛，兴高采烈地朝长叶松林外面走去。

桑竹姑娘想，母熊到底要干什么？不咬也不吃，就这么守着。

过了很长时间，桑竹睡着了。等她醒来时，发现小黑熊已经不在她身上爬来爬去，母熊黑墙似的身影也不在眼前。她忽地坐了起来，感觉肩膀还是疼的，但不碍事，能够动作，也没有流血。那就逃吧，愣着干什么？她正要站起，就见母熊和小黑熊在她身后十步远的地方定定地看着她，琥珀色的熊眼里充满了讶异而柔和的神色。桑竹冒出一身冷汗，但已经不抖了，坦然了许多，母熊和善的眼神让她略感放心。她转身面对它们坐着，寻思要是自己起身走开，它们会怎么样呢？

黄昏的时候桑竹姑娘鼓起勇气站了起来。母熊在能看见她的地方徘徊。她走了，它好像没什么反应。于是她越走越快，不断回头，发现母熊没有跟上来。她轻松了许多，判断着方向往前走，觉得一会就能走出长叶松林。可是她没走出去，她迷路了，走到哪儿都是大树小树。天很快黑下来。她担心掉进深渊，只好停下，疲倦地靠在树上，又渴又饿。她很害怕，黑暗的森林，到处都是野兽。

她不知道这一夜自己是怎样度过的，有动静和没动静都让她恐惧。她背靠大树，蜷缩在树根盘起的窝洼里，警觉地观察着黑暗中的一切。好几次她似乎听到了"沙拉沙拉"踩响林草的脚步声和"呼哧呼哧"的喘息声，惊得她头发立起，心跳都把大树震得哗哗响。但野兽始终没有走到跟前来。天终于亮了。她不禁"啊"了一声，看到野兽就在很近的地方，她本能地要跑，又本能地坐下，内心的感觉已经不是惊怕了。

母熊和小黑熊一直没有丢弃她，整整一夜都跟她在一起。

桑竹姑娘突然意识到这一大一小两只熊其实是在保护她。她大胆地朝它们走去。小黑熊似乎想躲开，看看母熊坦然不动的样子，就原地趴下了。她蹲下，观察着母熊的反应，小心抱起了小黑熊。母熊似乎没有不高兴的样子，丢开她，朝前走去，走走又停下，看她跟了过来，就又朝前走。桑竹明白了，母熊是在引她走路。它会引她到什么地方呢？她不敢走，却又不能不走。就算母熊是地狱派来的魔鬼、引人入洞的毒蛇，也是她现在唯一的信赖。

就这样，桑竹姑娘抱着小黑熊，跟着母熊往前走，走了很长时间，当她觉得似乎已经接近魔域的边缘，越来越瘆冷可怕时，母熊停下了。她不敢往前走，呆立着，看到母熊要朝她走来，赶紧放下怀里的小黑熊。小黑熊跑向了母熊，还要往前跑，被母熊一掌扇倒在地。母子两个静静地站着，望望前面的她，又望望后面的树，眼神里是丝丝缕缕的隐忧和惧怕。桑竹突然觉得母熊停下来的原因是它自己不敢往前走了。前面是什么，总不能就这样一直站着吧？她慢腾腾朝前挪去，挪到跟母熊平行的地方，才发现前面一片白亮，再一看，一个熟悉的地方出现在眼前：则利拉山和普沟沟口之间的草地，长叶松林的尽头。

走出来了，桑竹姑娘终于走出来了。不，是母熊把她领出来的。蓦然之间她一点也不怕母熊了，走向它，再次抱起它脚下的小黑熊，亲昵地搂着摸着，然后又把手伸向母熊，摩挲它厚密的背毛。母熊歪过头来，仿佛恋恋不舍地望着桑竹姑娘。桑竹也是恋恋不舍啊。这将近两天一夜的时间，在她和母熊以及小黑熊之间，虽然不像人跟人那样悲仇喜恨地死死纠结，但那种没做什么，似乎又做了一切的感觉，那种人和野兽天然默契的和平，一下子让森林外面的战争显得丑恶而疯狂。

桑竹姑娘蓦然有了一种不想离开的感觉。但感觉一离开心脑，变成深情流连的眼光，心脑就被西甲喇嘛和丹吉林陀陀占领了。还得走，必须走，尽快走。丹吉林陀陀已经丧心病狂，没有了她，西甲喇嘛就活不了啦。她曾经很长时间都为自己没有机会接近西甲喇嘛而苦恼。现在，战争开始了，机会降临了，在西甲需要她又不敢公开接触她的时候，她紧贴上去成了西甲的守护神。虽然她还没有意识到，她在守护爱情的同时，也守护着西藏和佛教，却也能想到，西甲喇嘛的重要早已跃出她的心灵和她的爱情。西甲是大家的，受到了那么多人的拥戴。她暗暗为他自豪，也更希望自己成为他的一部分，不管他愿意不愿意。

她放下小黑熊走出了松林，忍不住回身，朝它们招手。大概是因为熊类中没有招手的礼节，母熊不知道她要干什么。而小黑熊是认识那只手的，觉得被它搂住并抚摸是很舒服的。小黑熊朝她跑去。她赶紧抱起来。母熊犹豫了一下，也朝前走去。它从小黑熊的举动中理解了，她招手就是想让它过去。但是母熊似乎忘了，走出长叶松林是危险的，尽管这危险已经变成味道藏在风里送进了它的嗅觉。一个美丽姑娘的招手，让憨傻的母熊更加憨傻。

突然有人喊："姑娘，快跑啊，它要吃掉你。"

桑竹姑娘回头望了一眼，才发现不远处是有人的。人都趴着，举枪瞄准。匆忙中她没看清都是些什么人，也没意识到他们趴着瞄准的举动是为了对付母熊。战争期间，她见过的男人常常都是趴着的、瞄准的，没什么稀奇的。

她还在招手。母熊还在靠近着她，已经很近了。如果是来吃她，早就人立而起，咆哮着扑过来了。但是那些瞄准的男人看不懂母熊柔和的步态和温存的眼光，他们开枪了。

不是一支枪，而是许多支枪，一起射向了母熊。

桑竹姑娘僵住了。她怀里的小黑熊吓得做出了一个超越能力的举动，嗖地窜出来，扑向了倒下去的母熊，吱吱地叫着，然后又跑向那些开枪的男人。不知是它想逃回森林跑错了方向，还是想扑过去报仇，当它突然出现在男人们面前时，男人们吓了一跳，然后就围住了它。小熊左冲右突，不时地撞在男人腿上。有人踢了一脚，又有人踢了一脚。有人一把将它揪起来，哈哈笑着，使劲抖了抖，扬手扔向了天空。

砰的一声，小黑熊落了下来，就落在了母熊的身边，摔死了。一眨眼工夫，熊妈妈和孩子都死了。

有人快步走向桑竹姑娘："你没事吧？"他还以为他们救了这姑娘呢。

桑竹姑娘呆愣着，泪流满面。她意识到是自己诱杀了母熊和小黑熊，便尖叫一声，一巴掌扇在来人的脸上，吼道："你杀了你奶奶，你阿妈，你祖先，你知道吗？佛祖啊，让这些人快死，今天就死。"说罢，她哭着喊着跑向长叶松林，仿佛她原本就是松林的一员，是母熊的亲戚。

然而，长叶松林没有接纳她，它后退着，让她费了最大的力气也没有跑进去。疲惫、惊怕、饥渴，加上刚刚经历的死了亲妈亲儿般的刺激，她一头栽倒在离死熊不远的地方，昏过去了。

这是一群卡奇率领的也说藏语穿藏衣的司恩巴人。他们奉容鹤中尉之命，从则利拉山顶下来，把守普沟的沟口，恰好遇到姑娘和熊。想不到母熊无意伤害姑娘，姑娘并不需要他们救援。他们把桑竹姑娘围起来，不知如何是好。卡奇派人飞身上山，告诉了容鹤中尉。已经在这个吉祥之顶结束修炼的达思牧师自告奋勇地说："我去看看。"

达思牧师来到这里，仔细看了看桑竹姑娘，没有惊动，守候在她身边，直到她醒来。

"西甲，西甲。"桑竹姑娘下意识地呼唤着。

达思牧师说："西甲？就是那个指挥战斗的西甲喇嘛？"他看她点点头，立刻意识到了撒谎的必要，"他跑啦，他带人杀死了一大一小两只熊，一见十字精兵到来，丢下就跑啦。"

桑竹姑娘想：他居然没有管我就自己跑了？虽然疑惑着，却还是相信了。西甲喇嘛一直冷对着她，始终想摆脱她，现在终于有了机会，洋魔来了，桑竹姑娘被俘了，怎么还能去骚扰他？她恨恨的，恨西甲喇嘛杀了母熊和小黑熊，恨他对她的冷酷无情。一条连熊都不如的冰凉的蛇，丹吉林陀陀怎么还不杀了他？她这样想着，起身就想离开：要杀我自己杀，不能让丹吉林陀陀杀。其实她还是想着如何保护西甲喇嘛：西甲，永远对不起我的西甲。

达思牧师拦住了她："你不能走，告诉了容鹤中尉你才能走。"其实达思完全可以就此放了她，但是他没有，对方是姑娘，而且那么美丽，男人的本能让他有了留下她的举动，尽管他此刻并没有什么个人企图。

桑竹姑娘烦躁地吼道："那你们就快去对这个中尉说。"

达思牧师让卡奇派一个司恩巴人上山顶去说了。那人回话说：

"中尉说了，不能让这个姑娘就这样走掉，他要亲自审问她。"

容鹤中尉很快从则利拉山顶下来。但是他没有走到桑竹姑娘跟前，那个惊心动魄的瞬间就突然降临。已经死去很久的母熊居然又活过来了。它挣扎着撑起沉重的身子，哀伤地望着身边的冰凉僵硬的小黑熊，突然站了起来。浑身血淋淋的母熊比任何时候都更高更大地站了起来，张开血盆大嘴，扑向了桑竹姑娘。桑竹姑娘没有跑，也没有叫，只是瞪起眼睛往上看着。一堵黑墙、一片黑天，塌下来了。

## 10

驻藏大臣文硕带着由拉萨三大寺组成的代表团，先到了后藏日喀则。在扎什伦布寺住了几宿，等待九世班禅从拉孜芒卡温泉洗澡回来，派出大堪布旺久参加代表团，又派了马夫、给足了沿途所需的银两后，他们才又上路，直取岗巴宗。

半路上，驻藏大臣官邸的使者三次追撵而来，向文硕递送朝廷的电报。每一次，文硕都是漫不经心地看一看，然后笑着收入袖中，不向任何人说起。

十天后，文硕一行来到了西藏岗巴宗和哲孟雄接壤的赛赛拉草原。他们居住在牧民的帐房里，派人前往哲孟雄、布鲁克巴、廓尔喀三国递送有要事共商的信函。这是惯例，以往遇到大、中、小三等事情，只要西藏在边境线上发出信函，三国都会根据事情等级，派代表前来会见商议。这次共商的当然是最高级别的大事，而且又根据西藏习惯，把信函绑在拴了鸡毛的箭杆上，强调了重大和紧急。

最早到来的是廓尔喀派出的人，但是级别很低，也没带国王以及政府部门的信函，一再说他只是一个边界税务官，来这里做个见证。

拉萨三大寺以及扎寺代表都很吃惊：你要见证什么？

驻藏大臣文硕默然无语。

终于等来了布鲁克巴的人，级别虽然不低，但也说是来做个见证的。问到共同打击英国人的事，要么摇头不语，要么说："记住了，回去一定禀报国王。"

最后出现的是哲孟雄的人，级别更低，不过是一个年轻的差役。差役说："我是来报信的，王子明天就到，他一定会到。"

文硕面露喜色，大声说："哲孟雄和布鲁克巴自古都是我中国的藩属之国，受藏人藏教的恩惠不少。印度的佛光不能照临时，西藏的佛光照遍了两国的事物人等。图朵朗杰国王不能来，自然王子就会来。"他这是说给布鲁克巴人听的：你布鲁克巴不也是藩属国吗，怎么到了关键时刻就随风转舵了呢？

但是哲孟雄王子第二天未到，第三天也未到。第四天眼看就要过去，跟驻藏大臣文硕一样望眼欲穿的哲孟雄差役突然号啕大哭，奔跑而去，边跑边说："王子出事了。"文硕绝望地看着不辞而别的哲孟雄差役，脸色要多难看有多难看。

沉默了两天后，文硕把代表团全体成员召集到自己的帐房里，沉重地说："我带着最后一线希望来到边境，如果哲孟雄、布鲁克巴、廓尔喀三国中任何一国能够同意跟中国联手抗英，我们就能看到英国人失败的曙光。我也有理由直言上奏朝廷实施这样的策略：表面上虚与委蛇，安抚英国，暗地里支持西藏或者至少默认西藏抗英。两国或多国联合，就算英国人有印度作靠山，也恐怕战线过长、兵力不够，堵了这边露了那边，到时候连防御都要捉襟见肘，怎么还谈得上进攻西藏？然而，天不我与，英国人占了先机，我们的邻国都已经被他们控制了。"

扎寺代表旺久说："看样子这一趟白来了，还不如在寺里念几天经，护法神不保佑，文殊、观音会保佑，文殊、观音不保佑，无量光佛总是会保佑的。"

文硕道："你们这些僧人，害怕佛教受损，坚决抗英是理所当然。我作为驻锡西藏的朝廷命官，没有道理跟你们二心。你们来了，都看到了，我是尽了力了。"

甘丹寺的代表色均说："大人的好坏我们看在眼里，就差没带兵上阵跟英国人打起来。"

文硕道："我听出来了，你们话里话外还是有埋怨的。我知道你们希望朝廷解决军火和派兵抗英。可朝廷一旦派兵，吃、用怎么解决？总不能一个兵带够一年的吃喝吧？西藏本来就地薄物贫、财力匮乏，能养活多少满汉大兵？再者，朝廷一旦卷入，等于取消了英印和西藏之间的缓冲，想找个斡旋的人都没有。还有一层你们不会想到，英国人正等着朝廷出兵呢。朝廷一旦出兵，他们就有借口侵占中国沿海的其他地方了。"

色拉寺的代表万杰显然不满意这样的解释，咂着嘴说："那就是说，朝廷为了不让洋魔侵占其他地方，就不管我们西藏了。我们西藏的命运历来不好，但靠着先祖的章程还算平安无事。这个章程一是靠佛祖保佑，二是靠朝廷庇护。现在不好了，佛祖保佑不保佑还不知道，朝廷的庇护眼看着没有了。什么斡旋的人，不就是这一头鞠躬，那一头哈腰吗？我们望惯了天上的星星，不知道星星也会跑到脚底下。回去吧回去吧，我们到这里来不是听驻藏大臣解释的。"

文硕说："不能回。等不来邻国的朋友，就只能等着英国人了。"

哲蚌寺的代表达洛说："英国人会到这里来？文来还是武来？

我们可都是只会念经拜佛的喇嘛。"

其他几个代表也说：没有西藏的军队在场，我们不能和洋魔直接打交道。洋魔不信佛教，不害怕我们念经放咒。我们没有刀枪，害怕的反而是我们。一个害怕，一个不害怕，这样的见面就是老鼠会见猫头鹰，要不得，要不得。

文硕沉吟着，从袖筒里拿出三份一直不肯示人的电报，无奈地递过去："现在也不用遮掩了。你们都看看，朝廷是怎么说的。"

那是大清朝总理衙门发给驻藏大臣文硕的旨命：

藏番私犯敌营，以致大败，昏愚顽梗，可为痛恨。目前印藏情况，非该大臣亲赴边界与英人面议，终难定局，且事机万难再缓。该大臣务当勉其为难，熟商妥办，竭力开导，绥靖边疆，不负重任。

据英国驻华公使华尔森告知总理衙门，有该大臣启程之说，适时英方将派员前往哲孟雄边界赛赛拉草原会合。英人入藏，事属已成，无可挽救。若勉力而据，英人窥伺已久，必不相让，于藏事无益有害，不如依照所请办理，免于争讼，允其定界、通商、传教，并迅即撤军，毋再生事端，对藏番性刚好斗之人，应严惩不贷。

该大臣是深明机要之人，会见英人之时，应照英人所请立约画押。从此定界通商固修邻好，保藏中或少他故，藏事幸得平安。

拉萨三大寺以及扎寺代表迅速传看着。他们这才知道，为什么驻藏大臣文硕主动做了拉萨三大寺及扎寺代表团的统领？当联络哲孟雄、布鲁克巴、廓尔喀三国共同抗英的幻想破灭之后，现在就只剩下一个目的了：和英国人谈判。不，不是谈判，谈什么已经不重要，重要的是无论英国人提出什么要求，都必须承认然后画押。怪不得来这里的廓尔喀人和布鲁克巴人都说是来做个见证的，原来就是要见证一纸条约的签订。英国人其实早就把结果告诉了他们。

很长时间都是沉默。拉萨三大寺以及扎寺的代表都瞪起眼睛，不放弃希望地看着驻藏大臣文硕，仿佛文硕最后的决断，竟能违背朝廷的旨意。

文硕剖肝沥胆地说："请诸位佛爷公论，我作为朝廷派员，可否不听上面的？你们说说呀，在我的处境里我怎么办？我不听朝命，是死；我听了朝命，恐怕也难以存活。我是两死之间的选择，先选了抗英，死于朝廷，然而就算我以区区肉身宁死不屈，英国人就能从西藏滚回去？无济于事，无济于事。抗英不能，我只能顺命，做一个食禄之人该做的。可要是这样，我还是死路一条。唉，我死不足惜，可西藏难道还会有第二个我这样的驻藏大臣？我是死了，从现在起，就已经死了。但我死也要死个明白，我不能带着委屈闭上我这双昏花的眼睛。"说着泪流满面。

甘丹寺的代表色均大声问："那就是说，要立约画押了？"

色拉寺的代表万杰说："就算画押，也要民众大会同意，我等不敢。"

哲蚌寺的代表达洛逼问文硕："摄政王迪牧活佛的意思呢？你来之前他是怎么说的？"看文硕摇头，又问，"原来摄政佛还不知道？那怎么行。"他忽地站起，煽动地喊起来，"趁洋魔未到，赶紧走啊。"

扎什伦布寺的代表旺久说："慢着，慢着，我有话要说。驻藏大臣统领我们来到这里，他陷入千难万难也没有抛弃我们，我们怎么能抛弃他擅自离开呢？我们为了佛教，文硕大人为了西藏，路途不同，目的却是一个。画不画押再商量。以我看，事情还有回旋的余地。文硕大人能不能以摄政佛和代表团的名义上书朝廷，恳切申述必须抗英抗魔、断难立约画押的理由。我们这些人，靠了心诚，都能说服石头的佛、木头的佛、金银铜铁的佛来可怜我们、保佑我们，大皇帝以及朝中各官都是肉身，我就不信不能把他们的心说软了。"

大家又一次瞪眼看着驻藏大臣文硕。文硕不说话，眼光扫着帐房外面。

哲蚌寺代表达洛不耐烦了："走走走，去找摄政佛去。"说着，带头朝外走去。甘丹寺代表色均和色拉寺代表万杰紧紧跟上。

但是一出帐房，他们就发现走不了啦，不知什么时候，一队全副武装的英国人已经包围了代表团下榻的整个营地。

来到西藏岗巴宗和哲孟雄接壤的赛赛拉草原的，是英印总督府一等秘书布兰德和麦高丽将军。一身戎装的麦高丽将军劈腿而立，端着酒杯，小口喝着葡萄酒，仿佛庆祝签约的干杯已经被他提前到了签约之前。他们带来了美酒和军队，也带来了需要签字画押的文件，还令人吃惊地带来了大清朝廷发给驻藏大臣文硕的旨命。旨命说：

> 英人所请，通情达理，我人不得越界滋事，致酿巨衅。着驻藏大臣文硕为全权大臣，钦遵迭次谕旨，亲与英员妥速商议，务与大英国所派全权大臣立约共守。

文硕的惊异始终不消，最后他只好说出来：“英人是我大清朝的谈判对手，大清朝的旨命怎么能先发给你们再转交我呢？”

布兰德直言不讳地说：“大人，你搞错了，我们不是来谈判的。当大英帝国的华尔森公使在贵国总理衙门随便进出的时候，你却还在把我们当作对手。如果是对手，那就应该刀兵相见，看看你们清朝吧，再看看西藏吧，弱人的地方、矮人的国家，时乖命蹇，战战兢兢，怎么能面对彪躯虎体、威风抖擞的大英帝国的军人呢？我们都不忍心把你们当对手。本来画押不画押都是不要紧的，我们走到哪里，上帝的意志就要实现到哪里。请告诉你身后这些不怀好意的僧人，不是我们要进西藏，是上帝要进西藏。上帝给了我们胜利的保障，那就是枪和炮。条约的内容你还要仔细看吗？这些愚昧的僧人还要仔细看吗？我可以耐心等待，但我的朋友麦高丽将军却一刻也不想待在这里浪费时间了。你没见他已经喝够了庆祝签约的酒？”

麦高丽将军一副无所事事的样子，端着一杆步枪，朝着飞过天空的随人鹰开了一枪。

文硕不胜悲惶，仰天长叹，然后闭上眼睛半晌没有睁开。

就在这一天，所有的无奈和叹息都来到了驻藏大臣文硕身上。他和他率领的有拉萨三大寺代表以及扎寺代表参加的代表团，在英国军队的包围下，跟英印总督府一等秘书布兰德以及麦高丽将军，签订了中英《藏印条约》八款和《藏印续约》九条，认可了由英国提出的所有条件，即：允许英印基督教人士进入西藏传教；哲孟雄由中国西藏的藩属国变为英国的保护国；重新划定西藏和哲孟雄的边界，日纳山、隆吐山、则利拉山、亚东等地为英国保护国哲孟雄所有；开春丕为商埠，建设寓房、公所、驿站，英国商人可以自由往返通商，并由英印政府派员，驻寓亚东和朗热等处，管理英商贸易事务；凡英国商民在西藏境内与中藏商民发生商务纠纷，中国驻边官员须请英国派驻官员面商解决；印茶运往西藏的贸易，应纳之税应由英方说了算；进入藏境的英印商民之身家、货物，皆须安全无害。为此英方有义务派出一支军队，保护英印商民到达商民所到之处。

《圣史》上说，驻藏大臣文硕就在画押的一瞬间，突然倒地不起，浑身抽搐，口吐白沫，不能言语。画押的右手紧紧攥成拳头，左手则把右拳牢牢包起来不肯松开。英人布兰德和麦高丽将军把条约凑到文硕跟前，想掰开他的手强行摁上手印，终因文硕抵抗而没有奏效。最后还是五六个英军士兵过来，按的按，扯的扯，才使文硕的右手食指蘸着印色戳到了条约上。这时文硕厉声惨叫一声，昏死过去。

被摄政王迪牧派来照顾文硕的漂亮能干的雪村姑娘赶紧让人把他抬进了帐房。他第二天才醒过来，也是摄政王派来的七品俗官汉餐大厨师给他精心做了汉餐，他一口也没吃。五品僧官藏餐大厨师给他做了最好的藏餐，他也不吃。什么时候开始吃的，《圣史》上没说，只说从此驻藏大臣文硕几乎没有了食欲。

文硕是恸哭而归的。从岗巴宗的赛赛拉草原，经日喀则，回到拉萨，路上不知道流了多少泪。反正把泪流干了，到拉萨后再伤心他也不会淌眼泪了。

杨志军
藏地小说
系列

杨志军

著

西藏的战争

（下）

青海人民出版社

# 第十章　审问上帝

## 1

从则利拉山艰难穿过葫芦形的大洼地，刚走上朗热高地，西甲喇嘛就听到有人叫他。他抬头一看，发现是沱美活佛，一下就软倒在地。沱美嘿嘿笑着，过去扶他起来，又在他的前胸后背上拍了几下。他顿时又有力气站立了。知道是沱美给了他加持，便说："尊师来了呀，好啊好啊，请把莲花生大师的法力多多加持给我，让我像没受伤的时候一样。"

"你受伤了？"沱美活佛扒开他的衣袍,看到伤口已经做过包扎，包扎上还有一个用血画的十字架，便用手掌轻轻擦着，擦了几下那十字架就不见了。"你等着，莲花生大师的法力这就来了。"他说着去马背上取来鞭子，朝着西甲一阵猛抽。

西甲喇嘛觉得鞭子来得猛烈，落到身上却轻柔得就像舌头在舔舐。他闭上眼睛享受鞭子的抽打，等鞭子不抽了，觉得精神一下好多了。他朝前走几步，又退回来，感觉腿不软了，淌掉的血好像回来了。

沱美说："明天这个时候你还会倒下。"

西甲平静地问："我是要死了吗？"

沱美说："还不知道，就看你的命了。"

西甲说："尊师也是来打洋魔的？洋魔必败无疑了。"

沱美摇摇头说："恐怕还得靠你，只要你明天不死。"

沱美活佛也是刚刚到达朗热高地，别了西甲喇嘛，就去见前线总管俄尔噶伦。作为僧兵总管，沱美对自己率领一千三百名僧兵在这个时候出现在朗热感觉很及时，来到总管营地，一见俄尔就说："大人脸上怎么看不出一丝高兴，我们来就是要反败为胜的。"

俄尔总管先前并不在乎僧兵和民兵参战，现在有了从隆吐山败退朗热的经历，又恨不得全西藏的人都来前线。他说："抗击英人洋魔的胜利属于沱美佛爷，摄政王、达赖喇嘛及全西藏的人都会为你骄傲的。可是佛爷，你来得太慢啦，你带的人太少啦。"

沱美说："就这样还是紧赶慢赶。本来是要赶到隆吐山的，结果走岔了，多走了两天冤枉路。朗热就朗热吧，在这里堵截洋魔，是三千年前种下的因缘。至于人嘛，不少不少，多了吃什么？我们是靠了沱美庄园的青稞才走到这里的。现在就靠你了，看你有多少糌粑和酥油茶给我们吃喝。"

俄尔总管一想也对，朗热地荒人稀，到哪里去搞吃的？他焦虑地说："粮食和草料什么时候才能运到？绛巨噶伦负责噶厦政府的战时后勤，他是怎么搞的？"

沱美说："就要到了，我们在前，他们在后。"

粮食来了。谁也没想到，最早送来粮食的竟是欧珠甲本一行。他们混进十字精兵做了背送粮食的背夫，把粮食送到了自己人嘴边。

西甲喇嘛首先看见了他们，高兴地用干舌头舔着裂嘴唇说："吃的，吃的。"赶紧上前要帮他们把背着的辎重卸下来，突然意识到这不该由一个前线指挥官亲自动手，便喊了一声："来人，来人，快来人。"

用不着喊叫，早有一帮人过来，抱住了他们背上鼓鼓囊囊的粮食口袋。抱住了就不肯撒手，似乎一放到地上，粮食就没了。

卸掉粮食的欧珠甲本浑身轻松地晃了晃肩膀，朝西甲喇嘛弯弯腰说："大喇嘛，我们回来了。"

西甲皱起眉头想了想，问道："你们从哪里回来的？"

欧珠说："从洋魔的军营里回来的。"

西甲说："洋魔的军营？你们跑到那里干什么去了？"

欧珠说："大喇嘛你忘了，是你让我们去洋魔的军营里面做内鬼的。"

西甲说："噢呀，想起来啦。没想到你们还活着。"

欧珠说："活着是活着，但是活得不好。我们想西藏，想大喇嘛。"说着便哽咽起来。

果姆说："说高兴的事。"

欧珠擦了一把眼泪说："我们烧掉了洋魔的粮食，洋魔没有粮食就会饿死。但是洋魔没有饿死，洋魔的粮食多多的有哩，天上的星星一样多。十六个星星灭了，一百六十个星星还亮着。"他是说他们有过一次劫烧粮食、断其供给的战斗，但只烧掉了十六口袋粮食。"洋魔的炮弹一人背两颗，晚上就堆成一堆啦，放在滚雷闪电下面，我们把树枝枝盖上去，再把烧茶的火泼上去，轰隆隆砰，轰隆隆砰。吓死洋魔啦。洋魔没问谁放了火。天上雷响得紧，佛来啦，眼睛里的白光嘎啦啦一闪，炮弹就炸啦。"他是说他们利用一个电闪雷鸣的夜晚，引爆了十字精兵的炮弹。

果姆说："还有呢？你没说完。"

欧珠说："我们在洋魔的锅里放了土，在他们的衣服枪炮上撒了尿，还把他们的鞋和袜子扔到山崖底下去了。要是我们有毒就好啦，在他们的肉锅里一放毒，他们就全死啦。有一次一个英国军官把帽子扣在地上，果姆假装没看见，狠狠踩了一脚。还有屎，我们拉了屎就抹到他们的帐篷上，半夜里臭醒他们好几回。他们睡不好觉，就走不动路，走不动路，就到不了拉萨。他们不给我们吃肉，肉汤也没有，我们就偷他们的肉。次登定本的鼻子灵，一闻就知道哪里有手扒肉。他们的手扒肉煮得都没有血颜色啦，哪里有西藏的手扒肉好吃。"说着，咽了一下口水又说，"大喇嘛，他们的秘密我知道啦，他们要抢占拉萨，抢占布达拉宫，顺便把整个西藏也占领了。他们的上帝其实是没有神像的，就是天上的气。天上的气是看不见的，是软的，不用怕，一拳就能打穿它。"

西甲说："你探听来的秘密很重要，洋魔要想抢占拉萨，那得看我西甲喇嘛同意不同意。现在你们要干什么？还想去做内鬼？"

欧珠甲本觉得大喇嘛是不会跟自己商量的，就把对方的话理解成了命令，不想服从，又不好不服从，半晌不吭声。

果姆干干脆脆说："不做内鬼啦，做内鬼的人大喇嘛会忘记的。"

西甲说："不会了，下次我就不会忘记你们了。虽然不会忘记，但你们也不要去啦。我们这里需要打仗的人，你们就归属朗瑟代本团好不好？我又想起来啦，是俄尔总管要惩罚你们，你们才去做内鬼的。那就不要见他啦，我就说这些粮食是天上掉下来的，神佛在天上，丢几口袋粮食给我们算不了什么。"

欧珠说："太好啦，太好啦，神佛借我们的光啦。"

果姆说："最好的是不再做内鬼啦，我们又开始做人啦。"

仿佛欧珠甲本一行背来的粮食是个引子，第二天，西藏军队急需的物资终于从大后方运来了。这是第一批，由负责此事的绛巨噶伦亲自从江孜押送而来。有青稞粉、酥油、草料和少量的只配给汝本以上军官使用的帐篷。绛巨噶伦指挥人从驮牛骡马上卸下物资，给俄尔总管一一交代清楚。俄尔总管把他请进帐篷喝茶，感谢的话说了三升五斗，好像抗击英国十字精兵是他私人的事，绛巨噶伦是给他私人帮忙的。

绛巨喝着茶，急切地问："够不够啊？"

俄尔说："够了够了，三五天的吃喝够了。"

绛巨一愣："才三五天啊？"他不禁放下了茶碗，"我看这阵势，没有三十天五十天洋魔是赶不走的。我得继续把赶牛赶马的鞭子举起来啦。你知道牦牛一走一大片，可多数的路是一条线的，摊开了过不去，我就恨不得自己把糌粑酥油驮起来。"他起身就走，又说，"糌粑捏紧一点，不能敞开肚皮吃。第二批物资最快七天才能到。"

绛巨噶伦当下就走了，亲自吆喝赶牛赶马的民夫快快上路。

俄尔总管追过去说："绛巨大人，人要吃饱，火绳枪也要吃饱，弹药奇缺，下一趟别忘了呀。"

绛巨噶伦一怔，皱着眉头说："这事不好办，你是知道的，摄政王把筹集武器弹药的事分派给民兵总管顿珠噶伦了。"

俄尔说："我当然知道，可我更知道顿珠噶伦是个什么样人，不是对他有利的事，他是能不办就不办的。要等来他的武器弹药，得下一个饶迥年①了。"

绛巨想了想说："没有弹药打什么仗啊？那我就顺便吧，能筹多少是多少，你可别完全指望我。摄政王知道了一定会问，怎么狗也逮老鼠、牛也吃蚂蚱？你就说，狗逮老鼠是猫飞上天啦，牛吃蚂蚱是乌鸦钻洞啦。"

送走了绛巨噶伦，俄尔总管在卫队的前呼后拥下，走向了三个代本团。他一方面要察看一下朗热高地的地形，看怎样部署兵力才能堵住英国十字精兵；一方面想慰问一下三个代本团的将士们，为他们鼓鼓士气，接下来的战斗一定更残酷。但他走过了三个代本团休息的地方，居然没有一个代本前来迎接。他很恼火，问一个士兵："你们的代本呢，死了吗？要是活着，一定被乌鸦啄瞎了眼睛。"

那士兵是果果代本团的，好几次死里逃生，想着战斗很快又会打响，接下来说不定自己就会死掉，加上腿上有伤，明知俄尔总管来了，也不像往常那样起身、弯腰、吐舌头，歪倒在地上说："死了的在天堂，没死的在地狱。代本不想待在地狱，就飞到天上去了。大人，你看，云端里那只随人鹰不是代本是谁？"

俄尔总管一愣，哪里有下贱的士兵这样对前线最高指挥官说话的，不是反了是什么？正要呵斥，就见麻子队长已经扑过去，抬脚就踢。

大概踢在了伤口上，那士兵惨叫起来，叫了几声说："佛祖啊，洋魔没打死我，倒叫西藏大人踢死了。原来洋魔还不是真魔。"

---

① 饶迥：为藏历纪年法，六十年周期的称呼，相当于农历甲子周期。

这样的话是说不得的，平日里都会被打死，战场更是个讲究服从的地方，决不能容忍。俄尔总管过去，用靴子后跟踩在麻子队长脚上说："你踢人都不会啊？这样踢，使劲。"仿佛他尊贵的靴子不便越级直接踢到士兵身上。麻子队长疼得直吸溜，接着就把自己的痛苦发泄在了士兵身上。他改踢为踩，踩他的腿、他的下身、他的腰、他的喉咙，直到满靴都是血渍，士兵断气而死。

果果代本团的人远远近近看着，没有人敢过去求情，大家都知道，除了果果代本，其他人别说求情，就是直接对着俄尔总管哈口气，也是大逆不道。但是他们的眼睛，那些被眉宇紧锁着的半开半闭的眼睛，却滋出一些湿红湿红的光来，湿是心在哭，红是心在恨：我们的兄弟死了多少啊。战场上，被洋魔打死是没有办法的，可怎么能被总管大人踢死呢？

俄尔总管满意地朝麻子队长点点头，气狠狠走向陀陀喇嘛休息的地方，发现奴马代本、果果代本和朗瑟代本居然都在这里。他们在这里干什么？正在诧异，就见西甲喇嘛站了起来，俄尔吃惊道："你，伤好了？没死掉？"说着，才意识到三个代本是来看望西甲的，西甲俨然是他们的主心骨了，心里很不高兴，但没有表示出来。他明智地想，现在不光三个代本，就是他这个前线总管，也得靠西甲喇嘛了。

西甲说："死了又活过来了。洋魔里头有神人，洋神人救了我。"

俄尔说："那你为什么不来找我，我死了吗？"说着，犀利的目光挨个盯了三个代本一眼。

西甲赶紧说："打洋魔的办法还没想好呢，怎么敢去打扰大人。"

俄尔说："还没想好？再想不好，洋魔就会打到拉萨去了。"好像这件重大无比的事就该由西甲喇嘛负责。

西甲说："快想好了。大人，老鼠搬家会叽叽叫，燕子南飞会喳喳喊，牛跟牛碰头，马跟马说话。你需要开一个会啦。"

俄尔说："这个我知道。明天就开。"

西甲说："大人，今天就开。"看看天色又说，"现在就开。明天说不定我就要死啦。你知道，大人，死人是不能说话的，死人要是能说话，活人就会没嘴巴。"

俄尔说："你今天好好的，明天怎么会死？糌粑酥油已经运来啦，你想吃多少就吃多少，我允许啦。要是吃了糌粑酥油还会死，那就把糌粑酥油吐出来，吐出来就又活啦。"他还想说什么，就听远处有人喊："总管大人，总管大人，来啦，来啦。"

俄尔总管以为十字精兵来了，紧张地跳到了西甲喇嘛后面。

西甲说："洋魔来了我自己不知道？"前走几步问那人，"谁来啦？"

那人说："不知道谁来啦，反正来啦。"


又来了一拨人，是自己人。俄尔总管以为是民兵总管顿珠噶伦组织的后藏民兵，板着面孔迎了过去，到了跟前一看，原来是一帮能工巧匠。他们是来修建庙宇和塑造退敌金刚的，有金匠大头领、银匠大头领、铜匠大头领、石匠大头领、木匠大头领、铁匠大头领、泥匠大头领、画匠大头领、木雕大头领、金属雕花大头领、铸造大头领、泥塑大头领、缝纫大头领、颜料制作大头领，每个大头领率领的工匠十到三十个不等，还有大量材料。所有大头领中以金匠大头领巴杰布为尊。

来了一支这么齐全庞大的修庙塑像的队伍，可见摄政王和噶厦政府的重视程度。俄尔总管大喜过望："好啊好啊，神佛来了比一切来了都强。我们就要胜了，不胜就说不过去了。知道吧，这里是朗热不是隆吐山，本来要在隆吐山修庙，现在只好在这里了。喇嘛们怎么说来着？不在西天在西方，都是一样的阿弥陀。赶紧赶紧，把地址选好，有了寺庙和马头、牛头、猪首、鸦首退敌金刚，人就轻松了。"

巴杰布眯眼望了望四周说："大人，得找一个喇嘛，勘验地形，把持风水。"

俄尔总管毫不犹豫地传令道："快去叫西甲喇嘛。"好像西甲是什么都能干的。

西甲喇嘛慢腾腾地来了。他本来是想走快的，但尊师沱美活佛加持给他的力量总觉得还不够，就像头顶的风，忽强了忽弱了。

俄尔总管看他走近了说："慢慢腾腾，一摇三晃，把我的命令不当命令了。不过大喇嘛就应该这样，再不能颠来跑去的，像个贱人了。"

西甲也不谦虚，一本正经地说："在大人面前，还是小喇嘛。"他这是说，在别人面前，他就真的是大喇嘛了。一听说让他勘察风水，他就亢奋起来，忘了自己从来没干过这种只有高级喇嘛才会干的事情，朝手心"呸呸"地吐口唾沫，好像要拿棒抬杠，又发现没什么可拿，便在袈裟上擦擦手，扭动着身子，煞有介事地远一眼近一眼地看了一会，突然盯上了俄尔总管，惊喜地说："大人，你站立的这个地方就是最吉祥的。"

俄尔总管低头看看，再望望四周："真的就是这个地方？"忽地跳开，往一边连走几步，"我这双俗人的脚，怎么能在佛庙的地址上站立呢。"

巴杰布合十双手，恭敬地对西甲说："大喇嘛看得好，我见过那么多喇嘛看风水，没有一个像你这么利索的。这个地方好，居中偏右，地势平坦，下面的八道低梁就是八瓣莲花，前面远远地对着有树的山，说明这地方能安驻经文才华。后面是原，过去又是长峡开谷，说明庙里的菩萨文武双全。左边是深河，右边是浅河，说明寺庙一旦修起来，就不管时间有没有，它都会永世长存。"

西甲喇嘛听着，并没有喜悦之感，真懂风水似的微微一笑，手一挥："那就快修吧，什么时候能修好？"

巴杰布说："很快，用不了五六个月。"

俄尔总管和西甲喇嘛都怔了怔："啊，五六个月？"

俄尔顿时很沮丧："看来你们造的神佛保佑不了我们了。"

西甲说："先尽快造个简单的，简单保佑一下。"

2

第二天上午，朗热高地上的作战会议在前线总管俄尔噶伦的帐篷里召开。参加会议的除了西甲喇嘛和奴马、果果、朗瑟三个代本，还有僧兵总管沱美活佛和他属下统领一千三百名僧兵的两个代本：楚臣和江村。大家自然先是要喝酥油茶的，一两碗之后，俄尔总管简单开场，没几句，就把西甲喇嘛推了出来。

西甲喇嘛差不多以一个参谋长的口气说："抗击洋魔最重要的是什么？最重要的就是战略战术。现在我说说洋魔的战略战术和我们的战略战术。"

谁也没听说过"战略战术"这个词，西甲喇嘛也是从虚空王嘴里听来后第一次用，却顺溜得连自己都吃惊，好像他一直是这么说的。《圣史》说，作为胜军大王的转世，西甲喇嘛这一世拥有上一世的智慧和说出上一世说惯了的话，一点也不奇怪。可大家却听不懂了，互相望望，议论纷纷：啥叫"战略战术"？是个神吗？既然最重要，一定是个大神。

西甲喇嘛想解释清楚，意思就在嘴边，愣是吐不出词儿来，挥挥手说："哎呀，你们听我说嘛，就是一个大一个小。"

更奇怪了，怎么又是一个大一个小呢？

作为西藏职业军人的朗瑟代本略微知道一点，有点拿不准地说："战略是大的，战术是小的，好比一个蚂蚁洞里包括了无数蚂蚁。"

这个比喻其实没错，但大家更听不懂了。

同样也是职业军人的果果代本不服气，以为自己知道得更多，抢着说："不对不对，战略嘛是阿爸阿妈爷爷奶奶，战术嘛就是他们的儿子孙子。"

朗瑟说："对啊，阿爸阿妈爷爷奶奶是大的，儿子孙子是小的。"

果果说："可你说的是蚂蚁，蚂蚁是蚂蚁洞生的吗？不是，蚂蚁是蚂蚁的阿爸阿妈爷爷奶奶生的。就算蚂蚁洞是大的，蚂蚁是小的，可是有些蚂蚁是进不了洞的，它们在树干上一爬，就叫狗熊舔掉了。所以不是蚂蚁洞大，蚂蚁小，而是狗熊大，蚂蚁小。再说了，有些洞比针鼻窟窿还小，大蚂蚁是穿不过去的。你说洞大，还是蚂蚁大？"

这一番关于大小的考证把朗瑟代本搞糊涂了，一时哑口无言。但俄尔总管不糊涂，带着深思熟虑的表情说："人家说的是蚂蚁洞，你说的是针鼻窟窿，大蚂蚁当然穿不过去了。狗熊舔蚂蚁，这个比喻好，洋魔是蚂蚁，我们是狗熊，朗热就是你说的树干，我们把树干上的蚂蚁一舌头舔干净。"

沱美说："经上说，你看那宝贝珍珠，散的散，漫的漫，分的分，乱的乱，一根绳子就能穿起来。禅定是对治散漫心的无上解药。你们跑远了，远得到了英国还得往前走八十个箭程。还是听西甲喇嘛的，他现在是穿起我们的绳子。"

大家都把眼光投向了西甲喇嘛，希望西甲喇嘛快把他的战略战术解释清楚，却发现西甲懒得听他们胡扯，靠在帐篷支杆上睡着了。离西甲最近的奴马代本伸手摇了摇，看摇不醒，便大喊一声："战略战术。"还是不醒。

沱美活佛首先反应过来，起身过去看看，抱着西甲喇嘛的头让他躺在地毯上，沉重地说："我说了他今天这个时候还会倒下。他伤势太重，为师的我也加持不了啦，是死是活，就看他命大命小了。"然后大喊一声，"西甲你不能死，我说了打洋魔还得靠你。"

大家一听，更着急了：连沱美这样的大活佛、西甲喇嘛的尊师都说打洋魔得靠西甲，可见西甲是不能没有的。

俄尔总管后悔极了，要是听从西甲喇嘛的话，昨天开会就好了，西甲就能把该说的都说出来。可是现在，西甲喇嘛就只能把战略战术憋在肚子里，谁也看不到了。他恨不得拿把刀子来，把西甲的肚子劐开，看藏在里面的战略战术到底是什么。"西甲喇嘛，说话。"俄尔总管大喊一声。

这时有人说："总管大人，死人是不能说话的，死人要是能说话，活人就会没嘴巴。"

俄尔总管一愣：这不是昨天西甲喇嘛告诉他的话吗，打眼一瞧，才发现参加作战会议的还有一切智·虚空王浪喀加布。他是什么时候进来的？刚才怎么没看见？俄尔赶紧起身，弯腰施礼。

虚空王也不还礼，挥着手说："出去出去，都给我出去。"他像驱赶奴才一样把包括俄尔总管在内的所有人都赶了出去，然后从里面堵严实了帐篷门帘，喊道，"谁也不要进来，进来就是死，西甲喇嘛和进来的人都得死。"

大家在帐篷外面等着，焦急得想过去看看听听，又都不敢。过了很长时间，也不知里面发生了什么，等门帘再次掀开时，就见西甲喇嘛一头钻出来，脸色红扑扑的，精神得就像从来没有受伤倒下过。大家在吃惊的同时，都格外佩服虚空王。沱美活佛趋步过去，想给虚空王敬献几句赞美的话，只见帐篷里空空如也，虚空王早已不见了踪影。

西甲喇嘛一手挡眼一手挥打着阳光说："这是什么东西，怎么这么亮。"好像他刚从地狱里出来，已经适应了那里的光线。他眯眼瞅瞅大家，埋怨道，"我还没说我的战略战术呢，你们怎么都出来了。洋魔还打不打了？不打就算了，我一个人去打。"说着发脾气似的一脚踢去，踢烂了面前的一簇延龄花，然后拂袖而去。

俄尔总管生怕西甲喇嘛再死过去，紧趋几步，一把拉住他，近乎谀媚地笑着："西甲西甲，你大喇嘛大肚量，别跟我们这些脑袋里装了酥油的人计较。谁都知道打洋魔就靠你啦，快说快说，就在这里说，你的战略战术。"

西甲喇嘛回身，要了一碗酥油茶，挺立着一口灌下，这才又说起来。他说洋魔的战略战术是夺取春丕，再夺取江孜和拉萨，他们要远远地进，长长地打，所以就变成了一条河。河的源头在英吉利，上游在印度和哲孟雄，中游就是我们西藏的日纳山、隆吐山、纳塘、念那、勒布、则利拉。到了朗热、亚东、春丕以及以后的江孜、拉萨，就变成下游啦。源头水量足，上游有补充，中游不堵塞，下游才会大水呼呼淌。但是洋魔占领则利拉山后，就没有大水呼呼淌，他要是大水呼呼淌，我们还能在这里喝茶说话？茶呢？茶倒来。"他不满意地吧唧着嘴。

麻子队长赶紧从仆人手中夺过银壶，亲自给他续上。

西甲又说："洋魔为什么没有连续进攻？中游有些地方河道狭窄，

水流不过来啦。上游是给吃喝给子弹炮弹的，牛驮马背也运不过来啦。"他停下，看大家不住地点头，便接着说，"河流越长，越容易断。它不断，我们就让它断。它到了西藏想怎么流就怎么流是不行的。我们的话它要听哩，西藏的苦它要吃哩。西藏是我们的，我们想去哪里就去哪里，沟沟洼洼就是脸上的褶子，你自己看不见往水里一照就看见啦；山山水水都是神的脚趾手指，不亲我们亲谁哩？"

沱美活佛听明白了，以上师的身份微笑着鼓励他。果果代本和朗瑟代本互相看看，都知道对方也明白了，就又去观察森巴军的奴马代本。奴马代本和俄尔总管没听明白，瞪着西甲喇嘛一眼不眨，生怕把最关键的话遗漏掉。

果果显能地说："不是从正面打，是从边上打。"

朗瑟也不甘落后地说："也可以从后边打。"

西甲喇嘛觉得这么快就让他们理解了，显得自己不像真正的大喇嘛那样深奥，便用辩经时驳斥对方的口气说："边上打是对的，但你知道是左边还是右边，是你的左边、右边，还是洋魔的左边、右边？后面打也是对的，是源头的后面、上游的后面，还是中游的后面、下游的后面？至于正面嘛，不是不打，是打而不打，是有些地方打，有些地方不打。"

俄尔总管终于明白了一二，觉得最关键的地方还没说，催促道："快往下说，兵力怎么部署。"

奴马代本也说："是啊，我们森巴军摆在哪里，是后面，还是左边、右边？"

西甲喇嘛又喝了一碗酥油茶，在众人万分期待的目光中抹着嘴说："我们的防线中间是朗热，右边是乃堆拉，左边是亚东，三个地方差不多在一条线上，都能通向春丕。我现在要和你们商量，乃堆拉我们要不要？"

俄尔吃惊道："为什么不要？难道乃堆拉可以让给洋魔？"

西甲说："我是说先让后打。我们堵住正面的朗热，因为朗热离春丕最近；再堵住左边的亚东，亚东离春丕也不远。独独把乃堆拉让出来。我说了洋魔是一条河，乃堆拉离春丕最远，是朗热到春丕的三倍，因为山路狭窄，这条河会拉得长长的、细细的。我们把藏兵分开，三十人一队，藏在山林里，白天晚上不停地从两边和后边打。这样洋魔的大炮就派不上用场啦，他们的兵力也会一点一点消耗掉。等他们到了春丕，我们就在春丕西山谷来个合围，四面八方的藏兵全上去打，我就不信洋魔不完蛋。"

大家都点头，很佩服的样子，也都松了一口气，仿佛在这样好的部署里，他们已经看到了胜利的曙光。只有俄尔总管还在嘀咕：放弃一块西藏的地方，有这样打仗的？不过他没说出来，他仿佛面对着一个军事专家，害怕说出来会被对方笑话。

西甲说："这才是下游的部署，还有更远更深的部署。"

大家赶紧又打起精神来，听经一样专注地听着。

西甲说："我说了这条长长的洋魔河还有源头、上游、中游。我曾经把欧珠甲本派到洋魔后面去啦，他们很好地完成了任务。但是还不够，还得多多地派。派到源头英吉利去，派到上游印度和哲孟雄去，派到中游日纳山、隆吐山、纳塘、念那去。"

俄尔说："要派到我们想都想不到的地方去，那得多少兵力？"

西甲说："不用多，几个人、几十个就行了。比如去洋魔河源头的，六七个人就能解决问题。你去了又不是打仗，是寻找上帝的寺庙。源头肯定有上帝的寺庙，你要是在寺庙里碰到上帝，就攮他一刀；要是碰不到，你就假装朝拜在供台前拉一泡屎尿。上帝正在抬头看西藏呢，下面是什么他看不到，他享用了你的屎，臭得甩头摇身子不知怎么办好，就顾不上保佑洋魔打西藏啦。再说去的人是西藏的喇嘛，喇嘛的屎是有法力的，一进到上帝嘴里，就会把上帝的法力灭掉。"

这一通展望让会场充满了开心的笑声。大家笑了一阵，看西甲喇嘛一本正经的样子，赶紧收敛了笑容。

西甲说："现在我要派兵啦。"突然意识到不该自己派，闭嘴看着俄尔总管。

俄尔总管大度地摆摆手："派吧派吧，随便你派吧。"

西甲又看看尊师沱美活佛。沱美活佛含而不露地笑着点点头。

西甲又说："森巴军是最不能打仗的，就守在乃堆拉。我刚才是不是说了'打而不打'？你们乃堆拉就是打而不打。洋魔一炮轰，你们就跑。但不能跑远，不能让洋魔看出你们是诱饵，前面是陷阱。你们要打枪，能打死几个洋魔算几个，边打边退。退到春丕后，就在西山谷的谷脑守着，只要你们坚守不退，洋魔就会停下来。到时候我和我的陀陀喇嘛也会过去，你们不是孤立的。陀陀一到，就不用害怕洋魔会冲过去吃掉你们啦。"

奴马不放心地说："那我们的命就交给陀陀喇嘛了，一定别忘了我们。"

西甲说："你们的命我收下，忘不了的。还站着干什么，奶茶还没有喝够？快去，再迟就来不及了。要是让洋魔赶在你们前面，我的战略战术就不顶用啦。"

奴马代本听命地点点头，赶紧走了。

西甲喇嘛若有所思地望着他，突然追了过去，拉住他，小声问："没见桑竹姑娘好几天了，她回到森巴军去啦？"

奴马突然想起来似的说："我本来也是要问你的，忘了。她不在森巴军，也不在你身边，她去哪里了？"

西甲喇嘛"哦"了一声："是不是回拉萨了？"

奴马点点头："她是个让人琢磨不透的姑娘，你说呢？"

西甲喇嘛回头看到开会的人都朝这边张望，推了一把奴马代本："去吧，打仗要紧。"他这是说给自己的：是啊，打仗要紧，不想了，桑竹姑娘。可是怎么能不想呢？他望了望远方，晴茫茫的天空下，朗热高地绿色弥望，一片清新的透着生命气息的杳渺。但最耀眼的生命在哪里呢？看不到桑竹，原来生怕看到的桑竹，被寥廓和寂静淹没了。这个桑竹，干什么去了？

西甲回到众人面前，想了半晌，思路才接上了面前的事情。他说："朗热高地是必须守住的，守住了，洋魔才会到乃堆拉去。你们几个代本都是大能耐的人，就自告奋勇吧。"

几个代本互相看了看，无话。

俄尔总管说："还是你分派，派到谁就是谁。"

西甲喇嘛需要的就是这样的效果，喝了一口茶说："你们不敢自告奋勇，那就我来自告奋勇吧。朗热离春丕最近，洋魔一定会硬打死攻，我看就由我们陀陀喇嘛守着，陀陀们有福啦，成神的机会又来啦。第二重要的是亚东，果果代本和朗瑟代本，你们两个谁去？"

果果说："你派你派，总管大人都说让你派。"

朗瑟看到西甲喇嘛盯了自己一眼，赶紧说："那就我去吧。"

西甲说："还是果果代本去。你就藏在朗热和亚东之间的山林里，陀陀打光了你来朗热，果果打光了你去亚东。"他的想法是让朗瑟代本做机动，因为朗瑟是很听他的话的，指向哪里就能打到哪里。

但在果果看来，这是西甲喇嘛的偏心：为什么藏起来的不是我们，而是朗瑟代本团？俄尔总管让人用靴子跺死了我的士兵，你现在又想着让洋魔打光我们，难道我果果代本不是西藏人？就算我果果娶了日囊旺钦的妹妹，就算果果代本团属于甘丹寺麦巴扎仓当周活佛和日囊庄园领导下的马岗武装，但现在是全西藏共同对抗洋魔的时候，你们不考虑大局，却千方百计想整死我们。哼，我果果也不是好欺负的，走着瞧啊。

最后西甲喇嘛把眼光投向了僧兵总管沱美活佛。沱美活佛就像真正的部下那样，迈前一步，挺了挺胸。西甲谦卑地问道："尊师啊，你说还是我说？"

沱美说："我说？让我说你想说的？你说什么我怎么知道？"

西甲说："好弟子的心跟尊师的心是一般无二的，尊师你说过。"

沱美说："你是顾及佛祖的教诫，要我们不杀生吧？好啊，我的人不是陀陀喇嘛，是念经喇嘛，我们就在你们后面天天持咒念经，看他上帝和洋魔能活几天。"

西甲知道沱美故意这样说，便道："尊师啊，你连指挥尊师的权力也让给我了，那我就代你下令吧。僧兵的楚臣代本团化整为零，三十人一队，分布到乃堆拉到春丕的峡谷森林里，见洋魔就打，打了就跑，这样白天晚上连续袭扰，到了春丕洋魔就疲倦了。一旦洋魔进入春丕西山谷，你们要迅速变零为整，把住谷口，切断洋魔的退路。"

沱美说："这个好，退路一断，洋魔就心慌了。"

西甲说："另外，楚臣代本还得拨出四十九个僧兵来，分成七个组，每组七个人。第一组去源头英吉利，第二组去上游印度，第三组去哲孟雄，第四组去中游则利拉或勒布，第五组去念那或纳塘，第六组去隆吐山，第七组去日纳山。去了也不是打仗，靠这几个僧兵，打是打不过的。主要是捣乱，比如远远地放一枪让洋魔害怕，炸喊一声让洋魔分心，碰到洋魔运送的吃喝放一把火烧掉。杀不了人就杀马，马没有了洋魔的大炮就运不过来啦。去的都是喇嘛，从洋魔后面念经，说不定上帝的脊梁就会发冷。反正就是捣乱，办法你们想，别让洋魔把你们打死就行。"

沱美说："还可以假装投降，到洋魔的队伍里捣乱。"

西甲说："尊师说得对，投了降就可以下毒药，可以把符咒埋到饭锅里、藏到洋魔的靴子里。"

楚臣代本说："我们的事情太多啦，让江村代本团去投降吧。"

西甲说："江村代本团退守春丕，在西山谷两边埋伏。这是最后取胜的关键，一定不能让洋魔提前觉察，要隐蔽，隐蔽。隐蔽是什么知道吧？就是藏到老鼠洞、蚂蚁窝、石头缝缝里，连随人鹰都不能叫看见。"

俄尔总管补充道："上帝也不能看见，佛看见就行。"

西甲说："佛不用看，尊师就是佛，他不能自己看自己，他在打仗呢。有我的尊师在，春丕西山谷就是上帝和所有洋魔的天葬场。"

俄尔总管瞥了西甲一眼，心说我前线总管的话你也要纠正？但表面上他还是严肃地点了点头，表示同意。

沱美活佛表情突然有些迷惘，忧郁地说："我心里可不是这样想的，你怎么这样说了？你是你，我是我，一般无二是对的，可不是每时每刻。西甲喇嘛，我这就走了，我们西山谷见。那里的河就要流血、山就要淌泪了。佛祖啊，看看我们西藏，到底什么地方出错了，要遭受这样大的灾难。"

气氛顿时悲怆起来。天也突然阴了，风凉凉的，似乎要下雨。沱美活佛带着他的两个代本楚臣和江村匆匆而去，清透的空气里，飘荡着他们祈求天佛保佑的声音：慈悲是力大无穷的，当嗔恨、贪欲和痴妄像毒蛇一样来到西藏时，我们的慈悲啊，你在哪里？在天上吗？在地下吗？在人心的汪洋里吗？

西甲喇嘛望着尊师越远越高大的背影，大声说："尊师，你就是慈悲。"

3

马翁牧师又上路了。他不仅仍然坚持和十字精兵没关系的姿态，还打算把戈蓝上校派给他的卫队还回去，自己一个人继续往前走。

戈蓝上校当然不肯答应，一再说："我要为大英帝国负责，为上帝负责。你不属于你自己，明白吗，马翁牧师？"他给牧师换了马和补充了食物，又增添了卫队成员，仍然是二十个。

马翁牧师无奈，一个人连夜偷着走了。但卫队是须臾不离的，还是跟上了他。马翁暴怒，以上帝的名义大骂戈蓝上校和卫队长，让卫队长立刻回去。卫队长也以上帝的名义回嘴："圣父、圣子、圣灵的牧师是不能抛弃羊群的，羊群也无法抛弃牧师。如果我们看不见你，西藏的魔鬼就会吃掉我们。"马翁牧师这才意识到，他跟卫队的关系已不仅是自己单方面受到保护，他也有责任保护卫队的每一个成员。

他们往前走去，只有方向，没有道路。但马翁牧师坚信，上帝会帮助他。是的，上帝已经在帮助他。他发现他们走了一天一夜，也没有遇到任何阻拦。

人和马都很疲倦，饥肠辘辘，该是歇息的时候了。他们在河边扎营，烧水做饭，正要填饱肚子，就听一阵骇人的呐喊，几十步远的林岗上，突然冒出了一队藏兵。马翁牧师惊叫一声：“上帝！”

　　西甲喇嘛说对了，十字精兵在占领则利拉山后，之所以没有迅速进攻，正是因为补给没有跟上。现在补给来了，后勤运输线虽然山狭路窄，但还是畅通的。戈蓝上校便立刻召集人开会，安排继续进攻的事。参加会的不外乎容鹤中尉和另外几个英军中尉，还有五个雇佣军大佐和运送补给的背夫首领。他们的作战会议比西藏人要简单得多，基本上就是戈蓝上校一个人排兵布阵。

　　上校说：“我已经询问了达思牧师和尕萨喇嘛，前面的三个地方朗热、乃堆拉、亚东都可以通往春丕，其中朗热最近、乃堆拉最远。我们进攻的地方既不能选择最近的，也不能选择最远的。最近的防守一定坚固，最远的战线太长、浪费时间。就选择不远不近的，那就是亚东。”看没有人提出意见，上校就把兵力部署说了一遍，“乃堆拉、朗热、亚东虽然在一条线上，但互相距离都很远，西藏人不可能平行支援。所以进攻亚东时就用不着派疑兵牵制朗热和乃堆拉的守卫部队。十字精兵的英国军队和雇佣军应该全部压向亚东，以最快的速度攻破它。”

　　容鹤中尉问：“什么时候出发前往亚东，先头部队由谁带领？”

　　戈蓝上校说：“两个小时以后出发，我在最前面。”

　　容鹤中尉失望地叹口气，他以为先头部队应该是他带领的。

　　会散了，戈蓝上校留下容鹤中尉，又派人叫来了达思牧师。容鹤中尉立刻明白，他和达思牧师又要有一次艰难的穿越了。

　　达思牧师拿出“吉凶善恶图”，指给戈蓝上校和容鹤中尉看，就在则利拉山正前方的朗热高地上，有一个红色标志，表明那里是神通之路。达思没说他又一次听到了那个清亮尊贵又稍纵即逝的声音："达思快来，等你，等你。"

戈蓝上校不解地问："难道这个离春丕最近的地方是守备最弱的？十字精兵何必要放弃直线进攻，绕到亚东去呢？"

达思牧师说："不，上校，吉祥的修法之路不一定是吉祥的进军之路。神通是因为没有鬼阻。朗热有没有守军我不知道，但一定有能够祛除所有鬼魅的大神。大神眷顾的是修法者，而不是十字精兵。我的上师班丹活佛已经获得遍知过去未来的成就，他一定预见了如今占据朗热高地的是哪一尊神，这尊神对修炼时轮堪舆金刚大法负有不可推卸的责任。"

容鹤中尉道："照你这么说，连我也不能去了？"

达思牧师说："不，你能去。但你最好不要带领英国人去。如果是司恩巴人、廓尔喀人、印度人或者喜马拉雅山南麓藏人，我们此行也许要顺利得多。另外，不论你带领什么人，都必须穿上藏族人的衣服。"

戈蓝上校点点头，盯着容鹤中尉说："就听达思牧师的，你这次一个英国人也不要带。"

达思牧师又指着"吉凶善恶图"说："如果能顺利穿过朗热高地到达春丕，我们必须占领春丕寺，你们看，就是这个地方。"他把有红色标志的地方用指头钻了钻，几乎在地图上钻出窟窿来。

霞玛汝本一离开则利拉山，就到处寻找欧珠甲本，找不到就有些六神无主，好像他找的不是下级而是上级。他带着几十个人走来走去，越走越孤独，是没有归属感的那种孤独：到底我属于哪一部分，我听谁的命令？最现实的问题是：俄尔总管把绛巨噶伦送来的青稞粉和酥油分配给了各个代本团和相当于一个代本团的陀陀喇嘛，他们没有归属就领不到吃的，人家会以为他们是来这里冒领给养的乞丐。霞玛汝本寻思，干脆投靠吧，随便找一个上级，先领到食物再说。

他带人赶到亚东，问果果代本："要不要我们？"果果代本断然拒绝，他想这些不摸底细的人是不是俄尔总管为了彻底端掉马岗武装而派来的内鬼？霞玛汝本十分诧异：我想当他的手下，听他的指挥卖命，居然被拒绝了。

霞玛又去朗热和亚东之间的山林里投靠朗瑟代本，朗瑟正在发愁：我的人比果果代本的人多，为什么分配的给养都一样？他们吃得肚子圆鼓鼓，我们才能吃个半饱。一见有人投靠，也不打听仔细，直接就认为这些人是来骗吃骗喝的，生气地挥手道："去去去，我的人都不够吃，哪里还能让你们进来。"

又碰了一鼻子灰，霞玛汝本只好走向陀陀喇嘛的阵地，心想喇嘛都是慈悲的，或许能施舍一些吃的给他们。

他见到西甲喇嘛后说："大喇嘛，我是霞玛汝本，是阿达尼玛代本的下级。"

西甲一愣："阿达尼玛代本？谁啊？"但他立刻觉得自己不应该不知道，西藏前线的实际指挥官怎么可以孤陋寡闻呢？赶紧改口道，"阿达尼玛代本？是阿达尼玛代本吗？我认识，就是那个又黑又高，说话就像猫头鹰叫，咕咕咪呜，咕咕咪呜。他走路一只脚直、一只脚八；哭的时候左眼先流泪，右眼等左眼哭完了再流泪。"

霞玛看西甲描述得这么详细，高兴地点头："噢呀，大喇嘛居然认识，认识就好。我们这些长期驻扎岗巴宗的下级还从来没见过阿达尼玛代本大人的尊面呢。"

西甲一听对方没见过阿达尼玛代本，吹得更详细了，吹着自己也相信他的确认识阿达尼玛代本，而且熟极了："他是个粗脖子的人，方脸方耳，嘴大得像牛的，手也大，合起来能看出不一样大，来前线之前没穿过靴子，有两个师父，抗击洋魔了不得，洋魔见了他没有不发抖的，西藏就靠他啦。"

霞玛说："噢呀大喇嘛，这么说我们的阿达尼玛代本跟你一样啦。"

西甲一愣，这才意识到他把阿达尼玛代本描述成了自己，不好意思地笑笑说："战斗就要开始了，你不回部队去，到陀陀喇嘛的阵地来干什么？"

霞玛汝本就把没有归属，分不到酥油糌粑，去投靠果果代本和朗瑟代本遭拒的苦恼说了。

西甲说："现在正是需要人的时候，他们怎么能拒绝呢？你再去找果果代本，就说我说了，他们那里最需要兵力，这几个人必须留下。快去吧。"看霞玛迟疑着不动，又说，"酥油糌粑好办，陀陀们可以不吃，都给你们。"说着，先把自己的糌粑口袋从背上解下来丢给了霞玛。

霞玛汝本带着他的人，也带着西甲喇嘛的口信和陀陀喇嘛分给他们的酥油糌粑，再次走向亚东。他心里踏实多了，觉得靠了西甲喇嘛在前线的威望，果果代本不可能不收留。

果然，果果代本没有再次拒绝。但他琢磨：留下来可以，但不能让他们跟我的人搅和到一起，免得什么事情都避不开他们的眼目。他说："打起来的时候，我们就顾不上俘虏啦，你们的任务就是把这些俘虏给我看好，千万不要让他们跑了。"然后就领着霞玛汝本来到了看押俘虏的山壑。

霞玛汝本和他的部下愣住了：被捆绑在地的俘虏竟是马翁牧师和他的卫队。

# 4

西甲喇嘛对这么快就在朗热高地前见到洋魔非常吃惊：来了，鏖战的这一天已经来了。他怒吼一声，陀陀喇嘛便炸了天似地喊叫着，奔扑过去。

来犯的人立刻卧倒，举枪瞄准。达思牧师喊一声："不要开枪。"话音刚落，陀陀们就已经到了跟前。速度是超人的，就是开枪也来不及。转眼好几个来犯者都被陀陀们摁住了。

陀陀们摁住对方又放开，怨怒地说："为什么不开枪？打我们呀。"然后就是拳打脚踢。

达思举起双手，用藏语说："我们投降，我们投降。"

西甲说："谁叫你们投降了，你们的拳头里没有骨头吗？你们的力气都跑到屁股上拉屎去了吗？你们长了牙齿为什么不咬我们？洋魔，洋魔，原来你们不是魔。"

达思牧师让所有人都放下枪举起了双手，做出投降的样子。

陀陀喇嘛们没意思了，打着打着就不打了。

西甲也有点儿有力没处使的沮丧，说："我们在日纳山比试过法力，你的法力很高嘛，怎么会来投降？"

达思说："不，不是来投降，是来借路的。"

西甲喇嘛这才发现来犯者都穿着藏族人的衣服。他知道穿藏装的来犯者不是司恩巴人，就是哲孟雄人和南麓藏人，仇恨自动消了一半，以老子对儿子的口气训斥道："你们为什么要帮着洋魔打西藏？西藏的佛对你们的保佑还少吗？忘恩负义的家伙们，你们打西藏就是小佛打大佛，罗汉打佛祖，小鬼打阎王，儿子打老子，牛犊子顶母牛，知道哩？"

达思牧师觉得没有被陀陀喇嘛立刻打死，穿藏装的目的就已经达到，接下来就该大胆进取了。他说："不要以为穿藏装的人都信佛，我是上帝……"突然他打出一个喷嚏来，把"我是上帝的仆人"这句话打折了。

西甲吃惊道："什么？你就是上帝？再说一遍。"

达思说："我是说，我是上帝……"又一个喷嚏，还是把话打折了。

西甲说："噢呀，早知道你就是上帝，在日纳山我就打死你啦。"

达思说："那时候你不敢，你还不是指挥官。"

"现在敢了。"西甲既惊慌又高兴：上帝都叫我抓住了，洋魔还有不败的？可是我真的抓住了上帝吗？上帝的法力大着呢，靠我和我的陀陀喇嘛就能抓住？他低头看看自己，又审视着达思，深沉地想了想，觉得和上帝比，还是佛的法力大，而他是丹吉林的喇嘛，是摄政王迪牧活佛和沱美活佛的弟子，高超的佛法就应该在他身上。他对陀陀喇嘛们说："不要杀，把他们抓起来，我要审问上帝。"

陀陀喇嘛守卫的朗热高地上，西甲喇嘛把达思牧师和容鹤中尉的人抓进树林，一个个绑在了树上。他派了一些陀陀看守，自己去一边撒了一泡尿，镇定了一番，鼓了鼓劲，然后回来，让陀陀们用土石树枝垫起一个高台，自己摆谱地坐上去，喝了一碗酥油茶，擦擦嘴，傲对着达思牧师，大喊一声："上帝。"

达思神经质地"啊"了一声，连他自己也不知道为什么要"啊"一声。但在西甲喇嘛看来这就是答应。我叫了你，你答应了我，这一点在西藏非常重要。因为活佛们修法时都说：你最初无意识的应答，就是你最本真的身份。

对上帝的审问刚刚开始，就又停下了。

西甲喇嘛看到几个丹吉林陀陀鬼影一样闪进了树林，知道他们的存在会干扰自己的审问，便指派一些人悄悄过去，把丹吉林陀陀头目仁增抓了过来。

西甲说："昨天晚上我听到摄政王给白热管家说，是谁让你们追杀西甲喇嘛的？是我吗？我是西甲喇嘛的上师，杀他就等于杀我自己，我怎么会发布这样的命令呢？他现在正在前线指挥打洋魔，你们不知道吗？加巴索！丹吉林陀陀一个个都是西藏的叛徒、洋魔的走狗。都给我罢手，谁再追杀西甲喇嘛我就追杀谁。"

他这些话可以唬住别人，却唬不住仁增。仁增说："我给摄政王迪牧佛爷烧洗澡水烧了十年，光他身上的垢痂我就积攒了半口袋，都送给朝佛的人啦。你说我跟迪牧佛爷近，还是你跟迪牧佛爷近？迪牧佛爷昨天晚上也给我说啦，杀不死西甲喇嘛你们不要回来。"

西甲发愁地挠挠头：这怎么办？仁增居然不吃这一套。只好又说："你这个糊涂蛋，摄政王让我打洋魔，又让你杀了我，意思就是打完了洋魔再杀我。你现在提前杀掉，洋魔靠谁去打？上帝靠谁去审问？这么多的洋魔、这么大的战场，西藏人从来没有经见过，除了我，我的前世就是一场一场地打仗打到死的。西藏和佛教现在离不了我，你又不是不知道。杀了我，洋魔明天就会进攻到拉萨。不信我跟你打赌，你敢不敢跟我打赌？过来呀，杀了我，你瞪大眼睛看着洋魔会不会高兴得跳舞？看来我打洋魔打错了，拉萨已经做好准备，要欢迎上帝、洋魔、英国人了。摄政王，迪牧佛爷，我走了，请祈祷诸佛保佑我来世还做你的弟子。"

仁增呆愣着，他没料到西甲喇嘛会这么说。

西甲又说："你为什么不过来？不敢杀我了是不是？那就麻烦你把你的刀给我，我自杀，也等于是你杀的。"说着伸出了手。

仁增拔出刀却没有递过去。他不怀疑西甲喇嘛会自杀，怀疑的倒是自己：万一摄政王的意思真的是打完了洋魔再杀他呢？

西甲看对方在犹豫，又说："你不动手杀我，也不让我自杀，那你说我怎么办？摄政王，你赶快告诉我，我应该怎么办？我实在是不想活了。"他面朝苍天，几欲抽泣，突然起身，扑通跪下，"摄政王，我听到了，你在说话，你说什么，再说一遍，摄政王。好啊好啊，我知道了，我不会让洋魔去拉萨的，放心吧，摄政王。"说罢又坐下，擦掉眼泪，半晌无语。

仁增似信非信：西甲喇嘛果真有和摄政王远途说话的法力？

西甲突然昂起头："摄政王让我们立个咒约，洋魔哪一天消灭，你们哪一天杀我。要是不信，你们就去问摄政王。摄政王的命令我不敢违背，我现在就要赌咒啦：洋魔死我就死，洋魔不死我不死。对，还有上帝。上帝死我就死，上帝不死我不死。洋魔、上帝一旦死尽了，就是丹吉林陀陀不来找我，我也会去找他们的。"

仁增勉强同意了，但还是不放心："是不是应该找个证人？"

西甲说："证人就是桑竹姑娘，桑竹姑娘不见啦。她来了我给她说，你不要再追撵丹吉林陀陀啦，他们是来打洋魔的，他们要是没有了怒狠狠的法威，洋魔就死不了。"挥挥手又说，"快去吧，找个地方打洋魔去。"

仁增说："好吧，那就等你杀尽洋魔、消灭上帝吧，我们等着，就在战场上等着你来就死。"他离开了，心里若有所失：就这样暂时罢休啦？服从西甲喇嘛的命令要去打洋魔啦？摄政王，摄政王……他也想跟摄政王说话，但怎么呼唤都听不到摄政王的回音，心说还是西甲喇嘛有法力，不然怎么能代表西藏指挥打仗，还能说出一大堆战略战术呢？仁增想着，突然又拐回来说："西甲喇嘛，你心里的桑竹姑娘回不来啦。"

西甲脸上明显露出失望来："你怎么知道？她去哪里啦？"

仁增告诉西甲喇嘛：桑竹姑娘死了，是他亲眼看见的，一只母熊和一只小熊咬死并吃掉了她。不然，丹吉林陀陀怎么敢明目张胆来这里杀害西甲呢？

西甲说："你尽说笑话，桑竹姑娘又不是傻子，怎么会往熊嘴里撞？你想看我会不会淌眼泪是不是？我是战场指挥官，我没有悲伤。"他不耐烦地驱赶着，"去吧去吧，小心桑竹姑娘从后面搂住你的腰，那你还不如让洋魔打死呢。"

仁增真以为西甲喇嘛是个没有悲伤的人，不再啰唆，走了。

西甲回过神来，望着前面的上帝，琢磨如何审问，突然一个警醒，问道："上帝来了，上帝的军队在哪里，怎么没看见？不会是声东击西吧？"不等对方回答，他就意识到，既然来到朗热高地的是不用武力的上帝和一帮上帝的随从，很可能英国人把进攻的重点放在了别处。他当然希望放在乃堆拉，这样战争就会按照他的设计顺利进行。但他知道这是不可能的，如果不彻底打消走近路抵达春丕的希望，洋魔是不会选择乃堆拉的。既不是朗热又不是乃堆拉，那就只能是亚东。亚东吃紧了。

他立刻派一个陀陀喇嘛前往朗热和亚东之间的山林，告诉朗瑟代本：立刻开赴亚东，增援果果代本。


派去传令的陀陀喇嘛匆匆上路，经过修建寺庙的地方时，正好碰到那里举行开挖地基的仪式。

仪式很简单，金匠大头领巴杰布带领所有大头领和工匠向天神地母祈祷，再由俄尔总管向天空抛撒祝福吉祥的青稞，完了就是挂哈达。俄尔总管把哈达一条条挂在了所有大头领的脖子上，然后就可以开挖了。开挖地基的不是工匠，是从朗瑟代本团抽调上来的藏兵。俄尔总管发现，朗瑟代本派来的都是最没有力气的老弱病残。他心说朗瑟把修庙当儿戏了，如此对佛不敬，这还得了。

俄尔正在生气，突然看到一个陀陀喇嘛走来，见了他也不回避也不弯腰致敬，急急忙忙朝亚东方向走去。他喊住那陀陀问道："你要去哪里，没看见我吗？"

陀陀喇嘛停下，急急忙忙把西甲喇嘛的想法说了。说罢就走。

俄尔总管说："回来回来，我还没让你走呢。"又慢条斯理地说，"亚东吃紧了，西甲喇嘛真的这样说了？那这个命令就不能由一个陀陀去传达，我身边有的是传令的人。"他当即让陀陀喇嘛回去，自己派了两个卫兵前往，但命令已不是让朗瑟代本"立刻开赴亚东，增援果果代本"，而成了"让朗瑟代本亲自带人来挖地基，看看他都派了些什么人"。

巴杰布感激地说："大人，你把修庙看得最要紧，这就对了。庙在佛在，佛在西藏在，洋魔滚回去是迟早的事。"

俄尔说："我就是这么想的，佛要紧，还是洋魔要紧？"

但是《圣史》上说，在这个事关西藏战局的时刻，俄尔总管并没有想到神佛，而是想到了远在江孜的颇阿勒夫人，想到了颇阿勒夫人告诉他的那些事情：甘丹寺的活佛当周、果果代本娶了日囊旺钦的妹妹、马岗武装深藏若虚的主力等，他似乎不想让守卫亚东的果果代本得到任何增援。《圣史》上还说，当西甲喇嘛在前线的实际作用和威望远远超过俄尔总管时，俄尔总管在大度和嫉妒之间选择了嫉妒。他很可能并不希望西甲喇嘛的战略战术获得成功。但是《圣史》上又说，俄尔总管让朗瑟代本亲自来挖地基的举动，说明他很重视功德的积累和寺庙地基对战斗部队殊胜的加持，后来朗瑟代本团之所以杀敌最多，就是因为这种加持起了作用。

说不清了，历史自己首先说不清了，还能让后世有什么真实的判断呢？

## 5

尽管果果代本意识到自己将面对一场苦战，但还是没料到，来进攻亚东的洋魔几乎是十字精兵的全部。

来势汹汹的十字精兵没有扎好营盘就来了一次试探性的进攻。虽然是试探性的，但几乎攻破对方的阵地。戈蓝上校亲自掌握了一挺机枪，他端起来扫射的时候，有三个士兵在给他准备子弹。他扫向哪里，前锋部队的所有枪就扫向哪里。结果，很快撕开了一道口子。

果果代本带着藏兵死命抵抗。他的办法就是提高命中率。他一再叮嘱自己的部下，虽然火绳枪装弹速度慢，一枪只能打一发，但只要打出去，就必须打到人身上，不能像洋魔的子弹扑扑哧哧尽往土里钻。防线被洋魔撕开后，果果第一个冲过去，把来不及装弹的火绳枪高高举起，枪头上挑着他的红腰带，红腰带展开来就像旗帜一样高高飘扬。藏兵们大受鼓舞，一个接一个跳过去跟十字精兵肉搏。

口子总算堵住了。果果代本和他的人，包括死人和活人，摞成了一道城墙。

十字精兵退了下去。戈蓝上校遗憾不已，冲着自己的阵地大叫："火炮，火炮。"

火炮很快打过来了，猛烈到这一炮和那一炮没有间断。果果代本没有向部下发出退向安全地带的命令，他已经领教过火炮和步兵一起到来的洋魔战法，挺起身子，站在阵地前沿，瞪着滚滚硝烟，好像他也是一股烟尘，是炮弹炸响后的一部分。不断有人倒下，轰响掩盖着惨叫，死了，死了，西藏人神圣的肉体，一个个烂开了，血飞肉溅，死活难分。生命转瞬即逝，连喊一声"佛祖"都来不及。

果然，火炮没有停，十字精兵就冲了上来。上次试探性的进攻后，戈蓝上校已经察知，这里不过是一个早已残缺不全的代本团，拿下来是不成问题的。他派了司恩巴人、廓尔喀人、印度人和南麓藏人组成的四支雇佣军从两翼进攻，自己带领英国人组成的精锐部队正面突破。

遍地都是十字精兵，一眼望不到边。

有个汝本跑来说："守不住了，跑吧。"

果果一个耳光扇得汝本跟跄而去，喊道："我就没打算跑，你没看见后面的山陡得上不去吗？听我的，打。"

火绳枪按照仇恨的规律吼叫着，很快就零零星星了。

有人喊："代本大人，没子弹了。"

果果代本也用喊声回答："在死人身上找。"

十字精兵的机枪和步枪火力一起压过来，伤亡每一秒钟都在增加。

果果看了看所剩不多的部下，又望了望远方，悲愤地说："藏在山林里的朗瑟代本团呢，我们就要打光了，他们怎么还不来？朗瑟代本死了吗？"他突然想到还有霞玛汝本和他的部下，便猫腰跑向看押俘虏的山壑。

"杀了俘虏，你们跟我来。"果果本来打算对霞玛汝本这样说。但是他最终什么也没说，只是痛悔得挥拳跺脚。

已经没有了，俘获的马翁牧师和他的卫队、看押俘虏的霞玛汝本和他的部下，都不在山壑里了。果果开始以为霞玛汝本把俘虏转移到离战场稍远的地方去了，但丢在地上的散乱的绳子立刻纠正了他的想法。

果果代本眼睛里放射着凶光，咬咬牙，转身往回跑。跑着跑着就意识到，他现在仇恨的已不是洋魔，而是放跑了俘虏后自己逃跑的霞玛汝本，是迟迟不来增援的朗瑟代本，还有刻意把他们安排在亚东想让洋魔吃掉的西甲喇嘛，以及让人用靴子踩死了他的人的俄尔总管。而发生这一切的原因，就是他们牢牢记住了他的背景：他果果是当周活佛的人、日囊庄园的亲戚、马岗武装的一员。是就是了，这些事情他无法改变，但他可以改变目前的状况、以后的命运。

果果跑回阵地，端起枪来就打。他最后放了一枪，最后打死了一个英国人，然后把枪一扔，跳出藏身的地方，喊道："弟兄们，要死还是要活？要活就把枪扔掉，跟我走。"

果果代本投降了。他和他的人举着双手，走向了英国十字精兵。

《圣史》的评价是公允的，说果果代本的投降并不是因为他怯懦。他把队伍安排在一座无路可退的陡山前，本想是破釜沉舟的。最后子弹打没了，增援也不来，心里又涌出许许多多对同胞的嗔恨，所以就不想死了，更不想让部下全部死光。跟他一起投降的还有四十多个人。一个原本人员整齐并且拖带妻小的代本团，最后只剩下四十多个人了。举手投降的果果代本眼泪汪汪的。

枪炮声立刻终止。一脸战灰的戈蓝上校似乎有点不相信，命令部队端枪警惕，密密匝匝围住了这伙来投降的西藏人。

戈蓝上校叫来尕萨喇嘛翻译，问道："你们为什么投降？"

果果咬牙切齿地说："我想打死霞玛汝本，打死朗瑟代本，打死西甲喇嘛，打死俄尔总管。"

"为什么要打死他们？"

"他们把我逼上了绝路。"

戈蓝上校还想问得更仔细，又觉得没有必要。据他粗浅的了解，西藏人的互相仇恨是由来已久的，可以说是传统。不然也不会有尕萨喇嘛的逃亡和对英国人的帮助。戈蓝上校审视着对方，问了一个最关键的问题：“亚东阵地上，除了你们，还有没有别的守军？”

果果说：“有，还有朗瑟代本团，还有扎西代本团、尼玛代本团、达娃代本团。”他在撒谎。骨血深处西藏人的立场不知不觉又冒了出来，他心说就是打不赢洋魔，也要吓洋魔一跳。“他们都在我后面，我是第一道防线，他们是第二道、第三道、第四道、第五道。”

戈蓝上校点点头。他不是一个轻信的人，但逻辑告诉他：一个举手投降、以求活命的人，并不希望自己的投降变得毫无用处。如果他的投降能让十字精兵长驱直入，他就有了彰显的功劳，何乐而不为？如果不能长驱直入，他至少应该做到让十字精兵免受损失，以便让接受他投降的人明白他的重要。所以戈蓝上校的脑子里立刻有了第二道、第三道、第四道、第五道防线的激战，一战比一战更疯狂更残酷。他不惧怕残酷，但不希望残酷。毕竟十字精兵的伤亡已经很惨重了。

戈蓝上校说：“你想从我们这里得到什么？如果仅仅是活命，我也许不会给你，对投降者我们也可以杀掉。七百年前十字军东征时，我们英勇无畏的基督徒就是这样做的。但如果你想得到地位、财宝和庄园，我倒是可以考虑给你一个保证，在我们英国人占领西藏之后，上帝会赐给你想要的一切。”

这是诱惑，诱惑果果代本说出实话，并为英国人卖命。果果想到了，立刻显得很高兴，不无垂涎地说："先活下来再说，我这些士兵都想活下来。庄园、财宝、地位，西藏人谁不想得到啊？我们求佛求了一辈子，现在却要由上帝赐给我们了。这上帝一定是佛的儿子。"本能的幽默使他没忘了随时让佛占些便宜。

戈蓝上校大度地不计较上帝和佛谁是谁的儿子的问题，继续问道："你认为去春丕哪条路线最合算，我是说伤亡最少？"

果果指着亚东深处说："往前打，一定要往前打，打过朗瑟防线、扎西防线、尼玛防线、多吉防线。不，不是多吉防线，是达娃防线。不过这样打到最后，恐怕就没有我们的地位、财宝、庄园了。"

戈蓝上校紧问："为什么？说呀，为什么？"

果果哭丧着脸说："因为你们都死了，上帝也死了，谁赐给我呀？"

戈蓝上校又问："所有的路线都这么难打吗？"

果果摇摇头："西甲喇嘛把兵力都压到离春丕近的朗热和亚东一线了。乃堆拉离春丕最远，他估计洋魔，不，英国人不可能选择那条路，就安排了最不能打仗的森巴军，就是那支只会跳舞和逃跑的部队。"

戈蓝上校一掌拍到自己脑袋上："这个西甲喇嘛居然猜到了我的想法，可我并没有猜到他的想法。我难道不如他？我把时间耽误了，乃堆拉，乃堆拉……"

其实连果果代本自己也没想到，他投降后会真真假假说出这些话来，这比不投降的威力大多了。更没想到，他始终没有说出西甲喇嘛要在乃堆拉到春丕的漫长战线上消耗十字精兵，并在春丕西山谷围歼他们的战略战术，尽管他那么仇恨西甲喇嘛和所有跟自己并肩战斗的同胞。他在关键时刻靠了自己向佛亲祖的本能，保守了一个最大的秘密，那秘密里隐藏着他作为一个西藏人的良知。

恰在这时，西藏人的阵地上，出现了枪声和人影。

果果代本回头一看，禁不住喊起来："看啊，朗瑟代本团，第二道防线的人冲到前面来了。"

朗瑟代本团终于赶到了。他们的射击果断而有效，首先打在了戈蓝上校的心理防线上。

戈蓝上校慌忙指挥十字精兵撤了下来，紧急中，没忘了裹挟上投降的果果代本和四十多个西藏士兵。他说："按照你的职位，你现在已经是我们十字精兵的中尉了。果果中尉，为我们打仗就是为你自己的前程打仗，尕萨喇嘛就是你的榜样。"

尕萨喇嘛附和道："忠于上校，你就能得到一切。我们虽然信佛，但不能拒绝上帝的帮助，是佛让上帝来帮助我们的。"

果果中尉暗淡冷漠的表情上，闪过一丝迷惘。

# 6

朗瑟代本知道自己来晚了，可是有什么办法呢，俄尔总管的命令不能不服从。他带人去朗热高地急急忙忙挖好了修庙的地基，刚返回部队，听到亚东炮声轰鸣，又急如星火地赶过来。来了才发现，果果代本团已经不存在了。按照规律，这个时候十字精兵应该一鼓作气拿下亚东，乘胜进军春丕，但对方却莫名其妙地退了。朗瑟代本做好了死战到底的准备，等了半天，来到的却是深大无边的寂静。

朗瑟爬到高处望了望，发现对方阵地上一片空旷，立刻派人前往朗热，向西甲喇嘛报告十字精兵离开亚东的情况。

就在亚东激烈交火的同时，朗热高地上，西甲喇嘛对上帝的审问也在一步步推进。这其实是一场比武器对武器更有价值的交锋，只是当事人并没有意识到。

"上帝，你听着上帝。你为什么要来我们西藏，是讨不到老婆，还是填不饱肚皮？也许你阿妈死了，你来西藏想找一个女人做亲妈。这个好办，我帮你找。我把我的女人领来管你叫儿子，那我就是你阿爸啦。上帝，好好听着，我是你阿爸。"西甲喇嘛这样说着，感觉满心满肺的痛快。

达思牧师想：无知的喇嘛固执地把我提拔成上帝了。上帝就上帝吧，看他能把上帝怎么样。他沉默着，一言不发。

"上帝，你听得懂我的话吗？为什么不回答？"

达思说："全世界所有地方的话，上帝没有听不懂的，所以上帝要到处走一走，走到哪里都是国王亲自端茶倒水、伺候起卧，如今走到西藏来了，不仅不伺候，而且绑起来啦。让我开口说话容易，叫你们的佛祖来。上帝只跟佛祖说话，不跟下级喇嘛说话。"

西甲嘿嘿一笑："你说你不跟我说话，那你刚才是放屁吗？但是我知道上帝是不会放屁的，因为上帝不吃糌粑不喝酥油茶，一天三顿吃人肉喝人血，气往上面跑，不往下面走。我说的对不对，上帝？"他得意得眉开眼笑，又问，"你知道你为什么会跟我说话吗？"

这样的问题让达思牧师有点摸不着头脑：看来我得问自己了，问了也不知道。

西甲一字一顿地说："因为我是佛祖。"

达思牧师是西藏通，一点也不吃惊这样的回答："佛祖就是你？不对吧，我这个上帝怎么从来没听说你是佛祖？佛祖在印度。"

西甲说："上帝你瞎啦，你这个笨蛋，印度的佛祖到了西藏，西藏才有了佛教。我来西藏的时候，西藏鬼怪横行，死人遍地，我把鬼怪一个个降服成了护法，把死人一个个超度成了神人。黑头藏民见识了我佛祖的大法力，才又是念经又是磕头的。现在上帝你来了，想把西藏从我手里夺走，那怎么行？我不仅要把上帝绑起来，还要杀了上帝给西藏人看。"

达思牧师本来也想针尖对锋芒地把佛祖侮蔑一番，但他也是信佛的，且有佛祖一样高大完美、父母一样亲切慈祥的班丹活佛为上师，便把几乎溜出嘴边的粗话咽了回去。他说："上帝是杀不死的，上帝的血会变成一万个上帝再长出来。当年有人杀了耶稣基督，结果耶稣回到上帝耶和华身边成了圣子，圣子和圣父是一体的，我既是上帝也是耶稣基督，我来西藏是为了用我的血拯救所有愚昧的灵魂。"

西甲胸有成竹地一笑："还是让佛祖救度上帝吧。我们会像杀牛杀羊一样杀你。西藏的牛羊是不用刀杀的，做佛徒的人就害怕见血。我们是用绳子绑了牛羊的鼻嘴，让它们闭气而死，一点点血都不流。哼哼，原来上帝就跟西藏的牛羊一样，也需要牛毛绳和牛皮绳伺候。"

达思摇头自语："你杀不了，杀不了。"他在想，皱着眉头想。

西甲上火地拍了一下土石树枝垫起来的高台说："杀不了我就不叫西甲，不，我就不是佛祖。你就可以从我面前走过去，走到哪里我都不管。"

达思牧师突然想清楚了：看来这场对上帝的审问是他必须经历的，它也许会决定朗热高地上的神通之路是否能开通畅行。而审问"上帝"的这个西甲喇嘛很可能就是那尊祛除了所有鬼魅、必然会眷顾修法者的大神，是班丹活佛预言中的对修炼时轮堪舆金刚大法负有不可推卸责任的助缘。他在越来越紧的绳子里打起精神，瞪着西甲喇嘛说："世界上没有什么绳子能够绑住上帝，我也不会闭气而死，因为上帝可以九百九十九天不呼吸。"

西甲说："那我就绑住你的鼻嘴，绑上九百九十九天再加一天。"

达思说："那时候你在哪里？你能活九百九十九天？"

西甲说："佛祖是不死的，我还在这里。"

达思说："那就来吧，快来绑住上帝的鼻嘴。"

西甲立刻吩咐身边的几个人："杀牛不眨眼的陀陀喇嘛，快把他的鼻嘴给我绑了。"

达思喊起来："我是上帝，让他们绑我是不公平的，必须佛祖你亲自绑。"

西甲说："绑就绑。"跳下高台，拿了一根结实的牛毛绳来到"上帝"跟前，动手就绑。

牛羊的鼻嘴是朝前凸出的，捆扎起来很方便。人的嘴是凹进去的，绳子使不上力；鼻子倒是有点翘，但也万难捆扎。西甲喇嘛折腾了半天也无法绑得让对方不能呼吸，这才意识到，要让对方窒息，必须捆扎脖子。但绳子刚挨到脖子上，达思牧师就喊起来："你们会绑住牛羊的脖子吗？你说是捆绑鼻嘴，没说脖子，佛祖不能说话不算数。"西甲喇嘛只好罢手，回到高台上坐下，要了一碗酥油茶，一边吸溜吸溜地喝着，一边想对策，没等茶喝完，对策就有了。

他把茶碗交给身边的陀陀，想诡谲又诡谲不了地笑着："现在我实话告诉你，刚才是骗你呢，我不是佛祖，我是西甲喇嘛。"

达思惊叫起来："你不是佛祖？那你有什么资格审问上帝？"

西甲不好意思地抹了一把脸说："审问上帝的资格没有，杀上帝的资格有哩。不是佛祖的喇嘛说话是可以不算数的。"朝两边喊一声，"陀陀们，把上帝给我杀掉，想怎么杀就怎么杀。"几个陀陀立刻冲了过去。

达思说："慢慢慢。还是你亲自来吧，西甲喇嘛，你是这里最大的官。请用刀杀我，不要用别的办法。"

西甲说："你想流血？想变出一万个上帝来？不行，我偏要用绳子勒死你。"

达思说："那就随你的便，反正我已经提醒你了。你知道白居寺的班丹活佛吧？他是佛祖和上帝之间的使者，他在《如意宝珠三藏心髓十万智慧空行护法三摩机要八大菩萨七千威德曼荼罗修法胜乐独雄妙音吉祥大红智大白慈大力蓝经》里说，杀上帝前必须禀告佛祖，佛祖同意，你才能杀，否则株连亲朋好友一百人。除非你用刀子杀，放出诞生一万个上帝的血来。"

西甲喇嘛不言语了。达思牧师的话颇有震慑力，一是话中提到的班丹活佛确有其人，而且名气够大，藏地各界人人皆知。二是他从来没听过这么长名字的经，而"上帝"却把它说得流畅自如。他本来就不识经文，觉得所有的经文都是神圣深奥神秘透顶的，名字这么长的经就更加高深难测了。西甲毫不怀疑有这样一部关于杀上帝的经，感到有些麻烦了，伸手到一边说："我都想不出办法啦，你们还不快上一碗酥油茶。"

一个陀陀说："大喇嘛，酥油茶喝干了，再喝就得喝上帝的血了。"

西甲说："那不能喝，喝了上帝的血，上帝从我肚子里长出来怎么办？"他用舌头舔着嘴唇说，"没有酥油茶，办法从哪里想？"突然一掌拍到坐下的高台上，盯着达思牧师说，"有了，有了。你不是说，只要佛祖同意，就能把上帝用绳子勒死或者石头砸死吗？"他看达思点头，又道，"那我还是佛祖，刚才是骗你呢。我已经决定啦，让陀陀喇嘛把你和你的人从山崖上推下去摔死。"

达思牧师愣了一下，沮丧地说："你到底哪一次是真的，哪一次是假的？"他本来以为，按照自己的圈套，只要说出班丹活佛和长名字的经典来，秉性憨直的西甲喇嘛就会放了他，没想到这家伙突然变了，变成一个出尔反尔的无赖。看来自己想错了，什么眷顾修炼的大神、金刚大法的助缘，赤裸裸变着法儿杀人的刽子手还差不多。

达思牧师和所有被俘的人都被陀陀喇嘛们从树上解了下来，但双臂和身体仍然被牛毛绳紧绑着。

西甲说："绳子不能跟他们去。上帝死后，我们会抓住更多的洋魔，到时候绳子不够用的。"然后亲自从达思牧师身上解下了绳子。

陀陀们给所有人松了绑，推搡着他们来到山崖边。

容鹤中尉瞪着达思牧师，绝望地责备着："你一定是故意把我们带进了虎口。你不为上帝负责，死后进不了天堂。"

达思叹口气说："上帝啊，我也没想到，怎么会死在这里？"

容鹤中尉恶狠狠地说："你应该向你的佛祖祈祷，出卖耶稣的犹大。"

西甲指挥着陀陀们："不要从那里往下推，这里，看见了吧，这里才是上帝摔死的地方。"他在那地方重重地跺着脚，又强调道，"把所有人都从这里推下去，一个一个推，不要抢着推，推啊。"

这时达思牧师报复性地喊起来："喇嘛我告诉你，那个叫桑竹的姑娘我们也看见啦，她真的死啦，被黑熊咬死啦。不信你问问他。"他指向了容鹤中尉。

容鹤中尉绝望地说："她是我见过的最漂亮的藏族姑娘，可惜了，她死了。我会和她在上帝面前拥抱，你相信吗，喇嘛？"

　　西甲听不懂中尉的英语，急问达思牧师："他说什么？"

　　达思便恨怒地把容鹤中尉的话翻译给他听。

　　西甲喇嘛面无表情，朝着陀陀喇嘛挥了挥手。陀陀喇嘛们毫不犹豫地先把达思牧师推了下去，一声悠长的惨叫。接着，所有被达思带到朗热高地的人都被推下了山崖。惨叫一声比一声悠长。

　　西甲喇嘛走向一边，躲进了树林。声称没有悲伤的他，眼泪突然喷涌而出，旺盛得可以煮一锅奶茶。他双手捂脸，忍着不让自己发出声音来。一个早已绝了情缘的喇嘛，一个再也不能和心爱的人相爱相守的僧人，就只能隐忍如此了。他的眼泪继续蜿蜒而下，就像他那颗喇嘛之心里怎么也流畅不起来的爱情。桑竹姑娘，没想到你这么年轻就去转世了，你苦苦地追我等我，看我不能答应你，你就毅然离开，走向了来世。是我的绝情让你这么快就去往生的，我不好，我不好。西甲喇嘛在避人处扇打着自己，突然拔出腰刀，剜向了自己的心。

# 第十一章　春丕西山谷

## 1

这些日子，摄政王迪牧活佛天天来到大昭寺他理事的文殊大殿里，想在第一时间看到有关前线战事的报告。报告却迟迟不来。这说明狂风扫雪一般扫掉洋魔的想法只是他的一厢情愿，作为摄政王，他面对的最大问题仍然是：既能把洋魔赶走，又不把朝廷得罪。赶走洋魔靠打，不得罪朝廷靠什么？靠忠，靠哄，靠送。但是这些年根据惯例他从没直接跟朝廷官员有过联系，凡事都由驻藏大臣中转，现在文硕奔赴边关了，自己何不趁此机会表表心迹，就算将来有什么怪罪，那也不至于看成是犯上作乱和抗旨不遵。于是他亲笔给醇亲王写了封信，极其恭敬地把太后、皇上、醇亲王颂扬了一番，然后申明抗英情由大义，乞请朝廷谅解支持。最后说："没长大的娃娃丢到坑里了，上不来的时候，还请老佛爷大菩萨大罗汉拉一把。"他让白热管家从丹吉林选了一尊檀香佛、一尊金文殊、一尊玉罗汉，分别送给太后、皇上、醇亲王。赴京使者紧急上路，鞭马而去。

但是摄政王迪牧没有想到，他这样做不仅得不到朝廷的谅解，反而把朝廷的怒火引向了自己，枉费了驻藏大臣文硕为摄政开脱、为西藏遮掩的一片苦心。迪牧当时还不明白，世界的强弱对抗正在发生剧变，殖民主义强势风行的地球上，中国完全处于被宰割的弱势地位。当时的朝廷不是不想抵抗英国人，而是没有能力抵抗。一个苦病羸弱的穷人，面对着一个伟壮凶悍的富人，人家想怎么打就怎么打，你只有挨着，打了右脸还得把左脸凑过去。朝廷不仅保护不了西藏，中国的任何一个地方它都保护不了。

朝廷的饬令比任何时候都神速地来到了拉萨：

　　洋人性情阴鸷，行事深险，贪得无厌之心难以揣测，拒之愈坚，来之愈猛。致使仇怨积深，滋漫而来，伤及地脉地理，为害佛门教法，后患无穷。摄政佛及噶厦上下，谁担此责？至于藏众民怨，剀切开导，不从者，略使以威严。若藏番自作不靖，肇起兵戈，一味好勇斗狠，万一挫败，全藏虚耗，深恐摄政佛有来无去。

摄政王半晌没回过神来，好像一切灾难不是因为英国人的侵略而是西藏人的抵抗，好像全藏抗英的情绪必不能顺从只能威严镇压，好像朝廷话里话外都在威胁：万一抵抗失败，等待摄政王的将是地位不保、性命难全。太后、皇帝、醇亲王，你们怎么一遇到这种事情就不说人话了？加巴索！

赴京使者带回来的除了饬令，还有一盒御香、一对金盏、一个玉如意。

摄政王是聪明人，一眼就看透了深藏其中的禅机：太后和皇上给摄政佛烧高香啦，赶紧休战；金盏是佛前的供养，还是继续供养吧，佛是以和为贵的，佛之意便是朝廷之意，怎么能燃起凶焰，激化争端，流血成川，积骨为山呢？玉如意是来自朝廷的祝福，朝廷满意，你就吉祥，朝廷坐蜡，你就凶险。

摄政王迪牧这才意识到，西藏战事关系到朝廷兴衰，以往办事靠忠、靠哄、靠送的方法，如今不灵了。他一口接一口吸着冷气，悲叹一声：这是什么道理啊？突然感到手指疼痛，低头一看，才意识到他悲中来气，右手握住左手食指几乎折断。气谁呢？自己吗？是啊，这么多佛就在自己跟前，怎么能舍近求远去问朝廷呢？西藏历来都是向佛问理，佛理即天理。我在佛天之下忘了佛，就该受到惩罚。

他把文殊大殿的门关上，在文殊师利的鎏金铜像前亲自点灯、祈祷、跪拜，再以灯光的闪烁计算数字，然后根据数字翻开了几案上的《别解脱经》，挑出词汇组成了句子。那句子说：已经问过了，就不必再问。

摄政王又陷入沉思：虽然已经问过了，但还是心存疑问，金巴护法、眦玛护法和奈冬护法的预言是"佛教必胜"，难道还不到胜的时候？乃穷大护法说"一干到底"，什么时候算"到底"？达赖喇嘛早就念了《武经》、放了厉咒，什么时候才能起效？他一时难以判断，便叫来了白热管家。白热管家出主意说："佛爷，你还有罗布次仁和旺秋活佛、敦茄活佛、娘竺活佛、姜央喇嘛，为什么不问问他们呢？"

迪牧觉得这是个好主意。罗布次仁是他的堂弟，旺秋活佛是大昭寺的护法神，敦茄活佛是来布达拉宫给达赖喇嘛讲授大圆满法的林芝宁玛派僧人，娘竺活佛是常驻拉萨的聂荣地方噶玛噶举派僧人，姜央喇嘛是达赖喇嘛的起居堪布，他们都是平日跟迪牧走得最近的人，且都有过人的见识和修炼来的智慧。

第二天，在丹吉林大自在佛殿二层的佛舍里，摄政王迪牧活佛招待了这几个人。其实就是开个小会，请几个智囊给摄政王出出主意。

罗布次仁说："朝廷的话不能不听，洋魔犯藏不能不阻。我看这样，工布人多粮多枪多，让我去那里招募民兵，拉起一帮人马上前线。我在前线拼命抗敌，洋魔打不死我，我就把洋魔往死里打。摄政哥哥在拉萨哄住朝廷，让他们放心，大皇帝怎么说西藏就怎么做，朝廷的理就是噶厦的理。以后怪罪下来，摄政哥哥就把责任推给我，我担着就是了。大不了朝廷处死我。我为西藏、为摄政哥哥而死，这是巴不得的事情。"

摄政王听着，心里不禁一喜，多少天以来，这是少有的一喜。倒不是罗布次仁的主意有多好，而是生死危难之机，有人跟他肝胆相照，为他两肋插刀，一种暖暖的慰藉油然而生。他点点头说："好啊好啊，你这番话把我的气都变成屁放出去了，我松快了许多。工布招兵一事再说。"

罗布次仁说："摄政哥哥还是不信任我。我知道顿珠噶伦是民兵总管，由他负责组织后藏各宗谿的民兵参战。但我听说直到现在也没有一支民兵队伍开赴前线，筹集的武器弹药堆积在寺院没有人使用。顿珠噶伦是怎么办差的？是不是有意跟摄政哥哥作对啊？民兵总管既不去招募民兵的地方，也不去前线，就知道待在拉萨图谋不轨。我听说他隔三岔五往布达拉宫跑，还不是想见达赖喇嘛。达赖喇嘛能每回都见他？"

姜央喇嘛说："那倒没有。达赖喇嘛不见，所以才不停地跑嘛。"

罗布次仁担心地说："总不会白跑，跑十回总有两三回达赖喇嘛能见他。"

姜央喇嘛说："是啊，这个不得不防。见他见多了总是不好的。达赖喇嘛到底年轻，谁说什么就信什么，谁跑得勤就会亲近谁。"他是达赖喇嘛的起居堪布，这话的分量让佛舍突然一片宁静。

摄政王忧心忡忡地说："我把顿珠噶伦委派成民兵总管，就是想有个差事分他的心，让他离开拉萨，看来我想错了。"

罗布次仁说："当初要是把民兵总管委派给别人，说不定洋魔已经赶走啦。现在倒好，民兵上不去，上去的几个代本团虽然是正规军但拖家带口还不如民兵。听说是畏罪潜逃的丹吉林香灯师西甲喇嘛在指挥打仗，好像西藏没人了，我们这些人难道都是吃了糌粑不拉屎的，一点点用处也没有？什么顿珠，什么西甲，还有那个据说已经获得悲智行愿四菩萨大法成就的沱美活佛。佛祖啊，看看我们西藏到底都是些什么人在担当重任。"

敦茄活佛说："都是上了套子的骡马，出力就好。沱美、西甲跟顿珠还是不一样的。沱美是想争个教法第一，西甲是叛不改忠，这个顿珠噶伦就操蛋了，一只混进羊群里的狼，时刻等着吃你的肝喝你的血。"

摄政王吹口气说："沱美我是不会放过的，战争一结束，我就收拾他。西甲喇嘛逞什么能？打仗靠的是俄尔总管和他手下的几个代本团，他不要打着丹吉林和我的旗号，在一个我们看不见的地方吃三喝四。一个擦碗点灯的喇嘛懂得什么？打洋魔到现在还没有取胜的消息，说不定就是因为他。他如果现在还没死，过几天就会死。我已经给丹吉林陀陀下了死令，处死这个给我带来败运的喇嘛。至于顿珠噶伦嘛，迟早是要倒霉的，我就不信他能把我怎么样。头顶三尺有神明，他做了坏事，迟早会报应的。"他越说越气，脸都红了，看大家愣望着他不说话，突然打住，"不提了，不提了，沱美、西甲、顿珠噶伦统统不提了，打洋魔要紧。"

大家沉默着，一时不知说什么。罗布次仁就又把去工布招募民兵的事说了一遍。

摄政王说："那你就去吧，去工布招募民兵。"其实他心里想的还是顿珠噶伦。他意识到罗布次仁要是参与招募民兵，一定会刺激顿珠噶伦。仅仅是为了不让别人抢了他的差事或者把他比下去，顿珠噶伦也不会像现在这样守着拉萨不外走。

罗布次仁激动得几乎站起来："好啊，我明天就走，十天以后保证有一支工布民兵开赴前线。摄政哥哥在达赖面前也可以先下手为强，把顿珠噶伦办差不力的事说一说，达赖喇嘛要是知道了，见他也不会有好脸色的。我不说了，我年轻不该说得太多。你说吧，佛爷。"他示意身边的敦茄活佛。

敦茄活佛呃呃嘴："娘竺活佛在这里，还是请他先说。"

娘竺活佛也不谦让，说："摄政佛说得对，打洋魔要紧。在我们噶玛噶举的传承里，有从印度宗师那若巴那里传下来的古老的深密恶咒，那若巴传给了玛尔巴，玛尔巴传给了米拉日巴，米拉日巴传给了达布拉结，达布拉结传给了都松钦巴，一直传到今天，都是口口相传的不二法门，一个上师只能传一个弟子，所幸传到了我这里。我今天晚上就开始念咒作法，连续七个晚上，看有没有效果。没有效果就再念七个晚上。七七四十九个晚上下来，不敢说把洋魔、上帝念到地狱里去，但念出西藏是一定会的。"

摄政王点着头说："很好很好，这个深密恶咒我早就听说了，刚猛厉害是数一数二的，但从未见识过，没想到现在成了娘竺大法。娘竺佛爷一定要精进不懈，撵走了洋魔上帝，我向大皇帝保奏加封你为'诺门罕'。"

敦茄活佛笑道："深密恶咒成了娘竺大法，这个我是知道的。没想到娘竺佛爷这么痛快就拿出来了。摄政佛，这碗酥油茶我替你端给他。"说着，欠身端起娘竺面前的酥油茶，双手捧到娘竺嘴边。

娘竺活佛赶紧接住，呷了一口，说："如今西藏全靠摄政佛，我是恨不得拔下所有头发，变成利箭射穿洋魔的心脏，替摄政佛分忧。"

敦茄活佛说："你想分忧，难道我就只想做个画在石头上的佛，风吹雨打不改菩萨心肠？我说说我的想法。我是一个宁玛巴，知道吧？"

姜央喇嘛说："这个还用说，连布达拉宫金顶上的麻雀都知道。"

敦茄活佛把穿靴子的脚伸到前面："但是你们知道这个吗？"

大家你看我，我看你，不知道敦茄在说什么。难道是靴子？

敦茄活佛说："宁玛派有猛咒无数，但只有把猛咒诅詈和差遣非人结合起来，效果才好。我的上师曾秘传足底差遣大法，可以抵挡人间魔怪十万，摧毁敌众的灵肉灵识。方法是由十八个宁玛派喇嘛供养非人，集体诵咒三昼夜，再把咒语、非人和愿望用白绸子写成符咒，缝到靴底夹层里天天踩踏。这样神的咒语和宁玛巴的愿望，就会成倍增长为非人的力量。洋魔算什么？就是他上帝亲自上阵，恐怕也只能中咒倒地，举手投降。"

摄政王满怀信心地瞪着敦茄活佛："这个我可是第一次听说，一定要试一试。"

敦茄活佛说："关键是靴子。靴子越新越高级，符咒就越灵验。你看我这双靴子，旧得都没颜色了。摄政佛，不要以为我今天是朝你要靴子来了。高级靴子必须出自丹吉林，才能用我们宁玛派的符咒，代表你们格鲁派的愿望。"

摄政王说："这个容易，我们请拉萨最好的靴匠制作就是了。要几双？"

敦茄活佛说："十八个供养非人的宁玛派喇嘛，每人一双黑色羊皮五色镕镥牛鼻彩靴，我需要一双黄色团龙缎子象鼻彩靴。"

姜央喇嘛立刻说："你经常进布达拉宫给达赖喇嘛讲授大圆满法，穿这样高级的彩靴不合适。达赖喇嘛要是问起来，你说是摄政佛送的，他肯定不高兴：怎么送给敦茄活佛的跟送给我的一样高级？"

敦茄活佛坚持道："也许达赖喇嘛会想，摄政佛尊敬我，连我的宫外经师都送了这么高级的彩靴。"

摄政王说："这次我们也给达赖喇嘛做一双，敦茄活佛的是两层团龙缎子，达赖喇嘛的是三层团龙缎子，靴掌也多加一层。"

姜央喇嘛表情游移不定，还想说什么，又没说出来。

一直没有吭声的旺秋活佛说："过几天，达赖喇嘛要来大昭寺主持游学誓愿辩经仪式，然后讲授《文殊言教》，我看就在仪式前把彩靴送给他。"

摄政王说："好主意，出席仪式的高僧大德一定不少，共同加持过的靴子是最吉祥的。也让达赖喇嘛知道，他一走动，我就想到他应该有一双全西藏最高级的靴子。关键是要赶紧把靴子做出来。"他立刻叫来白热管家，仔细叮嘱了一番。

白热管家出去，立刻到拉萨各处搜罗最好的靴匠去了。

摄政王很高兴，抗击洋魔的保险又增加了几道：一是堂弟罗布次仁去工布招募民兵，二是娘竺活佛拥有的刚猛第一的深密恶咒，三是敦茹活佛拥有的抵挡十万魔怪的彩靴符咒。洋魔也是骨肉的身子，经得住人打，经不住鬼揍。

摄政王让膳食房在佛舍旁的资粮殿摆上了丰盛的宴席，招待几位客人。有桃干、杏干、梨干、柿饼和四样油炸果品，还有绵羊头、羊肉馅方形饼、人参果米饭，最后上了骨汤茶。客人离去的时候，摄政王说："等打败了洋魔，我请大家吃汉餐。我这里有个一等的汉餐大厨师，是准备学通了藏语再送给达赖喇嘛的。送之前，先让他拿出最好的手艺，让你们尝一尝。"

敦茹活佛说："到时候牛肉羊肉猪肉都不用，就用洋魔的肉。"

罗布次仁说："不行不行，洋魔的肉是臭的。"

娘竺活佛肯定地说："是的，臭气熏天。"好像他已经尝过了。

姜央喇嘛说："摄政佛，给达赖喇嘛送汉餐大厨师这件事，你可要三思而行。他可是个疑心很重的人，万一……"

旺秋活佛打断他的话说："彩靴做好后，最好提前拿到大昭寺，在释迦牟尼十二岁等身像前加持一天一夜，达赖喇嘛会更加高兴的。"

摄政王说："你提醒得好，就这么办。"

## 2

举行游学誓愿辩经仪式的日子如期而来。主持仪式的达赖喇嘛在大昭寺辩经院背东面西坐定后，摄政王迪牧活佛献上了一双特制的彩靴。达赖喇嘛赶紧起坐，上前亲手接过了彩靴，喜欢地看了看、摸了摸，才交给身边的侍从，然后满脸堆笑，让摄政王坐在了自己身边。

摄政王说："前一天就拿到了大昭寺，供在释迦牟尼十二岁等身像前，旺秋活佛念了一天一夜的开光经。尊者穿上它，就跟释迦牟尼穿上它是一样的。"

达赖喇嘛说："摄政佛费心了，年年都送靴子，这次又送了一双这么好的。"

摄政王说："这是三层黄色团龙缎子的象鼻彩靴，靴掌也厚。尊者的贵脚，就应该穿起西藏最好的靴子。"

又说了一些互相问候的话，摄政王便把话题引到了前线战事上。他说前线总管俄尔噶伦早就去前线了，僧兵总管沱美活佛也去了，负责粮草帐篷等军需物资的绛巨噶伦也在风风火火到处跑。全藏一心抵抗英国人，英国人很快就会被打败。希望达赖喇嘛心无旁骛，一意念经，不要有太多牵挂。如果因为西藏的内政外务没处理好而影响到布达拉宫的清净和达赖喇嘛的修炼，他这个替达赖喇嘛办事的摄政王就罪该万死了。

达赖喇嘛说："多灾多难的日子，西藏全赖摄政佛支撑，我是知道的。英国人的强横霸道，违背天理，我也是知道的。"他以少年老成的口气说，"难，西藏的事情历来就难，摄政佛，拜托了。"

摄政王说："我自从摄政以来，睡觉是醒着的，吃饭是没有正点的，连走路都是急三赶四的，现在又遇到英国人入侵，真是难上加难。不过，西藏靠的是达赖喇嘛的福分，只要达赖喇嘛平安，相信再黑的天也会出太阳。"

戴惯了高帽子的达赖喇嘛并不在乎摄政王的谀媚，突然问了一句："朝廷是什么态度？"

摄政王咳嗽了几声说："刀子剜了他身上的肉，他能不疼？"

达赖喇嘛沉思着说："疼和疼是不一样的吧？剜心有剜心的疼，剜脚有剜脚的疼。听说朝廷到现在也不主张西藏僧俗抵抗洋魔？"

摄政王知道一定是顿珠噶伦嚼了舌头，直截了当地说："西藏山高皇帝远，无论朝廷什么态度，抵抗洋魔的还是我们自己。我担忧的倒不是朝廷，是我们自己毁自己。我们的民兵到现在还没有组织起来，身为民兵总管的顿珠噶伦迄今还在拉萨。英国人迟迟赶不走，就是因为他不出力。"

达赖喇嘛点点头，说了一句模棱两可的话："我知道了。事关西藏未来、佛教大计，千万不要感情用事。"

摄政王一愣，寻思他指的是什么感情，是迪牧世系跟朝廷千丝万缕的感情，还是他对顿珠噶伦的愤怒之情？

达赖喇嘛说："我听说顿珠噶伦已经离开拉萨，星夜上前线去了。要是赶不走英国人是因为少了他，他这次一出马，是不是就会有捷报传来呢？"

摄政王迪牧朝两边看了看，果然没看到顿珠噶伦。照原来的习惯，只要是达赖喇嘛讲经的场合，不管需要不需要顿珠噶伦，他都会来洗耳恭听的。迪牧心说顿珠噶伦终于走了，是因为知道了罗布次仁已经前往工布招募民兵，还是有别的原因？不去管这些了，走了就好。不过迪牧仍然很生气：顿珠噶伦去了哪里作为摄政王的他都不知道，达赖喇嘛却已经知道了，显见他跟达赖喇嘛的关系比自己想象得要密切得多。迪牧突然就很懊悔，自己本想在达赖喇嘛跟前贬损顿珠噶伦，却无意中夸大了他的作用。今后的战事如果真有好的转机，功劳是不是都要算在顿珠头上？但如果是朝坏的方向发展呢？迪牧意识到，达赖喇嘛其实是在深责他的抗英不力——他没有亲政，无权直接诘难，就只好这样拐弯抹角了。不愧是达赖喇嘛，还是个青年，城府就已经深得一竿子插不到底了。看来顿珠噶伦殷勤地往布达拉宫跑，目的不仅仅是想亲近达赖喇嘛。亲近了以后呢？挑拨离间？但仅靠顿珠噶伦，就能离间达赖喇嘛跟摄政王的关系？迪牧隐隐觉得，一定还有什么自己不知道的事情已经发生或正在发生，在这些无法预测的事情里，隐藏了能让达赖喇嘛深深忌惮的原因。谣言，西藏的黑暗里，搅动着黑风暴一样盛大的谣言。

　　游学誓愿辩经仪式就要开始。摄政王迪牧起身告辞，恨不得把那双西藏最高级的三层黄色团龙缎子象鼻彩靴夺过来扔到地上，踩它个稀巴烂。


　　不过，并不是所有的事情都不如意。娘竺活佛的深密恶咒和敦茄活佛的彩靴符咒已经起了作用，前线总管俄尔噶伦终于来信了，说是各个代本团即将在春丕西山谷布下天罗地网，这一次不把洋魔消灭光，也得断腿断手断胳膊。

　　摄政王想：要是断头断腰就好了。他叫来一个熟悉春丕的喇嘛，咨询西山谷的位置，不免有些感叹：最早我们的前线在日纳山，后来到了隆吐山，现在前线变成了春丕。但愿这一仗以后，前线回到从前。

　　很快又传来好消息：堂弟罗布次仁去工布招募民兵很顺利，即日就可以开赴前线，就是不知道前线在哪里，已经派人往南打听去了。

　　摄政王赶紧派人给堂弟送信：前线就在春丕西山谷。

## 3

被陀陀喇嘛从山崖上推下去的人，就死了一个，但不是摔死的，是吓死的。他们被推下去掉落了十米后就摔在了一片稠密低矮、气垫一样的灌木丛上，灌木丛前面是一道光滑的被经年山水冲刷出来的宽大石槽，像滑梯一样斜铺而下，连接着一个大水潭。大水潭是齐胸深的，保证淹不死又能柔软地托住他们。一切都是天造地设，达思牧师和容鹤中尉以及他们率领的人，就这样被命运暂时安排在了死亡之外。

但是达思牧师知道，这不是侥幸，是西甲喇嘛有意放了他们。西甲喇嘛肯定事先勘察过这个地方，不然就不会给他们松绑，也不会指定在正对着灌木丛的地方往下推。让达思不理解的是：西甲喇嘛为什么要这样？为什么不能在审问后公开放了他们，而要制造一个推下去摔死的假象呢？憨直透明、五大三粗的西甲喇嘛突然变得诡异而神秘了。

达思牧师想，不管什么原因，他都必须承认西甲喇嘛就是那尊祛除所有鬼魅、眷顾修法者的大神。此神一定来历不凡，不然怎么又是西藏前线的实际指挥官，又是班丹活佛预言中的大法助缘呢？

容鹤中尉说："真想不到我们还活着。"

达思说："我们是不是应该感谢西甲喇嘛的不杀之恩呢？"

中尉说："不，我们只感谢上帝。"

达思牧师一愣，突然意识到身为牧师他居然在这种时候忘了上帝，不好意思地说："上帝让我们感谢所有应该感谢的人。"

他们从齐胸深的大水潭里上来，稍事休息，便按照"吉凶善恶图"的指引，直奔春丕，悄悄占领了春丕寺。

达思牧师在春丕寺各个殿堂走了走，看到护法神殿背后有一个静修石洞，便走进去，在一座石台上跏趺而坐，准备进入时轮堪舆金刚大法的修炼。

但是他半天不能入定，好像有一种奇怪的牵绊，在他心里躁动而不安。他一再告诫自己：安静，安静，修法是最重要的，战争与他没关系，所有的喧嚣、未知的人世和因因果果都必须烟消云散。就这么想着，渐渐入定了。当殊胜妙善的法境出现时，达思看到了一个巨大的空洞。空洞里走出一个人来，起先他觉得那就是如父如佛的上师班丹活佛，等到那人朗然一笑，才发现竟是西甲喇嘛。西甲喇嘛以神的傲慢和欢喜走过来，一把揪住了他。达思顿时冷汗淋漓，心里一瘆，走出了法境。他以为这是因为担心西藏人的侵害，便从石洞里出来，用央求的口气对容鹤中尉说："在我修炼结束之前，一定要保护我，好好保护我。"

容鹤中尉说："你害怕什么？我把所有活佛喇嘛都赶到护法神殿关押起来了，他们不会跑出来。快修炼吧，迎接戈蓝上校的时刻就要到了。"

中尉关押僧人的目的，一是怕他们反抗，二是怕出去报信。外面的人看到春丕寺有人进出，想不到会是十字精兵，因为进出的人都穿着藏装。

西藏方面，指挥战斗的西甲喇嘛还不知道，在春丕之战开始之前，作为地理、行政、信仰中心的春丕寺就已经被十字精兵控制了。

一切都按照西甲喇嘛的战略战术发生着：从乃堆拉到春丕，十字精兵的队伍就像一条长长细细的河，在狭窄的山路间蛇行而动。化整为零的僧兵楚臣代本团，三十人一队，藏在两边的峡谷森林里，不是打枪，就是滚石，加上飞蝗石鞭，白天黑夜不停地袭扰，搞得十字精兵高度警惕着，不时地停下来防范回击。死伤不断发生，精力和兵力渐渐消耗着，时间一拖再拖。戈蓝上校本来打算最多四天赶到春丕，结果花了十二天，才到达春丕边缘的西山谷。

比起沿途的狭窄来，西山谷算是开阔的了。戈蓝上校打算停止行军一天，好等待后面的部队跟上来，然后集中兵力占领春丕寺。尕萨喇嘛告诉他，一出西山谷的谷脑，就是春丕原野，离作为中心的春丕寺就很近了，如果速度跟得上，半天工夫就能到达。

戈蓝上校没有意识到，其实他在这里不停也得停。

在前面打而不打、边打边退的森巴军已经退到西山谷的谷脑，诱敌深入的任务宣告完成，现在他们不退了，按照西甲喇嘛的吩咐开始坚守阵地。而僧兵江村代本团早已在西山谷两边埋伏停当。沱美活佛一再提醒部下："西甲喇嘛是怎么命令的？隐蔽，隐蔽，你们就是老鼠蚂蚁，快藏到石头缝里去。石头缝里的草是不能冒出来的，冒出来我就一脚踩掉。江村代本听着，谁让洋魔发现，你就直接把他送给洋魔处死。"藏兵们隐蔽得很好，真的连天上的随人鹰也没有发现。

差不多就在戈蓝上校停止行军的同时，西甲喇嘛放弃已经没必要把守的朗热高地，带领陀陀们赶来了。接着，朗瑟代本团也放弃亚东，来到西甲喇嘛跟前听命。西甲喇嘛把他们安排在西山谷通往春丕原野的两条岔沟里，命令他们："死也要守住。"

西甲喇嘛带领陀陀来到十字精兵的正面，和奴马代本的森巴军共同守卫西山谷的谷脑。他知道一旦打起来，正面仍然是最激烈的战场。洋魔要是发现已经没有退路，就只能死命往前冲。他在树林的遮蔽下，窥望着谷底的十字精兵，高兴地说："我说了嘛，春丕西山谷，就是上帝和所有洋魔的坟场。"

最后到位的是化整为零的僧兵楚臣代本团，他们在十字精兵全部进入西山谷后，又迅速变零为整，屯扎在谷口，切断了十字精兵的退路和后勤保障。

与此同时，前线总管俄尔噶伦带着他的卫队离开朗热，回防春丕。他本想前往西山谷战场，觉得战场上有西甲喇嘛，自己根本插不上手，就让卫队改变了方向，朝春丕寺走去。他在春丕寺住过，已经习惯了那里的一切。

战争终于集中到了春丕西山谷。四面围堵、八方打击的局面已经形成，连上帝连佛陀看了都吃惊：西藏出现前所未有的军事家啦，这样的排兵布阵，十字精兵必败无疑。随人鹰嘎嘎高叫着，不知是为西藏喜悦，还是为将死的生命哀嚎。

戈蓝上校后来说，糟糕的是直到这个时候，十字精兵也未能觉察灭顶之灾正在降临。无论是英国人，还是雇佣军，都已经非常疲倦了，最大的愿望就是多停留一天，在这个没有冷弹冷石的地方，吃饱肚子，好好睡一觉。

的确没有冷弹冷石，那些一直追随十字精兵的小股西藏人的袭击突然消失了。很平静，鸟语花香，流水潺潺，风以最柔和的姿态飘来飘去。祥云和蓝天显示着神界的和美。英国人好像回到了本土，在北爱尔兰的高原峡谷里郊游休假、野炊进餐。

战斗就要打响。西甲喇嘛派人去向僧兵楚臣代本询问："派到耶稣河源头、上游、中游的人去了没有？"他随心所欲又发明了一条"耶稣河"。

回报说："耶稣河在哪里，我们不知道，请大喇嘛告诉我们。"

西甲喇嘛再次派人传话："耶稣河就是洋魔河，念经的聪明哪里去了？变个叫法你们就不知道了。"

回报说："派到洋魔河源头、上游、中游去的七七四十九个人早已经出发了。去源头英吉利的五天前太阳出来时走了，去上游印度、哲孟雄的七天前太阳落山时走了，去中游则利拉、念那、隆吐山、日纳山的十天前没有太阳有月亮的时候走了。他们走的时候念了《平安经》，算了卦，全是吉祥如意的好卦。请大喇嘛再为他们念经，保佑他们不病不死，马到成功。"

西甲喇嘛听了很高兴："这就好这就好，够他们洋魔受的。佛祖，我们就要胜利啦。"他胡乱念了一句"唵嘛呢叭咪吽"，就算保佑了那些人。

人们说他的保佑非常管用。四十九个派出去的僧兵直到战争结束都活着。他们上路不久就来到了十字精兵的后面，然后便开始念经，执意要让洋魔和上帝的脊梁发冷。念着念着就把原来的行动计划忘了，去英吉利、去印度、去哲孟雄的统统都不去啦，去则利拉、勒布、纳塘、隆吐山、日纳山的也不去啦，打枪骚扰、放火烧粮、杀掉驮马、下毒药、埋符咒等捣乱的事儿也忘啦，就只剩下了念经，因为他们只会念经，觉得用经咒打击敌人是最方便也最有力量的。

这会儿，西甲喇嘛又派人传达了一条最重要的命令："听到陀陀喇嘛的怒吼，大家同时开枪，杀他个屁滚尿流。"

《圣史》上说："此喇嘛秉性如高树繁花，随性而放；英国人如地上牧草，务实而绿。"用现在的话说，就是西藏人用想象装扮自己，英国人用枪炮武装自己。这是一场浪漫主义对现实主义的战争。

怒吼很快出现了。无法知道哪个代本团打响了第一枪，反正一开始就是枪声大作，几乎四面八方所有的火绳枪都在几分钟内完成了第一次射击。接着又是第二次、第三次。然后出现了滚石、飞蝗石鞭和呐喊，出现了疾风骤雨般的陀陀喇嘛的肉身击杀。

　　一瞬间，戈蓝上校死了。他呆立着，眼睛大得就像白夜里的蓝星星，喘息如牛，鼻孔一扇一扇的，但就是死了，心脑不起作用了。无法判断事情到底有多严重，西藏人怎么这么多啊？更让他不知所措的是，谷底平坦光秃，没有山包丘陵，没有树林草丛，十字精兵全部裸露着，连躲藏的地方都没有，只能挨打了。

　　有人跑向了西山谷的两个岔沟，很快又退回来。把守两个岔沟的朗瑟代本团居高临下地让他们看到了鬼门关的黑暗。

　　戈蓝上校知道完了，十字精兵就要全军覆灭。他基本放弃了指挥，就让部队乱水一样自由流窜，东一股，西一股，忽来忽去。士兵们就在没头苍蝇一样的奔走中一个个倒下了。战争的血第一次比西藏人更多地从十字精兵身上流了出来，在鲜艳的流淌和汪潴中辉映着灿烂的阳光。

　　有人喊："上校，上校，突围吧，不能在这里等死。"

　　往哪里突围呢？两边是不可能的，山壁陡峭，没有路。有路的只有两个地方，一个是后面的谷口，一个是前面的谷脑。后面的谷口太远，到不了跟前，两边西藏人的火绳枪和滚石就能让他们死尽。只有前面的谷脑了，这是唯一的出口，也是不想原地毙命的唯一选择。戈蓝上校突然意识到，作为一个军人，冲锋而死总比无所作为而死多一点光彩。

　　戈蓝上校指着谷脑喊道："往前，往前。"他已经看清了，守卫谷脑的不仅有藏兵，还有陀陀喇嘛，绝望地想，西藏人也知道前面是十字精兵唯一的出路，把陀陀喇嘛都用在这里了。但也只能往前，走啊，硬着头皮咬着牙，绝望地走了。上校挥手迈开了步子，一步比一步滞重地走向了谷脑。他的人知道往前就是送死，有的跟上了，有的没跟上。

战斗还在继续，西藏人的火力一直没有停歇。但关于这场战斗，西藏留下来的并不是如何灭敌的细节和过程，而是一些传说和民歌。传说无非是马头、牛头或者猪首、鸦首退敌金刚来到西山谷助战，施展无比厉害的佛法，洋魔的上帝在天上败给了佛法，地上的洋魔也就死伤惨重了。民歌有很多,光欧珠甲本的老婆果姆就唱出了三首：

> 洋魔想过西山谷，
> 哪里有那么便当，
> 藏兵和僧兵联手，
> 让他们哭爹喊娘。

> 柔软的羊毛织成了，
> 我那又细又长的乌朵，
> 包起西山谷的石头，
> 正中洋魔的鼻梁。

> 西甲喇嘛英勇善战，
> 捉住了西山谷里的野獾，
> 西甲喇嘛计谋高强，
> 把黄毛佬的黄毛烧光。

但是西山谷战斗的胜败，似乎并不能按照死伤人数来判断。伤亡惨重的十字精兵和几乎没有伤亡的西藏人都觉得结果是出乎意料的。完了以后人们才知道，最后的结果并不取决于战场和战斗本身，而取决于俄尔总管和那么多不确定因素。也许宿命和因缘才是一切，也许对十字精兵，上帝果真是强有力的保佑。

4

俄尔总管和他的卫队正在走向春丕寺，已经快到了。他不知道春丕寺已经被容鹤中尉和达思牧师占领，轻松地和麻子队长说着话，路过了大经堂，看到里面有一些穿藏装的俗人，以为来了施主，多吉活佛一定在这里，便走了进去。

麻子队长想去撒尿，示意七八个卫兵跟着俄尔总管进去。但里面那些俗人似乎觉得陪伴总管的卫兵太少，在门口不停招呼着，直到把所有卫兵都招呼进大经堂。四开的木门立刻吱吱呀呀关上了。

俄尔总管有些诧异：怎么好像怪怪的，很神秘，关门干什么？正要发问，就听有人说："大人，请到这边来。"他不由自主地跟过去，来到前面高高的法座旁。他说："我就不在法座上坐了，有什么事情你们说吧。"那人搀扶着他："大人，坐上去再说。"

他爬上去，刚坐定，就见昏暗的酥油灯光里，层层叠叠的黑影中，伸出了一杆杆枪，枪口都对准了他的卫兵。他惊叫一声："你们要干什么？"就听那人在他耳畔小声说："大人，你前后左右有五把刀顶着你，还有五杆枪对着你。你要是想活命，就老老实实听我的话。我们是大英帝国十字精兵容鹤支队。"

俄尔总管低头看了看逼着自己的银闪闪的刀和明晃晃的枪，一阵眩晕。

那人说："告诉你的部下，不要乱动，把枪交出来。"

俄尔总管照着做了，或者没做，但也绝对没有下达反抗的命令，要不然至死忠于他的卫队的枪，不可能很快被缴获一空。

无论是俄尔总管，还是容鹤中尉，这时都想到了一个词：一网打尽。前者是极度悲哀的，后者是欣喜若狂的。只有大经堂里的主供佛释迦牟尼知道，谁对谁都别提一网打尽，去撒尿的麻子队长不就遗漏了吗？麻子队长来到大经堂门口，很奇怪门怎么关上了，从门缝里一望，回身就跑。

重要的不是麻子队长的逃跑，他的逃跑很快被容鹤支队发现了。有人从大经堂的窗口伸出来复枪，一枪打倒了他。重要的是他倒在了离护法神殿很近的地方。他张眼瞪着护法神殿，吃力地喊道："多吉活佛，快来救我。"

护法神殿关押着春丕寺的所有活佛喇嘛。作为住持的多吉活佛也在其中。失去自由之后，多吉活佛一直在伟岸的降魔金刚手面前踱步念经。他似乎只会踱步念经，而不会打坐念经。据寺里知情的喇嘛讲，他们的住持腿有毛病，不能弯曲，不能快走和奔跑，打坐对多吉活佛来说就像让站着的泥塑金刚手跏趺而坐一样困难。他只要念经，就会不停地拍巴掌，据说拍巴掌是呼唤神的附体，他的本尊神是一位喜欢用拍巴掌显示法力的大幻母。

多吉活佛的巴掌一直在响，被关起来的喇嘛们都懒得看他了，都把注意力放在门窗外面。他们看到押护他们的藏装洋魔大部分到大经堂去了，门外已是兵稀枪少；看到总管卫队的麻子队长奔跑而来，喊了一声倒在地上；看到多吉活佛突然不知从哪里冒了出来，一把拉起麻子队长，一前一后速奔而去。喇嘛们这才知道，他们的住持腿没有毛病，该跑的时候照样能跑，而且比一般人跑得快；也才意识到多吉活佛已经不在护法神殿了，他可能知道护法神殿里装藏佛经的地洞在哪里，也可能是借助降魔金刚手伟岸的身躯，揭开了殿顶的雕花天棚，更可能是大幻母附体，让他幻变成一股气，毫无阻滞地穿壁而过。

大经堂里冲出七八个容鹤支队的人追了过去。多吉活佛开始是拉着麻子队长跑，后来又背着他跑。负重的跑无论怎样快，都不能和追兵拉开距离。何况还有追踪射击，来复枪的子弹嗖嗖嗖地在他们身边、头顶飞过。

麻子队长说："放下我，佛爷，这样我们两个都跑不了。你赶紧去找西甲喇嘛，报信，报信。"他挣扎着从多吉活佛身上下来，趴到地上，从背上取下了火绳枪。

在麻子队长掩护下，多吉活佛狂奔而去。

追兵和他们的子弹同时扑向麻子队长。麻子队长死了。

无法说清多吉活佛的逃脱是好事，还是坏事。他不逃脱，西甲喇嘛仍然不知道春丕寺的事，仗就会继续打下去，戈蓝上校和他率领的十字精兵灭亡西山谷的历史就会写就。他逃脱了，西甲喇嘛就知道更险恶的事情已经发生，还有一个战场正在形成。

西甲喇嘛派离他最近的森巴军火速前往春丕寺营救俄尔总管。奴马代本吃喝着男男女女，倒是很快去了。西甲喇嘛又想，奴马代本哪里是洋魔的对手，自己怎么派了一支麾下最弱的部队？这事儿比火烧眉毛还要急，要从别处调兵，显然来不及。再说前线总管俄尔噶伦被洋魔活捉，天大的不幸已经发生，西甲喇嘛却不能亲自前往营救，他作为实际上的战场最高指挥官能算是称职的吗？他看到谷底的十字精兵畏惧着陀陀喇嘛，便派人迅速传令，让西山谷两边的僧兵江村代本团前来守卫谷脑。自己丢下阵地，带着陀陀喇嘛直奔春丕寺。

又出现了一个细小失误：江村代本的位置不明确。当传令的陀陀跑到西山谷这边时，才知道他在那边，赶紧又往那边跑。时间就这样被耽搁了。

对戈蓝上校来说，江村代本团该到而未到的这个瞬间，是上帝的显现，是耶稣光辉的来临。当他带人走上谷脑，胆战心惊地四下窥望时，突然揉了揉眼睛：我瞎了吗？我怎么看不见了？太奇怪了：这里，此刻，居然没有人把守。那些勇猛的陀陀喇嘛呢？那些张狂无度的藏兵呢？军人的本能让他加快了脚步。他带人小心翼翼地走过谷脑，走出了西山谷口，仍然没有碰到阻击。这时，他看到脚下的土地以最富有诗意的开阔延伸而去，看到西山谷之外的原野竟是如此寂静，就像从未有战火痕迹的美丽田园，才意识到今天的天空并没有多少阴霾，蓝天白云，阳光无限。他恢复了十字精兵指挥官的雄健和果断，命令部队向前跑去，离西山谷能有多远就离多远。后面的部队陆续跟来，潮水一样涌向谷脑。戈蓝上校站在高地上大声喊："跑、跑、跑，跑快了就是活，跑慢了就是死。"

他们活了，十字精兵在损失了几乎一半人马之后，奇迹般地活了。"上帝啊，原来你一直不曾抛弃我们。"戈蓝上校回望匆匆赶来的江村代本团，看到凶悍的西藏人只堵截住了少量雇佣军时，不禁长舒了一口气。然后，上校把尔萨喇嘛叫来，重新捡起英国军人的傲慢，趾高气扬地问道："春丕寺在哪里？"

戈蓝上校率领部队，以逃跑的速度和进攻的气势，奔向春丕寺。

西甲喇嘛想在最短时间内救出俄尔总管和他的卫队。他指挥森巴军把春丕寺团团围住，再让陀陀喇嘛们一股一股往里冲。容鹤支队没有大炮，也没有机枪，只有步枪。士兵们躲在护法神殿和大经堂里朝外射击，清净的寺院顿时飘起腥风血雨。

森巴军趴在寺外的草地上还击着，他们担心子弹打到佛像，都把枪口朝上往天上打。

奴马代本喝止道："这里是西藏的天，不是洋魔的天，乱打什么？弹药已经不多了。"

西甲喇嘛说："西藏的天也是要打的，洋魔到哪里，上帝就会跟到哪里。看见了吧，天上掉下羽毛来了，那是上帝的翅膀。还有血，好啊，你们让上帝流血啦。"

大经堂里，容鹤中尉亲自打死了一个试图开门逃跑的西藏人，然后指着外面的陀陀喇嘛，鼓励自己的士兵说："打，狠狠地打，戈蓝上校听到枪声，就会来救援我们。"

刚刚在石洞里结束修炼的达思牧师说："不能再打了，打死的西藏人越多，我们的处境越危险。"

容鹤中尉说："难道让我们等死吗？这些西藏人是野兽。"

达思说："中尉，野兽对猎人本来就不应该客气，是你招惹了他们。"

容鹤中尉气急败坏地说："那你说怎么办，既然已经招惹了？"

达思说："谈判，中尉，我们有人质，可以谈判。"

容鹤中尉让人绑了俄尔总管，推过去，忽地拉开门。

达思牧师喊道："西藏人听着，如果你们不让我们安全离开，你们的总管大人和所有随从都将被杀死。"

西甲喇嘛命令陀陀们停止进攻。他知道俄尔总管和卫队的性命完全取决于洋魔对危险的感觉程度，绝望将是洋魔大开杀戒的唯一理由。

俄尔总管本来是垂头丧气的，一见西甲喇嘛，内心的屈辱便成倍增长，催生出满嘴的詈骂来："这些洋魔老狗把寺院都占了，造孽造到了佛跟前，报应的时候不远了。老狗在英吉利难道没见过蚂蚱过冬？那就是他们的下场。灯苗越旺酥油消得越快，他们就是最后剩到碗底的酥油。西甲喇嘛，冲过来把他们杀了，不要管我的死活。我也是到了往生的时候，该舍弃的就得舍弃了。"

西甲喇嘛当然不会贸然过去，他觉得俄尔总管的性命超过一百个他的性命，便极力收敛着不怕死的狷厉，喊道："先把我们的人放出来，我立刻让你走。"

达思牧师说："我们怎么能相信你呢？"

西甲说："我向佛菩萨起誓，向你们的上帝起誓，说话不算数的人死了下地狱。"

达思对身后的容鹤中尉说："这是最严重的起誓，可以相信他们。"

容鹤中尉摇摇头："人质是唯一的筹码，我们不能轻易丢失。"

西甲认出来了，占领春丕寺的人就是被他放走的上帝和随从，立刻明白他错了，是他给了上帝一条活路，没想到上帝却来占领佛的寺院。他喊起来："上帝，我认识你，上帝。"

达思说："我不是上帝，我只是上帝的仆人。喇嘛你不该放了我们。"

西甲吃惊地"啊"了一声：我认识的原来是上帝的仆人，那也算认识啊。他快步走过去，"我来了，我说话算不算数由不得我了，由你们好不好？快把我绑起来，绑起来，上帝的仆人。"说着，已经到了跟前，"绳子呢？快绑啊。绑总管大人的绳子就是绑我的绳子，你们不绑，我自己绑。"说着，抓住绑缚俄尔总管的绳子，大手用力一扯一撤，伸长胳膊转了几下就松了绑，然后一手把绳子缠到自己脖子上，一手推了一把俄尔总管：快走。前后只有几秒钟，西甲喇嘛做得果断麻利。当容鹤中尉意识到最重要的人质转眼被替换时，改变已经来不及了。他想扑过去抓住俄尔总管，西甲喇嘛挡在前面让他无法迈步。他举枪正要瞄准，西甲喇嘛冷冷地说："你要是打死俄尔总管，那些陀陀喇嘛会把你和你的全部人马剁成肉泥，然后嚼碎了吃掉。"

容鹤中尉紧紧抓住西甲喇嘛，气得嘴唇发抖，半晌不说话。

达思说："中尉，快决定吧，我们没有别的选择。"

容鹤中尉吼道："我不做这样的蠢事，要做你做吧。"他不想被戈蓝上校指责为一错再错，但又不能不面对现实，只好把权力交给本该比他仁慈的牧师了。

在西甲喇嘛主动做了人质之后的半个时辰里，达思牧师放走了大经堂里总管卫队的所有人和护法神殿里所有春丕寺的活佛喇嘛，然后带着容鹤支队的人撤出了春丕寺。其间容鹤中尉只做了一件他认为正确无比的事，那就是由他自己和另外三个士兵左右前后绑架着西甲喇嘛，直到脱离陀陀喇嘛和森巴军的包围。

容鹤中尉松开牢牢抓着西甲喇嘛的手，又派了几个人团团围住这个宝贝俘虏，厉声说："谁让他跑了，上帝就要谁的命。"然后命令部队：停止前进，准备战斗。他知道一直跟踪着他们的西藏人不会善罢甘休，如果不是担心西甲喇嘛会有危险，他们早就扑过来了。只要扑过来，容鹤支队的所有人就不会有任何生还的可能。灭亡不灭亡，就看陀陀喇嘛和森巴军是不是珍惜西甲喇嘛的性命了。

即便到了这种时候，奴马代本也决定听从西甲喇嘛的。他在一个箭程之外大声问："西甲喇嘛，快下命令吧，我们到底冲，还是不冲？"

有个陀陀看西甲喇嘛半晌不回答，就直截了当地问："大喇嘛，你想死还是不想死？"又觉得西甲作为一个陀陀，当然是想死的，又改口道，"大喇嘛，你想什么时候在什么地方死？就是现在吗，就在这里吗？"还是听不到回答。

西甲喇嘛在紧张思考：死，还是不死？

原本以为可以在西山谷消灭洋魔，现在消灭没消灭还不知道，自己却成了洋魔的俘虏。他想知道结果以后再死，毕竟战役是他在指挥。可是他既然已经要死了，谁胜谁败对他有什么意义呢？不，有意义，要是西藏胜利，他死后在佛跟前就有面子了。要是西藏失败，佛会怎么说？你这个喇嘛，佛加持给你的法力都到哪里去了？西藏会失败吗？不会，不会。即使洋魔胜利，西藏也不会失败。话怎么能这么说？洋魔会胜利吗？如果洋魔不能胜利，被围困在西山谷笃定要死掉的戈蓝上校，怎么突然从前面走来了呢？

远方飞扬着尘土，一阵嘈杂随风而来。地平线上，凶险之气接地连天。

容鹤中尉看都没看一眼，就以为来了从四面包抄上来的西藏人，紧张得命令手下："卧倒，开枪。"

西甲口气平和地说："都起来吧，不用紧张，你们连自己人都不认识啦？"

容鹤中尉这才看清楚："啊，戈蓝上校？"

西甲说："将死的蛇一出西山谷就会变成龙，恶龙来了。下一个战役在哪里打，看来得重新部署兵力了。"他意识到十字精兵能够逃脱西山谷劫难的唯一原因就是上帝的仆人占领了春丕寺。而上帝的仆人是他放走的，归根结底是他导致了现在的结果。但他并不后悔，一切都是按照神圣的启示和他的自然天性做出来的，他没有违背自己，就是最好的结果。他朝着陀陀喇嘛和森巴军大吼一声："还不到死的时候，我要活着打洋魔。"

容鹤中尉问身边一个会藏语的廓尔喀人他在喊什么？听到翻译后冷笑道："他居然还想活？西藏人要是现在冲过来，他立刻就死，不冲过来，他过一会儿死。"

但在西甲喇嘛看来，只要他不愿意死，他就不会死。他从这一刻起忘掉了死，坦坦然然等待着戈蓝上校的到来。他甚至笑着对达思牧师说："我要是不把你放掉，你们就没有今天了。"

达思说："这是上帝和佛的共同意志。"

西甲说："你猜猜，放你们之前我心里得到了谁的启示？"

达思摇摇头，但还是不忍放弃地猜测道："不会是我的上师班丹活佛吧？因为你是修炼金刚大法的助缘，你在朗热高地上的表现，都在他的预言里。"

西甲说："不，是我的两个上师摄政王迪牧活佛和沱美活佛。"

达思说："他们？他们是抵抗洋人洋教的，怎么可能启示你放掉上帝呢？"

西甲说："我也不知道。我只知道只有他们的启示我才能听从。"

## 5

戈蓝上校知道，正是达思牧师和容鹤中尉对春丕寺的占领，让原本西藏人胜利的西山谷战斗发生了逆转。但现在春丕寺对他们已经没用了，要紧的是往前走，越快越好。所以，他命令十字精兵架起大炮，朝着从两翼围拢来的西藏人威慑性地轰炸了一阵，迫使他们撤退后，便匆匆上路了。

一路都是抢劫，见寨子就进，进民宅就搜，拉马匹，抢吃喝。后勤保障被拦截在西山谷那边，十字精兵的军需就只能靠掠夺了。

西甲喇嘛被绑住双手拉在马后。马是从西藏抢来的，认得西甲是喇嘛，无论骑马的容鹤中尉怎样驱赶它都不肯快走。西甲喇嘛说："马呀马，你就是我的阿妈，这么心疼我。你为了我吃了多少鞭子，我将来就还给这洋魔多少鞭子。"

戈蓝上校从后面骑马赶来问西甲喇嘛前面是什么地方。西甲喇嘛说："曲眉仙郭。"上校觉得西甲喇嘛不一定说实话，又叫来达思牧师和尕萨喇嘛。他们都证明，前面的确是曲眉仙郭。达思还拿出他的宝贝"吉凶善恶图"，仔细看了看，高兴地说："上校，曲眉仙郭是神通之路的枢纽，路虽然只有通往前面的一条，但意义是无限的。十字精兵应该在这里休整，我也要在这里修法。"

西甲说："我脑子里已经有曲眉仙郭的山水地势啦，战略战术又要冒出来了。放了我，我要在曲眉仙郭跟你们大战一场。打不赢你们，我就不做喇嘛了。"

戈蓝上校听了翻译后说："放虎归山的结果就是被虎吃掉，我不做会让我终生后悔的事。"

西甲挑衅地笑着："你男人的不是，军人的更不是。你是英吉利的指挥官，我是西藏的指挥官，你不让我回去指挥，你害怕了。"

戈蓝上校说："是的，我很害怕。你们的人和我们的人都死了很多,这是上帝不愿意看到的。仁慈的上帝已经启我,如果杀了你,西藏也许就没有人真正领导抵抗，那样我们和你们都不会像现在这样天天死人了。"

西甲说:"杀我容易,不让西藏抵抗就难了。我才是个丹吉林敬献供品的香灯师,法力比我高的活佛喇嘛比天上的星星还要多。我听说上帝的血会变出一万个上帝。但是上帝再多也没有苍蝇多,苍蝇都是喇嘛派出去的,专门在上帝的嘴里下曲蟮。"说着吹了一口气,果然有一只毛烘烘的绿头大苍蝇飞过去落在了戈蓝上校的嘴唇上,慌得戈蓝上校又是挥打又是吐唾沫。

达思牧师趁机说:"上校,连西藏的苍蝇都带着仇恨。这个喇嘛是抓不得的。"他觉得西甲喇嘛在朗热高地放了他,他也应该想办法放了西甲喇嘛,一恩报一恩,也算还了对手的人情债。

戈蓝上校一眼看透了他,冷冷地说:"我是一个军人,不会拿人情做交易。除非你说服他,像果果中尉那样为我们服务。"然后命令士兵,"去,把果果中尉给我叫来。"

果果中尉骑马来到了西甲喇嘛跟前。所有的中尉都有资格骑马,他当然也不例外。西甲喇嘛瞪他一眼,仰望着天空,一声不吭。果果中尉似乎想解释他为什么会这样。西甲喇嘛跟跄而去,一头顶在拉他的马屁股上。他想让马拽着他,赶快离开这个让他直想在对方脸上放屁的西藏代本。

戈蓝上校通过尕萨喇嘛说:"果果中尉,戈蓝上校想让你说服西甲喇嘛跟你一样为十字精兵和上帝的事业服务。"

果果没好气地说:"我不能做我做不到的事情。西甲喇嘛是西藏最硬的石头,砸碎可以,揉捏是不行的。"

戈蓝上校说:"那你就做你能做到的事情。"他朝前喊道,"容鹤中尉,你能不能跟果果中尉换换马呀?"

现在,是果果中尉骑马拉着西甲喇嘛了。戈蓝上校命令果果:"跑起来，你为什么不跑起来。"果果举鞭抽起了马。

这时候马比人更为难。它发现一个西藏人骑上了自己，高兴得放了一个响屁，看到果果要它奔跑，便本能地跑起来。但身后的绳子一拉紧，它就戛然止步。

戈蓝上校一再催促着："跑啊，快跑啊，让马拖死他。正是由于他，十字精兵损失了那么多人马。"

果果中尉急躁地一再挥鞭，马总是跑几步就停下。西甲喇嘛同情地望着果果，突然自己跑起来。他跑到马的身边，马也就跑起来。这样他和马几乎是平行着跑，跑出去很远。

容鹤中尉警惕地说："上校，这样跑下去，拖不死不说，很可能会跑丢。"就要追上去。

戈蓝上校制止道："不用你管，这是我给果果中尉的一个机会。"

果果中尉也已经意识到这是一个可以有两种选择的机会。一种选择是忠于戈蓝上校，也就是想办法拖死西甲喇嘛；一种选择是继续做一个西藏人应该做的，也就是放掉西甲喇嘛。果果迟疑着，当一阵风吹来，吹起西甲喇嘛破旧的袈裟，像经幡那样猎猎飘舞时，他选择了后者。他迅速下马，砍断拖人的绳索，把马缰绳塞到西甲喇嘛怀里，喊一声："快跑。"

西甲似乎猜测到果果会这样，一把攥住他："你也跟我跑吧。"

果果甩开西甲的手，回身走向了已经拉开距离的十字精兵。他还有四十几个兄弟在后面，他不忍丢下。丢下他们是危险的，他们立刻会被戈蓝上校杀害。

西甲喇嘛骑到马上，回望着果果的背影，似乎不想因为自己的逃跑而给果果带去灾难。但是马要走了，马知道西甲喇嘛对西藏是多么重要的人物，不等西甲驱策，便朝曲眉仙郭奔驰而去。

果果中尉回到了戈蓝上校跟前。当他面露恐惧，等待上校惩罚自己时，容鹤中尉首先举枪瞄准了他。果果手下的四十几个兄弟一下拥过来，挡在了果果前面。容鹤中尉命令自己的部下："打死他们，这些西藏人靠不住，迟早都是叛徒。"

戈蓝上校厉声道："容鹤中尉，你要是打死果果中尉，我就打死你。"说着，拿枪对准了容鹤中尉。"我说了这是我给果果中尉的机会，他把握住了。他会记住我的宽宏大量，从心里掉转枪口，替上帝卖命。"

容鹤中尉气恼地说："原来是上校有意放掉了西甲喇嘛。"

戈蓝上校说："西山谷之战说明，西甲喇嘛是我在西藏的唯一对手，我不愿意失去他。再说，他还会回来的，我要等着他。"

大家互相看看，都不理解戈蓝上校的意思。

戈蓝上校突然"啊"了一声说："忘了忘了，忘了告诉西甲喇嘛。达思牧师，给你一个报答的机会，去告诉他，那个桑竹姑娘还活着。"

容鹤中尉脸色顿时十分难看，嗫嚅道："上校，你已经知道了？"

戈蓝上校冷笑道："十字精兵的事我没有不知道的，何况是一个美丽的西藏姑娘。你把她藏到什么地方了？"

达思牧师驱策着马，奔驰而去。

## 6

大概是不想给摄政王增添太多的心理负担吧，堂弟罗布次仁向他隐瞒了一件极其重要的事情：民兵总管顿珠噶伦在工布已经招募了两百民兵，却按兵不动。罗布次仁去后，通过工布宗本招募了三百民兵，嫌少，就想把顿珠噶伦的两百民兵归并过来。顿珠任命的民兵代本堪穹坚决不从。罗布次仁就打出摄政王的旗号想压制堪穹代本。堪穹竟然胆大妄为地说："我们是顿珠噶伦的人，不是迪牧活佛的人。除了顿珠噶伦，我们谁的命令也不听。"一下子就把顿珠噶伦和摄政王对立起来了。罗布次仁说："不听我就打死你。"他让手下刚把枪举起，堪穹就带人扑了过来。结果各为其主的两部分民兵打成了一片。最后还是工布宗本前来劝仗，首先喝住了堪穹。堪穹代本带人离开时大声说："迪牧摄政王的袈裟是驮在马背上的，马就要跌倒了，袈裟就要压到马背下面了。"意思是迪牧摄政王就要下台，跟罗布次仁算账的日子为时不远。

罗布次仁带着三百工布民兵，朝前线春丕进发，一路走，一路招募，因为是迪牧活佛的堂弟，又是亲赴前线抗击洋魔的统领，摄政王的十圈光环有五圈顶在他头上，沿途加查、桑日、乃东、札囊、贡嘎、浪卡子各宗的宗本不敢怠慢，不时地提供给养和兵源，加上愿意随军的女人和孩子，罗布次仁的队伍日渐壮大。

罗布次仁在浪卡子宗稍事停留，便带人直奔江孜。

早就带着一千民兵到达江孜，又在那里按兵不动的顿珠噶伦，已经打探到罗布次仁的行迹，立刻觉得对付罗布次仁比对付英国人重要一万倍。他离开日囊庄园特意腾给他的两层三合院，把大部分人马藏匿到江孜宗山城堡后面的山峡里，只带两百人，占据城堡，等待罗布次仁的到来。

罗布次仁由北而来，自然先要经过日囊庄园。日囊旺钦出门迎接，在田野里搭起帐篷，备茶备食招待，算是对他这个摄政王的堂弟高看了一眼。

日囊旺钦说："没有提前接到噶厦的文书，不知道大人是来江孜驻扎，还是要去前线御敌？"

罗布次仁神秘地笑一笑，不回答，问道："来江孜的驻军除了我们，还有谁？"

日囊旺钦说："还有民兵总管顿珠噶伦率领的两百人马。"

罗布次仁想：顿珠终于离开拉萨了，显然是怕我抢了他的民兵。不过他怎么才这么点人马？他盯着日囊旺钦的眼睛，希望从那白眼珠多得挤扁了黑眼仁的眸子里看到对方的诚实："真的是两百人马？"

日囊旺钦眼睛一闭说："我就是有胆子欺骗年楚河里的黑龙王，也不敢欺骗你。你是摄政王的堂弟，我欺骗你就是欺骗摄政王。磨糌粑的青稞是从我们庄园拿走的，就是两百人的数。"

罗布次仁说："也许顿珠噶伦会从颇阿勒庄园借调更多的青稞？"

日囊旺钦眯眼一笑："自从前线总管俄尔噶伦来过江孜后，就没人敢去颇阿勒庄园抽调人粮了。大人你应该知道，寡妇要是嫁人，庄园的一切就都是嫁妆。谁敢给俄尔总管的庄园摊派吃喝？"

罗布次仁瞪起眼睛："有这种事情？摄政王居然不知道，俄尔噶伦要干什么？"

就像俗话说的，贵族有贵族的思路，平民有平民的想法。罗布次仁和俄尔都是贵族，对方的心思几乎一猜就透：尽管颇阿勒夫人美色著名，但以俄尔的身份，哪里会缺少女人。他缺少的是庄园，是大施主的资格，有了这个资格，他就可以获得任何一个大寺院的支持，然后稳稳当当往上爬，再爬就是首席噶伦，就是摄政王。如果将来达赖喇嘛亲政，很可能还会是不离左右的实权坚赛（红人）。

日囊旺钦说："怎么没有呢，大人。鹊跛，就是颇阿勒夫人的儿子，亲口说的。有一天我去白居寺磕头，碰到鹊跛，我问他颇阿勒夫人好吗？他说怎么办啊日囊叔叔，俄尔噶伦要夺走我家的财富了。我是杀了他，还是眼看着颇阿勒庄园变成别人的钱粮仓库？阿妈不想我们以后的日子了，就想跟俄尔噶伦一起吃一起喝一起撕开衣袍在地上滚。强盗，俄尔噶伦是个强盗啊。我心想，这个没出息的鹊跋，就只会给我说，我有什么办法，只能劝劝他喽。我说颇阿勒庄园有了男主人也是好事，而且俄尔噶伦是个多么出色的男主人啊，噶厦的四大噶伦之一，有了他，你家庄园的财富就可以往拉萨搬运啦，你们也可以到拉萨去住。你没听拉萨人说，就是拉萨的乞丐，也强似在江孜给官家当差。鹊跋不听我的，气得脸都紫了，说日囊叔叔，庄园就要没啦，就要搬到拉萨去啦。我就是在江孜做个朗森（奴仆），也不去拉萨看他俄尔噶伦的脸色。男人都是强盗，来到我家的男人都是强盗，俄尔是强盗，达思也是强盗，他们来我家，一是抢女人，二是抢财富。我问鹊跋，达思是谁啊，怎么没听说过？没想到鹊跋说出这样一件事情来。"

日囊旺钦把鹊跋告诉他的一切都说了出来，无非是达思如何出现，如何被颇阿勒夫人送到白居寺班丹活佛门下学修时轮堪舆金刚大法，如何学成并得到了"吉凶善恶图"，如何勾引他妹妹菩嬟并让菩嬟怀上了孩子，又如何被他用十把腰刀的牺牲从洞穴里赶回了印度。完了，日囊旺钦叹口气又道："鹊跋的妹妹还天天盼着达思回来呢，这个跟颇阿勒夫人一样没见识的女人。"

罗布次仁还无法判断印度人达思的事情到底有多严重，但他知道，对西藏来说，再小的事情只要涉及外国人就都是大事，摄政哥哥必须知道。他问道："这些事情你还给谁说过？为什么不报告摄政王？"

日囊旺钦说："大家都知道俄尔噶伦跟摄政王是糖沾糖的亲密

关系，俄尔噶伦自己不会给摄政王说？我们说了算什么，一个外人搅和到人家的家事里。"

罗布次仁说："你糊涂，人家跟摄政王糖沾糖，你为什么就不想跟摄政王糖沾糖呢？你现在把俄尔噶伦的事情和达思的事情写成信交给我，我派人直接送给摄政王，也算是你对我摄政哥哥献了一份礼。要快，在我走之前我要拿到它。"吩咐完了，又想：如果是这样，顿珠噶伦就真的不敢去骚扰颇阿勒庄园了。多少年前噶厦政府就规定：属于噶伦的大小庄园都须免除一切赋税和临时摊派的乌拉、粮草等。但顿珠噶伦到底是不是只有两百人，得见了面才能确定。

罗布次仁在江孜田野搭起的帐篷里吃饱喝足，又派人送走了日囊旺钦交给他的信，然后带着自己的全部人马前往白居寺磕头。

半路上，碰到匆匆赶来迎接的江孜宗本岩措。

寒暄没几句，罗布次仁便扯到顿珠噶伦的兵力上。岩措宗本也说是两百人左右。罗布次仁的疑虑又消减了许多。

罗布次仁在岩措宗本的陪同下，朝拜了白居寺藏康殿八米高的释迦牟尼像，然后让部队在宗山下休息，自己只带着两个人上山走向了城堡。

顿珠噶伦假意不知道罗布次仁的到来，听到报告后，慌忙从城堡大门里走出来迎接。两个人脸上都堆着笑，僵硬地掩饰着彼此内心的猜忌。顿珠噶伦首先收敛了笑容，定定地望着宗山下罗布次仁带来的黑压压的民兵，半晌不语。罗布次仁像是第一次登上宗山城堡，仰起头这儿那儿地欣赏着。

顿珠噶伦突然问："你从哪里招募了这么多人？"这个问题当然不重要，重要的是你有没有权力招募民兵？看对方不回答，顿珠便直截了当地说，"虽然你是摄政弟弟，但也要说清楚，到底我们两个谁是民兵总管？"

罗布次仁笑道："当然是你。我摄政哥哥也无权改变民众大会的决定。"

顿珠说："既然这样，你不带民兵我管不了你，你带了民兵就得听我的。"

罗布次仁说："这还用说，我就是来听命的。"

顿珠做出请的姿势："那就到城堡里头坐。"看罗布次仁丢下陪他的两个人，抬脚就往门里进，顿珠又拦住他说："就你一个人进去？你不怕我在里面把你绑了，下了你的兵权？"

罗布次仁说："你是民兵总管，我是招募了民兵来江孜投奔你的部下，你下了我的兵权，谁跟你去前线打仗？"

顿珠笑了："说得好，摄政弟弟。那就不要进去了，里面冰锅冷灶，连一碗酥油茶都没有。我现在缺的就是能带兵打仗的人。你要是愿意去前线，我把我的人全部交给你。"没等对方有什么反应，他回头喊道，"堪穹代本，带上你的人，跟摄政弟弟上前线去。"

从城堡门内大步走出堪穹代本来，朝顿珠噶伦弯了弯腰，又面向罗布次仁，吐了吐舌头说："大人，你看我们的缘分，是佛赐给我的福气。早知道我会是大人的手下，在工布时就乖乖地归顺啦。大人，我的过错你千万要原谅。"

罗布次仁大度地说："没什么，没什么，都是为了打洋魔。"

堪穹说："大人，什么时候走？现在吗？我这个代本，只有两百人。大人，到了你那里，你可不能让你的大队人马欺负我。"

罗布次仁顿感迷惑：没想到顿珠噶伦把他自己的两百人主动交了出来。他原本是来催逼顿珠噶伦带兵上前线的：到了前线面对洋魔真枪真弹地比试，是龙是虎自然有个分晓，就是你顿珠噶伦能把洋魔的头打掉，你自己也得断胳膊断腿。免得借了民兵总管的权力，拉起一帮人马拥兵自重，给摄政王迪牧家族以及丹吉林造成威胁。摄政哥哥是佛爷，历来不重视给自己搞一支军队，谁要是啸聚山野，一点点人马就能要了他的命。但是现在看来，担忧似乎是多余的。

顿珠说："各地还有民兵会来江孜集中，我必须守在这里。来多少，我给你派多少。你可不能不尽心，死了伤了都没关系，只要把洋魔赶出去。"

这话更让罗布次仁放心了。他想：顿珠噶伦千坏万坏，也许在打洋魔这件事情上不算太坏，毕竟洋魔来了对他也没什么好处。他说："我会尽心的，豁出去命不要，也要让洋魔知道西藏民兵的厉害。"

顿珠说："那就好，前线的民兵全靠你了。你怎么指挥都行，不用告诉我。我就是负责给你提供兵源的。"

罗布次仁带着堪穹代本和他的两百民兵，走下了宗山城堡。

山下，一个衣着讲究的青年拦住了他："大人，我是颇阿勒夫人的儿子，我叫鹊跋，我要跟你去前线打洋魔。"

罗布次仁眼睛一亮："好啊。是颇阿勒夫人让你来的？"

鹊跋说："不，是我自己，阿妈并不知道。"

罗布次仁不怀好意地笑笑："那我也不应该知道，要是知道了怎么能向颇阿勒夫人保密呢？再说我去前线一定会见到前线总管俄尔噶伦……"他看鹊跋一听俄尔噶伦，眉头立刻耸了一下，便摇摇头，准备离开，又说，"这样吧，如果你真的想去前线，就不要告诉任何人你是颇阿勒夫人的儿子。"

鹊跋说："知道啦，叔叔。"

罗布次仁说："我比你大不了几岁，不要叫我叔叔。我是代替民兵总管顿珠噶伦去前线行使指挥权的，你应该像所有部下那样，叫我次仁总管，或者大人。"

鹊跋不习惯地弯了弯腰说："知道啦，次仁总管或者大人。"

罗布次仁本来打算去颇阿勒庄园会会颇阿勒夫人，见到鹊跋后便打消了这个想法：我没见到她，她就不能怪我没告诉她我带走了她的儿子。何况鹊跋此去未必仅仅是打洋魔，万一他跟俄尔噶伦之间发生点什么呢？不知道，我什么也不知道；没见过，我谁也没见过。在他看来，做个局外人是最好的——最保险也最有机会。什么机会呢？说不清，朦朦胧胧。

罗布次仁带着他的民兵，横穿江孜平原，直奔南方的前线。

堪穷代本乖巧地说："大人，我是一个愚蠢透顶的人，不知道前线在哪里。"

罗布次仁说："我摄政哥哥已经来信啦，前线就在春丕西山谷。"

"大人，走多长时间才能看到洋魔？"堪穷问。

"至少会有二十天吧。"罗布次仁说。

但是仅仅走了十天，他们就听到了枪声，闻到了战争的气息。前线？莫非前线就在这里？罗布次仁惊愕地意识到：深入西藏的洋魔已经很多很多了。"哎呀。"他恨怒地撕扯着自己的皮袍袖子，仿佛要扯下来扔过去打死英国人。

# 第十二章　曲眉仙郭（一）

## 1

　　驻藏大臣文硕回到拉萨后大病一场。按过去的成例，随来的汉医要是开药无效，便会请布达拉宫的藏医来诊治。驻藏大臣官邸派人去布达拉宫请了，但是藏医没有来，只让去请的人带回来了一丸藏药，上面竟标着"孔雀丹"几个汉字。孔雀和乌鸦喜食有毒的食物，孔雀丹便是毒药的雅称。不知是藏医的自作主张，还是奉了谁的命令。文硕拿着药看了看，毫不犹豫地一口吞了下去。他没有被毒死，拉了几天肚子就把毒拉没了，显然是微毒。文硕知道，西藏人通过这样的方式表达了他们的情绪：去死吧，你活着就是动物。

　　没有人理睬他。摄政王迪牧知道他回来了，也知道他病了，自己不去也不派人去探望他。不仅如此，还把原本打算送给他的七品俗官汉餐大厨师和五品僧官藏餐大厨师调回了丹吉林，也让人通知漂亮能干的雪村姑娘赶快回到雪村去。雪村姑娘似乎不忍离去，拖延了几天，最后还是被她阿妈带走了。她阿妈来到官邸，拉起正在给文硕喂药的女儿，没好气地说："是麻风病人就应该扔到火中，是窃贼暴徒就应该赶进山里。舍不得离开，你自己也会成为麻风病人。"雪村姑娘走了。再也没有一个西藏人到这里来。驻藏大臣官邸一片冷清寂寥。

但冷寂很快被打破。来了一群西藏人，他们沿着驻藏大臣官邸转了一圈，就在四围的墙上贴满了一坨一坨的牛粪。墙上贴牛粪，是为了晒干后烧火，在西藏的山乡牧野随处可见，然而在拉萨，在官府衙门的墙上，这样的举动就明显是羞辱轻贱了。况且贴上去的牛粪是组成藏文字的，是一句挖苦驻藏大臣的西藏格言：老狗舔食颚上的鲜血，还以为在饱尝牛骨头的美味。从内地跟随文硕来西藏的清兵侍卫呵斥那些贴牛粪的人，惊动了文硕。文硕问起来，知道后说："不用管了，他们想干什么就干什么，我是有罪的，把牛粪糊到脸上身上都不为过。"

拉萨上下僧俗几乎所有人都知道了《藏印条约》的内容，也知道是驻藏大臣文硕的签字画押，便把所有对洋魔的恨之无奈和对朝廷的怨之无奈都强加给了文硕，好像文硕即是洋魔，洋魔即是文硕；文硕即是朝廷，朝廷即是文硕。

就在西藏人的怨恨之中，病渐渐好了，寂寞的驻藏大臣先在官邸院子里走动着，几天后便走到街上去了。十五个清兵侍卫跟着他，四个轿夫抬着空轿也跟着他，但是他执意不上轿。他先往布达拉宫方向走，到了跟前又拐回来，走向大昭寺。这时他发现许多西藏人跟上了他，不停地朝他擤鼻涕、吐唾沫。清兵侍卫生怕发生意外，请他赶紧上轿，他拒绝了，厉声对贴身保护他的侍卫说："请你们让开，不要挡住西藏人的唾沫。"然后大步走去，迈进了大昭寺。他似乎想进去拜佛，或者想去文殊大殿会见摄政王迪牧，但立刻被几个喇嘛拦住了："大人不能来这里。"

文硕愣了一下，缓步退出，就见一群乞丐从八廓街两侧冲过来，你拥我挤地把他和清兵侍卫隔开了。有个蓬头垢面的老乞丐诡笑着问："大人，你吃过西藏的糌粑、喝过西藏的酥油茶吗？"文硕点点头。老乞丐突然敛尽笑容说："吃过喝过，为什么还要出卖西藏？猫头鹰信用乌鸦做大臣，结果败坏了自己的名声。"另一个更肮脏的乞丐一把揪住文硕说："不报答别人的恩情，最终吃亏的是自己，想加害于人的险恶者，往往自己先遭报应。"乞丐们又推又搡。又有人说："多少年了，都是我们西藏的佛保佑着朝廷，不讲良心的朝廷怎么能这样对待我们？"他们七手八脚地撕扯着文硕，文硕的官服被撕掉了，转眼披在一个乞丐身上。老乞丐一把摘下他的官帽，扣到另一个乞丐头上。那乞丐怕玷污了自己似的赶紧拿下，扔到地上，一阵乱踩。

十五个清兵侍卫和四个轿夫拼命往这边挤，乞丐潮水一般堵挡着他们。已经打起来了。文硕知道这时候什么事情都可能发生，凌辱、受伤都是次要的，群殴中打死他和所有随从都有可能。他想分开众人躲进大昭寺，却被一股更大的力量推到了乞丐的中间。正在无计可施的时候，就见一个女人锐叫着从乞丐后面冲了过来。没有人能够挡住她，她似乎力大无穷，似乎有神奇的法力，在密不透风的乞丐堆里游刃有余地劈开了一条通道，这通道直达驻藏大臣文硕。她跑过来，抓住一个正在拳打文硕的乞丐，把他推倒在地，又朝着正在怂恿大家打死文硕的老乞丐打了一个耳光。老乞丐的脸顿时花了。然后她踢向了一个正准备朝文硕扔石头的乞丐，那乞丐吓得惊叫一声，失手把石头砸在了自己脚上，疼得他蹲在地上"哎哟哎哟"直叫唤。

文硕愣了：雪村姑娘？你怎么敢这样？西藏人饶不了你。

但雪村姑娘之所以敢这样做，好像并不是靠着她的胆量，而是靠了她对自己同胞的认知。她声嘶力竭地喊起来："你们要干什么？他是我的男人，做了我的男人他就是西藏人。"然后她使劲拍着自己的肚子，"孩子，我的孩子，他的孩子，已经跳跳的有啦。"她撕住文硕号啕大哭，"你们为什么要打死我的男人？"

雪村姑娘这么一说一哭，似乎就够了，一切都可以原谅了。

老乞丐赶紧说："没有打死，姑娘，我们没有打死他。"

又有乞丐从地上捡起驻藏大臣的官帽，塞到了雪村姑娘怀里。另一个乞丐手忙脚乱地脱下官服，穿回到文硕身上。

"走喽，走喽。"老乞丐吆喝着。乞丐们做错了事情似的纷纷逃离此地，不时地回身投来歉疚的目光。

驻藏大臣文硕望着他们，突然喊一声："你们不要走，都回来啊，不要走。"

乞丐们站住了。雪村姑娘赶紧护到文硕身前，挥着手喊道："走，走，走。"

文硕轻轻推开了她，走向不远处的唐蕃会盟碑，伸出右手抚摸着粗粝的碑座，好像要摸出什么东西来。他心说多少年了，这块碑？然后右手握拳，左手伸向自己的腰，摸出一把刀来。谁也不知道他要干什么，只有他和他的指头知道。那根在握紧的拳头中伸出来的右手食指，抖颤着碰响了碑座。雪村姑娘呆愣着，突然明白了，喊叫一声扑向了他。

就在雪村姑娘抱住文硕的同时，文硕咬紧牙关，奋力剁了下去。

大概是因为雪村姑娘的干扰，文硕一刀没有剁下来，肉还连着。他扔掉刀子，左手握住那一截骨断肉连的右手食指，嘶声一叫，便揪了下来。

他说："我今天就是来谢罪的，你们没有打死我，雪村姑娘救了我，算我福大。但是我，我是朝廷命官，我不能就这样罢了。国家伤了，我岂能完好，西藏掉肉，我岂能不疼。"然后用血淋淋的右手举起血淋淋的右手食指，大声说，"就是我的这个指头，看见了吧，蘸着黑红的印泥，戳在了英国人强加的条约上。"然后他把右手食指扔了出去，"喂狗去吧，指头，你不配长在我身上。"

乞丐们一阵惊叫。老乞丐像捡到宝贝一样捧起了文硕的右手食指。接着便是安静，大昭寺门前从来没有过这种令人欲哭无泪的安静。

驻藏大臣文硕坐着轿子朝官邸走去。十五个清兵侍卫和四个轿夫完好无损地伴随着他。伴随他的还有雪村姑娘，她手里捏着文硕的那截右手食指。

这天下午，驻藏大臣官邸恢复了以往的人来人往，令人森然的冷清寂寥溘然逸去。先是来了布达拉宫的藏医，在文硕的伤手上敷药包扎。雪村姑娘拿来那截右手食指，要藏医接上。藏医说可以，却被文硕坚定地拒绝了。雪村姑娘最终把那截右手食指用黄绫包起，供在了官邸客堂里的佛像前。她觉得这是圣物，驻藏大臣跟摄政王平起平坐，他身上的所有东西都是圣物。藏医又给了文硕几丸孔雀丹，说这虽然是毒药，却是以毒攻毒的甘露，可以止痛长肉，防止腐烂。

接着，摄政王迪牧活佛派了白热管家来探望，给文硕烧了平安符，说是摄政王亲自加持过的，可以让剁掉的指头再长出来。随同白热管家一起来的还有七品俗官汉餐大厨师和五品僧官藏餐大厨师，两个厨师就算正式送给文硕官邸了。

随后，又有人陆续来探望，他们是哲蚌寺的达洛、色拉寺的万杰。甘丹寺离得远一点，色均活佛到来时已经是第二天了。但是他没有见到驻藏大臣文硕。文硕吊着伤手，到丹吉林拜访摄政王去了。

这是一次迫不得已的紧急拜访。因为内心紧张而严肃，文硕拒绝了白热管家让他去大自在佛殿二层佛舍的邀请，只在护法殿的旦巴泽林铜刀护法神前坐等迪牧活佛的到来。迪牧活佛匆匆进来，坐下喘了一口气，来不及客套，文硕就把手中那张纸递了过去。又是朝廷来电：

> 英国驻华公使华尔森上告总理衙门，驻藏大臣文硕既已代表中国及西藏在条约上画押，西藏军队何以犹在边界驻扎抵抗？总理衙门秉皇上旨意严令文硕：该大臣应喝止藏番，从速撤离，不得进入英人眼界，再生是非。藏番如若别具肺肝，不自量力，存心至愚而至险，虽则圣心不忍，其驻藏大臣将难以受恩继任，迪牧摄政也无尸位素餐之理。万望尔等躬行不昧，毋招无妄之灾。

无论对驻藏大臣，还是对摄政王，这时候的朝廷来电都会让他们感觉不祥而顿生厌恶。尤其是今天的来电，朝廷已经开始威胁了：如果西藏人还要存心抵抗洋人，文硕和迪牧都别想继续待在现在的位置上。摄政王迪牧的厌恶不仅是心理的，也是生理的。他看了译文后，不禁"噢噢"地吐起来。

文硕道："摄政佛的反应怎么跟我一样，我是吐完了肚子里的水，才来这里的。"

迪牧说："你吐的是水，我吐出来的是血，你看你看，是红的吧。"他用朝廷来电接了自己的痰，给文硕看，果然是红色的。

文硕道："即使条约有效，我们也应严守春丕、曲眉仙郭一线。是英人得寸进尺，进入我们眼界，不是我们进入了他们眼界。我们已把则利拉山和亚东以南全部让给了英人，还要怎么让？"

迪牧说："朝廷应当顾及西藏僧俗民众的看法，不然就不好办了。现在西藏人眼里还有朝廷，如果要求我们一味退让，恐怕会让西藏人寒心。"

文硕道："我也这么想。"说着，拿出他写的回复朝廷来电的奏章译文，递给了摄政王。

这是第一次，文硕要在朝廷和皇上面前袒露胸襟了。摄政王看了奏章，惊异地望着文硕，什么话也说不出来。奏章是这样的：

　　藏地土产无多，珍奇更渺，洋人在藏通商，其实难图厚利，所以蓄志既久者，察起隐衷，实为洋教之侵。我有佛祖，彼有上帝，耶稣狂妄进取，灭佛之意不难揣测。奴才屡鉴他处前车，深恐自蹈覆辙。盖洋人性情阴鸷，行事深险，每以甘言饴饵，其贪得无厌之心昭昭可见。左吞海疆，右侵西藏，两势相夹，其志在于灭亡大清，形迹可疑至此，官民无有不知。无怪藏番坚持力拒，盖为保护佛门教法，保全山川灵气，防止分疆裂土，并非毫无情理，臣恐不可尽斥而非之。

　　今者藏番虽然愚蠢，但护国之心坚定不移，如若强其所难，便会更增疑忌，导之愈力，拒之愈坚，正恐敌情未走，边计先弛，徒使数百年之藩服，有离心离德之变，此既丧失疆土又丧失民心，不更为失计之甚乎？

藏番不以疆域门户让人，一乃为洋人道教不同，二乃为保全神圣之藏域，三乃为大清社稷不损于当今天子在朝之时。无苟全偷生之意，有拳拳护国之忱。我无理可说，尤难威迫也。


驻藏大臣文硕微笑着说：“这是我用右手的拇指和中指捏着笔管写出来的，才知道没有了食指的帮扶也能写字。”

摄政王迪牧听明白了，文硕的话是不做驻藏大臣也要做人的意思。他突然起身，脱下袈裟之外的黄色大披风，披在文硕身上，又去旦巴泽林铜刀护法神像前的灯盏里亲自添了酥油，然后只顾低头祈祷，看都不看文硕一眼。他怕文硕看到自己眼里的惶惧和愧悔，让这位为保全西藏而不顾自身安危的驻藏大臣感到失望。

文硕走了出来。他披着摄政佛象征高贵的黄色大披风，带着摄政佛对他的祈祷祝福，丢开坐轿，缓步行走在丹吉林通往驻藏大臣官邸的街道上，这儿看看，那儿看看，心说这条路我还能走几次呢？风是温暖的，也是凄厉的。有个孩子唱着民歌：


小鸟虽多，只是一鹞之食，
小鱼虽多，只是一獭之食；
松树虽大，一把斧子砍倒，
河面虽宽，一叶扁舟渡过。

文硕定睛看着，要离开时才意识到，孩子唱的是他能听懂的汉语。说明这民歌是专门唱给他的，尽管那孩子看都不看他一眼。文硕笑笑，自己也唱起来：

> 青稞长满平原，一盘石磨即可磨完，
> 星斗挂满夜天，一轮朝阳使它黯然。

几天后朝廷再次来电。对文硕来说，这是最后一次接受旨命了。

藏英战事，前经叠谕文硕，令其开导番众，以和为贵，以忍为先，此乃保全该番之计。朝廷于此事权衡利害，度势审机，筹之至熟。然文硕识见乖谬，不顾大局，于开导番众事宜，并不懔遵谕旨，切实妥办。兹降旨撤令来京，阳奉阴违之奏稿密电等件，行移都察院。殊属胆大妄为，此风断不可长，文硕着即行革职查办。

即派否太为驻藏办事大臣，速往西藏接任。

文硕淡然一笑，自问自答："否太？就是那个大清朝总理各国事务衙门派去应付英国人的谈判代表吗？此人可是口碑不好、官声不佳啊。"

朝廷并没有责罚由他们一手扶持起来的摄政王迪牧活佛。因为他们相信，只要驻藏大臣得力，摄政王最终是能够顺从朝廷圣上旨意的。

## 2

傍晚，在万道霞光的照射下，十字精兵到达了曲眉仙郭南边。

尕萨喇嘛告诉戈蓝上校，曲眉仙郭位于多情湖的西部方向，在曲眉仙郭北边和多情湖之间有一条古老的朝圣路，它是通往康马宗的最便捷的路。十字精兵最好连夜通过，如果这条路被西藏军队堵住，那就只能从东绕过多情湖，或者穿越曲眉仙郭西缘的吉汝魔鬼丘陵，那样不仅浪费时间，而且路途艰险，辎重不好通过。

戈蓝上校盯着尕萨喇嘛问："你是说我们不便在曲眉仙郭停留？可你怎么知道你说的最便捷的路现在还没有西藏人把守呢？"

尕萨说："把守的白天有，晚上不会有。古老的朝圣路上能够把守的隘口叫作旦巴泽林夜哭泉。在西藏，没有人敢于晚上待在那里。"

尕萨说起旦巴泽林，说起旦巴泽林和官家的藏兵打仗时，曾和一个贵族姑娘在仓房里幽会。结果旦巴泽林发现姑娘的爱情是假意的，真意是为了把他出卖给官家。他万分伤心，从此落下一个毛病，每天夜里都会哭泣。他的眼泪多得地上盛不下，就渗入地下变成了汹涌的泉水。因为旦巴泽林心里充满仇恨和怨闷，泪中就饱含了咒语般的剧毒。又因为他是在夜里哭泣，那些泉水就变得白天无毒，夜里有毒，谁要是沾上夜里冒出来的毒水，谁就会迅速腐烂，然后死掉。

戈蓝上校说："西藏人不会这么笨，他们会在夜里躲开那些泉水。"

尕萨说："躲不开的，人站在哪里，泉水就会从哪里冒出来。"

戈蓝上校吸了一口冷气说："既然这样，我们的人也会沾上泉水的。"

尕萨说："上校，你忘了你们的上帝，上帝不是有法力吗？"

戈蓝上校说："当然，上帝的法力足够对付所有的邪魔，包括这个只会哭泣的旦巴泽林。但是我们必须经过验证才能知道，咒语般的剧毒对我们是不是有效，我们是不是也会在沾上泉水之后迅速腐烂死掉。而且，啊，而且西藏的夜晚那么黑，比英国比欧洲的夜晚黑多了，上帝也许会看不见，看不见泉水也看不见水里的剧毒。"

尕萨说："沾染了水，然后惊叫，痛苦，腐烂死掉，你们的上帝就能看见了。十字精兵那么多人，用来做验证的有的是。上校，让司恩巴人或者南麓藏人先过吧。"

戈蓝上校突然觉得比起旦巴泽林夜哭泉来，此刻他更感兴趣的是尕萨喇嘛。这个人代表西藏的邪恶，要是他能终生为英国人服务，我将派他去占领北京，他会像撒旦一样行使权力。上校用指头戳着尕萨的胸口说："你有一颗魔鬼的心。上帝应该收复你。你不是一个心怀慈悲的东方喇嘛，你可以把袈裟脱掉。"

尕萨喇嘛以为这是表彰自己，高兴得"嘿嘿"笑起来："这么说上校同意了，连夜穿越曲眉仙郭，明天天亮以前通过夜哭泉？"

戈蓝上校转向一直听他们说话的达思牧师："你说呢？"

达思牧师瞪着尕萨喇嘛说："这个充满妒恨的人，他希望十字精兵上路，好让我没有时间修炼时轮堪舆金刚大法。上校，我说了，曲眉仙郭是神通之路的枢纽，我不会错过。如果你们离开，我将一个人留下。"

戈蓝上校冷峻地说："我不会丢下你走开，我的牧师。你说说，是你的修法重要，还是十字精兵的进攻重要？"

达思说："当然是我的修法。修法是接近真理的阶梯，真理高于一切。"

戈蓝上校说："这么说，在你心里，上帝是真理的敌人？"

达思说："不，上帝是真理的一半，另一半是佛。我要把上帝和佛合起来。上校，你等着，总有一天你会明白，我们的头顶只有一个太阳。"

戈蓝上校说："我已经明白了，我们给西藏带来了世界唯一的太阳，那就是上帝。大英帝国的太阳，难道不应该是地球每一个角落的太阳？"

达思苦苦一笑，头也随之沉沉一摇，严肃地说："上校，人不能比上帝更狂妄。上帝惩罚人类时，最先惩罚的便是狂妄的人。"

戈蓝上校并不在乎牧师的警告，扭过头去，观赏着山脉和原野组成的恢宏美景，不禁赞叹道："好大的山野，曲眉仙廓，世界上不会再有这么好听的地域名称了。"

达思说："你看到的景色不会出现在英国，它单独为西藏所有。"

戈蓝上校说："如果西藏变成英国的领地呢？"

达思牧师没说什么，只是拿出"吉凶善恶图"看了看，表情有些僵硬。

突然，戈蓝上校大声对身边的卫兵说："容鹤中尉，把容鹤中尉叫来，还有果果中尉，都给我叫来。如果西藏所有的地方都如此美丽，那我们还待在曲眉仙郭干什么？占领，占领，全部占领。连夜出发，离开曲眉仙郭，天亮前通过夜哭泉。"他狠狠地瞪了达思牧师一眼，仿佛发出这命令是为了报复他。

然而容鹤中尉迟迟不来。果果中尉倒是来了，却告诉他一个不好的消息："后面，你们的人，就是那些英国人，都躺下了。"

戈蓝上校吼起来："什么你们的人。你以为你还是西藏人？你应该说我们的人、我们光荣而所向无敌的英国官兵。他们躺下干什么？累了吗？没有我的命令不准休息。"

"是佛祖让他们躺下的，他们起不来了。"果果中尉说。

"不，是上帝，是上帝让他们躺下的。"戈蓝上校敏感地纠正道。

不管是佛祖还是上帝的意志，对戈蓝上校说，都意味着他必须让十字精兵停留在曲眉仙郭，至少今夜是不能开拔了。那些来自海中岛屿英格兰或苏格兰的光荣而所向无敌的英国士兵无法适应海拔4600米的高原气候，加上连日紧张残酷的行军作战，一个个都出现了头疼、眩晕、胸闷、乏力症状，还有呕吐的、发烧的、昏迷的。戈蓝上校命令野战医院赶快救治，然后把不惧怕高海拔的司恩巴人、廓尔喀人和南麓藏人全部调上来，部署在左、右、前三面，一来保护经受缺氧折磨的英国士兵，二来准备随时出发。

戈蓝上校对达思牧师说："你的目的达到了，看来上帝在成全你。"

达思说："上帝成全的不是我，是所有躺倒的英国士兵和所有不愿流血死亡的十字精兵。"说罢就走，找地方修炼去了。

天黑风紧，戈蓝上校很快钻进了帐篷。就要睡觉时，突然传来一阵嘈杂，卫兵喊道："上校，总督府来人了。"

以往有什么事情，都是电报来往。这次英印总督府派人来到十字精兵营，说明事情极其重要。戈蓝上校衣服都没穿好，就爬出了帐篷，月光下一看，来人竟是麦高丽将军。麦高丽将军带领一支五十人的轻骑，风驰而来，马和人都在喘息。

戈蓝上校问道："将军，你一路跑来，没遇到西藏人的拦截吧？"

麦高丽将军摇头说："十字精兵已经把西藏完全打败了。上校，了不起啊，你是大英帝国的骄傲。"

戈蓝上校不无得意地说："再有最多一个月，我们就能打到拉萨。"

麦高丽将军笑道："我来这里是想告诉你，我们不是打到拉萨，而是和平进入拉萨。我们已经胜利了。"他从一个斜背在身上的皮匣子里拿出一份文件来，"上帝用他的爱关照着这场战争，流血和死亡应该结束。我们跟中国已经签订了条约。"

戈蓝上校一把夺过条约，看了几眼，大声说："灯光，灯光。"

卫兵举着一盏玻璃罩的马灯来到跟前。

麦高丽将军指着下方说："这是驻藏大臣文硕的手印。文硕代表中国，是西藏的最高长官。我们终于说服了他，用什么知道吗？"他把嘴边的话又吞了回去。

戈蓝上校情不自禁地说："好啊，好啊。"一边看条约一边寻思：仁慈的上帝，就在我们的英国士兵被 4600 米的海拔完全击倒，而他不得不把雇佣军当作主力而格外担心进攻是否奏效时，战争却奇迹般地结束了。他把条约字斟句酌看了好几遍，最感兴趣的当然还是最后一条："入藏境的英印商民之身家、货物，皆须安全无害。为此英方有义务派出一支军队保护英印商民到达商民所到之处。"这就是说，十字精兵还有存在的理由，他也将借口保护商民而继续前进，直到走进拉萨。他突然抬起头，审视着麦高丽将军，警觉地说："你为什么亲自来送条约？"他想到的是，麦高丽将军突然出现，是不是想代替他在西藏的作用？

麦高丽将军没有正面回答，笑道："作为军人，如果他想让自己出类拔萃，不仅要勇敢，更要兼备智慧。中国人就有不战而屈人之兵的说法，就是不战而胜，这是军人的最高本领。"

"如果没有十字精兵的浴血奋战，这个条约是无法签订的。"

"也许，不，当然，这是常识。"

"那就请你回去告诉总督大人，我将保证所有英印商民生命财产的安全，如果西藏人不遵守条约，我会妥善处理。"

"我要留下来，要和你一起往前走。不过请你放心，在你的十字精兵里，我不再是将军，至多是个带兵冲锋的上尉。请叫我麦高丽上尉，我比任何时候都愿意服从上校的命令。"

戈蓝上校松了口气：不是替换，而是共赴。那就好办了，十字精兵是他一手组建的。所有人已经习惯听命于他，而不是听命于代表伦敦军方的麦高丽将军。何况，将军也许对西藏犍陀罗雕塑的纯金品质更感兴趣，而不是兵权和拉萨，更不会是西藏的"巴比伦之囚"。他试探着问道："将军对建立西藏的基督世界有什么建议呢？"

"对不起上校，我不是牧师。"

"上帝最需要的就是穿军装的牧师。我希望我到拉萨后能实现耶稣的决心，找到西藏的犹太莎格迅。"

"犹太莎格迅？好像是一个古老的神学话题。"

"并不古老，将军。就在昨天，整个世界还都是上帝的故乡。后来分裂成两个地方：耶稣占领的地方和异教丛生的地方。异教丛生是因为那里的'巴比伦之囚'还没有获得解放。你看看西藏的喇嘛，如果让他们信仰上帝，就等于让他们从遥远而苦难的巴比伦，返回美丽富饶的故土宝地耶路撒冷。"说罢上校唱起来：

> 耶和华之心莎格迅，
> 藏人之地的弥赛亚，
> 请逃离失去家园的苦难，
> 请指出万山丛中的圣殿。

麦高丽将军打断他："你不会唱着你的莎格迅走到拉萨吧？"

戈蓝上校把条约装到自己的皮匣子里说："我要拿着条约，出示给所有西藏人，让他们让开，让开。"然后对身边的卫兵说，"通知所有参加十字精兵的商人，英国人占领整个西藏的日子，就是西藏人腾空自己的茶壶，等着英国人恩赐茶叶的时刻。我要让商人们看到，在这个上帝赐福的时刻，谁是基督和他们之间的使者。我要求他们勇敢地往前走，把商埠开到江孜，开到拉萨，开到整个西藏。"有个卫兵匆匆去了。戈蓝上校又说，"还有容鹤中尉，今天晚上他必须和我在一起。我要让他护送第一批商人走在十字精兵的最前面。听见了没有，快去找啊。"

容鹤中尉还是没有来。去找他的卫兵说："谁也不知道中尉去了哪里。"

戈蓝上校说："他是不是也躺倒起不来了？不会吧，他和别的英国人不一样。噢，我想起来了，他一定躲在帐篷里，这顶帐篷离所有的帐篷都很远。去，快去找这顶帐篷。"卫兵走了，他又喊道，"算了算了，不用找了，就算我给他放假。"

<h1 style="text-align:center">3</h1>

朗热高地上的寺庙终于建起来了。尽管修庙的人知道十字精兵早已超越这里，但他们并没有停止神圣的工作。这是一切智·虚空王浪喀加布的主意。虚空王说："从现在开始，我跟你们在一起啦。你们必须按我说的做，修什么样的庙、造什么样的像，都在我脑子里。"然后给他们画图，让他们在退敌金刚之外，又塑造了一尊他们从来没见过的神像。虚空王是多高的天空，现世肉身里没有再比

他大的佛了。金匠大头领巴杰布唯恐恭敬不及，哪里会有什么异议。

之后，他们离开了朗热高地。

虚空王说："战争给你们这些工匠带来了功德。你们要服从我，一直修到拉萨去。不能在洋魔的前面修，要在他们后面修。"

巴杰布问："我们塑造的是马头、牛头、猪首、鸦首四大退敌金刚，要是在洋魔后面修，神像就看不见洋魔了。"

虚空王说："你们就认定洋魔只会往前走，不会转身往后退？等他们转身往回走的时候，庙就在前面了。再说庙里主要的不是四大退敌金刚，是我叫你们塑造的那一尊神像。这尊神像不到时候是不显示法力的，等他显示法力的时候，洋魔就再也不想侵略西藏了。"

巴杰布似懂非懂地点点头："大师，现在去哪里修？"

虚空王说："去春丕，洋魔已经离开春丕，完了再去曲眉仙郭。"


从春丕撤退的前线总管俄尔噶伦到了曲眉仙郭北边就不走了。前面就是古老的朝圣路上那个著名的隘口——旦巴泽林夜哭泉。天就要黑下去，一方面不敢走了，一方面也觉得不能再往后退了，一旦退到隘口那边，不好防御不说，还把整个曲眉仙郭原野和多情湖西岸拱手让给了十字精兵。人困马乏，大家原地休息了一夜。第二天上午，俄尔总管把朗瑟代本和奴马代本叫来，再把僧兵总管沱美活佛以及他手下的楚臣代本和江村代本叫来，一起盘坐在室外，商量接下来怎么办。

大家都不说话，拿不定主意守在这里怎么守。沱美活佛闭着眼睛，抑扬顿挫地念经，只要俄尔总管把眼光投向他，他的经声就会高起来。俄尔总管只好劝止道："佛爷，你念的是《欢迎经》吧？再念下去，洋魔就会打到你眼皮底下了。"沱美活佛呸地啐口唾沫，经声更加高亢起来。

俄尔总管只好不理沱美，对大家说："我们一共四个代本团，这里正好有四座山头，你们自己选吧。选山头就是给自己选一个家，上去就不要下来，死也要死在阵地上。我们不能再后退了，再退就是康马，就是江孜。"他说这话时底气明显不足，因为他搞不清这样死守山头的办法到底对不对。

奴马代本说："就怕我们只是为了死不是为了守。洋魔的大炮最好打的就是山头。光秃秃的山头，人往哪里藏？森巴军已经从十五的圆月亮变成了初一的扁月亮，伤残的刨掉，男女老少加起来，能打仗的没多少了。"

俄尔生气地说："你的意思是不守了？"

奴马回嘴道："谁说不守了？我是说人少守不住。"

朗瑟代本附和道："要是死几个人就能守住，我们也不至于退到这里。"

俄尔想想也对，沮丧地说："那你们说怎么办？我现在能指挥的就你们两个代本团，你们不守谁守？我从春丕寺出来，就已经派人去报告摄政王啦，我说的也是这样的话，人少守不住，不调兵是不行了。顿珠噶伦负责组织的民兵到现在影子都不见，他筹集的武器弹药哪里去了？还有粮食、草料和帐篷，绛巨噶伦一去不复返，好像送一次就够了，好像我们不吃不喝就能打仗。僧兵倒是来了，但他们的总管只念经不说话，跟泥佛爷没有两样。"

沱美活佛突然说："西甲喇嘛，西甲喇嘛。"他似乎对弟子的不在极其不适应，或者是想用提醒和牵挂显示西甲喇嘛的重要。

俄尔说："佛爷，西甲喇嘛被英国人抓走啦，死活不知，你就不要再提他啦。想你的两个僧兵代本团吧，选择哪两个山头。"

沱美又说："西甲喇嘛，西甲喇嘛。"

俄尔多心地说："我知道你是想说我不如西甲喇嘛。这个我不反对，我比你还遗憾，要是西甲喇嘛在场，也许就有办法啦。但现在提他又有什么用？"

沱美突然指着前面，兴奋地叫起来："来了，来了。"

大家朝他指的方向看去，什么也没看到，只看到曲眉仙郭在以往的寂静里添加了一些人和牲畜的气息。美丽的荒凉在青云的笼罩下更是凄清到原始。风是彩色的，西藏的风吹到这里就提前有了淡淡的血色。

沱美嗡着鼻子，迎风闻了闻，站起来说："西甲喇嘛是战场指挥官，我作为他的上师都站起来准备迎接了，你们还坐着？"

没有人相信沱美活佛的，都不起身，直到传来一声喊叫："噢呀，你们好。"西甲喇嘛大步走来，以风的速度来到跟前。大家纷纷站起来，包括俄尔总管。

俄尔说："你还活着，洋魔没杀你？"

西甲也不解释，粗声大气地问道："我知道你们在干什么，是在说战略战术吧？"看俄尔总管点头，便不客气地说，"说战略战术怎么能在这里呢？这里是低洼地，什么也看不见。你们别忘了释迦牟尼定下的规矩：要想看得见，就得上高山。走啊，上最高的那座山。"

西甲喇嘛朝山上走去。别的人都跟在后面，不明白为什么非要上山去。但是一到山上他们就明白了，这里可以看清十字精兵的来路，可以看清古老的朝圣路从四座山头后面蜿蜒而去的姿影，那水汽弥漫的地方就是隘口——旦巴泽林夜哭泉了，还可以看清多情湖的蓝绿镶嵌在天边地角。西甲喇嘛在山头上四处跑动着，这儿探探，那儿望望，然后指着湖边的一片黑影说："看啊，我们的人。快朝天打一枪，让他们过来。"

其实用不着打枪，沱美活佛和西甲喇嘛红艳艳的袈裟已经引起了罗布次仁的注意。半个时辰后，罗布次仁带着几个人登上了山头。

大家都很高兴。民兵终于来到了前线，差不多两个代本团。

带队的罗布次仁给人一种精明强干、无所畏惧的印象，一上来就问："这些吃狗屎的洋魔，他们在哪里？"

西甲赶紧回答："他们在明天，明天就到了。"

罗布次仁不屑地瞅他一眼："我没问你。"又面向俄尔总管，"洋魔在哪里？"

俄尔总管以为罗布次仁不认识西甲喇嘛，正要介绍，就听西甲说："大人，是摄政王派你来的吧？摄政王他好吗？"

罗布次仁傲慢地说："摄政王好不好与你有什么关系？"

大家知道罗布次仁是摄政王的堂弟，对这样的傲慢都能理解。俄尔总管觉得有必要让罗布次仁知道西甲喇嘛现在的地位和作用，就说："你们来得正好，西甲喇嘛正要说战略战术呢。西甲喇嘛，快说。"

西甲本能地谦卑起来，就像在摄政王面前那样，朝罗布次仁弯下了腰。

罗布次仁更加傲慢了，乜斜起眼睛，带着讥诮的笑容说："战略战术？哈哈，你的战略战术。俄尔总管这么看得起你，那你就快张嘴吧。"

西甲一脸羞惭，嘿嘿笑着："大人，我的战略战术，大人，就像天上的云、水里的浪，云离不开天，浪离不开水，我的战略战术，离不开摄政王。大人，你看，这里有四座山头，四座山头就是四座坟墓，像不像呢？我们的藏王墓就是这个样子的。但这可不是藏王墓。那是谁的坟墓呢？大人，你说，人高了好，还是低了好？"

罗布次仁说："当然高了好。"

西甲说："大人，猪只知道高了好，不知道低了更好。大人，我指的是猪不是你，真的指的是猪。大人，释迦牟尼定下的规矩是：高了人就显，显了就危险。大人，这里是曲眉仙郭，谁登上山头，山头就是谁的坟墓。当然除了我们，我们一会儿就下去，说完战略战术就下去。"他突然挺起了腰，前走两步，指着山下说，"那边是洋魔的来路，看啊。"仿佛他已经看到了洋魔，再也不"大人大人"地谦卑了。"洋魔出现的时候，先是一队，再是两队，后面是三队。这是先头部队，先头部队占领的是最高的山头，就是我们脚下这座山头。他们到了山上一看，就会说，西藏人太愚蠢了，这么好的防御阵地不占领。可是如果我们占领了，我们就只会让炮弹高兴，山头上没地方躲，就只能死。如果我们不占领山头，我们就是活的，等到洋魔一占领，我们就把山头围起来。洋魔生怕我们也占领山头，会派主力把四座山头都占领了。我们现在正好是六个代本团，两个僧兵代本团、朗瑟代本团和森巴军围住四座山头，只要洋魔不往下冲，就不要打，冲下来就堵住他们，山路陡峭，好堵得很。洋魔在上面当然不会变成野鹞子飞走。喇嘛们一念经，就飞不走啦，飞不走又下不来，他们就得饿死。我们还有两个民兵代本团，就埋伏在洋魔来路的两边，看见了吧，就埋伏在那儿，那儿。一等我们包围了山头，就冲出来切断洋魔的援兵。洋魔要是打炮就退出阵地，炮一停就进入阵地。这样围的围，堵的堵，半个月以后四座山头上就会密密麻麻落下神鹰和乌鸦来。我们就问，山头上还有没有没死的洋魔？神鹰和乌鸦会说，都死啦，死得一个不剩啦。我们再问，洋魔的肉香不香？神鹰和乌鸦会说，洋魔都饿成了皮包骨，没肉啦。这时候，围住四座山头的两个僧兵代本团、朗瑟代本团和森巴军就和两个民兵代本团伙在一起，包围洋魔的援兵。援兵是没有多少的，我们先把大炮收拾掉，再把步兵收拾掉。"

俄尔总管率先笑起来。别的人也都笑了，除了罗布次仁。

俄尔说："看来山头是不能占领的，幸亏西甲喇嘛回来啦。"

罗布次仁说："谁说山头不能占领，我的人就要占领山头。"

沱美立刻说："连我这个上师都得听西甲喇嘛的。"

俄尔也说："摄政大人的堂弟啊，从隆吐山开始，就是西甲喇嘛指挥打仗。"

罗布次仁说："所以我们西藏的前线从脚趾跑到大腿上来啦。一个逃命的下等喇嘛怎么会指挥打仗？西藏没人了吗？我们这些吃着高级糌粑喝着高级奶茶的人，就没有高级主意吗？马有腿不跑，没有腿的曲蟮倒奔跑起来了。有山头不占，围起来不打，等着洋魔自己饿死，哈哈，洋魔能自己饿死？这不叫抵抗洋魔，叫供奉神仙。怪不得我们一败再败。"

西甲喇嘛没听他说什么，又到处走动着前后左右望了望，确定自己的部署没有错，便说："我是不该回来的，想到我还有战略战术，就回来啦。现在我把战略战术告诉你们啦，我要走啦。"说罢就朝山下走去。此刻，装在他心里最沉的已不是抵抗洋魔的战争，而是达思牧师的话了：桑竹姑娘还活着，在容鹤中尉的队伍里。达思牧师还说：我知道你一定会来救她，但是你千万不要带很多人。你可以来找我，我每夜都会离开营地修炼，我修炼的地方在营地的东边，如果东边没有树林，我会支起一顶绿色的帐篷。

俄尔总管说："回来，回来，西甲回来，你去哪里？"

奴马代本和朗瑟代本同时跳过去拉住了他："你是指挥官，你怎么走了？"

西甲说："我现在不是指挥官啦，我是西甲喇嘛，我已经无心打仗，我要去救一个人。"

俄尔说："救谁？"看他不回答，又说，"救一个人重要，还是救西藏重要？"

西甲毫不犹豫地说："救一个人重要。"

俄尔吃惊得半张了嘴："什么？西藏是佛的西藏，你不知道吗？佛祖啊，这个喇嘛不要你了。"

西甲说："这个人我不救就死啦。西藏我不救还有这么多人救。"

俄尔说："这个人是什么人，我派人去救。你必须给我留下，洋魔就要来了。"

西甲喇嘛摇摇头。他想说桑竹姑娘比整个西藏更重要，想说他的爱就跟他的佛一样是他的主宰，想说他的姑娘没有了，还要西藏干什么？想说为了爱这个姑娘他什么都可以放弃，包括战争，包括西藏。但他把想说的都没说，关起耳朵不听劝阻，执拗地下山去了。

山下，陀陀喇嘛们都等着西甲喇嘛。西甲回来了，他们又要跟着他了，活也好，死也好，对他们都是幸运。但是西甲告诉陀陀们："你们不能跟着我，你们就在那里，看清了吧，朝圣路往左有水汽的地方，那就是隘口。你们在隘口前修起一道石墙，然后就待着别动。不到洋魔冲到鼻子底下，你们不要出击。"

有个陀陀喇嘛担忧地问："那要是洋魔不冲到鼻子底下呢？"

西甲说："不冲到鼻子底下就好啦，说明我的战略战术成功啦。一旦到了你们出击的时候，你们就没有活的可能了。但是西藏会活着，别的人会活着。"说着，他朝山头看了看。

山上，罗布次仁正在呜里哇啦地说着什么。沱美活佛在空中甩起袈裟袖子，鄙夷地驱赶着他的话，不想让它进入自己的耳朵。奴马代本和朗瑟代本快步朝山下走来。西甲喇嘛知道又是来阻拦他的，便奔向一匹散放的马，骑上就跑。

4

就像戈蓝上校预料的，容鹤中尉并没有倒下，4600 米的海拔对他没有任何威胁。作为军人，他十年前就来到印度，驻扎过布鲁克巴、廓尔喀和哲孟雄，驻扎的地方都是靠近西藏的高原，高海拔的缺氧和寒冷，他早已适应了。他看到英国人躺倒了那么多，就意识到十字精兵不可能继续前进了。一个难得的休整之夜突然降临，让他想到为什么不能是今夜呢？或许今夜是最后一夜，上帝恩赐的机会只能有一次。于是如同戈蓝上校想象的那样，他在远离帐篷群的地方扎起了自己的帐篷，然后以审问为借口，让两个廓尔喀人把捆绑着双臂的桑竹姑娘押了进来。看押桑竹姑娘的廓尔喀人当然知道中尉想干什么，知趣地退出来，躲进黑暗，偷听着也守卫着。

强奸，对一个以征服他国异族为目的帝国军人来说，并不算什么新鲜事，即便在信仰上帝且作风肃正的容鹤中尉身上，该发生的时候照样发生。记得那年在布鲁克巴，他强奸一个皮毛商的妻子，那女人最后居然说：你那个东西真大，我以为牛来了。接下来的半年里，几乎不是他强奸她，而是她强奸他了。还有一次，在廓尔喀，他拿枪逼着一个喜马拉雅山南麓藏女脱掉了皮袍，就在他欣赏着藏女的身体，这儿捏捏那儿摸摸的时候，女人扑过来抱住他，做出缠绵接吻的样子，却一口咬烂了他光尖的鼻头。他疼得跳起来又坐下，坐下又跳起来，眼泪都出来了。这一次目的没有达到，似乎鼻子关联着那东西，鼻子欠安，那东西也就软了。从此他一直对藏民女子怀恨着，也好奇和巴望着，似乎那是一顿他应该吃到却从来没有吃到过的美餐，诱惑得他饥渴难耐。让他遗憾的是，后来的几次强奸，都发生在他跟布鲁克巴女人、廓尔喀女人和哲孟雄本土女人之间，他居然再也没有得到一个单独面对藏人女子的机会。

但是现在，机会有了，不仅有藏女，而且有时间。

这是一个多么美丽的藏女。记得在则利拉山下，在看到她从母熊身边站起来的一瞬间，他的心完全不跳了，然后突然又狂跳不止，就像胸内有一头腾挪跌宕的困兽，嘭嘭嘭地发出重锤打鼓的声音。容鹤中尉对这个女人的感觉，跟西藏人是一样的：她不是人，是仙女下凡。她具有东西方兼容的美丽，无论她哀伤还是平静，撩动的诱惑里，总是强调着深渊一样的性的神秘。容鹤中尉当时心里一阵乱痒，觉得面对这样的女人，你要是放过她，就对不住上帝的安排了。

容鹤中尉志在必得，就在今天晚上，他要让自己澎湃的激情得到抚慰，要在一个渴盼已久的西藏姑娘身上成就一个英国男人的雄野和疯狂。

本来他可以不这么着急。他在十字精兵里雪藏了她，又派几个亲信一直在队伍后面看押着她，想等待战争出现一个较长的空隙后，再来悠闲地享受。但现在戈蓝上校已经知道了，很难说上校会做出什么决定：杀了她，放了她，或者被上校窃为己有，都是有可能的。而且，达思牧师已经告诉西甲喇嘛他的爱人还活着，这个不怕死的喇嘛会不会带着他的部下前来劫持呢？来了也好，倒是给他提供了一个伏击劲敌的机会。仅仅是为了这姑娘，他也将毫不留情地一枪崩了西甲喇嘛。但是他不能为了这个想象中的伏击而浪费一晚上的时间。他要一举两得：自己不闲着，也让自己的士兵埋伏好。干了这姑娘，也干了胆敢来劫营的西甲喇嘛。

这会儿，容鹤中尉单独面对着这个他已经心爱了好些日子的藏民姑娘。他说："你好。你想不想吃东西？或者想喝点什么？"好像他们到了酒吧，这里有琳琅满目的选择。又说，"你最好放松一点，其实没什么，你是一个漂亮的女俘虏，我是一个英俊男军官，在所有的战争中，这种事情经常发生。"

桑竹姑娘听不懂对方说什么，但也知道今夜将发生什么。自从她被容鹤中尉抓起来，她就一直担忧发生这种女人最不堪忍受的羞辱。野蛮的军人，强奸一个女人算什么？连信仰佛教的西藏军人都会这样，何况是上帝教唆下的洋魔呢。她想为什么母熊没有一巴掌扇死自己呢？她害了它的孩子，它为什么还对她那么好？对桑竹姑娘，母熊的最后一扑也仍然是温情脉脉的一次拥抱。它没有伤害她，或者它本打算报复这个诱杀了它和它孩子的美丽姑娘，但最终还是放弃了，只把最后一口气息喷吐在了她惨白的脸上。甚至母熊都想到了不用自己沉重的身子压伤她，它歪斜着滑过她，朝一边轰然倒去。死了，这次真的死了，任凭桑竹姑娘怎么呼喊也喊不回来了。

公熊，也许这个高大的英国人是一头公熊的幻变，来替它的妻子和孩子报仇。要是这样，她倒情愿接受惩罚，但不是羞辱，而是死亡。桑竹姑娘想到了死亡，她知道唯一避免羞辱的办法就是死亡。她摇晃着身子挣扎着："松开我，松开我。"想死是很容易的，要是没有绳子绑缚，她早就死了。

容鹤中尉知道她想干什么，挪过来，坐到她跟前，摸摸她的脸，又摸摸勒紧的绳子，猛然抽出了一把明光烁亮的英国军刀，在她眼前晃了晃，似乎想让那寒冷的光芒把她眼睛里的寒光逼回去。但是恰恰相反，她的眼光更加寒烈了，比尖刀更加锐利地投射在他脸上。他的手不禁一抖，不是怕了，而是发现一种凛凛不驯的美氤氲在她脸上，就像一层雾覆盖了西藏山水的美丽。

容鹤中尉说："我干你用不着给你松绑，很多士兵都是这样干的，我以前也这样干过。但是这次不同，这次我面对一个美丽得超出想象的姑娘。我是一个喜欢艺术品的人，当你在我眼里变成最完美的艺术品时，我不希望让你受到任何伤害。我们应该像最自然的男女那样，做完我们必须做的事。你能做到，想一想等你做完以后，我会立刻放你走，你就能面带笑容看着我了。"

桑竹姑娘完全听不懂他说什么，本能的反应就是仇恨："松开我，松开我。"她觉得只要给她松绑，一切就都会改变。

容鹤中尉再次在她眼前晃晃刀，显然是威胁：当然我要松绑，我有刀在手，不怕你不听我的。他把刀尖指向她胸前五花大绑的绳子，轻轻挑着，突然一用力，挑断了一节绳子。桑竹姑娘的眼睛霎然一亮，眼珠滚动了一下，就像最美的宝石在白色的托盘上翻了个身。容鹤中尉心里细细一揪，默然赞叹地摇摇头：真美。

现在，他要挑开她的衣袍了。她浑身颤动，身子尽量往后靠着，嗷嗷嗷的叫声，是惊恐的野兽面对宰杀时的那种声音。容鹤中尉愣了一下，看看她的嘴：异常完美的曲线，怎么可以发出这种声音呢？他说："你应该唱起来，这样美的嘴只能唱歌，而且是你们西藏最动听的情歌。"

桑竹姑娘还是听不懂，双臂朝外用力，觉得绳子依然很紧，就低头张嘴去咬那绳子。她露出了牙齿，洁白的颗粒就像湿润的珍珠。容鹤中尉一瞬间有些恍惚，似乎他面对的不是一张人的嘴，而是向他张开的吐露珍珠的蚌体。他伸过手去，想用拇指和食指捏起一颗珍珠。而桑竹姑娘的理解依然是羞辱，居然羞辱到嘴里来了，她一口咬下去，如同一只叼咬食物的母狼，准确而狠恶地咬住了他的手指。

容鹤中尉惨叫一声，看她还不松口，绝望地说："上帝啊，怎么会是这样？"

他绝望的当然不是自己流血的手指，而是桑竹姑娘的举动，仿佛她无论遇到什么都应该优雅地含羞带露，保持艺术品的尊贵与美好；仿佛她的咬噬不是因为他的挑衅，而是她的主动进攻。桑竹姑娘终于松口了。容鹤中尉来不及看一眼自己的手指，忍着痛，迅速撕开了缠着她的绳子，焦急地说："不用咬了，收回你的牙齿，它怎么能咬绳子呢？这么肮脏的绳子。"

桑竹姑娘站了起来，手里攥着半截的绳子，眼睛里的光亮忽一波是怨怒，忽一波是凄惨。她现在可以死了，再也不担心羞辱加身了。怎么死还没想好，但在死前她一定要按照仇恨的规则，发泄出积郁了多少天的愤懑。她冲向戈蓝上校，用半截绳子抽着他。他左右躲闪，头碰到篷顶的马灯上，不大的帐篷摇晃起来。

突然，容鹤中尉一把揪住了抽过来的绳子："你是不是从来不照镜子？你发怒的时候就不是你了，姑娘。如果你想让自己变得丑陋不堪，就应该拿起刀剑，而不是绳子。"他夺下绳子，跨前一步，用刀逼着她，一把将她撕扯过来，"不要乱动，在我的怀里你绝对不要乱动。"

这次桑竹姑娘似乎听懂了，一动不动地盯着他手中的刀。

容鹤中尉用刀尖顶着她的肚子。他觉得这时候她应该紧张、害怕、脸色惨白，然后浑身瘫软，倒地就范，觉得她不应该这样硬邦邦地站着不动。不，她也不是站着不动，她在缓缓靠前。不是他的刀子顶着她的肚子，而是她的肚子顶着他的刀子。噌的一声，皮袍破裂了，她更加坚定地靠过来，心中眼里是欢笑的：死了，我就要死了。西甲喇嘛，被你抛弃后依然爱你就像牛羊爱青草的女人，就要死了。容鹤中尉一阵胆怯，好像刀尖对准的是他自己。他只想得到她，不想让她死，不想让完美在自己面前消失。而她宁肯死掉，也不想让他得到。又是一声皮袍破裂的声音，差不多就要挨到皮肉了。他一把推开她，猛地收回了军刀。

"姑娘，你真的不想活了？为什么？"容鹤中尉居然不知道桑竹姑娘为何想死。"在我们英国，最美丽的姑娘都是明星，就是天上的星星。她们永远闪亮，不会陨落。她们就像女王，走到哪里，哪里就会欢声雷动。可是在野蛮的西藏，你这样美丽的姑娘，却只能跟着一个下贱的喇嘛，在到处都是尸体和鲜血的战场上跑来跑去得弄脏自己的脸、撕烂自己的衣服。你看看你的手吧，多么细嫩的手，却只能搬石头、拉马牛，而不是捏着纤尘不染的银叉银勺子，或者戴着洁白如絮的手套。姑娘，想一想，也许你不该离去。在你跟我做完这件事情以后，你可以继续留下，永远留下。等结束了十字精兵的神圣进军，跟我去印度，去英国，去伦敦的圣保罗大教堂瞻仰撒克逊王，他是我们的先王，或许也会成为你的先王。"

桑竹姑娘根本就没听他说什么，只想着自己如何死。死在刀子面前已经不可能了，那就死在弹雨中，你洋魔的子弹不是厉害吗？来啊，打死我。她已经想好怎样才能引诱子弹的射击了。她突然龇牙咧嘴，兽叫着，面孔出奇的狰狞丑陋。

就像一件白璧无瑕的艺术品已经破碎，容鹤中尉绝望地捂住了自己的脸："谁让你变成这样的？我吗？英国人吗？战争吗？上帝啊，怎么可以忍心让她这样？美丽起来，赶快美丽起来，就像我最初见你时那样。"

趁着容鹤中尉捂脸的机会，桑竹姑娘一头扎向了帐篷外。

她拼命地跑，惹人注意地喊叫着，跑向了英国人麇集的地方。她知道当洋魔追不上她时，他们就会开枪打死她。

然而，她跑了很长时间，叫得嗓子都哑了，也没有等来枪声。

周围都是容鹤中尉的部下，谁敢开枪。容鹤中尉就在她后面，疯狂地追撵着，好几次都摔倒在草丛洼地里。桑竹姑娘西藏人的身份这时候帮了她的忙，脚下的路认得她，她也认得脚下的路，夜色的堵挡、一路的坎坷对她不起作用。她跑出了容鹤中尉的部队驻扎的地方，跑进了廓尔喀人驻扎的地方，然后又跑进了另一支英国人驻扎的地方，跑进了司恩巴人驻扎的地方。仿佛她已经跑遍西藏，西藏到处都是洋魔和洋魔雇佣的人。但她还得叫唤着跑下去，跑下去才能引来子弹，要紧的是不能让他们抓住。她看到容鹤中尉已经被甩掉，看到许多只眼睛躲在黑暗里窥伺着她：奇怪了，他们为什么不开枪，难道不知道我是西藏人，不知道我正在逃跑？突然明白了，这里到处都是大炮，洋魔也许会向她开炮。她迎着翘起的炮筒跑过去，喊着："开炮，开炮，轰，轰。"她的身子撞到了炮筒，炮身纹丝未动，她却一个趔趄摔倒在地上。她爬起来，瞪着沉重坚硬的大炮，想到也许又有新的死法了：不是被炮弹打死，而是自己撞死。她一头撞过去，感觉到的却不是坚硬，而是柔软，猛然抬起头，发现她已经在一个男人的怀抱里了。

那男人一搂就搂得很紧，紧得她都喘不过气来。更可怕的是，她双脚突然离地而起，随着那男人快速移动着。等男人停下来时，她看到了另外两个男人，都是黑黢黢的高大的身影。更可怕的事情就在这个时候发生了。她被蒙住了嘴，被摁倒在地上，被扒掉了皮袍。地狱蓦然来到了桑竹姑娘面前，冰炭煎熬，撕心裂肺，让她经历着世人所能承受的最大磨难。三个男人的轮奸就像万发炮弹的轰击，让这个西藏女人皮开肉绽、五内俱裂却没有死亡。最不幸的就是没有死亡，就是在战争之下备受创伤、死去活来却感觉犹在、意识如常。

而死去的却是那三个快活了一瞬间的男人。他们正要离开，容鹤中尉刚好赶到。中尉吼起来："野兽，野兽。上帝啊，他们把她怎么了？"一阵揪心的痛，他撕住了自己的胸襟。他天性里储满了对美的向往和占有的欲望，他以为桑竹姑娘就是美的象征和美的全部，是西藏美和东方美的人格化。但是现在，美、整个西藏的美和东方的美，就这样残酷地破碎了。他的感觉就是轮奸了他自己、他的心灵，不，轮奸了他骨血里真正的上帝。他想都没想，就拔出枪来，对准了三个男人。

三个男人对容鹤中尉笑着，决不相信他会开枪。有什么理由呢？他们并不知道这女人在中尉心里的地位，也不知道此前发生的一切。一个漂亮的西藏女人自己闯进了他们的营地，闯进了男人的黑色欲望，接着就发生应该发生的一切。他们想：今夜正好，不用出去到处追逐寻找，就可以借口战争而肆行无忌地男人一把了。所以当他们在容鹤中尉的枪声中扑倒在地时，仍然懵懂着，至死不知道为什么会死。

桑竹姑娘站了起来，看都没看一眼身边死去的三个男人。她蹒跚而去，不想跑，也跑不动了。速死的念头也正在消失，她只想见到西甲喇嘛，告诉他：报仇，报仇。然后再死。但是她没走出去多远，就走不动了，呻吟着歪倒在地，挣扎了几下，就昏死过去。有个不远不近跟着她的黑影突然窜过去，抱起她，快速朝营地东边走去。东边的沟壑里，一顶绿色帐篷在风中颤抖。

　　容鹤中尉打死了三个男人后，才意识到打死的是自己人。他提着枪转身就走，想赶快逃离杀人现场，也想拦住桑竹姑娘，尽管破碎的不能修复，但也不能让她就这样离去。但是他走不了了，许多司恩巴人围住了他。人人都问：为什么要杀死我们的三个兄弟？就因为他们轮奸了一个西藏女人？你们英国人强奸轮奸的还少吗？司恩巴人要跟容鹤中尉论理，论轮奸无错的理，容鹤中尉当然无理可论，推搡着他们要离开，结果他把一个人推倒了。他杀了三个他们的兄弟，却还这样蛮横无理。所有的司恩巴人都望着卡奇。卡奇是印度司恩巴人中仅有的富商，本来就是司恩巴人的头，加上作战勇敢，几天前被戈蓝上校任命为大佐。

　　卡奇大佐怒吼起来，一招手，所有的司恩巴人都扑向了容鹤中尉。

## 5

　　戈蓝上校亲自带人从司恩巴人的群殴中救出了容鹤中尉。当容鹤中尉被几个英国士兵簇拥着落荒而去时，戈蓝上校指着司恩巴人，怒脸训斥了一顿，意思是说，我们花了钱雇你们来，是让你们打西藏人的。而你们却像喂不熟的狗，把撕咬的矛头对准了英国人。他没提被容鹤中尉打死的三个司恩巴人，高等种族的意识让他觉得司恩巴人完全不能和英国人相提并论，这三个人的死亡也不能构成殴打容鹤中尉的理由。卡奇大佐不吭声，所有的司恩巴人都不吭声。他们用比黑夜更黑的眼睛望着离去的戈蓝上校和一群英国士兵，在静默中埋葬了三个被容鹤中尉枪杀的兄弟，然后唱起了司恩巴人的怀乡歌：

> 哦，司恩巴，司恩巴，美丽宁静的故乡，
> 清晨的薄雾里，走来了背水的妈妈；
> 哦，妈妈拉，妈妈拉，石锅里开满桃花，
> 远去的孩子，还有背着猎枪的爸爸。

戈蓝上校远远听着歌，心说上帝啊，我的耳朵怎么了，听不出这歌声是悲伤的，还是喜庆的。

他看了看怀表上的时间，疲倦得打了个哈欠。但睡觉是不可能了，必须尽快出发，让西藏人看到条约，然后在战争后的平静中，进入西藏腹地。

戈蓝上校派人传令：所有不惧怕高海拔的司恩巴人、廓尔喀人、哲孟雄人和南麓藏人，立即拔营启程。

然后他把容鹤中尉叫到了跟前，指责道："我要惩罚你，在战争结束前的这个神圣夜晚给我增添了新麻烦。中尉，小心司恩巴人杀了你。你必须留下，让那些被高原气候击倒的英国人赶快恢复健康，前面是更加光荣的路，有康马，有江孜，还有圣地拉萨。在通向光荣的道路上，我们大英帝国的士兵必须走在最前面。还有，我只带走二十门山炮，别的山炮都留给你，你要保证它们一门不少，它们是上帝犀利的眼光，对西藏人最有震慑力。少了它们，我就要你的命。"

容鹤中尉说："上校，对一个真正的军人，这样的惩罚未免太重了。我不能留下，你应该让我走在最前面，用死亡的危险惩罚我。"

戈蓝上校拍拍皮匣子里的条约说："也许不会再有死亡的危险

了。我把达思牧师留给你，如果他的地图上有更便捷的路线，你们或许还会在前面迎接我们。"

十字精兵开拔的时候，曲眉仙郭的夜色里出现了随人鹰的叫声。人们看不见它的影子，只能听到它的声音从一个隐秘的地方闪电一样划过来，驱散着迷迷糊糊的睡意。没有人想知道随人鹰落在了什么地方，除了尕萨喇嘛。他悄没声地往前走去，突然愣住了：和随人鹰在一起的，还有一个人。怎么这个人在这里？

西甲喇嘛从曲眉仙郭原野的北边走向南边的途中，遇到了戈蓝上校率领的十字精兵。他赶紧下马躲进路边的丘陵，藏好马，爬到高处窥伺着行军的队伍。直到队伍走完，他也没看到想象中被绑起来拖在马后的桑竹姑娘，甚至都没有看到容鹤中尉和达思牧师，寻思洋魔在后面还留着人，便继续往南走。

午夜时分，他闻到了洋魔的气息。下马步行，不一会儿就发现有哨兵晃来晃去，营地到了。他赶紧拉马后退，看到身右一片黑黝黝的山丘，心说怎么山丘跟山丘都是同样的形状、都斜长着一棵树？再一看，虽然没看清，却明白了：都是一排排的大炮。他继续后退，然后东拐，离开营地很远，才看到一顶门内亮着酥油灯的帐篷。

酥油灯是献给一尊半尺高的时轮金刚像的。达思正在修炼。西甲喇嘛一进去，达思就掐灭了灯捻，让他坐下。西甲喇嘛不坐，立等着要对方告诉自己桑竹姑娘在哪里，好去营救。达思叹口气，不说话。西甲只好坐下。

达思说："你来晚了，那姑娘，很惨很惨。"

西甲喇嘛瞪着达思牧师，虽然看不清对方的面孔，但知道对方的眼睛是闭着的："很惨？那一定是我不愿意看到的惨。快告诉我她在哪里？"

达思说："我已经说了，你来晚啦，来不及啦。"

西甲说："你是说，她死啦？怎么死的？尸体在哪里？"

达思说："你不要再问了，我没见到尸体。"

西甲跪在地上，哭着说："好人，你快告诉我到底发生了什么。"

达思冷酷地说："我不能告诉你。"说着把一团衣服塞到西甲怀里，"把你的袈裟脱掉，穿上这套英国人的军服，不然你跑不出营地。"然后又把一布袋半融化的热酥油和一个小盒子放到他脚前，"这是我给你准备的，小盒子里是火柴。不会用吧？我教给你，这样，这样，比火镰和火石方便多了。"

西甲喇嘛呆愣了一会儿，开始摸黑脱袈裟，换军服，然后提着酥油出去，把袈裟缠在马脖子上，拉着马朝前走去。


着火了，这是复仇的火。为了死去的桑竹姑娘，西甲喇嘛点着了大炮。不是所有的大炮，但至少有十门，十门大炮身上，都被他抹上了酥油。火柴果然好使，蹭一下就着了。炮腿旁边是一箱箱的炮弹，炮弹也着了，接着就是爆炸。营地上的英国人喊叫着，但没有人敢过来救火。再说怎么救啊，这是个离河流至少一公里的地方。容鹤中尉放弃救火，指挥那些强挣着爬起来的英国士兵包围火场，抓住那个放火的人。一个穿着英国军服的人骑马跑向包围的人。包围的人赶紧给他让开路。黑暗中谁都看不清他的面孔。等跑没了影儿，英国人才意识到，刚才那个跑走的就是放火的人。容鹤中尉哪里肯放弃，带领十几个人骑马追了过去。

西甲喇嘛跑了几个箭程就慢了下来，一是马乏，二是心伤，只想着死去的桑竹姑娘，都把洋魔很可能会追上来的危险忘了。

天色渐渐豁然，随着他的身影被晨曦照亮，追兵的马蹄和枪声骤然而至。西甲驱马就跑，马却一头栽倒，把西甲掀翻在地。西甲爬起来，看看马已经中弹而死，就打消了逃跑的念头，坦然看着追过来的容鹤中尉和十几个英国人，轻声念叨着："佛祖，看着我，看着我为西藏而死。"

但是这个时候佛祖还不想看到他的死亡，西藏还在打仗，他必须活着。又有了一阵枪声，从一侧的土岗上打过来，打倒了几个英国人。接着就是一阵呐喊。容鹤中尉一看有埋伏，朝西甲喇嘛放了几枪，调转马头，奔命而去。

西甲喇嘛呆立着：谁埋伏在这里救了他？片刻，一群人从土岗上走来，边走边喊："西甲，西甲。"

原来是魏冰豪率领的游击部队：原森巴军的二十九个藏兵和他在寨子里招收的十一个猎手，一共四十个人打到现在一个不少。西甲喇嘛听了魏冰豪打游击的情况，赞叹了一番说："你零敲碎打好是好，但要彻底打败洋魔还得靠多多的人、大大的仗，你跟我回去吧，就回到森巴军去，森巴军的人越来越少了，正需要补充呢。"

魏冰豪送给西甲喇嘛一匹刚刚从英国人手里缴获的马。一行人朝北走去。


西甲喇嘛走得很慢，心情不好，连马都受到了感染，好几次，马都自动停下来，看着他说：你为什么不打我一下呢？是不是不走了？西甲望着马回头看他的眼睛，用拳头捶捶马的腰："桑竹姑娘，桑竹姑娘，我心里只有桑竹姑娘。"马小跑起来，似乎比它的新主人更懂得此刻真正危机的不是爱情，而是战争。

等西甲喇嘛再次穿过曲眉仙郭原野，走向北边自己人的阵地时，面前的景象让他几乎从马背上一头栽下来。

果然就像他预言的那样，谁登上山头，山头就是谁的坟墓。要命的是，登上四座山头的不是十字精兵，而是西藏人，是罗布次仁的两个民兵代本团。他们在山头上一望见十字精兵就打，打死了好几个也不见还击，就觉得对方是不堪一击的，高兴得又喊又跳。等到十字精兵开始还击，才知道高兴得太早啦，战争就是战争。当炮弹呼啸而来时，他们在光秃秃的山头上躲无可躲，只能眼看着血肉横飞。更糟糕的是，四座山头都是后面陡峭，无法上下，要想躲开炮弹只能从正面往下冲。但一冲下去就又暴露在了十字精兵的机枪和来复枪的扫射面前。那些第一次上战场的西藏民兵，在罗布次仁的错误指挥下，死满了山坡。

《圣史》上说，西甲喇嘛说对了，十字精兵到来时，先是一队，再是两队，后面是三队。这是廓尔喀人组成的先头部队。炮击之后，他们抢先登上了最高的山头。然后戈蓝上校指挥主力部队占领了另外三座山头。躲藏在山头后面的俄尔总管，牢记着西甲喇嘛的部署，看到十字精兵已经占领山头，便指挥两个僧兵代本团和朗瑟代本团以及森巴军围住了四座山头。但是原本应该埋伏在洋魔来路两边的两个民兵代本团，已经死伤大半，无力战斗，不能切断敌人的援兵，只能看着黑压压的援兵冲过来，打散围住山头的西藏人。

接着，地面上和四座山头上的十字精兵一起向西藏人开火。西藏人全线溃退。

西藏人沿着古老的朝圣路，来到隘口，奔向一道石墙。疯狂的溃退后面是疯狂的追撵，十字精兵的速度几乎赶上了枪弹。俄尔总管和他的卫队、沱美活佛、罗布次仁、奴马代本、朗瑟代本、楚臣代本、江村代本以及他们率领的藏兵、僧兵和民兵还没来得及翻过石墙，敌人就追到了跟前。一杆杆来复枪的枪管顶到了西藏人的脑袋上。十字精兵近距离开枪，就像枪毙人那样，朝着人的后脑勺，打得脑浆飞溅。这是戈蓝上校强调过的杀敌方法，意思是这不仅仅是战争，这是上帝在惩罚罪犯。

但是，似乎上帝也不愿意借着他的名义肆行屠戮，石墙后面突然出现了一群陀陀喇嘛，他们鱼跃而起，一个个就像飞起来那样，落下的同时，一脚踢瞎了洋魔的眼睛。几乎所有冲到石墙跟前的十字精兵都看不见了，他们有枪打不准，回身想跑，又是人碰人跑不动。陀陀喇嘛们拿着刀剑棍棒，把这些冲到鼻子底下的洋魔一个不留地打翻在地。停止逃跑的俄尔总管大声叫唤，命人把翻倒在地的洋魔全部处死。

陀陀喇嘛们接着往前冲，发喊着，咒语满嘴，真的是刀枪不入、所向无敌了。他们几乎冲到了戈蓝上校跟前。一队司恩巴人在卡奇大佐的指挥下,扑过来保护戈蓝上校。他们是可以看得见的，连他们的来复枪也都长了眼睛似的，枪响人倒，一大片，又是一大片。冲过来的陀陀喇嘛在不到十分钟的时间里，全部倒地，死尽了。西藏的陀陀按照西甲喇嘛的吩咐，用自己的死亡堵住了洋魔的追击撵打。

《圣史》上说，发生在曲眉仙郭北边的这场战斗，让西藏人又一次意识到了指挥的重要。因为完全是罗布次仁自以为是的错误，他是摄政王的堂弟，他向前线总管俄尔噶伦一再保证，自己一定能打赢这场战斗。俄尔总管无奈，只好同意了，只是强调说："你必须为摄政王负责，你不能失败，你失败就等于摄政王失败。"

尽管可以避开十字精兵，但西甲喇嘛没有回避。他骑着马，带着魏冰豪的人，视察战场一样走过了戈蓝上校的身边。

　　卡奇大佐用身体护住戈蓝上校，命令司恩巴人打死西甲喇嘛。

　　戈蓝上校制止了他，大声说："西甲喇嘛，原来不是你在指挥这场战斗。你去哪里了？去会你的姑娘去了吗？她在哪里，你怎么没有把她带回来？遗憾哪，你不会再有指挥战斗的机会了。"

　　西甲喇嘛不理他，看着一个个仆倒在地的陀陀喇嘛，看着四座山头的坡面上死去的西藏民兵和他们的女人孩子，看着那些洋魔和西藏人交叉一片的尸体，默默地走着。

　　他来到石墙跟前，下马，然后从边上绕过石墙，缓缓走向了俄尔总管。不说话，谁也不说话。突然，西甲喇嘛像一尊怒目金刚那样悲愤地问道："我的战略战术呢？"然后便号啕大哭。他哭桑竹姑娘，哭转眼死去的这么多西藏的男人和女人以及孩子，哭被佛抛弃了的西藏悲惨的命运，哭他忠心耿耿的摄政王迪牧活佛。

　　俄尔总管惭愧难当地说："都怪我呀，我不该听罗布次仁的。"

# 第十三章　曲眉仙郭（二）

## 1

戈蓝上校是带着条约来的，想让挡道的西藏人让开，所以当西藏人全部退守到石墙后面，他带着被他格外信任的卡奇大佐以及一队司恩巴士兵，带着一些参加十字精兵的茶商和其他商人来到了石墙跟前。他让尕萨喇嘛告诉西藏人："让你们的最高长官过来，我有话要说。"

墙里边，有人很快报告给了俄尔总管。俄尔总管有些犹豫，征询大家的意见该不该过去。罗布次仁说："我过去吧，我的人死了那么多，也让洋魔打死我算了。"沱美活佛说："你不是最高长官，你过去干什么？想死也不会让你死。"

俄尔总管听出这是说给自己的，带着卫队朝前走去。

还是尕萨喇嘛传达戈蓝上校的话："我们为和平而来，目的并不是进行一场战争。现在，驻藏大臣文硕已经在友好条约上按印画押，请你们让开道路，我们要过去。"

俄尔总管说："什么友好条约，我没见过，我见过的都是你们的枪炮。"

戈蓝上校从皮匣子里拿出条约，让尕萨喇嘛隔墙递了过去。

俄尔总管看了看条约，寻思既然驻藏大臣文硕大人画了押，那代表的就是朝廷，他不能不听了。但也得有摄政王的旨命啊，摄政王怎么没有旨命给我？他拿不定主意，让人去把僧兵总管沱美活佛和摄政王的堂弟罗布次仁叫来。

两个人很快来了，传看了条约，也都不知道怎么办好。

罗布次仁说："我得带回拉萨，去问问我摄政哥哥。"

戈蓝上校在墙外说："不行，我们的商人就等在这里，我必须保证他们立刻过去，继续往前走。条约上说了，'入藏境的英印商民之身家、货物，皆须安全无害。为此英方有义务派出一支军队保护英印商民到达商民所到之处。'根据条约，我有责任保护他们走到江孜，走进拉萨。"

沱美活佛说："那就问问西甲喇嘛，看他有什么主意。"

俄尔总管想：这不是指挥打仗，这是西藏乃至整个中国的政治和外交，西甲喇嘛怎么会知道？他犹豫着，但最终还是同意了沱美活佛的建议。

西甲喇嘛来了，瞪了一眼墙外的戈蓝上校和尕萨喇嘛，从俄尔总管手里接过条约，倒着看了一遍，发现红色的手印跑到上面去了，又颠倒过来，正着看了一遍，然后问戈蓝上校："这是你带来的？

你能记得上面说的是什么？"

戈蓝上校说："当然记得。"然后就把内容说了一遍。尕萨喇嘛赶紧翻译。

西甲喇嘛哧啦哧啦抖着条约，轻蔑地说："就凭这个你们要进拉萨？"

戈蓝上校说："凭的是上帝对西藏的眷顾。我们听从上帝的意志，代表大英帝国和英印政府来到了这里。"

西甲喇嘛说："那我就知道啦。你等一等，我就来。"他转身离开，不知去了什么地方，很快又回来，双手捧着条约。条约的纸张里相当饱满地包着一包东西。他说，"过来，我给你，里面有西藏给你们的答复。"看戈蓝上校朝前走了两步，便隔着墙，伸手把那包东西塞进了戈蓝上校怀里。

戈蓝上校看了一眼，顿时把鼻子撮到额头上去了。他愤怒地把条约和条约包起的一脬热腾腾的屎扔到地上，吼道："狗娘养的。"这个让戈蓝上校和所有英国人欢喜若狂，让他坚信靠了上面的黑色文字和红色画押，就能胜利到达拉萨进而控制整个西藏的条约，在西甲喇嘛眼里不仅一钱不值，而且遭到了空前的污辱。戈蓝上校咬牙切齿，带着他的人朝回走去，一再恶狠狠地挥动着拳头："打，打，让上帝之剑杀死所有这些野蛮人。"

沱美活佛欣赏地望着弟子："处理得好，长了西藏人的志气。"

俄尔总管也说："我们在政治和外交上就应该这样，让洋魔吃屎去吧。加巴索！西甲喇嘛不愧是来自丹吉林的喇嘛。"

罗布次仁敏感地瞪了俄尔总管一眼，心说他为什么要强调丹吉林？万一驻藏大臣和朝廷怪罪下来，担待的可不是西甲喇嘛，而是丹吉林的住持、他的堂哥摄政王迪牧活佛。

西甲喇嘛说："这件事情解决啦，现在我们准备打仗吧。"

气候不错，天蓝着，碧净里的云朵就像排列着一树树的花。风从南方来，有点湿润。原野和山脉如同两种截然不同的情绪的对接，在人眼里恣意地表现着，一边是张扬，一边是宁静。苍茫的天地间，是凛然不屈的西藏。

下面的仗如何打，大家又把希望寄托在西甲喇嘛身上。

西甲喇嘛首先决定：不能再让女人和孩子跟我们出生入死了。来到战场的所有藏军和民兵，都不得拖家带口。已经跟来的女人和孩子，立刻撤离战场，到洋魔到不了的后方去。要死就死男人，西藏不能没有女人和孩子。

朗瑟代本说："女人是冲着男人来的，孩子是跟着阿妈来的。你让男人见不着女人，他们就坚持不了多久啦。再说，女人离开了男人也不行。"

西甲说："女人离开男人行不行我不知道，男人离开女人行不行我知道，我就是男人。这样吧，派两个身体好的男人跟女人们去，谁去谁就是所有女人的男人，就是所有孩子的阿爸。要好好对待女人和孩子，吃苦耐劳的要哩。"

朗瑟代本说："不行，大喇嘛。这样的话，女人会忘了原来的男人。"

西甲说："忘了就忘了，原来的男人能活几个？再说，好女人是不会忘的，就像……"他差点说：就像桑竹姑娘，她能忘了我吗？死了也不会。

这件事派人去办了。西甲喇嘛带着奴马代本和朗瑟代本，到处走动着察看地形，最后沿着古老的朝圣路，走向了隘口。走到离隘口五六个箭程的地方，就能感觉到湿润温暖的水汽扑面而来。

奴马代本大把大把地抹着脸，畏怯地停下，看看天色说："喇嘛，去不得了，天就要黑了。"

西甲说："谁说去不得？我是陀陀，别说旦巴泽林夜哭泉，就是地狱我也去得。"

奴马说："可我们是俗人，谁敢晚上走进夜哭泉？"

朗瑟说："我们在这儿等你。你快点回来。"

西甲喇嘛一个人去了，很长时间才回来。

一直等候着西甲喇嘛的奴马代本和朗瑟代本迎上去问道："没事吧，我们以为你回不来了。"又小心翼翼摸摸他裸露在外的手，看是否已经被剧毒侵蚀，腐烂流血。

西甲说："你们知道夜哭泉是旦巴泽林的眼泪，也知道旦巴泽林为了一个姑娘流泪，可就是不知道为了姑娘流的眼泪是天下最好的，这个摸摸泉水就知道了，暖乎乎的就像刚从母牛身上挤出来的奶。这样的眼泪里怎么会有咒语般的剧毒呢？你们看，我不是好好的，哪里就烂掉了？"说着，捋起袖子，把胳膊给他们看。月光下的胳膊光洁如玉。

奴马和朗瑟吃惊地问："你把胳膊伸到夜哭泉里了？"

西甲说："是啊，我还看见有人洗澡，说旦巴泽林的眼泪变成了可以免除人的罪恶的洗礼泉。"

奴马和朗瑟都以为是西甲喇嘛开玩笑，怎么会有人洗澡。

西甲喇嘛没说他在夜哭泉见到了马翁牧师。马翁牧师正在裸身洗澡，全身都泡在泉水里。再一看，这里大大小小的泉眼旁，都有人洗澡。洗澡的不光有马翁牧师的卫队，还有霞玛汝本和他的部下。

西甲吃惊地问："沾了夜哭泉的水要死要烂身，你们不知道吗？"

马翁牧师告诉他，不仅不会烂身，还能治病。

西甲相信马翁牧师的话，因为牧师曾经神奇地救了他的命。接着，他更加吃惊地问："你们怎么到这里了？"

马翁牧师说："上帝赐给我地图，地图上有一条可以回避战争的路。"

西甲说："可这里是隘口，这里是无法回避战争的。"

马翁牧师说："我们是知道的，我们等待着战争，想用这里的泉水熄灭战争的火焰。上帝保佑。"

西甲说："不可能，现在仇恨已经聚满了西藏，就像天地间聚满了空气，没有一点点地方可以放置容忍了。你们不能再往前走了，往前一定会遇到西藏人，西藏人眼里，你们是黑水白兽，必杀无疑。"

马翁牧师说："可是上帝让我认识了你，你是上帝派来帮助我们的是吗？"

西甲想了想说："也算是吧。上帝让你们投奔我，就在今天夜里，天亮之前，到我的帐篷里来。我保证你们活着到达拉萨，不会死在路上。"

"我答应了。就像你相信这泉水没有剧毒、不会烂身一样，我相信你的承诺。"马翁牧师望着西甲诚恳的面容，让他蹲下，然后一把抓住了他的胳膊，"洗一洗吧，在上帝的甘泉里，洗掉你的罪恶。你杀了那么多人，你已经是罪大恶极了。"

西甲好奇地问："洗一洗就能洗掉？"

马翁牧师说："是的，我保证。这里的人都在愉快地接受洗礼，这是忏悔的开始，而忏悔又是无罪的开始。"

虽然很晚了，但代本以上的长官都没有睡觉。他们集中在俄尔总管的帐篷里，等待着西甲喇嘛。

西甲喇嘛依然胸有成竹，一进来就声气朗朗地说："我要让洋魔全部死在这里。"

在场的人都很振奋，都觉得只要他说出来就能做到。吃了败仗的罗布次仁只能闭嘴，虽然心里还是不服气，也只能顺从大家对西甲喇嘛的倚重。

西甲又说："不过不能马上打，我们要停一停。"

俄尔总管说："洋魔就在墙那边，不是我们想停就停的。"

西甲说："我有办法让他们停下来。停下来干什么？听我说，我们的人太少啦。最让洋魔害怕的陀陀喇嘛全部死尽，就剩下了我一个。最早投入战斗的森巴军和朗瑟代本团三个指头都只剩一个指头（三分之一）了。僧兵两个代本团也已经残缺不全。新来的两个民兵代本团只打了一仗，就损失了一大半。洋魔枪好，出子弹快，一个人顶我们十个人。我们要是人多，十个人对一个，轮换着放枪，才能超过洋魔。但是开战以来，我们的人一直比洋魔少，现在更少了。天上云多才能下雨，河里水多才能流淌。释迦牟尼定下的规矩是：人少好吃饭，人多好打仗。"他面向罗布次仁，"大人，我们都要找人去。"又面向沱美活佛，"尊师啊，我们应该找人去。"最后面向俄尔总管，"我只有指挥打仗的本事，没有调动兵力的资格。大人，我们要找人去。等找来了兵力，我就有战略战术啦，指头捣不上的蚊子，巴掌就能扇死。你没看见这里的地形吗？这里是曲眉仙郭的死亡之坑，不是洋魔死，就是我们死。我的战略战术就是我们不死，让洋魔全死。"

俄尔总管疑虑重重地说："都去找人，这里怎么办？"

西甲说："把剩下的人马留给我，半月之内，我保证洋魔过不了这道石墙。半月之后，我们的兵力要是还得不到补充，就很难说了。"

大家不说话，都想着。突然俄尔总管说："好吧，找人去。"罗布次仁也立刻点点头："对，找人去，民兵总管是顿珠噶伦，他应该到前线来。"他们两个都觉得这个时候离开战场是有必要的，除了搬兵，各自还想着自己的事情。

沱美活佛没说话。他知道西甲喇嘛是对的，担心这半月仅靠这些兵力西甲根本守不住。

西甲知道沱美活佛想什么，说："放心去吧，尊师，我已经想好对付洋魔的办法啦。"

沱美活佛信任地摸摸他的肩膀，把自己手下的楚臣代本和江村代本叫到跟前，嘱咐道："你们两个记住了，听从西甲喇嘛的指挥就是听从我的指挥。我去拉萨，再招两个僧兵代本团，很快就回来。"说罢，也没有带吃的、拿行李，挑了一匹好马，骑上就走。他和西甲喇嘛一样，也不怕天黑路过旦巴泽林夜哭泉。

天刚一亮，罗布次仁也走了。走出去不远，堪穷代本就带着几个人追上了他。堪穷说："大人，让我们去给顿珠噶伦说，洋魔有多厉害，不然他怎么相信你呢？"罗布次仁想想也对，招招手："走吧。"

俄尔总管和他的卫队走得晚些，因为人多行李重，光收拾就得半天。还因为绛巨噶伦来了，带着民夫，送来了食物、草料、帐篷和一些枪支弹药。

俄尔总管说："你怎么才来？"

绛巨噶伦说："不是我来得慢，是你们退得太快了。"看他要走，吃惊地问，"你前线总管怎么能离开前线？光留下西甲喇嘛怎么成？

他既不能代表噶厦，也不能代表丹吉林和摄政王。你不能走。"看对方不听劝，又说，"那只好我留下了，我好歹是个噶伦，让前线的人看了放心：嗨，噶厦和我们在一起。"

俄尔总管说："你要是愿意留下就太好了。我已经派人向摄政大人请求多多增兵，可到现在一个兵也没来，我得去亲自看看。至少我应该回到江孜，看看能不能把夏琼娃代本团带来。"连他自己也觉得是在刻意寻找借口，但有借口和没借口总是不一样的。

## 2

俄尔总管到达江孜就不走了。颇阿勒庄园参差错落的房舍前，多了一些守卫的藏兵，田野里也多了一些吃草的军马。打酥油、磨糌粑、宰杀牛羊的仆人们忙忙碌碌。吃喝之外，便是睡觉，孜孜不倦的雄壮让颇阿勒夫人的腰带好几天都来不及系上。俄尔总管在女人喷香肉体和缠绵情意的喂养下暂时忘却了战场的残酷，被硝烟熏黑的面孔立刻干净红润起来。但时光一旦逍遥就过得很快。一天早晨醒来，俄尔总管无意中掐指一算，便在心里惊呼起来：佛祖啊，时间怎么过得这么快，离开曲眉仙郭已经八天啦。赶紧走，赶紧走。

他立刻变得焦躁不安："我的鸡毛箭书去了很久，而且不止一封，怎么摄政王的鸡毛箭书还不来？我要藏兵，要武器，要弹药，要吃食，再不来我这个前线总管就没法打仗啦。"

颇阿勒夫人说："夏琼娃代本团有七百多人马，你都带走吧。"

俄尔说："夏琼娃代本团现在是我的队伍，它走了谁来保护颇阿勒庄园？日囊庄园和江孜宗本又要得势了。"

颇阿勒夫人生气地说："都到现在了，你还管日囊庄园和江孜宗本会不会得势？你是前线总管，自己的队伍都藏起来不出面，谁的队伍还能跟你上战场？"

俄尔说："你不知道洋魔多厉害，一旦去了前线，十有八九回不来，颇阿勒庄园就不可能再有一支队伍了。"

颇阿勒夫人说："再厉害也得打呀，我的儿子都去了，颇阿勒庄园的队伍却还在后方骚扰村庄、吃喝嫖赌。"

俄尔一愣，这才知道鹊跋打仗去了，问道："他怎么去的？一个人？"

颇阿勒夫人说："我听说是摄政王的堂弟罗布次仁带走了他。"

俄尔总管微微皱起眉头，觉得很可能已经死了，罗布次仁带去的民兵死了一大半，如果鹊跋没死，他为什么不来找我？毕竟我可以给他安排一个挨不着枪炮的差事。他没有把心里想的说出来，不想让颇阿勒夫人着急和伤心。他说："鹊跋没在我跟前露脸，是不是怕我把他赶回来？"

没想到颇阿勒夫人蛮有把握地说："我了解鹊跋，他是藏起来故意不见你的。"

藏起来不见我？想干什么？俄尔总管没再追问，叫来麻子队长向夏琼娃代本传令：准备行装，后天出发。

颇阿勒夫人说："明天就让他们走吧。我这就让人准备吃食，糌粑多多带上，酥油多多带上。"

俄尔再次命令麻子队长："那就明天出发。我是说，我本人后天出发。"

麻子队长在春丕被洋魔打死后，俄尔总管任命了新的卫队队长，还是个麻子，所以仍然叫麻子队长。麻子队长应命而去。

就在前线总管准备离开江孜的这天早晨，一封来自摄政王迪牧活佛和噶厦政府的鸡毛箭书十万火急地送到了颇阿勒庄园。俄尔走出卧房接了箭书，看了一遍，好像没看懂，又看了一遍，突然大叫一声："坏了，坏了，我们把战争打坏了。快走，快走。"紧张得他都没来得及回到卧房向颇阿勒夫人告别，就跑出大门，跑向了自己的坐骑。

罗布次仁还是在江孜宗山城堡见到了民兵总管顿珠噶伦，不过这次是在城堡内，而不是在大门口。城堡的大殿和偏殿里，堆满了枪支弹药和牛毛编织的口袋，口袋里都是鼓鼓的粮食。顿珠噶伦坐在粮食口袋上，扫了一眼罗布次仁，一脸不高兴，自己嘘嘘地喝着酥油茶，连让座的意思也没有。罗布次仁尴尬地笑笑，想说什么，顿珠噶伦把脸转过去不听。

堪穷代本从罗布次仁后面闪出来说："大人，我们回来啦。佛祖保佑，我们还能见到你，很多兄弟都已经见不到你了。"说着发出几声抽泣，"大人，我们的子弹比指头还要细，洋魔的子弹比大树还要粗；我们啪一声打掉洋魔一根毛，洋魔轰一声打死我们一大片。佛让我们众善奉行、诸恶莫为，我们打不过洋魔是天经地义的，怎么能怪罗布次仁大人呢？罗布次仁大人自己也差点喂掉老鹰。大人，怪佛祖也不能怪我们，给我们一碗酥油茶吧，我们渴死了。"

顿珠噶伦回过脸来，指着粮食和枪支弹药说："这些都是给你们准备的，现在给你们有什么用呢？听说我们的民兵差不多死光了。"

堪穷又说："大人，我们还是要去打仗的。我们知道你吹一声口哨，全西藏的民兵就都会集中到你这里。请发兵吧，罗布次仁大人说过，他就是不要命，也要把洋魔赶出西藏去。大人，你说过，前线的民兵靠罗布次仁大人指挥，而你是提供兵源的，各地的民兵还会来江孜集中，来多少，你给我们派多少。"

顿珠噶伦听着，长喘一口气说："你们还想回前线？还想要民兵？"

堪穹代本说："是的，大人。这个世界上只有罗布次仁大人能够指挥民兵。"

罗布次仁的脑子里，许多念头都在打架：一是庆幸把堪穹代本带来了，不然怎么给顿珠噶伦交代？二是堪穹代本说了这么多，好像是在替他谢罪，可他有必要在顿珠噶伦面前谢罪吗？他可是摄政王的堂弟。三是他并不是来请兵再战的，而是来告诉顿珠噶伦，洋魔确实厉害，还是请民兵总管带领民兵亲自上阵吧。可是经堪穹代本这么一说，好像他必须回前线了。又想：就算我是来搬兵的，如果不给我足量的民兵，我就不去。

顿珠噶伦说："这个我自然是相信的，罗布次仁是摄政弟弟嘛。"又朝站在一边的仆人呵斥道，"你们是呆子吗？还不快让前线回来的英雄好汉坐下，上酥油茶。"

坐下喝茶的时候，顿珠噶伦告诉罗布次仁："陆续来了一些民兵，大约有两千人，这次都给你，你可要带好喽。还是那句话，只要把洋魔赶出去，死伤多少都没关系。但要是民兵死完了都赶不出去，那就不好说了。"

罗布次仁刚要张嘴，堪穹代本抢着说："靠了罗布次仁大人的指挥，民兵不会死完，洋魔一定能赶出去。"

顿珠噶伦立刻叫好："不愧是摄政弟弟，全西藏都在看着你呢。"

罗布次仁无奈地端起茶碗，一口喝了个干净，心想：如果我不把这两千民兵带走，那就会成为顿珠噶伦的势力。顿珠要是上前线，倒也罢了，要是不上前线，就一定是摄政哥哥的祸害。罢罢罢，我就再上一次战场吧。

第二天，罗布次仁就带人出发了。两千民兵的队伍，浩浩荡荡一大片，让他重新捡回了自尊和傲慢。西甲喇嘛，战场上见，你算什么，一个兵也没有。仿佛他的敌人不是洋魔，而是那个能干的被摄政哥哥视为叛徒的丹吉林喇嘛。

而在宗山城堡的大门口，顿珠噶伦眺望远去的罗布次仁，心里一阵狞笑，从胸兜里掏出一封昨天收到的来自摄政王和噶厦政府的鸡毛箭书，手指在"十万火急"的字样上摩挲着，再次看了看，几下撕得粉碎。不能怪我啊，是摄政弟弟不听摄政王的旨意。我是多么窝囊啊，不仅要听命于摄政王，还要受到摄政弟弟的挟制。顿珠噶伦想着，笑了。


沱美活佛来得最早，第十天他就出现在曲眉仙郭西甲喇嘛面前。这次他带来了一千五百僧兵，色拉寺和甘丹寺的人少些，主要是哲蚌寺和后藏其他寺院的人。现在他已经顾不得僧团派系之间的矛盾了，只要能召集到，他都会说："大家都是一个佛祖，释迦牟尼看你看我的眼光是一样的。洋魔想毁掉的佛，是我的佛，也是你的佛。西藏是大家的西藏，我们只有一个敌人，那就是洋魔。观世音菩萨派来了胜军大王，他就在前线等着你们呢。"可以想象沱美活佛的悲智行愿四菩萨大法在这个时候如何帮助他完成了一件一般人很难完成的事情，至少行路的速度在他和僧兵的脚下已是鸟飞风走了。他看到石墙依旧，西甲喇嘛和所有僧俗战士安然无恙，庆幸得长舒一口气，问道："你到底有什么办法，能让战争停下来？"

西甲喇嘛说："这是小事，很简单的。"原来他把来投奔他的马翁牧师以及他的卫队全部绑起来，推到石墙头上，告诉十字精兵的戈蓝上校：如果他们敢于进攻，西藏人就会杀了马翁牧师和所有这些英国人。

沱美说："可是你曾经向马翁牧师保证，让他们活着到达拉萨，不会死在路上。"

西甲愣了一下："尊师，其实你是知道的，我怎么说怎么想你都知道。"

沱美说："两心不二，才能证明弟子是真弟子，上师是真上师，此一世你和我是分不开了。但我并不知道战争的结果，就像你不知道什么时候再次开战。"

西甲说："尊师，很快就又会开战。有了你的一千五百僧兵，不管俄尔总管和罗布次仁带来多少援兵，我都有把握让全西藏的鹫鹰来这里啄食洋魔的尸体。我说了这里是死亡之坑。洋魔一定会死的，全部死尽。尊师啊，我向你保证。"

## 3

新任驻藏大臣否太到达拉萨后的第二天，摄政王迪牧活佛便去官邸拜访，然后一起去布达拉宫拜会了十三世达赖喇嘛土登嘉措。都是必要的礼节，说着一些互相祝福恭维的话。否太转赐了皇上祝福达赖喇嘛吉祥安康的一只檀香木如意。达赖喇嘛也特地祝福了皇上、皇太后，又让否太跟他平起平坐喝了酥油茶，便算是双方都尽到了礼节。然后否太回访了摄政王迪牧活佛。

这是一次很重要的拜访，几乎可以看作是西藏政局大动荡的开端。

　　摄政王把受访的地点安排在了丹吉林大自在佛殿里。楼上是摄政王的佛舍，一个可以表示亲近的私密之地，迪牧活佛没有请否太上去；前面是护法神殿，那是个公事公办的地方，也没有请他进去。迪牧似乎想表明他和这位新任驻藏大臣不亲不疏的关系，专门在大自在佛殿的南偏殿里摆了几案和木床卡垫。

　　上茶的时候，否太说他喝不惯酥油茶，只喝清茶。迪牧活佛为难了，说他这里没有汉地的清茶。否太笑着说茶叶他自己带来了。说着让随从把茶叶拿出来，交给了端送酥油茶的侍从喇嘛。迪牧活佛看了不高兴：一个来西藏的人，拒绝喝酥油茶，就跟拒绝和西藏人交往是一样的。而且你也不能自带茶叶来人家家里做客，这是防人和瞧不起人的表示，好像人家要毒死你或者招待不起你。迪牧活佛板着脸不说话。

　　不等清茶上来，否太就急迫地说："关于英藏战事，摄政大人有何高见？"

　　迪牧活佛说："我听大人的，大人的高见。"

　　否太傲慢地说："据我所知，英人是主动不肯星夜进兵，速占拉萨。如若不然，不等我到来，拉萨早已兵临城下了。"

　　摄政王迪牧眼睛绷得老大：这怎么是一个驻藏大臣的口气？

　　否太接着说："恕本大臣直言，英人的忍让是全藏生民的福气。藏番不仅毫无感恩戴德之意，反而不遵约束，妄称兵戈，挑起祸端，大国之威，就败在一群无理徒众之手，真是咎由自取。我作为朝廷命官，悲惭交加。"

　　迪牧诧异地望着对方的眼睛，想仔细看清那里面是黑珠子还是蓝珠子。既然是黑珠子，怎么说的是英国人才说的话？恍然觉得是黑水白兽来到了面前。他突然摇摇头说："黑和白的颜色我们还是分得清的，强盗的愿望就是砍了你一颗头你必须献上第二颗头。我们黑头藏民的头就像田野里的豌豆，被洋魔砍得满地乱滚。砍下的头绊了他们一跤，就说是我们挑起了祸端。大人的话我怎么听不明白？"

否太轻蔑地"哼"一声："摄政大人谬见如此之深，怪不得西藏战事不断。英人大炮洋枪，占领整个世界都是易如反掌，区区西藏算得了什么。英人节节胜利，颇具不忍之心，仍然思虑周密，以邦交为重。这是仁者用心，恩威并著，宽厚之意，无涯无量。我们能做的，唯有率领番民，瓣香遥谢。"

迪牧双手合十，拜着否太说："哎呀呀，你是哪里的神，说这样的话？洋魔想用上帝耶教取代殊胜佛教，我们这些释迦牟尼的信徒，不能不派兵拦住他。"

否太说："藏番如果担忧异教来侵，理应命令前线僧俗官员，息兵罢斗，雅量待人，文争理阻，怎么可以胆大妄为，执兵无礼呢？"

迪牧恼怒地站起来："说我们无礼，这是谁的指斥？"

清茶来了。侍从喇嘛双手把一碗茶放在了否太面前的几案上。否太看了一眼说："头道茶怎么黑乎乎的？一点清爽雅气都没有，是不是煮了？这茶是皇上赏赐的安徽贡茶，一煮就变成浑水了。"他冷笑着摇摇头，意思是：愚昧竟至于此。迪牧活佛挥手让侍从喇嘛退下，也没说换茶，仿佛说：爱喝不喝，我们西藏都是煮着喝茶。

迪牧坐下，口气强硬地说："西藏是我们的领土，应由我们自己作主。只请求大皇帝及朝廷谕调汉兵，资助军饷，这是驱走洋魔的保证。"

否太故作惊讶地说："此等言论，令人发指。我恳切开导，摄政大人仍然执迷不悟。看来要让你们心服口服，就得任由你们去打，任由你们失败，才可收心悔改。好比釜底抽薪，让英人好好鞭笞教训，你们才能听本大臣的话。"说罢，端起煮茶喝了一口，吃惊道，"味道不错，里面放了什么？盐？"

迪牧活佛默然不语，愤恨让他几乎闭气。

否太说："本大臣的话就是皇上的话，是朝廷的谕旨。我办不到，我官命两休；你办不到，你官命两休。赶快派人，文争理阻是上策。不能再授英人以柄要挟朝廷了。"

迪牧喷一口愤气，咳嗽了几声说："大人的话，我无法传达，难以开口。"

否太从腰囊里拿出谕旨，递给迪牧："凭此传达，有什么难以开口的。"

迪牧把谕旨丢到几案上，闭着眼睛不说话。

否太说："我在西藏任上，就是要千方百计阻止西藏战事。朝廷有话，如果摄政大人感到为难，将敕命识时务之俊杰担当摄政。你仔细琢磨，我该说的都说了。"他又喝了一口煮茶，咂咂嘴，站起来，仿佛是不经意地问道，"此去功德林，是逆风还是顺风？"

迪牧活佛睁开眼睛，诧异地望着否太。

否太解释道："逆风就用布遮脸，顺风就下轿步行。"

迪牧说："今天没有风。"他诧异的是否太的去向。作为驻藏大臣，否太不该擅自造访西藏的任何一座寺院，即使参观游览，也应该由摄政王陪同。

否太说："无风就好，西藏的风太硬了。我去看看班丹活佛。摄政大人，江孜白居寺的班丹活佛你熟悉吧？"

迪牧活佛惊上加惊：班丹活佛到了拉萨，自己作为摄政王居然不知道？当然不怪自己消息闭塞，只怪班丹活佛不禀告行止。班丹活佛为什么不禀告？

否太似乎一眼看到了迪牧活佛心里，笑着说："英人在给朝廷的照会中，多次提及班丹活佛。朝廷乃至皇上正在考虑按照英人的要求，诏封他为'诺门罕'。我要去看看他。"

迪牧活佛言不由衷地说："好啊，西藏又将增加一名'诺门罕'了。"他担忧的，当然不是关于"诺门罕"的诏封，而是功德林的存在。

功德林是班丹活佛少年时修行过的本寺，是他传承教法的坚强后盾。但现在，可不仅仅是传承教法了。功德林和哲蚌寺关系密切，也跟甘丹寺和下密院友好，加上朝廷的支持，班丹活佛一旦移居功德林，这个修持时轮堪舆大法的高僧便会成为功德林的代表。而作为功德林的代表，如果他想走向西藏权力的峰巅，障碍就只有一个，那就是他——现任摄政王迪牧。莫非班丹活佛就是否太刚才说的，有可能取代他成为新一任摄政王的"识时务之俊杰"？

当然迪牧活佛也明白，否太的举动还仅仅是警告，他也可以不被取代，那就是按照否太传达的谕旨：放弃武力抵抗，搞什么文争理阻。


按朝廷旨意，前任驻藏大臣文硕是要被"革职查办"的，但查办却始终未能实行。

否太上任时带来了三十名扈卫，这三十名扈卫理应押解文硕前往京城，但否太以为原来官邸的轿夫侍卫都是文硕的人，未必听他的，便把自己带来的留下，指派原来的清兵侍卫从速押解文硕进京。这实际上把文硕和老官邸的人都赶出了驻藏大臣官邸。同时被赶出去的，还有摄政王迪牧送给文硕的七品俗官汉餐大厨师和五品僧官藏餐大厨师。他们当然不能跟着文硕走，只好告辞，回到丹吉林去了。只有雪村姑娘哪儿也不去，就跟着文硕。她走时把供在佛像前用黄绫包起来的那截右手食指揣在了身上，看到那尊铜铸佛像被否太当作了挂官帽的架子，便拿掉官帽，把佛像抱进了怀里。否太看着，也没有阻拦。他是不信佛的，对他来说，抱走一尊佛就像抱走了一块砖。

离开驻藏大臣官邸的当天，文硕和他的侍卫便上路了。但他们往西刚刚路过布达拉宫，就被一群拥出宫门的僧人围了起来。

僧人们拉文硕下马，肆无忌惮地叱责他，把对朝廷对驻藏大臣的所有不满，都发泄在了这个下野的官员身上："好一个吃里扒外的奸贼，就是你把西藏出卖给了洋魔。要是你不在洋魔的条约上画押，西藏会有今天吗？听说洋魔已经打到多情湖和曲眉仙郭一带了。佛教之敌在西藏的土地上走了多长的路，你算算，再走下去，说不定就要走到拉萨了吧。你把西藏卖给洋魔，自己拿了钱，就想像毒蛇一样溜走。那不行，咬了人的毒蛇就算脱了皮我们也认得。你不戴官帽不穿官服就以为鸷鹰的眼睛看不见啦？布达拉宫高高的在天上，达赖喇嘛在东日光殿的阳台上早就看见你啦。你不能走，要走也应该往东走。你去到洋魔那里把条约要回来，抹掉你的画押，就说你下台啦，不算数啦。"

文硕听话地拉马转身，往东走去。侍卫们赶紧跟上。

但僧人们还是不放过他："不行，你也不能往东走，一出拉萨，我们就看不见你啦。谁知道你会在什么地方一拐，就拐到北京去啦。你留下，派个人去见洋魔，把条约要回来，我们就放你；条约要不回来，你是不能活着离开西藏的。"

文硕说："佛祖，这怎么行？你们的佛祖也是我的佛祖，你们问问佛祖，国与国的条约岂是想要就能要回来的？"

僧人们说："问过啦，我们都问过啦，可以的。"

文硕没有走成。他被那些僧人关在了布达拉宫脚下雪村深处的一间小房子里。关了几天后，文硕对不时来探望他的侍卫说："看来我一时无法脱身。你们暂且散了吧。非常时刻，不会有人怪罪你们的。"这些侍卫是文硕上一任驻藏大臣留下的，在拉萨最少也有七八年光景，娶了藏妻生了孩子的不在少数，本来就不想踏上漫长的进京之路，听文硕这么一说，几乎一哄而散。大部分消失在拉萨的街巷里再也没有露面。有几个想回内地的，也都凑足路费，自己一走了之。他们都是同样的想法：主人已经变成了犯人，没有谁给他们发饷，还是自己顾自己吧。

又过了几天，文硕对看押他的僧人说，他准备写信给洋魔，把条约要回来，让僧人们撕掉。那僧人立刻送来了纸笔和鸡毛。文硕写了一封信，在信纸上粘了鸡毛，交给来送饭的雪村姑娘说："这事只能由你来办了，骑上我的马，去前线，找一个叫魏冰豪的满人，一定要找到。"

## 4

罗布次仁带来了两千民兵，沱美活佛带来了一千五百僧兵，俄尔总管带来了夏琼娃代本团的七百多藏兵，曲眉仙郭一下子增加了这么多人马。加上原来的藏兵、僧兵、民兵，只见曲眉仙郭北边的石墙后面，直到古老的朝圣路两侧，水汽弥漫的隘口旦巴泽林夜哭泉之前，蓝绿的多情湖边，到处都是严阵以待的西藏人。西甲喇嘛兴奋得骑在马上，这儿走走，那儿看看，就像一个视察部队的将军，忽而翘头，忽而俯首，逢人就说："这下好啦，我的战略战术就能实现啦。告诉森巴军，他们就不用参战啦，养好精神，等胜利了给大家跳舞。他们多长时间没跳舞啦？这次让他们跳个够。"视察完了，便走向俄尔总管的帐篷。

俄尔总管是最后到达曲眉仙郭的。来了以后立即安营，立即开会。西甲喇嘛大大咧咧走进帐篷时，会议已经开始。讲话的俄尔总管突然不讲了。帐篷里一片安静。

西甲喇嘛奇怪地看着在场的头头脑脑，问道："你们在干什么？开会？我是指挥打仗的，战场上开会怎么不叫我？"

俄尔总管说："现在不需要打仗啦，你的指挥已经结束。"

西甲更奇怪了："不需要打仗？那你带着夏琼娃代本团来干什么？"

俄尔说："我带他们来是维持秩序的。夏琼娃代本团现在是唯一健全的西藏正规军代本团，谁敢再挑起战争，他们就镇压谁。我们开会的目的就是要文争理阻，什么叫文争理阻呢？就是给洋魔讲道理，让他们回去。"

西甲说："要是讲道理就能把洋魔讲回去，洋魔早就回去啦。道理在日纳山、在隆吐山时我就给他们讲过，他们不听。"

俄尔说："你一个底层喇嘛有什么道理？他们当然不听。现在要代表新任驻藏大臣否太和摄政王迪牧讲道理。我们已经派人通知洋魔，定一个合适的地点、合适的时间，好好地讲讲道理。我们正在商量谁是最合适的人选，我们虽然有道理，但也得能言善辩。"

西甲喇嘛气得都要晕倒了，大喘一口气说："佛祖啊，你让这些人清醒一下吧，他们要给狮子老虎说，你别吃肉；要给牛羊骡马说，你别吃草。山，流淌起来吧，水，高耸入云吧。兔子是不是跑的，老鼠是不是打洞的，你问问山神爷就知道啦。洋魔的屁股难道是嘴，吃的不在上面，拉的不在下面？你想让洋魔变成菩萨，想让上帝变成佛？也不问喇嘛们同意不同意。月亮在白天，太阳在夜晚，释迦牟尼定下的规矩忘掉啦：不可能的事情不要办。"他说着一连串的比喻，愤怒地出了帐篷，越想越气，又返回去，大声说，"陀陀喇嘛们全死啦，那么多藏兵僧兵民兵都死啦，你们还要讲道理？你们这些细糌粑吃坏了肠子的贵族，有一点良心没有？佛祖啊，不是洋魔灭佛，是这些不打仗的贵族灭佛。西藏要死啦，不是今天，就是明天。但是我不死，我还要打洋魔。愿意打仗的，跟我走。"

西甲喇嘛大步走出了帐篷。

僧兵总管沱美活佛跟出来，追上了自己的弟子："我最初带来的两个僧兵代本团加上新来的一千五百僧兵，一共四个代本团都归你啦，去吧，打洋魔去吧，我留在这里参与谈判。"

西甲一把拉住沱美活佛说："尊师，不要去。"

但是沱美活佛还是去了。作为僧兵总管，他觉得自己有服从驻藏大臣和摄政王迪牧的义务。

帐篷里，大家继续商量去给洋魔讲道理的合适人选。

俄尔总管说："按理，我是应该去的，但我是个能干不能说的人，作为西藏的噶伦，嘴头子比绛巨噶伦差远了。"

绛巨噶伦说："你的意思是要我去？不不不，这个我不能去，我得赶快离开曲眉仙郭，把囤积在江孜宗仓库里的粮食和弹药运过来，来了这么多人，我的后勤保障不能跟不上。"

俄尔说："现在我们既然是文争理阻，就不需要弹药啦。至于粮食嘛，新来的这些人自己带的还没吃完，原来的人马半个月以前得到了补充，虽然差不多吃完了，迟一两天再补充也不要紧。"

绛巨说："那我也不能去。我这张嘴什么时候变得比你能言善辩了？"

俄尔说："你是噶伦，你去就可以代表噶厦政府，是西藏方面的最高长官。我也想去，但我去了排在你前面发挥不了你的作用，排在你后面你又觉得不能降低前线总管的位置，还是心里有靠，面上有让。所以我只能派人代表我去，夏琼娃代本一来代表我，二来给你当保镖。其他人选嘛，三大寺得有一个代表，沱美活佛……"

沱美说："不用说了，我是要去的。"

俄尔说："藏兵方面，朗瑟代本可以代表，他从隆吐山打到现在，了解洋魔。再就是民兵方面也应该去一个人，摄政弟弟，你看是你去，还是派代表去？"

罗布次仁想了想说："你叫我摄政弟弟我就不能去了，我去了代表谁说话？是代表我呢，还是代表摄政王？我既不能代表我，也不能代表摄政王，就像一头骡子，掉在两不靠的地方，说也不是，不说也不是。我还是派一个民兵代本去吧。"

就这样定了：准备代表西藏去给英国十字精兵讲道理的有绛巨噶伦、沱美活佛、夏琼娃代本、朗瑟代本和民兵代本白登。

散会之后，俄尔总管把罗布次仁留下来，问道："听说你把颇阿勒夫人的儿子鹊跋带来了？"

罗布次仁说："不是我想带他，是他硬要来的。"

俄尔说："还活着吧？"

罗布次仁说："我能让他死了？"

俄尔说："那就交给我。"

罗布次仁愣了一下说："我早就想把他交给总管大人了，一直不敢，万一他在你这里闹出麻烦来呢？我就不明不白了。大人，不是我多嘴，这个鹊跋，他把你看成了闯进羊群的狼，不光要吃掉……"

他把后半截话吞了回去。

但俄尔明白他想说什么：不光要吃掉颇阿勒夫人，还想吃掉整个颇阿勒庄园。他笑笑说："我知道很多人都这么说，鹊跋怕是听了别人的挑唆。"

这天，在罗布次仁亲自把鹊跋带来交给俄尔总管后，俄尔总管命令麻子队长："把他给我管起来，一定不能让他死掉。"麻子队长心领神会：不让鹊跋死掉不过是借口，不给他自由才是真实的目的。

戈蓝上校半个月里没有发动进攻，原因固然是他不希望马翁牧师和他的卫队被西藏人杀害，但也觉得有一段时间的休整是必要的，被高海拔击倒的英国人应该在新的进攻开始时出现在战场。现在，逐渐恢复的英国人陆续赶到了这里，还有没赶到的，那就是跟着容鹤中尉和达思牧师走向了更加便捷的路。不知道这条路会通向哪里，但一定在前面一个十字精兵需要占领的地方。当容鹤中尉派人送信，告诉戈蓝上校他将再次在前面迎接上校时，戈蓝上校写了一封回信："我知道你没有跟上大部队，不光是想在前面迎接我们，更想回避我对你的惩罚。我把几十门山炮留给了你，要你保证一门不少，你却让大火烧毁了十门。这十门山炮要是用在战场上，能顶一千个士兵一千支来复枪。我说了，少了它们，我就要你的命。现在你说怎么办？你需要立下什么样的功劳，才能顶你自己的命？"

戈蓝上校已经等不及了，彻夜盘算着进攻。他没忘了马翁牧师的死活，却已经无法顾及了。想：一个上帝的圣徒在他不能为上帝的事业献出生命时，一定是很悲哀的。而我却让悲哀一再成为马翁牧师的阴影。为了大英帝国，为了耶稣基督神圣的进军，牺牲的时候到啦，马翁牧师，你不会责备我对你的成全吧？至于作为马翁牧师卫队的二十个英国士兵，他考虑的并不多。战争总是要死人的，不是那样死，就是这样死。二十条人命，不算多。那就开始吧，后天上午。

进攻开始的前一天，戈蓝上校收到了西藏人的照会，他让尕萨喇嘛念给他听，完了说："西藏人要给我们讲道理？讲什么道理？"

尕萨说："他们要谈判了，这是清朝新任驻藏大臣和西藏摄政王的意思。"

戈蓝上校说："我们跟他们已经有了谈判条约，还谈什么？让开道路，让我们过去就是了。"他想起被西甲喇嘛用大便污辱过的条约，哼了一声，突然一个激灵，觉得他现在需要的正是一次谈判，多好的机会啊。他试探着问尕萨喇嘛："你说呢，谈不谈？"

尕萨卖弄地说："所言谈判者，既非谈判，是名谈判。这是佛的话。什么意思呢？就是说号称谈判，但不是真的跟他们谈判。"

戈蓝上校意味深长地望着尕萨喇嘛阴险的小眼睛，冷笑着："那就按照佛的意思办。"

## 5

谈判开始了。时间是戈蓝上校确定的：星期五，上午9时。

戈蓝上校大声对部下说："我们不应该忘记，就是在一个星期五的上午9时，我们的耶稣被钉在了耶路撒冷城北刑场骷髅岗的十字架上。很多人哭了，耶稣自己也很悲伤。但事实证明，悲伤是人类进化的伟大契机，就从这一天开始，在耶稣受难几个小时后，他不朽的灵魂脱离了肉体，然后就像众所周知的那样，他在第三天复活，在第四十天升天，回到了上帝耶和华那里。今天，就在我主耶稣光荣受难的时刻，我要让你们见证基督所向无敌的奇迹。复活是为了开始拯救人类的时光，当然也是为了拯救异教顽固的西藏。我们所有人都是拯救者，听候我的命令吧，今天是一个基督照耀的日子。"

戈蓝上校带着二十个精挑细选的英国人，有军官也有士兵，都带着双枪：手枪和来复枪，来到了石墙跟前。他要孕萨喇嘛传话，要求推倒石墙进行谈判。早已等候在石墙里边的西藏谈判代表断然拒绝。

戈蓝上校又说："那就请我们过去，我们过去和你们谈。"

这个请求同样遭到了西藏代表的拒绝。朗瑟代本代表西藏说："我们只能隔着石墙跟你们谈。"

戈蓝上校说："在我们英国，友好的相见是没有阻隔的。不让我们过去，那就请你们过来。这是我的最后一个要求，如果还不能同意，那就没什么可谈了。需要提醒你们的是，谈判是你们提出来的，而不是我们，我们不想谈。"

西藏方面，几个代表商量了一下，决定同意这个要求。但为了防止万一，朗瑟代本把自己的部下调过来，匍匐在石墙里面，装好弹药，插上火绳，随时准备点火射击。然后，绛巨噶伦、沱美活佛、夏琼娃代本、朗瑟代本和白登代本带着各自的仆从，一共三十多个人，从石墙里面翻出来，走到戈蓝上校跟前。

戈蓝上校又说："谈判的目的是议和，为了表示诚意，我们准备把子弹退出枪膛，也要求贵军指挥官下令将火枪的火绳拔掉、弹药拿出。"说罢，他身边的二十个英国军人立刻当着西藏代表的面退出了来复枪的子弹。五十米外的一队英军坐的坐、站的站、躺的躺，枪就随便丢在地上，一点准备出击的迹象都没有。还有一些穿着大袍子、没带武器的司恩巴人，在卡奇大佐的带领下围过来看热闹。戈蓝上校冲他们挥着手："去，去，去，睡觉去。"他们去了，又没有走远，似乎好奇得不得了，非要看看如何谈判不可。

西藏代表看到对方如此放松，便命令各自的仆从把火绳枪的弹药退了，也让石墙里面随时准备出击的朗瑟代本的部下退弹休息。

戈蓝上校满意地点点头说："我同意跟你们谈判，就是想请你们不要执迷不悟。上帝从来不亏待他的信奉者，他对信奉者的一视同仁，给所有人提供了一个从野蛮进化到文明的机会。只要得到上帝的眷顾，你们和我们，就都是一样的。西藏的出路只能是皈依基督，而不是顽固地抱着佛脚不放。不皈依基督，西藏就没有未来。"

绛巨噶伦说："我们不知道上帝，就像你们不知道佛。西藏是佛的家乡，不是上帝的天堂。我今天就给你们说说，从头说起。"他觉得既然自己被认为是能言善辩的，就得有个能言善辩的样子，便捋了捋袖子，滔滔不绝地说起来。他从混沌说起，说到宇宙的中心须弥山，围绕着须弥山的四大部洲以及居住着人类的南瞻部洲；说到南瞻部洲的西藏曾是一片无边的水域，由于观世音菩萨的保佑，才升起了今天的陆地；说到观世音和他的配偶度母神化现了猴子和罗刹女，生儿育女有了最初的西藏人；说到至美至善的释迦牟尼圆寂前，召来观世音，最优秀的菩萨，再次派他到北方积雪的土地为万物造福。佛祖说，你的后代那些住在雪域的人们受到了魔鬼的诱惑，他们败坏于三种邪恶的毒素：自私、懒惰、忌妒；他们偷窃、杀戮、残忍，你要教化他们，向他们传授皈依真理的道路。他一直说着，说得满嘴白沫、两眼放光，丰富的知识让他感到了一个西藏人的自豪。

戈蓝上校又是摆手又是摇头，似乎真的想跟他讨论人类的起源：

"不不不。上帝按照自己的形象创造了人，又将生气吹进他的鼻孔，他就成了有灵的活人，他叫亚当。生儿育女有了西藏人的不是猴子和罗刹女，是偷吃了上帝禁果的亚当和夏娃。他们被上帝赶出伊甸园后，在罪恶之中繁衍了人类，包括你们西藏人。所以人类是邪恶的，是被上帝放逐的生命。我们的圣子耶稣要拯救人类，他先拯救了我们，拯救了整个欧洲，现在该轮到你们接受拯救啦，西藏人。"

沱美活佛说："人是邪恶的吗，先生？不是。人的本性清净、光明、喜乐、慈悲。人在最初的时候，干净得难以想象，就像冰山上的水、森林里的泉、云彩上的蓝天、峡谷里的清风。他们人人都是佛，没有污垢，没有尘蒙，赤裸裸地表现着善良和一切美好。但是后来，上帝出现了，他把罪恶带到了人间，也把无数魔鬼带到了佛的地界。你们来了，我们才知道原来魔鬼诞生在英国，贪欲和仇恨来自上帝。佛的西藏不欢迎你们，请你们回去，回到上帝那里去。"

戈蓝上校又是连连摇头："多么愚蠢的人，真是冥顽不化。"他似乎有了秀才遇上兵，有理讲不清的无奈，回头说，"咖啡，咖啡。"卫兵端来了咖啡，他喝了一口说，"也让这些西藏人尝尝吧，让他们知道，上帝的饮料是多么香甜。"

一个卫兵用一个银盘把五杯咖啡端到绛巨噶伦、沱美活佛、夏琼娃代本、朗瑟代本和白登代本面前。西藏代表面面相觑：黑乎乎的什么呀，洋魔怎么喝这个？在西藏，只有污血和毒药才是黑色的。

绛巨噶伦说："我们不喝。在我们西藏，这样的东西猪狗都不喝。"另外几个西藏代表也都说："对，这不是人喝的。"绛巨又说："我们就喝奶茶、甜茶、酥油茶。"他陶醉地咂咂嘴，"白花花香喷喷的酥油茶。"然后命令身后的仆从占堆，"去，提两壶酥油茶来。"

占堆翻墙过去，又翻墙回来，怀里揣着一摞镶了银子的木碗，手里提着两个盛满酥油茶的铜壶。绛巨噶伦让占堆把碗一溜儿摆在地上，都倒满了酥油茶。他按照西藏的规矩，端起一碗，双手捧给戈蓝上校。他琢磨戈蓝上校一定会像他们拒绝咖啡那样拒绝酥油茶，一旦拒绝，他就会自己一饮而尽，然后回味深长地抹抹嘴："真甘露啊。"

　　但是绛巨噶伦没想到，戈蓝上校不仅接过去喝了，还对他身后的那些英国人说："好喝，好喝，你们也端起来喝。"英国人纷纷端起地上的酥油茶，有滋有味地喝着。戈蓝上校说："这么好喝的饮料，上帝知道得迟了，所以我们来晚了。看来就凭这酥油茶，我们的进军也不能停止。十字精兵一定要喝到江孜和拉萨的酥油茶。"

　　这句话尕萨喇嘛没有翻译，但绛巨噶伦从对方的表情中猜出是对酥油茶的赞美，不由得得意起来，对另外几个西藏代表说："他们的咖啡我们不喝，我们的酥油茶他们抢着喝。白花花的酥油茶打败了黑乎乎的咖啡，也是佛祖打败了上帝，因为酥油茶是佛祖的恩赐，咖啡是上帝的恩赐。你们说呢？哈哈。"

　　立刻有仆从把酥油茶打败咖啡的佳话传到了石墙里边。石墙里边更是风传而去，很快战场上的西藏官兵都知道了。他们高兴着，终于有了一次胜利。

　　谈判场地上，看热闹的十字精兵越来越多，不仅卡奇大佐率领的穿着大袍子的司恩巴人围了过来，一丛丛廓尔喀士兵和印度士兵也围了过来。英国人喝了酥油茶，还想喝酒。戈蓝上校命人端来了白兰地，斟到铁杯里请西藏代表喝。

　　绛巨噶伦和其他西藏代表只是闻了闻，依然拒绝。

　　戈蓝上校说："听说西藏有青稞酒，青稞酒有我们的白兰地好喝吗？"

绛巨噶伦哪里会想到这是英国人的麻痹战术，只觉得既然酥油茶已经自豪地打败了咖啡，青稞酒也一定能更加自豪地打败白兰地，就让仆从占堆赶快去拿青稞酒。占堆说："大人，哪里有青稞酒？"绛巨噶伦说："去找俄尔总管，他那里一定有。"但占堆跑向石墙，又跑了回来，惊慌失措地喊着："大人，大人，洋魔，洋魔。"绛巨噶伦大声呵斥道："喊什么？"话音刚落，就听砰的一声枪响。

这一枪是戈蓝上校打响的。他掏出手枪，一枪打倒了西藏方面的首席谈判代表绛巨噶伦。接着，那二十个在谈判开始前退出来复枪子弹的英国军人突然都从衣服下面掏出手枪，对准了西藏谈判代表和他们的仆从。枪声一片，前来谈判的三十多个西藏人瞬间倒在地上。

反应最快的是朗瑟代本，他跳起来就跑，并不是想逃走，而是跑向了石墙里面自己的部下。他必须命令他们装药点火，赶快过来保护谈判代表。但是他看到围拢谈判场地看热闹的十字精兵都已经投入战斗，那些司恩巴人一个个都从大袍子里面拿出了来复枪，趴到墙头上朝里射击着。西藏人自己垒起的石墙，顿时变成了十字精兵的掩体。一丛丛廓尔喀士兵和印度士兵从石墙两翼迅速包抄而去。原本五十米外坐的坐、站的站、躺的躺的英军，早就登上能看到西藏人的所有制高点，架起了机枪。朗瑟代本大吼一声，踩着司恩巴人的身体翻过墙头，朝前狂奔而去："佛祖啊，俄尔总管，这不是谈判，是屠杀。"

戈蓝上校举枪瞄准，一枪打倒了朗瑟代本。卡奇大佐又跑过去，朝着朗瑟代本的脑袋补了一枪。

《圣史》上说，参与谈判的人都死了。绛巨噶伦、沱美活佛、夏琼娃代本、朗瑟代本和白登代本以及他们各自的仆从一共三十多个人，都死了。

戈蓝上校望着满地西藏人的尸体，看哪个还在蠕动就补一枪。当他来到沱美活佛跟前时，看到紫红色的袈裟鼓鼓地铺在地上，但从里面伸出来的不是头颅和双脚，而是一股风。他一脚踩扁，惊叫一声："上帝啊，他人呢？"他清楚地记得，自己的第二枪就是打向沱美活佛的，明明看到对方胸口开了一个血洞，歪倒在地，却突然不见了人影。他恐惧地四下看看，朝部下喊道："开枪，开枪。"

真正的屠杀这才开始。以石墙为掩体的司恩巴人、包抄过去的廓尔喀人和印度人、登上所有制高点的英国人，用机枪和步枪，同时朝石墙里面，那些被谈判被酥油茶的胜利蒙蔽得毫无防备的西藏士兵，扫射过去。还有火炮，十字精兵的所有十磅大炮、七磅大炮、山地野炮，都在谈判代表争执人类起源的时候悄悄靠近了石墙。现在它们一起发射，所有炮弹都精准地落在了奔跑的西藏士兵里。

果然就像西甲喇嘛说的，这里是曲眉仙郭的死亡之坑，不是洋魔死，就是西藏人死。他的战略战术是让洋魔全死，而当他的战略战术不存在时，就只能让西藏人走进葬场了。石墙后面的平野，直到古老的朝圣路和著名的隘口旦巴泽林夜哭泉，没有一处没有西藏人的尸体，也没有一处尸体不是密密麻麻的。这场以谈判为诱饵的屠杀，让聚集在曲眉仙郭北边的藏兵和民兵死亡过半。而活着的大部分也都是受了伤的，残部后撤的时候，都是伤员抬伤员，许多伤员都来不及抬走，十字精兵就已经追到跟前了。

这里只有一个插曲让西藏人自豪，那就是一枪没打死，补了一枪还没打死的绛巨噶伦的仆从占堆。占堆突然从死人堆里爬了起来，掀开皮袍拔出了一把长刀。长刀是他翻墙去拿酥油茶时揣上的，他似乎想到了主人绛巨噶伦的危险，却没有及时提醒他。他举着锋利的长刀直扑戈蓝上校。戈蓝上校惊叫着转身跑进了卫队的人群里。占堆冲过去，横劈竖砍，砍倒了十几个英国人后，自己才被打死。

占堆的举动让戈蓝上校想到必须尽可能多地杀死西藏人，留下的活人越多，仇恨的能量就越大。他命令所有步兵迅速追击："打死，打死，全部打死。"

## 6

十字精兵追过了石墙里面的平野，一路扫荡，射向西藏人的子弹比高原的氧气还稠密。直追到古老的朝圣路上著名的隘口旦巴泽林夜哭泉之前，杀红了眼的十字精兵才戛然而止。隘口的水汽腾腾袅袅，一会儿浓重，一会儿稀薄。稀薄的时候能看到一些高低不平的丘陵和红色袈裟的剪影。十字精兵朝水雾里胡乱打了一阵枪，看前面没有反应，便又朝前追去。雾气立刻吞没了他们。

枪声在雾气中爆响，越来越激烈，显然是交上火了。半个时辰后，十字精兵从雾气中退了出来，趴在地上不敢往前。指挥追击的麦高丽上尉立刻派人告诉后面的戈蓝上校："我们遇到了顽强抵抗，请求火炮支援。"很快，戈蓝上校和十门移动方便的山地野炮同时到达了这里。

戈蓝上校命令炮队架炮射击，然后问道："死了多少人，麦高丽将军？"

"上校，你忘了，我现在不是将军，请叫我上尉。"麦高丽说，"报告上校，刚才冲过去后，死了十六名战士。"

戈蓝上校说："我问的是西藏人。"

麦高丽上尉说："报告上校，太多了，不计其数。"

　　说着，炮声便响起来。一阵狂轰滥炸，估计把朝圣路两边的所有丘陵都炸了一遍，麦高丽上尉才又带人冲进了水雾。还是遇到了抵抗，比刚才还要顽强。麦高丽上尉带人退回来，把一个俘虏的僧兵推倒在地上。

　　麦高丽上尉用一口流利的藏语问道："说，我们遇到了什么人？"

　　僧兵自豪地说："你们遇到了西藏的战神西甲喇嘛。"

　　麦高丽又问："西甲喇嘛一共率领多少人？"

　　僧兵说："地狱里的阎王鬼怪不算，光天兵天将就有一百个代本团。"

　　麦高丽踢了一脚说："你不说实话，想死了是不是？"

　　戈蓝上校让尕萨喇嘛翻译给他听，完了过来说："不要跟他废话，西藏人不会告诉你什么。就算有一百个代本团，我也要全部干掉它。"说罢，他把自己的手枪塞到尕萨喇嘛怀里，"你，杀了他。"

　　尕萨喇嘛双手捧着手枪说："我？杀了他？我是喇嘛。"

　　戈蓝上校说："你的心早已不是一个慈悲的喇嘛了，不信你用你的手试试你的心，当你的手朝同胞开枪时，你的心会不会碎裂。如果会碎裂，你就要小心佛；如果不会碎裂，你就要小心人。"

　　尕萨喇嘛回味着戈蓝上校的话，突然问："哪个人？"

　　戈蓝上校说："我也不知道，反正不是我们英国人。"

　　尕萨喇嘛咬咬牙，真的想试试了，看自己的心会不会已经是军人而不是僧人了。他用手枪顶着僧兵的头，闭上了眼睛，突然觉得为什么不能亲眼看看呢，自己又不是没有见过杀人毙人。他睁开眼睛，盯着僧兵的头，手指渐渐收拢着。

　　那僧兵看是一个喇嘛要杀他，厉声道："你把袈裟脱了去。"

　　尕萨喇嘛眼睛一瞪说："我就穿着袈裟又怎么样，难道不敢开枪?"话出枪响,僧兵的脑浆喷出来,糊了尕萨喇嘛一脸。尕萨用袈裟袖子擦着脸,后退几步,使劲拍了拍胸脯,笑望着戈蓝上校说:"没有碎裂,我不必小心佛。至于人嘛,我会提防。"

戈蓝上校眼光郁然地望着尕萨喇嘛,收回自己的枪,派人传令,让所有的大炮都到这里来。

几十门大炮和山地野炮的同时轰击,让隘口一片沉厚的迷蒙。水汽加上硝烟,天地之间没有了空间,升上去的是烟雾,落下来的是泥土。轰炸持续了一个小时。十字精兵又开始进攻了,这次他们没有遇到抵抗,隘口的丘陵后面,西甲喇嘛的僧兵一个不留地撤了,留下来的,都是炮弹制造出的尸体。

旦巴泽林夜哭泉用依然喷涌不止的泉水迎接了十字精兵。战火之下居然还有如此清澈的泉水,虽然是匆匆经过,许多英国人都不忍放弃地趴到地上,喝起来或洗起来。但戈蓝上校没有尝试,他也没让麦高丽上尉尝试,他虽然不相信尕萨喇嘛的话,什么泉水是仇恨和怨闷的眼泪,含有咒语般的剧毒,谁沾上水谁就会腐烂死掉,但还是略有忌惮,毕竟是神秘的西藏,什么诡异的事情都可能发生,击毙的沱美活佛不就从鼓起的袈裟里逃脱了吗?

尕萨喇嘛看着英国人又喝又洗,也没有阻拦,因为旦巴泽林是夜里哭泣,夜里的泉水才有剧毒。现在是白天,艳阳高照。他只是一再警告戈蓝上校:别到天黑前十字精兵还没有过完。

戈蓝上校说:"你没发现廓尔喀人和司恩巴人在后面吗?万一他们天黑前走不出隘口,就会照你的主意成为泉水有没有剧毒的验证。"

尕萨喇嘛说:"原来上校你已经想到了。"

离隘口大约两公里。泉眼密集地分布着,随处可见。十字精兵的通过持续到黑夜降临。当殿后的司恩巴人走出夜哭泉后，戈蓝上校问卡奇大佐："你们碰没碰那些泉水？"卡奇大佐说："怎么能不碰呢？它们尽往身上滋。"戈蓝上校点点头："看看你们身上，有没有腐烂的地方？"卡奇大佐看了看自己，也看了看部下，奇怪地说："没有啊。"

戈蓝上校瞪了尕萨喇嘛一眼说："西藏人，你想用编造的故事吓唬我们。"看尕萨喇嘛要辩解，挥挥手说，"告诉我，前面是什么？"

尕萨喇嘛说："康马宗的雪浪寺和杂昌峡。"

戈蓝上校又问："你有什么建议吗？"

尕萨喇嘛说："杂昌峡是通往江孜的必经之路，必须在通过杂昌峡的同时占领并毁掉雪浪寺，因为那是以旦巴泽林为最高护法神的寺庙。"

又是旦巴泽林。戈蓝上校吐了一口痰，就把旦巴泽林从脑子里吐出去了。他回身观赏着月光下的隘口，长叹一声说："好悲惨的山野，曲眉仙郭，世界上不会再有这么好听的地狱名称了。"

# 第十四章　杂昌峡谷

## 1

如果不是为了掩护前线总管俄尔噶伦和他的卫队，不是为了让藏兵和民兵的残部免遭十字精兵的追杀，西甲喇嘛决不会带领四个僧兵代本团在旦巴泽林夜哭泉堵截十字精兵。因为他知道，这个可以阻拦古代朝圣者和驼队马帮的著名隘口，根本无法抵挡洋枪洋炮的英国人及其雇佣军，结果只能是徒增西藏人的死伤。不过目的总算达到了，僧兵的损失换来了俄尔总管以及残败军马的顺利撤退，所有西藏人于第二天上午，安全进入了康马宗的地界。

西甲喇嘛让楚臣和江村两个僧兵代本率部断后，自己骑马追上了逃亡队伍前面的俄尔总管，对他说："是不是还要给洋魔讲道理？

再讲道理我就走啦，我不想跟在你们屁股后面保护你们啦。兵力刚刚集中到曲眉仙郭，一仗都没打，就死伤大半，都是你们讲道理讲死的。前线总管大人，你要对每一个死去的人负责。释迦牟尼定下的规矩你忘啦？牛大羊大，蚂蚁搬家。洋魔是一头大野牛，蚂蚁多了才好对付。我们的蚂蚁本来就少，现在更少了，人家一脚两脚不够踩的。摄政王派我来前线，就是要打败洋魔的，可是这么少的兵力，你叫我怎么打？就是达赖喇嘛亲自披挂上阵也还要千佛万僧吹号敲鼓呢。前面就是杂昌峡，堵截洋魔的好地形。托摄政王的福，有好地形我就有战略战术。但洋魔超过六万，我们只有不到三千；洋魔快枪大炮，我们棍棒拳头。再好的战略战术，仅靠残缺不全的四个僧兵代本团是不够的，必须增加兵力。大人，赶紧骑马往前跑，把能打仗的西藏人都叫来。前藏后藏的兵力两三天之内到达杂昌峡是不可能的，杂昌峡堵截战只能达到延缓洋魔进攻的目的，不能消灭洋魔或者赶走洋魔。三天以后杂昌峡肯定失守，洋魔会用最快的速度直扑江孜。我们的兵力必须在这三天里集中到江孜。江孜是我们最后的战场，好歹要在这里把洋魔的脖子掐掉腿打断。大人，现在就看你啦，你是前线总管，你要是召不来兵力，就连自己的命也管不住啦。"

俄尔总管沉重地点着头说："我知道了，西甲喇嘛，悔不该当初不听你的。现在这么多人死了，我把罪犯下了。我这就派人去拉萨，给摄政王说，要么他给我兵力和打洋魔的权力，要么他撤掉我这个前线总管。"

西甲喇嘛又说："你就说释迦牟尼早就把规矩定下啦，洋魔不是人，有理讲不清，要想洋魔回家，刀枪石头说话。"说罢，他便匆匆告辞。

西甲喇嘛朝前赶去，他想尽快到达杂昌峡，踏看地形。三千对六万、土枪对大炮，要坚守至少三天，几乎是不可能的。但他还是抱了最后一线希望，相信佛祖会保佑，有利于堵截的地形会让他实现这个奇迹。

快到杂昌峡口时，他意外地碰到了沱美活佛。

靠了悲智行愿四菩萨大法的修炼，侥幸逃脱屠杀的沱美活佛直到这时才出现在弟子面前。他觉得把僧兵交给西甲喇嘛就可以了，自己待在前线反而会成为西甲行使权力的障碍。他在这里等着西甲喇嘛，就是想最后嘱托几句，然后离开。他要回拉萨，继续召集僧兵，同时还要质问摄政王迪牧活佛：为什么要跟洋魔讲道理？你知道死了多少西藏人？如果你害怕洋魔就像老鼠害怕猫头鹰，那就请达赖喇嘛出面吧。三大寺包括一向联合丹吉林的哲蚌寺，决不需要一个对上帝和洋魔卑躬屈膝的摄政王。摄政王必须为曲眉仙郭大屠杀付出代价。

沱美活佛说："你的想法是对的，杂昌峡的堵截能让西藏赢得集中兵力的时间。但是三天，三天的时光连佛祖都会讨厌。对你们来说太长，对西藏来说太短。"

西甲喇嘛说："我知道你的意思，尊师，你是说我们在杂昌峡很难坚守三天，西藏在三天之内也很难在江孜集中足够的兵力。但是又有什么办法呢？我只能说坚持三天就是胜利，不然谁还有心情去打仗呢？僧兵是最后的势力，可千万不能懈怠。已经有逃跑的啦，他们嘴上说的是不嗔恨不杀生的佛话，其实是灰心丧气啦，让死亡给吓住啦。至于江孜的兵力，能集中多少算多少，多了是佛祖保佑，少了是佛祖惩罚。尊师啊，我们已经失去了最好的机会，现在只能珍惜最后的机会了。"

　　沱美活佛说："佛祖为什么会惩罚西藏，是我们礼敬不够？不够不够，真的是不够，不把上帝赶出去，就是不够。三世诸佛，十地菩萨，所有的护法神，都来惩罚那些主张给洋魔讲道理的人。"又说，"杂昌峡西路尽头有雪浪寺，那是旦巴泽林护持的寺庙。我已经奋力祈请佛界诸尊，让旦巴泽林帮助你。你也要尽力保护雪浪寺。"

　　西甲喇嘛说："我知道了，尊师。雪浪寺在杂昌峡的西路尽头，我会逼迫洋魔走北路的。"

　　师徒二人分手的时候都有些伤感。尤其是西甲喇嘛，看到尊师步履滞缓，还有些趔趄，赶快过去扶住说："尊师，你老了，骑上我的马吧。"沱美活佛说："只有不靠任何助力的行走，才会不受任何羁绊。你把马让给我，就是让马骑着我了。"说罢，甩开弟子的手，捂住自己的胸口，长吸一口气，便风速而去。

　　西甲喇嘛望着沱美活佛，感觉有点不对劲，却已经追不上了。

　　前线总管俄尔噶伦和他的卫队连夜进入了杂昌峡。

　　接着是罗布次仁和他率领的民兵残部。西甲喇嘛希望他留下来。他说："你看我的人马，不能走的比能走的还要多，要是留下来，伤员怎么办？"西甲喇嘛看到那些民兵不是抬人背人的，就是被抬被背的，丧气地摇摇头，放过去了。

　　之后是藏兵的残部。奴马代本带着森巴军的几十个人留了下来。欧珠甲本也带着几十个还有战斗力的藏兵留了下来。

　　西甲喇嘛说："欧珠甲本，你现在不是甲本你是代本啦。朗瑟代本的人都归你指挥啦，你要好好给我打仗。"

　　欧珠甲本愣了一下说："大喇嘛，我、我、我不会干啦，你说的这个代本。"

西甲说:"我说会你就会,欧珠代本,你说过洋魔的上帝是空气,软的,想怎么打就怎么打,你为什么又害怕啦?"

果姆接着说:"大喇嘛,我们不害怕,代本就代本,从今以后殴珠代本就是我丈夫啦。"

西甲盯着果姆,诧异道:"我让女人离开战场,你怎么还没走?"

果姆说:"大喇嘛,我要是离开,欧珠就干不了代本啦,他连甲本也干不了啦。"

西甲生气地说:"我的命令竟敢不服从,你是水里的母龙听不懂我的话呀。"立刻又转移了话题,"你们的伤员呢?"

奴马和欧珠说,俄尔总管的卫队没有一个负伤,都是空着手的,我们乞求俄尔总管收下我们的伤员,把他们抬到江孜去。俄尔总管答应啦。

西甲说:"这个主意好,谁出的?"

果姆斩钉截铁地说:"我。"

西甲瞪她一眼,冰凉的表情立刻温和下来。

最后来到杂昌峡的是已经在旦巴泽林夜哭泉损失不少的四个僧兵代本团。他们是此次阻击战的主力。西甲喇嘛把四个僧兵代本楚臣、江村、米多尔、塔青和两个藏兵代本奴马、欧珠叫到一起,然后带着他们朝峡谷深处走。只见两边树木葱茏、石头累累,他边走边排兵布阵,最后说:"奴马代本和欧珠代本的人不多,合起来跟着我。我发现我越来越重要啦,我不能死,你们要好好保护我。我的位置在峡谷中间西路和北路的交叉处,西路有雪浪寺,我们要逼迫洋魔走北路。三天,我们必须坚守三天。三天后,要是我们不死,摄政王和达赖喇嘛就会给我们挂哈达。要是我们死了,空行母会护送我们去天上见佛祖,佛祖会说,你们是为保护佛的西藏而死,你们就都是佛啦，愿意待在天堂就待着，愿意回到人间就回去，回到人间你们就都是转世灵童啦，不是转世灵童的，也会是个噶伦或者仲译（仅低于噶伦的噶厦高官）。"

楚臣代本真诚地说："我们都还是想回到人间，但西藏的噶伦就四个，仲译也是四个。这么多人到底谁是谁不是？"

西甲说："我听说英国有四百个噶伦，我们都到英国做噶伦去。"

楚臣疑惑地问："做洋魔的噶伦？不回到西藏来啦？"

西甲说："那时候西藏有佛，英国也有佛，让你回来你都不想回来。你也可以今年这里，明年那里，做一个云游的噶伦。"

楚臣放心地说："那就好，那就好。"

殴珠代本插进来说："天上也有噶伦，天上的噶伦是不死的。"

果姆说："不好，我们就做西藏的噶伦。"

殴珠点点头："对，还是西藏的噶伦好。"


俄尔总管答应收下伤员后又后悔了，因为行军的速度大受影响。他很急切，想以最快的速度赶到江孜去。预感告诉他：曲眉仙郭的惨败对他这个前线总管十分不利，不知道摄政王迪牧和拉萨的僧俗官员会怎么想，他必须做好最坏的打算。他是从杂昌峡西路走出峡谷的，路过雪浪寺时，他命令卫队把奴马代本和欧珠代本托付给自己的所有伤员都留在了寺里。

然后他叫来麻子队长，神情诡秘地说："你是我最信赖的人，你要为我做一件事，把那个鹊跛，就在这里，啊，知道吧？"他做了个举枪瞄准的动作。

麻子队长说："大人，我知道你要我做什么。大人……"

俄尔看他神情惶然，吞吞吐吐，问道："是不是鹊跛出事了？"

麻子队长说："是啊，不知死了还是跑了，我看不见他了。"

俄尔惊问："你在什么地方看不见鹊跋的？"

麻子队长说："在曲眉仙郭就看不见了。大家往后跑，一片乱糟糟，谁也顾不上谁。"

俄尔吸了一口冷气，知道责骂无益，铁青着脸，捶着自己的胸脯说："我犯下错误了，早一点动手就好了。"

麻子队长想解脱自己，说："大人，八成已经死了。那么多人死了，他能不死？"

俄尔脸色难看地说："你给我留心，留心我的安全。他要是活着，一定会回来，见了就给我收拾掉，后果不要管。"

## 2

尕萨喇嘛详细描述了一番杂昌峡的地形后，告诉戈蓝上校，西藏人一定会在这里设伏堵截，根据十字精兵的实力，我们应该在两天内打败堵截，通过杂昌峡，如果让西藏人坚守到第三天，那就是英国人的失败。

戈蓝上校说："不，我要在第一天通过杂昌峡。"

尕萨喇嘛说："第一天？啊，上校，不可能。"

戈蓝上校狞笑道："那你就走着瞧吧。"

清晨，太阳还没出来，十字精兵就开始了进军。

离杂昌峡差不多三公里，他们走进去一公里多，还没有任何堵截的迹象。戈蓝上校有些着急，不停地派人到前面打听。他焦虑的当然不是有没有堵截，而是西藏人怎么堵截。他派了装备有十挺麦格沁机枪的前锋部队，命令他们只能前进不能后退。接着就是山地野炮部队，随时准备架炮轰击。还觉得不保险，派出两翼部队搜索前进，密切注视两厢，能占领的高地尽数占领。

　　但是戈蓝上校没想到，两边的山崖上，那些看上去直挺挺的树木会突然之间纷纷倒下，带着风声也带着火声被西藏人抛了下来。树都是抹了酥油的，一点着便烈焰腾腾，落地后又燃着了峡底的灌木和麦草。这才意识到满地的麦草不是西藏人逃亡时遗弃的，而是故意留下来以助火势的。杂昌峡内，一片火阵。更糟糕的是，队伍前面，扔下来的火树形成了一道火坝，无法突围，转身撤退时，后面也有了一道火坝。十字精兵前不得进，后不能退，又有火树不断落下，只能寻找深涧急流灭火自救。烧死的虽然不多，烧伤的却比比皆是。等到火势渐消，十字精兵全部退出峡底时，已是下午时分了。

　　十字精兵开始炮击峡谷两厢，然后又来了一次冲锋。还是没有奏效，西藏人点燃的火势虽然不似前次猛烈，横在峡底的火坝却升得更高，人不能进，马不能走，炮不能行。戈蓝上校命令炮兵用炮弹炸开火坝。但只要人冲过去，火坝立刻又会合龙。上校似乎对冲锋的无效并不在乎，不断炸开，不断冲锋，也让火坝不断合龙。反复了七八次之后，西藏人扔下来的火树渐渐稀少了。峡谷两边山脉上的林木毕竟有限，眼见着就光秃秃的了。

　　戈蓝上校命令部队停止进攻，进餐休息。

　　天黑下来。戈蓝上校亲自带领前锋部队以及尕萨喇嘛进入了峡底。他想这一天就要结束，自己必须实现诺言：进攻的第一天就穿越杂昌峡。但是前进没有多久，就听两边山崖上有了一阵喊声，开始是零零星星的，很快就蔓延开去，成了整个杂昌峡的风吼山叫。火把出现了，开始只有一个，渐渐多起来，转眼就亮光无数，海海漫漫。戈蓝上校驻足观望，疑惑道：火把不止几万，杂昌峡真的聚集了这么多西藏人？部下们也不愿意连夜进攻，神色畏怯地看着戈蓝上校。

戈蓝上校对尕萨喇嘛说："你说对了，曲眉仙郭战役并没有让西藏人接受教训，他们还想顽抗。看来我们只能明天通过杂昌峡了。"

尕萨喇嘛说："上校，如果明天能够通过，我们就应该好好庆祝一番，这可是比曲眉仙郭战役更难得的胜利。因为在曲眉仙郭，我们的对手是西藏人中软弱无能的一派，而在杂昌峡，你的老对手又出现了。"

戈蓝上校说："你是说西甲喇嘛？从攻打夜哭泉时我就知道，他又开始重新指挥西藏人的抵抗了。不过不管他有多高的智慧，胜利的只能是我们，因为说到底这不是我跟西甲喇嘛的较量，甚至也不是英国人跟西藏人的较量，而是上帝与佛、基督与菩萨的较量。你知道为什么基督必胜吗？因为我们有忏悔的武器。基督的信徒是不怕杀人的，只要我们忏悔，上帝就会原谅我们，并不影响我们进入天国。我们可以白天杀人，晚上忏悔，一直重复下去。所以我们的信仰是强者的信仰。而佛教徒就不一样了，他们要是杀了人，就永远背负着罪孽的重荷，忏悔不忏悔都只能下地狱。为了避免下地狱，他们永远不敢像我们一样理直气壮地杀人。所以他们的信仰是弱者的信仰。战争就是这样，从来都是强者对弱者的胜利。尕萨喇嘛，你也要想一想，你到底要做一个强者，还是要继续做一个弱者？你已经杀了人，如果你不能改变信仰，就只能下地狱。"

尕萨喇嘛低下头去，脸上一片黯然。

第二天的进攻还是在清晨开始。戈蓝上校亲自带领前锋部队在阳光洒满峡谷之前，来到了昨天受挫的地方，正要命令士兵从满地的焦木中穿过去，就听头顶一声枪响，接着就是惊天动地的轰隆声。石头下来了。两边的山崖都很陡峭，滚石的奔跑在弹起落下时发出了声声穿透气流的啸叫，带出了阵阵黑风。似乎比昨天的火树还要厉害，大大小小的石头带着西藏人的仇恨，长了眼睛似的直奔人群，连戈蓝上校自己也差一点死掉。上校吃惊，房子大的石头居然也会被西藏人滚下来。等他们跑到安全的地方，清点人数时，发现前锋部队的死伤超过了三分之一。

戈蓝上校把尕萨喇嘛叫来，吼道："你说过，杂昌峡不可能有大量的滚石，这些石头难道是从天上掉下来的？"

尕萨喇嘛说："是啊，这里的石头都长在山上，怎么会搬下来？西甲喇嘛的力气也太大了。"

戈蓝上校说："不要给我提起西甲喇嘛，我知道你的意思，想让我杀了他。告诉你，我曾经放了他，那是因为上帝需要睡觉。现在，上帝醒来啦，就从今天起，他再也不睡觉啦。麦高丽上尉，到我跟前来，我想把前锋部队交给你。我要亲自指挥炮兵开炮，就是一寸一寸地轰炸，也要把他们轰出杂昌峡。"

下来的进攻基本是火炮开路，前锋随后。从刚才落下滚石的地方开始，戈蓝上校让炮弹频繁落在两侧的山头和山坡上。炮击之后，前锋部队立刻攀爬上去，插上一个木头钉做的十字架表示已经占领。就这样，前进一程，炮轰一阵，占领一地。十字精兵缓慢地朝前移动着。西藏人的滚石已经不可能滚在人身上了，都在炮弹来临之前，滚落到了峡底。峡底到处是石障。虽然没有再砸死人，却也给进军造成了不少麻烦。十字精兵必须清除这些石头，才能把马拉人推的火炮开到前面去。

下午，戈蓝上校开进到了峡谷中间西路和北路交叉的地方。他再次把尕萨喇嘛叫来，问道："这两条道路应该走哪一条？"

尕萨喇嘛说："两条道路都能走出杂昌峡，通往江孜。但西路尽头有雪浪寺，我已经说过了，我们必须占领雪浪寺，必须毁掉这个以旦巴泽林为最高护法神的寺庙，否则即使我们过了杂昌峡，也到不了江孜。旦巴泽林会让我们陷入大灾难。"

戈蓝上校冷笑一声："什么大灾难？"

尕萨喇嘛摇摇头，一副神秘阴森的样子："我不好说。"

但是戈蓝上校用望远镜发现，西路两侧的山上安静得鸟不飞云不动，不见一个人影，北路的峡底和山上却到处都是西藏人。他奇怪了：西藏人看来要死守北路，为什么？难道他们认为雪浪寺不重要？或者，这是疑兵之计，西路有重兵埋伏，所以故意在北路虚张声势，迷惑我们？又一想：不管西甲喇嘛是死守北路，还是疑兵之计，我都应该以消灭西藏人的有生力量为目的。如果不这样，就算我们走出杂昌峡，也会腹背受敌。何况西路一片静谧，把大炮推过去毫无意义。

他走过去跟麦高丽上尉商量："能看到西藏人的地方，就是我大炮的去处。我不能放弃北路。至于西路，我想交给你，将军，不，上尉。我希望你率领一支快速部队悄悄插过去，如果遇到阻拦，需要增援，开枪的同时发信号弹给我。如果只有枪声，没有信号弹，我会认为你不需要增援。你的目的是占领西路尽头的雪浪寺。焚烧寺院的大火是你胜利抵达的信号。"

麦高丽上尉高兴地说："上校，我是一个跟寺院有缘分的人，这样的命令我乐意服从。"

大炮轰响西藏人北路阵地的同时，麦高丽上尉带着快速部队奔向了西路峡谷。

　　虽然西甲喇嘛没有望远镜，但戈蓝上校两路同时进攻的意图他还是觉察到了。西路两侧的山上突然飞起了白雕和血雉。他一点也不意外，之所以没有在西路部署兵力，就是想把大炮吸引到北路。西路没有了大炮，洋魔的威胁就减少了一大半。去西路的洋魔不管多少，堵和追都是一样的，洋魔在峡底，西藏人在山上。西甲把奴马代本和欧珠代本叫到跟前说："现在，用得上你们啦。你们不用保护我，我现在又不重要啦，死活你们都不要管。我再拨给你们三百僧兵，你们从西路北山上追过去，拖住洋魔，不能让他们靠近雪浪寺。雪浪寺是最最重要的，保卫雪浪寺的只有你们，千万不可大意。杂昌峡北路的三天堵截完成后，我会走出峡谷，去雪浪寺迎接你们。"

　　殴珠代本说："大喇嘛，你还是很重要，没有了喇嘛要寺院干什么？自古以来都是先有喇嘛后有寺院的。"

　　奴马代本立刻反驳道："不对，应该是先有寺院后有喇嘛。"

　　殴珠代本不服气，问道："大喇嘛，你说呢？"

　　西甲喇嘛脑子里现在不过战争以外的事情，一时答不上来。

　　一直紧跟着丈夫的果姆说："喇嘛和寺院一起有的，都重要。"

　　西甲说："对，都重要。赶紧去吧。"

　　奴马代本和欧珠代本领命去了。西甲喇嘛又走向楚臣代本团的阵地，命令楚臣代本立刻从北路走出峡谷，绕过去进入西路口，迎面堵截洋魔，保卫雪浪寺。他觉得这样既给奴马和欧珠施加了压力，让他们不敢惜命不前，又增加了一道保险，能让雪浪寺万无一失。

　　最残酷的还是北路。所有的大炮和十字精兵的主力都在这边，而西藏人只有残缺不全的三个僧兵代本团，加起来只有一千多人。这时候西甲喇嘛怀念起了陀陀喇嘛。西藏的战争能坚持到今天，多亏那些陀陀万死不辞。要是面前这些僧兵都是不要命的陀陀，那战斗力就会增加好几倍。他又一次看了看两边的山脉，没有石头，没有树木，灰土的堆积象征了无望，凭借地形地貌巧妙部署的战略战术失去了意义，只能靠人身和火绳枪的抵抗了。

他让僧兵拉开距离，在撤出阵地和返回阵地之间选择好道路。然后撒了一脬尿，用灰土和泥，认真抹在脸上，大声说："我是西藏的最后一个陀陀喇嘛，我今天不想活了。我死之前一定要冲上去咬死掐死十个洋魔。我死之后你们的火绳枪要为我报仇。"他就这样鼓舞着士气，迎来了十字精兵的第一次炮击。

僧兵们赶紧后退，等炮击结束返回阵地时，阵地前沿已经有了迅速扑来的十字精兵。几乎所有僧兵只来得及打一枪，就扔掉火绳枪，掏出腰刀，展开了肉搏战。

《圣史》只用八个字描述了这场肉搏战：血流满坡，尸首横野。死亡人数的记载让我们能够想象那个异常惨烈的场面：西藏人死了四百多，十字精兵死了一百多。一来僧兵整体比以英国人为主的十字精兵矮小，力气没有对方大；二来僧兵连刀具也不如十字精兵的，僧兵的腰刀都是五寸或七寸的短刀，是平时用来吃肉的工具，不似对方的军刺和军刀，是专门用来杀人的；三来肉搏发生时，很多十字精兵选择了迅速逃跑，然后回过头来用来复枪远距离射击。

杂昌峡的灰土干燥而虚软，人血流多少渗多少，和袈裟的颜色浑然一体，和燃烧的晚霞比赛着艳丽。阵地上空升起一股浓浓的屠宰场的腥味，拌和在渐渐黯淡的天宇中。血泊之中，横躺着僧兵代本米多尔和塔青的尸体。

然而十字精兵被打退了，打退了就是胜利。西甲喇嘛脸上身上全是伤，走来走去地视察着那些无不有伤的僧兵，不停地说："天就要黑了，这一天就要过去了。天一黑，炮弹和子弹就都是瞎子。我们又守了一天。"

是的，天黑了。戈蓝上校不得不停止进攻。

他无奈摇着头，对尕萨喇嘛说："还是你比我了解西藏人，他们已经坚守了两天，我们失败了。上帝没有给我们庆祝胜利的机会，却给了我们让西藏人付出更大代价的时间。时间是属于我们的，就让西甲喇嘛顽抗吧，我想让他们死多少就让他们死多少。我不会吝惜炮弹的，明天之后，整个杂昌峡就不会再有一个西藏人了。"

尕萨喇嘛知道这是一个气急败坏者的决心，鼓励道："虽然他们可以坚守到第三天，但第三天之后就不会有未来了。上校，你想让他们第一天就让开，是你仁慈地希望他们拥有未来。可是，啊，西藏人，太愚笨了。"

戈蓝上校说："好像你已经不是西藏人了？告诉我喇嘛，你还信佛吗？"

尕萨喇嘛摇摇头，连他自己也不知道想表达什么——是不信，还是没有不信。

## 3

第三天的进攻晚了一点。头一天洒血过多，杂昌峡北路两侧升起了一层血色的湿雾。西藏人藏在血雾里，大炮、机枪、来复枪都无法瞄准。寂静的守候中，西甲喇嘛不停地念叨着他所知道的所有佛菩萨的名号，希望佛赐的血雾能一直存在下去。没有人怀疑这是佛的保佑，因为清晨还是晴丽的天空，就在太阳升起后，飘来一堆云，遮住了阳光的照射。血雾的寿命延长了许多。

临近中午时，杂昌峡西路传来一阵枪声，隐隐的，连续不断。西甲喇嘛侧耳听了听，根据机枪和来复枪的猛烈程度，觉得奴马代本和欧珠代本，加上楚臣代本，完全可以抵挡得住，便朝空中喊一声："我的护法哥哥，大法力的旦巴泽林，洋魔给你送死来啦。"

戈蓝上校也知道是麦高丽上尉率领的快速部队跟西藏人干上了。他观察着天空，看是不是有麦高丽求援的信号弹。一直没有。他命令部下继续观察：信号弹，或者象征胜利抵达的雪浪寺的大火，自己全力琢磨如何继续对付面前死抗到底的西甲喇嘛和僧兵，最后决定：轰击对方阵地，用炮弹驱散潮湿的血雾。

非常奏效，尽管浪费了不少炮弹。当湿雾消散，僧兵的红色袈裟暴露而出时，戈蓝上校就像看到鲜血的狼一样，嗥叫了一声。

炮弹飞快地落向了西藏人。戈蓝上校想重复昨天的战绩，炮击还在进行，就催促步兵冲了过去。等炮击一结束，西藏人返回阵地时，阵地上就已经是你我不分了。又是一场肉搏，比昨天还要惨烈。西藏人和十字精兵也都死得比昨天更多。但结果却跟昨天一样：十字精兵没有打退西藏人，西藏人打退了十字精兵。

不要紧，完全不要紧。戈蓝上校并不认为后退就是失败。他已经看清楚了西藏人的人数，最多再有两次炮击、两次冲锋，这些勇猛的袈裟士兵就会被消耗干净。他让部下休息进餐，自己信心满满地在阵地前走来走去，不时地挥挥手，那是消灭、消灭、前进、前进的意思。

这时候西甲喇嘛也在自家阵地上走来走去。他也知道手下的僧兵已经无力继续鏖战，再有两次肉搏，就会丧失殆尽。他看看天色，意识到就算天马上黑下来，也无法阻拦英国人的步伐。杂昌峡的坚守就要结束，或者说已经结束了，三天不到就提前结束了。他懊丧得连连摇头，突然听到有人说："大喇嘛，马翁牧师叫你。"西甲喇嘛抬头一看，是霞玛汝本。

自从西甲喇嘛在夜哭泉向马翁牧师保证，让他们活着到达拉萨，不会死在路上之后，马翁牧师就一直在西甲喇嘛的眼皮底下度日。他和他的卫队都是被绑起来的，而押解他们的却是霞玛汝本和他的部下。西甲喇嘛当然知道霞玛汝本对马翁牧师的依附，但他仍然像命令自己的部下那样，命令他们严加看管这些侵入西藏试图以上帝代替佛祖的黑水白兽。"洋魔跑了我要你们的命。"西甲喇嘛说。而霞玛汝本的回答是："大喇嘛，你就不担心我们跟马翁牧师一起跑掉？"西甲喇嘛说："我不担心，离开我你们就会死掉。"果然他用不着担心，霞玛汝本不仅没有跑，还把马翁牧师和他的卫队看管得格外严格，从来不准他离开西甲喇嘛，除了吃饭和方便，决不给他们松绑，而且动不动就会呵斥："让你们多活几天是大喇嘛发了善心，你们可要老实点。"西甲喇嘛听了后说："对，我的善心，看见了吧？佛祖的心长在我西甲喇嘛心里。我要把你们押解到拉萨，交给摄政王，让他在佛祖面前审判你们。"然后告诉所有部下："摄政王来旨命啦，要亲自审判这些代表上帝的洋魔。"很多僧兵看到自己人一个个倒下死去，气不过就想杀了马翁牧师一行，听说要押送到拉萨，让摄政王亲自审判，也就算了。

焦灼难耐的西甲喇嘛匆忙来到马翁牧师跟前。

马翁牧师说："谢谢你的一直保护，现在请你放开我，喇嘛，我要去见见戈蓝上校。我知道坚守三天就是你们的胜利，也知道三天以后，你们也许会在江孜集中足够的兵力抵抗十字精兵。我要去告诉戈蓝上校，上帝让我和我的卫队活到了现在，就是要在今天报答关照我的人。停止，不，延缓进攻是上帝的请求。上帝在请求一个他的信仰者的时候，就是给高尚的爱赋予了低三下四的举动。上帝已经跪下了。他的使者马翁牧师说："'可怜可怜上帝吧。'而他那些拿枪使炮的信民，却还直挺着腰，大喊：'进攻，进攻。'"

西甲喇嘛想都没想，上前亲手松开了捆绑马翁牧师的绳子，又命令霞玛汝本松开了所有二十个卫队士兵的绳子。

马翁牧师说："我还会回来的，不管你是否取得坚守三天的胜利。"

西甲喇嘛没表示什么，似乎马翁牧师回来不回来对他都无所谓。同时跟去的还有霞玛汝本和他的部下。西甲喇嘛没有阻拦，似乎这些改变了信仰的西藏人何去何从对他同样无所谓。

半个小时后，马翁牧师回来了。他膝盖上有土，那是代表上帝下跪的痕迹。二十个卫队士兵也都跟了回来，他们有的自愿，有的不自愿，但戈蓝上校的命令让他们别无选择。霞玛汝本和他的部下过了一会儿才回来，好像戈蓝上校把他们扣下了，不知为什么又放了。他们回来时，一个个脸上都有愠色。

马翁牧师说："喇嘛，这里的战斗已经结束，你胜利了。戈蓝上校答应，进攻推迟到明天早晨。太阳升起之前，西藏人必须撤离这个地方。"

西甲喇嘛回头看看袈裟褴褛、伤痕累累的僧兵，又望望隐约传来枪声的杂昌峡西路，默思不语。他觉得这应该是来复枪的声音，却遥远得有些蹊跷，是不是洋魔已经到了雪浪寺？他说："霞玛汝本，我打算把你留在这里，替我们坚守到明天早晨。恩人，你也留下，你来监督戈蓝上校的诺言。"

马翁牧师和霞玛汝本都很疑惑：什么意思？留下我们？那么你

们呢？

西甲说："我打算天一黑就带人悄悄离开这里。我们的胜利包括保护好雪浪寺。"

马翁牧师吃惊地说："你为什么如此信任我？我不会替你保密的。你一走，我立刻让戈蓝上校通过杂昌峡。因为上帝只允许我中立，而不允许我帮助战争的任何一方守卫阵地。"

西甲说："其实我们是在交换，你帮助我守卫阵地，我帮助你安全抵达拉萨。西藏人知道了都会说，洋魔也有好的，那个马翁牧师就不错。"

马翁牧师想了想，无奈地摇摇头，算是同意了。

## 4

还是靠了班丹活佛的"吉凶善恶图"的指引，达思牧师和容鹤中尉沿着神通之路，从一条偏谷插进杂昌峡，来到了西路尽头的雪浪寺前。

达思牧师寻思：时轮堪舆金刚大法的修炼总会选择西藏最富有根基的寺院。雪浪寺看起来如此古旧神圣，图上却只有经过的标志，没有在此修炼的提示，为什么？这么想着，就想进去看看。

容鹤中尉以为他又要修炼，反感地说："你打算让我等多长时间？不会又是一天一夜吧？牧师，我是在打仗，把你耽搁的时间加起来，我能打过整个高原，打到北京去。快一点吧，对一个军人来说延误战机是最大的不幸。"

达思说："中尉，耶稣告诉我们，时间和忍耐是两个最强大的战士。你要是懂得战机是耐心等来的，就会发现战争其实是最不讲速度的。何况我们已经走在了戈蓝上校前面。我们绕开了所有的堵截，所向无敌。"说罢，他走进雪浪寺青石垒砌的寺门，大声咳嗽着，用眼光询问：喇嘛呢，这里的喇嘛呢？

但是几分钟之后达思牧师就从寺里跑了出来，脸色惨白，神情紧张，像是换了一副眼球，聚不拢的瞳光里，隐藏着内心的惶恐。他抖抖索索地说："上帝，原来这里是旦巴泽林的寺庙。"

容鹤中尉问道："牧师你怎么了？谁是旦巴泽林？"

达思牧师不想解释自己为什么会这样。他看到了旦巴泽林的塑像，还听到了从塑像肚子里发出的一声怪叫。尊师班丹活佛曾经告诫他：旦巴泽林是时轮金刚之外的护法，大法唯一惹不起的就是他，你要避让为先。他看容鹤中尉就要带人冲进寺院，急忙喊道："中尉不可，里面有麻风病人。"

容鹤中尉立刻停下了。在欧洲，麻风代表撒旦最恶毒的念头。他脱下帽子，在鼻子前扇着，带领部队离开寺院大约一百米才停下。

达思说："快走吧，不要再停留了。"

容鹤中尉讥讽道："你也想走啦，牧师？耶稣对我们说，时间和忍耐是两个最强大的战士，你要有耐心，战争是最不讲速度的。"

他们立即开拔，朝着江孜方向走去。但是很快又停下了，身后传来密集的枪声。显然是来复枪和火绳枪的交火。容鹤中尉凭着一个军人的素质，意识到枪声就是呼唤，必须带人前往增援。他催促自己的部队："快快快，跟我来。"然后转身向杂昌峡西路跑去。达思牧师愣怔着，无奈地跟了过去。

达思牧师一心想离开这里，除了避让有旦巴泽林塑像的雪浪寺，还想尽快到达江孜：他想起黄灿灿的青稞原野、绿油油的年楚河两岸，想起白居寺、闭门修炼的时轮殿，想起如父如母的尊师班丹活佛和慷慨仁慈的施主颇阿勒夫人。但让他最想最想的，还是亲爱的菩嫫姑娘。菩嫫姑娘，我就要见到你了。我曾经向你发誓一定回去，我说："达思要是食言，黄金就会失色。"

可是现在，他归心似箭，却还要陷在英国人的战争里浪费时间。他为什么必须跟着容鹤中尉去打仗？不去不行吗？更何况他不能带着十字精兵进入江孜，要去就一个人去，悄悄地，出现在菩嫫姑娘面前、尊师班丹活佛面前。达思牧师放慢脚步，渐渐落到了队伍后面，突然闪身躲进了荒绿的草丛。躲了一会儿，看容鹤中尉的部队消失在杂昌峡内，便回身快步走去。江孜，他将一个人到达江孜，不让江孜人知道他是十字精兵的一员，也不让十字精兵发现他去了哪里。

但是没走多远，就被不知从哪里绕回来的容鹤中尉拦住了。

容鹤中尉说："我脑后有眼睛，看见你躲起来了。"

达思说："中尉，我是一个牧师，我有自己的路要走。"

容鹤中尉说："不，你更是一个喇嘛，你想走一条背叛我们的路。"

达思说："为什么要背叛？上帝是我们共同的天父，而且……而且我们都知道主的教诲：上帝就是爱，住在爱里面的，就是住在上帝里面，上帝也住在他里面。"

容鹤中尉吼起来："不需要你给我布道。"

达思说："主说，我如果能说万人的方言，和天使的话语，但是若没有爱，我就成了鸣的锣、响的钹一般。我如果有先知讲道的能耐，也明白各种奥秘和知识，而且具备所有的信，并能让我移山，却没有爱，我就算不得什么。中尉，请不要打断我，我想说的是，为了你的爱，也为了我的爱，请你让我走。"

容鹤中尉眯缝起眼睛：啊，什么意思？

达思说："是我的爱跟你的爱的交换。我有一个姑娘，她叫菩嫫，在江孜等着我。你也有一个姑娘，她叫桑竹，尽管她并不等着你，你却想见到她。"

容鹤中尉一把撕住了达思牧师："说，快说，你知道她在哪里？"

达思说："我说了我们必须交换。"

容鹤中尉松开他，恳求道："我同意交换。快告诉我，牧师。"


奴马代本和欧珠代本带人从杂昌峡西路的北山上追过去，试图拖住走向雪浪寺的十字精兵。当他们在山坡上开始攻击峡底的敌人时，都觉得已经有了取胜的把握。这里到处都是石头，加上敌人的兵力跟他们相当，自己又是居高临下，无论滚石还是射击，都能遏制敌人的前进。但结果却是相反的，奴马和欧珠没想到，雪浪寺那边已经有了十字精兵，十字精兵赶来增援了。他们看到容鹤中尉率部从西路口方向的北山顶迂回而来，在他们后面和头顶开始射击。

奴马代本喊道："哪里来这么多的洋魔？山上山下都是。"

欧珠代本赶紧命令部下撤退，还没撤出枪弹的威胁，就见峡底的麦高丽上尉趁机带人爬了上来。两股十字精兵合兵一处，从北山的山坡和山顶上追打他们。他们赶紧撤退。好在退路就是来路，他们是熟悉的，多数人带着性命来到了安全的地方。

奴马代本无计可施，连问几声："怎么办？怎么办？"

欧珠代本说："让我们问问佛祖吧。佛祖，这可怎么办？"

果姆说："去那边。"看欧珠和奴马呆愣着，又说，"跟我走。"她发现洋魔兵多，他们无法从北山跑到洋魔前面去保卫雪浪寺，也无法从后面拖住，就想出了从南山走的主意。

他们从北山下去，爬上南山，想加快速度赶在洋魔之前到达雪浪寺，但是走了一会儿就发现，南山崎岖，根本没有可以走通的地方。

　　果姆说：“现在只有一个办法，从峡底跑过去。”

　　殴珠代本说：“对，跑过去。”

　　果姆又说：“跑过去就能活着到达雪浪寺。”

　　殴珠代本说：“跑不过去就会让洋魔高高的子弹打死。”

　　奴马代本说：“看来只能这样了，我们狂奔过去。西甲喇嘛说了，保卫雪浪寺的只有我们。”

　　他们来到峡底。狂奔前奴马代本和欧珠代本对部下说：“死的可能性大，活的可能性小，大家想一想，实在不想死的，就从这里退回去，去寻找西甲喇嘛，或者回家去。”

　　没有人离开，离开是耻辱的。对他们来说，带着耻辱活下去，还不如死掉。

　　为了保卫雪浪寺的奔跑就这样开始了。所有藏兵和西甲喇嘛拨给他们的三百僧兵，都开始狂奔。知道打枪抵抗是没用的，就只有挣脱时间的束缚，和死神展开赛跑，拼命狂奔。

　　西藏人常常用来对付十字精兵的滚石，这时让对方用在了西藏人身上，因为轰响震天的滚石比子弹更有威慑。当然也没有放弃子弹，机枪和来复枪的扫射，一直持续着。

　　一路狂奔的西藏人不时有人倒下，也不时有人在滚石和子弹面前飞越而过。此刻，狂奔是生命的唯一形式，除了狂奔没有别的，活着就只有狂奔。不能狂奔的，就是死了。麦高丽上尉和容鹤中尉的笑声证明，狂奔过去的只是少数，大部分趴下后，就再也没有起来。《圣史》上说，杂昌峡谷西路有一个地方，名叫狂奔峡。


　　十字精兵挥兵朝雪浪寺飞速进发。

　　麦高丽上尉问道：“你们为什么不占领雪浪寺？”

容鹤中尉说："里面有麻风病人，我们只能放弃。"

麦高丽上尉说："不能放弃，对付麻风病人，最好的办法就是烧死他们。"

容鹤中尉说："我们的牧师是一个佛教法术的修炼者，他不会同意放火烧毁寺院的。"

麦高丽上尉说："你应该让这样的牧师直接下地狱。"

容鹤中尉说："是的，我已经把他赶走了。"

麦高丽上尉生气地说："那不是下地狱，是上天堂。"

## 5

雪浪寺里，经堂佛殿的地上躺满了被前线总管俄尔噶伦留下来的伤员。他们大部分无法走动，全靠寺院的僧人关照。但雪浪寺没有藏医喇嘛，僧人只能关照伤员的吃喝拉撒，却无法给他们治疗。焦急中，寺主赤烈活佛亲自前往康马宗和江孜宗交界处的乃宁寺，请藏医喇嘛速来救治，迄今未归。

伤员的疼痛让寺院充满了呻吟和诅咒，连神像都变得皱眉锁眼，尤其是紧挨寺门的护法殿里，旦巴泽林的塑像已不再是切齿睁目怒恨，还有了忍耐的不堪和幽怨，肚子里的怪响就是证明，好像自己都不相信自己的存在了，用水浪般滚动的声音发出了质疑：谁是旦巴泽林？

护法殿里没有伤员，只有僧人。僧人们都很奇怪：旦巴泽林塑像的肚子里常常会有威慑敌人的忿怒的气流，听起来就像打鼓一样。今天怎么了？变成了水浪滚动的声音。是不是听到了洋魔的脚步声，连震撼四方的旦巴泽林也变得异样了？

同时出现异样的还有魏冰豪。魏冰豪也是伤员里的一个，他伤在腿上，却奇迹般地站起来，开始慢慢走动。他从后面的佛殿走到前面的护法殿，看了一眼旦巴泽林，就两腿一软，瘫倒在地，想磕头，腰却直不起来，根本磕不了。这时他听懂了塑像肚子里的声音：谁是旦巴泽林？他不由自主地回答："我是旦巴泽林。"

僧人们更奇怪了：怎么这个伤员一回答，旦巴泽林塑像就恢复如初了：肚子里又有了打鼓一样的忿怒的气流，表情又是切齿睁目怒恨的样子。

魏冰豪再次站起来，似乎也是健康如初了。用力迈步，走出去，又走回来，双手合十，朝着旦巴泽林塑像弯了弯腰说："你知道我是你，我是旦巴泽林，让所有的伤员都好起来吧，像我一样。我们还要打洋魔，洋魔已经来了。"旦巴泽林塑像的肚子里没有任何异样的声音，就是说他的请求没有被答应。回答他的是一串急促的脚步声：寺主赤烈活佛回来了。

赤烈活佛灰心地说："我没请到藏医喇嘛，乃宁寺的藏医喇嘛坚决不来，说本寺的喇嘛都救不过来，外面的出诊就免了。我看乃宁寺的喇嘛一个个好好的，不需要他救治嘛，他为什么不来？这个吃佛饭不做佛家事的疫病药叉。"一看魏冰豪迎面走来，吃惊道，"你怎么能走了？大腿骨头不是断了吗？你是个长官，是藏军里头唯一的汉人。"

魏冰豪说："不，佛爷，我是个满人。"

赤烈活佛说："在我们西藏人眼里，满人和汉人是一样的。"说着，从袈裟胸兜里拿出一个皮袋和一封信，他把皮袋递给一个僧人，"总算没白跑，乃宁寺的藏医喇嘛给了我这些药，快把它煮上，伤员们一人一碗。"又把信递到魏冰豪手里，"正好碰到一个来自拉萨的姑娘去乃宁寺打听你，我说你就别打听了，交给我吧，我一定送到。快看看，像是很急。我拿到时，上面还粘了鸡毛，我把鸡毛弄丢了。"

魏冰豪启封看信，在护法殿旦巴泽林塑像前看了一遍，走出护法殿再看了一遍，然后要了纸笔，就着台阶，在信的反面写了一封回信，把它交给赤烈活佛说："送到拉萨，送给文硕，拜托了。"

赤烈活佛一愣："文硕，你说的是驻藏大臣吗？"

魏冰豪长叹一声说："他现在已经不是了，不是了。"他走向寺外，站在青石垒砌的寺门前，眺望着前面，脸色急剧变化着，一阵红，一阵白，鼻翼微微翕动，那是决心正在出现的表示。

前面是杂昌峡西路，有人走来，是在狂奔中亡命而来的西藏人，数百藏兵和僧兵只剩下了几十个人。几十个西藏人在奴马代本和欧珠代本以及果姆的率领下，前来保卫雪浪寺。他们知道肯定保卫不了，却还是拼着命来了。来了就告诉魏冰豪：许多许多洋魔，机枪步枪的洋魔，就在后面，来了，来了。把我们的人集中起来，叫喇嘛们赶快念经，旦巴泽林大护法，帮忙啦。

魏冰豪说："我们的人没几个，不用集中了。我就是旦巴泽林，我来收拾洋魔。快给我，把你们装填火绳枪的火药都给我。"看他们不动，又说，"你们赶快离开这里，明知道鸡蛋碰石头，就不要碰了。"然后吩咐跟出来的赤烈活佛，把那些伤兵的火药也都要来交给我。"不要以为我会死掉，我说了我是旦巴泽林。"

魏冰豪回身进入寺院，脱掉衣裤，把集中起来的火药绑在自己身上、腿上，又在心脏处插了一根五寸长的火绳，款款地披上了一件袈裟。他转着圈看看自己说："好像能看出里面有东西，那就再来一件。"

赤烈活佛把自己的黄色大披风披在了他身上，就像在拉萨，摄政王迪牧活佛把他象征高贵的黄色大披风披在文硕身上那样。

还剩下一些火药，从则利拉山开始就忠心耿耿跟着魏冰豪的小瘦子汝本说："我来我来，魏大人都这样啦，我们西藏人不能落后。"又回头对喇嘛们说，"一定别忘了超度我呀，把我和大人一起超度到佛祖跟前去。"说着，便脱掉衣袍，让人把火药绑在了他身上。还有一点点火药，实在没处绑了。小瘦子说："这里这里，这里一大就能绑了。"他握住自己的生殖器，呼哧呼哧两下就搞大了，然后动手把火药紧紧绑上，有点发愁地说，"你可不能缩回去，缩回去火药就掉下来啦。"他伤在腰里，一瘸一拐勉强能走，试着走了几下，喊道，"我也要穿袈裟，快把袈裟给我穿上，还有黄披风。"

魏冰豪再次出现在雪浪寺青石垒砌的寺门前。小瘦子汝本紧紧跟在后面。两个人静静伫立着。

一切都是命中注定。魏冰豪想，他在日囊庄园的地牢被一个将死的人指认为旦巴泽林，现在又来到了以旦巴泽林为护法大神的雪浪寺，并靠着旦巴泽林的加持站了起来。恰好在这个时候，他得到了文硕的亲笔信，这才意识到文硕为什么要把他从四川召来西藏，又让他急赴前线参战，并不是因为他懂西语、会藏话，有什么所谓的文韬武略，就算有，也用不上。而是因为文硕早已预料到会有这一天。这一天，他得到了文硕断指、罢官且被西藏人驱赶的消息。

很久以前，他就知道自己是文硕的右手食指。"右手二指，命外之命。"文硕经常这样说，说的时候总会把食指翘起来，在空中一圈一圈地画，"你看我画的是什么？画的是你。"有时也会用右手食指蘸了墨汁写字，都是"士见危致命，见得思义"之类的孔孟箴言。如今文硕自己把右手食指剁掉了，也就是剁掉了他。是时候了，他必须为文硕而死。只有他死了，或许才能让文硕挺起腰杆，不被诟病，不落骂名，才能真正消解西藏人对文硕的仇恨。因为在西藏人眼里，正是文硕的立约画押导致了英国十字精兵的大举进犯，尽管文硕因此悔恨得断了手指，但一根手指怎么能跟失去的大片藏土相抵呢？你没有抗英的决心，只有自残的能力，你可能并不软弱，但的确是一个名副其实的投降派。

当然魏冰豪也可以不这样认为，文硕的断指和来信并没有启示他走向死亡。但是他知道，自己的死亡挽救的并不仅仅是文硕及其家族的声誉，还有在西藏人眼里满汉不分的内地人的声誉和朝廷的声誉。他不是朝廷命官，却以朝廷命官的标准要求着自己：忠臣不怕死，怕死不忠臣。理当不避其难，视死如归。

更重要的是，宿命已经让他没有了别的选择。他是旦巴泽林，他必须保护雪浪寺和所有身边的西藏人。

魏冰豪想着，看到杂昌峡西路那边出现了十字精兵，便平静地拍拍小瘦子汝本的肩膀："来了，我们迎过去。"他和小瘦子把各自的火绳点着，放在合十的两手中间，像喇嘛祈请一样走了过去。傍晚的霞光映照着他们。他们像两尊金光闪闪的佛，喜庆地移动着。

十字精兵对两个笑盈盈合掌走来的僧人并没有太多的戒备。火药炸响的时候，他们正团团围着两个僧人，询问寺院里有多少喇嘛。

爆炸的威力之大，让走在前面的五十多个十字精兵死亡和负伤，包括麦高丽上尉。容鹤中尉在后面，也被吓得坐倒在地，让一块尖利的石头硌伤了屁股。

奇怪的是，魏冰豪和小瘦子汝本居然完好无损。《圣史》只说"完好无损"，没说是尸体完好无损，还是生命完好无损。但从《圣史》此后再也没有提到魏冰豪和小瘦子汝本的名字和事迹这一点看，完好无损的一定不是生命而是尸体。有什么奇怪的？魏冰豪在引爆的同时大喊一声："我是旦巴泽林。"

十字精兵休整到第二天上午，才组织起进攻。等他们就要冲过去烧毁雪浪寺时，西甲喇嘛派遣的楚臣代本团赶到了。保卫雪浪寺的战斗一直持续到午夜。楚臣代本团以死伤过半的代价等来了西甲喇嘛率领的僧兵。合力阻击的结果是十字精兵退了。麦高丽上尉和容鹤中尉看到士兵损伤惨重，西藏人死守不放，只好沿西路返回，再次来到峡谷中间西路和北路交叉的地方。麦高丽上尉从北路走出杂昌峡，去追撵戈蓝上校率领的十字精兵主力。容鹤中尉借口伏击可能会追上来的西藏人而停了下来。这已经是第五天中午了。

西甲喇嘛胜利了，他不仅在杂昌峡不可思议地坚守了三天三夜，还成功地让雪浪寺免遭战争大火。雪浪寺无恙如初，迄今犹在。虽然青石垒砌的寺门和殿堂顶部的覆瓦以及阿嘎土墙上留下了许多枪弹的痕迹，但那不过是战争温和的纪念。没有被毁掉的侥幸，迄今流传在雪浪寺的僧人口中。他们把雪浪寺得以保存的奇迹归功于三个人：西甲喇嘛、魏冰豪和护法神旦巴泽林。

但是西甲喇嘛很清楚，如果不是魏冰豪和小瘦子的引爆让十字精兵不得不把进攻推迟整整一夜，雪浪寺是保不住的。所以他以丹吉林大喇嘛和战场实际总指挥的身份，给寺主赤烈活佛说："塑一尊魏冰豪护法神的铜像，他应该是大护法旦巴泽林的战时幻身。他的伴神就是小瘦子汝本。"

这尊魏冰豪护法神的铜像即大护法旦巴泽林的战时幻身迄今犹在，伴神小瘦子汝本却没有保存下来。或者，当初因为别的什么原因，比如没有筹集到造像所需的足够银子，根本就没有塑造小瘦子也说不定。

# 第十五章　寂静的乃宁寺

## 1

达思牧师把桑竹姑娘藏起来的目的，只能由上帝来解释：爱一切人，或者爱人如己。他真的不希望这个美丽的西藏姑娘再次沦入被十字精兵蹂躏糟蹋的境地，也不希望她落入容鹤中尉手里，尽管他知道中尉是喜欢桑竹姑娘的，从灵魂深处喜欢。那天夜里，在桑竹姑娘昏死过去后，他把她抱进了营地东边自己的绿色帐篷，感觉仍然不保险，便用马把她连夜驮到山里，藏进隙洞悉心照料了几天，直到她苏醒过来，没有大碍。他意识到十字精兵就要开拔，自己必须跟他们走，就又转移到山后的村庄里去了。

山后的村庄是"吉凶善恶图"指给他的，也是他将来某个时候修炼金刚大法的地方。在这个地方藏起一个姑娘，少不了也有他不可告人的目的。毕竟他很年轻，无论作为牧师，还是作为喇嘛，都不能彻底消解他的七情六欲，更何况时轮堪舆金刚大法的修炼需要明妃，多多的明妃。上帝无奈情欲的存在，只好让人的始祖犯罪然后再去惩罚他们。而佛祖的僧徒们更是充满了对情欲的悲悯，早在一千多年前就把性和情的流通引导为方便之门、解脱之道。

达思牧师告诉桑竹姑娘："你不能回去，你已经被十字精兵那样了。西藏人会嫌弃你的。我知道你们西藏人的看法，被敌人那样过的姑娘，是前世的业障，天生的贱种，被英雄那样过的姑娘，是福荫的照临，天生的贵人。"

桑竹姑娘用苍白的嘴唇说着苍白的话："你是说，西甲喇嘛也会嫌弃我吗？"

达思牧师信口说道："当然，西甲喇嘛是指挥打仗的人，他是最嫌弃你的。"心想这个比他的心上人菩嫒还要美丽的姑娘真是太可惜了，真不知为什么要跑到战场上来。不过还好，生命犹在，美丽犹在，似乎美丽是一种越哀伤越强烈的东西，在她经受磨难之后，更加显要地浮动在眉眼鼻唇之间。

他在山后的村庄把她托付给了一户人家，除了恳求，还拿出一些银子给人家："不要亏待了她，她可是西藏最美丽的仙女。"又叮嘱桑竹姑娘，"你可不要乱跑，就在这里将息，我还会来找你的。"

桑竹姑娘没有答应，也没有不答应，就那么面无表情地望着他，让他意识到，她不可能听他的话，等她心身恢复到从前，一定会离开这里。他有点失望，心说那就看命运的安排，我能做到的就只能是这些了。

也许正是失望和担忧促使达思跟容鹤中尉做了交换吧，当他义无反顾地扑向江孜颇阿勒庄园的菩嬢姑娘时，便毅然放弃了澎湃在内心深处的多余的欲望。他把桑竹姑娘交给了容鹤中尉，也就无意中给她安排了另一种命运。

本来桑竹姑娘就要死了，将被村民们烧死。

一个在十字精兵入侵西藏时突然到来的外国人，又是恳求，又是给银子，把一个姑娘托付在这里。这本来就是一件容易引起误解的事情，而桑竹姑娘却还要和村里的宁玛巫师作对。当宁玛巫师卜算出她的经历说她身上不干净时，她仗着自己是贵族，是拉萨人，挥手给了巫师一个耳光："你又不是西甲喇嘛，你凭什么说我不干净？"这可是不得了的事情，宁玛巫师是村庄里最有声望和地位的人，怎么能叫一个女人随便扇打？巫师说："是洋魔把她托付在这里的，洋魔托付的姑娘也是洋魔，不，是女鬼。她来我们村庄，就是为了试探我们，如果我们无动于衷，改天洋魔就会侵占村庄，杀了我们所有人。"

宁玛巫师的预言落地没几天，容鹤中尉就来了，他带着一队英国人包围了村庄。仇恨洋魔而无处宣泄的村民们，几乎在同一时刻找到了宣泄的出口，那就是点着桑竹姑娘居住的两层楼的房子。

容鹤中尉并不知道这场火是干什么的，看到巫师在火阵前作法，许多村民围观着却不去救火，便奇怪地带人走了过去。

喊声，他听到了喊声。火是从楼下燃起的，喊声来自楼上。他意识到里头的人将被烧死，问道："为什么？你们为什么要这样？"给他做翻译的一个南麓藏人立刻去问村民。村民们说："酥油和茶水一到碗里就分不开了，姑娘和洋魔一有沾染就不干净了。一个给洋魔引路的女鬼，烧死她。"

但这话并没有传到容鹤中尉耳朵里，他就已经从喊声中听出里面的人是谁了。他冲了过去，没有命令任何士兵，自己率先冲进了大火。

容鹤中尉把桑竹姑娘从火海里背了出来。

村民们沮丧极了，女鬼被救走了，两层楼的房子白烧了。

前往江孜的路上，桑竹姑娘问道："你为什么要救我？"

容鹤中尉指指自己的心："姑娘，我喜欢你，从这里喜欢你。"又给翻译说，"告诉她，一个英国军官的喜欢，跟上帝的喜欢是一样的。上帝让我们施与的爱，就是我要献给她的爱。"

桑竹姑娘说："可是我不喜欢你，不喜欢上帝，不喜欢所有拿枪扛炮的外国人。我随时都想离开你们。"

容鹤中尉说："不不，你不要离开我。上帝啊，是不是我错了，我居然想娶这个西藏姑娘？这个姑娘兼容了东方和西方的美丽，它让我讨厌所有能够破坏美丽的东西，包括战争。"

桑竹姑娘听到翻译后，感觉就像一根锥子攥进了耳朵。她打马就跑。容鹤中尉喊着："姑娘，姑娘。"他的部下要追过去抓她回来。容鹤中尉喊道："你们不要管。"又说，"上帝恩赐给我的姑娘，她是跑不了的。"自己策马追了过去。

容鹤中尉追上她："姑娘，我不希望你离开我。"看对方不理他，又说，"姑娘，不能不走吗？我恳求你留下。"

虽然翻译没有跟上来，桑竹姑娘还是听懂了，坚定地摇摇头。

容鹤中尉无奈地叹口气，知道强求无益，便下马，从褡裢里拿出一包食物，双手捧了过去："姑娘，拿着，路上小心。"

桑竹姑娘明白这是放她走的意思，感激地点点头，俯身接过了食物。

就要一个人走到江孜去了。她在马背上频频回头，感觉容鹤中尉的蓝眼睛就像一对有生命的猫眼石，穿过清透的空气，追随着自己。

容鹤中尉远远地跟着她。他知道往前去的路上随处都可能碰到十字精兵。他必须保护她，不能让她再遭强暴。不能了，破碎的美丽不能再破了。

2

把西甲喇嘛抓来拉萨，当众斩首。这大概是摄政王迪牧活佛发布的最后一道旨命。因为他必须给驻藏大臣否太和朝廷有个交代：我隆恩在身，不可能不听大皇帝的。英国人之所以屡屡不满，完全是因为这个早已背叛了丹吉林的西甲喇嘛。是他聚众抵抗的，不是皇封摄政，也不是噶厦政府。这样的说辞不管否太和朝廷相信不相信，总算可以交代过去。否太不至于追查到底：那些署名摄政王迪牧和噶厦的抵抗英国人的鸡毛箭书，难道也是目不识丁的西甲喇嘛发出去的？大家都有个台阶下，颜面上过得去就可以了。至于以后怎么办，那就看否太了。否太想怎么办就怎么办，噶厦交给他了，权力交给他了。我摄政王迪牧是个天天念经的大活佛，大活佛又要闭关静修了。

摄政王迪牧活佛又要闭关静修的消息立刻传遍了拉萨。

已经回到拉萨的民兵总管顿珠噶伦听到摄政王闭关的消息后，直奔布达拉宫，准备祈见达赖喇嘛。而正在继续招募僧兵队伍开赴前线的沱美活佛，也在同一时刻出现在布达拉宫下的雪村前。两个人不期而遇，都愣了，静静地望着对方。

他们曾经是密友，现在还是密友吗？两个人都在心里嘀咕。

还是顿珠噶伦先说话："佛爷，你来干什么？"

沱美活佛口气平淡地说："噶伦来干什么，我就来干什么。"

顿珠笑道："那就请佛爷说说，我是来干什么的？"

沱美耸起眉峰说："到了这种时候，你还会笑？你不会是为了废黜摄政王，让达赖喇嘛亲政吧？"

顿珠立刻收敛了笑容，板起面孔说："啊，我们想到一起了。这么重大的事情得由三大寺做主、民众大会决定、乃穷大护法祈降神谕。"

沱美说："噶厦和布达拉宫也可以敦促嘛。"

顿珠说："我这个噶伦，能不能代表噶厦？我的话算不算敦促？"

沱美说："当然可以算，但分量还欠些，最好能有布达拉宫的表态。"

顿珠肯定地说："那就算有了吧。即便达赖喇嘛不说话，经师们和亲随们的权威也还是不能忽略的。他们当然希望达赖喇嘛尽快亲政。这个我可以保证。"

沱美说："既然这样，布达拉宫就交给你了。事不宜迟，后天就在大昭寺召开民众大会。我连夜去三大寺向众僧说明，如若不然，西藏便是英国的西藏，众佛就将离开雪域，上帝耶教就会称霸天下，我们这些可怜巴巴的佛徒藏民就只好去做黑水白兽的奴隶了。"

顿珠说："有三件事情必须在民众大会通过，一是罢免摄政王迪牧，二是抓捕把几千西藏民兵带到曲眉仙郭交给洋魔任其屠杀的罗布次仁；三是解除俄尔噶伦前线总管的职位，查实指挥失败的原因，严加法办。"

沱美说："如果这是你的条件，那我也有条件。达赖喇嘛亲政后必须立即任命新的前线总管。"

顿珠急躁地问："谁？你，还是我？"

"你说是谁？"沱美活佛瞪着对方，几乎把眼睛后面的意思瞪出来。

靠了顿珠噶伦和达赖喇嘛的正经师林仓活佛的教促，以及沱美活佛的联络推动，民众大会如期召开。会上由沱美活佛和民兵总管顿珠噶伦分别介绍了战场失利、英国十字精兵节节深入的紧急形势：江孜指日沦陷，拉萨危在旦夕，佛教就要消亡。鉴于此，必须由达赖喇嘛亲自主政，才可力挽狂澜，挽救西藏和佛教。

没有人反对。包括一向跟丹吉林抱团的哲蚌寺，在这个时候也提不出任何阻止达赖喇嘛亲政的理由。全体通过。接着又由沱美活佛提出了罢免摄政王迪牧、抓捕罗布次仁、解除俄尔噶伦前线总管一职等建议。虽然哲蚌寺的代表激烈反对，但毕竟有战事不断告急、藏人死伤空前的事实，谁也无法遮掩，大部分代表或沉默或赞同了这三项提议。然后，全体一致通过决议，坚决遵奉抗击英国十字精兵侵略军的神圣誓言，庄严重申：

　　　全藏僧俗人民，不惜重大牺牲，誓与佛教之大敌英国
　　异教派遣之侵略军决一死战。

最后，又祈请乃穷大护法降神问旨。神说："民众大会的决定是正确的。"接着便确定了隆重举行达赖喇嘛亲政大典的日期。按常规，亲政大典以后，达赖喇嘛才能正式发布政令。但现在来不及了，第一道政令必须在亲政仪式之前发布，那就是紧急任命新的前线总管。

沱美活佛和三大寺和四大林代表以及噶伦顿珠、达赖喇嘛的正

经师林仓活佛立刻前往布达拉宫，向达赖喇嘛通报了民众大会的各项决议，然后由僧兵总管沱美活佛和民兵总管顿珠噶伦首倡，其他人附和，提出了西藏前线总管的人选，请求达赖喇嘛批准。

达赖喇嘛说："我恨不得自己去做这个前线总管。但既然我不能，你们提出的这个人我也无法知晓，那就请护法神降神决定吧。在目前黑水白兽就要吃掉整个西藏的局势下，任命前线总管比我本人亲政还要重要，一定要请乃穷护法、金巴护法、眦玛护法、奈冬护法共同降神，我们才好做出决定。"立刻把四大护法请到了布达拉宫，分别在西日光殿、萨松朗杰殿、曲结竹普殿、帕巴拉康殿举行了降神仪式。他们作为神在人间的代言，代表着不同的在天护法神，但结果却出奇的一致：神说就是民众大会提出的那个人，只能是那个人。

大家松了一口气。

达赖喇嘛也松了一口气，说："你们说不是洋魔的进攻导致了我们的败退，是丹吉林对西甲喇嘛的抓捕迫害导致了战场上的指挥常常中断。迪牧活佛这样做，就是破坏抗英斗争，佛祖不允许西藏摄政王犯这样的罪责。看来这个西甲喇嘛是迪牧活佛的死对头，加上护法神们问神的结果符合我们的愿望，这让我放心了许多。现在，我们就看他了。"

整个西藏就看西甲喇嘛了。


事关重大，白热管家只好叩响秘境地宫石砌的封门墙，叫醒了闭关静修的迪牧活佛。他用很大的声音说了民众大会的决定和护法神的降神结果。

迪牧活佛跏趺在石头法座上沉默不语，牙齿就像咀嚼着什么，不停地错动着。他曾经是一个喜欢记仇泄恨的人，咀嚼是他反刍仇恨的方法。愤怒的火腾腾地燃烧着，他能感觉到五脏六腑被渐渐烧焦的过程。脸色猛然涨红了，火焰里的黑血圆鼓鼓地撑起网罩在头脸上的血管。鼻子一张一张的，像一头震怒的野牛，喷射着灼人的气息。而最吓人的还是眼睛里的红亮，那是直掏心底的洞口，能看到大水汪洋般吃杀仇人的欲望。

"佛爷，佛爷，摄政佛爷……"白热管家张皇失措地叫着。

"你不是说我已经被罢免，达赖喇嘛已经亲政了吗？那你还叫什么摄政佛爷？我不是啦，不是啦。加巴索！"

迪牧活佛有些难受，恼怒野兽般奋勇而出，集合在胸腔里，肆意吞噬着他修炼多年的佛灵肉身。终于，怒火超过了盛大隆重的极限，一股鲜血从右边耳朵里流了出来。迪牧活佛惨叫一声，眼睛一闭，仰身倒了下去。

## 3

西甲喇嘛打退准备烧毁雪浪寺的十字精兵后，带着所有人马迅速前往康马宗和江孜宗交界处的乃宁寺。他想在戈蓝上校之前赶到乃宁寺，一来防止敌人切断他和江孜的联系，二来他想在乃宁寺打响保卫江孜的第一仗。他觉得前藏和后藏的兵力已经有不少聚集在江孜，到达江孜宗的前线总管俄尔噶伦正在排兵部署、做好战斗准备。乃宁寺一打响，立刻就会得到后方藏兵、僧兵、民兵三大兵种的支援。让敌人一进入江孜就尝到西藏最硬的骨头，嘎嘣一声牙崩断，流血去吧。说不定西藏人和十字精兵、佛祖和上帝谁死谁活的问题，会在乃宁寺前得到解决，当然是按照西藏人、摄政王和他西甲喇嘛的心愿解决。

西甲喇嘛赶到乃宁寺时，是一个天气阴郁的早晨。厚实的云翳覆盖着寺边的山脉，把天和地的空间挤压成了一个薄片。寺是无顶的，山是断头的，天上酝酿着雨却似乎永远不下雨。年楚河从北向南，澎湃的流淌里看不到晶莹欢跳的浪花，好像此时此刻西藏的心思，沉重而黯郁。西甲喇嘛带着他的人直扑河边，先是牛饮，太渴了，都来不及等待乃宁寺的喇嘛烧茶慰劳了。然后是胡乱一通洗，顿时感觉清爽了许多。他让部下慢慢喝慢慢洗，自己一个人先朝寺门走去。

早有人走出寺院大门，前来迎接。西甲喇嘛略感意外的是，迎接他的不是乃宁寺的僧人，而是一群藏兵。他们个个衣袍鲜亮整齐、头脸干净滋润，显然是刚刚到达这里的藏军官兵。西藏的战争对他们来说还仅仅是听说，似乎还没听说在整个战争中起着重要作用的西甲喇嘛的鼎鼎大名。有人隔老远就不恭不敬地喊道："谁是西甲喇嘛？过来过来。"

西甲喇嘛望着那些人，心里有了一丝安慰：不仅他先于戈蓝上校到达了乃宁寺，而且已经有后方的藏兵前来保卫乃宁寺了。他一边仰头看着周围的地形，一边朝迎接他的人快步走去，心想这里的地形太狭窄了，人多了摆不开，集中到一起又会成为大炮轰击的目标，不是一个容易防守的地方，更别说消灭洋魔了，消灭洋魔还得在江孜那种大地方。但这里是江孜的门户，不守是不行的，久守是不利的。唉，我得想一想，有没有更好的战略战术？洋魔跟脚就到了，自己的人马加上面前这群藏兵，坚守几天是合适的？想着，就到了跟前，冷峻地问："你们来了多少人？就这些？还有没有？"

回答他的是一声吆喝："抓起来。"

七八个藏兵立刻扑过来抓住了西甲喇嘛。西甲这才看清藏兵里混杂着几个脱了袈裟的丹吉林陀陀和陀陀头目仁增。他把眼睛瞪得鸡蛋大：抓抓抓，那就抓，抓住了还要杀。杀掉了我，就让洋魔把佛教的敌人上帝安顿在你们头上。

西甲喇嘛没打算挣脱逃跑，想跑也跑不掉。他带领的人马都还在河边，看不清这里发生了什么。等他们疲惫不堪地走过来时，乃宁寺的大门已经关上，西甲已经被丹吉林陀陀绑起来，押出后门，放到马上，朝着江孜奔驰而去。


押解西甲喇嘛的丹吉林陀陀生怕发生意外，路过江孜时没有停留，直奔拉萨而去。半路上，他们碰到一队明光鲜亮的喇嘛。

那些喇嘛见了他们仰头不理，就要擦肩而过时，突然有个黄衣喇嘛训斥道："你们这些把经文当成死蚂蚁的人，眼睛长到额头上去了吗？见了我们为什么不下马？傲慢得很嘛，没看见我们骑的是高头大马，穿的是丝绸袈裟吗？"

仁增哼了一声说："我们是丹吉林的陀陀喇嘛，我还没问你们为什么不下马呢？你们胆子不小，连摄政王都不放在眼里。"

黄衣喇嘛讥诮地撇撇嘴说："原来是丹吉林的人。丹吉林有喇嘛是对的，可丹吉林的摄政王在哪里？明明天上的太阳把月亮碰下去了，你们还说是月亮在云彩里头。"他挥了一下手又说，"看一看，我把云彩拨开了，是不是月亮？不是吧，是太阳。"

仁增看了看天上的太阳，愤怒地说："看把你嚣张的，就算摄政王不要你的命，我们这些丹吉林陀陀也饶不了你。"他给后面的人招招手，"把这个不知天高地厚的喇嘛给我绑了。"

黄衣喇嘛说："你们敢。布达拉宫的喇嘛今天是来告诉你们，达赖喇嘛亲政啦，迪牧摄政王下台啦。怎么样，好消息吧？"

仁增一听愣了：这个人没疯吧？这样的话可不是随便说的。他说："世界上还有我们不知道的事情？你这个人胡说八道。"

黄衣喇嘛说："不相信吗？赶紧回去问你们的迪牧大活佛。"就要策马走开，随口问道，"这个喇嘛犯了什么罪，你们绑他干什么？现在是达赖喇嘛亲政了，一切事情达赖喇嘛都应该知道。"

仁增说："那就拜托你禀告达赖喇嘛，摄政王下了急令，要把丹吉林的叛徒西甲喇嘛带回拉萨，当众斩首。"

黄衣喇嘛说："给你说了，达赖喇嘛亲政啦，西藏没有摄政王啦，你怎么还是一口一个摄政王，是不是对达赖喇嘛不服气啊？你小心点，我记住你啦。"要走，突然"哎"了一声，"你说你们要把谁带回拉萨斩首？是西甲喇嘛？哎呀佛祖，看来我们的眼睛也长到额头上去了。"说着，翻身下马。

所有从拉萨来的明光鲜亮的喇嘛都翻身下马，朝着西甲喇嘛弯腰鞠躬。黄衣喇嘛从斜背着的黄缎口袋里拿出一卷黄绢旨命，麻利地展开，大声念起来：

> 我已知西甲喇嘛谋略有方，指挥抗击英人屡屡成功。怎奈洋人快枪大炮威力无比，前线军民节节退守。但我藏土乃神圣佛教领地，异教来犯，没有不抗不打之理。现在，我，十三辈达赖喇嘛，命令你西甲喇嘛为前线总管，调动藏兵、僧兵、民兵三大兵力，务必尽快将洋教英人十字精兵赶出佛土西藏。

念罢，疾步上前，搀扶西甲喇嘛下马，又给他松了绑。

仁增知道事出有因，也没有阻拦，对身边几个丹吉林陀陀说："快走，出大事了。"说罢，打马就跑。

黄衣喇嘛说："慢慢慢。见面时不下马，离开时也不下马，对我们不尊不要紧，对达赖喇嘛不尊就不能饶恕了。"

仁增倔强地说："没见到迪牧活佛，他就永远是我们的摄政王。你说我们不尊，我还觉得你们不尊呢。摄政王是大活佛，比达赖喇嘛的经师还要大，要我们下马，就是要摄政王下马。对不起啦，丹吉林的尊贵不允许我们这样做。"

黄衣喇嘛说："丹吉林果然不服气，连他们的陀陀喇嘛都这样死硬。到底是丹吉林尊贵，还是布达拉宫尊贵？到底是迪牧大活佛尊贵，还是达赖喇嘛尊贵，你今天必须说个明白。"

仁增说："丹吉林的人，只能认为丹吉林尊贵。"

黄衣喇嘛抬手指着仁增说："你听你听，这个贵贱不分的喇嘛，还不如一只老狗聪明。你去拉萨看看，丹吉林的殿堂前，连流浪的狗都不摇尾巴啦。"

西甲喇嘛没兴趣听他们争执谁比谁尊贵的问题，拉过一匹马，飞身上去，拳打脚踢地奔跑起来。他操心的是前线，是不知有无大军守备的江孜和不知眼下安危如何的乃宁寺。

他奔驰着，突然有些不期而至的悲凉。心说摄政王，迪牧活佛，我可是你的弟子啊，洋魔还没打退，叛徒还没处死，怎么就下台了？

## 4

前线总管西甲喇嘛驰马到江孜后，先去了宗本大院。宗本还不知道他是新任前线总管，他也不说明白，或者自己也说不明白，直问江孜的兵力驻防在哪里？

江孜宗本岩措说："驻防在哪里你怎么问我？我一个文官知道什么？你去问问日囊庄园和颇阿勒庄园，要是有驻军，就会向他们借贷青稞和酥油。"

又是一阵驰马奔走。

日囊庄园的主人日囊旺钦告诉他："先前是有过兵力的，现在没有了。这种事情你应该去问颇阿勒庄园的颇阿勒夫人。"

西甲喇嘛又来到颇阿勒庄园，在这里意外地遇到了俄尔噶伦。

俄尔噶伦已经从火速赶来报信的亲信口中知道了拉萨民众大会的结果，哭丧着脸说："我掌握的兵力现在只有不到一百人的总管卫队，全部交给你。卫队跟着我，还要吃喝庄园的。我已经不是前线总管，就没有义务养活他们了。"

西甲喇嘛带着移交给他的总管卫队，走向江孜最著名的建筑宗山城堡。

城堡里有人，是罗布次仁率领的民兵残部。残部的大部分人是堪穹代本的部下。鬼知道堪穹代本是怎么搞的，战场上死了那么多民兵，他却把自己的人马完整地保存了下来。

罗布次仁坐在粮食口袋上，嘘嘘地喝着酥油茶，扫了一眼大步进来的西甲喇嘛，没精打采地说："你也退回来啦？我以为你会追着洋魔往南走，一直走出西藏去。"

西甲喇嘛不理他，看了一眼堆满大殿和偏殿的枪支弹药和粮食说："总算看到我需要的东西了。可是人呢？我需要兵力，就像天上的星星一样多的兵力。"

堪穹代本说："大喇嘛需要的兵力，得靠前线总管调动。"

西甲说："现在我就是前线总管。快告诉我，你们这里有多少人马？"

堪穹愣了一下，不放心地问："你是前线总管？这么说拉萨有变化啦，摄政王重新任命了前线总管？"

西甲说："我不是摄政王任命的，是达赖喇嘛任命的。达赖喇嘛命令我调动藏兵、僧兵、民兵三大兵力，用闪电雷鸣般的速度把洋魔赶出西藏去。"

堪穹诧异道："可是达赖喇嘛怎么可以绕开摄政王呢？"

西甲不耐烦地重复着黄衣喇嘛的话："你怎么连这个都不知道？达赖喇嘛亲政啦，西藏没有摄政王啦。"说着，不禁凄恻地哽咽了一声。

堪穹代本一听，仿佛得到了某种提前设定好的信号，大吼一声："来人哪。"顿时有一群部下从城堡的各个角落蹿了出来。堪穹指着罗布次仁说："把他给我抓起来，快。"其实用不着堪穹催促，那些人早就知道自己应该干什么，没等罗布次仁有任何反应，便扑过去扭住了他。

西甲喇嘛惊诧地说："你、你、你们这是干什么？罗布次仁是摄政弟弟，是来打洋魔的。放开，放开。"

堪穹说："大喇嘛听我说，这是顿珠噶伦的命令，达赖喇嘛早就有安排啦，我们就等着摄政王下台的这一天呢。"

罗布次仁一听就明白了，长叹一声说："摄政哥哥，我可是为了你啊。"

西甲喇嘛搞不懂怎么会是这样，就要出手相救。

堪穹拦住他说："大喇嘛，你的前线总管还是顿珠噶伦保举的，你要记住顿珠噶伦的恩德。罗布次仁是要交给达赖喇嘛的，你不好中间插手。"

西甲一点也不领情地说："光让我当总管，不给我兵马，这样的总管我让给你吧，要不要？"

堪穹说："总管大人，这话可不能让达赖喇嘛听到。"

西甲说："我就是说给达赖喇嘛的。告诉我，江孜哪里还有我们的人马？"

堪穹说："没有了，我们是最多的。但我们不能跟你去打洋魔，我们得把罗布次仁安全无误地押送到拉萨去。"

西甲喇嘛转身走出城堡，仰天长叹："佛祖啊，我们在杂昌峡死了那么多人，就是为了赢得三天时间在江孜集中兵力。如今时间过去了，西藏的兵力在哪里？兵力，兵力，没有兵力，要我这个前线总管从地里挖出来吗？"他跺着脚着说，"西藏有人间最大的地狱，地狱里有人间最多的鬼。鬼们都给我出来，我要带你们去打仗，保卫西藏。洋魔要是赶不走，就连你们的地狱也没有了。"他又望望天说，"天兵天将，别忘了佛祖定下的规矩：人打仗，神帮忙。快来帮帮我吧，我是前线总管西甲喇嘛。"说了一通，知道无济于事，便把眼光投向了自己带来的总管卫队和麻子队长。

"你们不要跟着我了，我不需要你们保护。回家去吧，把你们的阿爸、舅舅、叔叔、哥哥、弟弟和所有的亲戚、朋友、邻居都给我招来，把你们家乡六十岁以下、十三岁以上的男人都给我招来，越快越好。招来一个定本（排），你就是定本（排长）；招来一个甲本（连），你就是甲本（连长)；招来一个汝本（营），你就是汝本（营长）；招来一个代本（团），你就是代本（团长）；招来五个代本团，你就是前线总管；招来全西藏的男人，你就是摄政王。麻子队长，麻烦你带几个人去拉萨，去布达拉宫找达赖喇嘛，就说我西甲喇嘛跪在江孜三天三夜，求鬼鬼不来，求神神不来，只好一个人去打洋魔，反正是要死了，人少死得少，人多死得多。西藏没人了，就一个西甲喇嘛做代表了，誓与洋魔血战到底啦。再去找我的尊师僧兵总管沱美活佛，就说我要十万僧兵；去找民兵总管顿珠噶伦，就说我要百万民兵；去找噶厦，就说我要全西藏的藏兵。快去啊，越快越好。大家听好了，你们不要骑马，马太慢了。你们骑上云彩里的随人鹰，骑上呼呼来去的风，去了就来，我可是等着你们哩。还有佛祖，也等着你们哩。佛祖说，来得快的，带人多的，下一世就是菩萨，是和观世音菩萨、文殊菩萨、金刚手菩萨平起平坐的菩萨。"

总管卫队的人纷纷离去了。前线总管西甲喇嘛跑下宗山，单人单骑向着乃宁寺疾驰而去。

保卫江孜的第一仗是在乃宁寺打响的。打响的时候西甲喇嘛不在场。

参加战斗的是跟着西甲喇嘛从杂昌峡撤下来的幸存的人马和乃宁寺的活佛喇嘛，还有从数千里之外赶来的昌都民兵、藏北民兵和从工布江达聚集而来自动参战的五百多民兵。奴马代本、欧珠代本和楚臣代本、江村代本组织了最初的战斗。

他们首先派民兵控制了东西两侧的山头，再把僧兵和一部分民兵安排在寺内和寺前。寺前用山上的石头垒起了简易工事。有一条路紧挨着乃宁寺从东侧绕向前方，那是十字精兵的必经之路。当然也可以从乃宁寺直穿过去，但乃宁寺寺门坚固、围墙厚实，上下两层楼有许多可以射击的孔洞。在这样一种三面打击的布局下，二十多个初来乍到的十字精兵横尸在离寺门不远的地方。

十字精兵放弃攻打寺院的企图，改变战术全力攻打西侧的山头。那山头虽高却不陡。戈蓝上校让一队廓尔喀人三面佯攻，又指派装备着四挺机枪的几十个英国人从山后迂回而上。这个角度，东边山上和寺里寺前的西藏人是看不见的，而头顶的西藏人还要防备廓尔喀人的三面进攻。西山很快失守，乃宁寺暴露在十字精兵眼皮底下。

欧珠代本和果姆带人发起了三次抢夺西山的战斗。最后一次他们挥刀冲上了山顶，砍倒了十几个十字精兵，砍翻了两挺机枪。但接着又被来复枪的狂扫撵下山来。三十多个藏北民兵在山顶阵亡。

与此同时，戈蓝上校命令一百多个英国人组成的精锐部队在西山顶机枪的掩护下，攻破寺门，冲向了大殿。

乃宁寺大血战发生了。大殿里的民兵和楼上的僧兵冲了出来，从寺院后门进来的前线总管西甲喇嘛丢开坐骑，从地上拔起一根粗硕的经杆冲了过去。差不多是三百多西藏人对付一百多英国人、刀剑棍棒对付来复枪。结果是可想而知的：由于寺门被几个乃宁寺喇嘛关上，英国人无法后撤，一百多人全部死在大殿前的空地上。而被来复枪射死的西藏人超过敌人一倍还要多。果姆的山歌及时记录了这次血战：

> 民兵僧兵英勇非凡，
> 洋魔洋鬼胆战心寒；
> 人血狗血混杂一起，
> 染红了乃宁寺石板。

西甲喇嘛没有死，一个喊叫着"代本老爷来了，代本老爷来了"的人保护了他。此人一连砍倒了五个英国人，还把一个英国军官拦腰劈断。但一见西甲喇嘛他就不再独自前冲了。西甲喇嘛跳到哪里，他就跟到哪里，有时在身前，有时在身后，直到血战结束。

西甲喇嘛嫌他妨碍了自己的搏杀，怒吼道："你老是跟着我干什么？"

此人说："大喇嘛，我一看就知道你是个大喇嘛。"

西甲看看自己：哪里像啊？穿着这么脏腻破旧的袈裟。又抹了一把脸，看看手掌，一层黑泥污汗。

此人说："你的靴子，多么气派的靴子，好像是唐卡上大护法秀丹的靴子。"

西甲勾头盯着自己的靴子说："什么好像是，它就是。是春丕寺的多吉活佛从大种神殿的木王神座下拿出来的。你掂掂，它有多重啊。"说着脱下来，让此人掂了掂。然后他一屁股坐到大殿前的石阶上，穿上靴子，看着一地死去的西藏人和英国人，忧心忡忡地大声说："这里是乃宁寺，不能再打了，打也打不赢。"

此人说："大喇嘛，我们死了这么多人，还说不能再打了。你去给洋魔说。他们不打，我们就不打。"

西甲说："我是前线总管，我说不能打就不能打。"

此人说："前线总管？前线总管是你这样的？大喇嘛，你叫洋魔吓坏了，不想打了，就说你是前线总管。前线总管知道了，杀你的头。"

西甲说："谁说我不是前线总管？"看到不远处站着几个从杂昌峡跟他撤下来的僧兵，招招手让他们过来说，"告诉这个人，我是谁？"

那几个僧兵当然也不知道他已是新任前线总管，瞪起眼睛对此人说："你瞎了呀，连西甲喇嘛都不认识，前线的哪一仗不是他指挥的？"

此人愣了：这就是早已名扬全藏的西甲喇嘛？赶紧把腰哈成虾米，吐长了舌头，不知说什么好。

西甲伸脚踢了踢此人说："你是干什么的？我看你牛气冲天，勇敢得很嘛。"

此人说："我叫阿达尼玛，是个代本，大喇嘛也许不知道。我的驻防地在岗巴宗，那儿还有我的部队，霞玛汝本率领的一个汝本营。"

西甲说："那你不在岗巴宗，来这里干什么？"

阿达尼玛代本说："乃宁寺山背后是我的家。我的哥哥弟弟打起来啦，要瓜分我家的庄园。我必须带领部队住在家里，谁分家我就收拾谁。住了好几年啦，不能走，走了庄园就没有啦。阿爸不让我走，阿妈不让我走，我的老婆孩子也不让我走。"

西甲说："西藏就要没有啦，你还守着庄园干什么？你要是个男子汉，就听我的命令去打洋魔。"

阿达尼玛说："那我得动员我的哥哥弟弟，让他们也去参军打洋魔。他们走了，我才能撤离庄园。洋魔占领西藏事小，兄弟分了庄园事大。"

西甲说："你是不是把大事和小事颠倒啦？"

阿达尼玛说："没有没有，西藏是达赖喇嘛的，庄园是我自己的。我要是把达赖喇嘛的西藏当成自己的，那就罪该万死了。我知道洋魔正在侵略西藏，但还是想带领部队老老实实守住庄园，防止分家。今天我来这里，本想是看看的，一见洋魔就忍不住冲过去啦。"

西甲问："你带了多少部队驻守在你家庄园？"

阿达尼玛说："不多，就一个汝本营。"

西甲苦笑一声说："你是不是后悔没有把一个代本团全部带来守卫你家庄园？你这个人，是星星不发光，是牧狗不撵狼。"说着起身，大声说，"所有的藏兵、僧兵、民兵三大兵力，都给我听着，在江孜，我们要保卫的不光是乃宁寺，还有紫金寺、白居寺和宗山城堡。但是我们的后面，整个江孜是空虚的，没有人守卫。奴马代本、欧珠代本听我的命令，你们率领藏兵、民兵马上撤退，前去保卫紫金寺。楚臣代本听我的命令，你带你的僧兵也离开这里，前去保卫白居寺，决不能失守。江村代本团跟我留下，在乃宁寺拦截洋魔，一定要战斗到明天早晨。快去准备，天黑前撤离，洋魔的大炮最迟明天早晨就会轰炸这里。"

傍晚，藏兵、民兵和一部分僧兵撤离乃宁寺时，西甲喇嘛再次看到了阿达尼玛代本。阿达尼玛把保卫自家庄园的西藏正规军都带来了，整整一个汝本营的兵力。他把自己的哥哥任命为汝本，催促他跟着欧珠代本走了，自己留在了乃宁寺。

阿达尼玛对西甲说："前线总管大喇嘛，你没有卫兵可不行，我来保护你。"

5

西甲喇嘛估计错了，十字精兵的大炮并没有在第二天早晨轰击乃宁寺。原因是从杂昌峡北路到乃宁寺的路上有一片沼泽地，马驮牛拉的山地野炮和大炮无法通过，绕行而去就把时间耽搁了。中午，首先来到的是十门小型山地野炮和麦高丽上尉。但麦高丽上尉并不是前来督炮轰击的。恰恰相反，他随炮兵部队赶来，竟是为了阻止他们向乃宁寺炮击。

麦高丽上尉用自己的大块头身躯堵挡在迅速架起来的山地野炮前面，大声对戈蓝上校说："不不不，你炸毁的不是西藏人是寺庙，寺庙里有我们需要的宝贝。"

戈蓝上校说："我不能再把我的战士葬送到敌人的火药刀剑之下。用西藏人的寺庙埋葬西藏人自己，是最聪明的做法。"

麦高丽上尉说："你忘了我们的契约：让白金汉宫拥有西藏的佛像，因为它是大英帝国征服世界最高山河的象征。让麦高丽将军的私人博物馆拥有比北京皇宫里的桌椅、瓷器、黄缎绣屏更有价值的犍陀罗雕塑，即使不是纯金打造，也一定是宝石镶嵌、古老鎏金的。"

戈蓝上校说："上尉，西藏的寺院多的是，我们还没有到拉萨。"

麦高丽上尉说："请不要叫我上尉，我是将军。"

戈蓝上校说："好吧，将军，我要为战争负责，为胜利负责。"

麦高丽将军说："这次你不用负责了，我亲自带人往前冲，只需要你借给我五十个英国士兵，包括五挺机枪。"

戈蓝上校说："不能这样，将军，我也要为你负责。"

麦高丽将军大声道："我代表伦敦军方重申我的请求。我们喜欢西藏人变成一具具尸体，但不喜欢寺庙变成一座座废墟。任何古老的建筑和宗教艺术，都属于英国。"

戈蓝上校沉默了，半晌才说："看来我有必要推迟炮击的时间。那就快一点行动，将军，祝你安然无恙。"

麦高丽将军说："不，我们需要提前炮击。"指着乃宁寺东边的山头说，"你应该首先把他们干掉。"

靠近乃宁寺的西山已经被十字精兵占领。东山则仍然有西藏人坚守，从山顶阵地可以鸟瞰和射击来到寺门前的十字精兵。

戈蓝上校命令十门山地野炮同时炮击，然后又派卡奇大佐率领一队司恩巴人冲了上去。他们打死了所有坚守阵地的西藏人和所有来不及撤离的伤员，把一面司恩巴人的羊皮翻毛坎肩当作旗帜立在了山顶。

　　西甲喇嘛站在寺院大殿平阔的顶层看着东山失守，又看到再次向寺院发起进攻的十字精兵，平静地愤怒着。他对敌人没有炮击寺院感到诧异，对五十个英国士兵和五挺机枪的威慑感到亢奋，又要面对死亡了，不怕，他不怕，所有留在此地的僧人似乎都不怕。他们早就拿好了武器：火绳枪，或者刀叉棍棒。他们是奋勇向死的一群，在这枯荣兴衰的关口，化作恬然淡漠的一景，隐没在历史最需要的时刻。

　　西甲喇嘛从顶层下来，依然迈着从容自信的步伐，脸上不喜不悲，神情安详自然，还打了一个真实的哈欠，就像在丹吉林一会儿睡一会儿醒地看守了一夜香灯，又要去迎接早晨的太阳。大殿前簇拥着一群喇嘛，有从杂昌峡撤下来的江村代本团的僧兵，也有乃宁寺的活佛喇嘛。僧兵们自恃有过出生入死的经历，用瞧不起的神态把寺僧挤到后面，自己尽量靠向寺院大门，准备随时开打。

　　西甲喇嘛看看他们，平和地说："放下武器。"看众僧不动，又大声说，"这是不是洋魔应该说的？现在我来替洋魔说：放下武器。啊，你们听不明白是不是？山羊不能爬树，为什么？因为猴子已经爬上去了。西藏人生来就不是打仗的，我们只会念经。念什么经？念断戒五种特重恶行的经：杀男人、杀女人、杀婴儿、杀牛马和毁坏塔庙经像。活佛喇嘛不念经，就是雪山不长冰。听我的，放下武器。"说着，把自己手中粗硕的经杆咣当一声扔在了大殿前的空地上。

　　空地上，昨天死了一地的西藏人和英国人都已经清理到寺院后面的山岗上去了，鹫鹰们正在络绎不绝地光临那里。

　　有人说："大喇嘛，不打也是死，打也是死，不如拼了。"

西甲断然道："打也是死，不打也是死，不如不打。"

已经习惯于服从西甲喇嘛命令的僧兵纷纷把火绳枪和刀剑棍棒丢到空地上。寺僧们犹豫着，用眼光互相询问：这不是缴械投降吧？

西甲一眼看透了他们的内心，大声说："释迦牟尼的规矩知道哩？拿刀是抵抗，念经也是抵抗。佛的刀枪，伸的时候不能收，收的时候不能伸。"

虽说寺僧比任何人都不想看到洋魔占领乃宁寺的结果，但听他这么说，也都把武器扔了过去。

西甲又说："我是前线总管，不是念经总管，快来啊，会念经的活佛喇嘛念起来。吹号的吹号，敲鼓的敲鼓，这里是最后的法会。"说着上前，哗的一下，打开了乃宁寺厚重的大门。


麦高丽将军没想到，寺院大门自动打开了。从门外就可以看到堆积了一地的刀枪棍棒，还能看到喇嘛们坐地念经的身影。他让士兵端着机枪领先，自己跟在后面小心翼翼走过去，正要进门，轰然一鸣，吓得他纵身后跳。五十个英国士兵迅速趴在地上，五挺机枪同时把子弹扫向了门内。

扫射了一阵才明白，那轰鸣不是火药的爆炸，是寺院的僧人吹响了法号、敲响了铃鼓。麦高丽将军命令停止射击，觉得从门里还不能完全判断里面的情形，便让士兵搭肩爬上寺院的围墙察看。那士兵一上墙头就说："将军，这里没有敌人。"

但麦高丽将军并不认为只念经不抵抗的僧人不是敌人。他在五挺机枪的保护下走进了寺院大门，警惕地看着大殿两层楼上那些可以射击的孔洞，没看到枪管伸出来，才略微放心，扫视着那些僧人奇怪地想：你们不打了？为什么？

大殿的台阶上，打坐念经的僧人整整齐齐排列着，有睁着眼的，有闭着眼的；睁着眼的目不转睛，似乎根本没看见英国人走进寺门；闭着眼的在用额头看人，看见的是天空的祥云而不是侵略者的嘴脸。有些僧人头上脸上身上流着血，他们被刚才在门外扫射的机枪打中，已经死了，却没有倒下，还是打坐念经的样子，可见他们定力非凡，早已出神入化。台阶下，空地的两旁，围绕着堆积起来的刀枪棍棒，也是打坐的僧人，他们一律睁眼，从左右两个方向瞪着麦高丽将军，他走到哪里眼光就跟到哪里。嘴皮照例是颤动的，如同啪啪的脚步声。

大殿的门也是敞开着的，从里面伸出两只巨大的黄铜法号，法号由四个健壮的僧人用肩膀扛着，像两只巨大的眼睛，瞪视着面前的英国人。浑厚响亮的号音就像无形的爆炸，在无形的死亡里发生着作用。还有鼓音，不算响亮，却异常刚脆利落，敲鼓的喇嘛躲在大殿门内的黑暗里，能够想象他们是多么全神贯注。

僧人们的经声潮涌一般，来去分明，高低有序。是自然关照下的抑扬顿挫，起伏中充满了平和与静穆。而最大的魅力是河水般的流畅，是阳光洒满大地的明媚。仿佛恐怖被虚无化解，死亡被宁静消融。让所有人包括念经的喇嘛和听经的英国人都吃惊：就都要死了，怎么还能这样悠然澄明。

麦高丽将军首先打了一个寒战，身子顿时萎缩了一下，脖颈也不再直硬了，下巴回收着，头似乎仍然想昂昂地扬起，却不由自主地低了下来。他绕过堆积的武器走到台阶前，眯眼看了看打坐念经的僧人，然后一个一个看下去？浑身颤抖得更厉害了。他想控制住自己，却发现自己无法给自己做主。恐怖和惊寒像安了家，一股一股地从灵肉的岩缝里渗出来，似乎在提醒他：西藏人有多么坚顽不懈，他内部的恐惧就有多么坚顽不懈。

他惊问自己：怎么打不死？怎么打死了还在念经？

像是回答他的问题，突然，一个僧人磕头一样朝麦高丽将军倒了下去，咚的一声，打裂的头颅里迸出一股脑浆，喷向将军的胸膛。将军惊叫一声，肥大的身躯比猴子更加敏捷地朝后蹿去。他蹿到机枪跟前，尖锐地喊叫着："打，打，都给我打。"

五十个英国士兵掌握下的五挺机枪和几十杆来复枪一起发威，子弹雨点一样扫向了打坐念经的喇嘛，也扫向伸出法号和传出鼓音的大殿门内。

但是僧人们没有一个倒下，念经的声音依然流畅明媚，法号依然浑厚响亮，鼓音依然刚脆利落。好像英国人的扫射和西藏人的挨打，不是发生在同一个时间、同一个世界。麦高丽将军不由自主地退向寺院门外，心说这是最强大的敌人，我遇到了最强大的敌人。他战战兢兢转身，朝远处的十字精兵阵地走去，又觉得不对，回到还在扫射不止的英国士兵后面，大喊一声："撤。"

倒下了，倒下了，所有已死和将死的僧人都倒下了。倒下去的人中，包括了江村代本。

但是法号和鼓音没有停歇，好像它们是先知，告诉西甲喇嘛，立刻还会有洋魔冲进寺院来。西甲喇嘛说："那就来吧，反正我还没有死。"

阿达尼玛穿着从死僧身上扒下来的带血污的僧衣，用壮硕的身体堵挡在西甲喇嘛前面。他也没有死，因为他必须保护西甲喇嘛。乃宁寺的佛，灵验地显示了让必死的人不死的法力。

西甲喇嘛带领活着的僧人，把死去的僧人都搬请到了寺院后面的山岗上。鹫鹰们等待着，虽然这些日子它们天天都在啄食死尸，但它们知道自己不是来填饱肚子的，吃净吃完、一点渣滓不剩才是目的。所以它们吃饱了就飞，拼命地飞，扶摇直上，几乎失去地球的引力。鹫鹰都是直肠子，飞去飞来，就化尸为粪了，然后再吃。山岗上昼夜守候着十个天葬喇嘛，他们一刻不停，似乎在西藏的天性里，不允许有任何血污和尸烂裸露在大地上，人和飞鸟总是用最快的速度消除着别人留在它身上的创伤和一切蹂躏的痕迹，山河转眼又是安然美丽了。大殿前的空地又被腾空，在新的尸体即将摆满之前，这里只有几只吮吸残血的乌鸦和一些被西藏人放弃的武器。

乃宁寺的抵抗还在持续：念经，念经，西藏的念经。面对强盗，懦弱的西藏和佛教只剩下了念经。据说经咒可以让人面对枪林弹雨而无害，可以打退甚至消灭任何外侵之敌。但到了反而被外侵之敌一次次消灭的时候，连喇嘛们都知道，一个只能依靠土枪、刀剑、棍棒、石头来对抗现代化洋枪洋炮的民族，之所以相信经咒，是因为经咒的真正威力，其实是让自己死前没有恐惧、没有忧伤，也没有眷恋，让自己坐以待死，而不是逃以毙命。

西甲喇嘛——一个目不识丁、从来就是以敬献供物为信仰手段的下等喇嘛，开始了他这一生从未有过的没有神力暗中加持帮助的长时间念经，尽管有一点儿煞有介事。别的喇嘛都跟上了，打坐的姿势一个比一个端庄，经念得一个比一个清晰用心。神态安详，眼目恬淡，心无所住，战争已经不算什么了。厨房里的喇嘛烧来了诵经必喝的酥油茶。所有的喇嘛都从怀里掏出了自己的木碗，有的木碗还是镶了银边、安了银座的，放在面前的地上，等着倒满，然后双手捧起来，有滋有味地喝着。

有人说："好像盐淡了，怎么今天的酥油茶盐淡了？"

倒茶的喇嘛像平常一样说：“淡了吗？下次你可别说盐放的太重了。”

难道他们还期待着下一次？下一次，天堂喝茶。

酥油茶刚刚喝完。西甲喇嘛起身走向大门外面，旁若无人地撒了一脬尿，回来又坐下，像一个领经师那样长长地吰喝了一声。经声又起，在一丝不苟的梵呗宏音里，充满了西藏的安详和自信。喜悦出现了，是脸色的，也是声音的，蹦蹦跳跳的经咒欢快而出。

法号和鼓音响起来，就像山塌了，水崩了。

英国人再次光临，还是麦高丽将军带队。他不相信世界上还有不怕枪弹的人。就算他面对着世界上最强大的敌人，也毕竟是肉躯而不是铁骨。还是五十个英国士兵，还是五挺机枪和几十杆来复枪。当他们蜂拥而入时，麦高丽将军大吃一惊：大殿的台阶上下，空地两旁，还是一片红袈裟。而在他眼里，这些在战火中千疮百孔的袈裟，已经是不死的神怪，是比子弹更犀利、比刀剑更锋锐的武器。强大的恐惧自心底升起，他挥手喊叫着：“打，快打。”仿佛自己的机枪不扫射，对方的经咒就会变成机枪扫射到他头上。

又是疯狂的扫射。之后便是逃跑。僧人们谁也没有反抗，也没有追撵，但是麦高丽将军和他的士兵都觉得强烈的反抗和追撵已经发生。他们惊慌失措，逃跑的时候竟然把一挺机枪落在了乃宁寺的大门内。

僧人们没有人理睬那挺调转枪口就可以扫射英国人的机枪。他们又一次默默地清理干净了同伴的尸体，坐下来继续念经。

“扑通”一声响，打断了唱歌一般悠扬的经声。僧人们看到，西甲喇嘛仆倒在了他前面的阿达尼玛身上，额头沉重地碰撞在对方的后脑勺上。阿达尼玛回身满怀抱住西甲喇嘛，紧张地叫着：“大喇嘛，大喇嘛。"他留下来是为了保护前线总管西甲喇嘛，现在他自己好好的，西甲喇嘛却倒下了。"佛祖，你快来看看这个人。"是被英国人的子弹打中了吗？可是刚才他还在指挥众僧搬运尸体呢。

僧人们顿时乱了，围过来，嚷嚷着，不知怎么办好。失去了主心骨，乃宁寺不是还有佛吗？但人越是六神无主，神佛就离得越远。殿堂里没有动静。似乎喧嚷的时候，佛就会睡着；悄寂的时候，佛才会关照。

阿达尼玛说："听我的，听我的，我是阿达尼玛代本，现在我们这样，喇嘛们，我们这样……"他急得几乎晃掉头，也没晃出主意来，长叹一声又说，"还是继续念经吧。"

僧人们纷纷坐回到原来的位置上。这时一个姑娘拉马走了进来，左右一看，疲倦地靠在门框上：终于回来了，回到自己人的怀抱里了。她张张嘴，想说什么，又说不出来，凄惨得滴出几行眼泪来。僧人们望着她，她也望着僧人们。突然她眼睛一亮，好像泪水无声地开花了：西甲？接着又黯然一眨：西甲怎么了？不会是死了吧？她丢开马缰绳，跳起来，扑了过去："西甲，西甲，我是桑竹，桑竹回来了。"顿时就泪水滂沱。她抱住西甲喇嘛的头，把自己湿漉漉的脸贴到他干硬的嘴唇上，惊叫一声："热的，热的，他没死。"

阿达尼玛说："是的，姑娘，大喇嘛没死。"

桑竹姑娘说："那你们还待在这里干什么？"

阿达尼玛说："喇嘛们在念经呢。"

桑竹姑娘说："那就是等死啦。西甲喇嘛不能死，知道吗？赶紧走，他死了谁来指挥西藏人打仗？"

阿达尼玛一掌拍扁了自己的额头：这么简单明了的问题他怎么没想到？他喊道："快去，把大门关上。"

# 6

经声消弭。法号和鼓音喑哑。乃宁寺静悄悄的，一夜岑寂。在黎明的时光伴随山雾的动荡徐徐而来时，十字精兵的进攻又开始了。

仍然是麦高丽将军和他的五十个英国士兵。他们蹑手蹑脚地靠近乃宁寺，耳朵贴在门扇上听了一会儿，便一脚踢开大门，惶急而入，紧张得又是架枪，又是瞄准，甚至还有人朝着黑洞洞的大殿门内开了一枪。

然而，就像在梦境里，那挺被他们丢弃的机枪还在原地，僧人们一个也没有了。空荡荡的乃宁寺，一尊尊瞪着眼睛沉默不语的佛像，七珍八宝的供台，没人打坐的卡垫，无声的法号，失音的鼓，寂然明亮的酥油灯，经幡唐卡，在消失了活佛、喇嘛、信徒、香客的日子里，冷冰冰地陈列着，一丝动静都没有。灯苗不再闪烁，法铃不再摇摆，哈达也不再飘晃，风虽然还来，却已不再触摸它们了。

乃宁寺建于藏王墀松德赞时期，一千多年了。

最珍贵的是大经堂壁龛里的五百尊金佛和文殊大黑殿里的五十卷贝叶经。五百尊金佛营造于建寺之初，是乃宁寺的镇寺之宝。贝叶经是古印度僧人写在贝多罗树叶上的经文，是乃宁寺之所以全藏著名的理由。撤走的活佛喇嘛们没有把这些珍宝带走，或者他们带不了，或者他们没想到英国人不仅要占领还要抢劫，或者照《圣史》上所说：佛把财宝留给英国人，来试验上帝之徒的贪婪之心。

所有的金佛和贝叶经以及金银旃檀的佛像、法器、供皿和画卷，全部被麦高丽将军识货地指定为带走之物。他指挥士兵用经幡、哈达、幕帐把它们包起来，绑在了马背上，然后告诉戈蓝上校，自己不可能跟着十字精兵再往前走了。

戈蓝上校说："你不能离开，麦高丽上尉，我们的兵力不能在这个时候分出去，为你押送这些异教徒的圣物。"

麦高丽将军说："不，请叫我将军。一个将军有权决定他什么时候离开。"

戈蓝上校说："我们前面还有紫金寺、白居寺，还有拉萨的许多寺院，珍宝多得是。"

麦高丽将军说："我还会再来的。我带走多少兵力，加倍送还你多少兵力。"

戈蓝上校说："再来我就不欢迎你了。我是战场指挥官，我有权拒绝任何干扰。"

麦高丽将军说："我既然能代表伦敦军方，就能代表英国女王。虽然我现在还不能传达女王的声音，但将来一定会让你听到女王对你的表彰。向你颁发十字勋章的人，很可能就是我。我知道你是一个虔诚的基督徒，你会非常荣幸地受到伦敦圣保罗大教堂的大主教的接见，因为你为他俘虏了比他想象的还要多的异教神像。何况你有承诺，让英国拥有珍宝，我的私人博物馆永远属于大英帝国。"

戈蓝上校沉默着，只好同意："上帝啊，你难道需要的不是国土而是异教徒的圣物？"

麦高丽将军的后撤比戈蓝上校的进攻还要神速，他动用了六十多匹骡马和三百多名押送士兵，唯恐来不及了似的，匆匆上路了。

# 第十六章　江孜战役（一）

## 1

对驻藏大臣否太来说，达赖喇嘛的亲政让他感到事情难办了许多。面对摄政王迪牧，无论威胁恫吓，还是说服诱导，他觉得都是面对一个人，尽管这个人的身后是整个西藏地方政府。达赖喇嘛就不同了，他象征一个僧伽集团，这个集团高深莫测到外人根本不知道谁是最后拿主意的人。表面上，达赖喇嘛本人的权威至高无上，但他毕竟是个毫无政治历练、刚刚走过少年的青年，他需要智囊的谋划和前辈的定夺。是谁定夺了他的突然亲政？又是谁定夺了他亲政之后坚决抵抗英国人侵略的决心？

否太坚决不相信乃穷大护法的降神问谕可以决定一切，也不相信沱美活佛和顿珠噶伦以及由他们发动起来的三大寺代表和民众大会能够改变西藏政局。他觉得在高墙厚垒的布达拉宫内部，那些根本不露面的达赖喇嘛的经师和亲随，也许才是真正有影响和有力量的人。

否太照例在大昭寺和布达拉宫两处参加了达赖喇嘛的亲政大典，大典上除了祝贺，别无他言。之后他就再也没有机会见到这位新上任的政教领袖了。而他是非见不可的，他必须把在迪牧活佛面前说过的息兵罢斗、文争理阻的道理，再给这位他眼里不知天高地厚的神王说一遍。但他去了两次，两次都吃了闭门羹。达赖喇嘛总是托病不出，传话的僧人说得煞有介事："头晕目眩、口干疮生、乱痛加身、性情急躁。"否太说："朝廷有旨，总不能不听旨吧？"回答是："病好了再听。"

可是达赖喇嘛的病总也不好。否太无奈，只好草拟了两封电文，一封发给了朝廷，一封发给了戈蓝上校。否太和文硕不同，他来西藏，带了一个西文翻译和一部对外电台，可以和戈蓝上校直接通电。否太给朝廷的电文是告状，说达赖喇嘛深居简出，难以接触，婉转传达煌煌圣训，并不遵行。观其藏臣的言语行动，违悖颇多，就算是张仪苏秦复生，也说服不了达赖及藏番。他想直接和英国人接洽，但藏番不肯支应马匹马夫。现在看来，唯一的办法就是任由藏番寻衅堵打，让英国人狠狠教训他们。等看到了惨败结局，藏番才会收敛本性。否太给戈蓝上校的电文则是媚颜出卖，说贵大臣领兵来藏，军行已久，所谋所划，用心良苦，却没有大获成功。原因是蛮番狡诈，不在情理之中，虽经本大臣竭力挽回，但教化之难犹如贵大臣进兵之艰。现在，贵大臣遽然深入，藏番的桀骜之性，必然变本加厉，将来立约通商传教，恐怕更多棘手。还望贵大臣速进之中，播仁心而少杀戮，免留仇雠敌忾，思长久之计而后图之。

两封电文之后，否太就觉得作为驻藏大臣他已经尽到责任了，既没有违背朝廷旨意，也没有得罪异教洋人。至于西藏人的态度，实在是无关紧要，大不了多死些人，多发些牢骚怨怒，他们还能造反吗？

最让否太遗憾的是，他想在西藏扶持一个既听命于驻藏大臣又让英国人满意的政教领袖化为泡影。达赖喇嘛的突然亲政，不仅让朝廷无法根据英国人的意愿诏封班丹活佛为"诺门罕"，并代替迪牧活佛出任西藏摄政王，还把班丹活佛推向了一个性命攸关的深渊。

班丹活佛虽然最早听到了达赖喇嘛就要亲政的消息，却没有马上离开功德林，回到江孜白居寺去。他想参加了达赖喇嘛亲政大典之后再走。举行大典的这天，他一大早从功德林出发，坐轿前往布达拉宫，经过一片树林时，突然听到一阵马蹄的疾响，接着就是一阵鸣叫，咚的一声，他身子一震，轿子也随之摇晃了一下。只听抬轿的喇嘛放下轿子，惊慌失措地喊起来："杀人了，杀人了。"

马蹄的声音霎时远逝。班丹活佛掀起轿帘出去，看到一支响箭插在轿楣上，箭羽上拴着一片白绫。他撕下白绫看了看，上面有一摊墨迹、一摊血迹、一摊精液之迹。他知道墨迹代表权势之恨，血迹代表杀伐之恨，精液代表未来之恨，却不知道为什么这样的仇恨会针对他。谁啊，谁对他的仇恨会这么强烈？其实是不问自明的，他浑身一阵寒凉，内心冷冷地颤抖着，半晌才回过神来。

奔我来的是响箭，弃我去的是骏马。既然灾难跟上了我，走到哪里都是躲不掉的。班丹活佛并没有按照响箭的警告返回功德林，而是继续前往布达拉宫，从容不迫地参加完了达赖喇嘛的亲政大典。

但是他再也没有返回功德林，也没有回到江孜白居寺。在他离开布达拉宫后不久，他就失踪了，他和他的仆从全部失踪了。没有人知道他去了哪里，大家只能猜想：他是修持时轮堪舆金刚大法的大师，谁能阻止他的行止呢？除非用一种极端恐怖的方法控制住他，让自由变成他的法力远远达不到的彼岸。

不久，就传出了班丹活佛被锁身流放的消息。

就在驻藏大臣否太想见达赖喇嘛见不着，又是禀报朝廷，又是发电英国人的时候，雪浪寺的寺主赤烈活佛走进了拉萨。他到处打听前驻藏大臣文硕的消息，引起了许多人的注意，很快有人把他的行踪报告给了布达拉宫。布达拉宫派几个喇嘛拦住了赤烈活佛，问他找文硕有什么事？

赤烈活佛说："我是受魏冰豪之托来见文硕的，有一封信要当面交给他。"

几个喇嘛说："达赖喇嘛不想让你见到文硕。"

赤烈活佛说："那就请你们禀告达赖喇嘛，是魏冰豪保住了雪浪寺。我不把他的遗信交给文硕，我就无法回去了。回去怎么给魏冰豪交代？西甲喇嘛说啦，魏冰豪是大护法旦巴泽林的战时幻身。他要是一气之下离开我们，雪浪寺就会遭受兵荒马乱的祸害。"之后他把魏冰豪身缚火药，冲进敌阵，炸翻数十洋魔的事迹详细描述了一番。几个布达拉宫喇嘛听得目瞪口呆。

布达拉宫包括达赖喇嘛对前驻藏大臣文硕并没有好感，因为在他们获得的信息里，文硕跟前摄政王迪牧活佛关系非同一般，加上文硕跟英国人立约画押出卖西藏的事实无法抹去，所以他们扣留并关押了文硕，不想让他如此轻松地一走了之。凡是布达拉宫的人，只要提到文硕都会说，一个给洋魔帮忙、跟迪牧亲热的人，西藏要的不是他断指，而是他断头。

但是现在他们不这样说了，因为达赖喇嘛突然禁止他们这样说。不仅如此，达赖喇嘛还明确指示噶厦，放了文硕，派遣乌拉，给予银两，送他回京。

布达拉宫的喇嘛陪同赤烈活佛在雪村深处的那间小房子前见到了刚刚被放出来的文硕。文硕看了赤烈活佛带来的魏冰豪的信，朝着雪浪寺的方向，趴在围绕小房子的矮墙上号啕大哭："儿子啊，你就这样死了吗？"

人们这才明白达赖喇嘛为什么会转变态度。魏冰豪是文硕的亲生儿子。文硕似乎早就知道，在这场由英国人发起的战争中，他只能用儿子的性命挽救自己。

文硕自由了，但是他没有走。雪村姑娘不想让他走，他自己也觉得已经没有必要回到京城听候朝廷查办了。他住进雪村姑娘家里，变成了一个定居拉萨的满人。大家都把他看成了雪村姑娘的丈夫。他自己也不反驳，只用西藏人不理解的话说："只能算是妾，妾而已。"

2

虽然传言达赖喇嘛疾病在身，但拉萨的政教局面却在剧变中日益证明着这位神王强硬的存在。神王雷厉风行地掀起了他亲政后的第一波政治风浪，西藏拉开了布达拉宫主导一切的帷幕。

先是一次官意测验，凡在噶厦供职的七品以上官员，都必须在一张纸上写明自己的态度：赞同抗英灭敌还是主张和谈投降。达赖喇嘛才亲政，没在任何地方就目前英国十字精兵入侵西藏一事公开发表过看法，大家不摸底细，也就怎么想怎么写了。但是没想到，这竟是达赖喇嘛建树权威和表达决心的一个办法。所有主张和谈投降的官员，不论僧俗，立刻遭到免职，包括一名三品的堪布和四名四品的高官。因免职而出现的空缺很快被填补，新任命的都是抗英灭敌态度最激烈的官员。

这显然是达赖喇嘛在自己的政权里实行铁腕和提高效率的重要步骤。接下来的事情似乎好办多了，噶厦政府和布达拉宫所有机构所有人员都开始围绕抵御异教洋人、保卫佛教西藏运转行事。最重要的仍然是调动西藏全部现有兵力和全力招募民兵、僧兵奔赴江孜。鉴于顿珠噶伦另有要事担当，达赖喇嘛选派四品俗官曲哲丹诺担任民兵总管，全面负责藏兵和民兵的调动招募，又指派甘丹寺麦巴扎仓的当周活佛协助沱美活佛招募并指挥全体僧兵。

但是权力和铁腕似乎还不能保证达赖喇嘛在亲政之后按照他自己和布达拉宫的愿望主宰西藏和所有的人。随着人事任免的频频发生，拉萨的气氛突然变得诡异起来，妖风四起，到处都是对达赖喇嘛不利的传闻。

乃穷大护法降神传谕：极其恶毒的黑咒出现了，正向布达拉宫飞去。黑咒不除，便无法让达赖喇嘛施展抗英抱负，打退洋魔异教。

盘踞拉萨的山羊头夜叉显灵，让八廓街上一堵百年老墙在午阳之下倒塌，从扬起的尘土里，发现了同样扬起的针对达赖喇嘛的恶毒符咒。

有高僧凭借强大的反咒语的咒语，从布达拉宫所在地的红山脚下、扎囊境内的桑耶寺内、小昭寺不动金刚殿前的回廊下、白拉措的柳树旁、药王山的石窟里、罗布林卡花园中，挖出了身上背着符咒的大蝎子。

神通广大且为人正派的金巴护法神，受人邀请，来到此人家的马圈里，先行降神，再挖出毒虫，当面剖开肚腹，取出了符咒和头发。他把符咒上经文的内容解释为刺向神王的黑剑，把头发解释为神王达赖喇嘛。问他谁放了符咒。他摇头不语，转身走向点燃桑烟的砖塔，把符咒烧掉了。

丹吉林收纳了许多六指、豁嘴、独眼、无耳、少鼻、大脖子等残异人作为仆从，躲在迪牧活佛闭关静修的秘境地宫里，日夜放毒诵咒。这些人都是妖魔鬼怪的化身，是迪牧活佛用来伤害达赖喇嘛的手段。

有人在拉萨街上拦住丹吉林的白热管家，质问道："为什么要陷害达赖喇嘛？奉劝迪牧活佛，不要对失去摄政王的地位和抵抗英人来犯愤愤不满。"

白热管家说："达赖喇嘛已经长大成人，他自己掌握了政教大权，谁敢陷害他？"

那人反驳道："还不承认，诅咒达赖喇嘛早死的经文已经变成长翅膀的蝎子，飞得拉萨到处都是。"

更加令人不安的是，不断有高僧前往布达拉宫向达赖喇嘛问安。达赖喇嘛概不接见，只遣侍从喇嘛说：我们的佛宝病了，头晕得站不起来，满嘴疔疮，浑身到处疼，寝食不宁。藏医喇嘛开了药不顶用，大经师念了《平安经》也不顶用。达赖喇嘛说："这些年，我经常做梦得到预示，有人要恶意伤害我，搞得我性情急躁，无法参与政教大业和抵抗英人异教。图谋害我的人不除，我的病就好不了，离死大概不远了。"

啊，达赖喇嘛。在此洋魔入侵的危难之际，他可不能死。

现在，大家都把目标集中在一个问题上：谁放了符咒、念了咒经？谁想加害达赖喇嘛？尽管很多人都觉得应该是迪牧活佛以及丹吉林的所为，却都是猜测，没有一件像样的证据，就是把背着符咒的大蝎子和毒虫肚腹里取出的符咒、头发摆在桌面上，也不能说那一定就是迪牧活佛指使丹吉林喇嘛所为。至于丹吉林收纳的六指、豁嘴、独眼、无耳、少鼻、大脖子等残异人，有倒是有，但那可以解释为慈悲向善，又如何证明他们是躲在秘境地宫里施放毒咒的妖魔鬼怪呢？

疯狂的传闻里，拉萨一如既往地平静着。

好像大家都在等待，等待一个推演出结果的机会。

谁能想到，这个机会竟是驻藏大臣否太创造的。否太见不到达赖喇嘛，无法实施朝廷向英国人求和投降的旨意，又觉得达赖身边那些从不露面的经师和亲随才是真正有影响和有力量的人，便想委曲接触，以朝廷加封为诱饵收买他一个两个，也好在日后影响达赖喇嘛。但否太初来乍到，摸不透人脉的亲疏远近，想到现在唯一能和他对话的只有卸任摄政王迪牧活佛，便想去打探打探。否太去了，去了就是事儿。

从这一天开始，拉萨僧俗上层的所有人都知道，迪牧活佛卸去摄政王的职位后，受人冷落而不甘心，想借驻藏大臣之力重新上台摄政。咒死达赖喇嘛是第一步，现在第一步已经有了明显效果，便开始了第二步，那就是和驻藏大臣否太紧急商量东山再起事宜。说真的，他们中有些人其实并不反感迪牧活佛，但对否太和迪牧的联袂却十分警惕，毕竟他们人人都不想和谈投降，尤其是在达赖喇嘛业已证明他是一个坚决抵抗英国人的政教领袖，那种对异教洋魔将会吃掉佛教西藏的担忧，正在变成抵抗的信心之后，他们对投降派否太的厌恶就不再会有任何折扣了。因为不想投降而厌恶否太，又因否太而厌恶迪牧。迪牧活佛在有了一次不期而至的被造访之后，一下子陷入了敌意的中心。

首先行动起来的是哲蚌寺。他们借离乃穷寺不远的便利条件，敦请乃穷护法占卜问神，看达赖喇嘛吉凶如何。卜文显示道：有人在诅咒他，伤害他的身体。神问达赖喇嘛："你能忍受吗？"有喇嘛赶紧跑向布达拉宫，把神问传递给达赖喇嘛。达赖喇嘛说："我不能忍受，但要慎重对待咒我的人。"

达赖喇嘛的侍从堪布以慎重为由，把乃穷护法请到布达拉宫，请求再次祈降神谕。乃穷护法在一阵疯癫至狂的降神仪式后，满头大汗地借神之口说："近来世道不好，不务正业的坏人时有出现，诅咒达赖喇嘛，正危害他的身心。"

侍从堪布紧问："谁是坏人，谁在诅咒？"

乃穷护法摇摇头，闭嘴不说。

翌日，噶厦和三大寺代表为了进一步证实神谕的存在，请求乃穷护法第三次降神，主要问题是：恶咒究竟是何人所为？这次乃穷护法没有掩饰，在极度沉迷的状态中，以神的口气说："有一个人向宁玛派的敦茄活佛送了一双高级彩靴，你们追查是谁送的便知。还有一个叫罗布次仁的也知道。罗布次仁跟一个叫达思的洋教牧师有勾结。此牧师是班丹活佛的弟子，班丹活佛背叛佛教向他传授了时轮堪舆金刚大法。他有一张图，图上有路线，走来了黑水白兽。"

## 3

达思牧师一直潜伏在江孜。所谓潜伏，就是既不想让十字精兵知道，也不想让西藏人认出他来。他再次穿起破烂的袈裟，挂着木棍，蓬松着头发，污垢着面孔，扮作云游僧，走向了白居寺，想看看尊师班丹活佛。班丹活佛不在了，寺院里的人都说，他因为听命于驻藏大臣否太并想代替迪牧活佛出任摄政王，而被刚刚亲政的达赖喇嘛流放到很远很远的地方去了。达思牧师吃惊异常，尊师班丹怎么会有这样的想法？

他不相信，装作乞讨，久久在白居寺门前徘徊。那个很久没有出现的声音再次出现了，依然是亮丽尊贵而又稍纵即逝的："达思快来，等你，等你。"他侧耳想抓住那声音，声音滑溜溜地一闪而去。他倒吸一口冷气：好像是尊师班丹活佛的召唤，这神秘的来自空中风里的声音。

达思牧师回到藏身的洞穴，展开"吉凶善恶图"仔细查看，看不到上面的标识和曲曲扭扭的线路跟尊师的召唤有什么关系，看清楚的倒是返回杂昌峡谷，然后绕开江孜，从那里斜插卡诺拉山口。不是他一个人，而是带着许多人。为什么现在才看清楚？为什么到了这里才知道需要返回？不不，不是他原先没看清楚，是地图变了，地图用修炼大法诱惑他来到了江孜，又以同样的理由要诱惑他离开江孜。为什么？难道就是为了让他知道尊师班丹活佛现在的处境？如果是这样，他应该马上离去。但是他没有离去，他知道，更强烈的诱惑不是地图的指向，而是他的心，他心里总是装着那个誓言："我一定回来，不回来我的金刚大法就修炼不成，修炼成了也会水一样进到肚子里再出去。"那一刻他把一块黄金摁到菩媸姑娘的手心里，又说，"达思要是食言，黄金就会失色。"菩媸姑娘哭了："达思喇嘛你听着，你要是不回来我就把黄金吃掉。"

现在他回来了，在得知尊师班丹被流放之后，只剩下了一个目的，那就是修炼时轮堪舆金刚大法——用爱情的互相吸引完成江孜圣地的修炼程序。菩媸姑娘，我来了。他走向了颇阿勒庄园，不想让颇阿勒夫人看见，就在庄园大门外的村舍间徘徊着。有人认出了他，悄悄跑去，报告给了颇阿勒夫人。

洋魔即将来临，战火就要燃烧江孜，在俄尔噶伦的撺掇下，颇阿勒夫人准备离开江孜，前往拉萨避难。她起先是不愿意的，要在这里等待儿子鹊跋归来。但俄尔噶伦说，要是等到鹊跋归来，洋魔也就到了，再走肯定来不及，你不能为了儿子损失掉颇阿勒庄园的全部财产。再说儿子来了也不能久在江孜，他也必须去拉萨避难，不如我们先去，把什么都安顿好，在拉萨等他。颇阿勒夫人觉得此话在理，便开始收拾行装。庄园里到处都在忙活，金银财宝、珍珠玛瑙以及所有值钱的东西都在集中装包，健壮的骡马都已经从山上赶下来，拴在庄园院子里。仆人们有的要跟去，有的要留守。颇阿勒夫人亲自指挥，连所有毛织的卡垫都要带走。还有成袋成袋的细糌粑、酥油、奶皮、红糖、茶叶、盐巴。雕画精美的家具，那些衣箱、柜子、床榻、梳妆台是带不走了，颇阿勒夫人心疼地这儿碰碰，那儿摸摸。

颇阿勒夫人说："这个印度来的云游僧，他是来投奔班丹活佛的吧？班丹活佛远远地去了。"她顾不上达思，让仆人拿了些吃的送给他。

俄尔噶伦对这时候突然出现一个印度人很警惕，走出庄园大门，走过去看了一眼，立刻认了出来，大喊一声："抓起来。"

但抓起来又放了。作为已经卸职的前线总管，俄尔噶伦深知这个十字精兵的牧师既抓不得，又近不得，抓了怕给英国人的进攻增加口实，对西藏不利；近了又会惹来禁忌，说他跟佛教的敌人勾勾搭搭。要知道现在掌握西藏政教大权的已不是迪牧活佛了，对亲政后的达赖喇嘛他不摸底细。

一抓一放一闹腾，庄园里所有的人都知道了，包括菩嫫姑娘。她把自己精心打扮起来，就要去见达思，却被俄尔噶伦和颇阿勒夫人以及姐姐央真堵在了卧房里。

"你不能去，一个魔鬼，你见了就会惹来灾难。"

菩嫫姑娘哪里会听他们的，指着自己的肚子大声喊："我这里，这里，有他的孩子。孩子要去找阿爸，不对吗？"

没道理可讲，他们让人把菩嫫姑娘锁了起来。

任性的贵族小姐、被爱情之火烧迷了心窍的菩嫫姑娘，除了她自己，谁也不能锁住她的自由。她把所有的毡垫铺盖从三楼窗户扔下去，然后裹着两层皮袍跳在那些铺垫上，爬起来，一溜烟跑了。

她跑向了当年她跟达思幽会的地方——年楚河东岸遮风挡雨的洞穴。洞穴里，冰凉坚硬的花岗岩石壁上，还有菩嫫的哥哥鹊跋用十把腰刀奋力捅刺过的痕迹。如今鹊跋不在了，没有人会找到这个地方了。

菩嫫姑娘说："我再也不想和你分开。"

达思牧师说："我也是，我要带着你，走完所有的路。"他没说是什么路，是"吉凶善恶图"标识的修炼金刚大法的路，还是生命之路。

## 4

西甲喇嘛半路上就醒了。醒来时他骑在马上，被阿达尼玛紧紧抱在怀里。他不知道自己为什么会昏倒，没有中弹却几乎死过去，也不知道为什么会醒来，醒来后好好的。这样的事情，只有神佛知道，他也就不去细究了。他和阿达尼玛分开单独骑了一匹马，往前走着，不时地前后左右看看身边的僧兵。

"我们把乃宁寺放下了。"西甲喇嘛感叹着说。

"是啊，放下了。不对吗，大喇嘛？"阿达尼玛不安地问。

"当然是对的，我本来就想坚守到一定时候就放下。"西甲说着，不禁一怔："这是谁啊？桑竹姑娘？"

桑竹姑娘低头不看西甲。她的马紧挨着西甲的马。

西甲伸手拍了一下桑竹的皮袍，感觉好像还有点不真实，又俯身一巴掌拍在桑竹坐骑的屁股上。马一跳，朝前跑了几步。西甲这才明白现实就是这样：死去的桑竹姑娘又活着回来了。

"真的回来啦？"西甲顿时很激动，也顾不上周围有人没人啦，"桑竹啊，你去哪里了？不会是地狱吧？地狱里走了一遭就回来啦？你舍不得我，是不是？我要是知道你会回来，就不会伤心啦。"激动让他忘了掩饰，忘了她对他曾经的羞辱、对他喇嘛身份的威胁，似乎原本那就是他的期待，是他爱情生活的一部分；好像他从来没有回避过她，从来就是这样：心里爱着，表面上也爱着。"这下好啦好啦，我心里就亮亮堂堂的啦，打洋魔又多了一分力量。桑竹姑娘看着我呢，我能没有力量？无量光佛的法力加持给我啦，白度母的经咒加持给我啦，我心里缠着柔柔的一团哈达，我要在胜利之后献给全西藏最好的姑娘。"

桑竹姑娘看着西甲，不停地用皮袍袖子抹着眼泪。她是第一次听西甲喇嘛这样表达，感觉就像黑暗中亮起了一盏酥油灯、寒夜里吹来了温暖的风。可是已经晚了，西甲，我已经不是你的人了。她在心里叹息着，你喇嘛的身子干净得就像蓝天，我桑竹的身子肮脏得就像烂泥。烂泥里的莲花一经枯败，就也是烂泥了。

"西甲，我回来了，我回来是为了打洋魔。"

"洋魔不用你打，有我呢，桑竹，我给你打。"

"西甲，我也要打，我没死就是想打洋魔，我要报仇。"

"好啊好啊，打洋魔，你在我身边，哪儿也别去，就跟着我打洋魔。"

"我不能跟你在一起，我要走了，西甲，你好好活着，你不能死，就是所有人死了你也不能死。"

"好，我听你的，不死啦，永远不死啦，越活越高大，越活越年轻。"

桑竹姑娘用鞭子打了打马。马快步走去。

"桑竹，桑竹……"西甲喊着。

似乎生怕西甲追上来，桑竹姑娘打马跑起来。

西甲喇嘛没有追，心里是坦然的：往前没有洋魔，她走到哪里都是安全的。更重要的是，只要她活在西藏的土地上，她就是他的——他的心和肺。

而在前面驰马奔跑的桑竹姑娘却止不住放声大哭。风把哭声吹到天上去了，西甲喇嘛没听见。

阿达尼玛好像隐隐听到了几声，说："大喇嘛，你的姑娘有伤心的事啦。"

西甲望了望凌空而过的随人鹰说："这些日子谁都是伤心的，洋魔来啦，西藏人死啦，佛菩萨的土地不干净啦。到了江孜我们好好打仗，不能再让西藏的姑娘伤心流泪啦。"

西甲喇嘛一行没走多远，就看见了白居寺和宗山城堡。这时候是中午。

江孜的晴光热阳让西甲喇嘛看得很远，平原上到处都是人影。他派身边的人分散打听，很快就知道，虽然杂昌峡的成功阻击没有达到争取时间聚集兵力的目的，但乃宁寺的堵截却使江孜在十字精兵未到之前发生了出乎意料的变化：在僧兵总管沱美活佛的督促下，僧兵两个代本团一千六百人先期到达宗山脚下。接着民兵也来了，也是两个代本团，他们是被新任民兵总管曲哲丹诺从曲水、贡嘎两地紧急招募来的。

还有奴马代本、欧珠代本、楚臣代本从乃宁寺带来的藏兵、民兵和僧兵，他们已经进驻紫金寺和白居寺。

另外，被西甲喇嘛派去各自的家乡招募民兵的总管卫队成员，有一些已经回来，这些人加起来也有一个代本团。麻子队长招来的人最多。他没有按照西甲喇嘛的命令去拉萨找达赖喇嘛、沱美活佛、顿珠噶伦以及噶厦政府，这些人和噶厦对他来说不是天上的太阳就是水里的龙王，哪里是他够得着的。他去了家乡浪卡子，打着达赖喇嘛和前线总管西甲喇嘛的旗号到处鼓动拉人，竟也拉来了三百多青壮藏人。

麻子队长见了西甲喇嘛不敢上前来，还是西甲走到了他跟前。他惭愧地低下头说："总管大人，我没有去拉萨。"

西甲说："去拉萨干什么？拉萨的民兵轮不着你去招募。"他早忘了自己给麻子队长的命令。又说，"总管卫队招来的这些人就交给你啦，你不叫麻子队长，你叫麻子代本。定本、甲本、汝本你看着任命吧，原则上是谁招来的人多，谁的官就大。"

这样一来，西甲喇嘛就在不经意中调换了总管卫队。现在的总管卫队是追随他的阿达尼玛和从乃宁寺撤下来的僧兵。西甲是喇嘛，他的卫队基本都是喇嘛，似乎也是顺理成章的。是不是西甲不信任原来的卫队，有意调离，谁知道呢？

西甲喇嘛带着总管卫队，登上了宗山城堡。

从宗山眺望，江孜平原尽收眼底。年楚河两岸，一望无际的青稞地正在走向生长期的尾声，收获的日子已经不远了，田野在灿烂中喜庆着。半青半黄的穗头，聚攒起来，远看就变成了一片鹅黄，像是春天刚刚出生时那样。人和植物的生命总会在老去的时候显示一次返璞归真的美丽。青稞从不奄拉，就是枯黄死掉也是直立向天。虽然看不见每颗穗头上纤细的针芒，但无数针芒的铺陈，就让大地披上了一层金山羊的绒毛。

西甲喇嘛也是第一次在这个季节欣赏壮阔如此的青稞地，瞪着眼睛半天不说话。

阿达尼玛说："大喇嘛，你说佛祖有没有偏向？把这么好的青稞地安顿在了江孜，都是颇阿勒庄园和日囊庄园的领地，在这里做一只狗也比我们那里的人吃得好。"

西甲喇嘛说："那好吧，你就在这里变成一只狗吧，我让那只狗到你的庄园里做人去。"说着就朝山腰里一只野狗喊道，"过来，你给我过来。"

山腰里的野狗听到喊声，居然朝上走来。

阿达尼玛看着，吓得扑通一声跪下："大喇嘛，你可不要这样，我只不过是说说。"他绝对相信西甲喇嘛真有让他变狗、让狗变他的法力。

西甲喇嘛严肃地说："我要让所有的洋魔变成狗，再让它们滚回英国去。阿达尼玛，你给我起来，你现在是我的卫队队长，不能随便给人下跪磕头，当然除了我，还有达赖喇嘛，还有我的上师迪牧活佛和沱美活佛。对别的人，你要大鱼吃小鱼一样对待。你是大鱼，对一切不听话的小鱼你都要吃掉。这里是战场，我代表达赖喇嘛，我们要为佛教和西藏负责。去吧，威威武武地去传达我的命令，让各个代本团的代本立刻来宗山城堡开会，我点三炷香，三炷香烧完还不来的，立刻免职。对了，别忘了江孜宗的宗本。"

阿达尼玛犹豫了一下，起身就走。

西甲喊道："回来，你是总管卫队的队长，传达我的命令不能一个人去，至少要带十个人，骑上最好的马。对他们说话不要客气，不然就没人服你。你学学，怎么说。"

阿达尼玛说："大喇嘛请大人们去城堡开会。"

西甲说："不行，不是大喇嘛，是西甲喇嘛大人，也不是西甲喇嘛大人，是前线总管西甲喇嘛大人，简单一点就是西甲总管大人。"

阿达尼玛说："不是大喇嘛，是西甲喇嘛大人，也不是西甲喇嘛大人，是前线总管西甲喇嘛大人，简单一点就是西甲总管大人，请大人们……"

西甲说："不是请，是命令，也不是大人们，是你们。再说一遍。"

阿达尼玛说："不是大喇嘛，是西甲喇嘛大人，也不是西甲喇嘛大人，是前线总管西甲喇嘛大人，简单一点就是西甲总管大人，请大人们，不是请，是命令，也不是大人们，是你们，去城堡开会。"

西甲眨巴着眼睛说："这是我教你的吗？你这么一说连我也听不懂了。你还是个代本呢，连话都说不清楚。"

阿达尼玛说："西甲总管大人，实话说我这个代本是冒名顶替的。原来的代本阿达尼玛为一个女人被人家打死啦。我就花一百两藏银买来了任命代本的文书，反正我也叫阿达尼玛。文书上有噶厦的印章，谁敢不服，加上我可以供应吃喝，那些藏兵就跟着我啦。但我除了守卫我家庄园的土地，别的什么也不会。"

西甲对"冒名顶替"不感兴趣，似乎那是再正常不过的事。他说："不要说你不会，你会，你会杀洋魔。你给他们这么说，西甲总管大人命令你们去城堡开会，不得延误，只等三炷香的时间，过时免职。"等阿达尼玛重复了一遍，又说，"要大声，严厉，就像老鹰对老鼠说话那样。"

阿达尼玛说："这个我知道，凶巴巴地嘎嘎叫。"

## 5

如同西甲喇嘛预料的那样，来到江孜前线的军官里果然有人对他很怠慢。三炷香烧完之前赶到的除了驻守紫金寺的奴马代本和欧珠代本，驻守白居寺的楚臣代本，了解西甲喇嘛的麻子代本，再就是被沱美活佛严厉叮嘱必须服从西甲喇嘛的两个僧兵代本群觉和夏鲁。另外两个人数最多的民兵代本团的代本四炷香之后才一起来到，好像他们是商量好了故意要给西甲喇嘛一个下马威的。西甲喇嘛很生气，本来他是不大会生气的，但是现在他必须生气，如果不生气，怎么说明他有高高的地位、凛凛的威严呢？他说："你们二位最后到，但我现在要你们最先报上名字来。"

两个民兵代本团的代本都是有着大庄园的世袭贵族，眼里哪里有名不见经传的西甲喇嘛，爱理不理地报了，一个叫索南，一个叫希绕。

西甲说："紫金寺离宗山城堡最远，麻烦索南代本和希绕代本骑马跑一趟，跑去三炷香，跑来三炷香，一共六炷香。六炷香以前回来，我就把前线总管的位置让给你们，六炷香烧完了还不见你们的影子，那我就还是前线总管。大家听着，西藏的佛爷们听着，宗山城堡的鬼神们听着，我西甲喇嘛说话是算数的。"

索南代本和希绕代本寻思：不就是跑一趟吗，试试看。说不定，运气好的话，这前线总管……运气不好也没关系，代本还是代本。他们答应了。

西甲喇嘛亲自点燃了大殿里佛像前的坭木藏香。

"要是六炷香以前回来，到底是你当还是我当？"

"你是副总管，我是正总管。"

两个代本开着玩笑去了，回来时烧没了八炷香。

西甲对满头大汗的两个民兵代本说："看样子从紫金寺跑到宗山城堡，至少也得四炷香。可是有人，三炷香烧不完就能到达。"他过去把坐在地上的奴马代本和欧珠代本拉起来，"就是他们两个，做到了本来不可能做到的事情。你们知道为什么？因为他们跟着我一起死一起活，他们心里有我。我就像他们心里的佛，听了我的命令，他们的胳膊变成了翅膀。我现在需要胳膊变成翅膀的部下，只有这样的部下，才能把上帝的鸟儿一翅膀扇到年楚河里去。"

索南代本和希绕代本互相看看，不知道西甲喇嘛是什么意思。

西甲又说："我说了，六炷香烧完了你们不回来，我就还是前线总管。现在我问你们，承认不承认我是前线总管？"

索南代本和希绕代本都说："承认，承认，怎么能不承认。"

西甲说："既然承认那我就要行使我的权力。我西甲总管大人说没说'三炷香烧完不来的立刻免职'这句话？"

索南代本和希绕代本仍然无所谓地说："这个，听说了。"

西甲说："听说了就好，你们现在已经被免职啦。你们的人马归长了翅膀的奴马代本和欧珠代本指挥，他们的部队正好快打光啦。"

奴马代本和殴珠代本互相看看。欧珠说："噢呀，我们的腿变成翅膀啦。"

　　索南代本和希绕代本笑笑，不相信真的已被免职："我们是民兵总管曲哲丹诺招来的，你去给曲哲大人说。"

　　西甲说："现在是打仗，这里是战场，达赖喇嘛下来就是我。什么曲哲大人，还能是他说了算。麻子代本，叫你的手下把这两个人的贵族衣服扒了，让他们穿着乞丐的衣服，跟着你去打洋魔，一人打死十个洋魔，官复原职，不够这个数就休想翻身，打死九个半洋魔，也还是乞丐。"

　　索南代本和希绕代本还想说什么，早有准备的麻子代本立刻喊人进来，迅速给他们换了衣服。当他们看到自己浑身上下都是乞丐的褴褛和肮脏后，就再也说不出硬气的话来了。

　　西甲转眼不再理会他们，对江孜宗本岩措说："你来了，我怎么没看见你？是三炷香以前到的，还是三炷香以后到的？"

　　宗本岩措赶紧说："以前，以前。"

　　西甲指着堆满大殿和偏殿的枪支弹药和粮食说："眼看洋魔就要来了，这些东西怎么还在这里？你把江孜宗的男人统统招来，全部分给他们。"

　　宗本岩措说："总管大人，这些东西是江孜宗政府的库存，不能分掉。再说这些武器分给谁啊？我也没有这么多人。"

　　西甲说："人不够你就去日囊庄园和颇阿勒庄园传达我的命令：日囊庄园出兵五百，颇阿勒庄园出兵五百。他们要是不出兵，洋魔来了我们就说，这两个庄园是欢迎你们的，你们要占要抢随便啦，我们藏兵、僧兵、民兵三大兵力一概不管。"

　　宗本岩措说："那也不能分，这个五百，那个五百，来的都是贱民。我们是西藏的一级政府，不能把政府仓库里的粮食发掉、武器发掉。按照规定，仓库里挪出任何东西，都要呈报噶厦批准。就算批准了也只能发给贵族，不能发给贱民。"

西甲说："哪里来那么多贵族？难道保卫西藏只能靠几个有庄园的贵族吗？从日纳山开始，我们的人死了那么多，有几个是贵族？不管来的是谁，只要能打仗能吃饭，都发给他们，就是乞丐也发给他们。"

宗本岩措没说好，也没说不好，低头避开西甲喇嘛的眼光，板着面孔走过去，一屁股坐到了装满粮食的用牛毛编织的口袋上。

西甲对宗本的态度非常不满，呵斥道："起来，起来，粮食是让人坐的吗？你坐他坐，等吃到嘴里，就都是屁臭啦。"

宗本岩措面对这样的呵斥有点下不了台，摇头晃脑地不起来。

西甲喝令阿达尼玛："给我打。"

阿达尼玛似乎不敢自己下手，又转身喝令总管卫队的喇嘛："给我打。"

西甲立刻说："你亲自动手，给我打。"

阿达尼玛只好从腰里取下马鞭，走过去，一顿抽打。

宗本岩措趴在粮食口袋上泪流满面地说："我当宗本二十年了，达赖喇嘛和摄政王都没有打过我。"

西甲说："今天是什么日子？洋魔就要来啦。要是达赖喇嘛和摄政王在这里，打死你的十九条命，你还得感恩戴德呢。跪下来求饶吧，不然我就打你个半死。"

宗本岩措看看阿达尼玛再次举起来的马鞭，赶紧跪下，给西甲喇嘛磕了一个头。


就这样，西甲喇嘛用罢免索南代本和希绕代本、鞭打江孜最高行政长官宗本岩措的办法，确立了一个底层喇嘛在战场上有令必行的权威。然后，才在宗山城堡召开了临战前的军事会议。会议是站着开着，所有人都站着，因为时间不长。会议当然不是讨论研究，而是由西甲喇嘛排兵布阵，讲述他的战略战术。大家听着都很吃惊：怎么一开始就要放弃宗山城堡？这可是必须守卫的地方。

西甲强调说："自动放弃宗山城堡，是我们取胜的关键。你们不要眼睛瞪大了看我，释迦牟尼定下的规矩是什么，忘了吗？"他一个个审视面前的人，好像他编创的"规矩"人家就应该提前知道。"忘了我告诉你们：遇高就低，遇低就高；宗山不能上，上了就要下。"

两个新来的僧兵代本群觉和夏鲁互相看看，不以为然地摇摇头。群觉代本也像西甲喇嘛一样编创道："我记得释迦牟尼定下的规矩是：居高临下，洋魔回家。"

西甲说："错了，只有我说出来的规矩才是释迦牟尼的规矩。"

群觉代本和夏鲁代本不服气，还想反驳。奴马代本、欧珠代本、楚臣代本以及麻子代本都以无比虔信的口气表示："西甲总管大人怎么说，我们就怎么打。"群觉和夏鲁看看他们，只好闭嘴。

西甲说："城堡里还是要有人，一个人没有，洋魔就会怀疑我们有埋伏。宗本岩措带人守在这里，洋魔一进攻，你们放几枪就从山后撤下来。"

刚刚挨了打、下了跪的宗本岩措一脸的痛苦和羞愧，勉强哈哈腰，表示领命了。

西甲又说："白居寺离宗山城堡很近，我们暂时不派兵，留一些喇嘛守着就是了，洋魔来了夹道欢迎。只有一个地方，我们必须一开始就坚守不让，那就是紫金寺。紫金寺一旦失守，就等于给洋魔开通了去日喀则的路。洋魔一占领日喀则，整个后藏就都是他们的啦。就算我们堵住洋魔不让他们去拉萨，但丢了日喀则也就丢了半个西藏，跟丢了拉萨是一样的。奴马代本和欧珠代本给我听着。你们两个是死是活我不管，我就管紫金寺从始至终是我们的。"

奴马代本和欧珠代本答应着，这才明白西甲喇嘛把索南和希绕的人马交给他们，不是因为他们的胳膊变成了翅膀，而是要他们率领重兵在紫金寺出生入死，毕竟他们是两个经过战争考验的不惧死亡的战地指挥官。

殴珠代本说："西甲总管大人，我就是紫金寺，紫金寺就是我，我不死，紫金寺就不死。你把心放到肚子里。天上的弥勒，地上的果姆，都会保佑我。"

西甲说："弥勒保佑你我信，果姆怎么保佑你？没出息的男人，离开了老婆你还能干什么？"

殴珠代本知道自己说错了，赶紧吐了吐舌头。

# 6

戈蓝上校知道，尽管十字精兵占领乃宁寺就意味着踏入江孜地面，但只有看到江孜城堡，才算真正到达了江孜宗。现在他看到了，平原的中央，宗山就像一座不规则的金字塔，当然是宇宙之内最大的金字塔。金字塔的上部便是以古老恢宏而著名的城堡。坚固的灰色墙体，装饰着红色的镶边，占去了整个山顶。建筑错落有致，互相牵连着，支撑起霸气冲天的高峻。顶端是箭楼，能感觉到仇恨的眼睛和枪口正在瞭望孔里闪闪发光。

戈蓝上校挺立在马上，凝视了很长时间，似乎把垒起城堡的石头数了一遍。他在心里得出一个结论：这是一个信仰天空的民族，一定以为离天越近离神就越近，这跟我们是一样的。但重要的是要让西藏人明白，占领天空的只能是上帝，而他们的佛，只能在下面，在地狱。一个发达的民族决不会把地狱之神当作至高无上的崇拜。是的，上帝来了，佛就应该从高处滚到低处去。也许在古老的战争中，处高而结实的宗山城堡给了它的主人军事防御上的胜利，但是今天，当他们面对我们英国十字精兵的时候，事实将会教训他们：天是可以替换的，如果你们还要坚持信仰天空，那就应该信仰上帝。否则，你们占领的地方越高越倒霉。城堡的存在说明，我们不是第一次把战争强加给西藏，但却是第一次全面占领——我们不仅要占领地面，更要占领天空；不仅要让西藏人服从我们，更要让他们的佛服从上帝。此刻，戈蓝上校唯一的念头便是：占领宗山城堡。

戈蓝上校的眼光从云端里的城堡往下移动，发现宗山脚下有一些房舍，大都是石砌的两层建筑。这些建筑要是被西藏人用作防御工事，仅靠步兵是很难冲过去的。他冷笑一声：炮，上帝赐予我们大炮，似乎就是为了打击西藏。在西藏，无论遇到什么样的阻力，最终都可以用大炮取胜。宗山两边，是一望无际的平原，树木众多，青稞连片，远远近近有一些村落。山看上去有些远，但还能看清山脚坡面上稀稀疏疏的牛群和羊群。但是他没看到人，一个人影也没看到。

这是不对劲的，人呢？一座座村落是如此寂静。

骑马立在上校身边的尕萨喇嘛知道他想什么，立刻道："都跑啦，一听说我们要来都跑啦。你看村庄里，烟囱都是不冒烟的。"

戈蓝上校问："他们能跑到哪里去呢？"

尕萨说："江孜往西是日喀则，往东是浪卡子，都是好去处。"

戈蓝上校说："跑了好啊，村庄就是我们的。"立刻命令卡奇大佐，带领司恩巴人扫荡离他们最近的那座村庄。

卡奇马上去了，还没到跟前，就朝着村舍的门窗，虚张声势地开起枪来。

尕萨接着说："在江孜，有两个地方一定不会没有人。一个是紫金寺，那是通往日喀则的要塞；一个是白居寺，那是通往拉萨的枢纽。"

戈蓝上校说："还有一个地方肯定有人，那就是宗山城堡。"

尕萨不赞同地说："宗山城堡虽然居高临下，但我们不是常住江孜，没有必要占领它。再说宗山陡峭，路径狭窄，占领之后一旦遭到攻击，无法迅速逃跑。"

戈蓝上校道："看来你是一个喜欢逃跑的西藏人。"说着从胸前拿起望远镜，朝着宗山城堡瞄了半天，大声说，"果然有人，都是背着枪的。"

尕萨不介意对方的挖苦，继续进言道："如果上校一定要占领宗山城堡，那就更应该听我说。古代的时候，这里有过西藏人之间的战争，为了拿下宗山城堡，进攻的一方首先占领了颇阿勒庄园、岗珠山和江洛林卡。"他指给戈蓝上校看，"那边树木稠密的地方，就是江孜的贵族园林江洛林卡，位置正好斜对着城堡。城堡的侧面，那座像一头野牛的山，就是岗珠山。颇阿勒庄园，就是那一片村落中间很耀眼的高房子，恰好在城堡的正面。"

戈蓝上校说："你还没有说完，进攻的一方到底拿下没拿下宗山城堡？"

尕萨说："当然，他最后成了江孜真正的统治者。"

戈蓝上校说："可惜了这位古人，他也就是看中了江孜，难道他不认为如果踞守城堡便是战争的目的，拉萨不是有更辉煌的城堡吗？"

尕萨说："上校，你说的是布达拉宫。布达拉宫只属于达赖喇嘛，如果一个人不明白这一点，他在西藏的任何地方都无法建立自己的统治。"

戈蓝上校显然不屑于争辩这个问题。他看了看午后晴朗少云的天空，把容鹤中尉叫到了跟前："中尉，说说你的想法。"

容鹤中尉说："我知道江孜是平原，但没想到是如此开阔的平原。西藏是多山之地，怎么这里会变得这么平坦？到处都是路，到处可以走，我是说西藏人。而我们的路只有一条，那就是走向拉萨的路。达思牧师逃跑了，没有了他的地图，我们只能按照西藏人划定的路线走。"

戈蓝上校说："中尉，你很聪明，这正是我要跟你商量的。达思牧师跑了，我们还有马翁牧师。马翁牧师也许能代替达思牧师！"

容鹤中尉说："我不怀疑马翁牧师的能力，但上校你能说服他吗？"

戈蓝上校说："我们的后脑勺永远不能说服我们的眼睛，因为面对这个世界它们总是朝相反的方向眺望。我代表上帝的眼睛，看到了战争的必要；马翁牧师代表上帝的后脑勺，看到了战争之后的和平。我准备让他离开我们，按照他选择的路线走向拉萨。而你的任务就是跟着他,但不要靠近他。如果有必要,你还会像前几次那样,突然出现在我们的前面、西藏人的后面。"

容鹤中尉说："明白了，达思牧师刻意要做的，马翁牧师无意中也能做到。"

戈蓝上校说："那就去吧，千万不要让马翁牧师知道你的意图。"

马翁牧师在杂昌峡北路很守信用地替西甲喇嘛守卫了一夜阵地后，便和十字精兵一起，走向了乃宁寺，又来到了江孜宗。倒不是他愿意跟可以保证他安全的军队一起走，而是路只有一条，连"吉凶善恶图"也这么说。但是现在不一样了，面前的地形和手中的地图都在告诉他：一个牧师最应该走的路便是脱离十字精兵、独自行走的路。走之前他想向戈蓝上校告辞，但他在长长的队伍中间，看不到戈蓝上校在哪里。再说，告辞一定会招来阻拦，又何必自找麻烦呢？他骑马离开了队列，知道会有其他人前来阻拦，便也顾不得了。毕竟他们是上帝的信徒，不能强行限制一个地位崇高的牧师的行动。

果然有人追上来拦住了他，是容鹤中尉和他的英国士兵。

"等等牧师，你要去哪里？"中尉和气地微笑着。

马翁牧师说："我正在问我的上帝，哪里是我应该走的路。上帝说，你的路在你的前面，不在一切人的前面。那些身带刀枪的人，你应该回避。"

"可是很危险，辽阔的原野装满了看不见的危险。西藏人对异教徒的仇恨就像星星对太阳的仇恨，永远不想彼此见面。"容鹤中尉依然笑着。

马翁牧师说："上帝一定有能力，让天空出现太阳的时候，同时也看到满天的繁星。请让我走吧，一个牧师的理想不可能在枪炮的保护下实现。"说着催马就走。

容鹤中尉追过去问道："请问牧师，有没有莎格迅的消息？"

马翁牧师一愣："为什么问这个？你对莎格迅也感兴趣？"

容鹤中尉笑道："谁不知道莎格迅，英伦三岛遥远的孩子，长老会的精英，他是你爷爷。"

马翁牧师说："那我现在拜托你，无论你走到哪里，别忘了打听我爷爷莎格迅的消息。"

容鹤中尉说：“好啊，好啊。”然后便唱起来：

逃出巴比伦的犹太，
穿着紫服称颂基督。
来啊，来啊，
我在藏人之地接应你。
请顾念我的心，
莎格迅之心耶和华。
你若今天找到我，
我就把西藏交给你，
英伦三岛遥远的孩子，
长老会的精英。

马翁牧师好奇地问：“你也会唱，什么时候学会的？”

容鹤中尉说：“所有长老会的人都会唱，我父亲是长老会的核心成员，在我五岁的时候，就教会了我。”

马翁牧师也唱起来，唱着唱着就走了。

容鹤中尉喊道：“牧师请等等，我去向戈蓝上校报告。”

马翁牧师一听便打马跑起来。跟着他的除了二十个卫队士兵，还有他的西藏信徒霞玛汝本和他的手下。

容鹤中尉望着他们飞快消失的背影，带人慢腾腾跟上了。

戈蓝上校不得不承认尕萨喇嘛的进言是对的，要进攻宗山城堡，首先必须占领颇阿勒庄园、岗珠山、江洛林卡。他分出兵力来，命令他们火速占领这三地。然后对围拢着自己的几个军官说：“我们必须首战必胜，必须占领宗山城堡，因为上帝让我们在神的居所里插上十字架。城堡是江孜的象征，就像耶路撒冷是基督的象征。你们不能怠慢，要么上去占领，要么死在半山腰。两个小时内，我一定要站在城堡门前，把整个江孜踩到脚下。"

进攻就要开始了。戈蓝上校首先命令炮兵架起了十门十磅大炮和十门山地野炮，再派小股部队，试探性地朝着宗山脚下那些房舍搜寻而去。反馈的信息让他高兴：没有人，都跑了，只有看家的狗和带不走的家禽家畜。看来西藏人没有太多的兵力从城堡分散出来，或者他们不希望自己的家园因为抵抗而成为炮击的目标。

搜寻部队打死了几只冲他们汪汪叫的狗，爬上石砌的两层建筑的房顶，从那里架起机枪瞄准了城堡。

戈蓝上校命令炮兵朝着城堡开了几炮，算是震慑，然后带领由英国人、司恩巴人、廓尔喀人组成的前锋部队朝上冲去。

冲锋的十字精兵还没有进入射程，西藏人就开始还击，似乎已经迫不及待，每一杆火绳枪都迅速发出了第一声怒叫。接下来就是平静。戈蓝上校估计他们已经装填好火药，正在点燃火绳时，命令部队停下，隐蔽。但是他们没有等来第二次射击，仔细观察城堡顶端，似乎刚才还探头探脑的人影已经没有了。

戈蓝上校喊一声："上。"

冲锋是迅速的，占领也是顺利的。没死一个人，卡奇大佐的司恩巴人就在城堡顶上插上了十字架。戈蓝上校庆幸地想，原来宗山城堡的守军并不多，一看打不过，就都早早地从山后狭路上逃跑了。还有一种可能，那就是为了让城堡免遭炮击而主动放弃。他在城堡内到处走动着，看着那些因为仓皇逃跑来不及带走的枪支弹药和粮食，命令手下："检查一下，到底有什么。"

卡奇大佐报告说，已经检查过了，西藏人大约遗弃了四百多支枪、两千多磅火药、一百多公里长的点火绳，还有六十万磅面粉，将近一百吨青稞、小麦和豌豆，三万磅干牛肉和干羊肉。

戈蓝上校说："我说的没错吧，上帝让我们在神的居所里插上十字架。这是上帝恩赐的礼物。"

傍晚，戈蓝上校登上城堡顶端的箭楼，欣赏着天边璀璨的晚霞和江孜原野的丰饶，感觉心情好极了，胃口也大开。他大口咀嚼着刚刚煮熟的西藏人留下来的干牛肉，问一直陪同在身边的孕萨喇嘛："是不是有点出乎意料的顺利？"

孕萨说："是的，上帝。"

戈蓝上校惊问道："你叫我什么？"

孕萨巴结地说："我叫你上帝，不行吗？你对西藏，不是上校，是上帝。"

戈蓝上校傲慢地说："我知道你是为了萨玛寺才这样叫我的，放心吧，我会帮助你的，就像你帮助我一样。说说看，接下来我们应该怎么办？"

孕萨说："上校，不，上帝，我已经说过了。"

戈蓝上校也不纠正，任由对方胡乱叫。他把一根骨头从箭楼的瞭望孔里扔下去说："占领紫金寺，它是通往日喀则的要塞；占领白居寺，它是通往拉萨的枢纽！"

孕萨说："而且要神速，最好是现在，此刻，或者晚上。"

戈蓝上校观察着平原上的地形说："明天早晨不行吗？"又紧问一句，"为什么这么急？"

孕萨说："江孜的天空正在变，和我们刚来时已经不一样了。你看天边的火烧云，眨眼变幻了那么多形状，那是抽搐，是西藏在发怒。我是一个忠于你的西藏人，不想猜测天空的不祥预示着谁的命运。"

戈蓝上校说："你这样想，是佛告诉你的，还是上帝告诉你的？"

尕萨说："佛与上帝。"

戈蓝上校说："我可没告诉你什么。"

尕萨摇摇头，固执地说："你告诉了，我没有理解错。"

戈蓝上校说："看来你是猜到我要干什么了。很聪明的喇嘛。西藏的喇嘛都像你一样聪明吗？请你再说一遍，你的萨玛寺在什么地方？"

尕萨说："过去紫金寺不远，卧狮一样的萨玛山怀抱里，就是殊胜无比的萨玛寺。在整个西藏，它是除了拉萨大昭寺之外，朝圣者最多的地方。因为大昭寺供奉着佛陀的十二岁等身像，萨玛寺供奉着佛陀的头盖骨。"

戈蓝上校说："所以你要求我立刻占领紫金寺，打通前往萨玛山的路？"

尕萨喇嘛没有吭声，算是认可了。

戈蓝上校又问："佛陀的头盖骨？它很宝贵，价值连城，是吗？"

尕萨说："是的，世界上不会再有比它更大的佛陀的圣骨了，殊胜得无法形容。在我们这些信徒的心目中，它跟佛陀本人是一样的。"

戈蓝上校又问："这样神圣的信仰之地，居住的喇嘛一定很多吧？"

尕萨说："当年我做住持的时候有将近一千。萨玛寺作为抵债之物归属丹旺寺后，那里就成了丹旺寺喇嘛的天下，至少应该有五百人吧。"

戈蓝上校走下箭楼，命令一个廓尔喀中尉："立刻出发，占领紫金寺。"

廓尔喀中尉茫然地问："哪里是紫金寺？"

戈蓝上校喊来果果中尉："你带你的人，和中尉一起去。紫金寺的重要性你比我更清楚，一定要占领。"看看天色又补充道，"不管天黑还是天白。"

尕萨喇嘛要跟他们去，戈蓝上校叫住了他："这个时候你应该留在我身边。不用着急，等我们占领了紫金寺，我陪你去拜访你的萨玛寺。"

戈蓝上校留下卡奇大佐和他的司恩巴人固守城堡，自己和尕萨喇嘛走下宗山，带领其余的十字精兵，朝着不远处的白居寺包抄而去。

有了宗山城堡的唾手可得，在白居寺没有遇到任何抵抗的情形就不足为怪了。似乎有着某种预感，戈蓝上校连手枪都没有掏出来。让他猝不及防的，反而是过于祥和的气氛。两百多僧人从寺门内鱼贯而出，提前训练好了似的，迅速而有序地分成两列站到了路边。他们一个个手捧哈达，弯腰做出恭迎贵客的样子。一个身穿黄色披风的老僧，同样托着哈达走向戈蓝上校，满脸的笑容让人觉得一切都是不真实的。上校感到蹊跷，一丝不安掠过心头。

老僧说："我是白居寺的四世卓弥堪布，请求贵军尊重我们藏民的信仰，千万不要进到寺院里来。"

听他这么一说，献哈达、堆笑脸的举动就显得合情合理，不像有诈了。戈蓝上校接受了哈达，却没有接受请求，招呼部队说："进去，给我搜。"

十字精兵搜遍了白居寺的所有殿堂，没有发现一支枪、一个武装喇嘛。戈蓝上校沉思不语：难道西藏人放弃了抵抗？亲政后的达赖喇嘛无力组织一场真正的战争就只好敞开门户了？一直跟自己作对的西甲喇嘛在哪里？他看着寺内大殿里斑斓的壁画、善怒不一的佛像和闪闪的机密幽暗的酥油灯，听着悠悠而来的经声鼓音，这才发现白居寺就像个葫芦，里面有很大很大的"肚子"，进出的"颈口"却很小很小。

平静得有点出奇，好像他们不是来占领的，倒是来进香的。

戈蓝上校突然打了个寒战，心说就算已经占领白居寺，也不能在这里驻兵。他快步朝外走去。

出了白居寺，天色已经墨黑。戈蓝上校命令三百多名十字精兵屯守在白居寺外，自己带着一部分人，前往炮兵驻扎的江洛林卡。

现在，来到江孜平原的英国十字精兵分成了六股，一股占领了宗山城堡，一股去了紫金寺，一股屯守白居寺外，一股占领了颇阿勒庄园，一股占领了岗珠山，一股盘踞在江洛林卡。江洛林卡作为贵族园林具有良好的建筑、方便的生活设施和茂密的树木，加上正好处在六个驻兵之地的中间，便成了十字精兵的指挥部。戈蓝上校不愧是英国军人中的出类拔萃者，这样一种态势，就像围棋的布局，基本控制了整个江孜平原，进攻的主动权被他牢牢握在手里。但他不能立刻进攻，必须在这里休整至少一个星期。他的部队长途跋涉，连连作战，已经非常疲倦了。

来到江洛林卡后，戈蓝上校立刻给驻藏大臣否太发了一份电报：

我军已经占领江孜，望阁下来此面议，并告知藏人，限七日内来江孜正式谈判。

这也是缓兵之计。两个时辰后，戈蓝上校就接到了回电：

> 贵大臣到江孜，必进拉萨，往议无益。况我贱躯欠安，不便远行。贵国希望通商、传教自由，上帝耶教安然来藏，此乃天长地久之法，猝急不得。与其炫士卒兵戈于外，而久无成功，何若忍一时之屈，和平演变，而事能顺手，细流汪洋，聊助山河，或行或止，贵大臣其图之。

否太没说告知藏人后如何，大概是没有告知吧。至于他自己，该说的都已经说到，就不去谈判了，你想来就来吧。

戈蓝上校正在对着电报发愣，琢磨否太此人为什么是一副事不关己的态度，突然听到一阵枪响，从远方传来，划破了寂静的江孜夜空。他赶紧出门察看，知道是从紫金寺方向传来的。枪声越来越密集。西藏人几乎放弃了所有不该放弃的阵地，却没有放弃紫金寺，似乎这个通往日喀则的要塞在对方心目中比任何地方都重要。他想着，内心的不安便强烈起来。这里太平静了，平静得有些反常。

密集的枪声持续着，显然战斗很激烈。但戈蓝上校不打算派遣任何增援部队。在他看来，战争就是用枪炮的优势获得信仰的自主权，不打而胜的占领会让他觉得到手的山河变成了轻飘飘的云雾，从而失去坚定和牢靠的感觉。再说，廓尔喀中尉和果果中尉的兵力足够了，如果连一座紫金寺都拿不下来，还能指望他们扩大战果、进取拉萨？他回到房间，告诉自己：睡觉，明天早晨一醒来，紫金寺上空就是上帝的祥云了。

# 7

宗本岩措从宗山城堡撤下来后，按约定带领部队来到了年楚河边因高产青稞而著名的大洼地。西甲喇嘛一见他先是高兴后是恼怒，高兴的是宗本岩措居然从日囊庄园和颇阿勒庄园招募了这么多人，恼怒的是这些人大都是空着手的，既没有枪，也没有食物，一到这里，便去地边搓揉青稞穗充饥，朦胧夜色遮不去他们贪馋饥饿的神情。西甲喇嘛赶紧追问，才知道宗山城堡里的枪支弹药和粮食都归了十字精兵。

他禁不住吼起来："这么多人都来了，多得超过了脑袋里头想的。可是他们两手空空，什么也没有。你这个西藏的宗本大人，宁愿让洋魔抢去仓库里的武器和粮食，也不肯发给自己的部队。这是为什么？我让你发给大家，你为什么不发？"

宗本岩措说："总管大人，我说了不能发，发给贱民，贱民就会造反，贵族会不高兴的，噶厦和达赖喇嘛都会不高兴的，责任追查到我都头上，我担待不起。"

西甲喇嘛气得抓耳挠腮说不出话来，憋了半晌才说："现在就是要贱民造反，造洋魔的反，有什么不好？释迦牟尼定下的规矩忘了吗？只要能打枪，贵贱一个样。你不发给西藏的贱民，却发给了上帝的洋魔，让洋魔吃了我们的粮食、拿了我们的枪打我们，你是西藏的宗本还是洋魔的后勤总管？"

宗本岩措犟道："两百年前达赖喇嘛颁布的法令，只说贱民不能拿枪，没说洋魔不能拿枪。"

西甲怒急道："你还动不动达赖喇嘛。佛教都灭亡了，还要达赖喇嘛干什么？洋魔在你肚皮上刻洋经哩，你提两百年前的法令有什么用。"然后跑过去，冲那些搓揉青稞穗充饥的贱民喊道，"我是前线总管，听我的命令，我没有粮食发给你们，你们的粮食都在宗本大院里，在日囊庄园和颇阿勒庄园里，你们去拿去抢，谁要是阻拦你们，报告我，我枪毙了他们。"又说，"我说的是明天，以后，今天晚上你们什么也不能抢，饿死也不能抢，就在这里听我的指挥，我叫你们干什么就干什么。"

虽然西甲喇嘛规定今天晚上不能抢粮，但聚集一起的饥民们还是有了雷厉风行的举动。既然可以抢，为什么要等到明天？肚子不能等啊。两个时辰以后，宗本大院和日囊庄园的食物仓库就遭到了数千饥民的抢劫。

事情报告到西甲喇嘛这里，西甲问："已经抢了吗？"

"已经抢了。"

西甲说："水啊，我们西藏的水啊，它是流动的。粮食就是水，去年的流到今年，今年的流到明年，仓库里的流到嘴里，嘴里的流到肚子里，肚子里的流到哪里去了？你说流成屎啦？你看你这个不会念经的喇嘛，你就知道屎。不对，它流成西藏人的力气啦，这个力气嘛是打洋魔的。抢了就抢了，只要能把洋魔杀尽赶走，今天抢和明天抢，难道还不一样？"


午夜，在紫金寺的战斗打响之后，西甲喇嘛立刻带领人马走出了大洼地。

除了守卫紫金寺的奴马代本和欧珠代本率领的部队，聚集在原野里的所有人，都在这个风向不明的黑夜里，参加了一场异想天开的战斗。

西甲喇嘛把人分成了三部分，一部分由楚臣代本和麻子代本率领，包围白居寺；一部分由两个新来的僧兵代本群觉和夏鲁率领，包围岗珠山；一部分由他和宗本岩措率领，包围十字精兵的指挥部江洛林卡。

行动是迅速的，平原上到处都是路，互相不妨碍，加上熟悉地形，很快就接近了敌人的营地。西甲喇嘛的命令是不能说话，不能咳嗽，不能有脚步声。但大部分都是没有受过训练的僧兵和民兵，根本不可能做到这一点。原野里到处回荡着因为控制咳嗽而发出的更响亮的咳嗽，脚步的沙沙声就像大雨降临。说话也是管不住的，甚至还有了在不该幽默的时候由幽默引起的笑声。好在紫金寺的枪声一直在持续，被枪声激发的狗叫也没有间断，很大程度上掩盖着西藏人的行踪。西甲喇嘛其实已经想到了。

包围很快形成。所有三个包围圈都是一个半圆，西甲喇嘛有意给对手留下了突围口，而突围口又都是朝着颇阿勒庄园的。

几乎在同时，包围白居寺、岗珠山、江洛林卡的西藏人打响了战斗。有火绳枪的子弹，有飞蝗石鞭的石头，有猎弓的响箭，还有震耳欲聋的集体吼声，所有的攻击都没有具体目标，却又猝不及防，威力十足。但最有效的还是刀砍，剑杀，棒打，石砸。西藏人熟悉西藏的夜色，眼睛就像动物一样不在乎黑暗的阻隔。十字精兵的营区里，很多哨兵就在举枪不知道瞄准什么时，从背后遭到了袭击。营区里转眼就你我不分了。近身搏斗正是西藏人的擅长，加上包围圈的威慑和黑夜的胁迫，十字精兵有了意想不到的惨重损失，有被西藏人打死打伤的，也有被自己人打死打伤的。开始时，十字精兵不敢胡乱开枪，因为他们在五步之外分不清朝自己跑来的黑影是同伴还是敌人，往往还没做出判断，刀剑棍棒就已经到了跟前，后来就是见人靠近就开枪，结果打死的又往往是自己人。

所有被围攻的十字精兵包括他们的指挥官戈蓝上校，本能的选择不是就地抗击，而是突围而去。最惨重的损失便在突围时发生了。惶急之中，他们来不及把大炮带走，所有的大炮，甚至几十门山地野炮，都丢弃给了西藏人。

幸亏只是三面包围，大部分十字精兵都从不同的方向朝着颇阿勒庄园亡命而去。

到了颇阿勒庄园，戈蓝上校才发现，被围打的部队都突围到了这里。

戈蓝上校问道："怎么都到这里来了？"

所有的回答都是：上校，只能突围到这里来。

戈蓝上校心里一抖：为什么所有包围圈的缺口都是朝向颇阿勒庄园的？西甲喇嘛想干什么？屯守白居寺、占领岗珠山、盘踞在江洛林卡的十字精兵都到了这里，加上原来就占领颇阿勒庄园的人马，分布在江孜平原上的六股十字精兵，有四股被包围在了这里。戈蓝上校登上颇阿勒庄园的最高处，紧张地观察着。

西藏人更大的包围圈已经形成，这次不再是半圆，四面八方都围得水泄不通。还是老战法：火绳枪的子弹、飞蝗石鞭的石头、猎弓的响箭，劈头盖脸打来。不时有小股西藏人冲过来，一阵猛打猛砍，又迅速撤回去。

颇阿勒庄园是一座房子套房子的叠加式建筑，上下大小一百多间粗木大石的房屋，近五千平方米。周围密布着一片片低矮简陋的贫民的村舍，差不多都是土木结构，麦草盖顶。房顶房前，大都堆积着可以用作燃料和牲畜饲料的干黄的青稞秸，墙上糊着干牛粪，房檐下的燃料仓里，堆积着干羊粪。似乎西藏人年经日久的住宅和生活习俗，都为接下来发生的战争事件做好了准备。

　　点火是很容易的。西甲喇嘛让人制作了一个火药包，插上火绳，点着扔过去，火就起来了。火势开始很小，如果十字精兵意识到危险，注意灭火，很可能就会避免。可是他们哪里顾得上灭火呢。他们先是跑向了高阔牢固的颇阿勒庄园，一看庄园里容纳不了那么多人，便分散在了数不清的贫民村舍里。这时候队伍已经乱了，士兵找不到长官，长官看不见士兵，英国人和雇佣军搅和在一起，廓尔喀人、印度人和南麓藏人搅和在一起，互相不认识，你碰我，我挤你。官兵们都不管打仗，只顾保命了。

　　火一起，风就来了，哪儿有十字精兵就往哪儿吹。噼里啪啦到处响，无数房舍转眼成了熊熊烈火的燃料。大火簇拥着颇阿勒庄园，不一会儿就把这座古老的粗木大石的建筑燃着了。

　　一片火的汪洋，翻腾逐浪，在西藏的黑天下面，烧化了所有的星星。

　　戈蓝上校见人就喊："救火，救火。"但他的手下找遍了颇阿勒庄园，发现所有的水缸水瓮都没有一滴水，好像主人在逃跑之前，就已经做好了不让来犯者救火的准备。戈蓝上校呆愣着，他知道已是无计可施，只能死在火海之中了。这场关于西藏的战争居然会在江孜结束，居然会是英国十字精兵的惨败。上帝，我为了你的事业来西藏拼命，你却如此不眷顾我，让我灭亡在一场野蛮的大火之中。

　　死亡，想来就来的死亡。戈蓝上校望着汹涌而来的大火，站在颇阿勒庄园的房顶上，就像准备涅槃似的，僵立不动。

　　跟他一样绝望的还有尕萨喇嘛。他为萨玛寺而来，眼看就要达到目的了，却被一场大火拦住了去路。但他毕竟是西藏人，此刻还不觉得必死无疑。他来到戈蓝上校跟前，一把抓住对方的手，喊一声："跟我来。"

在颇阿勒庄园和一片贫民村舍中间，有一道水渠，水渠旁边是颇阿勒庄园打碾青稞的平场，平场尽头，是一座巨大的俄博。俄博用石头垒成了一个圆形的宝塔，上面箭丛稠密，经幡猎猎。尕萨喇嘛带着戈蓝上校来到这里时，平场上已经挤满了十字精兵。他们把堆放在那里的青稞扔到了水渠里，又用残留在水渠里的水搞湿了自己，算是苟且偷生。尕萨喇嘛拽着戈蓝上校挤过人群，来到俄博跟前。俄博尽管还没有着火，但谁也不敢爬上去。俄博太高了，上去就是靶子。

尕萨喇嘛说："上校快上去，趁上面还没有着火。"看戈蓝上校在犹豫，他自己先踩着石头爬到了顶端。他把易燃的箭丛一抱一抱拔起来，扔得远远的，再把经幡撕下来摁到了石头底下，催促道："不要害怕高处目标大，俄博是神的住所，西藏人不敢朝它开枪。"

戈蓝上校想想，也对，赶紧爬了上去。

## 8

天色的黑暗渐渐消退，火势还在蔓延，不过跟十字精兵已经没关系了。烧没了颇阿勒庄园和贫民村舍的大火不甘熄灭地窜向了青稞地。这是全西藏最辽阔的青稞地，就在包围十字精兵的西藏人面前啪啪啦啦地燃烧起来。许多西藏人都去扑火，却被西甲喇嘛喝止住了。他的意思是：不是不能扑火，但不能因为扑火让十字精兵逃跑了。他得看到这场战斗的结果。他等待着天亮，太阳照射大地的时刻。

这个时刻来得有些缓慢，好像老天并不情愿披露真实。

太阳之下，焦土之上，战争的悲剧残酷到超出了人的想象。西藏人呆愣着，他们没想到，自己点燃的竟是这样一场大火：无法形容，不忍目睹，即使他们对英国十字精兵仇恨满胸，怒气冲天，也不想让白昼证明是自己制造了这样的焰火地狱。他们既看到了西藏人打败十字精兵的代价：颇阿勒庄园和无数村舍变成焦墟后烟浪描画出的未来——多少人将会无家可归；更看到了英国十字精兵意图占领西藏的代价：毙命多多，焦人遍地，有死于枪弹的，有死于石头弓箭的，也有死于刀剑棍棒的，但更多的是死于大火。滔天大火让十字精兵留下了无法计数的死尸。

西甲喇嘛在早晨清透的阳光里扫视着战场，脸上是从未有过的冷峻和寒气逼人的严酷。他逼迫的不光是敌人，更是自己：这些都是我杀死的人。佛祖啊，我怎么杀死了这么多人？

活着的人并不多。他们有的拥挤在水渠旁边打碾青稞的平场上，有的趴伏在平场尽头巨大的俄博之上，让人觉得西藏的佛在这一刻用无垠的慈悲保佑了他的敌人。

西甲喇嘛带着人围向了平场和俄博。而在他们身后，青稞地还在燃烧。

残存在这里的十字精兵一个个瞪着西藏人，那些恐惧的眼睛里，绝望和乞求就像大火之后的灰烬，在焦黑中冒着青烟。

西藏人端着装好弹药、插好火绳的枪，缓慢接近着，不时地看看西甲喇嘛。

西甲喇嘛走在最前面，只要他扬手喊一声"打"，西藏人就会用最快的速度点燃火绳，瞄准射击。虽然他们不愿意朝俄博开枪，平场上的十字精兵却是可以随便打的。让洋魔转眼躺倒一片，就像此前他们动不动让西藏人躺倒一片一样。

西甲喇嘛身边是阿达尼玛。好几次，阿达尼玛都代替西甲喇嘛扬起了手。但西藏人认得西甲喇嘛的手，那是一只奇大无比的手，那只手的挥动永远都带着一股天生的威严和优雅，带着一种别人无法模仿的佛菩萨的气质。没有人开枪，他们仍然盯着西甲喇嘛。

西甲喇嘛还是靠近着，几乎可以一把攥住平场上的十字精兵了。十字精兵骚动起来，前面的人朝后退，后面的人往前推。

突然一声大喊："放下武器。"

西藏人反应了一会儿，才意识到这是西甲喇嘛的喊声，虽然不情愿，但还是服从了。平端的火绳枪纷纷立了起来。

西甲喇嘛又喊一声："谁叫你们放下武器了？"

西藏人赶紧又把枪端起来。

西甲喇嘛又喊："放下武器。"

站在俄博上的尕萨喇嘛听明白了，翻译给戈蓝上校。

戈蓝上校咬牙切齿地嘀咕道："这是上帝的耻辱。"然后命令自己的部队："放下武器。"

十字精兵纷纷把来复枪放到了地上，或者扔到了水渠里。

所有人都看着西甲喇嘛，不知道接下来他要干什么。

其实西甲喇嘛自己也不知道，按照战场的规律和他没有思考前的惯性做法，这些十字精兵是统统要被杀死的。但是他现在有了思考：在洋魔不能杀我们的时候，为什么我们还要杀洋魔？再杀就是多余的，是杀的多余，也是死的多余。佛祖啊，我不能再杀了，不能再杀了，再杀你就会怪罪我了。

西甲喇嘛更加突然地喊了一句："回去吧，不要再来啦。"

这是什么意思？一时间，西藏人和十字精兵都没有理解。

但是很快，感觉命悬一线的戈蓝上校在尕萨喇嘛还没有翻译的时候，就做出了正确反应，他用英语回应道："再见了，西藏人。"

然后跳下俄博，朝前走去。

尕萨喇嘛跟上了他。那些无不有伤的十字精兵残余跟上了他。他们朝着西甲喇嘛走来。西甲喇嘛硬邦邦地挺立着，挺立着，突然一声叹息，让开了。

"请记住，是佛祖放你们走的。"西甲喇嘛大声说。

残余的十字精兵踏着西藏的焦土，穿过残烟弥漫的村舍，走向了南方，那是他们原路返回的方向，是他们撤离西藏的必经之地。

随同戈蓝上校撤离的还有攻打紫金寺的十字精兵。他们被昨夜的弥天大火吓蒙了，虽然处在西藏人的包围圈之外，但不摸底细，不敢过来救援。现在他们过来了，来了就只能投降。后面是守卫紫金寺的奴马代本和欧珠代本的追撵，前面是遍地西藏人的堵截，他们唯一的选择就是缴械投降。

但是西甲喇嘛不知道，攻打紫金寺的十字精兵除了廓尔喀人，还有叛变投敌的果果中尉和他的部下。现在，果果中尉和他的部下不见了，他们在撤离紫金寺后，就神不知鬼不觉地消失了。

《圣史》上没说果果中尉，只说西甲喇嘛就像一个佛教徒放生笼中鸟、困中兽一样，放生了惨败待毙的戈蓝上校和英国十字精兵。

西甲喇嘛目送着远去的敌人，突然回过神来，使人叫来宗本岩措，告诉他："这些洋魔都是江孜宗的客人，你带上江孜民兵送送他们，一直把这些死剩下的人押送出西藏的大门。西藏的大门在哪里，问问随人鹰你就知道啦，在一个叫日纳山的地方。绝不能让洋魔停下来，必要的时候可以用枪和死人警告他们。狼追兔子见过吧？追啊追，直到兔子看不见。别忘了释迦牟尼定下的规矩：送鬼送到南山，山神一手遮天。"

宗本岩措呆愣着，寻思自己该去还是不该去。

西甲厉声道："不想去？我的命令哪个敢不执行？你不去，那我就亲自去了。我把江孜交给你，把这么多军队交给你，你指挥得了吗？糌粑在哪里？干肉在哪里？你不会让他们都到田野里去搓揉青稞穗子吃吧？啊呀呀，在宗本大人的领导下，年楚河里淌牛奶，草枝枝上结干肉啦，大家都喝去吧，吃去吧。"口气里充满了对这位江孜宗本的嘲讽和蔑视。

宗本岩措不吭声，弯弯腰，走了。

西甲又对总管卫队的队长阿达尼玛说："传我的命令，僧兵们都留下，超度这里的亡灵。民兵都去救火，我们不能烧了西藏的青稞地。"

阿达尼玛带着总管卫队的十个僧兵，骑上马，耀武扬威地传达命令去了。

西甲喇嘛再次扫视着死人累累的火葬场，朝着天空喊起来："佛祖，这些都是我杀死的人。跟这些西藏人无关，所有的洋魔都是我一个人杀死的。我的该死的战略战术，杀死了这么多十字精兵。佛祖，听明白了吗？我的地狱之灾越来越没有尽头了，十辈子百辈子千辈子万辈子，都要在地狱里接受冰冻火烤了，佛祖。"

喊声未已，就见一切智·虚空王浪喀加布出现在死人堆里，正在以一个世外高僧的从容镇定，超度着千百亡灵的离去：

> ……死亡让你们觉悟，你们已是觉悟家族的儿女了，请听我说：生命由地水火风四种元素组成，现在，地元素正在消失，坚硬的骨骼已无法支撑你们的身体，血肉正在冷却，经脉堵塞了，走吧，走吧，你们只能走了。现在，水元素正在消失，快乐和痛苦的感觉远离你们而去，所有

的念想都化作乌有，心停止了跳动，七窍是干枯的，没有了血液和汗水以及所有的液体，你们听不到任何声音，雾气和光脉散了，无可挽回地散了。现在，火元素正在消失，你们的温暖已成过去，不再柔软，没有弯曲，也不再消化食物，打嗝说话，吐气吞咽，张嘴闭嘴，睁眼闭眼，都没有了，冷下去，冷下去，头先冷下去，心脏和身子冷下去，五脏和双腿最后冷下去。现在，风元素正在消失，不再有存在的意志，也没有尘世的牵挂，只有灵识还不肯离开，就像不忍离去的火光，徘徊在灯油已经干枯的碗盏上。闪烁啊闪烁，一匹马的闪烁，是飞驰而上的精神，一切都消融在灵识里，那是一脉光体，是生命的本质，它们要在七七四十九天的流离失所中，寻找将来的归宿，有进入轮回的，有获得解脱的。在最后的机会到来之前，请听我讲，你们是五蕴皆空者，是心无挂碍者，是真实不虚者，是离苦得乐者。请听我说，觉悟家族的儿女们，从现在起，你们能够施舍给世间的，就只有你们的肉体了，这是最后的行善，请你们散发死亡的味道，迎接鹫鹰的到来吧。觉悟家族的儿女们，我现在在借助你们的死亡，以祝福解脱和唤醒慈悲的态度，为一切如虚空般无量无边的众生而证得圆满的佛果。愿我是你们的保护人，愿我是流浪者的安慰和向导，愿我是航行者的海洋、过河者的桥梁，愿我是一切众生、一切痛苦、一切生命的解脱良药……

　　虚空王的超度一直持续着，不知是什么时候开始的，也不知什么时候结束。他声音悠扬，神态超然，平静的面孔后面，是心态的空寂寥廓。

　　西甲喇嘛看到原野里出现了一队人马，为首的是一个穿黑道袍的人。他们从东边走来，一接近黑茫茫的焦墟葬场，便迅速下马，低下头，一个个把身影勾勒成了惊讶的问号。马翁牧师来了，面对这么多死去的十字精兵，在虚空王以及数千佛教僧人的超度里，掺进去了基督信徒的悲声祈祷。

　　按照"吉凶善恶图"的指引，马翁牧师已经从最便捷的路往东走向了浪卡子，那是去拉萨的必经之地。但是昨夜的大火拖住了他毅然前去的脚步。火势太大了，他都离开那么远了还能看得到。出大事了。战争，就是许多人的灾难一起发生的大事件。马翁牧师回头瞩望着，望到映红的天空之上，飘浮着上帝的召唤，于是他匆匆返回。他带着他的卫队和他的西藏信徒，穿行在焦墟里，向每一个遇到的死人祈祷：

　　　　神啊，我们都是有罪的人。我们接受耶稣就是接受一个伟大的救主，求你按照你的应许，洗净我们的灵魂。我们为着生命中一切美好的事情感谢耶稣，为着他为我们所做的一切而赞美他。我们在天的父，愿人都尊你的名为圣，愿你的国早日降临，愿你的旨意行在地上，如同它已然行在天上。请赦免我们的罪，救我们脱离凶险。因为我们知道，所有的国度、权柄、荣耀都属于你。死去的人，你们的灵魂正在哭泣，请像我一样向在天的父继续祷告吧。当我们把自己的罪恶带到西藏，上帝便按照最初的承诺惩罚了我们。一切苦难都是对人自身犯罪的恶报。我们忍受吧，我们用死亡来赎罪吧。可怜的人，你们已经获救，我看到赎

罪的灵魂正要出发，去天国报到。漫长的天国之路上，我
为你们的灵魂祈祷：愿你们彼此相爱，因为神就是爱，你
们被爱包容着，所有人都被爱包容着。当爱降临的时候，
我主耶稣也会驾着云彩从天上降临。而你们就是耶稣的随
从、爱的使者了。一路走好。

　　阿门。


　　马翁牧师祈祷着，不断在胸前划着十字，痛苦和悲哀占据了整
个面孔，就像钉在十字架上的耶稣把自己的表情交给了他。他在受
罪，替所有人受罪，似乎所有人的痛都是他的痛，所有人的死都是
他的死。他是一个从众死堆里站起来的大痛者，他的痛没有人知道。

# 第十七章　江孜战役（二）

## 1

马翁牧师返回江孜，悄悄跟踪着他的容鹤中尉和部下也只能原路返回。一回来就丢开了马翁牧师。已经不重要了，跟踪这个踏着危险的传道之路、朝前行走的牧师，重要的是追上已经离开的戈蓝上校。容鹤中尉带着他的人奋马驱驰，就在远远地路过宗山城堡时，追上了戈蓝上校。

容鹤中尉下马问道："上校，你怎么成了俘虏？我们失败了？"

"不，我们这是撤退。"

"既然是撤退，为什么丢下我？"

"我没有丢下你。你要是聪明的话，就不应该因追撵我们暴露自己。"戈蓝上校看看远方押送他们的宗本岩措，指着宗山城堡说："我还会回来的，中尉，赶快上去，那里有我们的人。你只要坚守二十天，我就能率领一支崭新的十字精兵打回来。记住，二十天，二十天以内我一定再来。"

"那么二十天以后呢？"容鹤中尉问。

"二十天以后我还没有出现，那就永远不会出现了。"

"如果二十天以后你还不出现，我该怎么办，上校？"

"随便吧，不管自杀还是投降，你都是上帝的孩子、大英帝国的英雄。"戈蓝上校苦苦一笑地说着。

宗本岩措带着一队江孜民兵朝这边走来。容鹤中尉扭头看了看，对自己的手下招招手，飞身上马，朝着宗山城堡跑去。


虽然十字精兵的主力已经惨败，指挥官戈蓝上校带着死剩下的人撤离了江孜，但在西甲喇嘛眼里，战争远远没有结束，因为宗山城堡还在十字精兵手里。

收复宗山城堡，现在是急中之急了。

西甲喇嘛有些奇怪：盘踞宗山城堡的十字精兵应该比谁都清楚自身的危机，却依然按兵不动。按常理，占领者即使不愿意投降，也会瞅准机会逃跑。为此西甲喇嘛甚至没有命令僧兵和民兵包围宗山，意思是让他们走吧，活着回去总比死了回去好。即便西甲头上已经顶着数不清的杀伐之罪，他也没有破罐子破摔，仍然觉得悲悯是佛徒的义务：多杀不如少杀，少杀不如不杀。只要占领者离开西藏，吹号敲鼓献哈达送礼物都可以。再说让他们活着回去还可以到处传扬传扬：有一个喇嘛，他叫西甲。还可以让上帝明白：西藏侵略不得，佛是如何如何厉害。

然而没有动静，三天过去了，不仅一点撤离的动静也没有，还好像发誓要多待一些时日。一天清晨，一个去年楚河边背水的年轻女人路过宗山脚下，从城堡里悄悄摸出几个十字精兵，抓住那女人，抬着她飞奔上山进了城堡。

女人第二天才被放出来，出来后就疯了，不断说着一句话："洋魔不走了，女神发怒了。"听那口气，好像她在传达神谕。

有人问疯女人："哪个女神发怒了？"

她说："唠叨鬼玛姆阿佳（姐姐），眼睛流血的玛姆阿佳。"

谁都知道唠叨鬼玛姆阿佳是放语言黑毒的，眼睛流血的玛姆阿佳是在饮水中下毒的。作为还没有被佛教驯化的灾殃之主，她们就是毒咒毒药的代名词。

有人把疯女人的话报告给了西甲喇嘛。西甲听了直摇头，就算是神谕，他也不能照着做。派女人去宗山城堡下毒，那怎么行？城堡里的洋魔都是野兽，女人会遭殃的，而且已经有女人遭殃了，就更不能装着不知道。他是一个喇嘛，一个喇嘛怎么能让西藏的女人付出肉体的代价？就算是为了佛教、西藏、战争，那也不行。

既然洋魔不走，最好的办法当然是包围起来将他们饿死。但江孜宗本岩措为了遵照成例不让西藏的贱民得到武器和吃食，居然把那么多面粉、青稞、小麦、豌豆、干牛肉和干羊肉甚至窖水留给了十字精兵，占领者至少半年不愁吃喝。

不行，怎么能让洋魔在宗山城堡安然度过半年？那说明不是西甲喇嘛胜了，而是他败了。作为前线总管，他让十字精兵轻易占领城堡的前提是：任何时候都可以把他们赶走。但西甲喇嘛组织僧兵和民兵一连发起了五次进攻，结果都不好。宗山峭然孤出，进攻的路线前后只有狭窄的两条，不能蜂拥而上。最主要的是，十字精兵使用的不是弹药有限的来复枪，而是比炮弹还有威力的火药包。火药包是用宗本岩措留下的火药和点火绳制作的，西藏人的仓储变成了毁灭西藏人的武器。占领者从高高的城堡箭楼上毫不费力地扔下来，每一次炸响，都让西藏人感到飞来了夺命的阎王，降落了无数张吃人的獠牙利口。

西甲喇嘛寻思，为什么不启用十字精兵慌急遗弃的大炮和山地野炮呢？虽然没有人会瞄准、会开炮，但可以学嘛，可以让奴马代本当炮手，他毕竟是以打炮为主的森巴军的首领。又一想，决不能把炮弹丢向宗山城堡，炸死洋魔和保护城堡相比，似乎后者更重要。

那就继续进攻吧。进攻持续了整整八天。八天中每天至少有五次进攻，每一次进攻的过程都一样：一靠近城堡，就会有火药包扔下来。轰然一响，就不会再有冲上去的可能了，逃命成了片尾曲。到最后，进攻便不再是进攻，而是引诱：希望堆积在城堡里的火药尽快消耗完。

但这是不可能的，江孜宗本岩措不仅免费供应了半年的食物，也无偿供应了半年炸不完的火药。

西甲喇嘛苦思不得计，只好又拉出被他扣留在身边的马翁牧师。就像在曲眉仙郭那样，他让人把马翁牧师和二十个卫队士兵全部绑起来，推到前面。他亲自带人跟在后面：来吧，炸吧，炸死西藏人的同时也将炸死你们的牧师和二十个纯种的英国人。但是占领城堡的十字精兵根本不在乎牧师和英国人的存在，火药包照样从天而降。西甲喇嘛一看不对劲，动作敏捷地抱住马翁牧师，从山路上滚了下来。二十个卫队士兵也都惊跑而下，对他们的绑缚仅仅是做个样子，绳子一甩就掉了。被炸死的仍然是几个西藏人，因为他们做梦也想不到，上面的洋魔会炸下面的洋魔。

马翁牧师惊恐地说："上帝啊，连我都要炸死，这些人原来不是你的信徒。十字精兵，怎么会有杀害福音传播者的十字精兵？"

西甲喇嘛说："我又欠下你的了，我总是欠你的。则利拉山下你救了我，曲眉仙郭你给我们赢得了时间，杂昌峡谷你帮我们守阵地，宗山城堡下你又为了我们差点被自己人炸死。我说了要把你安全送到拉萨，这次一定要做到了。什么时候离开江孜？恩人，我听你的。"


马翁牧师离开江孜的时候，被一根杏黄色绳子绑了起来，那其实不是绳子，是白居寺卓弥堪布的黄锻披风，西甲喇嘛把它要来，撕成了布条。用黄缎子绑着的人，即使是战犯，也高贵得了得。目前全西藏包括蚂蚁都在仇恨洋人，马翁牧师和他的卫队走到哪里都可能被抓被打，绑起来的意思是：打死的狐狸不能再打，抓住的洋魔不能再抓。被绑起来的还有二十个卫队士兵，用的是红袈裟的布条，也显出比普通战犯高贵了许多。高贵的洋魔罪犯一定要交给高贵的人处置，为此西甲喇嘛自己口述，让卓弥堪布记录，写了一封信，信封上写着：前线总管西甲喇嘛启禀神圣的达赖喇嘛。信的内容是：


　　恩威比天、至高无上、长命百岁的达赖喇嘛：住在金山上的鸟儿，被人看成了金子。我就是那只鸟儿，生来就知道，与高尚的人亲近，自己会得到长远的幸福。一个幸福的人，现如今送上哈达一条、上帝牧师一个、卫兵洋魔二十个。此牧师法力甚高，擅长伤病治疗。以我看，这些年西藏的生灵越来越少了，蚂蚁不再黑压压，麻雀不再遮

日头，野牛比家牛少，黄羊比山羊少，拉萨周围，老虎狮
子大象神马也不见一个，倒是恶狼多得组建了十个代本团，
侵害百姓的孩子牛羊马狗。这是因为山神病了，不管事了。
为了让上帝牧师把山神的病看好，我让他翻山过河去拉萨
啦。西甲喇嘛给达赖喇嘛磕头，再磕头，一连磕三个头，
不是嘴上磕，是真的磕，额头都磕破啦。

虽然西甲喇嘛强调真的磕了头，其实还是嘴上磕，因为他口述
完信后就把磕头的事儿忘了。要紧的问题是：这封信难道一定要交
给达赖喇嘛？谁也不知道。押送马翁牧师一行的是他的西藏信徒霞
玛汝本和他的部下，他们自然要听从马翁牧师的。而在马翁牧师看
来，一个牧师只要能够平安抵达拉萨，就是基督的胜利。至于到了
拉萨干什么，他现在还不明确，别人更无法揣测。

马翁牧师说："谢谢你，喇嘛。凭着这封信，我就能见到达赖
喇嘛？"他倒是希望见到，不管见到后的结果怎样。

西甲说："当然啦，这是前线总管的信。谁要是阻拦你，你就
把信拿出来。"

马翁牧师明白了，此信主要是路上用的。他上路了，在自己的
茫然和西藏的茫然中，走向了拉萨。而留给西甲喇嘛的，是更大的
茫然：宗山城堡到底怎么办？都十多天了，还不能收复。

这时候西甲喇嘛想到了尊师沱美活佛，而沱美活佛也想到了弟
子。西甲想：为什么不去问问尊师呢？如果连尊师都没有办法，那
就只好交给达赖喇嘛了。达赖喇嘛亲自来，收复宗山城堡不过是酥
油里抽毛、奶头上挤奶，容易得很。他正要派人火速前往拉萨拜见

沱美活佛，就见沱美活佛已迎面走来。

沱美活佛说："你想我的时候就是我想你的时候，来啦，来啦，后面还有甘丹寺麦巴扎仓的当周活佛亲自指挥的一个僧兵代本团。"

西甲说："尊师你不知道，我要的是收复宗山城堡的主意，不是僧兵代本团。这么多的兵力现在不需要，洋魔主力已经撤退啦。"

沱美说："倒流的河水你见过没有？我见过，在十天前的梦里。你把洋魔打败了，但没有把他们消灭尽，往南走的人一转身子就会往北走，你可要小心。现在，西甲喇嘛前线总管你听着，收复宗山城堡的主意给你，一个僧兵代本团也给你。这可是最后一个僧兵代本团，西藏的僧兵到此为止啦，就是达赖喇嘛亲自出马，也不会再有僧兵跑来打仗啦。"

西甲对僧兵代本团不感兴趣，急着问："尊师那就快说主意吧。"

沱美说："让女神发怒。总管大人，为什么不让女神发怒？"

西甲一愣，大摇其头，严肃地说："尊师怎么也是这个主意？不好，不好。"然后转身就走，自责道，"我们是释迦牟尼的信徒，这样的主意会让佛祖吃不好、睡不好。"

沱美大声说："那你就看着办吧，就为了给你出这个主意，我特意赶到江孜来见你。我就要回拉萨去，拉萨要出大事了。"

沱美活佛匆匆而去。西甲喇嘛目送着尊师，心说拉萨的大事能有收复宗山城堡大？

这一天清晨，西甲喇嘛来到年楚河边。从他居住的白居寺到年楚河，很近的路。他蹲在河边用手撩着水，感觉到了来自冰山雪水的寒凉，才意识到他不是冲着水来的。他来这里是因为他从白居塔的塔顶看到，许多背水的女人走向了河边。他为女人而来，一个喇嘛，在他想起桑竹姑娘时，就情不自禁地走向了女人。

他起身，在袈裟上蹭着湿漉漉的手，沿着河边走来走去，看看这个女人，又看看那个女人。

跟在他身后的阿达尼玛说："西甲总管大人，你是在找你的姑娘吧？"

西甲喇嘛扭头望了他一眼，算是默认了。

阿达尼玛说："我听女人们说，她在那边，树林里，悬崖下，别人看不到的地方，天天把自己泡在年楚河里。"

西甲拧起眉毛问："为什么？"

阿达尼玛说："你的姑娘，她是遭了罪的。"

其实西甲喇嘛已经想到了，桑竹姑娘是想把自己里里外外洗干净。白居寺的活佛和喇嘛们都说，发源于喜马拉雅山的年楚河，可以洗净人的所有罪孽、所有肮脏。这当然是令人庆幸的，西藏总会让一个人在绝望的时候看到希望。西藏的存在，就是安慰的存在。但桑竹姑娘需要洗净自己的原因，却让西甲喇嘛一阵阵心痛，也让他常常有意无意地在愤怒和仇恨中洗练着自己的情绪。打洋魔或许就是为了给桑竹姑娘报仇？如果没有桑竹姑娘的遭罪，是否就不会有火葬洋魔的事情发生？大火烧残了洋魔，烧败了十字精兵的侵略，是否也烧败了他的仇恨？不不，仇恨是不会烟消云散的，何况仇恨背后还有义务和悲伤，还有一个喇嘛为佛教而死、为西藏而活的信仰。而此刻，他为所有的西藏女人悲伤，因为他觉得也许尊师沱美活佛是对的，收复宗山城堡只有一个主意：让女神发怒。

西甲喇嘛不希望自己有这样的想法。但这样的想法却顽固地占据了他的心脑，就像一股强大而恒定的力量，不由自主地要让他思考：谁是我需要的女神？

他更不愿意把选择女神付诸行动，但这样的行动却不容置疑地悄然来临。一切都被总管卫队的队长阿达尼玛安排妥当了。西甲好像并没有给阿达尼玛交代什么，阿达尼玛却向他报告说："西甲总管大人，都照你的吩咐准备好啦。"

西甲问："那个女人叫什么？是哪里的？"

阿达尼玛说："哪里的不知道，就知道叫卓玛。听说要派一个女人去宗山城堡，她就说让我去吧，我不怕洋魔。"

西甲说："搞清楚谁家的女人，我要把贵族的金子银子分给她家。我还要告诉达赖喇嘛，以后宗山城堡不叫宗山城堡啦，叫卓玛城堡。"

阿达尼玛答应着走了。

西甲追上去，踢了一脚说："我话还没问完呢，你走什么？"

阿达尼玛说："踢得好，大人。我的腿不听我的话，明明知道大人的话还没问完，它自己就走啦。"阿达尼玛沉浸在被前线总管踢了一脚的幸福中，嘿嘿笑着。

西甲又问："毒药准备好啦？"

阿达尼玛说："好啦。白居寺的藏医喇嘛说，它能毒死一千头牦牛一万只山羊，还请卓弥堪布念了毒咒。"

西甲点点头，又踢他一脚："我话问完了，你为什么还不走？"

他现在就想踢人，恨不得把阿达尼玛踢趴下，谁让你机灵过人，把让女神发怒的事情安排得这么顺利？他无法想象当初桑竹姑娘遭受了怎么的磨难，却能猜到那肯定是一个女人最不能容忍的祸害，也是一个西藏男人无法接受的事实。是的，他是西藏的男人，尽管他的袈裟随时都在提醒他尘缘已断。

但是他不得不承认，他的系统里储存着凡人不具备的残酷意志，相比于自己对女人的恻隐，他更在乎自己作为前线总管的使命，他必须为西藏和战争负责。

　　几个时辰后，一个去年在楚河背水的年轻且漂亮的女人路过了宗山脚下。当她原路返回时，几个十字精兵突然从城堡里跑了出来。女人被沉重的水桶压弯了腰，根本看不到前面和两侧。几个十字精兵推翻水桶，抬着女人飞跑而上，欢天喜地地隐入了城堡。

　　一切都被西甲喇嘛看在眼里。他呆愣着，突然回过头去，怒气冲天地质问阿达尼玛："我问你那个女人叫什么，你说叫卓玛。我问是哪里的，你说不知道。为什么要骗我？乌鸦点亮了天上的星星，谁不知道你是撒谎的妖精。"

　　阿达尼玛吓坏了："西甲总管大人，我没有骗你。我安排的那个女人就叫卓玛。但是，但是，怎么又不是了呢？怎么又变成大人你的姑娘了呢？肯定是你的姑娘知道了，说卓玛我去吧，我是西甲总管大人的姑娘，我比你有法力，我才是真正应该发怒的女神。"

　　西甲喇嘛突然撕住自己的袈裟一阵乱扯："为什么是女神发怒，男神干什么去了？桑竹，桑竹，你从魔堆里来，又要到魔堆里去了。还不如我去，我去下毒。"似乎他真的要去了，走了几步又觉得自己不可能进入城堡，便颓唐得唉声叹气，"佛祖，你还是让我死掉吧，你让一个把桑竹姑娘推向火坑的喇嘛现在就死掉吧。"又朝阿达尼玛喊，"传令，传令，所有的藏兵、僧兵、民兵三大兵力，包围宗山城堡。"

　　阿达尼玛要去传令，又回来说："西甲总管大人，要是你的姑娘不去，卓玛姑娘就去了。她们都是西藏的姑娘。"

　　西甲说："你是在指责我吧？只心疼自己的姑娘。那就去吧，我的姑娘去吧。西甲，西甲，你的姑娘又去遭罪了，你却不能救她。你这个不会驮人的牲口，不会飞翔的苍蝇，不会叮咬的蚊子，不会蹦跳的蛤蟆，不会法力的喇嘛，不会打洋魔的前线总管。"

阿达尼玛说："不对了，西甲总管大人，你是会驮人的牲口，会飞翔的苍蝇，会叮咬的蚊子，会蹦跳的蛤蟆，会法力的喇嘛，会打洋魔的前线总管。我这就去传令，包围宗山城堡打洋魔喽。"

## 2

被告知免去民兵总管后另有要事担当的顿珠噶伦，这天突然被达赖喇嘛任命为一个刚刚成立的"特别会议"召集人，负责审讯这起谋害达赖喇嘛的大案件。

似乎一切都是安排好了的。罗布次仁被堪穷代本从江孜押解到拉萨后，由顿珠噶伦直接关进了布达拉宫夏钦角牢房。现在要审讯他了，顿珠噶伦将着胳膊来到了夏钦角牢房的审讯室里。一同审讯的还有两个布达拉宫的喇嘛。

顿珠噶伦首先问道："听说你们开过一次图谋暗害达赖喇嘛的秘密会议？"

罗布次仁喊起来："顿珠噶伦，你不要血口喷人，谁要谋害达赖喇嘛？"

顿珠说："你还不老实招供，我连地点、人员都知道，在丹吉林大自在佛殿二层的佛舍里，参加的人有你，有大昭寺的护法神旺秋活佛……"

罗布次仁说："慢慢慢，这件事情啊？不用你审，我从头到尾给你说。"

顿珠说："你先不要说，我们这是审讯罪犯，不是说话聊天。不挨打的招供是不可信的。"然后喊道，"给我打。"

立刻冲进来几个粗壮喇嘛，朝着罗布次仁一顿鞭打。罗布次仁捂着脸，惨叫声声，趴在地上呻吟了半天。

顿珠说："起来，起来，现在你可以说啦。"

罗布次仁舔着唇边的血，坐回到木凳上，仇恨地望着顿珠噶伦，大声说："我们心里没有鬼，天上佛祖，地下阎王，中间就是我的嘴，是不是实话他们知道。"

他说起那次会议，参加的人除了他和旺秋活佛，还有给达赖喇嘛讲授大圆满法的敦茄活佛、聂荣来的娘竺活佛、达赖喇嘛的起居堪布姜央喇嘛。根本不是什么秘密会议，就是请了几个关系密切的，让他们就打洋魔的事情给迪牧活佛出出主意。

顿珠问："这些人都说了什么？"

罗布次仁说："我的耳朵里有个洞，从这边进，从那边出。"

顿珠说："你不说我说。迪牧说了，战争一结束，他就要收拾沱美活佛。沱美活佛破坏了他对悲智行愿四菩萨大法的修炼，他不能看着获得大法成就的沱美活佛洋洋自得。这话说了没有？"

罗布次仁心里嘀咕：好像说了，又好像没说。顿珠怎么知道？有叛徒？

顿珠说："迪牧说，打洋魔到现在还没有取胜的消息，就是因为西甲喇嘛。西甲喇嘛过几天就会死。他已经给丹吉林陀陀下了死令，处死这个给他带来败运的喇嘛。还说顿珠噶伦迟早要倒霉。"

罗布次仁辩解道："不是迪牧活佛，是敦茄活佛。敦茄活佛说，沱美和西甲跟顿珠不一样，沱美是想争教法第一，西甲是叛不改忠，而顿珠噶伦是混进羊群里的狼，时刻想吃掉迪牧活佛的肝喝掉他的血。"

顿珠说："一个人说，大家听，听的人没有塞上耳朵，也就算是自己说了。你们几个人都说了，都要受到惩罚。"

罗布次仁说："就算说了，那也是说你，不是说达赖喇嘛。达赖喇嘛说不得，难道你也说不得？你想和达赖喇嘛比高低，有罪的是你。"

顿珠拍着几案说："还想抵赖。彩靴是怎么回事？快说。"

彩靴？罗布次仁想起来了，就是那双迪牧活佛送给达赖喇嘛的三层黄色团龙缎子象鼻彩靴。这是西藏最高级的靴子，应该在达赖喇嘛面前表功才对，怎么变成罪行了？罗布次仁吐了一口唾沫，做出一副无须遮掩的表情："说就说。"

他说靴子是敦茄活佛先提出来的，他要把咒语、非人和愿望写成白绸子的符咒，缝到靴底夹层里踩踏。这是最厉害的足底差遣大法，洋魔来得再多，上帝法力再强，也能让他们举手投降。关键是靴子。靴子越新越高级，符咒就越灵验。敦茄活佛要求丹吉林请拉萨最好的靴匠给十八个供养非人的宁玛派喇嘛每人做一双黑色羊皮五色氆氇牛鼻彩靴，给他做一双黄色团龙缎子象鼻彩靴。迪牧活佛生怕敦茄活佛穿了高级彩靴达赖喇嘛不高兴，就给达赖喇嘛也做了一双。敦茄活佛是两层团龙缎子的，达赖喇嘛是三层团龙缎子的，靴掌也多加了一层。靴子做好后，送到大昭寺，供在释迦牟尼十二岁等身像前，让旺秋活佛念了一天一夜的经。

顿珠问："哪几个靴匠做的，把名字报上来。"

罗布次仁说："这个我怎么知道，得问丹吉林的白热管家，找靴匠做靴子前前后后都是他管。"

顿珠说："瞎狗才会相信你的话。到底你们是想诅咒上帝洋魔，还是想诅咒达赖喇嘛？"

罗布次仁说："你把我们当成洋魔了吗？只有洋魔和你这种不打洋魔专打自己人的藏魔才会诅咒达赖喇嘛。"

顿珠说："这里不是你骂人的地方。罗布次仁你听着，有人检举你们把诅咒达赖喇嘛的符咒藏在了靴底夹层里。"

罗布次仁说："哪个人检举的，让他对着佛祖说。做出来的靴子不会烂掉，穿靴子的人也不会跑掉，把十八个供养非人的宁玛派喇嘛找来，把敦茄活佛找来，让他们脱了靴子拆开看，里面的符咒到底是什么。"

顿珠说："这个主意不用你出。人跑不了，靴子也跑不了，你等着，总有一天会真相大白。"


对罗布次仁的审讯结束了。"特别会议"又在顿珠噶伦的主导下，连续审讯了陆续抓起来的大昭寺护法神旺秋活佛、给达赖喇嘛讲授大圆满法的敦茄活佛、聂荣来的娘竺活佛、达赖喇嘛的起居堪布姜央喇嘛。他们的口供几乎跟罗布次仁一样。但是对审讯者和被审讯者来说，其实审讯都不重要，甚至毫无必要，重要的是把迪牧活佛送人的所有靴子找来，在众人面前拆开了看，到底缝到靴底夹层里的符咒是什么。

这是一个细雨霏霏的日子。在噶厦所在地的大昭寺大院，被请来验看符咒的有拉萨三大寺、四大林、上下密院的代表，有达赖喇嘛的正经师、副经师和三个侍从堪布，有在大昭寺办公的所有噶厦成员，还有特意从丹吉林请来的白热管家。

十八个供养非人的宁玛派喇嘛被押解到了现场，每人都抱着一双黑色羊皮五色氆氇牛鼻彩靴。敦茄活佛也被押了进来，拎着那双两层黄色团龙缎子象鼻彩靴。由迪牧活佛亲手送给达赖喇嘛的那双三层黄色团龙缎子象鼻彩靴，也由布达拉宫侍衣喇嘛拿来放到了地上。

顿珠噶伦和两个布达拉宫的喇嘛每人拿着一把护法剑和一把金刚斧，开始又砍又割地拆解结实的靴掌。

黑暗中的阴谋和罪恶暴露了。现在是光天化日。

每一双靴子的靴掌里面都藏有白绸子的符咒，上面写着十三世达赖喇嘛的生辰年月和法名：火鼠年五月初五，吉尊阿旺罗桑土登嘉措晋美旺秋却勒朗巴杰哇贝桑布，名字下面是"福寿衰败"几个藏文字。符咒的背面密密麻麻写着一些咒其暴病暴死的毒经黑咒，还有一个黑色的法轮图案。

在场的人面面相觑。没有人说话。房檐上的麻雀也不再叽叽喳喳。云彩瞬间变黑了，低低而来，细雨收敛了声音。整个西藏窒息着。

十八个供养非人的宁玛派喇嘛吓得东倒西歪，有人跪着，有人坐着，有人想跑开，却被人拉住了。他们一个个用双手捂着脸，不敢看那些从靴掌里搜出来的阴险的罪大恶极的符咒。敦茹活佛恐惧异常，脸上的肌肉颤抖着，一边揪着面皮，一边喃喃自语，连他自己也不知道在说什么。

白热管家突然问道："为什么？为什么诅咒洋魔异教、上帝耶稣的符咒变了样？佛祖啊，谁敢诅咒达赖喇嘛？"

顿珠噶伦阴冷地哼了一声："幸亏被我审出来了，给我抓。"

几个布达拉宫喇嘛立刻扑过去，撕住了白热管家。

顿珠噶伦直奔大昭寺门外，厉声命令早已守候在那里的一队藏兵："包围丹吉林，逮捕迪牧活佛。"

突然有人喊一声："抓得好，迪牧活佛早该抓了。他才是西甲喇嘛真正的后台。"

顿珠噶伦扭头一看，原来是江孜宗本岩措，诧异道："你来这里干什么？"

宗本岩措弯下腰去说："大人，江孜正在打仗，你不是不知道。我是来报告战况的，是给你报告，还是给达赖喇嘛报告？"

顿珠噶伦想了想说："先给我报告，再给达赖喇嘛报告。"

## 3

一进入宗山城堡，看到盘踞在这里的竟是卡奇大佐和他的司恩巴人，容鹤中尉就在心里惊呼一声：上帝啊，这是撒旦的安排。他立刻对比了一下自己和卡奇大佐的实力，吓了一跳：如果打起来，三个司恩巴人将对付一个英国人。所以从那一刻开始，他就时时处在警觉当中，总觉得如果这座城堡里不发生十字精兵之间的互相残杀，那才是一件奇怪的事。警觉一直持续到现在，十多天过去了。

十多天里，司恩巴人依仗人多，占据着大殿和大殿之上的二层小殿以及房顶和箭楼，只把南边两个偏殿让给了容鹤中尉的人。阻击西藏人进攻的主要是卡奇大佐的司恩巴人，他们在房顶和箭楼派了人，轮换着昼夜值班。一旦发现有西藏人冲上来，就点着早已捆扎好的火药包扔下去。火药包小山一样堆积在房顶，靠了它们的威力，卡奇大佐并不担心西藏人会攻上来。因此他现在的多一半心思已经离开西藏人而集中在容鹤中尉身上。

都在一座城堡里，容鹤中尉和卡奇大佐没说过一句话。部下之间也没有任何交流。双方往死里沉默着，但沉默的只是声音而不是仇恨。仇恨锁定了时间，彼此的冷视和挑衅就像刀剑无声的比拼。所有人都意识到：不知道会发生什么，但很快就会发生。

城堡的外面阳光灿烂，内部却阴森恐怖。

都在忐忑不安中等待，都知道头顶悬着灾难却无法断定什么时候降临。空气在阴险中回荡，昏暗的光线让气氛格外肃杀，谋害潜藏在飞尘里，闪闪发光的是随时都会爆发的惊骇。

卡奇大佐告诫他的人：在我们司恩巴人的意识里，你打死我们三个人，我们就要打死你三十个人。三个兄弟的血不能流在复仇之神不理不睬的地方。

容鹤中尉试图在部下心里唤起高等种族的意识，一再地说：这些雇佣军、野蛮人，不仅轮奸了属于我们英国人的西藏姑娘，还想在戈蓝上校面前代替我们成为嫡系部队，好像我们英国人才是雇佣军。大家准备好，可能要流血了，这个阴郁的城堡里，有一股强烈而恒定的死亡气息。

互相不说话，也不会走到对方的地盘上。只有一个地方是双方都要去的，那就是地下水窖。走向水窖的门在大殿和南边两个偏殿的中间，恰好处于双方的中间地带。进去窄窄的门廊后，有七个拐弯组成的通道，通道尽头便是切入地下的大水窖。取水的人必须沿石梯下去大约五十米，才能站到能够舀到窖水的平台上。虽然叫窖水，却不是通常用地窖储存的雨水，而是渗出来的地下水。大水窖严格地说就是深藏在城堡里的大水井，可见最初修建宗山城堡的目的，就是为了长久坚守在这里。

司恩巴人和英国人每天都要取水，每天都可能在狭道里、石梯上、平台中相逢。平安无事，仇恨的表现依旧是沉默。

突然，这一夜，容鹤中尉听到了歌声，是一个司恩巴歌手唱起来的。听不出那曲调是悲伤还是喜悦，只觉得压抑的歌声里，充满了内心的痛，是那种既可以不祥也可以吉庆的痛。

哦，司恩巴，司恩巴，美丽宁静的故乡，

清晨的薄雾里，走来了背水的妈妈；

哦，妈妈拉，妈妈拉，石锅里开满桃花，

远去的孩子，还有背着猎枪的爸爸。

容鹤中尉发现，去取水的两个英国士兵在绰绰有余的时间里没有回来。他又派了两个人去寻找，这两个人也没有回来。他立刻意识到，仇杀和死亡开始了。他本来以为，一旦开始，司恩巴人就会端着枪冲过来。所以他准备好了应对公开的挑战，机枪架起，子弹上膛，派出哨兵严密监视对方动静，没想到却是暗杀。他很后悔自己没有先下手为强，对手比他们更阴险地潜伏在取水线上，他们要么等着渴死，要么去送死。

司恩巴人的歌声还在响着，这优美的怀乡之歌已经是杀人的信号了。容鹤中尉从偏殿门缝里看到，大殿里正在发生变化，西藏人的辎重变成了匍匐射击的掩体，几十支来复枪和四挺机枪对准了南边两个偏殿。暗杀正在进行，公开的对抗也已经摆明，他唯一的选择就是迎战，唯一的结果大概就是死亡。既然只能这样，那就不能继续等待了。

容鹤中尉对部下说："戈蓝上校要我们坚守二十天，这个时间太长了。如果我们守在偏殿里，不是被司恩巴人打死就是渴死；如果我们打死守门的司恩巴人，跑向城堡大门，大约四十步的距离中，我们不一定全部被打死。但一出城堡大门，就又会被西藏人打死。你们说，你们是想让司恩巴人打死，还是想让西藏人打死？"

部下们沉默了一会，都说要是被西藏人打死，还能说是为了上帝，为了大英帝国；要是被司恩巴人打死，那算什么呀？

容鹤中尉点点头，下达了开枪射击的命令，突然又说："慢。"

他看到城堡的大门被打开了，几个司恩巴人跑了出去。一会儿，他们又跑回来，抬着一个女人来到大殿中央。

劫持了女人的司恩巴人都说："快来看看啊，她比上次那个漂亮多了。"

女人被丢在地上。她挣扎着站起，愤怒地面对着司恩巴人。

许多司恩巴人愣住了，尤其是卡奇大佐，半晌无语，仿佛说：真美。

"原来是她？"终于有人从她的美丽中认出了她。他们的三个兄弟就是因为轮奸了她，才被容鹤中尉打死的。

"哼哼。"一声冷笑像牦牛打喷嚏一样，从卡奇大佐的鼻子里喷了出来。

桑竹姑娘突然四下里看了看，尖叫着拔腿就跑。她似乎惊恐万状，慌不择路，逃跑中看错了方向，没有跑向城堡大门，而是跑向了大殿和南边两个偏殿的中间，那个窄窄的门廊，通往地下窖水的取水之门。

但是她没有来得及跑进门去，就失去了自由。从取水之门里跳出一个司恩巴人，满怀抱住她哈哈大笑："我的，我的。"

司恩巴人没想到，就在这时，对面两个偏殿里的英国人蜂拥而出，举枪朝着他们一阵猛射。

司恩巴人的还击相当迅速。终于打起来了。城堡里头，十字精兵内部，英国人和司恩巴人，为了女人的仇恨再次爆发。

容鹤中尉丢开自己的队伍，扑向桑竹姑娘，一枪打死了那个仍然抱着桑竹姑娘的司恩巴人，拉起她就跑。他要拉着她跑向距离最远的城堡大门，却被她拼命拽进了近在咫尺的窄窄的取水之门。

"这里危险，不能进去。"容鹤中尉急切地喊着。

桑竹姑娘从他的动作中知道他在说什么，使劲甩开他："别管我，别管我。"

容鹤中尉也听懂了，大声说："美丽的姑娘，我不能不管，你是我的，我的。"

这时有个司恩巴人举着火把从幽深的通道里跑了出来。容鹤中尉抬手一枪打倒了他，走过去摸摸，确认死了，然后抱起拼命挣扎的桑竹姑娘，冲了出去。但是他已经出不去了，司恩巴人和英国人还在交火，如果跑向城堡大门，就必须穿越子弹穿梭的整个大殿，他们不是被司恩巴人的子弹打死，就是被英国人的子弹打死。容鹤中尉蹲踞在地上，有力的大手控制着桑竹姑娘，观察着前面，又警惕着后面。他担心从取水通道里再冒出司恩巴人来。

桑竹姑娘急切地说："你们，打不过他们。"

的确如此，英国人已经死了一堆。城堡大门仍然紧闭着，说明到现在还没有一个英国人跑出去。

桑竹姑娘指着后面说："城堡还有一个出口，就在这里头，这里头，出口。"她坐了个爬进爬出的动作，"你跟我走，我保证你活着出去。"

容鹤中尉听懂了，犹豫着，不想丢开自己的士兵，跟这个女人走。可是所有的英国人都已经冲向城堡大门，他跟他们实际上已经失去了联系。

"走不走？你不走，就放开我。"桑竹姑娘大声说。

城堡内的枪弹还在爆响，戈蓝上校只好听从桑竹姑娘的。两个人沿着幽深的取水通道朝前摸去。

通道里有七个拐弯的地方，容鹤中尉觉得每个拐弯处都可能潜伏着司恩巴人，就把桑竹姑娘藏在身后，举着枪，轻手轻脚挪过去。

还好，没有遇到司恩巴人。直到走完通道，容鹤中尉才松了一口气。

但是容鹤中尉立刻发现，危险并没有消除。通道的尽头，就在地形突然切入地下的时候，他被什么绊倒了。他爬起来摸了摸，摸到了英国士兵的肩章，继续摸，便摸到了四个被暗杀的英国士兵。他警觉地抬起头，突然感觉黑暗一阵摇晃，五步之外，哗啦一声响。他来不及看清什么，砰砰就是两枪。有人沉重地倒下了。

静等了一会儿，没听到什么声音，容鹤中尉爬了过去，看到一缕微光从大水窖的顶端投射下来，抚摸着通道尽头一面有凹洞的墙壁，一条腿从里面伸出来，像要绊人似的。容鹤中尉抓住腿，使劲一拉，拉出一个人来，是司恩巴人，已经死了。容鹤中尉朝着墙壁凹洞开了几枪，传来一声叹息，接着便是沉寂。

军人的直觉告诉容鹤中尉，这里已经没有敌人了。他站起来，走过去，借着顶端开口处的微光，朝大水窖下面看了看，一片黑暗。但是能看到朝下延伸的石梯。石梯是"之"字形扭曲的，缓解了窖壁的陡峭，还安装着帮助人上下的铁索。

容鹤中尉比画着问桑竹姑娘："出口在哪里？"

桑竹姑娘指了指头顶的微光说："那就是出口，你看你能不能出去？"说罢就匍匐着身子，沿石梯朝下爬去。

容鹤中尉知道对方骗了他，来不及多想，一把揪住她："下去干什么？危险。"

桑竹姑娘说："我来是投放毒药的，听懂了吗，毒药？"

容鹤中尉也许听懂了，也许没听懂，但重要的不是这，而是他看桑竹姑娘执拗地要下去，便也跟了下去。他不能放弃她，理智和情感都不允许他放弃她。

下去他就明白了。当桑竹姑娘站在舀水平台上，从氆氇裙的夹层里拿出一包和黑暗同一种颜色的粉末，撒向在昏暗中闪着黑光的水面时，容鹤中尉既没有阻拦，也没有鼓动，而是平静地望着桑竹姑娘说："啊，姑娘，你大概也想毒死我吧？"他蹲下来，双手掬起一捧水，就要往嘴里喝。桑竹姑娘一把将他推开了。

桑竹姑娘说："除了你，十字精兵所有的人都该死。"

容鹤中尉定定望着她，突然意识到自己已经是桑竹姑娘的同谋了。他摇摇头：不不。又觉得他其实并不反感关于同谋的念头，奇怪地想：自己怎么会走到这一步？

桑竹姑娘拉他一把："走，快走。"

容鹤中尉明白了："不，不能走，走出去就是死。"

现在重要的是把自己藏起来，等待司恩巴人来舀水。

容鹤中尉带着桑竹姑娘沿石梯爬上去，和两个死去的司恩巴人互换了衣服，然后躲进了通道尽头的凹洞。想好：一旦有人走进凹洞，他们就趴在地上装死人。

过了很长时间，才有几个司恩巴人举着火把来取水，肯定是做晚饭要烧汤，他们取走了很多水。取水人的言谈证实了容鹤中尉的预料：他的部下、那些年轻英俊的英国人，全体死在城堡内的交火中，无一幸免。而他却活着，是不是应该感谢桑竹姑娘呢？不，感谢上帝，是上帝让他邂逅了桑竹姑娘。

大水窖顶端的微光消失了，又来了。大概过了一夜。

容鹤中尉和桑竹姑娘等待着，直到饥渴得无法忍耐后，才小心翼翼摸了出去。城堡大门依然关闭着。大殿里躺满了死人，有被枪弹打死的，也有被毒死的。容鹤中尉朝司恩巴人烧水做饭的地方望了一眼，发现那儿死人更多。也有活着的，不多，四五个，其中就有卡奇大佐。不知道为什么他们活着，是没有来得及接触毒水，还是喝了毒水后不起作用？用不着再去打探了。

卡奇大佐惊怪地望着两个从窄窄的取水之门里走出来的人。容鹤中尉和桑竹姑娘也惊怪地望着对方。谁也没有开枪射击的意思，也没有说话的愿望。沉默了片刻，桑竹姑娘拉着容鹤中尉，快步走向了城堡大门。

大门开了。在桑竹姑娘和容鹤中尉走出去的一瞬间，一直守候在宗山脚下的西藏人发出了一阵"噢呀噢呀"的喊声。女神在发怒之后，迎来了宗山城堡的黎明。派出女神的西甲喇嘛再一次显示了他的智慧，噢呀，噢呀。

容鹤中尉感叹道："还差两天才到二十天，我们就坚守不住了，可惜啊。"他伸出两个指头，使劲比画着。

桑竹姑娘用疑光重重的眼睛准确地反问：为什么是二十天？

容鹤中尉自信地说："二十天以后，戈蓝上校会率领一支崭新的十字精兵回到这个地方。"他用端枪的姿势比画着，"我们的人，漫山遍野，嘟嘟嘟嘟。"

桑竹姑娘骄傲地说："我们有西甲喇嘛，什么也不用担心。"

容鹤中尉指着山下的西藏人，惊恐地说："这些人会打死我的。"

桑竹姑娘摇摇头说："我知道你的意思。我会告诉西甲喇嘛，是你帮助我把毒药放进了大水窖。"她拍了一下对方，做了个投毒喝水的样子。

容鹤中尉苦笑道："如果这样，打死我的就是戈蓝上校了。姑娘，你能保护我吗？"

桑竹姑娘没听懂，一脸懵懂地摇摇头。

容鹤中尉也跟她一样摇摇头，脸上的表情非常失望。

这时，那些久久等待收复宗山城堡的僧兵和民兵你拥我挤地跑上山来。容鹤中尉本能地举起枪，朝城堡大门里躲去。桑竹姑娘一把拽住他，夺过他的枪，扔到地上，然后挽着他的胳膊，静静伫立着。

最先跑上来的西藏人站在他们面前，疑惑地看看容鹤中尉，又看看桑竹姑娘，似乎转眼就明白了，自动分成两股，从他们身边哗地流过去，流进了城堡大门。

让桑竹姑娘遗憾的是，涌来的人群里没有西甲喇嘛的身影。她禁不住打听："西甲喇嘛呢？"

有人告诉她："达赖喇嘛来旨命啦，他在白居寺里出不来啦。"

这话让桑竹姑娘疑惑：什么意思？又一想，到底是前线总管，不一样啦，都可以直接聆听达赖喇嘛的旨命，顾不上来看看我这个被洋魔糟践过的女人啦。她拉起容鹤中尉的手，朝宗山下走去。

4

就在桑竹姑娘帮助西甲喇嘛成功收复宗山城堡的时候，西甲喇嘛本人却被拉萨来的几个喇嘛纠缠在白居寺里。那几个喇嘛供职于噶厦政府，代表西藏最高权力，手拿着达赖喇嘛的黄绢旨命：

> 惊闻江孜宗本岩措报告，前线总管西甲喇嘛自恃权力高大，以抵抗异教洋魔为由，骄横妄为，滋生是非，害官害民，犯有如下罪状：把宗山城堡让给洋魔之罪，命令贱民抢劫官府和庄园之罪，烧毁村舍、颇阿勒庄园、青稞地之罪，放跑异教洋魔之罪。如此大罪，不可饶恕。诏命该喇嘛速来拉萨，聆听训令。如有违抗，我已授权江孜宗本岩措对你施行砍手、砍腿、挖眼、鞭打、杀死等惩罚。

有个戴眼镜的喇嘛打开黄绢，大声把旨命念了出来。

西甲喇嘛不弯腰，不摊手，不吐舌，全然不把拉萨来的喇嘛放在眼里，一听对方念完就喊起来："不对了，不对了，是江孜宗本大，还是前线总管大？这个嘛得说清楚。西甲喇嘛对宗本岩措施行砍手砍腿还差不多，不能颠倒过来嘛。"

眼镜喇嘛说："宗本是噶厦任命的官员，是有品级的，你连品级都没有。达赖喇嘛任命你为前线总管，是要你抵抗洋魔的，不是要你烧村舍，抢庄园的。快把行李收拾一下，跟我们去拉萨。"

西甲说："这个的不能去，去了拉萨，洋魔怎么办？洋魔又要来啦。"

眼镜说："你怎么知道洋魔又要来？"

西甲说："我今天看到江孜民兵都回来啦。宗本岩措把他们丢在乃宁寺听候命令，他自己不知跑到哪里去啦。他们等了几天等不到命令就回来啦。没有人押送洋魔，洋魔还有不回头的？我刚才已经派探马去打听洋魔到底出没出西藏。我还打算亲自带人去乃宁寺及杂昌峡谷、曲眉仙郭、春丕、则利拉、隆吐山、日纳山这些地方驻守。我知道你们会说我是逃避惩罚，那我就不去啦，我就在江孜等着。我已经算过时间啦，洋魔要来也就是这三五天。你们再等三五天好不好？三五天过去，洋魔要是不来，我就去拉萨，听达赖喇嘛的训令。如果我不服，你们就砍手、砍腿、挖眼、鞭打、杀死。这些事千万不要交给江孜宗本岩措，他有什么资格呀？猴子吃老虎的事情从来没听说过。我现在是抗击洋魔的老虎，就是死也要死在更厉害的老虎手里。"

拉萨来的喇嘛把西甲喇嘛拘禁在白居寺里，不让进去，也不让见人。但仅仅过了两天，被西甲喇嘛派去打听洋魔是否出西藏的探马就十万火急回来了。他见不着西甲喇嘛，就在白居寺一层大佛堂里喊："洋魔，洋魔，洋魔又来了。"

大佛堂东北角就是拘禁室。西甲喇嘛一听有人喊，推开拦挡他的几个拉萨喇嘛，就冲了出来："有多少洋魔？你在什么地方看见啦？"

探马说："一过杂昌峡谷就看见了，洋魔多得看不到头。我在平地上看，在半山腰看，又在山顶上看，看到最后也没看到哪里是头，就看见八匹马拉的大炮轰隆隆地来啦。"

大佛堂里已经聚集了许多人。大家都很紧张，尤其是几个拉萨喇嘛，哆哆嗦嗦地问：怎么办？怎么办？

西甲喇嘛皱起眉头，一边甩着袈裟，一边在大佛堂里踱步，突然"哼"了一声说："又来啦？不怕我？是不是洋魔知道我被请到拉萨去见达赖喇嘛了？可惜我还没有走。那就来吧，上一次是火的战略战术，这一次我就用水的战略战术。"

大家松了一口气，都问："什么是水的战略战术？"

西甲喇嘛说："洋魔来了我们占住三头，白居寺和宗山城堡是一头，紫金寺是一头，岗珠山和江洛林卡是一头。这三头一占，洋魔就只能把落脚地选在年楚河边的大洼地里。我已经看过啦，年楚河往上有个荒草坝子，要是用火药把坝子炸开，河水就会改道，直灌大洼地。洋魔怕淹就得跑，一跑我们就从三面围打。这样子嘛洋魔就死路一条啦，淹不死就打死，打不死就淹死。你们说好不好？"

这是一个惊心动魄的方案，所有人都不吭声。

"炸掉草坝子？让年楚河改道？"眼镜喇嘛突然问，"谁同意啦？"

西甲一愣："这个嘛需要谁同意？我同意啦。"

眼镜喇嘛说："你同意有什么用？荒草坝子是山神的家，年楚河是龙神的家，山神龙神不同意，谁同意也不行。除非……"

西甲紧问道："除非什么？"看对方不说，乞求道，"尊贵的大喇嘛，长寿的大喇嘛，你就快说呀，就算你是山神龙神的护法，也不要不说呀。"

眼镜喇嘛很受用对方的口气和称呼，咂了一下嘴说："除非达赖喇嘛同意。达赖喇嘛是观世音菩萨转世，他要是同意，派人给山神龙神煨一堆桑烟，打个招呼就行啦。"

西甲说："那就快去给达赖喇嘛说，你说还是我说？我说容易，现在就说。"他扬起头，对着大佛堂的顶棚双手合十放到鼻子前，"比山高比水长的达赖喇嘛，我们刚才的话你都听到啦，你是同意还是不同意？同意了就摸摸我的头，不同意也摸摸我的头。"稍候片刻，他两手分开，高兴地说，"达赖喇嘛同意啦，我的头发唰啦啦响，头皮都摸掉一层啦。"

眼镜喇嘛说："这个不算。没有文没有纸，也没有大印坨子，眼睛看不见的同意，谁相信呢？万一怪罪下来，谁担待得起？我们是担着责任来的，没有公文的事情，坚决不办。"

西甲生气地问："那你说怎么办？"

眼镜喇嘛说："我们赶快回去，当面请示，当面同意。等拿到了达赖喇嘛和噶厦的旨命，再来找你。"

西甲着急地说："洋魔就要来啦，江孜到底怎么办？"

眼镜喇嘛说："江孜怎么办，这个我们不知道。这里有江孜宗本，他是从拉萨跟我们一起来的，你去问他。"

西甲一把推开眼镜喇嘛，吼道："江孜宗本岩措连发枪放粮给谁都不知道。你赶紧去，马上就去，我等着达赖喇嘛和噶厦的同意。"

# 5

戈蓝上校远远地望着宗山城堡，得意地寻思：我说了二十天以内我一定再来。怎么样，江孜？

他知道自己之所以成功返回，是押送他们撤离西藏的江孜宗本岩措帮了大忙。宗本岩措和他的江孜民兵一过乃宁寺就不见了。戈蓝上校当即决定，把残余部队以及尕萨喇嘛隐藏在杂昌峡谷两边的山林里，卸掉仅有的四十匹马的辎重，自己带领四十个人，轻骑驰往哲孟雄的大吉岭搬请援兵。

戈蓝上校的目的达到了，就像他给容鹤中尉许诺的那样，他的确带来了一支崭新的十字精兵。略感遗憾的是，他不是唯一的指挥官，麦高丽将军也来了。将军到底是代表伦敦军方的重量级人物，在很短的时间内说服英印总督窭松，调动了驻扎在印度南部以及哲孟雄、布鲁克巴、廓尔喀的全部英国军队和雇佣军，火速进藏，气势汹汹地赶赴江孜。

戈蓝上校说："将军，我再次以上帝的名义保证，你将得到比乃宁寺更多更重要的西藏珍宝。"。

麦高丽将军说："不要把我看成是一个贪得无厌的财主。这次进军西藏，我希望见到达赖喇嘛，告诉他，如果西藏附属于大英帝国，拉萨所有的寺院包括布达拉宫就会成为上帝之旅的落脚点而得到女王的保护和全世界的关注。我为什么要带走本属于英国的文物呢？当然，我是说，假如我们不担忧它失去的话。"

戈蓝上校说："担忧是不会消失的。我的嗜好告诉我，不能把你心爱的东西放在你伸手拿不到的地方。"

"比如权力？"麦高丽将军笑道。

"权力？什么意思，将军？"

"说实话，我到现在也不明白，权力和珍宝到底哪个更重要？上帝会不会把这两样东西同时交给一个人呢？"麦高丽将军依然笑着，但笑意里充满了挑战。

戈蓝上校乜斜着对方，似乎说：不要贪得无厌，是我冒着生命危险打到了江孜。

麦高丽将军用同样的眼神告诉他：可是你失败了，江孜一战，几乎全军覆没。

戈蓝上校不承认自己失败，尤其是返程中他们顺利抵达杂昌峡谷，被他隐藏在山林里的残余部队和尕萨喇嘛跟他会师后，这个念头就更加坚定了。在他和麦高丽将军并辔而行时，他告诉对方："我们已经开通了从边界到江孜的道路，在我们经过的所有地方，都不会再有西藏人的堵截。下一步的目的，就是开通从江孜到拉萨的道路。"

麦高丽将军知道他在表功，"哼哼"一笑说："上校，别忘了，最后的胜利才是真正的胜利。"

"是的，将军，我们为最后的胜利而来。西藏划归英国的日子并不遥远，上帝已经确定好了。"戈蓝上校说这话时自信而激动，因为他看到从杂昌峡谷北路口那边骑马走来两个人，其中一个竟是失踪多日的达思牧师。他虽然还无法断定这一次进攻江孜的成败得失，但他知道，达思牧师是来帮助他的。

达思牧师下马站到戈蓝上校面前时，脸上飞扬着亢奋的光点。戈蓝上校熟悉这表情，眯起眼睛俯视着对方。达思牧师望了一眼长长的十字精兵队伍，禁不住赞叹道："这么多人，都是从哪里冒出来的？"

戈蓝上校淡然一笑："是什么原因让牧师又回来了呢？"

达思说："是战争，也是修炼，你的战争和我的修炼都还在继续。"

戈蓝上校跳下马背，扫了一眼达思身后拉着两匹马的西藏姑娘，期待地说："你对我一定有什么忠告，就像过去那样？"

达思点点头："也许很重要，也许不重要。从这里一直向北是江孜，到了江孜白居寺，往东走，就是浪卡子宗，在江孜宗和浪卡子宗之间，耸立着卡诺拉雪山。我要绕开江孜，从杂昌峡谷北路口直插卡诺拉山口。占领了这个山口，就等于切断了西藏人通往拉萨的路。但如果西藏人占领了卡诺拉山口，就会直插到这里，切断十字精兵的供给线和退路。"说罢，他展开"吉凶善恶图"给戈蓝上校看。

戈蓝上校一看，吓了一跳："幸亏牧师回来了，如果让西藏人抢先占领卡诺拉山口，我们很可能又会……"他咽下了后面的话，狐疑地望着对方。

达思知道他想什么，主动解释道："我逃走和回来都是修炼的需要。大火把颇阿勒庄园和十字精兵一起烧毁的时候，我就在年楚河东岸的洞穴前看着。那一刻，菩嫫姑娘对我说，'我的同胞烧了我的家，我只能跟着你了，你走到哪里我跟到哪里。'所以我就来了，我在江孜已没有任何牵挂。"

戈蓝上校看着菩嫫姑娘问："牧师，你准备把她当作什么人？"

达思说："她是我的神。在我祈求上帝时，她就是圣母；在我祈求佛祖时，她就是佛母。"

戈蓝上校显然不希望得到这样的回答，摇摇头说："这是西藏人的思维，在我们英国，一个这样漂亮的女人只可能充当两种角色：

贵妇人，或者妓女。还是说打仗吧，你对这次进攻江孜还有什么建议？"

达思说："我的建议很可能就是尕萨喇嘛的建议。"

戈蓝上校说："你是说首先占领紫金寺？"看到达思牧师点了点头，又扭头对麦高丽将军说，"占领了紫金寺，就切断了江孜跟日喀则的联系；占领了卡诺拉山口，就切断了江孜跟拉萨的联系，同时又能防止西藏人切断我们身后的供给线。将军，你看怎么办？"

勒马站在一边一直不吭声的麦高丽将军说："我想喝一杯葡萄酒，庆贺一下达思牧师的归来。"然后笨拙地溜下了马背。

再次上路时，戈蓝上校拨出一队十字精兵跟上了达思牧师和菩媜姑娘。他们从杂昌峡谷北路口，往东北插向了卡诺拉山口。


重返江孜的戈蓝上校经过谨慎侦察后，发现宗山城堡已经失守，白居寺、岗珠山、江洛林卡和紫金寺也都有西藏人把守，便将十字精兵开进了年楚河边开阔的大洼地。

他上次吃了分散驻扎的亏，这次便把所有兵力屯聚在了一起。即便西藏人前来围打，几炮就能轰开一个缺口，突围是很容易的。

休整了几天，看西藏人没有围攻的迹象，便和麦高丽将军商量，决定分兵两路，一路原地不动，用来牵制分散把守的西藏人；一路为主力部队，向西突进，务必拿下紫金寺。


## 6


眼镜喇嘛一行不断换马，昼夜奔驰，三天以后到达拉萨，七天以后返回江孜，在白居寺见到西甲喇嘛，递上了噶厦命令。西甲闭上眼睛，摆摆手说："你念给我听吧，我想睡觉啦。"眼镜喇嘛不知道他闭眼是因为不识字，生怕他睡着，朗声念起来：

> 水是西藏的龙脉，有龙神居住，万万不可炸坝子改河道，得罪了神明，遗患无穷，若是殃及全藏及子孙，万死难当。抗击洋魔，不能让城堡、抢官府、烧庄园、放掉异教洋魔首恶之人及徒众。要寸步不让，寸土必争。
>
> 为保卫神圣佛法，报答皇上和达赖喇嘛的鸿恩盛德，务必同心协力消灭佛教之大敌——英国十字精兵，决不让入侵者生还一兵一卒。

西甲喇嘛睁开眼睛问："这就是达赖喇嘛的旨命吗？"

眼镜喇嘛说："达赖喇嘛让噶厦紧急开会，噶厦会议就是这么说的。"

西甲苦苦一笑说："噶厦就会说大话，迪牧活佛当摄政王的时候，肯定不会这么说。为什么要寸步不让呢？我不走动怎么能打倒你，我只有让你十步，猛冲过去一拳，这样才能打倒你嘛。"说着连连后退，就要当众试验一番，吓得眼镜喇嘛忽地蹲下，望着西甲高大伟岸的身影喊道："我已经倒了，你别打，别打。"

"就知道别打，别打，寸步不让就是见洋魔别打。"西甲吼着。

但无论西甲喇嘛怎样生气烦躁，他都必须执行噶厦的命令，因为噶厦的命令秉承了达赖喇嘛的旨意；还因为他已经明白：要是不听话，胜利了也不算，也要按照罪责论处。他说："这样的打仗是堵了嘴念经，绑起来跳舞，经念不出来舞也跳不成，我不当前线总管了行不行？"然而他还是名正言顺的前线总管。大家都知道，达赖喇嘛也知道，尽管他有那么多罪状，罄竹难书也好，千刀万剐也罢，这场反侵略战争只能靠西甲喇嘛来打。

西甲喇嘛气呼呼地离开白居寺，登上了宗山城堡。他眺望原野，望到了十字精兵的屯兵布局，忍不住对身边的人说："哪里是佛？你们不要头上安头、嘴上安嘴，我就是佛。你看你看，就像我的脑袋长在洋魔脖子上，我怎么想他们就怎么做，开进大洼地了是不是？"他突然激动起来，大声说，"快把兵力开上去，在年楚河上游的荒草坝子上埋火药，现在还来得及。轰轰几声响，等荒草坝子一炸开，河水就来啦，淹掉大洼地，洋魔往哪里跑？一跑我们就打，不是死，还是死。"

阿达尼玛转身离开，要去传令。

西甲喇嘛憾恨地喟叹一声："回来回来。这一次水的战略战术不用啦，我们就来个寸步不让，寸土必争，和洋魔犄角对犄角地拼，拼死我这条命算啦，反正是要死的，不让洋魔打死，也会让噶厦处死。"

按照寸步不让、寸土必争的原则，西甲喇嘛决定派兵坚守所有重要的地方。他派宗本岩措率领的江孜民兵和麻子代本团坚守宗山城堡，派僧兵楚臣代本团坚守白居寺，派僧兵群觉代本团坚守岗珠山，派僧兵夏鲁代本团坚守江洛林卡，派奴马代本的森巴军和藏兵欧珠代本团依然坚守紫金寺。又给甘丹寺麦巴扎仓当周活佛亲自指挥的僧兵当周代本团委以重任，坚守卡诺拉山口。

这时候有快马来报，靠了达赖喇嘛的威望和新任民兵总管曲哲丹诺的奔忙，噶厦紧急组建了三个僧兵和民兵混杂的藏军代本团，也都从昌都、藏北和林芝远途而来，不日就要到达了。

西甲喇嘛很振奋，虽然不能按照他的战略战术打仗，但毕竟增加了这么多人马，就算寸步不让、寸土必争会有重大牺牲，也不会让洋魔轻易得逞，说不定也能产生水淹大洼地的效果。他说："用水淹不死洋魔，就用人淹死。"

向西突进的十字精兵主力，在紫金寺前的青稞地里停了下来。

青稞就要收获了，沉甸甸的穗头、黄灿灿的茎叶，空气里弥散着浓厚的生麦甜香。藏身在稠密青稞地里的野兔吓得到处乱跑。地畔的麻雀一哄而起，飞走了。随人鹰像巡视领空一样潇洒地高高盘旋。乌鸦还在树上聒噪，不仅没有飞走，反而越聚越多了。它们是死亡预言家，能够提前看到血腥的场面、尸体的陈列。

戈蓝上校指挥部队拔起青稞，厚厚地堆积在地边埂坎上，压上土和石头，作为掩体，又把十磅和七磅大炮以及山地野炮架在不同的射击角度上。机枪在大炮前面的沟渠里，有三挺正对着进出紫金寺的主巷道。等大片青稞地糟蹋殆尽时，十字精兵攻打紫金寺的前沿阵地也就形成了。戈蓝上校把步兵分成三个纵队，分别从三面围住了紫金寺，然后把尕萨喇嘛叫到跟前，问道："你一定很熟悉紫金寺吧？"

尕萨喇嘛说："紫金寺和萨玛寺从不来往，他们是噶当派的自性空，我们是觉囊派的他性空，教法不同，见了面就要争个你高我下，所以自古就是见僧如见魔的。愚蠢的人把肮脏的油亮当成了光明，哪个聪明人会羡慕它呢。不过我还是知道，占领紫金寺，首先要占领山。看见了吧，寺后面那座山，就是他们的神山。"

戈蓝上校立即命令炮手："让上帝的炮弹瞄准紫金寺的神山。"

# 7

和西藏许多寺院一样，紫金寺背靠大山。

逶迤起伏的群山，峰浪滔天。如果仅靠能够压倒一切的山脉气势就能战胜敌人，西藏将无敌于天下。但是山脉以及所有的地貌似乎都喜欢中立，它们超脱于人类的情感，蔑视着人间的战争，并没有把胜利的骄傲献给与它们朝夕相处的西藏人。尽管西藏人每年都会插上祈福的经幡、维修神灵的居所箭垛、献上沟通人与神的供品。

这一刻，十字精兵的大炮猛然轰响。有个第一次见识炮弹的西藏人由于惊吓，踩落了寺后山顶上的一块大石。那大石滚下来，直奔紫金寺的居巴扎仓，砸塌了扎仓主殿的后墙。坚守在寺院里的欧珠代本团和紫金寺的僧人顿时一片慌乱。亲自前来指挥战斗的前线总管西甲喇嘛安抚大家说："石头是神的武器，神对我们说，打洋魔就要枪弹石头一起上。你们别紧张，有我西甲喇嘛在这里。"

殴珠代本说："大喇嘛，你来我就更紧张啦。你可不能死。"

紧随丈夫的果姆说："大喇嘛不会死。"

但在紫金寺的僧人看来，石头下山不是好的预兆，说明山神发怒了。山神为什么发怒？因为人骑到山顶上去了。那是一座神山，紫金寺之所以建在它的怀抱，就是神山灵验的缘故。据说当年西藏大成就者娘文曲吉隐居此山，在山神的感召下，三个月就证悟了许多高僧三十年才能证悟的以气修为主的六支瑜伽大法，便建寺显圣，供养佛祖和山神。后来大师钦念洛珠和宗喀巴也都在此居住修行，信仰者络绎不绝，便催生出偌大一片巷陌连片、建筑铺张的寺院。神山的山顶谁也没有上去过，只在半山腰有一座舍利塔和一坡经旗，算是人的痕迹。如今要抵抗洋魔了，奴马代本居然带人上到山顶去了。

寺院的几个老喇嘛惶恐不安地来到半山腰，再也不敢往上走，大声央求奴马代本下来。奴马代本下来，问他们有什么事。他们说："大人，山顶是神的屋顶，万万不可走来走去。洋魔侵占了西藏，我们生气；我们侵占了神的屋顶，神也会生气。"

奴马代本说："我们不占领神山，洋魔就会占领，那样对我们威胁就太大了。"

几个老喇嘛说："洋魔要是占领神山，神灵一定会惩罚洋魔。"

奴马不听劝告，挥手让几个老喇嘛回去。这时几发炮弹呼啸而来，击中了山顶。更多的岩石滚落而下，砸向了寺院殿堂。几个老喇嘛吓得面色苍白，扑通扑通都给奴马跪下了："大人，你们在哪里，洋魔就会打到哪里，你们下来了，洋魔就不会打神山了。"

奴马听几个老喇嘛这么说，也很无奈，只好命令部队下山。

这时，十字精兵对紫金寺的正面进攻已经开始。三路纵队同时冲击，朝着紫金寺压迫而来。西甲喇嘛立刻命令部队从寺院的各个巷道和殿堂门内冲出来阻击。围绕着寺院三面早已修起的掩体，西藏人躲在掩体后面开始射击。射击当然不仅仅指的是火绳枪，还有弓箭和飞蝗石鞭。西甲喇嘛让欧珠代本指挥射击，自己带着一队挑选出来的青壮汉子，手握大刀，奔跑在阵地上，看哪里有洋魔冲破阻击线，他们就扑上去，一阵砍杀。

好几处阻击线都被十字精兵冲破了，但他们无法冲破冷兵器的拦截，无法在西甲喇嘛身先士卒的勇敢面前迈进一步。

西甲喇嘛忘了自己是前线总管，只把自己当成了陀陀喇嘛，也把那些青壮汉子当成了陀陀喇嘛，如果谁惜命不前，他就会连挖苦带鼓励："你不想死吗？不想死的才会死，下一颗子弹专打你，你就是钻进老鼠洞里，它也会跟进去，把你的屁股眼当洞口，钻进去在肚子里爆炸。你看我，我就不死。我是实实在在想死，让洋魔打死了好啊，死了就有好转世，我的转世是一个菩萨，佛祖说啦，达赖喇嘛说啦。可我就是不死。你们也会有好转世，比我的还要好吧。释迦牟尼定下的规矩是：洋魔多多地杀，福气多多地来。杀一个洋魔除一个害，你在人间立了大功，死了灵魂上天堂，佛祖亲自给你挂哈达哩。"

那些青壮汉子信不信谁知道，真真切切鼓舞他们的，倒是前线总管满脸的血污。阿达尼玛跟在西甲喇嘛身后，先是保护，后来就杀红眼忘了自己的职责，跟西甲喇嘛比赛起来："大喇嘛，我厉害，还是你厉害？你砍了几个我没看见，我已经砍倒五个啦。"他其实看见了，正在暗暗佩服西甲喇嘛呢。

十字精兵的进攻未能奏效，丢下一些尸体后，退了。

很快又是第二次进攻。这一次戈蓝上校首先用炮火摧毁了西藏人的掩体，然后催兵急冲。退到寺院里躲炮弹的西藏人再次冲出来，发现掩体全部被破坏，只好退回去，依托寺院最靠前的一排僧舍打击疯扑过来的十字精兵。僧舍顶上爬满了西藏人，他们发现在这里射击比在地面来劲多了。

西甲喇嘛惊愕地看到奴马代本也在僧舍顶上射击，手攥大刀，跳过去问道："山呢？山呢？你把山交给谁了？"再仰起脖子一看，禁不住搂了奴马一拳，"哎哟佛祖，这下我没办法了。"

寺院后面的神山顶上，黑黢黢立着一片森林，都是十字精兵的影子。整个紫金寺包括僧舍顶上的西藏人都暴露在人家的鸟瞰中。

西甲喊起来："快下去，下去。"

已经来不及了。山顶上机枪的扫射就像往下一簸箕一簸箕地扔豆子，扔到僧舍顶上就变成了人，人死了，一眨眼死了那么多人。已经来不及沿着梯子下去了。西甲喇嘛被阿达尼玛抱着跳了下去，落地的刹那，阿达尼玛用自己的身子撑住了西甲，咔吧一声响，是骨头断裂的声音，但不知道是什么骨头。西甲喇嘛站起来，也把阿达尼玛拉了起来。两个人互相看看，又看看已经扑到十步远的十字精兵。

阿达尼玛说："西甲总管大人，赶紧走。"

西甲喇嘛拾起落地的大刀，回身跳进僧舍门，看阿达尼玛不动，又过来拉他。阿达尼玛满怀抱住西甲，用自己的后背挡住了十字精兵。

好几支来复枪一阵猛射，打烂了阿达尼玛的脊背。阿达尼玛扑向前面，这一扑用尽了他生命中最后的力气，一下把牛高马大的西甲喇嘛扑进了僧舍门。

西甲喇嘛悲伤地大叫一声："兄弟。"就要挥舞大刀冲出去，却被阿达尼玛的头绊了一下，不禁跪倒在地。阿达尼玛死了，他死了也要保护自己衷心崇敬的大喇嘛西甲总管大人。就在那个瞬间，几十支来复枪瞄准着僧舍门，谁出去谁死。

十字精兵冲到僧舍门前时，西甲喇嘛已经镇定下来。他举着大刀，藏在门边，连续砍倒了两个试图进门的敌人。敌人犹豫着不敢进门，他趁机从后面的窗户跳了出去。一出去就看到欧珠代本和果姆正带着一队人从经轮房前经过，要去堵截冲进紫金寺主巷道的敌人，西甲大喊一声："寸步不让，寸土必争，为佛教而死的时候到啦。"殴珠代本和果姆也跟着喊起来："到啦，到啦。"

这一场搏杀天昏地暗，让生命和死亡转眼就亲密无间，血泊在西藏人的喊声和十字精兵的枪声中迅速扩散，原来无常鬼才是人类至死不离的伴侣。如果人间的战争反映着天上神灵的矛盾，那么此刻，天上的对抗也是如火如荼了吧。没有雷鸣电闪，但云碰云的声音却脆生生地响亮着。云把自己团起来，包紧了里面的神，但神的面孔偶尔也会露出来，有忿怒狞厉的，也有肃穆严冷的，就跟寺庙里的形象一个模样。西藏人总是这样想：你们的神和人怎么跑到我们的天和地上来啦？西藏是佛国净土，是世界上最好的地方。你们越想占领，我们就越不放弃。

8

几乎没有停顿，戈蓝上校就发动了第三次进攻。

从寺后的神山顶上下来的是子弹雨，从面前洋魔阵地上射来的是炮弹雨。紫金寺遭受着立体打击，守卫它的西藏人只能躲在殿堂里，祈望炮弹不要穿越房顶落下来。许多僧舍平房被炸塌，古老而极具排场的紫金寺已是满目疮痍了。

炮轰之后，立刻就是步兵进攻。

西甲喇嘛决定：把敌人放进来打。放进来后，神山上的十字精兵就不会朝紫金寺开枪，正面的炮弹也不会乱炸了，可以保护西藏人，也可以保护紫金寺。

欧珠代本诧异道："怎么能放进来打？放进来多少？"

西甲喇嘛说："越多越好。只要我们不死，紫金寺就是我们的。"

果姆说："你们听寺里的佛在说什么？说我们不会死。"

巷战开始了。紫金寺殿堂、僧舍、囊欠（活佛府邸）、民房片片相连，巷道路径纵横交错，对陌生人几乎就是个迷宫，进得来，出不去，何况十字精兵在明处，西藏人在暗处。暗处的西藏人除了火绳枪，还有刀剑棍棒。《圣史》上说，这一场战斗无法描述，没有主要战场，没有主力部队，更没有主要战士。哪儿都在打，哪儿都在死人、流血。几乎所有的庭院殿内都发生了近身肉搏。紫金寺的全部佛像都见识了这场血腥冲天的信仰之战。更多的十字精兵走进了死胡同，进去就是死。死前，西藏人尽情嘲弄着他们的莽撞："噢呀，原来洋魔是没有眼睛的瞎子，不撞到墙上是不回头的。出路在头顶的天上，有本事你们飞起来逃走吧，就像那只乌鸦。看啊，天上飞过了一只不怕死的乌鸦。"

十字精兵退了，退回去的没有几个。

现在，戈蓝上校怒火冲天。他觉得自己是个懦夫，到了这种时候，还要手下留情。他指的手下留情是：炮弹只打在了巷道场院和僧舍平房上，而没有瞄准那些高崇富丽、雄伟壮观的佛殿经堂，好像他跟西藏人一样珍惜着紫金寺。不了，不能再珍惜了，就算摧毁所有的文物珍宝。他下了命令：炸平紫金寺。但命令还没有来得及执行，他又急急忙忙改变了。

来了一个人，带着一队西藏人，风尘仆仆。

戈蓝上校吃了一惊："你们没有死，也没有散，居然还能来帮助我们，果果中尉，莫不是上帝给我恩赐了你？"

果果中尉说："不是没有散，散了一些人，留下的这些都是没办法散回家去的，散回去就是死。所有的地方所有的人，都知道我果果背叛了佛教，正在帮助十字精兵攻打西藏人。我们只能藏起来，不能露头，一露头就是死。可是我们能藏多久呢？又能藏到哪里去呢？我们只能回来，上校。"

戈蓝上校说："死心塌地跟着我们吧，上帝会保佑你。"

果果中尉一脸阴晦，低着头说："上帝我是不信仰的，我信仰佛。

我跟你们打仗也是为了不离开佛土西藏。"

戈蓝上校说："不信仰上帝的十字精兵是没有的，也许你不久就会转变。因为上帝给你的远比佛给你的要多得多。你大概已经听说我这次带来了多少兵力，武器装备也比以前好多了，看看我们的大炮小炮你就知道。胜利一定属于我们，在我们占领拉萨之后，我会推荐你出任……拉萨市长，或者更高的职位。"

听到尕萨喇嘛的翻译后，果果中尉欣慰地扬起头说："我来这里是要告诉上校，你们不能再进去了，进去多少死多少。要进，得由我带着你们进去。我是紫金寺的施主，熟悉这里的所有殿堂路径，不会乱走，更不会走到走不通的路上去。我知道占领什么地方，才算真正占领了紫金寺。"

戈蓝上校望了望天空，看到下午的阳光正在染濡天上的蓝，绝妙的金蓝色光晕似乎在用上帝的口吻笑呵呵对他讲话：上校有福了。戈蓝上校审视着果果中尉，想不出对方有任何引人入彀的理由，这才说："那就开始吧，我可以让你带走一个纵队，再加上你的人。"


对西甲喇嘛来说，这一次巷战是措手不及的。他吃惊十字精兵居然那么快就熟悉了紫金寺，死胡同绝对不进，沿着最便捷的路，直奔楼层高的建筑。

紫金寺最高的楼层有四层，那是寺院的中心，叫吉祥宝洲，一层是拥有四十根柱子的大经堂，二层是卡拉扎仓，也就是显宗经院，三层是医明经院曼巴扎仓，四楼是一些佛堂和密修室。十字精兵首先集中兵力占领了吉祥宝洲前面的护法殿，以此为依托，用机枪和来复枪密集的子弹，压住来自吉祥宝洲的火力，然后沿着不熟悉的人绝对无法行走的房顶路线冲过去，占领了三层曼巴扎仓和四层佛堂，然后从楼梯和窗户甚至从地板上打洞射击，把二层的西藏人赶到一层，又用同样的办法，把簇拥在一层大经堂的西藏人全部赶出了吉祥宝洲。

就在西藏人从大经堂蜂拥而出时，护法殿窗口的机枪和门内的来复枪一阵猛扫。尸体在这里堆积起来，西甲喇嘛悲惨地吼叫一声："佛祖，佛祖。"

西甲喇嘛也是从大经堂逃出来的。这里是整个巷战的指挥部，现在指挥部首先叫十字精兵端掉了。奔逃的时候，他看到一个熟悉的面影：果果代本？这才意识到现在是西藏人打西藏人，果果比他更熟悉紫金寺。

跑到安全的地方后，西甲喇嘛叫来几个打枪打得准的，要他们务必击毙果果。但是他们找不到果果。果果中尉知道西甲喇嘛已经看到他，警觉地藏了起来。

占领了吉祥宝洲后，果果中尉告诉十字精兵："不要乱闯，不要见路就走。向四周扩大战果，一间房子一间房子地打。"他们有绝对优势的火力，这样的战术很奏效，很快就占领了紫金寺的一半地盘。这时，作为后盾的戈蓝上校亲自带领两个纵队扑了过来，分兵围住了紫金寺所有还没有占领的建筑。

但大部分建筑里已经没有了坚守的西藏人。西甲喇嘛及时把部队集中到了紫金寺的东部边缘。事实上紫金寺已经失守了，当然是预料中的：寸步不让、寸土必争的战法只能带来这样的结果。

西甲喇嘛此刻站在两层高的囊欠房顶上，命令奴马代本和欧珠代本带着打剩下的人迅速撤出紫金寺，向宗山城堡集中，自己和总管卫队留下来，等待着果果的露面。

欧珠代本去了，片刻又带了十几个人回到西甲身边，说："大喇嘛，我知道你要干什么，队伍都交给奴马代本了，我和果姆跟你在一起，是死是活我们不能把你丢下。"

果姆说："大喇嘛，欧珠说得对，我们死活在一起。"

西甲说："你们不要在这个时候说死。要死也不能死在这里。紫金寺丢了不算什么，我们还有整个江孜，还有宗山城堡。寸土必争的意思就是不能死，死了你争个乌鸦毛。下去，下去，你们都下去，现在这里只能有我一个人。"

欧珠代本和他的人以及总管卫队都退到楼梯上和楼梯下，很不放心地盯着西甲喇嘛，随时准备冲过去。

这时戈蓝上校带人冲进了通往这边的巷道，突然停下，看着房顶上迎着晚霞屹然不动的西甲喇嘛，有些犯怵：他好像在火烧云里燃烧，他为什么不躲闪？难道他不知道他已经处在了来复枪的射程之内？西甲喇嘛，幸亏西藏只有一个西甲喇嘛。他朝前方打了一枪，并不是想打中西甲喇嘛，而是想打掉西甲喇嘛的威风，没承想却打出了对方的一声吼叫：

"果果，果果，果果你给我过来，我有话给你说。"

戈蓝上校在问过尕萨喇嘛后，对身边的人说："把果果中尉给我叫来。"

有人立刻回答："果果中尉已经来了。"又指给上校看。

果果就在前面一间经轮房里，正在用一支来复枪瞄准着西甲喇嘛。从他的角度，整个西甲喇嘛从头到脚都暴露在他眼前，而且距离只有三十步。

戈蓝上校不喊了，也没有命令别人开枪。他希望听到果果中尉的枪声，看到这个高大壮硕的喇嘛、令他佩服的西藏前线总指挥，倒在自己人的枪弹下。

　　西甲喇嘛显然没有发现藏在经轮房里的果果中尉，又开始喊："果果，果果，你要是西藏人，你就给我站出来，听我说几句话。"等了几秒钟，又喊道，"不敢站出来是不是？但你的耳朵已经伸到我的嘴边了，臭不可闻的耳朵，真想咬一口你呀。呸呸呸，你的肉是臭的，鹰不吃，狗不叼。我昨天见到你阿妈啦，你阿妈哭着说，我怎么生了一个该下油锅的儿子啊，他帮着洋魔打西藏人。你阿妈要去大雪山下转经赎罪啦，为一个背叛了西藏的儿子，她要终生给神佛磕头、给西藏下跪啦。我昨天见到你儿子啦，他说我没有阿爸了，我的阿爸投靠了洋魔就不是我的阿爸了。他如果还是我阿爸，我就得在所有人面前低下头去，即使贱人的语言也会像石头一样砸死我了。我昨天见到你爱过的女人啦，女人说那个跟我好过的人，他不是果果代本，就是名字叫个果果代本，他情愿吃洋魔的屎，也不吃西藏的青稞，猪狗不如的果果，你是饿死鬼托生的吗，谁给你好吃的你就跟着谁。我昨天见到你家的狗啦，狗对我汪汪汪地叫，说你把果果给我叫来，我要咬死他。我的羞辱就像我的皮毛一样多，别人一说我是果果家的狗，我都想死了。我昨天见到你家的牛和马把屁股对着我不理我，说你一个前线总管，为什么不打死果果？你不打死果果，你就不要见我们西藏的牛马羊猪啦。我还见到给你起了名字的喇嘛啦，他说释迦牟尼定下的规矩是：当公牛发狂斗殴的时候，离被骗的日子也就不远啦。下地狱都不配的人，你听着，你已经没有活路啦，你在洋魔的队伍里，西藏的冤魂迟早会吃了你。你要是离开洋魔的队伍，遇到冰，冰会冰死你；遇到石头，石头会打死你；遇到蜜蜂，蜜蜂会蜇死你；遇到乌鸦，乌鸦拉屎会砸死你；遇到冬天，冬天的风刀子会杀了你；遇到喇嘛，喇嘛念咒会咒死你；遇到你阿爸，你阿爸会伸手掐死你。我知道你不想有这么多的死，那你现在就站出来，站出来让我前线总管打死你。如果你没脸站出来，那就自己打死自己吧。这是你挽救你阿妈、你阿爸、你儿子、你的女人、你家的狗、你家的牛马羊猪的唯一办法。你不死，他们就会赎罪而死，羞愧而死。你好意思看着你的亲人和你家那些有良心的畜生一个个为你死去吗？我是丹吉林的大喇嘛，是达赖喇嘛亲自下文书任命的前线总管，我现在宣布，佛开除你啦，佛现在就等着你死呢，你要是不死，佛就开除你们全家，包括你已经死去的爷爷奶奶、你的祖宗八代。"

西甲喇嘛还要说下去，但枪声打断了他的话。

经轮房里的果果开枪了。他没有扣动来复枪的扳机，而是掏出了十字精兵配发给中尉的手枪。枪口是对准自己的，自己的嘴巴。似乎早就有预谋，不然情急之下他怎么知道自杀的子弹从嘴里打进去才会死得万无一失呢？

等果果中尉扑通一声倒下，戈蓝上校才意识到西甲喇嘛正在用语言的武器消灭这个给十字精兵立下汗马功劳的西藏人。他立刻举枪朝西甲喇嘛射击，但打中的却是扑过来抢救西甲喇嘛的欧珠代本。

欧珠代本只是丢失了一只耳朵。他捂住自己右边的脸，觉得生死关头有没有耳朵都一样，便挥手甩着血点子，喝令总管卫队的人裹挟西甲喇嘛离开，自己指挥带来的十几个人爬上囊欠房顶掩护。

"还有你，不要上来，离开，快离开。"殴珠代本指着果姆说。他是第一次用命令的口气对老婆说话。果姆愣住了，听话地站在楼梯上。

西甲喇嘛回头看了一眼，惊呼道："啊呀，女人不能死。"他奋力甩开总管卫队的人，也不管自己是喇嘛对方是女人，跑过去一把揪住果姆的氆氇袍，拉起来就跑。

几乎在同时，地面上和神山上的十字精兵都把密集的子弹射向了房顶。欧珠代本和所有掩护西甲喇嘛的人，很快趴着不动了。

戈蓝上校命令部下停止射击，带人走了过去。等他站到房檐下，仰头看着房顶上一个个耷拉着血脑袋的西藏人时，突然感到眼前一阵摇晃，是天地房屋哗然震动的摇晃。他惊愕四顾，一身冷汗像血一样冒了出来。只见欧珠代本和他的十几个部下都脸朝下匍匐着，都睁着血红大眼。血眼突然滚动起来，西藏人一个个蹦跃而起，张开血嘴，丫杈着手臂，淋漓着鲜血，从房顶扑了下来。

十字精兵被压倒了一大片。包括戈蓝上校，在被压倒的瞬间，毛骨悚然的恐惧袭遍了全身，每一个细胞都开始发抖。他们以为那些扑向自己的西藏人一定还会继续拼命，便也在惊怕中拼命爬起来，正要逃跑时才发现，那些西藏人都死了，或者说他们早死了，灵魂在离开身体的最后一刻，驱动肉身，又来了一次剧烈的反抗。

反抗的目的是，为了撤退的西甲喇嘛走得更远一些。

还有果姆。果姆一直被西甲喇嘛生拉硬拽着，不然她早回到丈夫身边去了。她知道丈夫死了，突然爆出一阵狂笑："欧珠，欧珠，殴珠代本，你怎么死了？那么多西藏人死了，你没死，我就想，你的命、我们的命，怎么这么长啊，佛在保佑我们。现在你突然死了，你没把我叫上就先死了，欧珠，欧珠，殴珠代本，你死了我的主意出给谁、我的山歌唱给谁？"说着，她号啕大哭，哭着，又忍不住悲苦地唱起来：

> 孔雀从森林飞走了，飞走了，
> 森林的鸟儿全空了，全空了，
> 不是鸟儿全空了，

是我的心空成头顶的蓝天了。

骏马从草原驰走了，驰走了，
草原的马儿全空了，全空了，
不是马儿全空了，
是我的心空成眼前的草原了。

哥哥从眼前消失了，消失了，
眼前的世界全空了，全空了，
不是世界全空了，
是我的心被亲亲的哥哥带走了。

戈蓝上校命令几十名士兵骑着马全速追击西甲喇嘛，但是没有追上。天黑了，黑得一星天光都没有。想想真奇怪：整个白天都是丽日晴空，到了晚上没见云雾遮天，但月亮星星却没有了。

# 第十八章　江孜战役（三）

1

占领了紫金寺，最高兴的似乎并不是戈蓝上校和任何一个十字精兵的官兵，而是尕萨喇嘛，因为这就等于打通了前往萨玛寺的道路，骑马就到，再也没有障碍了。尕萨喇嘛来到戈蓝上校跟前，要求连夜前往："上帝，请派一队人马给我吧，我已经急不可耐了。"

戈蓝上校抚抚他的肩膀说："还是叫我上校吧，免得上帝听了怪罪你。别着急，喇嘛，我说了我要亲自陪你去拜访萨玛寺。可是，你看，今夜不行，紫金寺里这么忙乱，大家都顾不上。明天，我们会像灿烂的阳光一样照临萨玛寺。麻烦你再说一遍，萨玛寺离这里有多远？"

尕萨喇嘛说："往西不远，骑马一个跑程就能到达。那是一个神圣的地方，远远就能看到金光闪耀的山脉和寺院。"

戈蓝上校说："那你就去找一间僧舍睡一觉，养足你的精神，明天将是你荣归故里的一天。"又指指他尘蒙灰盖的酱紫袈裟说，"另外，你也该换一套衣服了。你自己去找，把紫金寺大活佛最好的袈裟穿在你身上。"

尕萨喇嘛高兴得跳了一下："对啊，我怎么忘了？"

戈蓝上校指挥两百多名英国人连夜对紫金寺的珍宝清理、集中、打包、装运。这两百多名英国人是麦高丽将军派来专门运送珍宝的，他们会把掠夺（不，他们自己叫收集）来的珍宝押送到大洼地，让麦高丽将军过目后，运往印度，再转交给别人漂洋过海去英国。戈蓝上校连夜指挥装运，表明他非常愿意满足麦高丽将军这方面的嗜好。

《圣史》记载：紫金寺的珍宝被十字精兵洗劫一空，计有一米以上的镀金佛像五百余尊，二十厘米以上的镀金佛像三百余尊，二十厘米以下的纯金佛像四百余尊，珍贵的唐卡和缎绣佛像三百余幅，金粉书写的大藏经《甘珠尔》两部，各种佛事乐器、金银神灯、圣水碗、法器、曼扎以及珍珠宝石无数，还有一尊印度波罗王朝时期的瞻巴拉财神像和一对来自狮子国斯里兰卡的菩萨像。当然所有宝贝当中最珍贵的还是一部印度阿育王时期由上座目犍连亲自审定批阅过的巴利文古佛典一百多卷的《阿含经》。

当然记载的并不都是麦高丽将军运走的，许多体积小的珍宝，在激战过程中就被英国人和国籍民族混杂的雇佣军顺手牵羊装进了自己的口袋。

但对戈蓝上校来说，今夜最重要的，还不是监督装运紫金寺的珍宝，而是跟麦高丽将军商量妥当了一桩交易。他在五十个英国骑兵保护下，连夜驰往大洼地，把麦高丽将军从睡梦中叫醒，问道："将军，依你对佛教和西藏的了解，请告诉我，佛陀的头盖骨值几个钱？"

麦高丽将军愣了一下："这样的圣物，金钱是无法衡量的。"

戈蓝上校直言不讳地问："我如果把它送给阁下，你将用什么来报答我？"

麦高丽将军盯着对方，摇摇头说："你是在跟我摊牌了，上校。有些交易并不是你我之间的事，对于你，我的存在也许并不重要。"

戈蓝上校更加露骨地说："但我希望得到阁下的允诺，你来西藏和我没有共同的目的。我是一个带着信仰的野心领兵打仗的人，如果我能担任英属西藏的第一任总督，我将在布达拉宫顶上高高竖起耶稣基督的神圣十字架。"

麦高丽将军说："可那有什么用处呢？对一个不信仰基督的民族，十字架不过是两根交叉的木头。"

戈蓝上校说："这个你别管，我就问你，你到底同意不同意我们的交易？"

麦高丽将军说："当然同意，傻瓜才会拒绝这样的宝物。不过我会立刻转赠给别人，因为它不适合放在白金汉宫或者大英博物馆里。你想想，如果佛陀的头盖骨归了英国，是不是许多佛教徒都要去英国朝拜？大英博物馆不就变成佛陀的寺庙了？作为军人，我们的目的不是为了让别人到英国去，而是为了让英国人到别处去。"

戈蓝上校说："那你准备转赠给谁？"

麦高丽将军说："你觉得除了你本人之外，谁更有资格拥有这个无与伦比的圣物？请相信它是权力和威严的象征，当你把它挂在十字架上的时候，西藏人才会认为十字架是他们的主宰并朝它磕头膜拜。告诉你吧，能够和达赖喇嘛抗衡的，不是上帝，而是佛陀的头盖骨。你拥有了它，就拥有了西藏。至于我，既相信上帝，也相信黄金。当上帝征服世界的时候，必须要有足够的黄金做储备。我想在供奉佛陀头盖骨的地方，也一定有不少纯金和相当于纯金的佛像和器物。"

戈蓝上校两眼放光，似乎麦高丽将军一下点透了他内心的迷障，他知道该怎么办了。他说："谢谢你，将军。我说了你将得到的比你想象的要多得多。"

戈蓝上校立刻返回紫金寺，派出一个纵队带了许多骒马前往萨玛寺。他自己留下来，等待着在僧舍里酣然睡去的尕萨喇嘛。他关照周围的人，不要吵醒尕萨喇嘛，他想睡多久，就让他睡多久。

## 2

尕萨喇嘛醒来时已接近中午，他抬起右脚踢了一下左腿，怨恨自己睡得太多了。赶紧去找戈蓝上校。戈蓝上校让他先吃午饭。他坚决表示不吃了，一刻也不想耽搁了。他脱掉那一身不知穿了多久的酱紫袈裟，换了一身崭新的浅紫氆氇僧袍，外面裹了一件杏黄色法衣，头戴黄面白里、有两扇护耳的尖顶法帽，足蹬一双千层底红鼻梁牛皮黑靴子，从上到下，里里外外，焕然一新。

戈蓝上校好奇地打量着他，不急不缓地招呼部队："准备出发。"

果然只有骑马一个跑程的距离，也就是普通一匹马不用停下来喘息，一口气就能跑到的距离。

尕萨喇嘛激动得像个孩子："看啊，卧狮一样的萨玛山。两个胳膊伸出来的中间，人的胸膛一样的地方，就是萨玛寺。"

戈蓝上校看清了，但没有看到尕萨喇嘛所说的闪耀的金光。一片青色的烟岚在苍山的肩膀上浮动，不肯升高，也不肯落地。烟岚下的寺院有些飘忽，瞬间的颜色是不一样的，一会儿黑，一会儿红，一会儿灰，但就是没有金光。尕萨喇嘛有点奇怪，但再奇怪也不会想到他的寺院出事了：这里有兵燹，现在是废墟。

尕萨喇嘛鞭打着坐骑，一个人冲出队伍，心急意切地跑向萨玛寺。

世界上不会再有惊讶比得上尕萨喇嘛此刻的神情，他站在萨玛寺前的平台上，瞪着还在冒烟的寺院，根本不相信自己的眼睛："噢呀，我又在做梦了。这样的梦还是第一次。"他笑着，"醒醒，醒醒，尕萨住持你醒醒。你回来了，不用再做梦了。"又想：梦里什么都是不真实的，只有平台上的两座菩提塔跟我记忆中的一模一样。他下马，丢开缰绳，走过去抚摸塔身。塔身显然也被火燎过，但没有燃起来，只把挂在上面的哈达和经幡烧成了灰。

尕萨喇嘛还是笑着，但心里一沉，回头看看刚刚走上平台的戈蓝上校和他的十字精兵，看到了狂风。风一刮他的笑容就被带走了。他双手合十放在鼻子尖上，愣怔片刻，便走过两座菩提塔，来到寺院最靠前的天王殿的石阶下。天王殿已经没有房顶了，房顶塌在断墙里。已经冒到尾声的焦烟，冷冷地清淡着。一尊泥塑的天王像歪倒在地，用巨硕的头颅堵住了门口。谁也别想进去，包括曾经的住持尕萨喇嘛。

尕萨喇嘛看到，就在天王殿的石阶旁，几个死去的喇嘛横七竖八躺倒在血泊里。他们身边撂着断裂的棍棒和经杆，有人怀里还抱着一根两尺长的血污的金刚杵。可以想见，几个小时前，这里发生了什么。

戈蓝上校打马走到尕萨喇嘛身边说："你也看到了，丹旺寺的喇嘛不想让你重新拥有寺院，放火烧毁了它。我们不希望寺院的珍宝受到损坏，只好下令运走那些纯金和镀金的佛像、法器、珠宝、佛经和供皿，当然也包括神圣的佛陀头盖骨。这件事发生在清晨，那时你还在睡觉，我们不忍心叫醒你。"

尕萨冷哼一声，眼睛里放射着锐利的疑光："可是这些喇嘛呢，他们为什么会死？"

戈蓝上校说："你说过，当年萨玛寺作为抵债之物归属丹旺寺后，这里就成了丹旺寺喇嘛的天下。死去的都是丹旺寺的喇嘛、你的仇人。他们不仅烧毁了寺院，还想抵抗我们。"

尕萨说："要是他们烧毁了寺院，就没有理由再抵抗。"

戈蓝上校回避着对方的眼光说："不能这样说，尕萨喇嘛，我们是朋友。你想想，如果是我们烧毁了你的寺院，我为什么还要陪你来这里呢？"

"尕萨喇嘛，死有余辜的尕萨喇嘛。"有个声音爆炸一样响起来。

人们看到，天王殿的石阶旁，有个老喇嘛突然跪了起来，咬着牙，拖着伤残的腿往前爬了几步，就像一只四肢着地的受伤的猛兽，用痛苦得失去了焦点的眼光瞪着前面，喊道："尕萨喇嘛你回来了？你这个祸害，是你把洋魔领到这里来的吧？洋魔把佛像抢走了，洋魔把寺院烧掉了……"

戈蓝上校立刻偏头命令部下："打死他。"

一阵来复枪的扫射。十字精兵用几十颗子弹消灭了这个在黎明时分的屠杀中漏网的证人。但这个多活了几个小时的证人还是起到了作用，至少让尕萨喇嘛明白：一切都是戈蓝上校的安排。

尕萨喇嘛眼睛里冒出了恨怒、绝望的魔气，走过去从死人怀抱里拿起那根血污的金刚杵，捧在手里，突然笑了，望着戈蓝上校说："你们为什么没有拿走这个呢？它可是好东西，莲花生大师降服妖魔的法宝，比佛陀的头盖骨重要多了。因为离开了萨玛寺，佛陀的头盖骨还不如我的头盖骨，可是金刚杵到了哪里都是金刚杵。来啊，上校，你应该亲自带着它，它会让你有大福气、大法力的。"

戈蓝上校不认为这里有诈。他太了解尕萨喇嘛了，奴才一个，多大的委屈都能承受，只要能苟延残喘。他没有多想，欠腰去接，头正好贴服在马头之上。尕萨喇嘛突然大喊一声，双手攥紧，握着金刚杵，朝着对方的头猛刺过去。遗憾的是他事先缺少设计，不知道这样的暗杀必须要有闪电的速度，不能打雷似的提前喊一声给自己壮胆鼓劲。他的喊声让戈蓝上校惊悚而起，仰身躲开。金刚杵咕咚一声，就像掉入一片大水中那样刺进了马的眼睛里。战马一声长嘶，跷起前腿，差点把戈蓝上校甩下来，然后驮着慌恐的主人，也带着戳进眼睛的金刚杵，痛叫着疯跑而去。

十字精兵惊呆了，回望着戈蓝上校。他的卫兵奋力追过去。尕萨喇嘛哈哈大笑："没有了，没有了，西藏没有佛陀的头盖骨了；没有了，没有了，西藏没有我的萨玛寺了。"他回身就走，走进寺院的废墟，转眼不见了。

过了一会儿，烧败的寺院重新燃起了大火。从惊马上侥幸脱险的戈蓝上校看到，尕萨喇嘛搬来许多烧残的木料，集中在一间完好无损的佛舍里，把木料和自己一起点着了。他是在火中涅槃了，还是死后直接进了地狱，《圣史》上没有说。

## 3

戈蓝上校从萨玛寺回到大洼地后，集中兵力，连续向岗珠山和江洛林卡发起进攻。强大的炮火和猛烈的步兵冲击，让坚守这两个地方的群觉代本团和夏鲁代本团的死伤很快过半。西甲喇嘛知道再坚守下去只能死伤更多，便命令他们退守到白居寺。

白居寺就在宗山城堡脚下，坚守白居寺也是坚守宗山城堡的一部分。整个江孜战场，在一连失去紫金寺、岗珠山、江洛林卡以及十字精兵最先占领的大洼地后，实际上就只剩下了宗山城堡和卡诺拉山口两个必守之地。西甲喇嘛把奴马代本从紫金寺带回来的残部调上宗山城堡，充实麻子代本和宗本岩措的力量；把打剩下的群觉代本团和夏鲁代本团归并到楚臣代本团，由楚臣代本统一指挥，坚守白居寺；又派人传令给驻扎卡诺拉山口的僧兵当周代本团，要他们从卡诺拉山口沿小路直插杂昌峡谷，一方面切断十字精兵的供给线，一方面从背后打击敌人。然后派人去通往昌都、藏北和林芝的路上打探，看噶厦紧急组建的三个藏军代本团走到了哪里，如果碰见他们，就请以达赖喇嘛和前线总管的名义告诉他们：江孜危在旦夕，务必加快行军速度，越快越好。尤其是要告诉林芝代本团，他们必然路过卡诺拉山口，那里是通往拉萨的要塞。在僧兵当周代本团直插杂昌峡谷后，卡诺拉山口就是林芝代本团的前沿阵地。西甲喇嘛强调说："林芝代本团听着，我前线总管西甲大人把重中之重交给你啦，你可不能泥菩萨一样对谁都慈眉善目。怒目金刚的要哩，吃人喝血的要哩。"

现在，就等着十字精兵前来攻打江孜城堡和白居寺了。西甲喇嘛守在城堡顶端的箭楼上，从瞭望孔里时刻监视着敌人的动静。

　　就在紫金寺、岗珠山、江洛林卡连连失守，宗山城堡面临十字精兵强大压力时，拉萨的政局更加严酷起来。

　　为审理谋害达赖喇嘛案专门成立的"特别会议"逮捕了原摄政王迪牧活佛后，由顿珠噶伦在布达拉宫夏钦角牢房进行了秘密审讯。按照达赖喇嘛口谕，顿珠噶伦没有对迪牧活佛施加酷刑，审讯时让他坐在卡垫上说话。顿珠噶伦的口气也很平和，就像平日里说话聊天那样。

　　迪牧活佛瞪着对方，心里骂了一句："加巴索！"但他明白，这只不过是习惯而已，支撑詈骂的，已不再是记仇泄恨的惯性了。他天生火大愤盛，闭关静修差不多就是一个消解怒火、清凉自己的过程。但是现在，似乎用不着这个过程了。修行其实在闭关之外，当罢免的消息传来，当他因此耳冒鲜血、昏死过去时，那嗔恨的极限就已经来临。他的心情就像爬山，翻过峰巅，就是下坡。当然会有挫败的伤痛、沮丧的叹息，但已经不再是烈焰的藩篱、困兽的挣扎了。

　　顿珠噶伦说："你看，我们这里没有刑具，达赖喇嘛对你这么好。"

　　迪牧活佛惨然一笑。他知道用刑不用刑，人家都是要达到目的的，这就是达赖喇嘛亲政后必然要扫除一切可能存在的异己，巩固他自己还无法踏实坐稳的地位。而他迪牧活佛不过是人家走向权力峰巅的一块垫脚石，软硬都要被踩在脚下。他的命运不在用刑上，而在死活上，他必死无疑。因为尽管在抗英问题上他和朝廷数次对立，但朝廷一直没有放弃对他的信任。一个依然被朝廷信任的前摄政王，是很容易东山再起的。

　　更重要的是，英国十字精兵已经打到江孜，如果不诿罪于前摄政王，谁又能为屡战屡败承担后果呢？

顿珠噶伦的所有问题都是已经认定了的，承认不承认都是罪。争辩显得微不足道，一切都没有意义了。问到最后，迪牧活佛说："你们要我承认什么，就写上，我签字就是了。"顿珠噶伦便亲笔替迪牧活佛写了一份《认罪书》,迪牧活佛看都没看，就写了"承认所有罪过"几个字，然后签了名。

顿珠噶伦满意地说："愚蠢的人常常争吵，聪明的学者往往安宁。你一个聪明的学者，当之无愧的大活佛。"

不知疲倦的顿珠噶伦离开迪牧活佛，又进入另一间牢房，将《认罪书》摆在了罗布次仁面前。

罗布次仁看后泪流满面："我为了摄政哥哥把命都豁上了，他自己却招供了这么多，有的没有的都成了事实。我怎么办？我要是不承认有罪，这张嘴能说得清吗？"但他还是拒不签字。

顿珠噶伦便叫人严刑拷打，直到皮开肉绽，罗布次仁才勉强摁了手印。

涉嫌谋害达赖喇嘛的其他人，都遭到了酷刑的折磨。

然后，罪状查清了。接着就是实施判罚。

"特别会议"召集人顿珠噶伦派人专门在丹吉林院内修造了一所一步见方、只能坐不能睡的狭小牢房，把卸任摄政王迪牧活佛关在里面，令其闭户修行，每天一饭，不得温饱，早中晚大声口诵一百遍《忏悔经》。

罗布次仁被定为此案罪大恶极的首犯，没收了他的全部财产和庄园，带木枷镣铐交给拉萨尼姑寺严管，如若不服，再交布达拉宫夏钦角牢房重处。这时的罗布次仁已经被严刑打残，多处伤口化脓生蛆，不几天就死在了尼姑寺。这期间，他的妻子德吉前去尼姑寺探监，因重贿狱卒，违背了禁令，被顿珠噶伦派人用皮鞭活活抽死。

旺秋活佛是大昭寺的护法神，被没收全部财产，终身监禁，死后不准转世。但其实在宣判之前，旺秋活佛已经被活活打死。

娘竺活佛没收全部财产，终身监禁，死后不准转世。他一直被关在布达拉宫夏钦角牢房，知道宣判后，偷了狱卒插在靴筒内自卫护身的小刀，割脖自尽。据说他割脖后很快被人发现，报告给顿珠噶伦。顿珠噶伦说：“等血流干了再救他。”

姜央喇嘛是达赖喇嘛的起居堪布，为陷害达赖喇嘛的重犯，但念其犯罪之前殷勤伺候达赖喇嘛有功，从轻发落，废除“堪布”称号，交布达拉宫夏钦角牢房终身监禁。

白热管家被没收全部财产，终身监禁，几天后死亡，死因不明。

敦茄活佛是在布达拉宫给达赖喇嘛讲授大圆满法的林芝宁玛派僧人，不知内情，误穿彩靴，无罪释放。

与该案有关的其他罪犯交策墨林和功德林看管。其中有迪牧活佛送给达赖喇嘛的汉餐大厨师。虽然没有证据证明厨师是罪犯，但布达拉宫护法神在占卜后说：此人有下毒谋害达赖喇嘛的企图。

宣判的结果写成布告，张贴在拉萨市区和西藏各宗谿，并由噶厦向驻藏大臣否太和朝廷递交了禀奏文书。否太和朝廷都没有回文。

这起谋害达赖喇嘛的案件就这样结束了。“特别会议”自动解散，它的召集人顿珠噶伦受到达赖喇嘛的奖励：一尊半尺高的纯金佛像和拉萨以西曲水地方的两座庄园归属了顿珠家族。他立刻成了拉萨政教两界一位炙手可热的人物。接着，便被达赖喇嘛任命为首席噶伦，证明他已经是达赖喇嘛名副其实的红人了。据说正是首席噶伦顿珠下令，安排了娘竺活佛的后事。

娘竺活佛是密法高僧，又是暴烈自杀而死，他的尸体埋在了拉萨以北的念卡尔山谷。念卡尔山谷是鬼妖的地盘，所有的坟墓上都建着一座黑塔，以示镇压。娘竺活佛坟上的黑塔是达赖喇嘛的正经师林仓活佛亲手用石头砌起来的，十分坚固，每一块石头上都画了驱魔的刀形符号，都被林仓活佛念了雄咒。但是仅仅过了几天，镇妖黑塔就裂开了一道缝，娘竺活佛的灵魂从缝隙里钻出来，化现为一阵雷电，击死了顿珠噶伦曲水新庄园里的七头黄牛。接着又是冰雹和霜冻，顿珠噶伦和林仓活佛庄园里的青稞被打得只收获了三分之一，而收回来的这点，也让一股黑旋风刮到天上去了。之后便是死人，顿珠噶伦在从府邸去大昭寺办公的路上，看到了两个不知哪里来的死人，死人趴着，但脸面却朝上，冲着他龇牙咧嘴。顿珠噶伦惊得出了一身冷汗，回身就走，躲在家里，再也不敢去大昭寺了。

更可怕的是，娘竺活佛的阴魂居然附在了乃穷大护法身上。

江孜正在激战，达赖喇嘛到底还是不放心把战场指挥权交给一个香灯师出身的下层喇嘛，何况此喇嘛来自丹吉林，跟他的死敌迪牧活佛是师徒关系。他想把顿珠噶伦换上去，便请乃穷大护法降神传谕，看合适不合适。乃穷大护法一阵作法之后，脱口而出："顿珠该死，西甲该死，我是娘竺，娘竺才是前线总管。"

显然是娘竺活佛的阴灵在捣鬼。隔一日，又请乃穷大护法问神：江孜之战，西藏能不能打赢？神谕说："你达赖喇嘛为何要招惹洋魔？"

再问：战事胜败难料，目前还应该做什么？是继续迎战，还是停战求和？乃穷大护法传达神谕说："娘竺不告诉你们，两个人偷偷作梗。"

乱了，乱了，完全搅乱了。这西藏最大的人间护法乃穷神汉，居然成了达赖之敌娘竺活佛的代言。

　　达赖喇嘛的正经师林仓活佛勇敢而出，带人来到念卡尔山谷娘竺活佛的坟前，一面念《慑妖经》，一面将一大铁桶烧沸的酥油从镇妖黑塔开裂的缝隙里灌了下去，说这样就可以浇在娘竺心上，让他万劫不复。

　　就在这天晚上，在布达拉宫林仓活佛的寝室里，仆从报告说，桑耶寺的列巴喇嘛要见活佛。林仓说："让他进来吧。"林仓远远看着仆从把老朋友列巴喇嘛领了进来，到了跟前再一看，列巴突然变成了一个身穿聂荣皮袍的红脸牧人。林仓活佛一愣，那红脸牧人又变成了娘竺本人，吓得林仓活佛惨叫一声昏了过去。

　　当天夜里，林仓活佛醒来，感觉娘竺活佛一直骑在自己身上，双手使劲卡着自己的脖子。他喊叫着："推开，推开。"仆从们围了一地，不知推开什么。凌晨，林仓活佛窒息而死。

　　死后，林仓活佛托梦给顿珠噶伦：说他已经请示了在天神灵，务必将娘竺活佛的尸骨从坟墓里挖出来，烧成灰，再把灰扬洒到大风里，才可避免作乱。顿珠噶伦照此紧急办理，才让娘竺活佛的阴魂销声匿迹。据说，焚烧娘竺活佛的是不大一堆柴草，却在念卡尔山谷冒出冲天大火，烧了三天三夜才熄灭。


　　在娘竺活佛闹腾的整个事件中，有一个细节被当时在场的人忽略了，那就是娘竺活佛借乃穷大护法之口说的："娘竺不告诉你们，两个人偷偷作梗。"其实娘竺已经告诉人们了：的确，有两个人正在偷偷作梗，一个是驻藏大臣否太，一个是首席噶伦顿珠。

　　是顿珠噶伦主动去拜见否太的。或许他事先想好了目的，或许他没有，只想联络一下驻藏大臣，套套近乎。但有一点，见面的双方都清楚：如果得到驻藏大臣乃至朝廷的支持，顿珠噶伦的地位就不仅仅是首席噶伦了，取代达赖喇嘛成为新一届摄政王也说不一定。

否太让了座，又使人沏来汉地的清茶，看对方有些局促，便笑道："达赖亲政，贵噶伦鼎力相助，如今你也是如日中天的人物了，可喜可贺。只可惜……"他停顿了片刻，又说，"如果不是贵噶伦出手，迪牧活佛恐怕不会垮得这么快吧？"

顿珠说："迪牧有迪牧的命，也算是咎由自取吧。"

否太说："西藏风行问神卜算，贵噶伦为何不去问问自己的命呢？免得风云际会，而你却扭头错过。"

顿珠说："大人是有所指吧？"

否太说："容我直言，你等藏人始终固执己见，以为洋人性情阴鸷，耶教险恶无常，唯恐佛教受害，惶急迎战，殃及大清朝的内政外交，皇上、皇太后是很生气的。朝廷已失去迪牧活佛，又不信任达赖喇嘛，正在寻找一个愿意听旨领命的人，不知贵噶伦是不是呢？"

顿珠听着，把头昂然一抬，突然起身，扑通一声跪下了。

当下就说好，顿珠噶伦以噶厦名义，火速派人，去昌都、藏北、林芝的路上阻拦远途而来的三个藏军代本团，让他们返回或者停止进军，不得前往江孜会战。

顿珠说："没有这三个代本团，江孜之战必败无疑。"

否太说："失败会让西藏人折服其心，不得不服从我的号令。再说，你我替英人拦阻藏军，英人来了又怎能亏待你我？"又问，"三个代本团不到战场，达赖喇嘛会不会追查到贵噶伦头上？"

顿珠说："三个藏军代本团的组建和调动都由民兵总管曲哲丹诺负责。达赖喇嘛追查我，我就追查曲哲丹诺。"

否太点点头说："西藏终于有了一个愿为大清朝卖命的人，我要立即表奏朝廷。"

顿珠从腰带里掏出一个小金佛，放到否太面前，谄笑道："大人，你看，这尊佛的慈眉善目，多像你的脸面。"

驻藏大臣否太拿起小金佛，在手里摩挲着，呵呵一笑，又做出龇牙张目的样子说："我倒是看到西藏的许多佛都是怒发冲冠的。"

顿珠噶伦一怔，立刻乖巧地说："还有，还有。"

## 4

戈蓝上校很得意：十字精兵又朝胜利迈进了一大步。

已经拿下岗珠山和江洛林卡，现在攻击的目标只能是宗山城堡和白居寺了。西藏人的有生力量都在眼睛看得见的地方，戈蓝上校便不再疑心偷袭和包抄，大胆地把十字精兵分布在了岗珠山、江洛林卡、宗山正面、白居寺前方。这四个地方可以从不同角度同时炮击和围攻宗山城堡以及白居寺，西藏人只要走出城堡和白居寺，就都暴露在枪炮之下。

第一轮炮击在日上三竿的时候开始，西藏的太阳第一次见识如此猛烈的炮火，慌忙藏到云翳后面去了。炮弹的落点都在人群里，那些趴伏在城堡墙外、山坡之上准备迎敌的西藏人，还没看到十字精兵的人影，就已经付出了惨重的代价。许多人朝城堡里面躲去，等炮击停止时，城堡之外已经没有一个能够站立的西藏人了。

戈蓝上校拿起望远镜看了看。他的位置在城堡正面，距离也不远，用肉眼就能看清楚宗山上的一切，但他还是用望远镜瞄了半天。科学的镜片放大着炮击的成果，他看到除了弹坑和死人，还有几个蠕动着却无法行动的伤员。

西藏的军队几乎没有战场医疗，重伤员很快就会因失血过多而死去。

戈蓝上校叫来几个廓尔喀猎人出身的雇佣军神枪手，指着那几个蠕动的伤员说："如果能在这个距离打死他们，你们就能封锁城堡的枪眼和打死城堡顶上敢于露出身体射击的人。"

几个神枪手逞能似地端枪瞄准，有的有依托，有的无依托，但都是枪枪命中。被炮弹炸伤的西藏人，眨眼又死去了。

戈蓝上校一脸真诚地说："上帝啊，请接收他们的灵魂去天堂吧，他们是无辜的，他们被无知的西藏教主派来抵抗我们。我们的神枪手解除了他们的痛苦。"说罢，又用望远镜看了看，似乎想看到那几个灵魂上天堂的情景。但他看到的却是一个英国人。那个英国人走动的身影晃进了圆圆的镜框，能看到军服的肩章因为一面开裂而像一只疲软的耳朵一样扇来扇去。

戈蓝上校放下望远镜，木直地盯着前面：容鹤中尉？

容鹤中尉来了，他身边还有一位西藏姑娘。他们不是从宗山城堡走来，也不是从白居寺走来，而是从城堡和白居寺之间的一个狭窄缝隙里走来。那似乎是一个被战争和信仰忽视的夹缝，让他们在炮火连天之中神态坦然，安全无害。

上帝保佑，你还活着？戈蓝上校眼睛里的疑问就像发射出去后停在炮口的炮弹。容鹤中尉拉着桑竹姑娘站到戈蓝上校面前，表情是深沉的，半张了嘴，让对方觉得他想把吐到嘴边的话吞咽回去。半晌无语。

戈蓝上校收起惊诧，高兴地说："中尉，我说过，不管自杀还是投降，你都是上帝的孩子、大英帝国的英雄。现在我要说，只要你活着回来，你就是全体十字精兵的榜样。我们尊敬你，也会尊敬你身边这个敢于跟你在一起的西藏姑娘。"

容鹤中尉把桑竹姑娘朝自己身边拉拉，仿佛只有紧挨着他，才没有危险。

戈蓝上校又说："你能活着，是不是这个姑娘帮了忙？传奇的故事以后再讲，进攻的时刻又要开始了，中尉。这是第一次向宗山城堡发起冲锋，这样的殊荣和显示勇敢的机会我想交给突然降临的你——我的英雄的英国同胞。"

容鹤中尉缓慢地摇摇头："不，上校，我回来不是为了冲锋。我是想说，我不想打仗了，再打就是打我身边的姑娘了。"

戈蓝上校说："你不是开玩笑吧？一个十字精兵的中尉，就在上帝需要他战斗时，他说不打了。为什么？就为了她，一个姑娘？可是为上帝而战的信念呢？耶稣军队的纪律呢？"

容鹤中尉说："上校，我还想说，不仅我不打了，你和十字精兵也不应该再打了。我不能打我的姑娘，你们也不能打我的姑娘。"

戈蓝上校说："理由呢？上帝，请听听这个军人说他不想为你打仗的理由。"

容鹤中尉指了指不远处的卡奇大佐说："那个司恩巴人的首领消灭了我的全部人马，这位姑娘救了我。就这样，我和西藏人的战争结束了。"

戈蓝上校说："卡奇大佐消灭了你的人？不，他跟西藏人拼命，打完了几乎全部司恩巴人，自己逃命回来，怎么会……"

容鹤中尉说："实际上是西藏人释放了卡奇大佐。他现在已经不会再跟西藏人拼命了。他之所以回到十字精兵，恐怕是想多杀几个英国人吧？"

戈蓝上校不以为然地冷冷一笑："卡奇大佐跟着我身经百战，

我信得过他。在你不能为上帝冲锋陷阵时，他将代替你成为十字精兵最出色的战场指挥官。他的人死完了，你的人也死完了。他现在指挥的是哲孟雄雇佣军，如果你回来，我将把廓尔喀人全部交给你。"

容鹤中尉咬起腮帮，回头望了一眼宗山城堡说："上校，如果我要说，你要是继续打下去，我就去帮助西藏人，你会枪毙我吗？"

戈蓝上校说："会的。我会让我的神枪手像打兔子一样打死你。"

容鹤中尉说："我知道了。我给西藏人说，也许我能说服你停止进攻。可是我没能做到。"

戈蓝上校说："你为什么要这样做？为了这个姑娘？你打算怎样帮助西藏人？朝我们开枪吗？"

容鹤中尉说："不，我不会再开枪了，朝任何人都不会。我会用我的方式帮助西藏人。"说罢，拉起桑竹姑娘就走。

戈蓝上校掏出手枪瞄准了容鹤中尉的背影，却始终没有扣动扳机。

卡奇大佐走过来问："上校，需要我打死他吗？"

戈蓝上校挥手否决了卡奇的请求，问身边几个神枪手："谁能打掉容鹤中尉的帽子而不伤他的头？"

几个神枪手都举起了枪。几乎是同时开枪，容鹤中尉的帽子稀烂地飞了起来。

"先给他一个警告。如果他真的帮助西藏人，我随时会打烂他的脑袋。"戈蓝上校说着，突然瞪大了眼睛，"上帝，她来干什么？"

只见刚才在戈蓝上校面前畏畏缩缩没说一句话的桑竹姑娘，丢下容鹤中尉，朝这边跑来。她被气得满脸通红，大声用"啊""哦""呀""嘘"这些没有内容的单音词发泄着愤怒，脚步咚咚咚地响，转眼到了跟前，伸手一把拽下戈蓝上校的帽子，吼着："加巴索！你可以打死一个男人，但不能侮辱他。帽子，帽子，它跟男人的头是一样的。"回身就跑，很快跑到容鹤中尉跟前，把戈蓝上校的帽子扣在了他头上。

戈蓝上校这才反应过来，生气地骂了一句脏话，骂的是容鹤中尉，而不是桑竹姑娘。他很奇怪，自己完全有时间捍卫自己的帽子：举枪打死她，或者命令部下打死她。可是他没有，就这么眼睁睁地看着她跑向了容鹤中尉。戈蓝上校恶狠狠地发出命令："炮兵准备，轰炸宗山城堡。"似乎要用炮弹的轰击补偿帽子的损失。

## 5

十字精兵的炮击已经持续了三天。三天里每天都会有几次反复：大炮一响，西藏人就躲到城堡里；步兵一来，他们就冲出去放枪。既然达赖喇嘛和噶厦确定的作战原则是寸步不让、寸土必争，这便是最好的迎敌方式。

城堡的墙是大石块砌成的，最厚的地方超过两米，有些地方还在夹层里浇筑了铁汁，基础很深，房顶厚厚地铺着水泥一样结实的阿嘎土。连西藏人自己也没想到，敌人的炮火轰炸了三天，才炸毁了两处墙角。坚固的城堡，让炮弹暂时失去了威力。十字精兵明显有些无奈，更频繁地发起步兵进攻，试图迅速占领。但这是不可能的，陡峭的宗山，并没有因为上帝的到来和十字精兵的进攻，而多出一些进攻的线路来。还是前后只有狭窄的两条，不能蜂拥而上。

何况大殿里还有当初宗本岩措留下来而十字精兵没有用完的火药和点火绳。就像此前占领城堡的十字精兵阻击西藏人那样，现在轮到西藏人制作火药包来阻击十字精兵了。只要十字精兵攻上来，西藏人就会把火药包从高处扔下去，炸响的时候，西藏人会想到，是敌人教会我们这样做的。

守卫和进攻的双方都知道，只要西藏人不放弃宗山城堡，十字精兵就不会有向东进军、走向拉萨的机会。

西甲喇嘛是乐观的，指挥打仗的间隙还能唱起来：

> 只要大家同心协力，
> 小民也能办成大事；
> 许多蚂蚁聚在一起，
> 连狮子都会被咬伤。

奴马代本问："西甲总管大人，为什么还唱歌？你好像要打胜仗了？"

西甲说："是啊，要打胜仗了。"

奴马说："可我们还是不能坚守在这里，人总要……"他想说出自己的担忧，却被对方打断了。

西甲说："我知道，我们不是天葬场的老鹰，坚守不是最好的办法，它不能快速消灭敌人。耐心等着，援兵一来，我们就往下冲。"

西甲喇嘛心里装着从昌都、藏北和林芝远途而来的三个藏军代本团，总觉得只要自己守住宗山城堡，局势很快就会发生逆转：林芝代本团将封锁卡诺拉山口，昌都代本团和藏北代本团将从东西两面包围敌人，已经直插杂昌峡谷的僧兵当周代本团将切断十字精兵的供给线，让敌人背后挨打。如此布局，胜利还能像鸟儿一样飞掉？他告诉守卫宗山城堡的所有西藏人：我们只是把洋魔吸引在这里，真正打击洋魔的，是我们现在还看不见的三个藏军代本团和一个僧兵代本团。

西藏人都迷信他，没有人问那三个至关重要的藏军代本团什么时候到，好像问是多余的，该到的时候自然就到了。

可哪一天是该到的时候呢？他们已经坚守了五天。第六天出现了西甲喇嘛最担忧的问题：带上宗山的最后一桶饮水在每人不到半口的饮用之后告罄了。焦渴比洋魔还要可怕地来到了人们面前。

城堡内大水窖的水已经在"让女神发怒"的谋略中放了毒，西藏人的饮水只能下山去年楚河背运。但十字精兵封锁了背水的道路，已经有十多个西藏人为背水死去了。西甲喇嘛决定派一支精干的队伍，利用夜幕的掩护，潜下山去偷水。但是也未能奏效，十字精兵埋伏在离通往城堡的路很近的地方，密集的机枪扫射，让这支精干的队伍瞬间变成了西藏人的疼痛。

西藏人意识到守不住了，要么放弃，要么渴死。有人开始喝尿，有人忍不住跑到大水窖里喝毒水，说宁肯毒死，也不在干渴中活着。这人果然被毒死了。西甲喇嘛懊悔得连连捶胸：早知有今天，何必当初派"女神"放毒呢？都是我的罪过啊。他站在大殿里，看着那些被干渴折磨得半死的部下，不断撕扯自己的脸颊，恨不得把自己的血放出来让大家饮用。

许多双失神的眼睛望着西甲喇嘛，因为身体缺水，那些眼睛也都干燥浑浊了。西甲喇嘛不忍目睹，走上箭楼后就再也没有下来。

这天半夜，西甲喇嘛正在箭楼上打盹，奴马代本上来报告说："西甲总管大人，多吉活佛来了。"

西甲问："哪里的多吉活佛，春丕寺的吗？"

奴马说："不是春丕寺的多吉活佛。"

西甲又问："那是哪里的多吉活佛？"

奴马说："反正也不是白居寺的多吉活佛，不是扎什伦布寺的多吉活佛，不是雪浪寺的多吉活佛，不是乃宁寺和紫金寺的多吉活佛，不是拉萨大昭寺和哲蚌寺的多吉活佛，也不是甘丹寺和色拉寺的多吉活佛，哪里的多吉活佛，我也不知道。"他把自己知道的寺院都说出来了。

多吉活佛就在他身后，朗声说："我是当雄寺的多吉活佛、藏北代本团的代本。有人不让我们藏北代本团来江孜，拿着噶厦的公文把我们拦在了半路上。我说，不让我们去江孜，那我们就返回啦。返回的时候我把部队交给了别人，自己溜出队伍，绕了一大圈，才绕到江孜。"

西甲长长地吸着冷气，直到不吐就会憋死的时候才吐出来，惊诧地问："拦在了半路上，不让来？佛祖，这是为什么？你不带藏兵来，一个人来有什么用？"

多吉活佛说："我会念经，大大的法力有哩。"

西甲从鼻子里"哧"了一声："你的法力还有我的大？"

多吉活佛赶紧说："我是说，你的法力，加上我的法力，那就是大上摞一个大，用大大的法力保卫佛教，这些个洋魔算什么。"

西甲说："那你就快快念经吧。"心里焦躁起来，寻思藏北代本团来不了啦，昌都代本团和林芝代本团呢，怎么还没有消息？突然又问，"你是怎么上来的？"

多吉说："我先去白居寺，从白居寺的后门出去，离城堡最近，我就爬呀爬呀，一点一点往前挪。你看我的袈裟，都是土。"他啪啪啪地打了几下，擦着汗说，"渴死了，渴死了，有水吗？"

西甲突然问："多吉活佛，你有没有法力让我们喝到水？"

多吉吃惊道："喝水？为什么要喝水？"

西甲说："我们已经几天没喝水啦，再没有水就真的渴死啦。"

多吉说："有啊，这点法力算什么。你把你的地方让给我，我要在高高的地方念经作法。"

西甲喇嘛让出自己的位置，看多吉活佛坐下来念起了经，就走下箭楼，到大殿里继续打盹去了。他对多吉活佛压根就没抱希望，只是想给这个丢下代本团单人跑来打仗的代本找点事做罢了，心念里还有些挖苦：你不是说你有大大的法力吗？那就让年楚河的水流到宗山城堡来。但似乎没打几个盹，西甲喇嘛就被一阵喊声吵醒了。

"西甲喇嘛，总管大人，多吉活佛的大法力，天一样大的法力。你快去看啊，有人背水上来了。"奴马代本从箭楼上狂颠下来，拉起西甲喇嘛又往箭楼上跑去。

果然，黎明的曦光里，有两个人一人背着一桶水，沿狭路爬上山来。他们完全暴露在十字精兵的枪口下，从任何一个角度都可能被打死。但是十字精兵没有开枪，好像他们睡着了，或者他们不想打死一个英国人，也不想打死一个西藏女人。

背水上山的，正是容鹤中尉和桑竹姑娘。

容鹤中尉说了，他会用自己的方式帮助西藏人。

西甲喇嘛站在箭楼的瞭望孔前，命令奴马代本："把枪法好的都调上来，掩护他们。"

但是用不着掩护，在西藏人的提心吊胆中，弯腰背水的容鹤中尉和桑竹姑娘，安然走进了城堡大门。

西甲喇嘛在大门口迎接着他们，激动得语无伦次："桑竹姑娘，你从天上掉下来了吗？天上掉下来的，就都是仙女。仙女桑竹，你大概是到绿度母的厨房里吃包子去了吧？我吃过汉地的包子，是丹吉林的汉餐大厨师做的，什么味道都没有，就是个香，好比你送来的水啊，香香甜甜的绿度母的水。这下子好啦，我们就能直起腰来打洋魔啦。啊噓——"他瞪着容鹤中尉喊一声，"这里有个洋魔，洋魔都打进来啦。一会儿打炮，一会儿送水，洋魔也有好洋魔吧？就像我们西藏的阎王，有护法的阎王，有纵鬼闹事的阎王。好洋魔，我问你，你为什么要背水？我们又不是洋魔的阿爸阿佳。洋魔给洋魔背水，就像水从冰山上流下来，那是我们知道的。可是现在，水从火里出来了。不会是放了毒吧？尝一尝，我先尝一尝。"他跪下来，虔敬地看着水，从怀里摸出自己吃糌粑的碗，舀了半碗，咕咚咕咚咽了下去，气还没喘上来就说，"没毒，没毒。"其实他根本就不相信水里没毒，他是实在渴得忍不住了。他看看大家望着水的枯洞般张开的眼睛，大喊一声："喝。"

大家一拥而上，你推我搡地抢起来。西甲喇嘛这才意识到水没有多少，应该由他来分配：一人一口。但他无论怎么喊，别人都听不见了。

容鹤中尉和桑竹姑娘互相看看，转身就走。

这天，容鹤中尉和桑竹姑娘一直在背水，也不知背了多少趟，但没有一趟遇到十字精兵的阻拦，炮弹和子弹都休息了。

在十字精兵的阵地上，卡奇大佐愤愤不已。他对戈蓝上校居然会容忍容鹤中尉和桑竹姑娘往城堡里运水，表示了公开的反对。甚至有一次，他都把枪扔掉了："我走啦，这样忍让的仗我不打啦。"在卡奇大佐的坚决反对下，戈蓝上校命令几个神枪手举起了枪，但接着又问道："你们能打烂他们身上的水桶，而不打伤他们的身体吗？"神枪手们愣了，都摇摇头：这个太难了，谁也无法减弱子弹的穿透力，除非上帝显示奇迹，让子弹在穿越木桶之后突然停止旋动。

因为得到了紫金寺和萨玛寺的珍宝，而把全部指挥权移交给戈蓝上校的麦高丽将军同样也很愤怒，几次都想冲戈蓝上校吼叫，但都忍住了。只有一次，他走过去对戈蓝上校说："当撒旦化装成一个女人时，她很容易占领你的心。"

戈蓝上校讥讽道："撒旦更有可能化装成一个英国将军。"

麦高丽将军说："但是撒旦永远搞不清军衔的大小，所以他现在化装成了一个上校。上校先生，为什么不先占领白居寺呢？"

戈蓝上校严肃地说："将军，现在不是清点珍宝的时候。"

麦高丽将军说："你可以告诉西藏人，如果他们不让出宗山城堡，我们就摧毁白居寺。"

戈蓝上校说："如果他们还是不让呢？我们真的要摧毁白居寺？"

麦高丽将军一愣，摇摇头："那当然不能，我们还不知道白居寺里有什么。"

其实戈蓝上校比谁都焦急，但再焦急他也不能打自己。为什么是打自己呢？莫非容鹤中尉是自己的影子、自己的另一面，他爱上了那美丽的西藏姑娘，也就是自己爱上了那姑娘？不不不。那到底是为什么？他也说不清楚。可那种不忍开枪的柔软温热的感觉的确是存在的，从心里一阵阵泛上来，就像上帝使了魔法，让他在本该果断时犹豫，本该出击时无所作为。

照这样下去，宗山城堡就别想攻下来了。现在仅仅是运水，以后还不知道会运什么呢。

十字精兵里，谁都知道这个道理。炮兵离开了炮，步兵放下了枪。士兵们坐在地上休息，甚至有人躺倒睡着了。反正宗山城堡是炮弹打不烂、步兵攻不下的。他们失去了作战能力，就等着上帝给他们拿主意了。

主意出现的时候是个阳光直射的中午。戈蓝上校吃多了用抢来的西藏黄牛制作的牛排，肚子胀得要命，跑到树林里去解手。解手的时候很用力，脸都憋红了。大概是血液上升的缘故，主意借着他的力道和血液的流通，出现在了他脑子里。他不禁喊一声："上帝啊。"提着裤子就起来了。

他来到队部跟前，望着前面沉默了片刻，大声对身边那些和他同样吃多了牛排的卫兵说："给我去请麦高丽将军。"

麦高丽将军来了，满嘴都是白兰地的气味，肥大的身躯甚至有点摇晃，大概喝多了。

戈蓝上校说："将军，如果我决定占领白居寺，是你，还是卡奇大佐先冲进去？"

麦高丽将军不假思索地说："当然是我，我带领英国人作为前锋部队。"

戈蓝上校平静地说："那就开始吧将军，我希望黄昏之前拿下白居寺。如果你需要炮火支援，尽管告诉我。"

麦高丽将军说："不，我走进去的，应该是一座完好无损的白居寺。"

## 6

首先发现十字精兵扑向白居寺的，是一直在宗山城堡箭楼上监视敌人的西甲喇嘛。他沙哑地喊起来，把"楚臣代本"喊上了天。楚臣代本听到了。这就是西藏人在战争中的通讯方式，它锻炼出了声音的穿透力，也锻炼出了耳朵的敏锐。

楚臣代本也喊起来，他的声音在白居寺的殿堂里穿来穿去，穿到哪里，哪里的人就会扑向可以射击的窗口和门口。白居寺的主要建筑是白居塔，全塔有 108 个门、76 间佛殿，每一间佛殿里此刻都有举着火绳枪的西藏人。最底层的中心大殿里，白居寺年过八十的四世卓弥堪布把一条金色哈达挂在了楚臣代本脖子上，说："我听说你素日枪法高超，今日抗击洋魔，正是大显身手的时候，愿你英勇杀敌，在佛脸上涂一层金粉，而不要抹一层污泥。"楚臣代本把长可拖地的哈达提起来，在胸前挽了个结，扬起手臂，用干渴的嗓子唱道：

> 我是僧兵代本楚臣嘉措，
> 马上就要出阵战恶魔；
> 尊敬的白居寺卓弥堪布，
> 我以命相拼不辜负你的嘱托。

他唱着就往大殿外面走，看到十字精兵已经出现在五十步之外，大叫一声，跪倒在门槛上，然后从背上取下火绳枪，装药，点火，打响了第一枪。接着，西藏人的火绳枪便都"砰砰""啪啪"响起来。十三层高的白居塔上，除了最上面人上不去的覆盆、塔幢和塔顶外，其他几层都有西藏人居高临下地朝十字精兵开枪。

十字精兵立刻停止了进攻，迅速散开，朝白居塔的两翼包抄而去。不一会，圆形的白居塔周围，就有了一圈英国人。八挺机枪分散在各个角度试图压住西藏人的火力。最有威胁的两挺机枪在白居塔的西侧，那里有一座山包跟白居塔的高度差不多，麦高丽将军亲自带人冲上山包，打死了据守山包的西藏人，然后用两挺机枪和几十支来复枪朝白居塔扫射，几乎每一层露天平台上的西藏人都成了活靶子。西边，一下子成了西藏人防守的薄弱面。山包和白居塔之间的平地上，数百名十字精兵狂冲而去。

楚臣代本来到了西边，指挥部下从窗户和门洞里射击。但窗户和门洞没有几个，伸出去的火绳枪非常有限。何况相对于十字精兵的现代化装备，火绳枪装药、点火、射击的过程太漫长了。在稀疏到几近缠绵的火力面前，十字精兵很快冲到了跟前。楚臣代本大叫一声："不活了。"轮起火绳枪冲向了门外。

许多僧兵跟在楚臣代本后面，紫色和红色的袈裟猎猎飞扬。把枪当作大棒的西藏人一方面显示了强悍，一方面显示了无奈。武器落后的悲哀也是文明落后的悲哀，勇敢的搏杀其实就是惨烈的失血。在楚臣代本壮逝的刹那，宗山城堡箭楼上的西甲喇嘛"啊哟"了一声。他的位置在东边，看不到白居寺西边的情形，但是他感觉到了：不仅楚臣代本死了，白居寺也在袈裟碎片的飞扬中沦陷了。

十字精兵冲进了白居塔，塔内的肉搏和近距离枪战依然激烈，趋势也依然是西藏人的败退。可恶的火绳枪，让西藏男人骄傲的火绳枪，一到生命攸关时，就不是枪了，甚至连棍棒都不如。僧兵们没有准备刀剑，西藏缺少矿藏的勘探和利用，哪儿都找不到铁，偶尔有一点，也都捐献给寺院修建庙堂和锻造佛像去了。那些黑骨头铁匠也就没有打造足够的兵器提供给必须近身搏杀的战士们。归并到楚臣代本麾下的群觉代本和夏鲁代本在楚臣代本死后，接过了指挥权。群觉代本脱掉袈裟，裸露着上身往前冲，很快就战死了。和他一起战死的还有许多僧兵和白居寺喇嘛。夏鲁代本一看抵抗无效，便指挥僧兵从塔中退出来，蔓延到白居寺和宗山之间的波浪地上。

白居寺转眼成了敌人的阵地。西藏人的血愤怒地染黑了地面，染红了白墙。白居塔层层叠加的白墙，组成 108 个门、76 间佛殿的所有白墙，都被血色涂花了脸面，以至于从那以后的很长时间里，西藏人都叫它红居塔。

枪炮轰响了。就在守卫白居寺的西藏人退出寺院，拥挤在波浪地上，沿狭路排着队，跑向宗山城堡时，戈蓝上校露出了锋利的牙齿。他让机枪和大炮一起开火，不间断地发威，似乎不打死所有暴露在火力网中的西藏人不罢休。

《圣史》上说，跑进宗山城堡的只有二三十个人，其他西藏人都死在那块波浪地上，包括夏鲁代本和白居寺年过八十的四世卓弥堪布。

7

白居寺失守后，有了三天的宁静。这三天里，容鹤中尉和桑竹姑娘依然在朝宗山城堡背水。戈蓝上校一直容忍着他们，好像他根本不在乎水对西藏人的重要。

戈蓝上校说："我们给西藏人送去了水，却拿走了他们的灵魂。西藏人大概已经惶惶不可终日了。"他看别人听不懂，又说，"难道白居寺不是他们的灵魂？"

戈蓝上校让人从白居塔的西面、西藏人的子弹打不着的地方，架起了一道木梯。木梯通往白居塔的塔顶。两个机枪手做了一次演习，他们可以迅速爬上木梯，把机枪架在塔顶。从这个高度，扫射宗山城堡顶上的西藏人不成问题。而在白居寺和宗山之间死尸横陈的波浪地上，十字精兵修起了一座高台，四面是石头的墙体，中间因地制宜地填进去了攻占白居寺时丢下的所有尸体——藏族人的尸体和十字精兵的尸体。站在高台上，可以最近距离地瞄准露出城堡女墙的人和箭楼的瞭望孔。

好像这就是戈蓝上校的办法：用火力压住对方，然后从宗山前后两条狭路上发起进攻。但大家都知道，关键的问题还是没有解决：在步兵往上冲时，你还是不能完全控制西藏人，他们就是不露身子不露头，也能把火药包扔下来。

麦高丽将军大摇其头。他在清点白居寺珍宝的闲暇，用一种事不关己的口气说："上校，如果你不让西藏人喝到水，这些毫无把握的办法都可以不用。"

戈蓝上校却岔开话题说："将军什么时候离开？紫金寺、萨玛寺、白居寺的珍宝加起来都堆成了山，需要多少人马才能运回去？"

麦高丽将军说："你把宗山城堡攻下来，我才可以把兵力抽走。你打算让西藏人躲在城堡里好吃好喝多久？我可是等不及了。"

很快，十字精兵发动了一次进攻。白居寺塔顶的两挺机枪和高台上的两挺机枪封锁了城堡女墙和箭楼的瞭望孔，西藏人的火力大大减弱，城堡几乎被攻陷。但火药包的威力依然存在，爆炸堵住了宗山的两条狭路，十字精兵最终只能败退而归。

麦高丽将军嘲讽道："上校，你准备打多久？这样打下去，恐怕得打上十年。"

戈蓝上校自信地说："快了将军，也许今天夜里，也许明天夜里，上帝就会显示奇迹。"

但奇迹的显示并不是在夜里，而是在第二天中午。一阵巨大的轰鸣，震得整个江孜大地都摇晃起来。城堡爆炸了。这是连西藏的神灵都没有想到的，城堡就像一个巨大的火药库，随着一阵巨响，飞起了石头、沙砾、泥土，飞起了被肢解的人体：手臂、腿脚、头颅，飞起了衣袍和枪支的碎片。接着便翻腾起灰黄的尘烟和乌黑的硝烟。城堡的厚墙开裂了，房顶掀掉了，高高的箭楼歪斜着支撑了一会儿，便稀里哗啦倒下去。木制的大门断成了三块，最大的一块飞到了宗山脚下，最小的一块飞进了白居寺，还有一块连在石墙上，就像火引子一样飘起了火苗。烟层的下面，燃烧开始了，城堡在爆炸之后，一部分着起了火。

麦高丽将军又惊又喜："上帝，奇迹真的发生了。"

戈蓝上校命令早已做好准备的步兵，快速冲上了宗山。通往城堡的狭路在没有火药包和火绳枪的阻挡之后，突然显得宽阔了许多。比麻雀多又比蚂蚁少的十字精兵好像没排队就来到了城堡跟前。他们无所顾忌地拥进门去，又惊慌失措地跑了出来。城堡里头如同火药爆炸一样响起了一阵呐喊："杀！"

西甲喇嘛始终不认为是有人点着了堆积在大殿里的火药。更不会想到，从白居寺撤出后，跑进宗山城堡的二三十个西藏人中，有一个谁也不认识的僧兵是戈蓝上校派来的奸细。他是虔信上帝的哲孟雄人，跟藏族人同宗同源，根本不用化装，穿上袈裟就是僧兵。戈蓝上校在挑选他时向他保证：在你为上帝的事业牺牲自己之后，我将通过牧师请求上帝把你作为进入天国的第一批人选。僧兵来自西藏的四面八方来，又常常被打散，互相不认识是再正常不过的。西甲喇嘛觉得应该是某个搬取火药的西藏人不慎，将一根燃着的火绳掉进了火药堆。

佛祖、菩萨、天上地下的神灵，你们睡着了吗，为什么不保佑我们？为什么还让我活着？西甲喇嘛被炸昏后，很快又醒了过来，坐在房顶通往箭楼的楼梯口，不停地自语：释迦牟尼定下的规矩不管用了吗？不保佑西藏人的，就不是佛。

他看到还有许多人跟他一样活着，立刻意识到，宗山城堡还是西藏人的，只要不死光，就不能让洋魔攻上来。他挣扎着起来，晕头涨脑地走向坍塌的大殿，嘶哑地喊着："堵住，堵住，洋魔上来了。"

许多西藏人跟着他冲向门口，倒塌的城墙一样堵住了扑进来的十字精兵。修炼佛法的僧兵们，喊杀声本身就具有刀锋一样的锐气和力量。他们手里什么也没有，甚至都没有接触到对方的身体，十几个十字精兵却纷纷倒地。西甲喇嘛知道，这是法音的震撼，如果许多人一起喊一个字，这个字表达的内容就会变成现实。所以他带领西藏人一直在喊那个字："杀！"喊声中，十字精兵退出了城堡大门。

但是喊声越像尖锐的铁器，就越容易丧失力量。喊着喊着嗓子就破了，尤其是喊到城堡门外之后，突然扩张开去的天地就像沙漠吸水一样吸走了声音，十字精兵不仅不再倒下，倒下的反而又起来了。更多的敌人拥上了宗山，来复枪的近距离射击让西藏人退进了大门。西甲喇嘛抱起被炸塌的石头往门外的敌人砸去。满地的石头都被西藏人抱起来，砸向了十字精兵。接着，刀剑、棍棒也上来了。几十杆火绳枪排列在了墙头上，又挣扎着开始了它们的使命。

终于打退了十字精兵的进攻。惨重的代价让双方都觉得对方太厉害了。死人铺排而垒摞，鲜血的腥气盖住了硝烟的味道。宗山突然失去了陡峭，作为武器扔下来的石头和尸体的铺垫，加上炮火的轰炸和火药的爆炸，让它变成了一抹平坡，很容易上来下去。战场平静着，死神也需要休息，或者，他们正在被西藏的神灵请去谈判。但是西藏的神灵也知道，死神是最不会改变主意的。

西甲喇嘛躺在城堡大殿里，望着被火药掀去房顶后露出来的天空，发现云正在飘下来，低得就像它愿意做城堡的顶棚似的。云是七彩的，没有晚霞朝暾的火红映照，云呈现出七彩的艳丽，如同一块巨大而柔软的丝绸以不忍之心覆盖住了已成废墟的城堡。西甲喇嘛突然笑了，在知道自己就要死亡、所有坚守宗山城堡的西藏人就要死亡之后，他发出了一阵来自内心的舒展的笑。

所有活着的西藏人，都在疲惫不堪中念起了"唵嘛呢叭咪吽"，为了死去的，也为了即将死去的。即将死去的就是自己，没有人不明白这一点。

容鹤中尉和桑竹姑娘还在朝宗山城堡背水，却没想到这是最后一趟。因为他们没有立刻离开，想坐下来歇歇再下去时，十字精兵的炮轰就开始了。

已经是无顶通天的城堡，炮弹直接落进了城堡内部。西藏人没有躲，也不知道往哪里躲，在死亡线上听天由命着。这时候已经没有惊慌害怕了。有的人望着天空，有的人坐下来抱头挨炸，还有的人干脆躺着没起来，反正死后还会躺下，就不麻烦自己起来了。炮击之后，十字精兵又冲了上来。活着的西藏人先用石头和火绳枪阻拦，拦不住就用刀剑和棍棒拼命。西藏侥幸着，十字精兵又被打退了。

就这样，战斗在进攻和拦打之间频繁地反复着。白居寺塔顶的两挺机枪和波浪地高台上的两挺机枪，就像伸出兽口的锋利獠牙，把最重要的威胁带给了西藏人。不断有西藏人中弹倒下。容鹤中尉和桑竹姑娘再也没有机会下山背水了。

西藏人咬牙坚守着，又是一天一夜。

已经没有多少人了。西甲喇嘛在活人中间来回走动，大声询问着："奴马代本，奴马代本呢？麻子代本，宗本岩措，在哪里？"受了伤的奴马代本和宗本岩措来了，麻子代本没有来，没有来就说明死了。西甲喇嘛遗憾地弹了一下干涩的舌头，心说我还不知道麻子队长叫什么名字，他就又去转世了。

西甲喇嘛问道："你们两个，没有断腿断胳膊吧？那就好。本想指望噶厦紧急组建的三个藏军代本团，没想到就来了当雄寺的多吉活佛一个。当雄寺的多吉活佛呢，还在念经吗？被塌下来的箭楼砸死了？唉。我还指望僧兵当周代本团从卡诺拉山口直插杂昌峡谷，从背后打击洋魔呢，现在看来也指望不上了。我观察洋魔没有分兵后撤，说明当周代本团根本就没有出现在洋魔背后。他们去了哪里？会不会还在卡诺拉山口？这样也好。你们两个带你们的人突围下去，宗山城堡迟早要失守，与其死在这里，不如去卡诺拉山口坚守，那里山高地寒、冰天雪地的，居住在雪山顶上的神灵也许会帮助我们吧。洋魔过不去卡诺拉山口，就到不了拉萨。你们千万要守住啊。"

奴马代本问："那你呢，西甲总管大人，你为什么不突围？"

西甲说："达赖喇嘛和噶厦给前线总管下达了'寸步不让、寸土必争'的命令。我要是不听命令，就不是前线总管西甲大人了。"

奴马想了想说："那还是听命令吧。我跟你一起听命令，我也不突围了。不然我就不是森巴军的奴马代本了。"

西甲说："你听谁的命令？你只能听我的命令。狗是知道它没有狮子大的，你却不知道我比你大。突围吧，趁天还没亮现在就走，免得下一次炮击把你们炸死。宗山城堡已经完了，现在卡诺拉山口最重要。我把卡诺拉山口交给你们，就是把西藏和佛教交给了你们。你们以后要是见到达赖喇嘛和迪牧活佛，就替我给他们一人献一条哈达吧，达赖喇嘛是金黄色的，迪牧活佛也是金黄色的。上面要有经文，没有经文的不行。对了，还有我的尊师沱美活佛，也给他献上一条，也是金黄色有经文的。去吧去吧，哦，回来，最重要的还没说，桑竹姑娘和容鹤中尉，你们带他们突围吧。奴马代本，你一定要保护好桑竹姑娘，他可是我的女人。"

宗本岩措焦急地说："好啦好啦，再说下去炮弹又来啦。那就突围下山吧，我还有几十个江孜民兵，一定能守住卡诺拉山口。"

突围开始了。奴马代本和宗本岩措带走了大部分活着的人，留在城堡的都是不能走或不愿走的。夜色遮蔽了十字精兵的视线，他们就是发现有人下山，也无法用炮火阻击。机枪和来复枪响起来，但子弹不是钻到土里，就是飞上了天。等夜色褪尽,战场渐渐清晰时，奴马代本和宗本岩措已经远远离开了宗山城堡。

但是奴马代本又停了下来。他发现桑竹姑娘和容鹤中尉不见了，觉得这是西甲喇嘛重点交代过的，无论如何不能把他们丢掉，立刻决定返回宗山城堡。宗本岩措不同意，说："我们不能为了一个女人和一个洋魔再去送命。西甲总管说了，现在最重要的是坚守卡诺拉山口。"奴马代本只好说："那就分开吧，你带你的江孜民兵去卡诺拉山口，我带其余的人去寻找桑竹姑娘和容鹤中尉。"

两个人就此分手。但宗本岩措并没有带人去卡诺拉山口，而是改道去了日囊庄园，他给自己的理由是日囊庄园也需要保护。

庄园的主人日囊旺钦在欢迎他们的同时，不冷不热地说："宗本大人要是早一点来保护我们，我一定把最好的碉房让你们住。可是现在，你看看就知道，我只能搭起帐篷让你们凑合了。"宗本岩措吃惊地看到，那个受达赖喇嘛指派协助沱美活佛招募并指挥僧兵的甘丹寺麦巴扎仓的当周活佛，那个应该听从西甲喇嘛的命令率领部队从卡诺拉山口直插杂昌峡谷的当周代本团，居然龟缩在这里。似乎当周活佛招募的不是抗击英国十字精兵的僧兵代本团，而是马岗武装的一部分。马岗武装受到日囊庄园的供养，自然也就成了日囊庄园的私人武装。

日囊旺钦看他脸上的吃惊久久不消，生气地说："宗本大人不会不知道，连佛都是谁供养就保佑谁的。这些吃了我的糌粑喝了我的酥油茶的喇嘛，还能丢下我不管？他们要是忘恩负义，自己心里首先过不去。"

宗本岩措一听就知道话里有话，他自己也没缺少日囊庄园的供奉，忙说："佛祖保佑，对我这个九死一生的人，住帐篷就像住天堂。快快快，多少天没喝酥油茶了。有肉骨头吧？快拿来。"

日囊旺钦听出对方把自己比喻成了狗，眯起白眼珠多得挤扁了黑眼仁的眸子，满意地笑了。

返回宗山脚下的奴马代本没有找到桑竹姑娘和容鹤中尉，想回宗山城堡去找，发现已经不可能再上去了。

十字精兵又开始了进攻，炮火连天，翻滚的尘埃即使到了云端也是火烫火烫的。一群乌鸦路过这里，被烫伤翅膀后纷纷坠落。宗山城堡在炮弹的倾泻中彻底消失了往日的宏大高挺，所有的墙垣一任匐塌。

接下来的步兵冲击照例遇到了阻拦。坚守城堡的西藏人虽然不多且大部分有伤，但他们即使跪着也要抱起石头往下扔，即使躺着也要挥舞刀剑和棍棒砍打来犯者的腿。他们知道自己是为死亡而留下的，就把自己想象成了死后的鬼雄厉神，那种如虎如豹的勇敢猛烈让西甲喇嘛想起了被这场战争毁灭殆尽的陀陀喇嘛。

西甲喇嘛来到城堡门外，笑望着自己身边那些还能站立的西藏人，也笑望着涌动在四周的十字精兵，挥舞一把卷了刃的大刀，就像在舞台上表演那样，不急不躁地砍杀着。他是支柱，只要他不倒下，其他人就不会倒下，宗山城堡也不会倒下。

　　但是在佛陀和上帝看来，江孜战役不能再激烈延续了。所以西甲喇嘛终于还是倒了下去。来复枪的子弹打穿了他的身体。他把大刀扔向一群朝他瞄准的敌人，然后双腿一弯，摇摇晃晃跪下，又挺了一会儿，才猛然趴倒在地。倒地后他又翻了个身，似乎希望自己面孔朝上，让天上的神佛看得清，也让十字精兵看得清，因为他脸上依然浮动着笑容，是那种晴天丽日般的笑容。

　　安静了，宗山城堡。


　　这是一次令人目瞪口呆的占领。登上宗山城堡的十字精兵愕然得说不出话来，包括戈蓝上校和麦高丽将军。他们吃惊城堡被炸成了这样，西藏人还在坚守；更吃惊子弹炮弹在铺天盖地、死神在挨个清点之后，居然还有人活着。

　　桑竹姑娘带着容鹤中尉从死人堆里找出了几个还在喘息的西藏人，其中包括西甲喇嘛。就在容鹤中尉蹲下去，桑竹姑娘准备把西甲喇嘛扶上他的脊背时，卡奇大佐端起枪，朝另外几个还活着的西藏人一阵扫射。容鹤中尉大吼一声扑了过去，扑倒了卡奇大佐，却又被卡奇大佐的部下掀翻在地。卡奇大佐爬起来，举枪瞄准容鹤中尉。戈蓝上校大喊一声："卡奇大佐，你想死在这里吗？"然后跳过去，挡在了容鹤中尉前面。人们看到，戈蓝上校站立的这个角度，既可以保护容鹤中尉，也可以保护桑竹姑娘和西甲喇嘛。

　　现在，西藏人中，就只有西甲喇嘛活着了。

　　容鹤中尉再次蹲下，让桑竹姑娘把西甲喇嘛扶上了他的脊背。他们朝山下走去。戈蓝上校看着他们，没有任何阻拦的表示。

　　麦高丽将军问道："上校，为什么不打死他们？"

戈蓝上校不说话。

麦高丽将军又说："你不打死容鹤中尉，因为他是英国人；你不打死那西藏姑娘，因为她美丽动人。这我都能理解。可你为什么还要让西甲喇嘛活着呢？他是敌首，是上帝的罪犯，他给我们制造了那么多的麻烦。"

戈蓝上校说："将军，你可以离开了。你需要多少兵力运送你的珍宝？"

当天夜里，麦高丽将军就启程返回了。他带着数百人，押送着从紫金寺、萨玛寺、白居寺掠夺来的金佛、鎏金佛、经典、唐卡、堆绣、金银供器、法器、佛冠、佛耳环、佛项珠、佛塔上镶嵌的红宝石、绿松石、珊瑚珠、猫眼石、琥珀、钻石，以及龙纹缎、嵌花缎、四相缎等制成的大批殿堂饰物，蒙古、尼泊尔产的古制珍稀大铙钹，甚至两幅五层楼高的锦绣佛像也被剪裁后带走了。按每匹马驮两袋为一驮算，一共有四百六十余驮。至于民脂民膏，那就更无法计算了。他们往南朝印度走去。最终他们是要走向英国的，也就是说，麦高丽将军不会再来了，他把大部分军队和西藏以及胜利者的荣耀全部交给了戈蓝上校。

第二天上午，几个英国士兵爬上宗山，把一个两人高的木头十字架插在了宗山城堡的废墟上。但是到了下午，十字架上就飘起了经幡。西藏百姓不认为十字架是耶稣基督的信仰标志，觉得那个样子正好可以挂上经幡，来超度飘浮在宗山城堡的所有亡魂。

宗山之上，废墟之中。

十字架和经幡。

经幡和十字架。

戈蓝上校永远忘不了这一幕。

# 第十九章　拉萨的十字架

## 1

作为江孜战役的组成部分，卡诺拉山口之战是最后一战，也是这场西藏战争的最后一战。《圣史》上说，这次战役没有西甲喇嘛指挥。西藏方面投入的兵力主要是奴马代本从宗山城堡带走的一部分人和林芝代本团。

林芝代本团在开往江孜的途中得到了西甲喇嘛要他们把卡诺拉山口当作前沿阵地的命令，也遇到了顿珠噶伦派去的拿着噶厦公文要求他们返回林芝的人。在两个互相矛盾的命令面前，嘎古代本毫不犹豫地选择了西甲喇嘛的命令，因为他觉得这个西甲喇嘛说的话要比噶厦公文上的话好听："林芝代本团听着，我前线总管西甲大人把重中之重交给你啦，你可不能泥菩萨一样对谁都慈眉善目。怒目金刚的要哩，吃人喝血的要哩。"西甲喇嘛是信任他的，都把"重中之重"交给他了。而噶厦是不信任他的，好像他带着藏兵是去捣乱的，紧催不舍地要他们回家去。再说离开林芝时，出征的人和送别的人都气吞山河地说了许多豪言壮语，结果连洋魔的毛都没见着，回去怎么给父老乡亲们吹牛啊？连喜欢你的姑娘都要失望了。

嘎古代本和奴马代本联手，在卡诺拉山口坚守了整整五天。这是不可思议的，谁都没想到。连奴马代本都惊呼："要是西甲喇嘛在这里，靠了他的战略战术，说不定我们会赢的。"冰天雪地，海拔近五千米，缺氧和寒冷，以及从冰川上撬下来的冰块，都成了西藏打击十字精兵的武器。

但最终还是失败了。达思牧师带着菩媆姑娘和一队十字精兵，从杂昌峡谷直插卡诺拉山口，在西藏人的背后形成了威胁。

更重要的是，在西藏方面，江孜之战已经拼尽全力，人员财物消耗殆尽，没有增援，也没有后勤保障，弹尽粮绝之后，唯一的选择只能是放弃抵抗。

菩媆姑娘说："达思，你别堵住他们好吧，你让他们往拉萨跑吧。"

达思牧师便说服十字精兵给嘎古代本和奴马代本让开了退路。

戈蓝上校占领卡诺拉山口之后，立刻向西藏腹地的拉萨进军。漫长的道路上，十字精兵长驱直入，几乎没有再遇到任何需要重兵攻打的阻力。

公元 1904 年 8 月 3 日，英国十字精兵占领拉萨。

# 2

这里是拉萨以西的次松塘，是英国十字精兵军营所在地。战败方的西藏主动奉献了这个地方，因为他们知道，如果来犯者没有地方驻扎，就又会动枪动炮，抢夺民房，受害的还是西藏百姓。次松塘有一些村庄，有一座十分阔气的庄园。庄园的主人和村庄里的老百姓，全都主动撤离了。戈蓝上校对此很满意，心说西藏人终于学会明智地对待现实了。

安营扎寨后的当天，驻藏大臣否太来到了次松塘军营。他是来犒劳十字精兵的，带来了许多米面和刚刚宰杀的牛羊肉，还周到地带了一些风干肉、酸奶、奶酪、青稞酒等西藏特产，希望大家尝一尝。戈蓝上校高兴地说：“我们的华尔森公使会通过清朝政府总理各国事务衙门，传达大英帝国对驻藏大臣的满意。如果都像你这样通情达理，我们在西藏就不会有太多麻烦了。”否太表示，他今天拜谒十字精兵，带来了大清朝对待英国的八字方略：敦睦邦交，亲善友好。以后是不会再有麻烦了。戈蓝上校也没让达思牧师把那“八字方略”翻译一下，只觉得酸甜滑口的青稞酒格外好喝，喝了一杯又一杯，很快就醉得酣然睡去了。

第二天，拉萨黎明的曙光照耀在了戈蓝上校身上。他舒服极了。他走向兵营外面，站在拉萨河边的台地上，向东眺望，不禁赞叹了一句：“上帝啊，我不会是打到了天堂吧？”伟大的布达拉宫就在眼界之内，是城堡，也是宫殿，有着高不可及的挺拔。他想起伦敦的白金汉宫和温莎城堡。白金汉宫是豪华精致的典范，却没有布达拉宫的古朴和神秘。温莎城堡也坐落在一个山头上，有王室的宫殿、教堂和驻兵防守的兵营，却没有布达拉宫作为信仰中心的神圣威严。

他心说只有上帝才配住在这里。如果基督的信徒都在布达拉宫脚下祈祷和忏悔，那一定会增加他们的虔诚和信心。他深深地吸了一口拉萨河边杨柳味浓郁的空气，告诉自己：下一步就是占领布达拉宫了。我要见到达赖喇嘛,和他商量签订条约的事,西藏必须属于英国,布达拉宫——这座让人不得不渺小的全世界最高的宫殿，必须在基督教的控制之下。

　　占领布达拉宫比戈蓝上校想象的要容易得多。他带去了一队全副武装的英国人，却发现那儿根本没有人阻拦。进进出出的喇嘛倒是不少，但没有人理睬他们，既看不到欢迎的脸色，也看不到仇恨的眼光。他们走上长长的之字形石阶，来到布达拉宫彭措多朗大门前，打听达赖喇嘛在哪里，得到的回答是："不知道。"担当翻译的达思牧师说："上校，他们不是不知道，是不想告诉你。"戈蓝上校说:"那没关系,我们可以一个宫殿一个宫殿地找。"他的确这样做了，花了整整一天，几乎走遍了布达拉宫所有的殿室，结果是出乎意料的：没有达赖喇嘛的踪迹。

　　戈蓝上校意识到，达赖喇嘛或许藏匿在某个他肉眼发现不了的殿堂里，或许就混同在殿堂里那些念经的喇嘛中，只要他不想露面，你就是经过他面前，也发现不了他。十字精兵里，没有人认识达赖喇嘛。

　　退出布达拉宫时已是傍晚，戈蓝上校骑马行走在前往次松塘军营的路上，看着拉萨河谷的杨柳上到处悬挂着五彩的经幡，风吹出的呼啦啦的响声，就像他一整天在布达拉宫听到的经声佛语。他有点不可思议：西藏的喇嘛怎么可以发出被风鼓动般的诵经声，而河谷里的风怎么能吹出齐声诵经的声音呢？

　　更使他难以预料的是，那经声和风声不分的声音侵占了他的耳朵，让他从布达拉宫回来以后，头脑昏沉，彻夜难眠。他这才意识到，自己中了魔咒。当他穿行在布达拉宫里，从这个殿堂走进那个殿堂时，他听到的是同一种声音，当时就纳闷：怎么喇嘛们只会念一种经？上帝啊，这可不是大炮和来复枪能够对付的。对付魔咒的，恐怕也应该是魔咒。那么我们的魔咒呢？我们用十字架信仰组成了精兵，也应该有十字架信仰创造的魔咒。他把达思牧师叫来，问他上帝的魔咒是什么？

　　达思牧师说："上帝通过圣子和圣灵传达给我们的只有福音、箴言、圣训、诗篇，没有魔咒。"

　　戈蓝上校说："上帝既然已经预言了异教魔咒的存在，就一定有对付异教魔咒的魔咒，只是你不知道罢了。"他叹息道，"马翁牧师一定知道，可惜我们现在找不到他，不知道他到哪里去了，活着还是死了？"

　　达思牧师说："上校，从明天开始，你也会这样说我，那个达思牧师，活着还是死了？我就要离开你了。"

　　戈蓝上校气急败坏地说："没用的牧师，要走就赶快走吧。"

　　那个亮丽尊贵又稍纵即逝的召唤又一次出现了："达思快来，等你，等你。"达思牧师查看地图，发现按照"吉凶善恶图"的指引，他必须到达工布江达境内的尼洋河南岸，才能继续修炼时轮堪舆金刚大法，走向另一条神通之路。

　　达思牧师离开时，菩媞姑娘依然跟着他。

　　经声和风声不分的魔咒越来越放肆地占领着戈蓝上校的耳朵，他的听觉被搞乱了，任何时候都觉得西藏人的千军万马正在朝自己奔杀而来，让他处在嘈杂恐惧之中无法睡眠，已经好几夜了。他找来军医看病。军医说："上校，你这是严重的神经耳鸣症，跟士兵们得的病一样。有好几个士兵除了西藏的咒语，别的任何声音都听不见了。你还好，还能听清我的话。"他这才知道，进驻拉萨的十字精兵，许多人都中了魔咒。军医又说："上校，我们不适应这个地方，不光我们英国人不适应，连雇佣军的廓尔喀人、印度人和南麓藏人都不适应。"戈蓝上校吼起来："不要给我胡说，你是不是也中了魔咒？你的话就是魔咒。"

作为上帝的信徒，戈蓝上校对抗魔咒的办法就是带领军队祈祷和竖起十字架。他说，祈祷是把我们的占领告诉上帝；竖起十字架是把上帝的占领告诉西藏的人和神。他让士兵在拉萨河边砍伐了几十棵杨树和松树，制作了许多大小不一的十字架，竖立在了拉萨所有的寺院、所有的箭垛、所有的高地上。他说："让耶稣基督的标志去战胜西藏的魔咒吧。我就不信，一直保佑我们的上帝，在我们实现军事目的、就要达到宗教和政治目的的时候，突然就不保佑我们了。"

拉萨的十字架如雨后春笋。立起它们的时候，戈蓝上校生怕和西藏人发生冲突，派了重兵保护。但西藏人似乎很麻木，不知道十字精兵在干什么，远远地看着，或者根本就不看。只有几个农民做出很生气的样子，那是因为十字精兵砍断了他们家院子里的树。所有十字架中，竖立在次松塘军营里的最高最大，那是两根原木的交叉，结实，沉重，光埋入地下的就有三米。

但是没过几天，所有的十字架都成了西藏人膜拜的对象。那些十字架上不仅挂起了经幡，还刻上了六字真言、文殊心咒、菩萨像和护法神像。处在路口和山包上的十字架，被西藏人当成了箭垛的骨架，他们自发地垒砌石头，插上树枝做的箭丛，装填起柏香、青稞、经文、佛像、酥油、糌粑，拉起绳索，缀上一道道风马旗，然后把喇嘛们请来，念着经绕上几圈，就变成了山野神灵新起的宫殿。它们的作用自然不是戈蓝上校希望的战胜西藏的魔咒，而是保佑拉萨富裕平安和帮助西藏人镇伏外道邪魔。还有几处十字架，成了嘛呢石经堆。西藏人尤其是妇女和孩子，带着刻有六字真言的嘛呢石从远方走来，一人丢几块，很快就掩埋了十字架。那些彩色的雕刻就像一个个舞蹈的人影，因了十字精兵的愤怒而欢天喜地。

只有次松塘军营里的十字架，仍然是耶稣基督的十字架。

戈蓝上校依旧处在西藏魔咒的折磨之中，严重的神经耳鸣症已经让他连续几天几夜睡不着觉了。耳朵里时时刻刻都在刮风或者诵经。他握起拳头，向上帝又是祈求又是发誓：找到达赖喇嘛，一定要找到达赖喇嘛。可是这样的愿望越迫切，就越找不到。派往哲蚌寺、色拉寺、甘丹寺、大昭寺以及拉萨所有寺院搜寻达赖喇嘛的十字精兵都回来了，结果是一样的：没有人知道达赖喇嘛在哪里，好像西藏根本就没有一个叫达赖喇嘛的人。

戈蓝上校也有点怀疑：达赖喇嘛是不是个虚构的神王呢？他带兵来到噶厦办公的大昭寺，问几个值班的政府官员："我们需要见到达赖喇嘛，请带我们去。"回答是："这得由达赖喇嘛决定。"戈蓝上校又说："我们需要一些粮食和牛奶，还有肉，希望你们尽快提供。"官员说："这得由达赖喇嘛决定。"戈蓝上校说："我们已经占领西藏，西藏必须听从英国的。否则，我们将惩处那些对我们不利的人。"回答还是那句话："这得由达赖喇嘛决定。"戈蓝上校大叫起来："我们不准你们用佛教那些乱七八糟的东西侮辱我们神圣的十字架，上帝必胜，知道吗？"回答没有改变："这得由达赖喇嘛决定。"戈蓝上校撕住一个官员，逼问道："达赖喇嘛在哪里？到底在哪里？"那人摇头道："不知道。"

好在这时来了首席噶伦顿珠。他是唯一一个愿意和英国人接触的噶厦高级官员。他把戈蓝上校带到过去摄政王迪牧活佛理事、现在他办公的文殊大殿里，让座上茶，态度恳切地回答了戈蓝上校的所有问题。

"达赖喇嘛在哪里？"戈蓝上校觉得这个问题一再从自己嘴里说出来，已经极其乏味了。

顿珠噶伦的回答和别人一样，但表情是诚实的："真的不知道。"

戈蓝上校说："也许达赖喇嘛只是一个虚构，根本就不存在。"

顿珠噶伦笑道："达赖喇嘛当然也可以不存在。"

戈蓝上校盯着对方狡黠的眼睛："什么意思？"

顿珠噶伦说："这里说话不方便，你还是去找找驻藏大臣否太吧。"

在驻藏大臣官邸，否太吸着冷气说："本大臣也是很长时间没见过达赖喇嘛了，如果达赖喇嘛已经离开拉萨销声匿迹，那么到底是谁在行使权力呢？看来不能说他避而不见，只能说他擅离职守，弃位而去。"他说着，兴奋得跳起来，"不如我们借机参奏，弹劾达赖，另立宗教权威，你我不是都方便了吗？"

戈蓝上校当即同意，说："贵大臣此番举动极见贤明，西藏的许多祸乱都是达赖喇嘛招致来的，今受处罚，罪有应得。快快草拟参奏电稿，交给我，我让人迅速拍发。"

参劾十三世达赖喇嘛的奏折当即由否太亲笔草就：

　　戈蓝上校抵藏，奴才当即往拜，并以牛、羊、米、面犒其士卒，又以礼物酬应办事诸员。该英员戈蓝上校深念邦交，与奴才颇为融洽。

　　据查，达赖喇嘛已于日前昏夜潜逃，询问僧俗番众，皆云不知去向。本年战争，该达赖实为罪魁，背旨丧师，拂谏违众，及至事机逼迫，不思挽回，乃复遁迹远飏，弃土地而不顾，究竟有无狡谋，实难揣测。自该达赖执掌西藏事务以来，天威有所不知，人言亦所不恤，骄奢淫侈，暴戾恣睢，无事则挑衅邻封，有事则潜踪远遁，种种劣迹，民怨沸腾，盖自有西藏以至于今，未有如该达赖之不肖者也。该达赖违例远出，并未咨报，若不严行纠参，实无以谢邻封而肃藩服。

　　乞代奏请旨，将达赖喇嘛名号，暂行褫革，并请旨饬令班禅额尔德尼暂来拉萨，主持黄教，兼办交涉事务。

此时，俄国和日本为抢夺中国地盘正在北京和沿海纠缠，内外交困的清朝政府无力调查否太参奏的真假，匆匆忙忙复电，就按他说的办了。复电云：

　　奉旨，否太电悉，着即将达赖喇嘛名号暂行革去，并着班禅额尔德尼暂摄。钦此。

否太立刻把朝廷复电抄写成告示，贴满了拉萨的各街各寺。又派人前往后藏日喀则扎什伦布寺延请班禅速来拉萨。但是班禅对教权和政权毫无兴趣，也知道去了拉萨会造成达赖喇嘛对自己的误解，借故推脱了，只捎来一封信：

> 钦奉恩命,自应谨遵,曷敢妄渎,惟查后藏为紧要之区,
> 地方公事须人料理,且后藏距江孜仅二日程,英人出没靡
> 常,尤宜严密防范,若分身前往前藏,恐有顾此失彼之虞。

似乎这是驻藏大臣否太早已估计到的,也不勉强班禅,而是前往次松塘军营和戈蓝上校商议,再上奏折,保举顿珠噶伦为新任西藏摄政王。电稿还是通过戈蓝上校发给了大清朝总理衙门,但朝廷却迟迟没有回复。

## 3

就在戈蓝上校怀疑达赖喇嘛的真实存在,而朝廷又革去达赖喇嘛名号之后,达赖喇嘛却更加铁腕地显示了他的权力。一件件除了达赖喇嘛,其他任何人都做不到的事情发生了,拉萨政教两界,乃至驻藏大臣官邸,突然紧张起来。

一个秋雨霏霏的日子,一队藏兵从曾任前线总管的俄尔噶伦家中,逮捕了前来拉萨避难的颇阿勒庄园的主人颇阿勒夫人,没收了所有带来拉萨的财物:金银财宝、珍珠玛瑙、毛织卡垫,还有几百袋细糌粑、酥油、奶皮、红糖、茶叶、盐巴以及驮运的骡马等。罪状是不遵守噶厦颁布的严禁外国人入境的法令,公然容留来历不明的洋人牧师达思,并把达思介绍给班丹活佛,而正是这种施主身份的介绍,让达思从班丹活佛那里获得了侵略西藏的"吉凶善恶图"。更应该受到惩戒的是,明知达思是随同十字精兵来犯的异教牧师,还允许自己的女儿菩媛姑娘随他而行并想嫁给他。一个在西藏危难时刻,把洋魔牧师认作女婿的西藏庄园主,难道不应该受到惩罚吗?

受到牵连的还有俄尔噶伦，也被藏兵带走了。

俄尔噶伦似乎知道会有这一天，也知道他还会回来，走的时候对颇阿勒夫人的大女儿央真说："哪儿也不要去，就在家里等着。你看，我连铺盖衣物饭碗也没带。"又对带他走的藏兵首领说："我不为难你们，你们也不要为难我。我虽然跟前摄政王迪牧活佛关系不错，但我也是忠于达赖喇嘛的。过去我听迪牧活佛的，因为他在我头上，我还想把这个噶伦做好做久呢。现在达赖喇嘛到了我头上，请告诉他，他就是太阳，我希望也能给我一点热乎乎的光，我会誓死为他效劳的。"

他把这番话说给了从现在起，能见到的所有管用的人。可以想见他们肯定传禀了达赖喇嘛，不久他就被放了出来。

这一个傍晚，俄尔噶伦快步回家，径直走进了央真姑娘的卧房："我回来了。"

"啊，回来了。"央真很高兴，朝门外望去，想看到阿妈的影子。

俄尔噶伦二话不说，抱住就亲："现在，你可以是我的了。"

央真推搡着他："阿妈呢？阿妈呢？"

俄尔噶伦说："别问你阿妈了，几个月前，在你用鞭子抽打公牛的时候，我心里就只想着你了。你不是说，你自己想知道我是不是男人吗？现在你就会知道了。"

"啊嘘，啊嘘，俄尔叔叔，你不能这样。"

"别叫我叔叔，从今以后我就不再是你叔叔了。我是颇阿勒庄园的主人，你是主人的老婆。"

但是俄尔噶伦想占有颇阿勒庄园并娶央真为妻的企图并没有实现，就在这天晚上，拉萨发生了一件西藏人杀西藏人的血案：凶手是颇阿勒夫人的儿子鹊跋，他在央真卧房的门口，杀死了俄尔噶伦。

对鹊跋来说，恨俄尔噶伦早已超过了恨英国十字精兵，所以杀人后他逃向了次松塘军营，一路喊着："洋魔救我，洋魔救我。"

发生俄尔噶伦事件的同时，一队藏兵在大昭寺文殊大殿内逮捕了顿珠噶伦。

顿珠噶伦问他们是谁派来的。他们说是甘丹寺赤巴（法台）岩措坚赞大活佛派来的。等见到了岩措坚赞大活佛，顿珠问道："谁给你了权力，居然要逮捕噶厦的首席噶伦？"大活佛说："达赖喇嘛给的权力。"顿珠问："达赖喇嘛呢？我有话当面要禀告他。"大活佛望着天空自问自答："达赖喇嘛呢？不知道。"

岩措坚赞大活佛在把顿珠噶伦投入布达拉宫夏钦角牢房的同时，向各大寺院以及拉萨市民宣布了顿珠噶伦的罪状。

据四品俗官民兵总管曲哲丹诺禀报，噶厦紧急组建的三个藏军代本团，只有林芝代本团到达江孜战场，昌都代本团和藏北代本团遭到噶厦派员的阻拦而半途返回。经查实，此派员是顿珠噶伦的私人亲信，而非噶厦公务人员。由于顿珠噶伦阳奉阴违，倾心向敌，致使卡诺拉山口之战一败涂地。

顿珠噶伦始终不知道，民兵总管曲哲丹诺是达赖喇嘛的亲戚，在他准备把两个藏军代本团没有到达江孜战场的责任推卸给曲哲丹诺之前，曲哲丹诺就已经向达赖喇嘛告知了真相。

这是最主要的罪状。还有他在担任民兵总管期间，滞留拉萨，不上前线，拖延征兵，迟迟不去参战，基本没有筹集武器弹药的罪状；有在作为"特别会议"召集人负责审讯谋害达赖喇嘛案件时，挟仇报复，滥用私刑，逼死人命的罪状；有异教英人来犯拉萨之后，谀媚逢迎，出卖西藏利益，丧失佛教尊严的罪状。

但在驻藏大臣否太看来，最主要的原因是：他上奏朝廷保举顿珠噶伦为新任西藏摄政王，虽然朝廷迄今没有批复，但达赖喇嘛已经敏感地意识到顿珠噶伦威胁到了自己，同时也是做给他驻藏大臣看的：如果你想把一个借着英国入侵实现野心的人扶上台，他就绝不会有好下场。

接着，一队布达拉宫喇嘛潜往江孜，以甘丹赤巴岩措坚赞大活佛的名义，把日囊旺钦、当周活佛、江孜宗本岩措，从日囊庄园诱骗到白居寺，在宣布逃离战场、屯兵不战、亲近洋魔异教、私藏兵力、图谋暴乱的罪状之后，当即逮捕。被逮捕的人没有丝毫申辩，他们知道马岗武装的存在已经引起了达赖喇嘛和噶厦的高度警惕，结果只能是悲惨的：一个寺院或一个庄园的武装壮大到足以影响整个抗英战争的局面，那它就远远超出了保护自己、避免侵吞的范围，很可能已经成为一支对抗甚至推翻达赖政权的力量。

考虑到日囊庄园里还驻扎着属于马岗武装的当周代本团和一些私人武装，路上很容易出事，布达拉宫喇嘛就没往拉萨押送，逮捕之后审讯了两个时辰，就把三个人拉上宗山，在城堡的废墟上一阵乱棒打死了。

当周代本团得知音讯后前往营救，只抢到了三具蒙着头脸的尸体。他们迅速把尸体抬下宗山，投进了年楚河。

消息传到拉萨，驻藏大臣否太心惊肉跳。他心知肚明：这样的举措，仅靠甘丹寺赤巴岩措坚赞大活佛是办不到的。达赖喇嘛就在拉萨，而且就在象征最高权力的布达拉宫。他想到自己的处境，驻藏大臣官邸只有几十个清兵侍卫，万一达赖喇嘛借口他跟英国人关系密切而惩罚他，他没有任何能力反抗，只能受死。他死后噶厦只需这样报奏朝廷：藏众因恨英人而累及否太，群情激愤，无法拦阻，一俟查清凶犯，定当严惩不贷云云。天高皇帝远，朝廷就是知道了究竟，也毫无办法。

这么想着，否太便起轿前往次松塘军营，想住在那里，得到十字精兵的保护。但是他离开官邸没多远，就被前驻藏大臣文硕拦住了。

文硕站在大轿前面，叉腰而立，大声道："前面就是拉萨河，莫非否太大人想去跳河？跳河是应该的。你和英国人内外勾结，丢了大清朝的脸面，是个死有余辜之人，早就该死了。"他举起右手说，"你看，老夫剁掉了自己的指头，逢人就说，就是这个手指，蘸着印泥戳在了条约上。你呢，应该剁掉自己的头。"

否太让随从的清兵驱赶，看驱赶不走，又命令清兵把文硕抓起来。立刻跑来一些西藏人，围住了那些清兵，要求把文硕放了。

否太只好又命令清兵放人，赶紧绕开那里，奔逃而去。

文硕指着轿子大骂不休："蟊贼，蟊贼，大蟊贼，竟然有胆坐轿，在西藏人面前耀武扬威，打死他。"


定居拉萨的文硕已是一个平民百姓，整天待在雪村姑娘家里，很少出现在拉萨街头。但是今天他出现了，他听说达赖喇嘛已经下达了不准迪牧活佛转世的命令，就想去丹吉林看看这位老朋友。到了丹吉林才知道，噶厦已经没收了丹吉林和迪牧本人的全部财产，这些财产的价值超过了拉萨所有寺院，被称为全藏之冠。财产中一切金银财宝都集中在了布达拉宫仓库中，其他物品则由拉萨各大寺院平均瓜分。同时噶厦还没收了丹吉林分布在全藏各地的大小五十多座庄园和牧场，这些庄园和牧场将由噶厦派人管理，作为亲政后的达赖喇嘛赏赐臣属的储备。而迪牧活佛本人，不仅仅是不能转世了，连他这一世也将一命归西了。

迪牧活佛告诉文硕，有人已经送来了黑白两种药丸，都是毒药，区别在于黑药丸让你五内如焚，吐血而死；白药丸让你头疼如裂，七窍流脓而死。之所以都送来，是想让他自己有个选择：吃了黑药丸，他的灵魂可能还会飞升而去，但死前相当痛苦；吃了白药丸，灵魂就失去了离开躯体的通道，会憋死在肉身里，但人眨眼就会失去知觉，死前的痛苦少些。迪牧活佛托起手掌中的黑白药丸给文硕看。

文硕问："谁送来的？"

迪牧活佛说："我不认识。"

文硕又问："那么他代表谁？"

迪牧活佛摇摇头，无奈地表示：这难道还用问吗？

丹吉林院内，专门为卸任摄政王迪牧活佛修造的牢房坐落在大自在佛殿的西侧。狱卒也知道今天是迪牧活佛最后的日子，便也愿意让文硕用一颗成色几近完美的珊瑚贿赂自己，允许对方来到牢门前跟迪牧活佛说话。一门之隔，两个人可以从递送食物的窗口看到对方。

文硕问："你打算吃黑的，还是吃白的？"

迪牧活佛淡然一笑："我都不吃。他们低估了我的修炼，还不知道我已经是一个说走就走的人了。只要我进入悲智行愿四菩萨大法，就会有人来帮助我。"说着，手一倾，任凭黑白两粒药丸滚落到地上。

文硕诧异道："可是我听说西甲喇嘛破坏了你的闭关静修，你跟四菩萨大法已经无缘了。"

迪牧活佛收敛了笑容说："也许西甲喇嘛把我从密境地宫里叫醒，正是对修炼的帮助呢。我已经不恨这个弟子了，我天天都在感激他。如果他不叫醒我，我就不会把战争当作修炼的过程，不会把从摄政王的位置上下来看成是修炼的一部分，也不会有这个一步见方、只能坐不能睡的牢房成为我最后的闭关之地。悲智行愿四菩萨大法是一线单传的，同时代里不会有成就此法的第二个人，别人有果，我只能不果，但如果别人放弃修炼，愿意把他的成就传输给我呢？那我就成了得到法统的人，我就来去自由了。"

文硕还是没搞懂，四下里看看：谁会帮助迪牧活佛呢？

迪牧活佛说："你看，我已经半个月没有吃饭了。半个月前他们不给我碗，像喂狗一样把糌粑团随便扔到地上，想气死我。我想我已经是狗了我还生什么气？狗是不在乎吃多吃少、吃好吃坏的，只要给吃的，就摇尾巴。我天天摇着尾巴，从此不说'加巴索'了。后来给了碗，而且是银碗，你看看就是这个。"他把一个锃亮的银碗从递送食物的窗口扔了出来，咣当一声落在文硕脚前的石头地上。"给了银碗，我却不吃饭了。我天天晚上都能见到释迦牟尼，我为什么还要吃饭呢？佛祖还是那样，背衬着金色，足踏绿云红莲，光环灿烂，花带绕身，跣足袒肩，面带无上微笑。佛祖的法力加持着我，只要我按照关我的人的要求早中晚口诵一百遍《忏悔经》，我就像吃了最好的饭喝了最好的茶一样。你看看我的脸色，好不好啊？"

文硕这才留意到迪牧的气色，的确不错，比他看到的任何时候都好。

迪牧活佛说："雷一响，云就烂了；人一恨，心就坏了。心坏就让他坏去，生灵可不能坏。西藏的魔鬼太多啦。仇恨是魔鬼的妈妈，你恨我，我恨你。现在又来了异教洋魔。洋魔是迟早要去的。佛祖是这么说的。佛祖叫来了洋魔的上帝,责问上帝为什么要这样？上帝说是为了后世之人的觉醒。现在，觉醒的种子已经种下了，就在这里，看啊，就在这里。"他从怀里拿出一沓经文让文硕看了看，又小心翼翼地放回去。"天国法音，我都记在这里了。佛祖的话，上帝的话，还有我的话。佛祖说，这个晚上，是最后的对话。我一听就知道我该走了。"

文硕没想到迪牧活佛会这样坦然，心里很高兴，就说："还有什么事情要我做吗？"

迪牧活佛用诵经时才有的喜悦的声音说："看啊，帮助我的人来了。"

文硕扭头一看，就见沱美活佛信步走来。他身后是西甲喇嘛。

"佛爷，佛爷。"西甲喇嘛在牢门前扑通跪下，眼泪止不住哗啦啦流淌。

迪牧活佛面色冷峻地说："哦，是前线总管西甲大人，我的弟子，现在官做得比我大了，有资格来给我送行了。我几次想给你送行，结果反倒是你来给我送行。各人有各人的命，不管是佛的命，还是人的命，都得顺从无法预料的天意。"

西甲喇嘛用手掌擦着眼泪说："佛爷，我是来救你的，我要去找达赖喇嘛。"

迪牧活佛叹口气说："你救不了我，你连你自己都救不了。小心，达赖喇嘛会杀了你。我的时间已经到了，沱美活佛，开始吧。"

这天，就在沱美活佛于牢房外面修起悲智行愿四菩萨大法后，迪牧活佛面带微笑，圆寂而去。这就是说，沱美活佛放弃了修炼，把自己获得的悲智行愿四菩萨大法的成就传输给了迪牧活佛。迪牧的圆寂，意味着他已经完成了从世间肉身佛到神界法身佛的转变，他就是天上的神灵了。

灵魂升天的瞬间，拉萨落下一场小雨，天空飞架起了巨大的彩虹。

当天晚上，迪牧活佛走进布达拉宫，扇灭了所有的酥油灯，又在喇嘛们惊慌失措的时候，同时点亮了所有的酥油灯。迪牧活佛显灵了。

很多人惧怕着迪牧活佛的显灵，不希望他再回来。

第二天，噶厦便派出数百藏兵，摧毁了丹吉林的大部分殿堂，因为它会让迪牧活佛的灵魂藏身修养，然后跑出来恣肆妄为。那些跟迪牧活佛朝夕相伴的佛像也被彻底捣毁，因为它们给了迪牧活佛殊胜无比的加持。只留下了供奉着旦巴泽林铜刀护法的护法殿，这个护法神是任何人都不敢得罪的。《圣史》上说，"丹吉林"的意思是佛教兴旺洲，西藏总是佛跟佛打架，怎么能兴旺呢？

戈蓝上校和许多十字精兵看到了摧毁丹吉林的场面，痛惜得又是跺脚又是摇头：可惜可惜，那么多古老的珍宝都被毁掉了，要是能运到英国，那得建造多大一座博物馆？女王和所有王室成员都得出席开工典礼。

痛惜之外便是恐惧：在西藏，谁有权力这么做？神王达赖喇嘛，他就在这里。就算你不承认他的存在，就算已经被大清朝革去了他的名号，但他没有一刻消失在权力之外，反而在越来越神秘的氛围里，更加明朗地显示着无处不在的冷酷和威严。戈蓝上校不禁打了个冷战：达赖喇嘛，一定要找到达赖喇嘛。

4

西甲喇嘛被容鹤中尉和桑竹姑娘从宗山城堡的死尸堆里救下山后，一直在白居寺养伤。十字精兵抢走了所有的金银珍宝，却留下了曼巴扎仓里的所有藏药。藏医喇嘛就用这些药，又是外敷又是内服地给他治疗，还做了取出弹头弹片的手术，总算渐渐好起来了。之后他在桑竹姑娘和容鹤中尉的陪伴下，回到了拉萨。桑竹姑娘要他住在桑竹庄园，他想了想，没有答应。还不知道自己命运如何呢，怎么能牵连桑竹姑娘？再说，中间还有容鹤中尉，他已经明白容鹤中尉的意思了。他住进了拆毁后的丹吉林。仅存的供奉旦巴泽林铜刀护法的护法神殿，成了他的栖居之地。

丹吉林被摧毁后，僧人都被分流到拉萨三大寺严加看管，这里再也没有别人。西甲实际上成了守寺的喇嘛，每天除了点灯拜神，再就是扫地抹桌。一个在前线叱咤风云的前线总管，回到拉萨后，竟然寂寞成枯，清净得只有麻雀的叽喳来打扰他。他当然并不意外，十字精兵开进了拉萨，抗英战争失败，那么多西藏人惨死在战场，而他却依然活着，能有这样的结果就不错了。他不会从政治、经济的角度去考虑战争的失败，只觉得是自己的问题：一个被达赖喇嘛任命的前线总管，做不到达赖喇嘛说的"寸步不让，寸土必争"，那就是对不起达赖喇嘛，就应该受到惩罚。

西甲喇嘛在旦巴泽林铜刀护法神面前说："达赖喇嘛就像冬天宽容着牛粪火，没有把一切冻僵。首席噶伦顿珠被逮捕了，日囊旺钦、当周活佛、江孜宗本岩措都被打死了，连前摄政王迪牧活佛也都在战争失败之后圆寂了，而我却好好的，不仅我的命长，还能这样清净地过日子。这日子也太清静了。"似乎这句话刚说完，清净的日子就结束了。

一切智·虚空王浪喀加布突然出现在他面前，还是穿着不僧不俗的紫色氆氇袍，虽烂却干净，愈加浓烈地散发着阵阵原野的草香。不同的是光头上长出了一层短粗密集的头发，黄黄的，如同洒了一层金粉，让人觉得他好像又年轻了。一百多岁的年轻人，来到西甲喇嘛跟前，露出天生的顽皮，嘿嘿嘿地笑。

虚空王说："喂，西甲喇嘛，你为什么没有把洋魔赶走？你不仅不赶走，还想方设法给他们提供方便。十字精兵是你放进来的吧？马翁牧师是你请进来的吧？容鹤中尉是你带进来的吧？没有达思牧师的'吉凶善恶图'，洋魔说不定连春丕都到不了。谁献出了'吉凶善恶图'？这个人和达思牧师走到一处了。"

西甲喇嘛说："噢呀大师，佛给佛说话，佛才能听得懂。我是一片黄泥臭水，照不出星星的光亮。春蚕能吐丝，那是生就的本领。我办了些蠢事，那是偶尔的巧合。大师，你能不能说几句让我高兴的话？"

虚空王说："不能，西甲喇嘛。你违背了一个修法人的二十五禁行，没有守住佛性，你要付出代价。西藏是佛地，谁来了都得信佛，要是不信，他就待不住了；要是待住了，说明人家信了，多一些佛教徒岂不更好？你呀，打什么仗。战争不是上帝和佛陀发动的，更不是上帝之徒和佛陀之徒能够参与的。死了那么多人，西藏的天空到处都是冤屈的灵魂，你是要承担责任的。西甲喇嘛，赶快离开这里，去看看容鹤中尉和桑竹姑娘还在不在桑竹庄园，我要在丹吉林……"他看看不远处，突然压低声音说，"我要在这里给英国人造一尊神像。"

西甲喇嘛这才发现，不远处站着一些人，为首的是金匠大头领巴杰布。

这支齐全庞大的修庙塑像队伍，一直跟着虚空王，从朗热高地到拉萨，沿途造了好几座庙、塑了几十尊佛像，规模虽然都不大，却让工匠们忙得不亦乐乎。塑像中除了马头、牛头、猪首、鸦首四大退敌金刚，最主要的是一尊谁也不认识的神像。神像以虚空王的蓝图为依据，蓝图就在他脑子里，所以叫意图更准确。胖瘦程度，高矮尺寸，眼睛多大，鼻子多高，头发如何披纷，嘴巴如何冷峻，腿脚如何弯曲，等等，都由虚空王说了算。最初几尊塑得很艰难，虚空王怎么也不满意。后来工匠们熟练了，也就麻利快捷起来。但谁也不知道是什么神的塑像，只觉得怎么看都不像西藏人，也不像印度人。请教虚空王，虚空王深沉地不回答。

西甲喇嘛打了愣怔，吃惊虚空王居然要给英国人造一尊神像，这不是叛变西藏是什么？但他来不及质问虚空王，就被虚空王推走了："快去，快去。"

西甲喇嘛疾步走去，焦急地想：容鹤中尉和桑竹姑娘怎么啦，为什么不在桑竹庄园？

塑像的材料都带来了，那么多工匠忙前忙后，一尊站在高高的祭台上的神像很快立了起来。就在丹吉林的废墟中央，一片清理出来的平地上。工匠们塑像的时候，虚空王去了一趟次松塘军营，邀请戈蓝上校前来参观。

戈蓝上校一见他就惊叫起来："我认识你，你能在燃烧中升天。你还想让我踩踏你的身子吗？"

虚空王说："不了。我来告诉你，我是一个欢迎十字精兵占领拉萨的喇嘛。不相信吗？跟我去看看就相信了。"

戈蓝上校说："欢迎十字精兵？达赖喇嘛会处死你的。"

虚空王说："达赖喇嘛？他敢处死我？我早已是一个死去的人啦。"

戈蓝上校生怕有诈，带了许多全副武装的英国人来到丹吉林，恰好神像刚刚竣工。戈蓝上校愣住了，所有的英国人都愣住了：耶稣基督？即使在英国也没有这么神似这么高大的耶稣受难塑像。"上帝啊。"戈蓝上校看看虚空王，再看看那些工匠，紧张的脸上露出了笑容。"没想到，真有欢迎我们来拉萨的喇嘛。这尊耶稣基督的圣像就是证明。你为什么不背弃佛教,穿上道袍,做我们的牧师呢？"

虚空王哈哈大笑："做喇嘛和做牧师有什么区别？"

戈蓝上校说："耶稣基督带给世界上帝的福音，它让我们强壮文明，所向无敌，死后进入天国。"

虚空王说："活佛喇嘛带给世界佛陀的福音，它让我们修心向善，生死度外，脱离轮回。"

戈蓝上校说："也许佛陀有福音，却只能让西藏逢战必败。"

虚空王吹口气，像是要把对方的话吹散："不说这个了。你们觉得这里还缺少什么，我非常愿意效劳。"

戈蓝上校说："教堂，在耶稣圣像的上面，应该有一座教堂。"

虚空王指着身后齐全庞大的修庙塑像队伍说："这里有西藏最好的工匠。我们现在就可以动工，就用拆除丹吉林的木料和石头修建教堂吧？如果你能再派一些挖地基、搬石头的士兵，教堂明天就能起来。"

戈蓝上校说："看样子达赖喇嘛做了件好事，他摧毁了丹吉林，却成全了一座教堂。"

教堂盖起来了，虽然只是一高一矮两间房子，却修得有模有样，尖塔、坡顶、门廊、椭圆的窗户、牧师讲台、忏悔室，靠里正中就是那尊耶稣基督受难塑像。

戈蓝上校高兴得都忘了失眠带给他的痛苦，连连赞叹，对虚空王说："喇嘛你真了不起，你好像很熟悉教堂。"又转向身后的十字精兵，大声宣布道，"这是一个重要开端，甚至比十字精兵占领拉萨都重要。我们将从今天开始，把上帝的福音传遍西藏。这个教堂，就叫拉萨教堂。"

唯一缺少的，就是主持教堂的牧师。

戈蓝上校说："本来我们是有牧师的，有马翁牧师和达思牧师，一个不知去了哪里，总也找不见；一个离开拉萨，去了工布江达。看来，在真正的牧师入住之前，必须由我来代理牧师了。"这么说着，他就走向讲台，开始布道。

虚空王悄悄走了，所有的工匠都跟他走了。等戈蓝上校布道完时，拉萨教堂里就只剩下了十字精兵。而在教堂外面，簇拥着不少西藏人。他们好奇而虔诚，观察着，议论着，纷纷把额头碰在教堂的墙壁上，以示膜拜。恍惚之间，戈蓝上校觉得他已经拥有了第一批西藏教民。西藏人以无与伦比的热情，正在自发地皈依耶稣基督。

此后的几天，拉萨教堂十分热闹。更多的西藏人来到了这座新起的建筑前。等戈蓝上校带着十字精兵，再次走进拉萨教堂，要跟部下布道时，发现拉萨教堂已经消失了。不，不是教堂消失，建筑还是原先的建筑，圣像还是原先的圣像，但作为上帝福音堂的意义却一点也没有了。圣像披上了彩缎、哈达和珠宝，祭台前摆着一溜儿酥油灯、七珍八宝的佛供、糌粑做的朵玛和手抓肉。教堂的墙上，挂上了佛祖功德故事和莲花生大师降魔故事的唐卡，梁上悬挂着经幡。经幡绵延到门外，把整座建筑都装饰起来了。很多西藏人簇拥在门内门外，念着经，摇着嘛呢轮，或者跪下磕头。几个喇嘛盘腿坐在祭台前他们自己带来的卡垫上，每人腿上放着一沓长条经文，抑扬顿挫地念着，不时地摇晃着金刚铃：当啷，当啷。一切都是心照不宣的，佛法僧三宝转眼就齐全了。

戈蓝上校让翻译问问这些西藏人为什么来这里。

一个西藏人兴奋地说："野苏吉度，野苏吉度，大大的护法神，多多地保佑哩。帽子摘掉，赶快跪下，你们不跪下，护法神就不高兴了。"听他的口气好像这个叫野苏吉度的护法神，本来就是属于西藏、属于丹吉林的，丹吉林一摧毁，他就仗义地站出来，要造庙护法，恢复丹吉林的威严了。是的，在西藏人眼里，这拉萨教堂不是人盖的，是野苏吉度大护法神自己盖的。他们只是有些奇怪，过去的护法神都是壮硕胖大的，怎么野苏吉度大护法神如此消瘦，瘦得肩胛骨和肋骨都清晰可见？他们问一个喇嘛："大护法神怎么这么瘦啊，是不是饿的？"喇嘛煞有介事地说："《造像经》上就是这样的，好好献供就会胖起来。"于是他们拿来了最好的酥油、糌粑和冒着热气的肥嘟嘟的手抓肉，排场地放在祭台上，期待大护法神享用了以后尽快胖起来。大护法神果然胖起来了——一个功德林的喇嘛用浓艳的石头染料拌和着阿嘎土，抹平了野苏吉度凹凹凸凸的肩胛骨和肋骨。

野苏吉度，上帝的儿子成了佛的护法神？

戈蓝上校呆愣着，突然听到一阵如风如雨的经声猛然响起，魔咒出现了，多少日子一眼未合的痛苦锋利地切开了麻木的神经，一阵尖锐的疼痛出现在脑子里。他眼前一片空茫，什么也没有，没有耶稣基督、拉萨教堂，也没有西藏，只有一股强大的气旋，旋走了他心中的上帝。他在无边落寞中挺立，他成了荒凉本身，一任灵魂飞去，满目空旷。他突然意识到，佛的包容超过了一百个上帝。西藏是一个有能力改造一切的地方，任何外来的神，不管有益无益、有害无害，最终都会变成佛的护法神。他转身就走，没走几步，一头栽倒在地。

十字精兵抬起戈蓝上校，朝次松塘军营飞奔而去。

在野苏吉度大护法神和他的护法神殿耸立起来没多久，就从西藏的民间艺人那里产生了关于野苏吉度的古老传说：很久很久以前，观世音菩萨第一次来到雪域上空，看到野苏吉度山的山神称霸一方，为非作歹，就让莲花生大师从印度乌仗那赶来雪域收服此恶霸山神。莲花生大师风驰电掣而来，经过七七四十九天的搏斗，终于降服了野苏吉度山神，让他变成了佛教在西藏的大护法神、善良有益的化身。

要问野苏吉度山在哪里？有人会十分肯定地回答：在雅鲁藏布江的源头、冈底斯山的怀抱里。

在西藏，传说是最牢固的历史和最确凿的证据，谁也抹不去了。

让西藏人略感遗憾的是，这个护法神脑袋耷拉着，瘦骨嶙峋，精神不振，一点怒发冲冠、威震三界的样子都没有。大概是饿了，好长时间没吃东西了。所以在祭台上又增加了许多糌粑、酸奶、奶皮、油炸的面食和大块的牛羊肉。他们希望突然降临这里的野苏吉度护法神，多多地吃喝，尽快肥胖壮实起来。

## 5

虽然西甲喇嘛已经想到，容鹤中尉不可能永远平静寂寞地待在桑竹庄园，总会有人过问他的事情，但没想到过问的不是容鹤中尉帮助西藏人的功劳，而是他的罪状。西甲喇嘛听桑竹姑娘说，抓走容鹤中尉的既有喇嘛也有藏兵，口口声声说着"噶厦"，便直奔大昭寺噶厦成员办公的地方。

但在这里，他根本找不到一个能够做主或者愿意听他说话的人。他喊起来："我是前线总管西甲喇嘛，知道吗？你们抓走的英国人在哪里，我要见他。"

有几个喇嘛笑了："什么前线总管。前线在哪里？前线都没有了，还要什么总管？"

西甲说："不管前线有没有，达赖喇嘛的黄绢旨命不会没有吧？"

几个喇嘛都说："那你就去找达赖喇嘛，我们没看到过什么黄绢旨命。"

西甲喇嘛没了办法，骂骂咧咧走出大昭寺，带着等在门口的桑竹姑娘，去策墨林找尊师沱美活佛想办法。

沱美活佛听了后长叹一声说："西甲喇嘛，灾难离你越来越近了。还有姑娘，看来你谁也不能跟了，跟谁都是灾难。赶快走吧，远远地离开拉萨。"

西甲说："尊师啊，你就说容鹤中尉的事，不要说我们的事。"

沱美生气地说："现在的噶厦，没有一个管事的，你去大昭寺干什么？"

西甲说："我不给容鹤中尉说情，还有谁能给他说情？"

沱美让人拉来两匹马，带着西甲喇嘛要去布达拉宫，看到桑竹姑娘跟在后面，慈祥地说："你不要去了，布达拉宫不是女人去的地方。"

布达拉宫彭措多朗大门口，守门的喇嘛也不认他这个前线总管，死活不让进。沱美活佛只好自己进去，嘱咐西甲喇嘛在门外台阶上耐心等待。

很长时间沱美活佛才出来，脸色阴沉地说："容鹤中尉的事情你就不要管了。他作为战争罪犯，是杀了不少西藏人的，从战场回来的人都知道。"

西甲说："我不能不管，他一趟趟往宗山城堡送水，命都豁出来了。他救了桑竹姑娘，是桑竹姑娘的恩人。他背叛了洋魔，就是我们的人啦。"

沱美说："这些我都说啦。但功和罪互相一抵，他又不是我们的人了。容鹤中尉必须离开西藏。现在的问题是，谁能给他做保人，没有保人，他还是要被关起来的。"

西甲说："我呀，我就是保人。"

沱美说："你不能做保人。你是迪牧活佛的人；你作为前线总管没有打败洋魔，让洋魔牛羊似的一群一群开到了拉萨；你让那么多西藏人死在了洋魔的枪炮底下；你擅自烧毁了村舍、颇阿勒庄园、青稞地；你怂恿贱民抢砸官府和庄园；你还有放跑敌首之罪，本来戈蓝上校已经落入网中，你却慈悲得超过了菩萨，结果让他们卷土重来。这些账还没跟你算呢，你又想做洋魔的保人了。想收拾你的人就等着你有多多的把柄呢。西藏的规矩是，保人承担被保人的所有罪责。就算容鹤中尉听话地离开西藏，他也会把自己过去的罪过全部留给你。恨你的人想什么时候收拾你就什么时候收拾你，你知道吗？"

西甲说："这个嘛，不知道，但现在知道啦。尊师，这样不好。一百个麻雀看起来一样，但这个拉屎的麻雀不是那个拉屎的麻雀，那个拉屎的麻雀现在正在吃食呢。啊嗞，那么多的事情都放在了我身上，我成达赖喇嘛啦。我是迪牧活佛的人，但他圆寂的时候没有带我上天，我就是尊师你的人啦。我是前线总管，达赖喇嘛的黄绢旨命不会不算数了吧？这次没有打败洋魔，下次就打败啦，他们要是不信，就让我再打一次试试。那么多西藏人死啦，我也想死啦。烧毁村庄和颇阿勒庄园是我的战略战术，没有战略战术怎么打洋魔？抢砸官府和庄园是因为官府宁肯把粮食送给洋魔也不发给贱民，贱民要打仗，不能一仗没打就先饿死吧？放跑戈蓝上校不对吗？要是不对下次就不会放跑啦。慈悲超过了菩萨就是大菩萨。尊师，我还是想当保人。"

在西甲喇嘛的一再要求下，沱美活佛返回布达拉宫，也不知他见到了谁，出来时身后跟着七八个精壮喇嘛。为首的胖喇嘛恭敬地让他们师徒在之字形的石阶下面等着，他们去布达拉宫下面的夏钦角牢房提出了容鹤中尉。

胖喇嘛边走边用英语说："我再说一遍，你必须马上离开西藏，现在就离开，哪儿也不能去，就从布达拉宫走，往你们英国走。"

容鹤中尉说："我要是不离开呢？"

胖喇嘛说："我们接到的命令是驱逐出境，你不走是不行的。你对我们来说，活在西藏就是麻烦。我们会派人一直跟着你。快走吧，万一命令有变化，你会死在这里的。到那个时候我们就不好说话了。"

容鹤中尉又问："谁在下命令？"

胖喇嘛说："这个我们也说不清，我们的头顶有太阳，有月亮，还有满天的星星，哪个的命令我们都得听。"

在两个喇嘛的押送下，容鹤中尉只能走了。他跟西甲喇嘛告了别，又询问桑竹姑娘在哪里。刚问完，就看到桑竹姑娘正在不远处的雪村巷道里朝这边张望，便大步走了过去。西甲喇嘛也想跟过去，却被胖喇嘛拦住了。胖喇嘛面上带笑，口气却是不容置辩的："西甲保人，你得跟我们去夏钦角牢房。"几个精壮喇嘛立刻过来，撕住了西甲喇嘛。

桑竹姑娘看见了，跑过来喊道："西甲，西甲。"

西甲挥手道："桑竹啊，你快快跟他去。"

桑竹姑娘说："西甲你什么时候出来？我等你。"突然又想到，她已经没有资格也没有心情等他了。自己已是一个被十字精兵污脏的人，她绝不想再去污脏心爱的男人、干净的喇嘛。

西甲似乎看懂了她的心，笑着说："我已经是保人啦，我保佑你们吉祥。忘了我吧桑竹姑娘，我到底是个喇嘛，不能跟你在一起。"他突然感到胸腔里一阵酸涩和潮湿，眼泪哗啦啦流下来。不期而至的悲伤让他有了一种不祥的预感：自己很可能再也见不着桑竹姑娘了。

几个喇嘛推搡着西甲。桑竹姑娘想说什么，又把话咽了回去。

沱美活佛催促道："姑娘，你赶快离开这里，千万不要跟着那个英国人走。"


桑竹姑娘没有听沱美活佛的，她跟上了容鹤中尉。

容鹤中尉知道她心里惦记着西甲喇嘛，直截了当地说："我们必须放弃西甲喇嘛，不然我们走不了。"

桑竹姑娘说："我们走了，他会死的。"

容鹤中尉说："是因为我们而死，还是西藏方面本来就想处死一个打了败仗的前线总管？"

桑竹姑娘摇摇头，这个问题对她来说太复杂了。

容鹤中尉说："我看是后者，我们就是不离开西藏，西甲喇嘛也会受到惩罚。"

桑竹姑娘不说了。一行人默默走着。

押送容鹤中尉出境的是几个喇嘛而不是全副武装的藏兵。说明西藏方面没有把他当作敌人对待，也不想引起十字精兵的警惕和激烈反应。但喇嘛的思维里没有世俗的情分，当他们决定把这个死心塌地跟着英国人的姑娘抓起来时，丝毫没有顾及容鹤中尉的感情，更没有想到，如果桑竹姑娘不跟着容鹤中尉，容鹤中尉就只能不走。

功德林到了。喇嘛们提出休息。一个喇嘛跑进功德林，对管家说："太难看了，一个西藏女人，跟着一个英国人，而且在西藏的土地上。真是丢脸啊，她丢的不是她的脸，是西藏的脸。抓起来吧。"

功德林管家说："抓起来？放到哪里？"

喇嘛说："交给藏兵。洋魔霸占了多少西藏女人，我们的藏兵却常常是轮不上的。把这个瞎狗一样跟着英国人跑的女人交给藏兵去收拾。"他扇了一下自己的嘴，心说一个喇嘛居然有这样的想法，真是罪过。但这样的想法也许才是最解恨的想法。

功德林管家恨死了英国十字精兵，对一个西藏女人竟敢在光天化日之下追随英国军官，更是气上加气，咬牙切齿地说："好主意。我们收拾不了洋魔，还收拾不了一个讨好洋魔的西藏女人？"立刻派了几个喇嘛，跑出去，把桑竹姑娘绑了起来。

桑竹姑娘没有惊慌，几个气势汹汹的喇嘛一到跟前，她就想起了沱美活佛的话："看来你谁也不能跟了，跟谁都是灾难。"

容鹤中尉吃了一惊："不不不，你们不能这样。不是因为她，我怎么会帮助西藏人？她要送我走出西藏，没有她，我一路上怎么办？"

桑竹姑娘似乎意识到这就是永别，凄凉地喊起来："容鹤先生，中尉，中尉，你走吧，一个人走吧，我在心里给你念'嘛呢'，我用所有的'唵嘛呢叭咪吽'祝愿你。"说着就哭起来，被泪水浸透了的湿漉漉的"唵嘛呢叭咪吽"就像悲歌一样飘然而出、随风而逝。

容鹤中尉也哭了。桑竹姑娘的话里有英语也有藏语，但是他全懂了。他喊着："桑竹，桑竹，上帝啊，佛啊，救救这个姑娘。"

他跟桑竹学藏语，桑竹跟他学英语，似乎就是为了最后的告别。

没有人理睬他喊什么。容鹤中尉看到桑竹姑娘被抓进了功德林，便不顾一切地追了过去。喇嘛们拦的拦，抱的抱，把他摔倒在地。

　　容鹤中尉爬起来，疯了似的吼叫着，突然转身，朝前狂奔而去。

　　押送的喇嘛们没想到，容鹤中尉居然会朝次松塘军营跑去。他们没有带枪，只能靠双腿追撵。可是宽大的袈裟拖拽着他们，他们越跑越慢，眼看着容鹤中尉消失在了军营里。他们喘着粗气停下来。"怎么办？怎么办？"为首的喇嘛自己给自己说，"让这个英国人去吧。他已经背叛了十字精兵，现在跑回去，不死也没有好活的。"

<h1 style="text-align:center">6</h1>

　　容鹤中尉的到来，让戈蓝上校因失眠出现的头痛和眩晕减缓了许多，仿佛西藏的魔咒认识容鹤中尉，看到他跟戈蓝上校很熟悉，也就给了中魔者一个面子。

　　戈蓝上校不是惊讶而是警惕地问道："你回来干什么？不怕我枪毙了你？"

　　容鹤中尉焦急地说："不怕，为了桑竹姑娘，我什么也不怕。桑竹姑娘被喇嘛们抓走了。救她，上校，请帮我救她。"

　　这是一座三层楼的民居，他们说话的地方在二层阳台，从这里可以看到整个次松塘军营的布局。容鹤中尉发现，不远处高大厚重的十字架下，卡奇大佐正带着一帮人朝这边观望。他注意到那些人都是拿着枪的，如临大敌一般。他知道自己很危险，但是他不怕，怕就不来了。而戈蓝上校却没有意识到，容鹤中尉的到来给卡奇大佐提供了一个明目张胆接近这座房子也就是十字精兵指挥部的理由。他想到的仅仅是，卡奇大佐仇恨容鹤中尉，这里的所有人都仇恨容鹤中尉，恨不得立刻杀了他。此刻，只有卡奇大佐知道，他的目的可不仅仅是干掉容鹤中尉。

戈蓝上校说："我怎么能救她？这是他们西藏人自己的事情。"

容鹤中尉说："上校，我求你了，我们都是英国人。你不能看着你的同胞因为束手无策而去自杀吧？"

戈蓝上校说："你会为她自杀？"

容鹤中尉说："我会为她去拼命，一个人去拼命就等于自杀。上校，我以一个上帝信徒的身份请求你亲自出马，要是不能，就借我一支军队，我要去救她，一定要去救她。"

戈蓝上校冷冷一笑，他脑子里过的可不是救一个虽然美丽却跟自己毫不相干的西藏姑娘，而是怎样惩罚容鹤中尉：枪毙容鹤中尉，以示惩戒？好像不忍心动手，要忍心的话，早在宗山城堡中尉给西藏人背水的时候就开枪打死了。把他撵出军营，告诉他，他已经跟十字精兵没有任何关系？又觉得太便宜了他。抓起来，剥夺他的自由，那又得派兵看守，管吃管喝。十字精兵的食物来源越来越没有保障了，管吃管喝可不是一件小事情。

十字精兵进驻拉萨后，已不可能从遥远的印度运送补给，吃喝必须从当地获得。但西藏人拒绝供应粮草、肉食和柴火。这当然难不倒十字精兵，他们是占领者，有枪有炮，抢就是了。抢劫发生在村庄寺院，最初是容易的，后来就不容易了，农民和喇嘛都把粮食藏了起来。十字精兵到处搜刮，经常遇到反抗，虽然反抗总是在西藏人无奈的放弃中结束，却能让戈蓝上校感到西藏人眼里的仇恨变作火苗舔舐着自己的肌肤，火辣辣的疼痛。搜不到粮食，十字精兵就出动人马抢夺拉萨周边草场上的牛羊，抢了几次，牛羊就没有了，农民们把牧地转移到了深山远野。戈蓝上校有些焦躁，仅靠抢夺能维持多久？就算十字精兵有枪炮做后盾，但如果他们想从占领者过渡到统治者，就必须有不间断的吃喝供应。更何况抢夺会增加仇恨，本来就是恨之入骨的，现在又要雪上加霜了。如果上帝的占领始终都是枪炮的占领，连上帝都会不高兴的。仁慈，我们有的是仁慈，圣父、圣子、圣灵的组合本来就是一个庞大的仁慈宇宙。只要西藏人友好地对待我们，我们就会给他们所有的上帝之爱。可是西藏人，并不知道什么样的交换是合算的。达赖喇嘛不见了，所有的西藏人不理我们，只有经声随风飘扬，利箭一样穿心而过，让你在毒咒的折磨中时时刻刻心惊肉跳。

戈蓝上校说："救她？救一个西藏女人对我们有什么好处？"

容鹤中尉喊起来："上校，你不应该让一个西藏姑娘给你什么好处，而应该祈求上帝的光临。上帝光临了吗，我是说在你的心里？"

戈蓝上校说："这个不用你担心。现在你走吧。一个背叛十字精兵的军官，是不配谈到上帝的。"他看到十字架下的卡奇大佐和他的部下正在迅速朝这边靠近，又说，"为了桑竹姑娘，你居然敢来十字精兵军营，这可是你自己安排的出路。你走吧，到了上帝那里，千万别说是我杀了你。"

容鹤中尉说："当然，我并没有看到你给卡奇大佐下命令。上校，你的部下为什么没有接到你的命令，就敢来包围指挥部？"他一直注意着卡奇大佐的动静，这时突然喊起来，"卫兵，你的卫兵呢？"

戈蓝上校也感到了蹊跷，刚喊了一声"卫兵"，就听到枪声大作。卡奇大佐已经举着手枪沿楼梯冲上来，边冲边向容鹤中尉开了一枪，又朝戈蓝上校开了一枪。这真是不可思议的两枪，容鹤中尉被打中的是右臂，戈蓝上校被打中的也是右臂。卡奇大佐看看自己手中的枪，奇怪自己居然没有打死对方。

戈蓝上校大喊一声："上帝，这是为什么？"

卡奇大佐想，原来没打死他们是需要让他们知道为什么。他吼起来："就等着这一天呢。我要报仇，为三个被你们枪杀的司恩巴人报仇，为所有战死、毒死的司恩巴人报仇。"

卡奇大佐的司恩巴人已经死光，他现在率领的是哲孟雄雇佣军。这些被他煽动起来的哲孟雄人一直受到英国人的公开歧视，加上进驻拉萨后吃喝没有保障，而戈蓝上校又总是把抢来的大部分粮食和肉食留给英国人，打死英国人，然后撤离西藏回家乡的念头就越来越强烈了。

阳台下面，哲孟雄雇佣军和戈蓝上校的卫兵激烈交火。

卡奇大佐举枪再次瞄准了戈蓝上校。

戈蓝上校说："等等，你是个茶商，难道你不想占领西藏以后，继续经营你的茶叶？我可以保证你有最高的份额。"

卡奇大佐说："我已经从西藏人的眼睛里看到，他们决不会接受印度人的茶叶。去他妈的茶叶，我们是喝血的，西藏人是喝血的。"

戈蓝上校又说："我想请你回答，你打死了我，不怕英国人找你算账？不光你，所有印度的司恩巴人都得付出代价。"

卡奇大佐瞪着眼睛唱起来，算是回答：

> 哦，司恩巴，司恩巴，美丽宁静的故乡，
> 清晨的薄雾里，走来了背水的妈妈；
> 哦，妈妈拉，妈妈拉，石锅里开满桃花，
> 远去的孩子，还有背着猎枪的爸爸。

唱着，卡奇大佐的眼泪出来了。

容鹤中尉扑了过去。他觉得自己反正要死，不如一扑了之。也

许眼泪遮住了卡奇大佐的眼睛，也许他沉入歌声带给他的悲伤太深太深，他居然没有开枪。他被容鹤中尉扑倒了。几乎同时，戈蓝上校跳过去，一脚踩住了他的手腕。卡奇大佐的枪脱手掉在阳台上。

当卡奇大佐被击毙，尸体被容鹤中尉从阳台上扔下去后，参加内讧的哲孟雄雇佣军便一个个放下了武器。但枪声并没有停息，戈蓝上校的卫兵和从军营别处匆忙赶来增援的英国士兵，毫不留情地打死了所有已经放下武器的哲孟雄人。

在这场内讧中，容鹤中尉算是救了戈蓝上校一命。作为报答，戈蓝上校派给他一支军队，让他带着去营救桑竹姑娘。但是容鹤中尉毕竟右臂受了伤，失血过多，走出次松塘军营不久，就从马背上栽下来，昏过去了。

## 7

魔咒的威力持续着，戈蓝上校还是没有睡眠。派出去的军队不少，搜刮到的粮食却越来越少，还有燃料和被服，马上就要冬天了，万里冰封的日子就要来到。戈蓝上校日夜焦躁，却无可奈何。更糟糕的是，右臂的枪伤发炎了，而军医却告诉他，所有的药品在江孜就已经用完。消炎只能用白酒，痛不说，到后来酒也用完了。派人去寺院，想请一个藏医喇嘛来给自己治病，起先没有一个喇嘛承认自己是藏医，后来色拉寺有个喇嘛承认了，但开价很高，不给拇指大的一块金子他不去次松塘军营治病。金子就金子吧，给你，反正十字精兵有的是抢来的金子。

那喇嘛来了，一见英国人就红了眼，从靴子里拔出腰刀，扑过去就是一阵猛刺乱砍，刺伤了好几个英国人。他本来是要行刺戈蓝上校的，结果没有沉住气，提前暴露了自己。他被英国人当场用枪打死。

喇嘛死后，拉萨街上出现了许多诅咒英国十字精兵和上帝耶教的标语。它让戈蓝上校意识到，反英情绪正在蔓延，武装抵抗随时都会爆发。

焦躁之中，戈蓝上校想到一个办法，那就是占领布达拉宫，然后用布达拉宫和西藏方面交换粮食、燃料、被服和医药。

差不多就要集合部队付诸实施了，却见失踪已久的马翁牧师来到了次松塘军营，正在虔诚地仰望两根原木交叉的结实高大的十字架。


从江孜到拉萨，马翁牧师一路顺利。他胜利了，基督胜利了，一个西方牧师终于从印度平安抵达了拉萨。这是第一次，由一个被称作"黑水白兽"的黑道袍的白人牧师，带着上帝的福音，出现在神秘西藏的核心、世界佛教的制高点拉萨。

虽然马翁牧师知道拉萨并不欢迎他这个异教徒，但不欢迎我就不来了吗？耶稣和他的使徒所到之处，最初都是不受欢迎的。但是上帝之爱和基督之教就在这种不被欢迎的地方开始了最危险也是最有效的传播。他仿佛听到自己内心深处正在发出耶稣的声音："我是你们迫害致死的拿撒勒人耶稣，但是你们休想从马蹄子上拔掉铁钉，这是白日做梦。"马翁牧师被感动得哭起来，也一遍遍地念叨着："耶稣啊，我是保罗，我是彼得。"当年，保罗在罗马建立了第一个欧洲基督教会后，被异教关进了监狱，备受磨难，还押到罗马皇帝面前受审，最后愤然而死。彼得也是啊，也是在公元一世纪的罗马，被敌视基督教的暴徒杀害。现在，是不是该轮到我了？但是我不怕，不怕。他悲壮起来，一想到自己为了基督的事业根本就不怕死，突然又觉得自己是死不了的。不是很顺利吗？顺利到达了拉萨。

顺利的原因固然是黄缎子绑着牧师，红袈裟布条绑着二十个卫队士兵，和霞玛汝本以及他的部下的护送，但更重要的似乎是一切智·虚空王浪喀加布的陪伴。

过了浪卡子宗，进入曲水宗不久，马翁牧师一行就碰到了虚空王和他庞大的修庙塑像的队伍。一开始他们不知道这个老喇嘛和他的人是干什么的，直到虚空王让他们把绑在身上的黄缎子和红袈裟布条去掉，才敢问一句。

虚空王说："我们是西藏的匠人，有金匠、银匠、铜匠、石匠、木匠、铁匠、泥匠、画匠、木雕匠、金属匠、铸造匠、泥塑匠、缝纫匠、颜料匠。你要是原路返回，就能看到许多新修的寺庙和新塑的神像，从江孜到朗热高地。"

马翁牧师寻思："在西藏，匠人的地位很低贱，怎么就敢让我们去掉绑缚呢？"

虚空王看着他笑道："我给你造一尊像吧？"

马翁牧师说："我的像？不不。"

虚空王说："当然不是你的像，是你的偶像。你们耶稣的宗教难道穷困得没有一个偶像吗？"

马翁牧师果断地回答："有，那就是耶稣。"

休息的时候，虚空王让手下很快捏造出了一尊一尺高的泥像。马翁牧师惊讶得半张嘴不说话：泥像酷似伦敦圣保罗大教堂里著名的镀金耶稣像。怎么可能呢？土生土长的西藏人是没有一个去过欧洲的。

马翁牧师说："谁？谁？谁？谁来了西藏，教会你们塑造耶稣像？"他立刻想到了莎格迅。

虚空王说："拜佛法所赐，我们是无所不知的。如果你需要，我们还可以塑造别的像，比如保罗和彼得，比如亚当和夏娃，还有圣母玛利亚。"

马翁牧师喊起来："莎格迅，你一定见过莎格迅。英伦三岛遥远的孩子，长老会的精英。西藏的巴比伦之囚，穿着紫色袈裟等待我们的犹太莎格迅。"

虚空王一脸的呆怔，眼光闪闪地迸发着无比的疑惑。

马翁牧师又说："莎格迅是我爷爷。在我还不懂事的时候，拿着一枚金色十字架和一本《圣经》，去了西藏，一去不归。"

虚空王摇摇头，傻呵呵地问："莎格迅也是偶像？是你爷爷？他也来了西藏？我怎么不知道？难道佛法会向我保密？"

马翁牧师叹口气，再次审视那尊泥像，捧在手里，珍爱不已。

虚空王问道："你认识你爷爷吗？他长什么样？"

马翁牧师摇摇头，又立刻否定了自己："不，我认识。"

虚空王哼哼一笑："他一定跟你一样，有一双很凹很凹的眼睛，一只很高很高的鼻子。"

马翁牧师说："是的，一定跟我一样。"

没有人敢于阻挡一切智·虚空王浪喀加布，当他和马翁牧师并肩而行的时候，沿途碰到的活佛喇嘛、农民牧人都是毕恭毕敬的。显然也有狐疑：怎么你跟这些洋魔异教的英国人在一起？但没有人敢问，仿佛虚空王要做的都是该做的，只有他们不知道的原因，没有虚空王做错的事情。虚空王一直陪伴他们沿拉萨河逆流而上，走过了曲水，走进了拉萨，走到了色拉寺。

虚空王说：“你们是想活下去吧？那就只能待在这里了。”

色拉寺僧人对英国人的仇恨从扭曲的表情中就能看出来，但碍于虚空王的面子没有任何表露。僧人们还算周到地接待了西藏和佛教的敌人，专门辟出一座独门独户的僧院，让他们起居住宿。

但是他们不能走出僧院，虚空王离开时叮嘱马翁牧师：“千万不要随便走动，离开色拉寺是危险的。”马翁牧师说：“我这里有一封前线总管西甲喇嘛写给达赖喇嘛的信，也许达赖喇嘛不会把我们看成是侵略者。”虚空王看了看那信，笑道：“住在金山上的鸟儿，被人看成了金子。但鸟儿毕竟是鸟儿，不顶用的。”

马翁牧师不怕危险，等虚空王离开后，就想走出去看看。一出门，便看到有许多喇嘛守在僧院门外的广场上。他们攥着棍棒，对走出僧院大门的马翁牧师本人和卫队成员以及霞玛汝本和他的部下，一律对待，那就是乱棒赶进去。

马翁牧师想：我被西藏人软禁在这里了。

好在虚空王不久便回来了。他把马翁牧师一个人带出了色拉寺。“牧师，西甲喇嘛被抓起来了，不多日子就会处死。你是一个能救他的人，去吧，去见见十字精兵的戈蓝上校吧。你们都能救西甲喇嘛，如果你们能够迅速撤离西藏的话。”

马翁牧师沉重地说：“我试试看吧。”但他附加了一个条件，“如果我能说服戈蓝上校撤军，西藏人能否允许我留在西藏，并且给我行动的自由？”

虚空王说：“你留下？好啊，想留下就留下。”好像这件事情他就能决定。

马翁牧师说：“顺便问一个也许不该问的问题，你的鼻子，好像得过什么病？”

虚空王说："牧师好眼力啊，我的塌陷的鼻子，是不是看着就像掉了一块肉？是啊，世界上最古老的疾病麻风病烂掉了我的鼻子，我的鼻子本来是很高很高的。还有眼睛，我原本有一对凹陷很深的眼睛，也是麻风病让它凸了起来，就像金鱼的眼睛。我得病的时候神灵就问我：要么让你死掉，要么改变你的相貌，你选择哪样？我当时选择了死亡。但是一个庄园主挽救了我，他说他知道一个名叫当周的活佛，能治好我的病。"

马翁牧师愣住了：麻风病？西藏是不是流行麻风病？好像即使你意志坚定如铁，麻风病也会把你同化为西藏人。

就在结实高大的十字架下面，戈蓝上校不禁发出一阵怪里怪气的笑声。他觉得马翁牧师太可笑了，不仅要求他撤军，还希望以撤军为条件，救出西甲喇嘛。他喊起来："不可能，牧师，我没有义务去救一个一直跟十字精兵作对的敌军首领。"

马翁牧师说："可是我有义务，我请求你救他。"

戈蓝上校说："牧师，这是不行的，你应该向西藏方面提出请求，告诉他们，惩罚一个坚决抵抗我们的前线最高指挥官，是自己砍掉自己头的愚蠢行为。"

马翁牧师说："由我出面请求，只能给西甲喇嘛增加麻烦。"

戈蓝上校说："那我可以派兵，去跟抓他的西藏人打仗，而不是撤兵。"

马翁牧师说："因为撤兵不光能营救西甲喇嘛，还有我、我的二十个卫队士兵、我的西藏信徒霞玛汝本和他的部下。"

戈蓝上校说："你？你不是好好的吗？"

马翁牧师说："我没有自由，我随时都有可能被赶出西藏，或者死亡。十字精兵进攻西藏的目的是什么？就是把上帝送到西藏，把耶稣基督的福音传遍西藏。现在，上帝来了，耶稣基督来了，我们要做的就是让基督留在西藏，永远扎根西藏。而实现这个目标的唯一办法，就是十字精兵撤出西藏。"

戈蓝上校说："又是一个撤军的条件，让我们的牧师留下？"

马翁牧师说："是的，因为你总是要撤军的，十字精兵根本待不住。粮食呢？医药呢？过冬的装备呢？还有你的枪伤、你的失眠呢？十字精兵所有人的安全和健康呢？十字精兵里，没有人适应拉萨，英国人、廓尔喀人、印度人、南麓藏人都不适应。更重要的是，上帝呢？上帝福音的传播者被囚禁起来了，我们毫无办法，就因为你不撤军。"

戈蓝上校说："我要占领布达拉宫，然后用布达拉宫和西藏方面交换粮食、燃料、被服、医药，还有安全和健康。至于适应，英国人在全世界占领了那么多地方，一开始都是不适应的。"

马翁牧师说："你以为你占领了布达拉宫，布达拉宫就是你的了？西藏人不傻，他们会把你困死在那里。没有吃的喝的烧的用的，一句话，没有上帝的关照，布达拉宫就是地狱。魔咒，魔咒，我看见魔咒就在你的脑子里爬行，就像蛆虫一样。所有人都摆脱不了魔咒的折磨。我是牧师，我知道。上校，赶快主动撤军吧，不然你和所有人都过不了这个冬天。"

戈蓝上校说："那么你呢？你能安然无恙地度过在西藏的所有日子？"

马翁牧师坚定地说："我能。上帝会保佑一个爱一切人的人，而不保佑以他的名义进行枪炮占领的人。你的恶化的伤势，你的日益严重的病痛，就是上帝不保佑你的证明。上校，听一个牧师的忠告是没错的，撤离吧。"

戈蓝上校大呼小叫起来："不，决不，让撤军见鬼去吧。牧师，请你滚开，你不是十字精兵的牧师。"

马翁牧师说："别忘了耶稣的话，凡动刀者，必死于刀下。"

戈蓝上校说："为了西藏的上帝之国，死就死了吧，耶稣必然会嘉奖我。"

马翁牧师说："你可以不听我的，但你必须听莎格迅的，我见到我爷爷莎格迅了，是莎格迅让你这样做的。"

戈蓝上校说："莎格迅？在哪里？"

马翁牧师说："莎格迅来无踪、去无影，他的西藏名字叫一切智·虚空王浪喀加布。世界上最古老也最可怕的疾病麻风病毁坏了他的欧洲人的长相，让他完全像个西藏人。"

戈蓝上校愣了，眼光聚焦在对方的眸子里，突然一阵涣散。他摇摇晃晃靠在十字架上，脊背蹭着粗硕的原木，倒了下去，喃喃地说："莎格迅，莎格迅，我们是踩着他的身子走进西藏的。英伦三岛遥远的孩子，长老会的精英，西藏的'巴比伦之囚'，穿着紫色袈裟等待我们的犹太。不会吧，不会让我们撤退吧？"

"谁说不会，我就是莎格迅。"

声音从次松塘军营的北边传来，却不见人影，好像在云里风里，又好像就在房屋和树林里。那声音说着又唱起来：

为什么称颂基督的犹太，

穿起了紫色袈裟？

为什么逃出巴比伦的囚徒，

戴起了西藏佛珠？

去吧，去吧，

英伦三岛健壮的孩子，

爱人正在阳光下，

哦，等你回家……

# 尾 声

公元 1904 年 9 月 22 日，英国十字精兵撤离拉萨。

从占领到撤离，整整七个星期。英国人本想把西藏当作英国殖民地和基督教的传教区长期占领，但最终还是选择了离开。

他们是主动撤离的，撤离前戈蓝上校和噶厦有过几次谈判，主要是讲条件，核心的意思是：只要西藏放了西甲喇嘛和桑竹姑娘，我们就撤离。等噶厦原则上同意之后，戈蓝上校又加了一个条件：让马翁牧师留在西藏，并给他自由。

噶厦研究后做了答复：牧师可以留下，但他的二十个卫队士兵不能留下。戈蓝上校觉得这得问问马翁牧师自己。马翁牧师说："这样更好，卫队的士兵们回家去吧，我有西藏信徒霞玛汝本和他的部下跟着就可以了。"但是有五个英国卫兵不愿意离开马翁牧师，他们说：“我们脱掉军装，放下武器，只是作为普通的信徒跟着，行不行呢？”为了让十字精兵尽快离开，噶厦同意了，却也附加了一个条件：牧师可以留下，但你们必须交出杀了俄尔噶伦的凶手鹊跋。

戈蓝上校坚决不同意，理由是：如果我们交出鹊跋，你们就会残害他，最后杀掉他，这是不允许的，是耶稣基督的仁慈不允许，不是我不允许。

僵持了几天，噶厦妥协了，派代表来到次松塘军营的十字架下说：“走吧走吧，你们带着鹊跋赶快走吧。”

“就这样让我们走掉？”戈蓝上校终于忍不住了，“难道你们不要求我们留下佛陀的头盖骨？”他原想西藏人肯定会乞求：留下来吧，把佛陀的头盖骨留下来吧。一旦乞求，就可以要挟了：东西可以还给你们，但是有条件，或者在西藏划给英国一块殖民地，或者在拉萨建造一座真正属于耶稣基督的教堂。

代表西藏来跟英国十字精兵交涉的甘丹寺赤巴岩措坚赞大活佛和沱美活佛都很诧异：“头盖骨？佛陀的头盖骨？”

戈蓝上校更诧异西藏人竟会用这样的神情和口气提到“佛陀的头盖骨”，提醒他们：“大概你们还不知道，我们从萨玛寺得到了佛陀的头盖骨。”

“萨玛寺的佛陀头盖骨？”岩措坚赞大活佛说，“拿来看看吧。”

戈蓝上校亲自返回指挥部，从一只特制的木箱里小心拿出佛陀的头盖骨，捧到了西藏代表跟前。

岩措坚赞大活佛看了看说：“了不起的头盖骨，想留就留下，想拿就拿走。”

戈蓝上校更不理解了：“难道佛陀的头盖骨对你们不重要？”

沱美活佛接过头盖骨，在手掌中旋转着说：“告诉你一个故事，你就知道我们对头盖骨的看法了。很久以前，一个喇嘛去印度寻求佛法，临走时他阿妈说，你到了印度，给我带一样佛的宝物，我要供奉它。喇嘛在印度求到了佛法，回来的路上，突然想起忘了给阿妈带佛的宝物，这可这么办，路途遥远又不能返回去，想了想，便从路边的一只死狗身上拔了一颗牙，从僧帽里面撕下一块黄绸子包了起来。到家后，这位喇嘛给阿妈说：'阿妈拉，我好不容易给你求到一颗佛牙，你看看，佛牙跟人牙就是不一样。'阿妈接过佛牙，在家中最神圣的地方供了起来，每天虔诚地膜拜念经。老人家活了九十岁还很健壮，逢人就说：'都是我供奉佛牙积攒了功德，我会一直活下去。'英国人，听明白了我的故事吗？佛是从藏人心里长出来的信仰，就像土地长出树，树上长出叶子，叶子长出绿色。它不是一尊铜像、一座寺庙、一块骨头。这个东西嘛，对萨玛寺和信仰萨玛寺的人，它是神圣无比的佛陀的头盖骨，对不信仰的人，他就是坟墓里常见的一块白骨头。"说着，顺手把佛陀的头盖骨挂在了十字架上。

直到十字精兵撤离这天，容鹤中尉还在等待着桑竹姑娘。但西藏噶厦政府只答应放了她，并没有保证一定要让她跟着容鹤中尉走，因为这需要桑竹姑娘自己拿主意。

桑竹姑娘，这个被英国十字精兵轮奸、又被藏军糟蹋得面目全非的人间仙女，在欣赏她具有东西方兼容之美的容鹤中尉面前，选择了消失。是爱情的消失，还是肉体的消失？容鹤中尉一直没有搞清楚，只能悲伤痛苦、憾恨终生了：战争，战争摧毁的，都是最美丽的。

容鹤中尉流着泪说："上帝，我讨厌所有的战争。"

十字精兵撤离拉萨不久，马翁牧师带着他的英国信徒和西藏信徒一共三十七个人，走向了辽阔浩渺的藏北高原。因为谈判的条件是"让马翁牧师留在西藏，并给他自由"，并没有说在西藏的哪个地方给他自由。所以噶厦告诉马翁牧师：只有去了人烟稀少的藏北你才是自由的，别的地方你将寸步难行。

噶厦说的是实话，在人口稠密的拉萨或者后藏，就算噶厦允许马翁牧师活着并且自由行动，十有八九会被喇嘛们和农牧民打死。

马翁牧师离开拉萨的前一天晚上，他在色拉寺的住所里来了三个人。他们表情惶恐，心神不定，不时地朝门外窥探着，好像随时会有人进来抓住他们。

其中一个说："我叫日囊旺钦，我们来投奔你。我们知道你是莎格迅的孙子。"

马翁牧师审视着他们说："是的，莎格迅的确是我爷爷。你们怎么知道这件事？我不认识你们。"

日囊旺钦说："我阿爸也就是日囊庄园的前主人曾经关照过一个麻风病人，他是一个外国牧师，他说他叫莎格迅。"

马翁牧师说："明白了，你是我爷爷的恩人。"

日囊旺钦说："这是当周活佛，正是他的前辈三世当周活佛治好了莎格迅的病。莎格迅让我们来找你，说只有你才能保护我们。"

马翁牧师说："不，不是我能保护你们，是耶稣基督能保护你们。不过，耶稣并不会因为你们的前辈对我爷爷有好处，就把保护的大伞擎举在你们头上。耶稣只保护有难的人。"

日囊旺钦说："我们是西藏的罪人，就在我们将被处死的时候，莎格迅以他高超的法力营救了我们。但名义上我们还是被乱棒打死了，我们的尸体被投进了年楚河。我们不敢公开露面，一露面就会被认出来。"

马翁牧师见多不怪地说："原来是这样。那就请你们皈依耶稣基督吧，在你们虔诚地信主之后，一切都会好起来。"

日囊旺钦说："怎么好起来，蒙面，换装，还是把我们藏到深山老林里？"

马翁牧师从容自信地说："不用蒙面换装，也不用藏起来。耶稣基督会让所有西藏人的眼睛看不到你们。"

日囊旺钦瞪起白眼珠挤扁了黑眼仁的眸子，征询地望着当周活佛和江孜宗本岩措。结果，三个人一起点了点头。又多了三个信徒，马翁牧师内心是欢喜的，当天晚上就给他们做了洗礼。但他很快就明白，这只不过是一种交换，神灵总是公平合理地分配着人的所得所失。

走出色拉寺，离开拉萨的这天，马翁牧师见到了从工布江达归来的达思牧师。达思说起他的经历，让马翁牧师叹息不已。

达思牧师在工布江达境内的尼洋河南岸见到了班丹活佛。班丹活佛被人绑缚着，脖子上套着绳索。达思牧师大吃一惊，却又毫无办法。绑缚班丹活佛的人是一些凶巴巴的狱卒。

班丹活佛说："我召唤你来，就是为了让你看到我的结束。"

达思牧师吃惊道："那个亮丽尊贵又稍纵即逝的声音，原来是尊师的召唤。尊师一直在召唤我。"

班丹活佛说："我给你说过，神通之路不可强走，不可凶走，不可暗走，不可不走。但我违背了这个原则，所以我的命限到了。你还会活下去，因为我死之后，就只有你才知道如何修炼时轮堪舆金刚大法了。西藏是不会毁绝任何一种佛法的。"

达思牧师说："尊师，是你的死换来了我的活吧。既然这样，还不如我死。我死了，大法依然存在。"

班丹活佛说："神明安排了我死，也安排了你作为法统继承人的资格。达思，从现在开始，你不再是牧师，你只是一个喇嘛。我的衣钵在牢房里，都留给你了。你还是要记住，大法的修炼，不进则退，你要精进而为。"

达思呆愣着，作为一个曾经的基督徒，他对上帝唯一的失望是：上帝不能解决生命不死的问题。那么佛教呢？当他成为一个修炼时轮堪舆金刚大法的喇嘛后才知道，佛不仅无法避免人的死亡，还在鼓励信徒厌离人间，迅速解脱，解脱就是主动放弃，放弃生活，也放弃生命。他感觉佛祖和上帝是多么无奈啊，没有能力让人不死，只好说忏悔之后的死亡是轻松的，是走向来世或者天堂的必由之路。达思相信佛祖和上帝都说出了真理，但越是真理就越让他放心不下。

达思问："尊师，信佛有什么好处？"

班丹活佛说："佛无财可赐，无官可授，无利可言，无风光美丽可以让你享受，信佛的好处在于未来。"

达思说："未来？未来我会死的。"

班丹活佛说："这就对了，佛是有情众生的去死之神，去死之后，你就不会再死了。"

达思说："难道我还能死而复生？"

班丹活佛说："你没有生，因为你没有死。"

狱卒们就像拉牲口一样把班丹活佛拉到了尼洋河的铁索桥上，就要兜头套上皮口袋，班丹活佛喊一声："达思喇嘛，你没有上帝了，你只有佛祖了……"话没说完，皮口袋已经套住了头。狱卒们扎紧袋口，抬起班丹活佛，从桥上扔了下去。水流湍急的尼洋河眨眼吞没了这个敢于招收外国弟子的班丹活佛。

马翁牧师问道："达思牧师，你现在怎么办？"

达思说："请不要这样叫我，我已经不是牧师了。一个纯粹的喇嘛在西藏是很好生存的。我还要按照"吉凶善恶图"的指引，继续修炼时轮堪舆金刚大法，走向真正的神通之路。另外，我已经结婚了，就是这位姑娘。"

马翁牧师看了一眼达思身后拉着两匹马、肚子微微隆起的菩媞姑娘，悲哀地说："上帝，你怎么能允许达思牧师离开你呢？"

达思说："马翁牧师，请记住我的话，如果你一直待在西藏，你唯一的结果，就是接受。"

马翁牧师以从未有过的坚定口气说："不，达思，我不是你，也不是我爷爷莎格迅。我是马翁，圣父、圣子、圣灵永远而纯粹的仆人。主啊，耶稣基督，请怜悯我，请以你的荣耀加冕我。"

达思说："也许你是对的。不过，我们曾是兄弟，现在还是，对不对？"

马翁牧师默立着，缓缓点了点头。


噶厦按照承诺释放了西甲喇嘛，却告诉他：上帝耶教是你放进来的，马翁牧师来到拉萨是你姑息纵容的结果。你不能再做喇嘛，不能再信佛，释迦牟尼已经不要你了。如果你不甘心，还想穿着袈裟，整天"唵嘛呢叭咪吽"，那你就把次松塘军营里的十字架、全西藏最高最大的十字架，背出西藏，背到印度去。

西甲喇嘛说："已经消融的水，就不必归还给雪山；变成糌粑的青稞，还能重新长到地里吗？让我把它烧掉，烧掉不行吗？"

噶厦的成员们商量了一通后没有同意，理由是：必须让全西藏都知道，谁把上帝异教放进了西藏，谁就必须把它背出西藏。

那是一座两根原木交叉的厚实沉重的十字架，光埋入地下的部分就有三米。身量高大的西甲喇嘛把它挖出来，背在了自己身上。一千多公里，而且是险山狭路，他必须一步一步背出去。

《圣史》上说，西甲喇嘛背着十字架上路的时候，是赤着脚的。他用自己那双在战场上奔来跑去的大护法秀丹的靴子，换了两碗糌粑。他说："我饿了，我要吃饱肚子。"

上帝压在背上，佛祖压在心上，他就这样上路了。

十字架上挂着来自萨玛寺的佛陀的头盖骨。

西藏的山道上依然缭绕着果姆的山歌：

　　从未亲自爬过雪山，
　　不知路途是否艰险，
　　从未跟喇嘛谈说爱情，
　　不知苦辣还是酸甜。

果姆一路乞讨，为的是让西甲喇嘛每天都有东西吃，哪怕吃的不好。

背着十字架，从拉萨走向边境、走向印度的途中，果姆的山歌和关照一直陪伴着西甲喇嘛。

几乎在同时，从拉萨走向边境的，还有原噶伦顿珠。他被罢免了官职，没收了全部财产和庄园后，释放了。大家都知道，他本该是要被处死的，他的命是女儿给他的。他女儿哲孟雄王妃仁青达娃带着国王图朵朗杰的亲笔信，亲自来到拉萨向佛求情，向神圣的达赖喇嘛和西藏噶厦求情。虽然她和戈蓝上校一样，也没有见着达赖喇嘛，但目的却达到了。顿珠跟着女儿去了哲孟雄。据说后来又回来了，为什么回来，回来后干了什么？无考。


西藏的时光还在继续。森巴军营地前的广场再一次变成了露天歌舞场。拉萨的姑娘们来了，来了就跟着一起跳。重新组建的森巴军的战士们，在奴马代本的带领下，又开始了奔放的歌舞。经石累累、嘛呢阵阵的拉萨河谷，信仰与和平的再生之地上，人们的表情还是那样淡定而专注，就像做了一个梦，就像什么也没有发生过。

又到了一年一度的拉萨传召法会，又要驱鬼打魔了。森巴军把几门新造的大炮从营房里抬出来，架在了拉萨河北岸，南岸山上早已立起了一排牛毛裹缠的大石头。炮手们仔细瞄准，但还是和从前一样，好几发炮弹都打到河里去了。

即使经历战争，也无法改变西藏军队"瞄山打水"的幽默。

莫非他们是故意要"瞄山打水"的，为的是引来观众的一片笑声？


一年半之后，大清朝廷似乎睡了一觉突然醒来，诏命副都统张荫棠查办藏事。张荫棠急速赴藏，首先做了一件让西藏人拍手称快的事，严厉弹劾驻藏大臣否太，请旨革除惩办，以维边域人心。奏折说：

> 查驻藏大臣否太及所带员弁，鱼肉藏民，侵蚀库款，
> 贪腐欺上，肆无忌惮。臣所不能为否太讳也。英军来侵，

正值否太上任，其毫无经划，坐误事机，奴颜婢膝，从风而服，谬诩为釜底抽薪，冀幸英军统霸西藏，为我压服藏众，诚不知是何肺肠？颟顸误国，竟至于此。及至英军占据拉萨，藏人视为鬼蜮蛇蝎来临，否太却厚礼犒劳，媚外而乞怜，使藏人皆以为朝廷和英人里应外合，出卖西藏。否太系二品大员，应如何示惩之处，圣明自有权衡，非臣所敢擅拟。唯民怨沸腾，藏人寒心，如不安抚则滋蔓后患，万难收服也。

很快，清朝政府发布了对否太革职处分的命令：

奉旨，张荫棠电奏悉，据陈藏中吏治之污，鱼肉藏民，侵蚀饷项，种种弊端，深堪痛恨。否太庸懦昏愦，贻误事机，并有浮冒报销情弊，著先行革职，不准回京，停候归案查办。仍著张荫棠严加彻查，据实复奏。

否太感到冤枉，曾向办案人员申辩：“我是奉旨办差，勤勤恳恳，不敢有丝毫怠惰，朝廷错怪我了。我若不忠，哪有胆量接触英人？”

办案人员说：“贪腐之弊也是错怪吗？”

《圣史》上说，罢免否太是想安抚西藏民怨，但朝廷强调的却是他的腐败。此后不久，彻底摆脱了疾病困扰和英国十字精兵入侵造成的精神困扰的十三世达赖喇嘛土登嘉措，受到朝廷邀请，前往山西五台山朝佛，半年后又赴京陛见慈禧太后和光绪皇帝。朝廷厚加封赏，不仅恢复了“达赖喇嘛”的名号，还册封为“诚顺赞化西天大善自在佛”，每年赏银一万两。

　　20世纪40年代末，一队马帮从印度来到了西藏江孜白居寺。领头的是个会说藏语的中年英国人，他让人从马背上抬下两个木箱子，对白居寺的六世卓弥堪布说："佛爷，请收下我们的礼物。"

　　六世卓弥堪布问道："里面是什么？"

　　英国人跪下磕了一个头说："请佛爷打开箱子就知道了。"

　　原来这是两箱十字精兵抢走的白居寺文物，有法器、唐卡、佛经、佛像，其中三尊佛像是纯金的度母像。

　　六世卓弥诧异道："这些珍宝从哪里来？"然后拿起白居寺菩提佛甘露钵里的镀金法轮，仔细看了看，深情无比地说，"啊，你终于回来了。"

　　英国人不回答，说："我把东西还回来了，虽然不是全部，但我能还回来的就只有这些了。"

　　六世卓弥堪布问道："你是谁？你叫什么？"

　　英国人还是不回答，说："西藏人是讲因果报应的，当报应来临的时候，我们才知道忏悔是多么重要。我们受到了惩罚，我们还将受到惩罚，我们不能世世代代都在等待惩罚中度过。佛爷，你可以随便惩罚我，哪怕杀了我。我不怕惩罚，但我希望这是最后的惩罚。"

　　卓弥堪布问："到底发生了什么？"

　　英国人说："我们现在才知道，西藏的东西只能属于西藏。我们带走的西藏珍宝让我们得到了前所未有的报应，有人死了，有人病了，灾难不断。"

　　卓弥堪布说："为什么你们的上帝不保佑你们？哦，我知道了，这是佛祖和上帝商量好了的。"

　　英国人低头不语，隐晦的表情上浮着一层白雾。

卓弥堪布当然不会惩罚这个英国人，不管他正在悔罪还是没有悔罪。卓弥留他住下，给他吃喝，教他念经，给他开示佛法，甚至做了曼陀罗灌顶。英国人住了半年才离去，直到离去，也没说他叫什么，他是谁的后代，他在替谁忏悔？

他只是说："我回去了，一个基督徒回去了。"

就在西藏的战争结束后一百年，在伦敦郊外、泰晤士河北岸，年迈的哈顿博士向初次来英国传播佛教的西藏格鲁派江央活佛赠送了五英亩土地，以建立江央仁波切理想中的喜马拉雅禅坐中心。

江央仁波切说："这是无与伦比的功德，佛会记住你的。"

哈顿博士说："我不需要什么功德。我是长老会的成员，一个虔诚的基督徒，唯一的愿望就是能向你显示上帝的恩眷。土地是耶稣给你的，而不是我。"

江央仁波切说："上帝的恩眷我记住了。"

哈顿博士说："如果你能感谢上帝，感谢耶稣基督，我将不胜荣幸。"

江央仁波切的感谢方式非常奇特：这片土地上有一座哥特式教堂，哈顿博士告诉江央仁波切，根据英国法律和他本人的意愿，你随时可以拆除它，建起你们的寺庙。但江央仁波切没有拆除，只是把旧教堂照原来的样子修缮了一番，甚至都没有搬走大厅里的长条木椅和牧师布道的讲坛，没有改变墙壁和柱子上那些关于上帝造人、亚当获罪、耶稣拯救人类的浮雕，便安驻了三世佛的像、诸菩萨的像和护法金刚的像，让一座典型的西方教堂变成了东方寺庙。

寺庙从外观到内里，到处都是基督教的痕迹，让原本信奉上帝的英国人，来到这里后少了许多异陌感和互相排斥的惶恐。他们发现信仰原来是可以融合的，他们用不着抛弃自己信奉的基督教，就可以在这里心安理得地修禅念佛。不久，江央仁波切刊印了他的《修身指南》，发给所有来到喜马拉雅禅坐中心的英国人。人们发现，里面收录的是来自佛经的释迦牟尼嘉言录和来自《圣经》的耶稣基督嘉言录。有人吃惊道："耶稣和佛陀太相像了，有些话简直是一个人说的。"

一年后，哈顿博士去世。在他的葬礼上，江央仁波切才知道，哈顿博士是莎格迅的后代，而莎格迅其实就是撒克逊的变音。盎格鲁—撒克逊人是英国人的祖先，伦敦圣保罗大教堂里，还有两名十一世纪的撒克逊国王的墓室。

莎格迅是祖先撒克逊国王的血脉延伸。

西藏一直存在着一个莎格迅。马翁牧师走向了藏北高原，也就是说莎格迅走向了藏北高原。后来呢？

英国伦敦的圣保罗大教堂是两座十字形大楼的组合。十字楼的中间，耸立着高达一百多米的穹窿圆顶。圆顶的尖端，镀金的十字架在阳光下闪耀着上帝之光。石栏围拢的阳台和圆形石柱撑起的两层圆楼，让人感觉那是天堂的所在。门前是由六对高大的圆形石柱组成的走廊，穿过走廊，能看到圣保罗到大马士革传教的图画和圣保罗的石雕像。这样宏丽的教堂自然是有钟楼的，对称的两座，悬吊着英格兰最大的铜钟和一组音色谐美的教堂用钟。

在以基督教新教圣公宗为国教的英国，没有比圣保罗大教堂更重要的教堂了。

教堂里面的大厅里，一排排长条木椅和牧师的讲坛以极其朴素而简单的格调，衬映着富丽堂皇的天花板和装饰奢华的墙壁，让人想到，无论有多少五光十色的炫耀，真正的存在和真实的目的，永远都是人心和肉体的原点。大厅四周，是一间间明亮幽静的殿室。著名的镀金耶稣像陈列在东边某个殿室的墙龛里。

镀金耶稣像的下面是一个地球一样椭圆的象征情爱、和平、圆满的玻璃柜，柜中一溜儿摆着三个精致的水晶盒子，中间的盒子里放着一本纸张古老的《圣经》，左边的盒子里便是《天国法音》。右边的盒子空着，似乎在等待放置，等待什么呢？等待的也许是世界宗教的团圆吧？无论什么信仰，我们都是兄弟。来吧，兄弟，不必再有战争了。

我的眼光，也就是作者杨志军的眼光，自然落在了左边的盒子上。里面放着一沓手写的长条经文，封面上写着：天国法音。

我想起了迪牧活佛圆寂前的话："现在，觉醒的种子已经种下了，就在这里。佛祖的话，上帝的话，还有我的话，都记在这里了。这个晚上，是最后的对话。"

传说迪牧活佛圆寂后，灵识带着他的《天国法音》漂洋过海来到了英国。就像当年佛教传入西藏时从天空降下一卷宝箧经、一座金宝塔和一件金法器那样，英国人在一天早晨看到从光净碧蓝的天空徐徐降下了写着"天国法音"宝箧。他们知道这是信仰的启示，是精神父亲的来临，便把它供奉在了圣保罗大教堂里。

《天国法音》——最后的对话。太想知道它的内容了。

2011 年 3 月 12 日初稿

2011 年 5 月 15 日改定

# 后记：

# 在吟诵真言的合唱里

　　一直想抵达目的地却从未见过目的地的模样。永远都在路上的感觉让我想到抵达是不可能的。如果你认为生活不仅仅是吃喝拉撒性，精神家园就会出来感召你。这又是为了什么呢？我常常写小说却不知道为什么写小说，我屡屡去西藏却不知道为什么去西藏。我发现正是这种"不知道为什么"，才让我活到了今天。"不知道为什么"的时候，我会写得很勤很好，也会活得很踏实很快乐。

　　快乐的睡梦里常常会出现我住过的某一顶帐房，那一定是黑色的牛毛褐子缝制的。我站在门口，一遍遍向草原发问：啊嘘，我是什么民族？

　　很小的时候我就对我的汉族身份感到失望，心说我生活在藏族地区为什么不是藏族呢？我不能穿着光板的羊皮袍在马背上蹿上蹿下，不能扬起冻紫的脸膛拉着鼻涕带着藏狗朝着失群的牛羊追奔而去，我不能抱着羊羔睡觉、骑着牦牛走路、嚼着风干肉嘎嘣嘎嘣磨牙。我只是一个来到草原的城里娃在羡慕一种异陌而自由的生活。我的自卑由此而来。

　　有一次父亲告诉我，我们也是游牧民的后代，我们的祖先曾是驰马如风、投身疆场的蒙古人。由于战争，祖先把他的后代丢在了黄河以南的孟津渡；由于和平，后代便把攻城略地变作放马南山又变作稼穑屯田。父亲像是要找回祖先的影子那样一路西去，到达青海草原多年后才知道有将近四百年的时间，这里曾是蒙古人的牧场。那就是这里了，我们被文字考证过的祖先最早的时候就生活在一座被征服的高原上。征服是互相的，蒙古人征服了藏族人的领地，藏族人征服了蒙古人的心灵，他们都信仰了藏传佛教。当然，还有通婚，还有混血。

　　父亲因为工作的关系，经常待在草原。于是我就成了草原的常客。又因为母亲是医生，便常有牧区的藏族来看病。他们一来就住在我家，一住一大片。让他们睡床，他们不肯，一定要睡在地上，也不要铺盖，裹着自己的皮袍就可以了。我知道这不是客气，他们是真的睡不惯床。我于是很惭愧，我不仅没有席地而卧的习惯，也没有这方面的自由。但他们一来，我就自由了，我跟他们一起睡，如果他们带着孩子的话。他们的许多病比如肝包虫、胃包虫、风湿病，我母亲是治不了的，就把他们带到医院别的医生那里。最终治好了没有呢？在我幼小的心灵里，这是一个不小的牵挂。当然被牵挂的还有奶皮子，我永远都记得藏族送来的香醇无比的奶皮子。我常去草原，有时候就是为了吃一口记忆中的奶皮子。

后来我发现我的天性是那么得牧民，那么得具有地道的藏式人格。我发自内心地热爱草原，热爱牧民那种散淡缓慢的日子、那种所求不多而又异常艰辛的生活。我在不断向自己证明：生活并没有因为我在各种表格里填着"汉族"而让我不是一个藏族。我在复杂人际、繁缛应酬方面的笨拙，我的简单、耿直、虚静、沉默的日常姿态，我对雪山、草原、帐房、牛羊近乎魔怔的迷恋，还有我的写作——那种只要一触及藏地就似乎永远不会枯竭的表达，都让我明白我其实一直没有离开过单纯而辛劳的游牧，只不过我把游牧变成了游走或流浪。流浪是生活的，更是精神的。

我有着藏族的情怀、藏族的思维方式、藏族的信仰。我曾经这样定位自己：我是一个顶着汉人名分的藏族。"藏族"这两个字，是我一生永远的情结。很多时候，只要想起这两个字，我就会泪如泉涌。这是一个高寒民族最简单的称谓。拥有这个庄严称谓的民族有多少苦难，就有多少面朝天空的祈求；有多少幻想，就有多少对着神灵的跪叩。它用无法抗拒的魅惑，让我跳进了洗刷灵魂的河流，让我加入了吟诵真言的合唱，让我成为经幡部落的一员，匍匐在即将陨落的太阳燃烧而起的地平线，流水冰晶，地久天长。于是，我写了我的"荒原小说系列"和"藏地小说系列"。《西藏的战争》是其中最新的一部。

面对这场发生在一百多年前的战争，判定正义与非正义、侵略与反侵略并不困难，写出战争的残酷并在残酷中发掘覆盖敌我双方的人性也不困难，困难的是再往前走一步。因为即使展示了赤裸裸的人性，作家也无法避免以暴易暴的循环，无法避免在血酬定律中盲目迷恋鲜血和死亡致使文学成为复仇杀戮的收藏器。而战争文学最大的忌讳便是陷入过于狭隘的民族主义立场而不能自拔。那么再往前走一步又是什么呢？这个困惑让我一直漠视着这场我所熟知的著名战争，最初的激情也被置放在仓库里渐渐冷却了。直到 2009 年我在写作《伏藏》时无意中触及"佛光西渐"的事实——藏传佛教宁玛派和噶举派在欧美多处建立禅坐中心以静息烦躁焦虑的西方心情。与此同时，我在江孜白居寺看到了当年被英国人抢走后因为遭到（也可能仅仅是惧怕）报应又还回来的法器，让我想到基督教的忏悔意识和佛教的果报思想在"还回法器"这件事情上的天然统一。一个曾经多次思考过的问题复燃在即：为什么英国人在占领拉萨七个星期后又主动撤离了呢？是信仰，是神与神的商议和妥协。信仰所结的果子就是仁爱、喜乐、和平、忍耐、善良、诚实。在信仰的顶端，既没有基督教，也没有佛教，只有爱与慈悲在飘荡。信仰挽救了西藏，也挽救了作为侵略者的英国十字精兵，现在又挽救了已然进入死胡同的我对历史和现实的认知。当历史和现实告诉我们，人类的多数战乱都与宗教有关而且还在无休无止时，我看到了西藏的战争对当下世界和人类和平以及所有信仰者的启示。

　　写作是顺利的。投入就是回到从前。还原历史和还原生活，对我并没有太大的难度。西藏并不神秘，只要你有藏族的思维和信仰，一切都显得稀松平常。

　　还是那种在路上的感觉，抵达是不可能的。《西藏的战争》并没有让我抵达什么。在依然"不知道为什么"的生活里，我还是越来越藏族地一边写一边读，一边哭一边笑，一边行走一边居住，一边低贱地吃饭，一边高尚地信仰。日子就这样过去了。

杨志军

2012 年 4 月 17 日